－ 江苏高校哲学社会科学重点研究基地基金资助 －

南京大学当代外国文学与文化研究文库

总主编　王守仁

叙事与历史：
当代外国文学研究论丛

主　编　杨金才　　副主编　张　琦

南京大学出版社

图书在版编目(CIP)数据

叙事与历史：当代外国文学研究论丛 / 杨金才主编.
-- 南京：南京大学出版社，2011.12
（南京大学当代外国文学与文化研究文库）
ISBN 978 - 7 - 305 - 08764 - 6

Ⅰ. ①叙… Ⅱ. ①杨… Ⅲ. ①外国文学—文学
研究—现代 Ⅳ. ①I106

中国版本图书馆 CIP 数据核字(2011)第 171606 号

出版发行　南京大学出版社
社　　址　南京市汉口路 22 号　　　　邮　编　210093
网　　址　http://www.NjupCo.com
出 版 人　左　健
丛 书 名　南京大学当代外国文学与文化研究文库
书　　名　叙事与历史：当代外国文学研究论丛
主　　编　杨金才
责任编辑　蒋桂琴　　　　编辑热线　025 - 83592655
照　　排　南京南琳图文制作有限公司
印　　刷　南京人文印刷厂
开　　本　787×1092　1/20　印张 20　字数 384 千
版　　次　2011 年 12 月第 1 版　2011 年 12 月第 1 次印刷
ISBN 978 - 7 - 305 - 08764 - 6
定　　价　50.00 元

发行热线　025 - 83594756　83686452
电子邮箱　Press@NjupCo.com
　　　　　Sales@NjupCo.com(市场部)

总　序

在全球化进程中,文学在民族文化和民族精神形成中起着重要作用。文学作为文化的组成部分,一方面继承和表现民族文化传统,另一方面赋予文化以新的内容和活力。当今世界,"中国发展离不开世界,世界繁荣稳定也离不开中国",中外文化交流、交融、交锋越来越频繁。为了营造一个和谐的国际环境,需要深入研究世界各国的文化,认识当代外国文学与文化,从深层次上理解中西文化的差异,借鉴人类优秀的文明成果,以促进我国社会主义文化大发展大繁荣,提升国家文化软实力。

南京大学研究外国文学与文化历史悠久,基础厚实,范存忠、陈嘉、何如、张威廉等一批著名学者曾在此任教,奠定学科构架和特色,培育优良的学术传统。早在1979年,教育部正式批准成立南京大学外国文学研究所,1980年创办《当代外国文学》,该刊物现为中文社会科学引文索引(CSSCI)来源期刊。南京大学是全国美国文学研究会的驻所单位,设有多个外国文学与文化研究机构,如中美文化研究中心、中日文化研究中心、中德文化比较研究所、欧洲研究中心、澳大利亚研究中心、爱尔兰研究中心、加拿大研究中心、韩国学术研究中心等,学术资源丰富。一批中青年学者脱颖而出,并形成团队优势。他们立足中国,面向世界,在外国文学体裁(小说、诗歌、戏剧)、国别文学史、文学批评理论、中外文学与文化比较、翻译理论与实践、文化研究等领域默默耕耘,扎实工作,取得了包括四卷本《新编美国文学史》在内的许多高水平研究成果。2009年11月,以南京大学外国语学院各专业研究力量为依托的南京大学当代外国文学与文化研究中心被确立为江苏高校哲学社会科学重点研究基地。

在国外的一流大学,素有进行外国文学与文化研究的传统,覆盖面广,且有相当的深度,对当代学术创新和理论话语建构起着重要作用。

20世纪中叶以来，人文社会科学研究的一个趋势是用多学科的方法开展研究。进入21世纪，文学研究拓展到伦理、种族、性别、生态环境等领域。同时，文学审美研究和经典的回归也是新的动向。南京大学作为一所综合性大学，学科齐全，这一特点为文学与文化的跨学科研究提供了得天独厚的条件。南京大学当代外国文学与文化研究中心发挥学术研究的传统优势，围绕当代外国文学与文化研究的前沿问题、热点问题和基本问题，确定了若干系列研究课题，即"20世纪70年代以来外国文学研究"、"当代西方文学批评理论态势研究"、"诺贝尔文学奖研究"、"文化与全球化研究"。这些课题作为研究基地重大招标项目已获江苏省教育厅批准正式立项。

为了展示南京大学当代外国文学与文化研究中心的学术成就，加强重点研究基地建设和学术队伍建设，促进学术交流，我们决定编辑出版"南京大学当代外国文学与文化研究文库"。编进文库中的论著大多为研究基地重大招标项目子课题的研究成果，在内容上涵盖了当代外国文学与文化研究的主要方面，反映了研究人员活跃的学术思想、独特的学术视角、扎实的学术功底和较高的学术水平。

该文库关注当下外国文学理论发展动向和国别文学研究现状，从全球化和本土视角对20世纪70年代以来美国、英国、爱尔兰、法国、德国、俄罗斯、西班牙、日本和北欧国家的文学进行系统的阐释，考察30多年来的文学创作观念流变和研究状况，同时进一步拓展诺贝尔文学奖研究的广度和深度，对获奖作家作品的思想内涵、审美价值、话语方式进行深入探讨。在作家作品研究的基础上，力求从中国学者的视角出发，审视当代外国文学与文化批评理论，并以"文化与全球化"为主题，分析和阐释当代西方社会的特殊文化现象，着力探讨全球化对东西方社会造成的文化冲击，寻求本民族文化发展的道路。

承担重大科研项目、产出高水平、创新性科研成果是重点研究基地建设的首要任务。编辑出版"南京大学当代外国文学与文化研究文库"是基地建设的一项重要举措。我衷心希望文库越办越好，不断扩大其学术影响，努力打造精品，为提升我国的外国文学与文化研究水平做出贡献。

王守仁

序

对于过去 20 年的文学研究,两位著名美国学者埃默里·埃利奥特和劳伦斯·布尔的意见乍一看似乎各有不同。在《美国文学研究新方向:1980—2002》中,埃利奥特援引 1998 年《美国文学》特刊的名称"彼此孤立的领域可以休矣!",称当代文学研究正"逐渐向融合型靠拢,并远离'各自为阵'的研究模式",当下学界中打破各领域疆界的尝试日渐流行,传统上起着组织作用的文学研究术语、分野和模式等等范畴的变化已经显示出一种重新评估的趋向。而在《(跨国界)美国文学研究的新走势》中,劳伦斯·布尔的观点却是:"当今的美国文学研究处于既令人兴奋同时又有点令人困惑的转型期,过去 20 年的发展势头与其说是向心的,倒不如说是离心的。本领域越来越体现出一系列联系不甚紧密的创新势头。"

尽管一个认为融合,一个认为分离,但是对于当代文学研究的主要特征,埃默里·埃利奥特和劳伦斯·布尔两人其实做了近乎相同的描述,那就是,在当代的文学研究中,学者们有意识地跨越界线以阐发新的意义。这种"跨越界线"几乎涉及了当今所有热点话题的讨论,其中既有埃默里·埃利奥特探讨的种族、阶级、性别、身体研究,也有劳伦斯·布尔所侧重的跨国界、跨文化、跨学科视野。清楚地认识打破各领域疆界这一埃默里·埃利奥特和劳伦斯·布尔共同作出的判断在当代文学研究中的影响和作用,有助于我们理解当代文学研究的状态和性质。

本文集遴选 2002 年以来在《当代外国文学》上发表的我国学者研究第二次世界大战后,尤其是 20 世纪 70 年代以来外国文学叙事艺术与历史书写的优秀论文。叙事理论,用申丹教授的话说,"已发展成国内的一门显学"。而在国外,在经历了 20 世纪 80 年代初因受解构主义和政治文化批评的夹攻而出现的衰微之后,国际叙事理论的研究中心,由法国转到了北美,并于90年代中后期逐渐复兴,21世纪初则已然呈现出旺盛的发展势头。申丹教授认为,拯救了叙事学研究,使之由衰微走向复兴,首先应归功于"女性主义叙事学"。所谓"女性主义叙事学",顾名思义,就是将女性主义或女性主义文评与结构主义叙事学结合起来。女性主义文评原本属于政治批评范畴,结构主义叙事学则属于形式主义范畴,两者自20世纪60年代同时兴起后,十多年间,各行其道,几乎没有发生什么联系。进入80年代,一方面,女性主义批评需要寻找新的切入点,叙事学的模式为其文本阐释提供了新的视角和分析方法;另一方面,叙事学研究需要引入女性主义,抵御各派政治文化批评和后结构主义的贬斥。两者结合,成功地向人们展示了脱离语境的叙事诗学如何可以成为政治文化批评的有力工具。除了女性主义叙事学,申丹教授还概括分析了后经典叙事学多种跨学科派别:修辞性叙事学、认知叙事学(叙事学与认知科学相结合),等等;以及后经典叙事理论的一些发展趋势:关注文字以外,诸如电影、戏剧、舞蹈、绘画、照相等不同媒介的叙事;关注非文学叙事,如日常口头叙事、新闻叙事、法律叙事、心理咨询叙事、生物进化中的叙事,等等。

"跨越界线"使叙事理论获得了复兴,同样,文学研究的历史维度也因历史的内涵被重新界定而再一次成为热点。传统观念中,历史,相对于文学,总是被看做是一种客观存在;历史研究,则是通过对历史事实的寻觅来对历史作总体的把握,总结历史进程中的客观规律,发现客观真理。而当代西方思想家们则颠覆了这一观念。在《知识考古学》等著作中,福柯揭示了历史的文本性。美国学者海登·怀特、格林布拉特等人又对此观念进行了敷演。在《作为文学虚构的历史文本》一文中,怀特认为,在界定历史同别的学科,诸如物理科学和社会科学的关系时,哲学家和历史学家都忽略了一个重要问题,即"历史叙事的地位"。虽然人们一般"不愿意把历史叙事看做是语言虚构",但事实是,"历史的语言虚构形式同文学上的语言虚构有许多相同的地方"。历史是一种叙事,加之德里达《哲学的边缘》中对哲学所做的论断,即哲学是一种"竭力掩饰自身文字特征"的特殊写作,哲学是文学的分支,这种观念的革新使批评家们开始重新审视文学叙事的社会历史价值。本文集记录了国内学者在此领域留下的足迹和取得的成果。

文集第一部分"理论视野"选录了埃默里·埃利奥特、劳伦斯·布尔两位美国学者对 20 世纪·80 年代以来文学研究重要运动趋势的研究,以及申丹教授等三位学者关于叙事理论的论述。埃默里·埃利奥特与克莱格·萨旺金合著的《美国文学研究新方向:1980—2002》详细列举了过去 20 多年美国学者所做的各种文学史研究,从对文学史本身的质疑,到对包括演讲、修辞、哲学和法律文件等一度被遗忘和边缘化的文类的重新整合,为读者提供了大量有价值的资讯。其中最重要的研究领域,埃利奥特指出,就是文学中那些与种族、阶级和性别研究相关的领域。通过对 80 年代产生的一些重要理论和美学项目的拓展,不仅众多新的理论、思路及历史语境得以确立,而且相关话题的研究变得更为细腻,史料也变得更为丰富。例如学者们在对文化和种族融合问题进行研究的同时,还写有大量著述致力于研究种族划分的稳定性与不稳定性,尤其是聚焦于所谓"白人现象"这一新的切入点。

相对于埃利奥特,劳伦斯·布尔的视角更为集中,他从跨国界的角度勾勒了当前美国文学研究中的族裔和生态环境研究运动。劳伦斯·布尔指出,由于移民作家和移民学者的异军突起,越来越多的研究者正从民族与世界其他地方的联系,而非与世隔绝的角度来考虑什么是民族这一问题。例如近来兴起的跨大西洋研究、美洲半球研究、跨太平洋地区研究,就使传统的作家研究,如福克纳研究,出现了"最有意义的一个新方向",福克纳的天才不再仅仅是被构想成区域的、国家的,"而是属于美洲半球"的。同样,生态批评也是如此,生态批评开始时不是一个跨国界计划,而是美国和英国文学研究中的一个运动,但现在已经在世界范围内展开。"现在依然是美国的生态批评在引领这场运动,"劳伦斯·布尔说,"并日益强调把美国的民族想象和国家领土与世界其他地方联系起来,而非分离开来的重要性。"

在《20 世纪 90 年代以来叙事理论的新发展》一文中,申丹教授重点评析了后经典叙事学的发展趋势和特征。90 年代以后,西方叙事批评从脱离语境的经典批评开始向考虑语境的后经典批评演化,出现了多种跨学科的研究派别,其中影响较大、发展势头最为旺盛的有:女性主义叙事学、修辞性叙事学、认知叙事学。申丹教授依次评点了这三种派别叙事理论的特征,并对后经典叙事学与经典叙事学之间的对话,以及互补共存关系进行了辨析。

文集第二部分"叙事艺术"以个案研究为基础,选择英、美、法、意、俄等不同国家、不同语种的作家作品为代表,展现了我国学者运用叙事理论对当代外国文学所做的文本细读。龚璇的《从〈很久以前〉看玛丽·莱文的伦理叙事》研究了爱尔兰小说家玛丽·莱文的短篇小说《很久以前》,对小说的主题意蕴以及作者个体性的伦理叙事方式进行了分析解读。段枫、卢丽安的《一个解构性的镶嵌混成:〈仇敌〉与笛福小说》对比了南非作家库切1984年的作品《仇敌》和笛福的经典小说《鲁宾逊漂流记》,认为库切借助叙述手法的镶嵌混成,传达了他对历史、叙事、语言等一系列问题的反思。段丽君的《当代俄罗斯女性主义小说对经典文本的戏拟》主要分析了俄罗斯女性主义小说中戏拟这一手法的表现形式。黄芙蓉、虞建华的《论汤亭亭文本的口承叙事特征》以华裔美国作家汤亭亭的小说《中国佬》和《孙行者》为例,分析了口承叙事传统在汤亭亭小说中的意义,以及汤亭亭对自己作为口承文化传承者的责任感和自觉意识。张新木的《论马尔罗〈王家大道〉中的叙述体》研究了法国作家马尔罗《王家大道》中虚构的两个核心人物——一个主要叙述者和一个次要叙述者,认为由这两个人物构成的叙述主线形成了一种复调式的叙述体,为赏析作品提供了更多的自由和感知维度。罗朗的《个性消失与平淡之美——约翰·阿什贝利诗歌〈使用说明书〉的旅游视角分析》研究了美国后现代诗人阿什贝利在创作中采用的一种独特的视角"旅游视角"。何成洲的《〈苏菲的世界〉与元小说叙述策略》讨论了挪威小说家乔斯坦·贾德的畅销书《苏菲的世界》的三重叙述结构。王芳实、邹建军的《从〈分成两半的子爵〉看叙事视角的越界》讨论了意大利作家卡尔维诺在长篇小说《分成两半的子爵》中自觉使用"视角越界"这一手法的目的及其产生的叙事艺术效果。苏忱的《斯维夫特小说〈糖果铺店主〉的叙事心理与叙事策略》剖析了英国小说家斯维夫特的小说《糖果铺店主》中叙述者的叙事行为与叙事心理之间的复杂关系,以及小说独有的特点——规避创伤的历史叙事。姜礼福的《寓言叙事与喜剧叙事中的动物政治——〈白虎〉的后殖民生态思想解读》分析了印度裔新锐作家阿拉文德·阿迪加的小说《白虎》,指出只有从后殖民和生态批评的双重视角才能管窥这部"想象力和叙事的典范之作"。

文集第三部分"历史书写"主要突显我国学者在文本研究中的历史视角以及对历史书写的关注。陈龙的《对话与潜对话:"女性书写"的现实内涵》讨论了"女性书写"的两种形式:外向的书写和自我的书写,认为对话而不是封闭才是"女性书写"的本质。方杰的《新历史主义的形式化倾向》就新历史主义的实质进行了争辩,认为虽然对特定话语形态中各种文本之共性的认识使新历史主义的文本阐释获得了一种新的透视法,但其程式化的解读模式使新历史主义批评实际上成了对"形式主义"的实践。王守仁的《历史与想象的结合——莫拉莱斯的英语小说创作》评析了美国墨西哥裔作家莫拉莱斯的两部作品——以写实手法记载早期墨西哥裔移民在美国艰难求生历史的《制砖的人们》,和以魔幻手法描写过去、现在和未来三个时期墨西哥社会的《布娃娃瘟疫》。杨金才的《论格雷厄姆·斯维夫特小说的历史文本意识》认为,以往对斯维夫特的研究大多忽略了作为文本的小说与其产生的历史语境之间的关系,事实上,在斯维夫特小说中,文本与历史语境相互交织、密切结合,共同建构了一种独特的历史意识。要深入细致地阅读其小说,离不开对其产生的历史语境的观照。姜涛的《当代美国小说的新现实主义视域》讨论了当代美国小说中出现的一种向传统现实主义的回归,即所谓"新现实主义"的文学思潮,分析了其产生的动因、创作取向和基本特征。舒笑梅的《让属下妇女言说分治历史——〈分裂印度〉中的两个象征》讨论了巴基斯坦女作家、妇女活动家巴普西·西多瓦小说中所关注的印度次大陆妇女问题。丁夏林的《历史与文本的交融:新历史主义视角下的〈中国佬〉》用新历史主义的视角,从历史的文本再现和文本再现的历史意义这两方面,阐明历史事实与文学文本的巧妙交融乃是汤亭亭小说《中国佬》的本质特征。董晓的《试论苏联文学对历史的文本建构》讨论了苏联文学对历史的文本建构的三种模式。

文集的第四部分"作品赏析"以更宽泛的选择标准,收录了国内学者对当代外国文学所做的文本解读。这些文章虽然没有很明显的理论支撑,但对于当代外国文学文本书写中的"历史性"与"虚构性"等问题,研究者们也记录了他们的感受和思考。冯亚琳的《用童话构建历史真实——君特·格拉斯的〈比目鱼〉与德国浪漫童话传统》讨论了德国作家君特·格拉斯长篇小说《比目鱼》与童话之间在叙事结构和艺术理念上的传承关系。张陟的《"无言的呐喊"与历史的真相——〈声音从何而来?〉中的反讽》分析了加拿大作家鲁迪·威伯的短篇小说代表作《声音从何而来?》，认为作者借助反讽手法质疑了殖民历史书写的权威性和公正性。张琦的《"笑"与"贫穷"——论埃柯小说〈玫瑰的名字〉的主题》认为，意大利作家埃柯小说的主题，反映了作者对现代生活中诸如"差异"等问题所做的现实思考。王建平的《〈卡美拉〉的神话品性与历史情结》以约翰·巴斯的长篇小说《卡美拉》为例，讨论了后现代小说的神话品性和历史情结。乔国强的《一部寓于犹太民族历史中的启示录——论马拉默德的长篇小说〈上帝的恩赐〉》讨论了马拉默德最后的长篇《上帝的恩赐》的主题，指出这是一部借重写"诺亚方舟"的故事来反思犹太民族历史与命运的小说。朴玉的《〈冤家，一个爱情故事〉：对大屠杀的深层思考》分析了犹太作家辛格创作大屠杀题材小说的艺术手法，即避开对大屠杀灾难本身的亲历性描写，着力于对历史、文化、民族身份进行想象性重构，以此治疗民族创伤，并对犹太民族的命运予以深入思考。金冰的《跨越时空的对话——拜厄特与现代派诗学之争》评析了英国女作家拜厄特的第二部新维多利亚小说《天使与昆虫》之《婚姻天使》篇，认为在更大的文化批评语境中，拜厄特以小说的形式回应了T. S. 艾略特等人对丁尼生诗歌的批评。

在选编过程中，我们得到了郑小倩、顾悦、周艺、浦立昕等博士研究生的帮助，感谢他们为完成本文集的编辑工作所付出的辛勤劳动。

编 者

2011 年冬于

南京大学

目 录

● **理论视野** ●

● **叙事艺术** ●

● 历史书写 ●

● 作品赏析 ●

· 理论视野 ·

20世纪90年代以来叙事理论的新发展

申 丹

叙事理论(尤其是叙事学、叙述学)①已发展成国内的一门显学,但迄今为止,国内的研究仍存在一个问题:有关论著往往聚焦于20世纪90年代之前的西方经典叙事学,在很大程度上忽略了90年代以来的西方后经典叙事学。② 正是因为这一忽略,国内的研究偏重法国,对北美较少涉足,而实际上90年代以来,北美取代法国成了国际叙事理论研究的中心,起到了引领国际潮流的作用。20世纪80年代初,不少西方学者面对叙事学在解构主义和政治文化批评夹攻之下的日渐衰微,预言叙事学濒临死亡。就法国而言,严格意义上的叙事学研究确实走向了衰落,但在北美,叙事学研究却被"曲线相救",在90年代中后期逐渐复兴,并在21世纪初呈现出旺盛的发展势头。③

---

① 国内将 narratology(法文的 narratologie)译为"叙事学"或"叙述学"。"叙述"一词与"叙述者"紧密相连,宜指话语层次上的叙述技巧,而"叙事"一词则更适合涵盖故事结构和话语技巧这两个层面。笔者曾将自己的一本书命名为《叙述学与小说文体学研究》(北京大学出版社1998,2001,2004),旨在突出 narratology 与聚焦于文字表达层的文体学的关联。

② 国内20世纪90年代出版了不少与西方叙事(述)学相关的著作,但一般均聚焦于经典叙事学,未关注后经典叙事学。进入新世纪以来,情况依然如此。针对这一现象,笔者在与人合著的一部著作中(申丹、韩加明、王丽亚,《英美小说叙事理论研究》,北京大学出版社2005年版),集中对90年代以来北美的后经典叙事理论展开了讨论。

③ 正是由于这种发展趋势,纽约和伦敦的劳特利奇(Routledge)出版社于2005年推出国际上第一本《叙事理论百科全书》(由美国学者 David Herman,Marie-Laure Ryan 和德国学者 Manfred Jahn 主编);牛津的布莱克威尔(Blackwell)出版社也推出国际上第一本《叙事理论指南》(由美国学者 James Phelan 和 Peter Rabinowitz 主编)。两本书的撰稿人员均以北美学者为主。

一、女性主义叙事学

究竟是什么力量拯救了北美的叙事学研究？笔者认为这一拯救的功劳首先得归功于"女性主义叙事学"①。顾名思义，女性主义叙事学是将女性主义或女性主义文评与结构主义叙事学相结合的产物，两者几乎同时兴起于 20 世纪 60 年代。但也许是因为结构主义叙事学属于形式主义范畴，而女性主义文评属于政治批评范畴的缘故，两者在十多年的时间里，各行其道，几乎没有发生什么联系。女性主义叙事学的开创人是美国学者苏珊·兰瑟(Susan Lanser)。她是搞形式主义研究出身的，同时深受女性主义文评的影响，两者之间的冲突和融合使她摆脱了传统叙事学批评的桎梏，大胆探讨叙事形式的(社会)性别意义。兰瑟于 1986 年在美国的《文体》杂志上发表了一篇宣言性质的论文《建构女性主义叙事学》②，该文首次采用了"女性主义叙事学"这一名称，并对该学派的研究目的和研究方法进行了较为系统的阐述。20世纪 80 年代在西方还出现了其他一些女性主义叙事学的开创之作。③ 在笔者看来，这些论著在 20 世纪 80 年代问世，有一定的必然性。我们知道，从新批评到结构主义，形式主义文论在西方文坛风行了数十年，但 20 世纪 70 年代末以后，随着各派政治文化批评和后结构主义的日渐强盛，形式主义文论遭到贬斥。在这种情况下，将女性主义引入叙事学研究，使其与政治文化批评相结合，也就成了"曲线拯救"叙事学的一个途径。同时，女性主义批评进入 80 年代以后，也需要寻找新的切入点，叙事学的模式无疑为女性主义文本阐释提供了新的视角和分析方法。20 世纪 90 年代以来，女性主义叙事学成

---

① 有关女性主义叙事学与女性主义文评的差异以及女性主义叙事学对结构主义叙事学之批评的偏误，参见申丹，《叙事形式与性别政治——女性主义叙事学评析》；有关女性主义叙事学的话语分析模式，参见申丹，《"话语"结构与性别政治——女性主义叙事学"话语"研究评介》。

② Susan S. Lanser, "Toward a Feminist Narratology," *Style* 20 (1986), pp. 341 - 363, reprinted in Robyn R. Warhol and Diane Price Herndl, eds. , *Feminism: An Anthology*, New Brunswick: Rutgers University Press, 1991, pp. 610 - 629.

③ 影响较大的著作之一为 Robyn R. Warhol, *Gendered Interventions: Narrative Discourse in the Victorian Novel*, New Brunswick and London: Rutgers University Press, 1989.

了美国叙事研究领域的一门显学,有关论著纷纷问世,在《叙事》、《文体》、《现代语言协会会刊》(*PMLA*)等杂志上可不断看到女性主义叙事学的论文。在与美国毗邻的加拿大,女性主义叙事学也得到了较快发展。1989 年加拿大的女性主义文评杂志《特塞拉》(*Tessera*)发表了"建构女性主义叙事学"的专刊,与美国学者的号召相呼应。1994 年在国际叙事文学研究协会的年会上,加拿大学者和美国学者联手举办了一个专场"为什么要从事女性主义叙事学?",相互交流了从事女性主义叙事学的经验。《特塞拉》杂志的创建者之一凯西·梅齐(Kathy Mezei)主编了《含混的话语:女性主义叙事学与英国女作家》这一论文集,并于 1996 年在美国出版。论文集的作者以加拿大学者为主,同时也有苏珊·兰瑟、罗宾·沃霍尔(Robyn Warhol)等几位美国学者加盟。

就英国而言,虽然注重阶级分析的"唯物主义女性主义"势头强劲,但叙事学的发展势头却一直较弱。英国的诗学和语言学协会是国际文体学研究的大本营,该协会近年来较为重视将文体学与叙事学相结合①,出现了一些兼搞叙事分析的文体学家,但在英国却难以找到真正的叙事学家。法国是结构主义叙事学的发祥地,女性主义文评在法国也得到了长足发展,但女性主义叙事学在法国却未成气候。这可能主要有以下两个原因:(1) 法国女性主义文评是以后结构主义为基础的,与叙事学在哲学立场上互不相容;(2) 法国女性主义注重哲学思考,而叙事学注重文本结构。

女性主义叙事学有两个目的:(1) 将叙事学的结构分析模式用于女性主义批评,从而拓展、改进和丰富女性主义批评;(2) 从女性主义的立场出发,以女作家的作品为依据来建构叙事诗学,从而使叙事诗学性别化和语境化。纵观女性主义叙事学近 20 年的发展历程,笔者认为第一个目的大获成功,但第二个目的却可以说是徒劳无功。女性主义叙事学家旨在改造脱离语境、男性化(研究对象主要为男作家的作品)的叙事诗学(或叙事语法)。为了达到这一目的,他们聚焦于女作家作品中的叙事结构,以为可以借此考虑源于性别的结构差异,改变女性边

---

① 参见申丹,《小说艺术形式的两个不同层面》,《外语教学与研究》2004 年第 2 期,第 109—115 页。

缘化的局面。但叙事诗学（叙事语法）涉及的是叙事作品共有的结构特征，这跟通常的语法十分相似。就拿大家熟悉的主语、谓语、宾语之分来说，无论是男性还是女性写的句子，句子中的主语、谓语、宾语都是无需考虑语境和性别差异的结构位置。叙事结构或叙述手法也是如此，对第一人称和第三人称叙述的区分，"间接引语"与"自由间接引语"的区分等等都是对叙事作品共有结构的区分，这些结构与语境和性别无关。为了将叙事诗学性别化，兰瑟于 1995 年在美国《叙事》杂志上发表了《将叙事性别化》一文，该文对女作家珍妮特·温特森的小说《在身上书写》进行了分析，聚焦于叙述者的性别与主题意义的关系，以此为基础，兰瑟建议将"性别"作为一个结构成分收入叙事诗学。她认为"我们可以对任何叙事作品的性别进行一些非常简单的形式描述"：

> 叙述者的性别可以是有标记的（marked），也可以是无标记的。倘若是有标记的，就可以标记为男性或是女性，或在两者之间游移……虽然在异故事叙述［即第三人称叙述］的文本中，叙述者的性别通常没有标记，然而在大多数长篇同故事叙述［即第一人称叙述］和几乎所有的长篇自我故事叙述［即"我"为故事的主人公］的文本中，叙述者的性别是明确无疑的……我们可以根据性别标记和标记性别的方式（究竟是明确表达出性别还是用一些规约性的方式来暗示性别）来区分异故事叙述和同故事叙述的作品。（"Sexing the Narrative" 87）

在具体文本、具体语境中，"性别"可谓充满了意识形态内涵。但在兰瑟的这种区分中，"性别"却成了一种抽象的结构特征，既脱离了语境，也与意识形态无关，只是成了一种"区分异故事叙述和同故事叙述的作品"的"形式"特征。这毫不奇怪，因为只有脱离千变万化的语境，才有可能建构叙事作品共享的叙事诗学。女性主义叙事学家通过研究女作家的作品发现了一些女作家常用的叙事结构或叙述手法。若这些成分已进入叙事诗学，那么这些研究对叙事诗学就不会产生影响。只是在作品阐释中，我们可以追问究竟出于何种政治文化原因，（特定时期的）女作家更为常用某一结构或手法。但倘若这些成分在以往的叙事诗学中被忽略，那么我们就可以将其收入叙事诗学，即便在这种情况下,这也只不过是对现有叙事诗学的一种补充而已。实际上,绝大多数叙事结构或叙述手法都是男女作家的作品所共享的。尽管女性主义叙事学家强烈批判经典叙事学无视性别,脱离语境,但他们在分析中却大量采用了经典叙事学的概念和模式。我们应该清醒地认识到叙事结构具有双重意义:(1) 脱离语境的结构意义(就像"主语"总是具有不同于"谓语"的结构意义一样,"异故事叙述"也总是具有不同于"同故事叙述"的结构意义);(2) 叙事结构在具体历史语境中产生的语境意义(不同句子中的主语或不同作品中的"异故事叙述"都会在交流语境中产生不同的意义)。叙事诗学关注的是第一种意义,而女性主义叙事学家关注的是第二种意义,但第二种意义是一种语境中的附加意义,要了解它首先需要了解第一种意义。正因为如此,叙事诗学为女性主义叙事学提供了技术支撑。笔者认为,女性主义叙事学对叙事学研究的一大贡献就在于展示了脱离语境的叙事诗学如何可以成为政治文化批评的有力工具。

二、修辞性叙事学

女性主义叙事学是后经典叙事学多种跨学科派别之一,另一个影响较大的派别是修辞性叙事学。[①] 有学者认为 20 世纪中期以来的叙事形式分析有两条主要发展轨迹:一是源于亚里士多德的修辞性叙事研究,二是源于俄国形式主义的(结构主义)叙事学(Richter ix)。但在笔者看来,这两者并非像 80 年代中期之前的女性主义文评和(结构主义)叙事学那样构成平行发展的两条轨道,而是出现了多方面的交融:(1) 叙事学界将关注情节结构的亚里士多德视为叙事学的鼻祖;(2) 叙事学家对叙述视角和叙述距离的探讨总是回溯到柏拉图、亨利·詹姆斯、珀西·卢伯克和韦恩·布斯等属于另一条线的学者(申丹,《视角》);(3) 热奈特的《叙述话语》这一叙事学的代表作在叙述规

---

① "修辞"一词在当代西方文论中是个含义十分复杂的词。在解构主义学者的手中,"修辞"几乎成了"解构"或"颠覆"的替代词;在"文化研究"的领域中,"修辞"又转而指涉权力或意识形态关系的运作。后结构主义、后现代语境下的"修辞"一词十分强调语境对话题(内容)之选择的决定作用,但修辞性叙事理论继承了亚里士多德传统的"修辞"内涵,主要指涉作者与读者进行交流的方式或技巧。

约的研究上继承和发展了布斯的《小说修辞学》的传统,布斯所提出的"隐含作者"、"叙述者的不可靠性"等概念也被叙事学家广为采用。20世纪 90 年代以来,在不少学者的论著中,这两条线倾向于交融为一体,形成"修辞性叙事学"。

在《叙事/理论》一书中,戴维·里克特(David Richter)提出了"结构主义叙事学"与"修辞性叙事学"的对照和互补的关系,认为前者主要关注"叙事是什么",而后者关注的则是"叙事做什么或者如何运作"(ix)。在提到"修辞性叙事学"时,里克特是在广义上采用"叙事学"这一名称的,泛指对叙事结构的系统研究。严格意义上的"叙事学"在 20世纪 60 年代诞生于结构主义发展势头强劲的法国,而里克特的"修辞性叙事学"始于 40 年代美国芝加哥学派 R. S. 克莱恩有关叙事的"修辞诗学",这种用法恐怕过于宽泛。然而,我们不妨借用里克特的措辞来界定我们所说的"修辞性叙事学":它将研究"叙事是什么"的叙事学的研究成果用于修辞性地探讨"叙事如何运作"。

1990 年,具有叙事学家和修辞学教授双重身份的西摩·查特曼(Seymour Chatman)的《叙事术语评论:小说和电影的叙事修辞学》一书面世,其最后一章为修辞性叙事学的发展作了铺垫。1996 年詹姆斯·费伦(James Phelan)的《作为修辞的叙事》出版,该书发展了费伦在《解读人物、解读情节》(1989)中提出的理论框架,成为美国修辞性叙事理论的一个亮点。1999 年,迈克尔·卡恩斯(Michael Kearns)的《修辞性叙事学》一书问世,该书很有特色,但同时也不乏混乱。笔者对这些著作均已另文详述①,在此不赘。总的来说,修辞性叙事学具有以下特征:(1) 聚焦于作者与读者之间的交流;(2) 采用叙事学的概念和模式来探讨修辞交流关系,同时发展自己的结构分析模式,如费伦的"主题性、模仿性、虚构性"三维度故事分析模式、拉比诺维茨(Peter J. Rabinowitz)的四维度读者分析模式(见下文)(139—241;215—218);(3) 可能是受布斯的"隐含作者"的影响,修辞性叙事学很少关注

---

① 申丹,《修辞学还是叙事学? 经典还是后经典? ——评西摩·查特曼的叙事修辞学》,《外国文学》2002 年第 2 期,第 40—46 页;《多维 进程 互动——评詹姆斯·费伦的后经典修辞性叙事理论》,《国外文学》2002 年第 2 期,第 3—11 页;《语境、规约、话语——评卡恩斯的修辞性叙事学》,《外语与外语教学》2003 年第 1 期,第 2—10 页。

作者创作时的社会历史语境,因此与十分关注真实作者之意识形态创作动机的女性主义叙事学形成了对照。但修辞性叙事学家一般关心实际读者和作品接受时的社会历史语境。

三、认知叙事学

另一个关注作品接受过程的跨学科派别为认知叙事学。[①] 它兴起于 20 世纪 90 年代中期,是目前发展势头最为旺盛的后经典叙事学分支之一。认知叙事学将叙事学与认知科学相结合,以其特有的方式对叙事学在西方的复兴作出了贡献。认知叙事学之所以能在西方兴起并蓬勃发展,固然与其作为交叉学科的新颖性有关,但更为重要的是,其对语境的强调顺应了西方的语境化潮流。认知叙事学论著一般都以批判经典叙事学仅关注文本不关注语境作为铺垫。但笔者认为,认知叙事学所关注的语境与西方学术大环境所强调的语境实际上有本质不同。就叙事阐释而言,我们不妨将"语境"分为两大类:一是"叙事语境",二是"社会历史语境"。后者主要涉及与种族、性别、阶级等社会身份相关的意识形态关系;前者涉及的则是超社会身份的"叙事规约"或"文类规约"("叙事"本身构成一个大的文类,不同类型的叙事则构成其内部的次文类)。为了廓清这一问题,我们不妨看看言语行为理论所涉及的语境:教室、教堂、法庭、新闻报道、小说、先锋派小说、日常对话等等。[②] 这些语境中的发话者和受话者均为类型化的社会角色:老师、学生、牧师、法官,先锋派小说家,等等。这样的语境堪称"非性别化"、"非历史化"的语境。诚然,"先锋派小说"诞生于某一特定历史时期,但言语行为理论关注的并非该时期的社会政治关系,而是该文类本身的创作和阐释规约。

与这两种语境相对应,有两种不同的读者。一种我们可称为"文类读者"或"文类认知者",其主要特征在于享有同样的文类规约,同样的

---

① 详见申丹,《叙事结构与认知过程——认知叙事学评析》,《外语与外语教学》2004 年第 9 期,第 1—8 页。

② 参见 Mary Louise Pratt, *Towards a Speech Act Theory of Literary Discourse*, Bloomington: Indiana University Press, 1977; Sandy Petrey, *Speech Acts and Literary Theory*, London: Routledge, 1990.

文类认知假定、认知期待、认知模式、认知草案（scripts）或认知框架（frames, schemata）。另一种读者则是"文本主题意义的阐释者"，包括拉比诺维茨率先提出来的四维度读者：（1）有血有肉的实际读者，对作品的反应受自己的生活经历和世界观的影响；（2）作者的读者，即作者心中的理想读者，处于与作者相对应的接受位置，对作品人物的虚构性有清醒的认识；（3）叙述读者，即叙述者为之叙述的想象中的读者，充当故事世界里的观察者，认为人物和事件是真实的；（4）理想的叙述读者，即叙述者心目中的理想读者，完全相信叙述者的所有言辞。在解读作品时，这几种阅读位置同时发挥作用。不难看出，我们所区分的"文类认知者"排除了有血有肉的个体独特性，突出了同一文类的读者所共有的认知规约和认知框架，因此在关注点上也不同于拉比诺维茨所区分的其他几种阅读位置。绝大多数认知叙事学论著聚焦于"文类认知者"对于（某文类）叙事结构的阐释过程之共性，集中关注"规约性叙事语境"。

在探讨认知叙事学时，切忌望文生义，一看到"语境"、"读解"等词语，就联想到有血有肉的读者之不同社会背景和意识形态，联想到"马克思主义的"、"女性主义的"批评框架。认知叙事学以认知科学为根基，一般不考虑读者的意识形态立场，也不考虑不同批评方法对认知的影响。我们不妨看看弗卢德尼克（Monika Fludernik）在《自然叙事学与认知参数》中的一段话：

> 此外，读者的个人背景、文学熟悉程度、美学喜恶也会对文本的叙事化产生影响。譬如，对现代文学缺乏了解的读者也许难以对弗吉尼亚·吴尔夫的作品加以叙事化。这就像20世纪的读者觉得有的15或17世纪的作品无法阅读，因为这些作品缺乏论证连贯性和目的论式的结构。（转引自申丹，《叙事结构与认知过程》2）

从表面上看，弗卢德尼克既考虑了读者的个人特点，又考虑了历史语境，实际上她关注的仅仅是不同文类的不同叙事规约对"叙事化"这一认知过程的影响：是否熟悉某一文类的叙事规约直接左右读者的叙事认知能力。这种由"（文类）叙事规约"所构成的所谓"历史语境"与由社会权力关系所构成的历史语境有本质区别。无论读者属于什么性别、阶级、种族、时代,只要同样熟悉某一文类的叙事规约,就会具有同样的叙事认知能力(智力低下者除外),就会对文本进行同样的叙事化。就创作而言,认知叙事学关注的也是"叙事"这一大文类或"不同类型的叙事"这些次文类的创作规约。认知叙事学家探讨狄更斯和乔伊斯的作品时,会将他们分别视为现实主义小说和意识流小说的代表,关注其作品如何体现了这两个次文类不同的创作规约,而不会关注两位作家的个体差异。这与女性主义叙事学形成了鲜明对照。后者十分关注个体作者之社会身份和生活经历如何导致了特定的意识形态立场,如何影响了作品的性别政治。虽然同为"语境主义叙事学"的分支,女性主义叙事学关注的是社会历史语境,尤为关注作品的"政治性"生产过程;认知叙事学关注的则是文类规约语境,聚焦于作品的"规约性"接受过程。

四、后经典叙事学与经典叙事诗学的多层次对话

世纪之交,西方学界出现了对于叙事学发展史的各种回顾。尽管这些回顾的版本纷呈不一,但主要可分为三种类型:第一类认为经典叙事学或结构主义叙事学已经死亡,"叙事学"一词已经过时;第二类认为经典叙事学演化成了后结构主义叙事学;第三类则认为经典叙事学进化成了以关注读者和语境为标志的后经典叙事学。尽管后两类观点均认为叙事学没有死亡,而是以新的形式得以生存,但两者均宣告经典叙事学已经过时,已被"后结构"或"后经典"的形式所替代。在当今的西方叙事学领域,我们可以看到一种十分奇怪的现象:几乎所有的后经典叙事学家都认为经典叙事学已经过时,但在分析作品时,他们往往以经典叙事学的概念和模式为技术支撑。在教学时,他们也总是让学生学习经典叙事学的著作,以掌握基本的结构分析方法。伦敦和纽约的劳特利奇出版社于2005年出版的《叙事理论百科全书》,其中大多数词条为经典叙事诗学(叙事语法)的基本概念和分类。可以说,编撰这些词条的学者是在继续进行经典叙事学研究。这些学者以美国人居多,但在美国,早已无人愿意承认自己是"经典叙事学家"或"结构主义叙事学家",因为"经典(结构主义)叙事学"已跟"死亡"、"过时"画上了等号。

这种舆论评价与实际情况的脱节源于没有把握经典叙事学的实质，没有廓清叙事诗学与叙事批评之间的关系。[①] 经典叙事学主要致力于建构叙事诗学，而后经典叙事学则在很大程度上将注意力转向了批评实践。如前所述，叙事诗学必须脱离语境来建构，而对作品进行的叙事批评则应考虑社会历史语境。当学术大氛围要求考虑语境时，向批评的转向也就成为一种必然。就叙事批评而言，确实出现了从脱离语境的经典批评到考虑语境的后经典批评的演变进化。但就叙事诗学而言，则可以说后经典叙事学是换汤不换药。上文探讨了兰瑟力图将"性别"收入叙事诗学的努力。若想进入叙事诗学，像"性别"这样的因素都难以逃脱抽象化、形式化和超出语境的命运。后经典叙事学家自己建构的叙事诗学模式都是脱离语境和意识形态的结构模式，从实质上说只是对经典叙事诗学的一种补充而已。通观后经典叙事学和经典叙事学，我们可以发现以下三种主要的对话关系。（1）后经典叙事学家自己建构的结构模式与经典叙事学的结构模式之间的互惠关系：后者构成前者的基础（经典叙事学对"同故事叙述"和"异故事叙述"的区分就构成了兰瑟之"性别"模式的基础），前者是对后者的补充。（2）后经典叙事学家自己建构的结构模式与他们的批评实践之间的互惠关系：前者为后者提供技术支撑，后者使前者得以拓展（通过批评实践来发现一些以往被忽略的形式结构）。由于这些结构模式是对经典叙事诗学的补充，这一关系也可视为经典叙事诗学和后经典叙事批评之间的互惠关系。（3）当后经典叙事学家采用经典叙事学的模式来展开批评时，也就出现了更为直接的经典叙事诗学和后经典叙事批评之间的互惠关系：前者为后者提供技术支撑，后者使前者在当前的应用中获得新的生命力。正是由于后经典叙事批评对经典叙事诗学的大量应用，加拿大多伦多大学出版社 1997 年再版了米克·巴尔《叙事学》一书

---

① 参见申丹，《经典叙事学究竟是否已经过时？》，《外国文学评论》2003 年第 2 期，第 92—102 页。该文对将解构主义视为"后结构主义叙事学"的观点提出了批评。尽管由于哲学立场上的对立，我们不能将解构主义视为一种"叙事学"，但在叙事批评实践中，解构主义和叙事学有可能呈现出某种互补关系，参见申丹，《解构主义在美国》，《外国文学评论》2001 年第 2 期，第 5—13 页，以及《〈解读叙事〉的本质究竟是什么？》，《外国文学评论》2004 年第 2 期，第 51—59 页。

的英译本;伦敦和纽约的劳特利奇出版社也于 2002 年秋再版了里蒙-凯南的《叙事虚构作品:当代诗学》,在此之前,该出版社已多次重印这本经典叙事学的著作。2003 年 11 月在德国汉堡大学举行的国际叙事学研讨会的一个中心议题是:如何将传统的叙事学概念运用于非文学性文本。不难看出,其理论模式依然是经典叙事学,只是拓展了实际运用的范畴。

既然存在这样多层次的对话,应该说后经典叙事学与经典叙事诗学之间的关系实际上并非演进替代,而是互补共存。叙事诗学毕竟构成后经典叙事学之技术支撑。经典叙事学若能健康发展,就能推动后经典叙事学的前进步伐;而后者的发展也能促使前者拓展研究范畴,更新研究工具。这两者构成一种相辅相成的关系。

五、后经典叙事理论的其他特征

在结束本文之前,笔者想简要探讨一下后经典叙事理论的其他一些特征和发展趋势。

(一) 关注文字以外的叙事

经典叙事学尽管在理论上承认文字、电影、戏剧、舞蹈、绘画、照相等不同媒介都具有叙事功能,但实际上聚焦于文字叙事,不大关注其他媒介。20 世纪 90 年代以来,越来越多的叙事学家将注意力转向了其他媒介的叙事,转向了文字叙事与电影等非文字叙事之间的比较,转向了同一作品中文字叙事与绘画、摄影叙事的交互作用。美国《叙事》杂志 2003 年第 2 期登载了斯图尔特(Stewart)写的一篇专门评论"画中读者"的论文(125—176),该文对西方绘画史上各种有关阅读的绘画进行了颇有见地的分析。不少表面上静止的绘画暗示着过去和未来,构成一种令人过目不忘的叙事。

(二) 关注(经典)文学之外的叙事

受文化研究和政治批评的影响,不少后经典叙事学家将注意力转向了妇女、黑人、少数族裔作家的作品,转向了传记文学叙事和大众文学叙事。此外,在西方当代叙事研究领域,还出现了另一种新的倾向:将各种活动、各种领域均视为叙事的"泛叙事观"。近年来,越来越多的后经典叙事学家关注非文学叙事,如日常口头叙事、新闻叙事、法律叙事、心理咨询叙事、生物进化中的叙事，如此等等。这有利于拓展叙事研究的领域，丰富叙事研究的成果。然而，这种泛叙事研究往往流于浅显，真正取得了富有深度的研究成果的仍当首推小说叙事研究。

（三）对经典概念的重新审视

后经典叙事学家倾向于重新审视经典叙事学的一些基本概念，例如"故事与话语的区分"、"叙事性"、"叙事者的不可靠性"、"情节"、"叙事时间的本质"、"叙述声音"、"叙述过程"，如此等等。这些探讨有利于澄清概念，拓展和深化理论研究，但也出现了一些偏颇和混乱。①

（四）利用国际互联网进行学术探讨

20 世纪 90 年代后期以来，尤其是进入新世纪之后，网上对话成了西方叙事理论研究者日益喜爱的学术交流手段。② 在 NARRATIVE @ctrvax. Vanderbilt. Edu 网站上，只要一位学者发表一点看法，提出一个问题，一般马上会得到多位学者的回应，而且往往一个话题会引向另一个话题，不断激活思维，拓宽视野，使讨论持续向前发展。在讨论中出现的偏误，也能在众多眼睛的监督下，及时得到纠正。网上对话是信息时代特有的交流手段，在一定意义上代表了学术研究方法的重要转变。从传统研究在故纸堆里爬梳到后现代时期的网上无纸笔作业，这本身就是一个很形象的叙事进程。不过，互联网上的探讨难以替代书面论著，就目前的情况看，它只是构成了书面论著的一种补充。

2000 年美国《文体》杂志夏季刊登载了布赖恩·理查森（Brian Richardson）的如下判断："叙事理论正在达到一个更为高级和更为全面的层次。由于占主导地位的批评范式（paradigm）已经开始消退，而一个新的（至少是不同的）批评模式（model）正在奋力兴起，叙事理论很可能会在文学研究中处于越来越中心的地位。"（174）理查森所说的"叙事理论"主要指涉后经典叙事学，根据这几年的情况来看，理查森的预言很有道理。无论在研究的深度还是广度上，后经典叙事学都取得

---

① 参见申丹，《"故事与话语"解构之"解构"》，《外国文学评论》2002 年第 2 期，第 42—52 页。

② 参见申丹，《究竟是否需要"隐含作者"——叙事学界的分歧和网上的对话》，《国外文学》2000 年第 3 期，第 7—13 页。

了长足进展，当今更是呈现出旺盛的发展势头，值得国内学界予以更多的关注。

参考文献

Chatman, Seymour. *Coming to Terms: The Rhetoric of Narrative in Fiction and Film*. Ithaca: Cornell University Press, 1990.

Fludernik, Monika. "Natural Narratology and Cognitive Parameters." *Narrative Theory and the Cognitive Sciences*. Ed. David Herman. Stanford: CSLI, 2003. 243 – 267.

Kearns, Michael. *Rhetorical Narratology*. Lincoln and London: University of Nebraska Press, 1999.

Lanser, Susan S. "Sexing the Narrative: Propriety, Desire, and the Engendering of Narratology." *Narrative* 3 (1995): 85 – 94.

Phelan, James. *Narrative as Rhetoric*. Columbus: Ohio State University Press, 1996.

Rabinowitz, Peter J. *Before Reading*. Ithaca: Cornell University Press, 1987.

Richardson, Brian. "Recent Concepts of Narrative and the Narratives of Narrative Theory." *Style* 34 (2000): 168 – 175.

Richter, David H. "Preface." *Narrative/Theory*. Ed. David H. Richter. New York: Longman, 1996.

Shen, Dan. "Narrative Form and Gender Politics: On Feminist Narratology." *Journal of Peking University* 1 (2004): 136 - 146.
［申丹. 叙事形式与性别政治——女性主义叙事学评析. 北京大学学报，2004(1): 136—146.］

---. "Narrative Perspective." *Foreign Literature* 3 (2004): 52 - 61.
［申丹. 视角. 外国文学，2004(3): 52—61.］

---. "The Structure of 'Discourse' and Gender Politics: On Feminist Narratology of 'Discourse'." *Foreign Literatures* 2 (2004): 3 - 12.
［申丹. "话语"结构与性别政治——女性主义叙事学"话语"研究评介. 国外文学，2004(2): 3—12.］

Stewart, Garrett. "Painted Readers, Narrative Regress." *Narrative* 11 (2003): 125 – 176.

作者简介：申丹，北京大学外国语学院英语系教授，主要从事叙事学研究。

美国文学研究新方向:1980—2002

埃默里·埃利奥特 克莱格·萨旺金 著

王祖友 译 舒程 校

　　对美国文学研究情况进行综述,但凡设定限制,必有诸多有价值的作品因无法归入作者所厘定的类别、范式及研究领域,而被排除在外。任何评论美国文学研究最重要运动及趋势的文章,都难免顾此失彼。鉴于此,我们希望本文能抛砖引玉,有助于学习和研究美国文学者了解,20 世纪 80 年代以来,美国文学研究中最为重要的方向是什么。

　　近年来,美国国内外的文学批评家将 20 世纪 80 年代产生的一些重要理论和美学研究项目加以拓展,形成了一些激动人心的新方向。一方面,部分传统主题和研究领域重现活力;另一方面,众多新的理论、思路及历史语境得以确立。于是,在文本范围急剧扩大的同时,旧有文本体系中的作家、作品也被赋予了新的解释。或许,美国社会和思想中最重要的研究领域一直是文学中那些与种族、阶级和性别研究相关的领域。过去十年中,对上述广义研究范畴中的每一个方面,人们都展开了激烈的批评性重估。于是,这些话题的研究理论变得更为细腻,史料也变得更为丰富。

　　与种族融合、种族混合、跨文化以及种族划分的建构性和不稳定性等话题相关的一些观点,丰富了很多领域的话语。同样,性别研究也得以扩展和修正。其中的同性恋问题,既是性别问题中最具影响的,也是最受争议的。随着焦点愈发集中到性别、种族和身体研究,当下学界打破各领域的疆界、调研种族和性别相互影响的尝试于是愈加流行起来。在一些研究继续对准阶级问题之时,“贱民”研究和后殖民主义研究却将对阶级和民族的讨论推向了后民族主义方向。对传统上起着组织作用的文学研究术语、分野和模式而言，上述范畴的变化已经显示出一种重新评估的趋向。这正代表了一种普遍的运动趋势，逐渐向融合型研究靠拢，远离了"各自为阵"的研究模式。

一、文学史、文化史和思想史

在讨论文学研究逐渐向融合型靠拢，并远离"各自为阵"的研究模式这一趋势前，花点时间追述一下过去 20 年来文学史演进的大致方向是很值得的。20 世纪 40 至 60 年代的传统文学和思想史对美国文学作品及其所蕴含的主题、神话和元叙事影响深刻。从马西森（Matthiessen）的《美国文艺复兴》（*American Renaissance*，1941）到亨利·纳什·史密斯（Henry Nash Smith）的《处女地》（*Virgin Land*，1950）、R. W. B. 刘易斯（R. W. B. Lewis）的《美国亚当》（*The American Adam*，1955）、理查德·蔡斯（Richard Chase）的《美国小说及其传统》（*The American Novel and Its Tradition*，1957）、莱斯利·菲德勒（Leslie Fiedler）的《美国小说中的爱情与死亡》（*Love and Death in the American Novel*，1960）及里奥·马克思（Leo Marx）的《花园中的机器：美国的技术和田园理想》（*The Machine in the Garden*：*Technology and the Pastoral Ideal in America*，1964），这一代的文学史创造了影响巨大的美国神话，坚持了讨论和争议多年的独特的美国主题和宏大叙事。但进入 20 世纪 70 年代后，由于解构主义对美国文学研究的影响，也由于对女权主义与少数民族问题话语的兴趣，早期文学史那些单一主题的作品及元叙事开始受到质疑。在差不多整个 20 世纪 80 年代，文学史都是一个有点令人可疑的领域。

20 世纪 80 年代，理论上的发展催生了对文学史合法性的高度怀疑。人们对学者有可能在社会事件与某部文学作品内容与特点之间找到因果联系的假设，发出挑战。G. S. 杰伊（Gregory S. Jay）和大卫·伯金斯（David Perkins）正是这种怀疑主义文论的旗手。他们质疑，如果不把史学家的主题具体化，也不把女性和少数民族作家的作品边缘化或排除在外，能否产生文学史？在《文学史可能吗?》（*Is Literary History Possible*，1992）一文中，大卫·伯金斯虽也承认文学史在传统上所起到的重要作用，但也表达了对其合法性的怀疑。在《美国文学及文化大战》（*American Literature and the Culture Wars*，1996）中，G. S. 杰伊提出，断言美国文学在形成过程中具有"美国主题"是有问题的，暗示问题与排除少数民族和女性文本相牵连。他说："主题批评并不是可以放之四海而皆准的。因为从定义上说，所谓主题，就是总体中被重复的那些因素，或者是以一种受历史局限的观点为中心的元叙事，尽管主题批评经常将这种观点泛化，从而将一种颇具洞见的角度变成了具有压迫性的意识形态构成。"

　　虽然文学史深受怀疑主义困扰，但学生、出版商和广大读者为了理解文学文本、运动和方法之故，仍希望能有一个历史框架，以便知道它们所处的位置。因此，哪怕由于哲学怀疑主义的兴起，文学史被扣上了"不可能"的帽子，但对文学史的需求却并未消失。于是在 1982 年，哥伦比亚和剑桥两大学术出版机构便承担起了编撰新的美国文学史的使命。埃默里·埃利奥特（Emory Elliott）同意担任《哥伦比亚美国文学史》（*The Columbia Literary History of the United States*，1988）主编，萨克文·伯科维奇（Sacvan Bercovitch）则接受了《剑桥美国文学史》（*The Cambridge History of American Literature*，1994）主编一职。但二人在各自编著的序言中都坦言，他们也认识到搞文学史在理论上存在问题。《哥伦比亚美国文学史》是一部单卷论文集，收录了 60 多篇论文。而《剑桥美国文学史》则为多卷本，每卷由二至五位学者撰写专文，篇幅都很长。继《哥伦比亚美国文学史》后，埃利奥特又出版了《哥伦比亚美国小说史》（1991）。上述著作都试图为文学史勾勒出一幅新的跨文化和后现代框架，因而都具有鲜明的当代文学史特征。用埃利奥特自己的话说，这叫做"承认多样性、复杂性和矛盾性，并以此作为结构上的原则，既不妄议就此定论，也不奢求众声附和"。最近，琳达·哈琴（Linda Hutcheon）和 M. J. 瓦尔第（Mario J. Valdes）编辑的文集《再议文学史：一场关于理论的对话》（*Rethinking Literary History：A Dialogue on Theory*，2002）从理论上对后现代主义和后殖民主义下的文学史重新进行了思索。文集收录了哈琴和瓦尔第，以及斯蒂芬·格林布拉特（Stephen Greenblatt）、马歇尔·布朗（Marshall Brown）和 W. D. 米尼奥拉（Walter D. Mignola）等人的论文。

　　于是，自 20 世纪 80 年代后半期开始，研究文学史的新方法，即后现代主义和后结构主义方法，破土而出。这些方法力图将圈外或未经检验的范式、修辞法、结构和类型结合在一起，包括研究演讲术、修辞、哲学及被边缘化的"低级"文学类型的文学史。当前，一些最令人感兴趣的研究都汇集于文学、文化和思想史方面。而文学史中的大部分，都可以归入女权主义和跨文化文学史名下。部分属修正主义范畴的女权主义作品有艾丽西娅·萨斯金·奥斯特里克尔（Alicia Suskin Ostriker）的《偷走语言：美国女性诗歌的出现》（*Stealing the Language：The Emergence of Women's Poetry in America*，1986）、吉莉安·布朗（Gillian Brown）的《国内个人主义：19 世纪的美国自我想象》（*Domestic Individualism：Imagining Self in 19th Century America*，1990）、S. K. 哈里斯（Susan K. Harris）的《19 世纪美国女性小说：阐释策略》（*19th Century American Women's Novels：Interpretive Strategies*，1990）以及尼娜·贝姆（Nina Baym）的《女权主义与美国文学史：论文集》（*Feminism and American Literary History：Essays*，1992）。

托尼·莫里森（Toni Morrison）的《黑暗中的游戏：白人现象及文学想象》（*Playing in the Dark：Whiteness and the Literary Imagination*，1992）是修正主义跨文化文学史领域的一部关键作品。书中，作者主张了一种新范式，藉此展开美国文学史再思考。这种范式，就是美国文学及文化中非洲属性和黑人属性的存在。她宣称，美国文学是依赖于一种"真实或者虚构的非洲主义存在，才得以通过对照的方式创建出一种美国属性的感觉"。进而，她对白人作者和白人文化淹没了黑人的声音和文化，以至于"将冲突降格为'空无一物的黑暗'，降格为方便地束缚起来并野蛮地加以消声，从而只剩下黑人身体"的方式感到担忧。这种担忧不仅是因为她将这种对黑人身体的隐喻性占有视为一种偷盗行为，还因为她将这种占有的后果视为"为黑人说话的主人叙事"，而不是让黑人为他们自己说话。其他研究隐藏在表象之下的黑人存在的评论家还有埃里克·洛特（Eric Lott）、迈克尔·诺金（Michael Rogin）、苏珊·古柏（Susan Gubar）和杰瑞德·加德纳（Jared Gardner），其作品《大师的构思：1787—1845 美国文学的种族和创立》（*Master Plots：Race and the Founding of an American Literature，1787—1845*）探索了建立在种族纯洁的虚幻之上的民族身份问题。莫里森的观点影响到了非裔美国研究圈子之外的评论家们。就像莫里森看到非洲主义存在的作用一样，他们也看到了印第安、拉丁、犹太及女权主义存在的作用。例如莎伦·帕特里夏·荷兰（Sharon Patricia Holland）在其作品《唤醒死者：死亡与（黑人）主体性解读》[*Raising the Dead*：*Readings of Death and*（*Black*）*Subjectivity*，2000]中，又将莫里森的学说向前推进了一步。她声称，包括印第安人、妇女和同性恋者在内的黑人和其他一些少数民族，都是美国社会中一种"几乎不可言说"的存在。P. J. 德罗里亚（Philip J. Deloria）在《充当印第安人》（*Playing Indian*，1998）、S. M. 汉多尔夫（Shari M. Huhndorf）在《以本土的方式：美国文化想象中的印第安人》（*Going Native*：*Indians in the American Cultural Imagination*，2001）以及乔舒亚·大卫·贝林（Joshua David Bellin）在《大陆的魔鬼：印第安人与美国文学雏形》（*The Demon of the Continent*：*Indians and the Shaping of American Literature*，2001）中，都比喻性地描绘出了隐藏的印第安人存在及美国文学和文化中白人将"印第安属性"据为己有的情况。有关女权主义及多元文化文学史的上述新范式，已有三部论文集问世，即由萨克文·伯科维奇编辑的《重建美国文学史》（*Reconstructing American Literary History*，1986）以及由戈登·哈特纳（Gordon Hutner）编辑的《美国文学史读本》（*The American Literary History Reader*，1995）和《美国文学、美国文化》（*American Literature，American Culture*，1999）。

文学时期的界定问题，历来是传统方法下文学史研究面临的主要挑战之一。当我们走过 20 世纪后三分之一跨入到 21 世纪后，如何定义现代和后现代之类术语的问题，就一直困扰着学者们。他们常常疑问，这些词所描述的，究竟是一个文学时期、历史时期、文化时期，还是一种概念、一场美学运动、一种哲学，抑或是一种类型。在文学时期的重新评估方面，大量著述问世，其中不乏对美国文艺复兴、现代主义、后现代主义、自然主义、现实主义和美国哥特式文学中所包含的课题和文本的重新描绘和定义。围绕有关现代主义和后现代主义所进行的学术研究，为我们了解文学史领域争论的庐山真面目提供了典型例证。

对于文学史家们来说，"后现代主义"这一术语既会带来麻烦，也会带来机遇。之所以会带来麻烦，是因为它创造了一个不幸的或者并不总是有用的与现代主义的二分法。正如马乔里·帕尔罗夫（Marjorie Perloff）在《诗篇内外：紧急场合论文集》（*Poetry On & Off the Page*：*Essays for Emergent Occasions*，1998）中所阐述的那样，后现代被假定为对现代主义的批判，并被视为对元叙事、怀旧和封闭等思想和美学"陷阱"——人们经常诟病现代主义坠入其中——的拒绝。在 1971 年撰写的《后现代主义：副批评书目》[*POSTmodernISM*：*A Paracritical Bibliography*，见 1987 年重印的《后现代转折：后现代理论及文化论文集》（*The Postmodern Turn*：*Essays in Postmodern Theory and Culture*）]一文中，帕尔罗夫认为，将后现代主义与现代主义进行对照，部分应归功于让-弗朗索瓦·利奥塔（Jean-Francois Lyotard）等法国后结构主义者（后现代主义与现代主义在哲学上的二分法），部分应归功于伊哈布·哈桑（Ihab Hassan，后现代主义与现代主义在美学上的二分法）。大多数现代主义和后现代主义文学史都对这种二分法提出了质疑，认为"后现代"因素和修辞其实并不新鲜，在"鼎盛现代主义"中早已有之。此外，在一度被解读为高度一致的某一时期、某一概念、某种美学或类型的核心之中，现代主义批评家们却不断发现并不一致的因素。甚至连 T. S. 艾略特这样的被人们认为是现代主义"罪行"之缩影的人物，其作品也被人们解读出"后现代"成分。例如，他曾将"低级"和"市井"文化和语言引入到自己的诗作之中。迈克尔·比勒（Michael Beehler）在《T. S. 艾略特、华莱士·史蒂文斯及差异话语》（*T. S. Eliot*，*Wallace Stevens*，*and the Discourses of Difference*，1987）中，启动了对艾略特的现代主义美学本质的再思考过程。迈克尔·诺斯（Michael North）也在《现代主义方言：种族、语言及 20 世纪文学》（*The Dialect of Modernism*：*Race*，*Language and 20th Century Literature*，1994）中，通过展示艾略特等现代主义者对方言的运用及与黑人现代主义者的关系，赋予艾略特这样的现代主义者新的概念。詹姆斯·隆根巴赫（James Longenbach）在《现代主义之后的现代诗》（*Modern Poetry after Modernism*，1997）中，将美国后现代诗歌视为对现代主义的延伸而非批判，从而为研究美国后现代诗歌提供了一种新角度。其他研究现代主义、后现代主义和诗学问题的著作还有马乔里·帕尔罗夫的《诗歌许可证：现代主义与后现代主义抒情诗论文集》（*Poetic*

License：Essays on Modernist and Postmodernist Lyric，1990）和《21世纪现代主义："新"诗学》（21st Century Modernism：The "New" Poetics，2002）、史蒂文·古尔德·阿克塞尔罗德（Steven Gould Axelrod）的《西尔维亚·普拉斯：语词的伤与疗》（Sylvia Plath：The Wound and the Cure of Words，1990）、温迪·斯塔拉尔德·弗洛里（Wendy Stallard Flory）的《美国的埃兹拉·庞德》（The American Ezra Pound，1989）、伦纳德·代尔比文（Leonard Diepeveen)的《变化中的声音：现代引用诗》（Changing Voices：The Modern Quoting Poem，1993）、玛丽娅·达蒙（Maria Damon)的《黑暗街头：美国先锋诗的空白》（The Dark End of the Street：Margins in American Vanguard Poetry，1993）、鲍勃·派勒曼（Bob Perelman）的《诗的边缘化：创作语言及文学史》（The Marginalization of Poetry：Language Writing and Literary History，1996）、托马斯·特拉维萨诺（Thomas Travisano)的《世纪中叶四重奏：毕肖普、洛威尔、贾雷尔、伯里曼及后现代美学的创建》（Midcentury Quartet：Bishop，Lowell，Jarrell，Berryman，and the Making of a Postmodern Aesthetic，1999），以及迈克尔·诺斯的《解读1922年：重返现代场景》（Reading 1922：A Return to the Scene of the Modern，1999）。

现在有人会问，既然后现代这个术语甚至跟现代主义都无法产生清晰的彼此二分，那么，其用途何在？ 在《后现代的解释：1982—1985年通讯》（The Postmodern Explained：Correspondence，1982—1985，1992)中，利奥塔认为，后现代早已存在于现代之中。尽管他一方面认为后现代主义和现代主义同属于一个大的哲学运动，却仍然对二者进行了区分。他认为，面对元叙事不可能和"真实"无以表现，报以遗憾反应的是现代主义艺术家，而报以高兴、自由、游戏和实验反应的则是后现代主义艺术家。琳达·哈琴的《自恋型叙事体：元小说悖论》（Narcissistic Narrative：The Metafictional Paradox，1980）、《后现代主义诗学：历史、理论、虚构》（A Poetics of Postmodernism：History，Theory，Fiction，1988）和《后现代主义政治》（The Politics of Postmodernism，1989）、布赖恩·麦克黑尔（Brian McHale）的《后现代主义小说》（Postmodernist Fiction，1987）以及弗雷德里克·詹姆逊（Frederic

Jameson)的《后现代主义，或者，晚期资本主义的文化逻辑》(*Postmod-ernism*, *or*, *the Cultural Logic of Late Capitalism*, 1991)，确立了后现代主义的中心问题，并提供了供讨论用的术语。由马乔里·帕尔罗夫编辑的《后现代类型》(*Postmodern Genres*, 1988)收录的论文以跨类型的手法探索了后现代主义，部分论文则探讨了后现代音乐、表演艺术、历史、摄影及安装艺术。

在其他文学时期、时代和运动方面，人们也从文学史方面进行了大量极具价值的研究。研究早期美国的一些有价值的著作包括：萨克文·伯科维奇的《赞同的仪式：美国象征性构建中的转型》(*The Rites of Assent*: *Transformations in the Symbolic Construction of America*, 1993)、史蒂芬·卡尔·阿切(Stephen Carl Arch)的《对过去授权：17世纪新英格兰史修辞》(*Authorizing the Past*: *The Rhetoric of History in 17th Century New England*, 1994)、K. M. 布朗(Kathleen M. Brown)的《好老婆、糟女人和焦虑的族长：殖民时期弗吉尼亚的性别、种族和权力》(*Good Wives*, *Nasty Wenches*, *and Anxious Patriarchs*: *Gender*, *Race*, *and Power in Colonial Virginia*, 1996)、M. J. 科拉古西奥(Michael J. Colacurcio)的《学说与区别：新英格兰文学论文集》(*Doctrine and Difference*: *Essays in the Literature of New England*, 1997)、安德鲁·德尔邦科(Andrew Delbanco)的《清教折磨》(*The Puritan Ordeal*, 1989)、埃默里·埃利奥特的《剑桥早期美国文学入门》(*The Cambridge Introduction to Early American Literature*, 2002)和P. H. 荣德(Philip H. Round)的《因本性和风俗而被诅咒的：跨大西洋民间话语及新英格兰文化生产，1630—1660》(*By Nature and by Custom Cursed*: *Transatlantic Civil Discourse and New England Cultural Production*, *1630—1660*, 1999)。研究美国独立战争时期的著作有利昂·柴(Leon Chai)的《乔纳森·爱德华兹及启蒙哲学的局限性》(*Jonathan Edwards and the Limits of Enlightenment Philosophy*, 1998)、吉姆·埃根(Jim Egan)的《授权体验：17世纪新英格兰写作中身体政治的重新定形》(*Authorizing Experience*: *Refigurations of the Body Politic in 17th Century New England Writing*, 1999)、J. C. D. 克拉克(J. C. D. Clark)的《自由的语言，1660—1832：

盎格鲁美国世界中的政治话语和社会动态》(*The Language of Liberty*, *1660—1832*：*Political Discourse and Social Dynamics in the Anglo American World*, 1994)、埃默里·埃利奥特的《独立战争中的作家：新共和国的文学和权威，1725—1810》(*Revolutionary Writers*：*Literature and Authority in the New Republic*, *1725—1810*, 1982)、杰伊·弗里格尔曼(Jay Fliegelman)的《宣布独立：杰斐逊、自然语言及表演文化》(*Declaring Independence*：*Jefferson*, *Natural Language*, *and the Culture of Performance*, 1993)、R. A. 弗格森(Robert A. Ferguson)的《美国启蒙运动，1750—1820》(*The American Enlightenment*, *1750—1820*, 1997)、E. G. 格雷(Edward G. Gray)的《新大陆通天塔：早期美国的语言及民族》(*New World Babel*：*Language and Nations in Early America*, 1999)、苏珊·贾斯特尔(Susan Juster)的《混乱的妇女：独立战争期间新英格兰的性别政治和福音主义》(*Disorderly Women*：*Sexual Politics and Evangelicalism in Revolutionary New England*, 1994)、简·卡门斯基(Jane Kamensky)的《对语言的统治：早期新英格兰的言语政治》(*Governing the Tongue*：*The Politics of Speech in Early New England*, 1997)、M. P. 克雷默(Michael P. Kramer)的《想象美国的语言：从独立战争到内战》(*Imagining Language in America*：*From the Revolution to the Civil War*, 1992)，以及 G. B. 纳什(Gary B. Nash)的《种族与独立》(*Race and Revolution*, 1990)。

关于19世纪美国创作的学术研究，有很多以传统大师为主题。其中赫尔曼·麦尔维尔(Herman Melville)和马克·吐温(Mark Twain)等作家受到极大关注，例如赫舍尔·帕克(Hershel Parker)的《赫尔曼·麦尔维尔传》第一卷及第二卷(*Herman Melville*：*A Biography*, vols. Ⅰ and Ⅱ, 1996, 2002)以及维奥拉·萨克斯(Viola Sachs)的《从法国角度看想象大师麦尔维尔》(*L'imaginaire Melville*：*A French Point of View*, 1992)。除此之外，有关弗雷德里克·道格拉斯(Frederick Douglass)、哈莉特·比彻·斯托(Harriet Beecher Stowe)，以及女作家凯特·肖邦(Kate Chopin)和查尔斯·切斯纳特(Charles Chesnutt)这样的有色人种作家的著述，也大有增加。研究"美国文艺复兴"

的作品有萨克文·伯科维奇和米拉·杰伦(Myra Jehlen)的论文集《意识形态与古典美国文学》(*Ideology and Classic American Literature*，1986)、R. H. 布洛德海德(Richard H. Brodhead)的《文学的文化：19世纪美国的阅读及写作情景》(*Cultures of Letters：Scenes of Reading and Writing in 19th Century America*，1993)、米拉·杰伦的《美国的化身：个人、民族及大陆》(*American Incarnation：The Individual，the Nation，and the Continent*，1986)、辛迪·温斯登(Cindy Weinstein)的《劳动的文学与文学的劳动：19世纪美国小说的寓言》(*The Literature of Labor and the Labors of Literature：Allegory in 19th Century American Fiction*，1995)、约翰·卡洛斯·劳(John Carlos Rowe)的《爱默生墓旁：古典美国文学的政治》(*At Emerson's Tomb：The Politics of Classic American Literature*，1997)、蒂默西·鲍威尔(Timothy Powell)的《残忍的民主：美国文艺复兴的多元文化解释》(*Ruthless Democracy：A Multicultural Interpretation of the American Renaissance*，2000)、沃尔特·本·迈克尔斯(Walter Benn Michaels)和D. E. 皮斯(Donald E. Pease)编辑的论文集《美国文艺复兴新解》(*The American Renaissance Reconsidered*，1985)，以及小A. L. 艾克尔曼(Alan L. Ackerman，Jr.)的《袖珍剧场：美国文学及19世纪戏剧》(*The Portable Theater：American Literature and the Nineteenth Century Stage*，1999)。

研究世纪之交的作品有玛莎·班塔(Martha Banta)的《想象美国妇女：文化史中的思想与理想》(*Imagining American Women：Idea and Ideals in Cultural History*，1987)、《量体裁衣的生活：泰勒、范布伦和福特时代的叙事体创作》(*Taylored Lives：Narrative Production in the Age of Taylor，Veblen，and Ford*，1993)和《野蛮的交流：操行文化漫画，1841—1936》(*Barbaric Intercourse：Caricature and the Culture of Conduct，1841—1936*，2002)，迈克尔·大卫特·贝尔(Michael Davitt Bell)的《美国现实主义的问题：文学理念文化史研究》(*The Problem of American Realism：Studies in the Cultural History of a Literary Idea*，1993)，安娜·达西尔(Anne DuCille)的《配对惯例：性别、文本和黑人妇女小说中的传统》(*The Coupling Convention：

Sex, *Text*, *and Tradition in Black Women's Fiction*, 1993），弗兰西斯·史密斯·福斯特（Frances Smith Foster）的《自我写就：非裔美国妇女的文学创作，1746—1892》（*Written by Herself*：*Literary Production by African American Women*，*1746—1892*，1993），法拉赫·杰思敏·格里芬（Farah Jasmine Griffin）的《"谁放你飘扬"：非裔美国移民叙事》（*"Who Set You Flowin"*：*The African American Migration Narrative*，1995），盖尔斯·耿（Giles Gunn）的《美国思想纵横谈：意识形态、学术及新实用主义》（*Thinking Across the American Grain*：*Ideology*，*Intellect*，*and the New Pragmatism*，1991），萨米·卢德维格（Sami Ludwig）的《实用现实主义：美国现实主义文本的认知范式》（*Pragmatist Realism*：*The Cognitive Paradigm in American Realist Texts*，2002），沃尔特·本·迈克尔斯的《黄金标准与自然主义逻辑：世纪之交的美国文学》（*The Gold Standard and the Logic of Naturalism*：*American Literature at the Turn of the Century*，1987），S. L. 米祖奇（Susan L. Mizruchi）的《历史知识的力量：讲述霍桑、詹姆斯和德莱塞的过去》（*The Power of Historical Knowledge*：*Narrating the Past in Hawthorne*，*James*，*and Dreiser*，1988），卡尔拉·彼得森（Carla Peterson）的《"语词实干家"：非裔美国女作家发言人及北方作家（1830—1880）》［*"Doers of the Word"*：*African American Women Speakers and Writers in the North（1830—1880）*，1995］，瓦莱丽·史密斯（Valerie Smith）的《非裔美国叙事体的自我发现和权威》（*Self Discovery and Authority in Afro-American Narrative*，1987），以及玛丽·海伦·华盛顿（Mary Helen Washington）的《臆造的生活：黑人妇女叙事，1860—1960》（*Invented Lives*：*Narratives of Black Women 1860—1960*，1987）。

近年，以20世纪文本和作家为主要研究对象的著作有迈克尔·沃克瓦德（Michael Awkward）的《求同存异：种族、性别和定位政治》（*Negotiating Difference*：*Race*，*Gender*，*and the Politics of Positionality*，1995）、R. J. 考伯（Robert J. Corber）的《冷战时期美国的同性恋：雄性的抵抗与危机》（*Homosexuality in Cold War America*：*Resistance and the Crisis of Masculinity*，1997）、T. M. 戴维斯（Thadious M. Davis)的《哈莱姆文艺复兴小说家内娜·拉尔森:揭开一个女人的一生》(*Nella Larsen, Novelist of the Harlem Renaissance: A Woman's Life Unveiled*, 1994)、迈克尔·邓宁(Michael Denning)的《文化前沿:20世纪美国文化的分娩》(*The Cultural Front: The Laboring of American Culture in the Twentieth Century*, 1996)、安·道格拉斯(Ann Douglas)的《恐怖的诚实:20世纪20年代的混血曼哈顿》(*Terrible Honesty: Mongrel Manhattan in the 1920s*, 1995)、安娜·达西尔的《换肤交易》(*Skin Trade*, 1996)、伊莲·弗兰兹堡(Hilene Flanzbaum)编辑的论文集《大屠杀的美国化》(*The Americanization of the Holocaust*, 1999)、菲利普·布赖恩·哈勃(Philip Brian Harper)的《难道我们不是男人?:男性焦虑及非裔美国身份的问题》(*Are We Not Men?: Masculine Anxiety and the Problem of African-American Identity*, 1996)和《私事密行:社会关系文化中的关键性冒险》(*Private Affairs: Critical Ventures in the Culture of Social Relations*, 1999)、特鲁迪埃·哈里斯(Trudier Harris)的《门廊的威力:左拉·尼尔·赫斯顿、格洛丽娅·泰勒和兰达尔·克南的故事讲述技艺》(*The Power of the Porch: The Storyteller's Craft in Zora Neale Hurston, Gloria Taylor, and Randall Kenan*, 1996)、C. E. 亨德森(Carol E. Henderson)的《划伤黑人身体:非裔美国文学的种族及再现》(*Scarring the Black Body: Race and Representation in African American Literature*, 2002)、迈·亨德森(Mae Henderson)编辑的论文集《边界、界限及框架:文化批评及文化研究论文集》(*Borders, Boundaries, and Frames: Essays in Cultural Criticism and Culture Studies*, 1995)、保罗·劳特尔(Paul Lauter)的《作品与语境》(*Canons and Contexts*, 1991)、乔治·里普西兹(George Lipsitz)的《时间通道:集体记忆与美国通俗文化》(*Time Passages: Collective Memory and American Popular Culture*, 1990)和《危险时刻的美国研究》(*American Studies in a Moment of Danger*, 2001)、沃尔特·本·迈克尔斯的《我们的美国:本土意识、现代主义和多元化》(*Our America: Nativism, Modernism, and Pluralism*, 1995)、斯蒂芬·迈洛斯(Steven Mailloux)的《接受历史:修辞、实用主义和美国文化政治》(*Reception*

Histories：Rhetoric，Pragmatism，and American Cultural Politics，1998)、V. K. 巴顿(Venetria K. Patton)的《枷锁下的妇女：黑人妇女小说中的奴隶制遗产》(*Women in Chains：The Legacy of Slavery in Black Women's Fiction*，2000)、约翰·瓦伦·布里奇(John Whalen-Bridge)的《政治小说及美国自我》(*Political Fiction and the American Self*，1998)，以及大卫·维亚特(David Wyatt)的《五把火：种族、浩劫及加州的形成》(*Five Fires：Race，Catastrophe，and the Shaping of California*，1997)。

对包括演讲、修辞、哲学和法律文件等一度被遗忘和边缘化的文类重新加以整合，是文学史上的一大潮流。例如，在《美国宣言：美国文化史中的反叛与忏悔》(*American Declarations：Rebellion and Repentance in American Cultural History*，1999)中，哈罗德·布什(Harold Bush)探索了美国演讲史范围内的一种"进行中的文化对话"。他认为，这种对话在美国文学和文化中占有核心地位，处于一种广义的美国式、基督式忏悔神话之中，既含有保守派的声音，也含有自由人士的声音。布什的观点是，这种忏悔神话源于圣经和基督思想，在《独立宣言》中也体现出了美国属性，因而有着足够的广度，可以同时激发保守派和自由派的热情。其他研究文学和法律交叉影响的著作有蒂莫克(Wai Chee Dimock)的《正义余波：文学、法律和哲学》(*Residues of Justice：Literature，Law，Philosophy*，1996)、R. A. 弗格森(Robert A. Ferguson)的《美国文化中的法律与文学》(*Law and Letters in American Culture*，1984)、布鲁克·托马斯(Brook Thomas)的《美国文学现实主义及未履行的合同诺言》(*American Literary Realism and the Failed Promise of Contract*，1997)，以及普丽西拉·沃尔德(Priscilla Wald)的《美国人的构成：文化焦虑与叙事形式》(*Constituting Americans：Cultural Anxiety and Narrative Form*，1995)。

二、主题批评

文学史方面，人们对文学时期的重点研究从未间断过。同时，一种很久以前就受到质疑的文学史类型也复活了，那就是以主题为焦点的研究。现在就声称主题史或思想史研究已经归来，可能稍嫌夸张。但是至少，从 A. O. 那夫乔伊(Arthur O. Lovejoy)的《伟大的存在链：思想史研究》(*The Great Chain of Being：A Study of the History of an Idea*,1936)来看，对思想、主题和意识形态的研究，已经以崭新、复杂而具体的形式开始了健康复苏的进程。当然，20 世纪末 21 世纪初的思想和主题研究与过去相比，还是截然不同的。过去的思想和主题批评强调连续性和统一性，而当代则将注意力集中在历史和哲学的非连续性上，并试图对具有哲学性的内容"重新体现"，而使之成为历史。这种研究的结果很有说服力，很有影响力，却也大受争议。此外，它还催生了大量话题各异的著作，内容包括宗教、精神、环境、童年及各种新形式的文学史和文化史。

以主题为焦点的批评也是一种经历过某种复苏且较古老的文学批评形式。但现在，这种批评已应用到诸如身体、书本、"奇迹"和"童年"之类此前未曾探索过的话题和主题之上。沃纳·索洛斯(Werner Sollors)的论文集《主题批评的回归》(*The Return of Thematic Criticism*,1993)既展示了这种有趣的主题批评的复苏，也展示了对此一直挥之不去的理论怀疑。这种怀疑，在 G. S. 杰伊的《美国文学及文化大战》(*American Literature and the Culture Wars*,1997)一书中，也同样得到了表现。但是，主题研究已然回归，而且还用女权主义、后殖民主义和后结构主义批评的理论武装了起来。在主题研究复苏的情况下，试探性地提出一种主题研究方法，以促进美国文学的新型多元化研究，就有了某种希望。例如，从未间断过的儿童文学的研究现在已经成了一种跨学科领域，涵盖了"童年研究"、"女孩研究"和"家庭空间与家庭成员研究"等方向。这方面研究的代表是茹杰斯大学儿童与童年研究中心。这方面的代表作有 P. S. 法斯(Paula S. Fass)和玛丽·安·梅森(Mary Ann Mason)编辑的论文集《童年在美国》(*Childhood in America*,2000)、J. R. 金蔡德(James R. Kincaid)的《情欲童真：儿童骚乱的文化》(*Erotic Innocence：The Culture of Child Molesting*,1998)、迈克尔·穆恩(Michael Moon)的《一个小男孩及其他：从亨利·詹姆斯到安迪·沃霍尔的美国文化中的模仿与独创》(*A Small Boy and Others：Imitation and Initiation in American Culture from Henry James to Andy Warhol*,1998)、R. O. 萨克斯顿(Ruth O. Saxton)编辑的论文集《女孩：女作家当代小说中的女孩构建》(*The Girl*: *Constructions of the Girl in Contemporary Fiction by Women*，1998)，以及盖尔·舒曼克·默里(Gail Schmunk Murray)的《美国儿童文学及童年的构建》(*American Children's Literature and the Construction of Childhood*，1998)。专注于家庭观念和母性研究的作品有吉莉安·布朗的《国内个人主义：19世纪的美国自我想象》(*Domestic Individualism*：*Imagining Self in 19th Century America*，1990)、S. A. 史密斯(Stephanie A. Smith)的《自由所孕育的：母亲形象与19世纪美国文学》(*Conceived by Liberty*：*Maternal Figures and 19th Century American Literature*，1994)，以及洛拉·罗梅罗(Lora Romero)的《家庭前沿：美国南北内战前的家庭生活及其批评家》(*Home Fronts*：*Domesticity and Its Critics in the Antebellum United States*，1997)。

在主题批评中，环境批评是一个新兴领域。它研究的对象，是环境对文学作品的影响，以及富有想象力或讲究修辞的作品对环境的影响。环境批评包罗万象，可以是以城市或某地区环境的描写为主的文学史，也可以是一部作品的生态批评，如劳伦斯·布约尔(Lawrence Buell)的《环境的想象：梭罗、自然写作及美国文化的形成》(*The Environmental Imagination*：*Thoreau*，*Nature Writing*，*and the Formation of American Culture*，1995)。生态批评另外两部著作分别是布约尔的《为濒危世界写作：美国文学、文化、环境及其他》(*Writing for an Endangered World*：*Literature*，*Culture*，*and Environment in the U. S. and Beyond*，2001)和由彻里尔·格洛特菲尔蒂(Cheryll Glotfelty)及哈罗德·弗罗姆(Harold Fromm)编辑的《生态批评读本：文学生态学的里程碑》(*The Ecocriticism Reader*：*Landmarks in Literary Ecology*，1996)。在当前对建筑艺术、城市、太空和想象世界研究的著作里，有三部典范性作品，分别是理查德·雷汉(Richard Lehan)的《文学中的城市：学术与文化史》(*The City in Literature*：*An Intellectual and Cultural History*，1998)、赛西丽娅·蒂希(Cecilia Tichi)的《民族的体现：美国各地人的形式》(*Embodiment of a Nation*：*Human Form in American Places*，2001)和凯瑟琳·朱尔卡(Catherine Jurca)的《白人散居地：郊区与20世纪小说》(*White Diaspora*：*The Suburb and the*

Twentieth-Century Novel ,2001）。

三、"彼此孤立的领域可以休矣！"

当一种相对传统的文学史类型仍在产出丰富且多样化的产品时，最新的文学批评的主方向已经拐了一个弯，走上了被称为"彼此孤立的领域可以休矣"的道路。标志着文学批评离开"彼此孤立的领域"，走向融合型研究道路的最重要的作品之一，是由 C. N. 戴维森（Cathy N. Davidson）编辑的《美国文学》1998 年特刊，名称就叫做《彼此孤立的领域可以休矣！》（*No More Separate Spheres* !），而且同名专著也于 2002 年出版了。在这期具有高度影响力的专刊中，戴维森呼吁重新评价过去那种分野森严、将女性作品划入一个独立领域进行孤立研究的做法。这种做法通过"性别二重对立"观点来组织研讨，使得在讨论"独立领域的范式"，特别是种族、性征、阶级、地区、宗教、职业和其他变量"时，本可以加以综合而获得极大成果的希望化成了泡影。戴维森于是呼吁采用新的研究方法，对性别问题和其他众多的问题和范畴重新进行思考，将过去分别孤立地在各研究领域取得的有关性别的建设性成果综合起来。戴维森的专刊收入了一些新的重量级学者的论文，如朱迪思·费特莱（Judith Fetterley）、马乔里·普赖斯（Marjorie Pryse）、小 J. F. 阿兰达（Jose F. Aranda, Jr.）、劳伦·伯兰特（Lauren Berlant）和艾米·凯普兰（Amy Kaplan）的文章。作为专著单独出版时，戴维森又增加了两篇文章，即伊丽莎白·伦克尔（Elizabeth Renker）颇受争议的《赫尔曼·麦尔维尔、打老婆及已写完的一页》（"Herman Melville, Wife Beating, and the Written Page"，《美国文学》第 66 期，1994 年 3 月）和莫里斯·华莱士（Maurice Wallace）的《构造黑人男子气概：弗雷德里克·道格拉斯、B. T. 华盛顿、非裔美国自传的次极限》["Constructing the Black Masculine: Frederick Douglass, Booker T. Washington, the Sublimits of African American Autobiography"，原载于《主题及公民：从噢荣奴考到安妮塔·希尔的民族、种族和性别》（*Subjects and Citizens: Nation, Race, and Gender from Oroonoko to Anita Hill*），由迈克尔·穆恩和凯茜·N. 戴维森于 1995 年编辑]。

四、种族与种族性

戴维森要美国文学研究在性别问题上走综合型道路的呼吁，与早些时候保罗·吉尔罗伊（Paul Gilroy）的《黑色的大西洋：现代性与双重意识》（*The Black Atlantic*：*Modernity and Double Consciousness*，1993）所产生的影响不谋而合。该书激活了对种族问题的研究，其方式与戴维森激活对性别问题的研究别无二致。吉尔罗伊的著作是建立在 W. E. B. 杜波伊斯（W. E. B. Du Bois）和 C. L. R 詹姆斯（C. L. R. James）的作品基础之上的，尤其是对杜波伊斯双重意识概念的借用，并用这种概念，对种族和种族性一成不变的看法从理论上加以拒绝。吉尔罗伊认为，"种族绝对论"和"文化的完整性和纯洁性"皆源于民族主义，这种论调忽视了文化的穿透能力，是有缺陷的，于是他便对这两个概念加以拒绝。他呼吁在研究种族和文化的问题时要有更宽广的胸怀，要建立在混合、混血、双重意识和融合的理论之上。吉尔罗伊研究"超出种族话语并避免被代理人所俘获的文化转变和无休止的（不）连续性的进程"的企图，似乎也是受了玛丽·路易丝·普拉特（Mary Louise Pratt）的著作《帝国的眼睛：旅游文学与文化转变》（*Imperial Eyes*：*Travel Writing and Transculturation*，1992）启示的结果。同样，对吉尔罗伊有重要影响的还有众多拉美评论家的作品。最先是 20 世纪 40 年代古巴社会学家费尔南多·奥尔蒂兹（Fernando Ortiz），后来是 20 世纪 70 年代的乌拉圭文学评论家安吉尔·拉马（Angel Rama），最后则是 20 世纪 80 年代奇卡诺（即墨西哥裔美国的）女诗人和评论家格洛丽娅·安莎迪娅（Gloria Anzaldua）。尽管美国作家的旅游文学并非普拉特的首要研究对象，但她对早期拉丁美洲和欧美文本的详尽解读，在欧美旅游文学和奴隶文学之间找到了有用的关联。她的努力在对美国文学进行批评时极为有用。她的研究焦点是"接触区"，即那些"大相径庭的文化之间发生遭遇、冲突和斗争"的社会空间。她研究的是她觉察到的一种非对称权力关系。这种权力关系，就是欧洲、欧美和本土作家借以通过旅游文学构建"本国主题"的根源。她揭示了这些结构复杂的融合情况，以及帝国性和反帝国性旅游文学的内涵。她的研究超越了学科界限，找回了由早期殖民题材创造，且以之为题材的早已丢失或遗忘的文本。另一部关于早期"接触区"的重要著作是史蒂芬·格林布拉特的《令人惊异的财富：新世界的奇迹》（*Marvelous Possessions：The Wonder of the New World*，1991）。该书探究了在"历史大发现时代"欧洲人应用奇迹、惊异的审美来体验并描绘土著美洲人，这一审美反过来让欧洲人操纵、殖民、剥削，并占有了土著美洲人及他们的文化。

在吉尔罗伊之前，另有一位研究非洲文化和非洲属性对美国黑人和白人作家的影响的人物，即史学家斯特林·斯塔基（Sterling Stuckey）。他的开山之作是《奴隶文化：民族主义理论及黑美洲的基础》（*Slave Culture：Nationalist Theory and the Foundations of Black America*，1987），随后又出版了《穿越风暴：历史上非裔美洲的影响》（*Going Through the Storm：The Influence of African American Art in History*，1994）。在这两部作品中，斯塔基探究了包括舞蹈、音乐、诗歌和民间传说在内的非洲文化形式对弗雷德里克·道格拉斯、W. E. B. 杜波伊斯、保罗·罗伯逊（Paul Robeson）和赫尔曼·麦尔维尔等各种风格迥异的美国作家和艺术家的影响。在《奴隶文化》一书第一章中，斯塔基说明了非洲精神舞蹈和站圈叫喊的艺术形式对美国艺术和文化创作的持久影响力。这种影响力甚至在进入 20 世纪后还持续了很长一段时间。斯塔基认为，非洲奴隶文化的历史需要产生了一种"犹抱琵琶半遮面"的美感。这种美感，一直存在于很多非裔和欧裔美国艺术家的作品之中。斯塔基和与他做了相似研究工作的埃里克·桑奎斯特（Eric Sundquist）提出，非洲文化的修辞和行为传统仍然存在，并没有被完全转变或融合掉。在《唤醒各民族：美国文学形成过程中的种族问题》（*To Wake the Nations：Race in the Making of American Literature*，1993）中，桑奎斯特试图超越融合理论，进行一些更为艰难的实际工作，来研究非裔美国文化对具有多文化特质的美国文学创作的影响。桑奎斯特拒绝把它们作为孤立的领域进行研究，而是将美国黑人文学和白人文学从本质上当做同一种传统加以解读。此外，谢利·费希尔·费希金（Shelley Fisher Fishkin）在《哈克贝里是黑人？：马克·吐温及非裔美国人的声音》（*Was Huck Black?：Mark Twain and African American Voices*，1993）中声称，哈克贝里那种明显的市井语言的原型是一位名叫杰米的非裔美国青年的黑人语言，马克·吐温曾为此人写过札记。因此，桑奎斯特、斯塔基和费希金都不约而同地指出，非洲属性——非洲口语、文化、音乐、知识和修辞形式——对美国文化的形成有着巨大的影响，因此也对美国文学的形成有着巨大的影响。同样，H. A. 贝克尔(Houston A. Baker)的《布鲁斯、意识形态及非裔美国文学：一种本国的理论》(*Blues, Ideology, and Afro-American Literature: A Vernacular Theory*, 1984)、《现代主义与哈勒姆复兴》(*Modernism and the Harlem Renaissance*, 1987)和《精神的作用：非裔美国妇女创作中的诗学》(*Workings of the Spirit: A Poetics of Afro-American Women's Writing*, 1991)，小亨利·路易丝·盖茨(Henry Louis Gates, Jr.)的《指称的猴子：一种非裔美国文学批评理论》(*The Signifying Monkey: A Theory of African-American Literary Criticism*, 1988)，以及朱迪丝·杰克逊·弗赛特(Judith Jackson Fossett)和J. A. 塔克尔(Jeffrey A. Tucker)共同编辑的《种族意识：新世纪的非裔美国人研究》(*Race Consciousness: African-American Studies for the New Century*, 1997)也是研究上述问题的。

受到吉尔罗伊、普拉特等在融合性这一大领域内的研究影响的批评家大有人在，约瑟夫·罗奇(Joseph Roach)即为其一。他比较重视表现理论，将其带到了融合和跨文化研究之中。在《死亡城市：环大西洋行为》(*Cities of the Dead: Circum-Atlantic Performance*, 1996)中，罗奇在他称为环大西洋的整个环境中，研究了记忆、遗忘、历史、行为和失却这些相互关联的话题。他所说的环大西洋，指的是被欧洲、非洲和南北美洲所包围的这一后民族区域。文化移民、融合、行为性和记忆等相互关联的问题，令罗奇很感兴趣。他认为，记忆是液态的，是行为性的，是具有想象力的，是被他物体现出来的，并认为"文化通过一种过程繁殖并重新创造自己，而对这一过程的最佳称谓是'代理'(surrogation)"。他进一步指出，行为使文化内交际和跨文化交际成为可能。而创建现代文化的核心，是非洲、欧洲和南北美洲的"居民离散和种族灭绝史"。

另一本研究种族和融合问题的著作，是埃里克·洛特的《爱情与偷盗：扮演黑人的吟游技艺和美国工人阶级》(*Love and Theft: Black-face Minstrelsy and the American Working Class*, 1993)。该作品的研究角度，即使算不上是后民族主义的，也是行为主义的。洛特集中研究了吟游诗人的表演。他发现，由白人扮演黑人显示出某种心理上的冲突。既有欲望，更有恐惧；既有侵犯，更有牵制；既有种族主义，更有同情心和联络欲。按照洛特的看法，吟游诗人的表演"源自白人意识中无法摆脱的黑人（男性）身体"，从而揭示出白人对黑人大量复杂的社会和心理态度，包括"恐慌、焦虑、恐怖和快感"。洛特的跨学科研究说明，不能仅把白人扮演黑人视为简单的种族主义表演，还应该把它解读为"试图具有'黑人'特征和展示肤色界限的可跨越性的独特欲望的表现"，从而把它视为跨种族和跨文化融合的潜在力量。吟游诗人的表演是一种行为，它的作用就是冲破白人的力量，"以安全的方式促进原本受到严格限制和管制的文化进行能量交流"。以扮演黑人的方式逃避白人中产阶级的世俗限制是一种具有战略意义的行动。这种行动一直持续到了 20 世纪，如在埃米能（Eminem）这样的白人说唱者中仍有体现。

　　研究上述 20 世纪文化融合问题的学者为数众多，迈克尔·诺金和乔治·里普西兹是其中的两位。在《黑色的脸、白色的声音：好莱坞熔炉中的犹太移民》(*Blackface*, *White Noise*：*Jewish Immigrants in the Hollywood Melting Pot*, 1996)一书中，诺金将洛特有关白人扮演黑人的观点扩展到了美国电影及犹太裔美国演员和制片商中，后者将这种类型用于新的媒体和语境。诺金先研究了在美国由白人扮演黑人的起源，然后以艾尔·乔尔逊（Al Jolson）这样的犹太演员归化于美国文化"为移民美国化服务"为例，探究了各种使用吟游诗人的形式。在诺金的作品中，"妈咪"和"山姆叔叔"这对孪生人物极为重要。这两个人物暴露出同化中的犹太人以及其他美国移民那种想望与排斥并存的矛盾心理。他们都想象着能够有这样一种可能性，既与美国文化同化，又保持自己的家庭、道德和宗教独特性。乔治·里普西兹在《时间通道：集体记忆与美国通俗文化》(*Time Passages*：*Collective Memory and American Popular Culture*, 1990)和《危险的十字路口：通俗音乐、后现代主义及地方诗学》(*Dangerous Crossroads*：*Popular Music*, *Postmodernism*, *and the Poetics of Place*, 1994)两书中，通过对从新奥尔良四旬斋前的狂欢节最后一天的印第安人到电影、摇滚乐、瑞格舞、节拍舞及电影等文化形式的研究，探索了上述很多问题。苏珊·古柏的《种族改变：美国文化中的白皮肤、黑脸庞》（*Racechanges*：*White Skin，Black Face in American Culture*，1997）考察了美国文学、电影、视觉艺术和新闻中的"跨种族扮演和模仿"问题。古柏对白人占有和模仿非洲文化形式现象进行了研究，研究范围从不登大雅之堂的白人扮演黑人，到尊贵时尚的现代尚古主义对非洲文化形式的采用。对以上新研究领域，下述论文集也极有用：由多萝西娅·费彻-荷尔南（Dorothea Fischer-Hornung）和海克·拉菲尔-赫尔南德斯（Heike Raphael-Hernandez）编辑的《掌握自己的：美国多民族文学视角》（*Holding Their Own*：*Perspectives on the Multi-Ethnic Literatures of the United States*，2000），特里萨·阿尔维斯（Teresa Alves）、特里萨·西得（Teresa Cid）和亨兹·艾克斯达特（Heinz Ickstadt）编辑的《仪式与盛典：表演美国文化》（*Ceremonies and Spectacles*：*Performing American Culture*，2000），以及亨兹·艾克斯达特编辑的《跨越边界：多元文化社会的文化内和跨文化交流》（*Crossing Borders*：*Inner- and Intercultural Exchanges in a Multicultural Society*，1997）。

这种以融合和跨文化为焦点的研究种族、文化的新思路，并不仅局限于研究非裔和欧裔混血的作品。聚焦于拉丁裔美国人、亚裔美国人、本土美国人及其他种族融合问题的成果丰硕的作品也不断涌现。还涌现其他的作品，以一种全新的方式拒绝了早期研究中那种从欧洲到美洲的单向影响理论，对欧美/美国的文化影响问题进行修正和重新解释。这种新的跨大西洋思路倾向于多向影响的理念，认为文化形式和概念实际上是在大西洋两岸双向流动的，以一种丰富和复杂的异花受粉式相互作用。例如，利昂·柴的《美国文艺复兴的浪漫主义基础》（*The Romantic Foundations of the American Renaissance*，1987）一书研究了欧洲文化、哲学和文学对19世纪美国作家产生的无数影响。在解读欧洲影响问题上，柴氏的著作尽管非常传统，认为欧洲的影响主要是单向的，但这部作品的价值，在于它的全面性以及避免对欧洲影响作目的论解读的做法。罗伯特·韦斯布赫（Robert Weisbuch）的《越洋出卖：爱默生时代的美国文学与英国影响》（*Atlantic Double-Cross*：*American Literature and British Influence in the Age of Emerson*，

1986)一书提供了对跨大西洋影响的又一种解读方式。这种方式采用了哈罗德·布鲁姆关于影响的心理学理论，使欧洲影响的问题变得复杂起来。韦斯布赫的主要观点是，美国作家面临着一种"影响的焦虑"，力图将在美国文学及文化材料中感受到的虚弱之处变成强势所在，并对主要的英国文本进行误读和误解，以此来对抗英国人的自大和排外（换言之，就是进行了一次布鲁姆式斗争）。最后一位，保罗·盖尔斯（Paul Giles）在《大西洋彼岸的暴动：英国文化及美国文学的形成，1730—1860》（*Transatlantic Insurrections：British Culture and the Formation of American Literature，1730—1860*，2001）和《虚拟南北美洲：跨民族小说与跨大西洋想象》（*Virtual Americas：Transnational Fictions and the Transatlantic Imaginary*，2002）中也展示了对文化影响的一些极具建设意义的跨大西洋解读方法。盖尔斯以充满悖论的方式主张，无论是英国还是美国的民族文化和文学身份，自身的形成都有赖于与对方的相互影响。

骆里山（Lisa Lowe）的《移民行为：论亚裔美国文化政治》（*Immigrant Acts：On Asian American Cultural Politics*，1997）是研究亚裔美国文学和文化融合问题的一部重要理论著作。他声称，亚裔美国移民被视作永久的"内部外来人"，因此，他们所处的环境"延迟并置换了暂时同化的可能性"。由于这种永久性区别，亚裔美国文化在美学和哲学意义上就成了一种另类场所，与世界大同的国民身份形成了矛盾。因此，骆里山得出结论说，要理解美国作为一种文化、一个民族的"种族化了的政治和经济基础，就应以理解美国的亚洲移民为基础"。另一部以跨民族和性别观点研究亚裔美国文学的作品，是 R. C. 李（Rachel C. Lee）的《亚裔美国文学描述的南北美洲：民族与跨民族的性别小说》（*The Americas of Asian American Literature：Gendered Fictions of Nation and Transnation*，1999）。李认为，对亚裔美国文学的研究历来是以种族主题占主流的，其结果便是她认为本该更具中心意义的家庭、性别角色、性特征和血亲关系被边缘化了。李因此认为，在研究亚裔美国文学时，应采取新思路，将焦点放在性别和性特征上，并以跨太平洋和跨半球的后民族主义方式重新考虑"美国属性"这一问题。在这一研究领域的众多成果中，其他著作还有张敬珏（King-Kok Cheung）的《跨种族亚裔美国文学手册》(*An Interethnic Companion to Asian American Literature*, 1997)、林玉玲(Shirley Geok-lin Lim)的《民族主义与文学：来自菲律宾和新加坡的英语创作》(*Nationalism and Literature: English-language Writing from the Philippines and Singapore*, 1993)和《用英语写下东南亚：言不由衷：亚洲英语文学焦点》(*Writing S. E/Asia in English: Against the Grain: Focus on Asian English-language Literature*, 1994)、G. Y. 冲广(Gary. Y. Okihiro)的《边缘与主流：美国历史文化中的亚洲人》(*Margins and Mainstreams: Asians in American History and Culture*, 1994)、黄秀玲(Sau-ling Cynthia Wong)的《解读亚裔美国文学：从必需品到奢侈品》(*Reading Asian American Literature: From Necessity to Extravagance*, 1993)、特莱塞·山本(Traise Yamamoto)的《用面具掩饰自我：日裔美国妇女、身份及身体》(*Masking Selves, Making Subjects: Japanese American Women, Identity, and the Body*, 1999)、朱蓓章(Patricia, P. Chu)的《同化亚洲人：亚裔美国作家的性别策略》(*Assimilating Asians: Gendered Strategies of Authorship in Asian America*, 2000)、郑安玲(Anne Anlin Chang)的《忧郁的种族》(*The Melancholy of Race*, 2001)、D. L. 恩(David, L. Eng)和 A. Y. 霍恩(Alice Y. Hom)编辑的论文集《亚裔美国同性恋问答》(*Q & A: Queer in Asian American*, 1998)，以及 R. G. 戴维斯(Rocio G. Davis)和伍德尧(Sami Ludwig)编辑的论文集《国际语境下的亚裔美国文学：小说、诗歌和表演解读》(*Asian American Literature in the International Context: Readings on Fiction, Poetry and Performance*, 2002)。

在融合、跨文化、边界地域、混血儿及奇卡诺文学和文化代码转换等问题上的研究也是硕果累累。这一领域最有影响、最具独创性的成果，是格洛丽娅·安莎杜阿(Gloria Anzaldua)的《边界：新女混血儿》(*Borderlands/La Frontera: The New Mestiza*, 1987)。该书目前已被奉为拉丁边界研究、文化研究、女权主义研究和女性同性恋理论的经典之作。安莎杜阿对边界的研究既是字面意义上的，也是象征意义上的。说是字面意义，是因为她的研究对象是美墨边界。说是象征意义，是因为她研究的是当两个民族或阶级相互接触时，当"两个个体因关系亲密造成相互之间距离缩短"时出现的"心理边界、性别边界及精神边界"。对奇卡诺作家研究同样具有价值的作品有 A. E. 昆塔娜（Alvina E. Quintana）的《家中女孩：奇卡诺女性文学的声音》（*Home Girls：Chicana Literary Voices*，1996）。何塞·大卫·索尔代瓦（Jose David Saldivar）的《边界问题：重绘美国文化研究地图》（*Border Matters：Remapping American Cultural Studies*，1997）的研究范围非常宽广，涉及到了边界和跨国界问题，使"美国研究中的批评范式脱离了移民、同化和民族性的直线式叙事"，走向了对后民族主义或跨民族空间中移民、跨界和生活的关注。这方面的其他著作还有他的《我们的美国辩证法：宗谱、文化批评及文学史》（*The Dialectics of Our America：Genealogy，Cultural Critique，and Literary History*，1991）和雷蒙·索尔代瓦（Ramon Saldivar）的《奇卡诺叙事体：差别的辩证法》（*Chicano Narrative：The Dialectics of Difference*，1990）。有两部著作将上述边界概念应用到了诗歌研究中，分别是拉菲尔·佩雷斯-托雷斯（Rafael Perez-Torres）的《奇卡诺诗歌诸运动：与神话斗，与边缘斗》（*Movements in Chicano Poetry：Against Myths，Against Margins*，1995）和阿尔弗雷德·阿尔提加（Alfred Arteaga）的《奇卡诺诗学：异质文本和融合问题》（*Chicano Poetics：Heterotexts and Hybridities*，1997）。

　　本土美洲文学、历史和文化研究方面的几部重要作品是波拉·耿·艾伦（Paula Gunn Allen）的《神箍：找回美洲印第安传统中的女性特征》（*The Sacred Hoop：Recovering the Feminine in American Indian Traditions*，1986）、埃里克·加里·安德森（Eric Gary Anderson）的《美国印第安文学和西南部：语境与配置》（*American Indian Literature and the Southwest：Contexts and Dispositions*，1999）、海伦·卡尔（Helen Carr）的《发明美国原始人：美洲本土文学传统的政治、性别和体现，1789—1936》（*Inventing the American Primitive：Politics，Gender，and the Representation of Native American Literary Traditions，1789—1936*，1996）、阿诺德·克鲁帕特（Arnold Krupat）的《转向本土人：批评与文化研究》（*The Turn to the Native：Studies in Criticism and Culture*，1996）和《边缘上的声音：美国本土文学及作品》

(*The Voice in the Margin：Native American Literature and the Canon*,1989)、谢丽尔·沃克(Cheryl Walker)的《印第安民族：本土美洲文学和19世纪民族主义》(*Indian Nation：Native American Literature and 19th Century Nationalisms*,1997)、杰拉德·维伦诺(Gerald Vizenor)的《显然之礼：残存的后印第安斗士》(*Manifest Manners：Postindian Warriors of Survivance*,1994)和《亡命姿态：美洲印第安土著的缺失与存在场景》(*Fugitive Poses：Native American Indian Scenes of Absence and Presence*,1998)、杰士·维弗尔(Jace Weaver)的《假设人活着：本土美洲文学及本土美洲群落》(*That the People Might Live：Native American Literatures and Native American Community*,1997)、H. E. 维丝(Hilary E. Wyss)的《创作中的印第安人：早期美洲的识字、基督教和本土群落》(*Writing Indians：Literacy，Christianity，and Native Community in Early America*,2000)；还有三部论文集：安德鲁·韦吉特(Andrew Wiget)编辑的《美洲本土文学评论集》(*Critical Essays on Native American Literature*,1985)、苏-艾伦·雅各布斯(Sue-Ellen Jacobs)编辑的《双重精神的人民：本土美洲人的性别身份、性别特征和精神特征》(*Two-Spirit People：Native American Gender Identity，Sexuality，and Spirituality*,1997)，以及海伦·杰士科斯基(Helen Jaskoski)编辑的《早期本土美洲创作：新评论集》(*Early Native American Writing：New Critical Essays*,1996)。

五、种族构建/跨种族文学/白人现象研究

学者们在对文化和种族融合问题进行研究的同时，也一直在对跨种族主题、种族混合以及种族划分的建构性和不稳定性，包括将"白人现象"作为种族身份在美国构建的问题进行研究，并取得了斐然的成绩。作为种族融合领域的重要人物，沃纳·索洛斯对种族及跨种族问题颇有研究，著述甚丰。作品有《超越种族问题：美国文化的融容与承传》(*Beyond Ethnicity：Consent and Descent in American Culture*,1986)、《创族记》(*The Invention of Ethnicity*,1989)和《非白非黑却且白且黑：跨种族文学主题探索》(*Neither Black Nor White Yet Both：*

Thematic Explorations of Interracial Literature，1997），并编辑了《跨种族主义：美国历史、文学和法律中的黑白通婚》(Interracialism：Black-White Intermarriage in American History，Literature，and Law，2000)。《非白非黑却且白且黑》是他的典型作品，体现了他对文学、视觉、社会及法律话语演变史的探索。在这部作品中，他将探索的焦点对准跨种族主题，如黑白混血儿的悲惨命运、乱伦与族间通婚的合二为一、群族之间的身份转换以及"哈姆诅咒"在圣经和文学中的修辞体现。

　　除跨种族主题的探究外，还有大量著述致力于研究种族划分的稳定与不稳定性，其中很多研究的焦点问题是所谓的"白人现象"(whiteness)。T. W. 阿兰(Theodore W. Allen)两卷本的《白色人种的创立》(The Invention of the White Race，1994；1997)为研究白人如何从欧洲众多种族中脱胎而来这一问题提供了一个很好的出发点，追溯了种族主义的起源，认为将"白人"确立为同一族群有着经济和阶级方面的需要。他以爱尔兰人为实例进行分析，展示了构建同质族群的相对性和易变性，揭示了爱尔兰人从一个被压迫、被孤立的群族跻身上等"白人"行列的过程。作者还展示了某些情况下，那些因贸易、宗教、军事和民族关系而隶属于不同组织、团体和种族，因而相互敌视的欧洲人，是如何相互认同为"白人同胞"的。另一部探索爱尔兰人转变为白人的轨迹的作品是诺埃尔·伊格纳蒂夫(Noel Ignatiev)的《爱尔兰人是如何变成白人的》(How the Irish Became White)，对爱尔兰人的同化过程和爱尔兰与美非关系进行了研究。凯伦·布洛得金(Karen Brodkin)的《犹太人是如何变成白人的及其对美国种族问题的启示》(How Jews Became White Folks and What That Says about Race in America，1998)一书，可称为伊格纳蒂夫和阿兰作品的后继之作。马太·弗赖·雅各布逊(Matthew Frye Jacobson)的《另一种颜色的白人：欧洲移民及种族治变》(Whiteness of a Different Color：European Immigrants and the Alchemy of Race，1998)则对种族划分的变化性和流动性进行了研究。这种研究不是为了抹杀白人高人一等的事实，而是在人们重新审视欧洲人"移民到美国并被同化的种族大迁徙"这段历史之际，把这一事实放到新的语境下进行研究。迈克尔·欧米(Michael

Omi)和霍华德·维兰特(Howard Winant)的《美国种族的形成：从 20世纪 60 年代到 90 年代》(*Racial Formation in the United States*：*From the 1960s to the 1990s*，1994)则探索了"种族的概念是如何产生并演变的，这种概念是如何成为政治冲突的焦点问题的，以及这种概念是如何渗透到美国社会的方方面面的"等问题。

《明尼苏达评论》(*Minnesota Review*)则出版了三卷论文集及一期特刊，专文介绍颇具争议性的"白人现象"研究，做了一件很有益的事。迈克·希尔(Mike Hill)的《白人现象批评读本》(*Whiteness*：*A Critical Reader*，1997)探索了白人政治、白人文化、白人团体以及白人现象与普遍意义上的自由主题的教化概念之间的联系。该书研究的问题包括拉什·林伯(Rush Limbaugh)、白人垃圾文化、黑白电影、从雅尼·约普林(Janis Joplin)的布鲁斯歌曲到乡村音乐再到渡哇乐等诸多音乐类型，还包括沃伦·海吉斯(Warren Hedges)的一篇题目叫做《如果汤姆叔叔是白人，我们该叫他婶婶吗？——南北战争后美国小说中的种族和性别问题》的文章。因此还涉及到莱斯利·菲德勒很有影响力的文章《哈克宝贝，回到筏子上来吧》。该文发表于 1948 年，对 19 世纪"新生的同性恋厌恶在规范白人身份中所起的作用"进行了探究。海吉斯认为："同性恋厌恶形象对种族规范所起的作用，绝不亚于对性别规范所起的作用。"他的这一观点，是出自对 19 世纪"放荡"白人形象的讥笑。他还坚称，在《傻瓜威尔逊》(*Pudd'n head Wilson*)及其他当时的作品中，扮演黑人者的取消，还有男女混穿衣服，都表明种族界限的不稳定也同时造成了性别界限的不稳定。理查德·德尔加多(Richard Delgado)和吉恩·斯塔番西奇(Jean Stafancic)的《批评白人研究：看到镜子后面》(*Critical White Studies*：*Looking Behind the Mirror*，1997)探索了白人现象研究的广度，研究的问题有：白人对自己的看法，白人对他人的看法，白人现象的创立，随着每一波新移民的到达"白人"身份划分的转变，历史、法律及文化在定义和重新定义白人时的作用，以及肤色之间的分野及肤色与肤色之间的过渡。由露丝·弗兰肯博格(Ruth Frankenberg)编辑的文集《白人性的移置：社会与文化批评论文集》(*Displacing Whiteness*：*Essays in Social and Cultural Criticism*)和《明尼苏达评论》1997 年特刊《白人问题》(*The White Issue*，Vol. 47)

也对这一新兴研究领域的诸多主导问题进行了探索。

过去数年内,一些重要的作者单独出版了一批研究美国文化文学中有关"白人现象"的著作。大卫·萨夫兰(David Savran)的《像个男人那样接受:白人雄性、受虐狂及当代美国文化》(*Taking It like a Man*: *White Masculinity*, *Masochism*, *and Contemporary American Culture*,1998)研究了美国中产阶级男性白人因想象受到虐待被女性化而日益出现的"受虐狂"倾向。萨夫兰声称,白人男性害怕他者入侵自己的身体,无论这个他者是同性恋者或是黑人,或者干脆就是黑人同性恋者。在《白人》(*White*,1997)一书中,理查德·代尔(Richard Dyer)研究了白人在西方视觉文化中对白人属性的表现方式,并把这些表现方式放置到基督教、种族和殖民主义的语境之中。瓦莱丽·巴勃(Valerie Babb)在《可见的白人现象:美国文学文化中白人特征的含义》(*Whiteness Visible*: *The Meaning of Whiteness in American Literature and Culture*,1998)中,研究了白人现象通过美国文学和文化产生和传播的问题。巴勃认为,"从 18 世纪开始,白人现象一直是保持美国民族国家身份的关键。"她对《莫比·迪克》(或《白鲸》)(*Moby-Dick*; or, *The Whale*)的解读发人深思。她分析说,以实玛利/奎奎格关系中的同性恋因素打断了白人繁衍中白人至上的文学传统,"恢复了它的性爱根源,并使之与作为社会、性和种族借用品的作用分离开来"。大卫·罗迪格尔(David Roediger)的《白人特征的工资:种族与美国工人阶级的形成》(*The Wages of Whiteness*: *Race and the Making of the American Working Class*,1991)一书将种族和阶级问题结合起来考虑,追溯了白人工人阶级在美国的构建过程,认为,"对于美国白人工人阶级来说,工人阶级的形成和白人意识的系统发展是并驾齐驱的"。最后,D. D. 纳尔逊(Dana D. Nelson)的《白纸黑字写着的词:解读美国文学中的"种族",1638—1867》(*The Word in Black and White*: *Reading "Race" in American Literature*, *1638—1867*,1993)和《民族主义男性特征:资本主义公民身份及臆想的白人博爱精神》(*National Manhood*: *Capitalist Citizenship and the Imagined Fraternity of White Men*,1998)这两部作品在研究上述问题方面,也占有重要的位置。在《白纸黑字写着的词》中,纳尔逊认为,英国殖民主义对"种族"的重视来源于哥白尼革命、殖民探索及资本主义经济的增长。在《民族主义男性特征》中，纳尔逊研究了具有白人男性特征的美国政治话语的根源。在对白人男性的博爱精神和美国总统的描述中，这种话语看得再清楚不过了。美国话语将白人男性特征与市民身份相联系，因而培养同时也削减真正的民主思想和实践，对其种种方式纳尔逊作了思考。

六、后民族/后殖民

后民族和后殖民是一个有争议的领域，也越来越引起美国研究学者们的兴趣。过去十年中，美国研究中的民族主义假设，用跨民族方式解读文化，对民族地位概念的构建和具体化的重点研究，以及对国民定义的研究，都有日益受到质疑的趋势。本尼迪克特·安德森（Benedict Anderson）的《想象中的群落：对民族主义根源和扩散的思考》（*Imagined Communities：Reflections on the Origin and Spread of Nationalism*，1983，1991），可以说是民族和后民族主义这一年轻研究领域的开山之作。安德森详细考察了民族主义的历史和文化根源，证明"民族"是18世纪基于话语之上产生的一个虚构的概念。他探讨了"民族"的构建性，证明了"民族"是想象的、由兄弟亲情和家族关系捆绑在一起的群落。尼尔·拉尔森（Neil Larsen）的《决心：南北美洲理论、叙事体和民族论文集》（*Determinations：Essays on Theory，Narrative and Nation in the Americas*，2001）将最前沿的后殖民理论应用于民族地位问题研究，重新评价了安德森关于民族与叙事相互缠绕这一论断，并为殖民主义和民族地位的崛起提供了一种极度历史化的解释。由艾米·凯普兰和D. E. 皮斯编辑的《美国帝国主义文化》（*Cultures of United States Imperialism*，1993），以及由皮斯单独编辑的《民族身份与后美国主义叙事》（*National Identities and Post-Americanist Narratives*，1994）的功绩，在于开启了美国在殖民时期所起的作用以及与后殖民主义的关系这一话题。在第二卷中，皮斯集结了一些研究"从战前奴隶叙事开始直到冷战后解体的美国民族主义的伟大文学"的构建问题的论文，试图"为创建与'熔炉'相适应的民族主义叙事另辟蹊径"。凯普兰在其《美国现实主义的社会构建》（*The Social Construction of American Realism*，1998）一书中，对她本人和论文集中其他作者讨论到的一些美国帝国主义的问题进行研究。H. J. 斯皮尔斯（Hortense J. Spillers）在其编辑的论文集《美国身份比较：现代文本的种族、性别、和国籍》（*Comparative American Identities：Race，Sex，and Nationality in the Modern Text*，1991）中，提出以后民族主义的方法对"美国"究竟是由什么构成的这一问题重新进行思考。她的这一动议，使得人们开始从"南北美洲"的角度研究文学，而不再只将美国文学作为一个孤立的学科进行研究。约翰·卡洛斯·劳（John Carlos Rowe）是后民族主义美国研究中的一个关键性人物。他编辑的论文集《后民族主义美国研究》（*Post-Nationalist American Studies*，2000）在文化民族主义和美国例外论的神话基础上，对美国文学史进行了大胆的修正。他的《文学文化和美国帝国主义：从独立战争到二次大战》（*Literary Culture and U. S. Imperialism：From the Revolution to World War* Ⅱ，2000）研究了文学界对美国帝国主义的反应。他所研究的作品，既有对其加以攻击的，也不乏与其串通一气的。研究后民族主义、全球化及后殖民主义等问题的作品还包括托马斯·佩塞尔（Thomas Peyser）的《乌托邦与国际大都市：美国文学现实主义时代的全球化》（*Utopia and Cosmopolis：Globalization in the Era of American Literary Realism*，1998）和蒂莫克的《自由帝国：麦尔维尔与个人主义诗学》（*Empire for Liberty：Melville and the Poetics of Individualism*，1989)，后者试图在麦尔维尔的诗学与美国内战前的帝国主义和民族主义之间建立联系。

七、"彼此孤立的领域可以休矣"
思路的实践：种族、阶级及性别

　　有人说，近来进行得较多，也最受欢迎、最具有影响力的研究都是关乎文学和文化研究中"彼此孤立的领域可以休矣"这种思路；这种思路试图研究种族、阶级、民族和性别问题的相互影响；这种思路试图将不同的批评方法交织到一起，包括文化研究、新历史相对论、"贱民"和后殖民研究、种族理论、马克思主义批评、同性恋理论和女权主义理论，以这种方式来跨越学科之间的疆界。人们划分的种族、性别及特征、民族属性和阶级的研究疆界业已被打破，相关研究成果汗牛充栋，本文只略加提及，点到为止。为篇幅起见，笔者只围绕"彼此孤立的领域可以休矣"这个方向上的论点组织几篇文章，聊备争鸣之用。焦点之一是几个热烈争议中的问题：19 及 20 世纪男同性恋或不同种族的人融入社会的欲望；扮演黑人与狂欢；对种族化身体的描述；以及酷儿理论与白人现象研究的交叉问题。不妨从伊夫·科索夫斯基·塞奇威克(Eve Kosofsky Sedgwick)和朱迪思·巴特勒(Judith Butler)的著作开始吧。伊夫·塞奇威克的《密柜里的认识论》(*Epistemology of the Closet*，1990)将她自己在《人与人》(*Between Men*，1985)中引入的人类欲望的概念扩展到了美国研究领域，并在《比利·巴德》("Billy Budd")和《丛林野兽》("The Beast in the Jungle")这两篇文章中从同性恋角度对问题进行了分析。塞奇威克认为，"同性恋"和"异性恋"是美国和西方身份的两个中心结构，"如果缺乏对现代同/异性恋定义的批评性分析，那么对现代西方文化几乎任何一个方面的理解，就非但不完整，甚至连核心都损毁了"。朱迪思·巴特勒的《身体的重要性：论"性"的话语限制》(*Bodies That Matter：On the Discursive Limits of "Sex"*，1993)这部著作可以说处于心理学理论、同性恋理论和种族研究的交叉点上。巴特勒试图将只许异性相恋以遏制同性恋欲望的禁忌和不可与外族人通婚以遏制混种通婚欲望的禁忌结合起来。他认为，对同性他者的欲望和同族他者的欲望是相关类型的对社会、性别规范代码的越界反叛。这些规范代码被内化了，成了象征的一部分，处于超我的防范之下。对巴特勒而言，超我不仅控制着性欲望，也控制着欲望的种族代码。由于主体的超我就像是社会内化了的性警察，或像"社会规范赖以运行的精神代理"，超我于是将男性对男性他者的欲望判断为"罪恶"，随之对其进行压制，使其变形，或者用性暴力取代那种欲望。

在巴特勒给我们提供分析男性欲望与对其他种族的恐惧，以及由此产生的欲恐交加的情感出发点的同时，马库斯·伍德(Marcus Wood)的《盲目的记忆：英美奴隶制的视觉体现，1780—1860》(*Blind Memory：Visual Representations of Slavery in England and America，1780—1860*，2000)则给学者们提供了英美文本中有关奴隶和奴隶制视觉描写的原始资料。通过这些描写，伍德研究了奴隶制造成的创伤，研究了对奴隶那种让人害怕、让人欲求又让人可怜形象的描写，研究了权力、问题及用视觉形象表达奴隶制的创伤和恐怖时受到的限制。马乔里·加尔伯(Marjorie Garber)的《穿衣的兴趣：混穿衣服及文化焦虑》(*Vested Interests：Cross-Dressing and Cultural Anxiety*, 1993)将焦点放在她讨论的吟游技艺中的性别和同性恋问题上，并着重论述了混穿衣服与白人扮演黑人等跨越种族界限的行为之间的联系，特别注意到了吟游诗人队伍中出现女性角色的高频度。加尔伯的讨论，将同性恋的恐惧与异族通婚的恐惧联系到一起，认为，"对跨越种族界限的可能性激起了对跨越性别界限的可能性的恐惧，反之亦然"。讨论上述主题的重要著作还有克里斯托弗·卢比(Christopher Looby)的文章《无辜的同性恋：菲德勒观点回顾》("Innocent Homosexuality：The Fiedler Thesis in Retrospect")。该文发表于杰拉德·格拉夫(Gerald Graff)和詹姆斯·费伦(James Phelan)编辑的《哈克贝利·费恩历险记：批评争议的个案研究》(*Adventures of Huckleberry Finn：A Case Study in Critical Controversy*, 1995)一书中。卢比宣称，菲德勒的论点太过于保守，并且还陷入了憎恶同性恋的泥潭。他指出，菲德勒对同性恋和异性恋的自然化进行了微妙的描述，对后者"清白无罪"的同性恋概念提出了异议，认为这种概念既表明了同性恋的"罪恶感"，又揭示了菲德勒置同性欲欲望和婴儿性欲于不顾的事实，是令人担忧的。卢比在采用并延伸菲德勒的研究成果的时候，是从其根基上加以采用并延伸的：原本对于菲德勒只不过是种族间同性恋比喻的内容，到了卢比手里，就成了对19世纪种族间同性恋现状的一种崭新的历史探索。在哈里·斯特可普洛斯(Harry Stecopoulos)与迈克尔·乌贝尔(Michael Uebel)合编的《种族与男性特征主体》(*Race and the Subject of Masculinities*, 1997)一书的《菲德勒与儿子》("Fiedler and Sons")一文中，罗宾·韦格曼(Robyn Wiegman)不仅提供了对菲德勒的解读，更提供了对R. K. 马丁(Robert K. Martin)的解读。他认为马丁忽视了以实玛利/奎奎格关系中跨种族问题的重要性，并认为菲德勒在将"同性恋"这一概念替换成"同性欲"时，其实是在以实际行动压制和掩盖"白人男子与有色女子之恋"这种经典美国神话的内在本质。对我们而言，韦格曼对菲德勒和马丁将这种文学解读为种族和性别问题的批评不啻是一次极好的教训。这让我们意识到，在阅读19世纪美国文学、进行文学批评的时候,我们还可以将同性恋理论和种族理论之间重要的相互关系纳入考虑范围之内。

除了研究男性同性恋或人类社会跨种族关系问题的大量成果外,很多重要的女权主义学者还撰写了大量作品,重点从种族、阶级和性别上研究黑人女性的问题。早期以"彼此孤立的领域可以休矣"的方式研究黑人妇女的一部很有影响的作品,是霍顿斯·斯皮尔斯的《妈妈的宝贝,爸爸的未必:美国语法书》("Mama's Baby, Papa's Maybe: An American Grammar Book")。该文最先是发表在《对话批评》(*Diacritics*,1987)上的。斯皮尔斯研究了在可怕的奴隶制压力下的非洲女性话题,以及奴隶制对家庭结构的影响。她的方法是采用心理学理论,并对奴隶制语言和压迫对黑人女性身体的影响给予了重点关注。罗宾·韦格曼的《美国解剖:种族和性别理论化》(*American Anatomies: Theorizing Race and Gender*,1995)也对黑人女性的主观性从理论上进行了重要研究,并从黑人女权主义视角,指出从理论上删除黑人属性和女性属性是令人不安的。

由伊丽莎白·亚伯(Elizabeth Abel)、芭芭拉·克里斯蒂安(Barbara Christian)和海琳·莫格伦(Helene Moglen)编辑的论文集《黑人和白人的女权主体:种族、精神分析、女权主义》(*Female Subjects in Black and White: Race, Psychoanalysis, Feminism*,1997)很有用,它将女权主义、心理分析、种族和历史相对论结合起来,把斯皮尔斯和韦格曼以黑人女性为主题的研究向前推进了一步。该论文集收录了很多类型各异的言论,有安·达西尔的《真正黑人妇女的魔力:批评行为及黑人女权主义研究》("The Occult of True Black Womanhood: Critical Demeanor and Black Feminist Studies")、玛格丽特·霍曼斯(Margaret Homans)的《"种族构成":种族书写中的隐喻和身体》("'Racial Composition': Metaphor and the Body in the Writing of Race")、朱迪思·巴特勒的《搞种族身份转换、搞同性恋:内娜·拉尔森的精神分析挑战》("Passing, Queering: Nella Larsen's Psychoanalytic Challenge")和H. J. 斯皮尔斯的《假如弗洛伊德的妻子是你的母亲,到目前为止你可能成为的一切:精神分析和种族》("All the Things You Could Be by Now, if Sigmund Freud's Wife Was Your Mother: Psychoanalysis and Race"）。考虑到在美国文学研究中，人们再度对宗教和精神问题产生兴趣，该论文集也收录了一些研究黑人妇女主观性和黑人精神之间交叉问题的文章，有阿卡萨·（格洛丽娅）·哈尔[Akasha (Gloria) Hull]的《与祖先缪斯通灵：露西尔·克利夫顿与德洛丽丝·肯德里克》（"Channeling the Ancestral Muse: Lucille Clifton and Dolores Kendrick"）和卡洛琳·马丁·肖（Carolyn Martin Shaw）的《身份诗学：非裔美国语境中的招魂说质疑》（"The Poetics of Identity: Questioning Spiritualism in African American Contexts"）。同样，凯瑟琳·克雷·巴萨德（Katherine Clay Bassard）的《精神质疑：早期非裔美国女性创作中的文化、性别和群落》（*Spiritual Interrogations: Culture, Gender, and Community in Early African-American Women's Writing*, 1999），也将研究的重点放在了女性黑人和灵性上。

另一位研究黑人女性主题的作家是 S. A. 史密斯。她在《自由所孕育的：母亲形象与 19 世纪美国文学》一书中，探讨了美国文化中母性思想的构建与演变问题。她对母亲这一形象和标志的研究涉及到了众多体裁，也涉及到多位 19 世纪作家，有白人，也有黑人，有男作家，也有女作家，包括莉迪娅·玛丽娅·蔡德（Lydia Maria Child）、亨利·詹姆斯（Henry James）、赫尔曼·麦尔维尔、拉尔夫·沃尔多·爱默生（Ralph Waldo Emerson）、玛格丽特·福勒（Margaret Fuller）、哈里特·雅各布斯（Harriet Jacobs）和弗雷德里克·道格拉斯。这种方法使得史密斯认为，母亲这一形象不仅是美国民族构建中的一个虚构的象征，更是强烈的文化和哲学思辨之所在。卡洛尔·波伊斯·戴维斯（Carole Boyce Davies）在《黑人女作家的创作和身份：主体的移民》（*Black Women Writing and Identity: Migrations of the Subject*, 1994）一书中，从女权主义和后殖民主义的角度，探讨美国黑人妇女的创作。她认为移民文学以及与之相关的家的概念、无家可归的心态、流放及迁徙，在黑人美国妇女移民文学之中，都是具有中心地位的。戴维斯进一步指出，在美国的非裔美国和非裔加勒比女作家中，"家是一个相互矛盾、充满争议的空间，是识别错误和相互疏远的地方"。H. V. 卡尔比（Hazel V. Carby）的《重构女性：非裔美国妇女小说家的出现》（*Reconstructing Womanhood: The Emergence of the Afro-American*

Woman Novelists，1987)和《种族的人》(*Race Men*，1998)两部作品也具有同等重要的价值。这两部作品"质疑了不同历史时刻及不同媒体上各种黑人男性特征文化表现的本质"，研究了"活跃在美国文化中的黑人男性特征的定义"、神话和主题，从而将研究中的"男性"和"女性"这两大阵营合二为一了。

八、作品争论

有关作品的选择成为 20 世纪 80 年代美国研究界最为火爆的一场争论。圈内圈外都有人在争论究竟哪些作品可冠以范式性文本的名头，以便将来作为教科书使用，或编入佳作集。争论尚未得出结论，美国文学作品中的一些重要变化却已经范式化了。关于 20 世纪八九十年代的作品应包括哪些方面，出现了一种有趣的扩大趋势，让人充满希望。这种趋势，就是要我们去关注用众多的语言在美国创作的文学作品。美国文学的定义扩大了，已经涵盖了在美国写就的众多用英语以外的语言写作的作品。这种论点的首席代言人是沃纳·索洛斯。他独立编辑的《多语言的美国：美国文学中的跨国界、跨种族和多语言问题》(*Multilingual America：Transnationalism，Ethnicity，and the Languages of American Literature*，1998)和与马克·谢尔(Marc Shell)共同编辑的《多语种美国文学作品集：原文英译对照读本》(*The Multilingual Anthology of American Literature：A Reader of Original Texts with English Translations*，2000)引起了人们对过去不太注意的非英语美国文学的极大兴趣。

20 世纪 80 年代到 90 年代初的作品重建的焦点，几乎完全集中在过去被排除在外的美国少数民族作家和女性作家上。例如阿·拉冯纳·布朗·鲁敖夫(A. LaVonne Brown Ruoff)和小 J. W. 瓦德(Jerry W. Ward，Jr.)编辑的《重新定义美国文学史》(*Redefining American Literary History*，1990)，就发挥了将非裔美国文学、西班牙裔美国文学、本土美国文学和华裔美国文学加入作品行列的作用。在作品范围沿着种族和性别继续扩展的同时，这一工程也注意到了过去鲜有人注意的一些体裁，如哥特式文学、自传、感伤文学、日记体作品、旅游文学、传奇文学、儿童文学和歌曲。例如 T. A. 戈都(Teresa A. God-

du)在《哥特式美国：叙事、历史和民族》(*Gothic America*：*Narrative*, *History*, *and Nation*, 1997)中,将哥特式美国文学重新历史化了。他追述了此类文学的演变,包括女性哥特式文学的发展、南方哥特式文学,以及处于最中心地位的非裔美国哥特式文学。塞西莉娅·蒂奇在《高处的孤独：乡村音乐中的美国文化》(*High Lonesome*：*The American Culture of Country Music*, 1994)和《电子壁炉：创建美国电视文化》(*Electronic Hearth*：*Creating an American Television Culture*, 1991)这两部作品中,也对流行歌曲和电视节目制作进行了有益的解读。尼娜·贝姆是女性美国作家文本重新发现和作品扩展方面的重要人物。在《美国女作家及历史作品,1790—1860》(*American Women Writers and the Work of History*, *1790—1860*, 1995)中,她研究了女作家的历史作品。此举对那种认为女性作家只专注于家族和私密题材的写作,而公共和历史题材须交由男子来写的观念,提出了挑战。谢莉·塞缪尔斯(Shirley Samuels)和凯伦·桑切斯-埃普勒(Karen Sanchez-Eppler)两人以范围扩展后的作品为研究对象,如小册子、政治漫画、说教和感伤的反奴隶制文学。她们的目的,是为了研究身份的交叉问题、黑人政治和女性身体,以及民族自我的创建问题。两人这方面的作品分别是《合众国的浪漫：妇女、家族及早期美国民族文学中的暴力》(*Romances of the Republic*：*Women*, *the Family*, *and Violence in the Literature of the Early American Nation*, 1996)和《接触自由：废除奴隶制、女权主义及身体政治》(*Touching Liberty*：*Abolition*, *Feminism*, *and the Politics of the Body*, 1993)。所有其他美国文学研究中的传统问题,都与作品问题有关,包括文学史、美学和美学价值及影响等问题。

九、老调新弹：美学与文学影响力

从 20 世纪 30 到 50 年代的整整 30 年中,文学影响力与美学或诗学一直是文学研究的两个中心领域。这两个领域在 20 世纪 80 年代基本上被边缘化了,最近却重获新生。但是其中大部分内容,却为最近 20 年的理论发展所改变。当前,学者们认识到,新的美国文学研究思路要求按照差别、多种声音和后结构主义的原则对传统研究领域进行再思考，于是即使他们对一些实验性、开发性和包容性的原则充满怀疑，探索却并未中断。批评家们摈弃了"放之四海而皆准"或"万般皆下品唯有此论高"的桎梏，以文化差异和对所有文本都具有影响的各种多文化和多声音影响因素为参照，来研究美学和文学影响力。当代批评家们早已大大超越了布鲁姆式的单一思想影响的局限，很乐于接受M. M. 巴赫金和雅克·德里达的理论，以此研究思想意识和身份的交叉影响，包括当前的环境批评在内的思想研究。随着人们开始注意受众语境和文学市场的问题，很多人又回过头来研究修辞学和语言表达中的演讲因素，其他人则在研究艺术与宗教和精神的关系。

　　一方面，由于将美学放到文化、政治、市场或神学的语境之中，最近几年的大多数美学研究将传统研究复杂化了；另一方面，也出现了向传统类型的美学研究的回归。但即使是回归，也经常是将新的视角应用到古老的研究之中。例如，伊莱恩·斯卡里(Elaine Scarry)的《枕书而梦》(*Dreaming by the Book*，1999)在很多方面是趋向传统的，但在应用心理学和神经科学的成果上，却颇有新意。相当一些作品将新视角应用到传统美学研究之中：马乔里·帕尔罗夫的《维特根斯坦的梯子：诗歌语言与平凡的不平凡之处》(*Wittgenstein's Ladder：Poetic Language and the Strangeness of the Ordinary*，1996)将维特根斯坦的语言哲学引入诗歌语言美学新颖性的研究之中。菲利普·费希尔(Philip Fisher)的《奇迹、彩虹和罕见经历的美学》(*Wonder，the Rainbow，and the Aesthetics of Rare Experiences*，1998)研究了有思想的人遭遇艺术、哲学和科学的神秘或新奇事物时所体验到的那种奇迹般的美感；罗布·威尔逊(Rob Wilson)的《美国的崇高：诗的家谱》(*American Sublime：The Genealogy of a Poetic Genre*，1991)则追忆了从清教徒时代到后现代时期美国文学巅峰作品中的美学问题。同时，其他一些学者也在为美学辩护。例如，伊莱恩·斯卡里的《论美与公正》(*On Beauty and Being Just*，1999)和杰弗里·哈尔曼(Geoffrey Harman)的《精神的疤痕：与不真实斗争》(*Scars of the Spirit：The Struggle Against Inauthenticity*，2002)，这两部作品都为美学追求的道德观和真实性鼓与呼。哈尔曼辩护道，在一个大屠杀后的虚伪世界中，艺术性和道德感是一种必需品，因为对美感的向往可以抵御令人不安的幻想及思想与材料中的不真实性。

其他的美学研究试图创立一种新的多文化、后现代的跨学科美学模式，对传统美学假想构成了一种挑战。由路易斯·弗雷塔斯·卡童（Louis Freitas Caton）、杰弗里·莱茵（Jeffrey Rhyne）和埃默里·埃利奥特编辑的《多元文化时代的美学》（*Aesthetics in a Multicultural Age*，2002）是一部有关多学科多元文化美学话题的论文集。该书研究了美国日益快速增长的种族多元化对文化生产影响的方式。而在一种多元文化的社会中，这些方式又催生了对美学理论以及实践的本质和作用进行严肃评估的需要。文集中收录的多篇论文探讨了所谓的"文化大战"的一些问题，包括多元文化社会中进行美学尝试的中心问题。这个问题便是：美学标准如何避免成为排斥或边缘化某些作品的压迫工具？其中一些论文的作者，包括 S. P. 莫罕蒂（Satya P. Mohanty）、温弗莱德·弗拉克（Winfried Fluck）、约翰·卡洛斯·劳·谢利·费希尔·费希金、D. E. 皮斯、约翰内拉·巴特勒（Johnella Butler）和亨兹·艾克斯达特探索了多元文化美学评价的可能性和对"新术语、范畴和评估过程"的需求。M. P. 克拉克（Michael P. Clark）编辑的论文集《美学的报复：当今文学在理论中的位置》（*Revenge of the Aesthetic：The Place of Literature in Theory Today*，2000）也反映了人们对后现代多元文化美学道路的求索。

另一个修正美学问题涉及了所谓"女性式"或类型文学的价值，如感伤型。在简·汤普金斯（Jane Tompkins）的《轰动的设计：美国小说的文化韵味，1790—1860》（*Sensational Designs：The Cultural Work of American Fiction，1790—1860*，1985）中，作者的焦点问题是"'但这有价值吗？'：文学价值的体制化"。她在这篇论文中论述道，形式主义批评家忽视了美国此类文学的修辞、政治和思想意图，因此就把女性作家的作品排除在文学之外。C. N. 戴维森在《独立战争与语词：美国小说的兴起》（*Revolution and the Word：The Rise of the Novel in America*，1986）中分析了感伤小说的政治和美学问题，并在此基础上提出了一种新的历史相对论和修正论文学史观，将美国文学纳入市场、大众文化和政治辩论的语境中进行思考。戴维森以隐讳的方式提议对文学进行再思考，而对导致作品选择男性化的男性化美学倾向，则应加以拒绝。J. A. 斯特恩(Julia A. Stern)在《感情的困境:早期美国小说中的同情与分歧》(*The Plight of Feeling*: *Sympathy and Dissent in the Early American Novel*,1997)中,重新审视了早期美国感伤文学、情节剧和哥特小说,认为这些作品是重要的女性化作品,解读时可以与国民创建中的男性作品进行对比。另一部研究性别、美学和作品的著作是 J. W. 瓦伦(Joyce W. Warren)编辑的《(其他)美国传统:19 世纪女作家》[*The (Other) American Traditions*: *19th Century Women Writers*,1993]。

在"新"学术和文学史研究方面最有趣的一些成果,是关于宗教和精神的修正性研究的。研究的焦点是从清教到非裔美国宗教概念和实践的一些话题。这一领域的代表作有詹妮·弗朗肖(Jenny Franchot)的《通往罗马之路:战前清教与天主教的遭遇》(*Roads to Rome*: *The Antebellum Protestant Encounter with Catholicism*,1994)、安德鲁·德尔邦科的《撒旦之死:美国人是如何丧失罪恶感的》(*The Death of Satan*: *How Americans Have Lost the Sense of Evil*,1995)、S. L. 米祖奇的《牺牲的科学:美国文学与现代社会理论》(*The Science of Sacrifice*: *American Literature and Modern Social Theory*,1998)和由她编辑的文集《宗教与文化研究》(*Religion and Cultural Studies*,2001)、T. H. 史密斯(Theophus H. Smith)的《文化戏法:黑人美国的最初形成》(*Conjuring Culture*: *Biblical Formations of Black America*,1994)、阿尔弗莱德·卡津(Alfred Kazin)的《上帝与美国作家》(*God and the American Writer*,1997)、琳达·芒克(Linda Munk)的《魔鬼的捕鼠夹:救赎与殖民时期美国文学》(*The Devil's Mousetrap*: *Redemption and Colonial American Literature*,1997),以及大卫·布赖恩·戴维斯(David Brion Davis)的《以上帝的形象:宗教、道德观及我们的奴隶制传统》(*In the Image of God*: *Religion*, *Moral Values*, *and Our Heritage of Slavery*,2001)。研究美学与市场关系的作品也很受欢迎,例如,书的文化史、读者文化程度以及影响文学主题和风格的市场现实。这方面的例子有赫舍尔·帕克的《有毛病的文本和词语偶像:美国小说中的文学权威》(*Flawed Texts and Verbal Icons*: *Literary Authority in American Fiction*,1984)、M. T. 基尔莫尔(Michael T. Gilmore)的《美国浪漫主义与市场》(*American Romanticism and the Marketplace*，1985)、R. J. 威尔逊(R. Jackson Wilson)的《修辞：从本杰明·富兰克林到艾米莉·迪金森的美国作家与文学市场》(*Figures of Speech：American Writers and the Literary Market-place，from Benjamin Franklin to Emily Dickinson*，1989)、C. N. 戴维森的《语词的革命：美国小说的兴起》及她编辑的论文集《阅读在美国：文学和社会历史》(*Reading in America：Literature and Social History*，1989)、苏珊·考尔特拉普－迈克奎因(Susan Coultrap-McQuin)的《做文学生意：19 世纪美国女性作家》(*Doing Literary Business：American Women Writers in the 19th Century*，1990)、R. H. 布洛德海德的《文学的文化：19 世纪美国的阅读及写作情景》，以及米谢勒·莫伊兰(Michele Moylan)和雷恩·斯泰尔斯(Lane Stiles)编辑的《读书：美国重要文本、文学论文集》(*Reading Books：Essays on the Material Text and Literature in America*，1996)。

十、影响力(与中心偏离甚远)

尽管哈罗德·布鲁姆的理论极具影响力，且在 20 世纪 70 年代极为有用，但到八九十年代之间，却受到了女权主义者及文化多元论者等的猛烈攻击。确实如此，研究影响力的学者们几乎都消失得无影无踪。直到最近，他们经过再思考后才又冒了出来，却已经面目全非。研究影响力问题的美国文学界学者虽然都在运用布鲁姆的理论，但从两个方面抵制了他的学说。其一，布鲁姆持"内在影响论"，只关注作者对作者，及作品对作品的影响，忽视文化("高雅"文化和"低级"文化皆然)、历史和思想等"外在"影响。对此，他们基本上都加以抵制。其二，他们抵制布鲁姆影响论中的直线性单一影响观，倾向于新的历史相对影响论，即认为影响具有多重性、异源性和复调性。这种研究将考察对象延伸到了传统欧美高雅文化以外的影响因素，去关注宗教、哲学、文学、文化和思想诸影响之间的重叠部分。保罗·吉尔罗伊在《黑色的大西洋：现代性与双重意识》一书中，为文化和文学影响的交叉研究提供了一个可能的出发点。爱都尔德·格里桑特(Edouard Glissant)的《福克纳，密西西比》(*Faulkner，Mississippi*，1999)则提供了另一个潜在的出发点，将福克纳研究纳入一系列原来未考虑过的文化影响之下加以审视。在《美国文艺复兴之下：爱默生和麦尔维尔时代的颠覆性想象》(*Beneath the American Renaissance：The Subversive Imagination in the Age of Emerson and Melville*,1988)一书中，那些"美国文艺复兴"时期的重要作品和被忽视的作品，都被 D. S. 雷诺尔兹(David S. Reynolds)放到了当时的流行文化语境中考察。他认为，"相互竞争的语言和价值系统在流行文化层面上公开较量，为当时的作家提供了丰富的创作源泉，形成了一种高度复杂的环境。美国文学就是从这种环境中诞生的。"从流行和大众文化对"高雅文化"的影响这一角度展开讨论的作品，可谓汗牛充栋。其中一个有趣的代表，是作家比尔·布朗(Bill Brown)的《物质无意识：美国娱乐、斯蒂芬·克兰和戏剧经济学》(*The Material Unconscious：American Amusement，Stephen Crane，and the Economics of Play*,1996)。书中，布朗试图从娱乐公园、橄榄球赛、怪诞演出、吟游诗人的表演和电影等形式中，找到大众文化对斯蒂芬·克兰的现代主义美学的影响。

十一、结 论

在我们思索美国文学研究"何去何从"的问题时，近来，有些学者提出了一些可能的方向，值得我们关注。在《超越一致：实用主义和全球化世界中的差异》(*Beyond Solidarity：Pragmatism and Difference in a Globalized World*,2001)一书中，盖尔斯·耿提出，我们的研究中理解包容文化差异的渴求与艺术批评中"普适人性"的表达之间存在冲突，来自文学理论和自由意识形态的种种压力与对普遍性、基础性以及普适或基本人性的渴求之间存在着对立。盖尔斯·耿提出疑问："尽管人们对于普适价值和真理普遍存疑，对于差异不仅成为社会伦理而且成为个人伦理基本原则之一这一既成事实广泛接受，是否仍有可能用一种非整体化的方式对于共享道德的可能基础进行思考呢？"虽然耿对于达成这种实用妥协和共同立场持乐观态度，其态度也不乏谨慎。

在《变化了的世界中的文学文化：人文科学的未来》(*Literary Culture in a World Transformed：A Future for the Humanities*,2001)一书中，威廉·帕尔迅(William Paulson)对过去几十年中文学文化的

定义方式表示担忧。那种方式将文学文化和变化着的社会政治现实隔绝开来。由于担心文学学者将他们自己与科学、商业及市场过度隔绝，过分狭隘地专注个别细节，他提出文学研究既要拥抱文学历史又要拥抱技术未来，要训练一代批评家，使之能将文学的意义和神秘传送到这个关心物质世界和技术胜于关心思想生活和想象的社会中去。诚如本论文试图证明的，当今批评界已对耿和帕尔迅的关注作出了反应，强调文学多样性的研究，回归主题和美学批评，在吸收当代理论模式，开放艺术试验和理论创新的同时，着力保留传统方法。

无疑，我们所引用和参考的重要研究成果的数量就足以证明，没有任何迹象表明，文学研究和批评的创作兴趣在减弱。

译者简介：王祖友，江苏大学外国语学院副教授，主要从事美国文学和西方文论研究。

论后经典叙事学的排他性与互补性

尚必武

一、引　言

世纪之交,俄亥俄州立大学出版社推出了由美国著名叙事学家戴维·赫尔曼(David Herman)主编的《复数的后经典叙事学:叙事分析新视野》(*Narratologies: New Perspectives on Narrative Analysis*,1999)一书。在长达 30 页的"导言"中,赫尔曼对叙事研究的现状做了全面的回顾和精辟的总结。他认为,在借鉴了女性主义、巴赫金对话理论、解构主义、读者-反应批评、精神分析学、历史主义、修辞学、电影理论、计算机科学、语篇分析以及(心理)语言学等众多方法论和视角之后,单数的叙事学(narratology)已经裂变为复数的叙事学(narratologies),即结构主义对故事进行的理论化工作已经演化出众多的叙事分析模式。赫尔曼进一步指出:叙事诗学在过去十多年间发生了惊人的嬗变,叙事学已经从经典的结构主义阶段——相对于远离当代文学和语言学理论蓬勃发展的索绪尔阶段——走向了后经典阶段。(David Herman 1—2)正是这一转向使得一度消沉的叙事学逐渐走出解构思潮的阴霾,再度崛起跃居为文学研究的一门显学,使西方学界迎来了"叙事最受重视的时期"和"叙事理论最繁荣的时期"。(申丹,203)

作为当代叙事理论的主流之一,后经典叙事学力图修正经典叙事学在诸多方面的缺失,如经典叙事学"对核心文类的武断选择;没有认识到对除此之外的其他文类研究的意义;将故事视作自足的产品,而不是由读者在持续修正的阅读过程中建构出来的文本;既排斥了心理力量、心理欲望,也没有考虑那些涵盖和塑造它们的文化、语用及历史语境"等。(Manfred Jahn 105)这些修正无疑为叙事学研究平添了许多活力与新意。与经典叙事学单一的结构主义范式形成鲜明的对照,后经典叙事学并不是一元的理论流派,而是繁杂的"批评画框"(critical passepartout),是女性主义叙事学、认知叙事学、修辞性叙事学、跨媒介叙事学、历史文化叙事学等诸多新叙事理论的"杂合"。莫尼卡·弗鲁德尼克对此持有相似观点,她说:"多元的研究方法以及它们同批评理论的携手联姻,催生了数个发展势头正旺的叙事学。"(Monika Fludernik, "Histories of Narratology" 37)由此便引出了一个问题,即复数的后经典叙事学各个分支之间的关系如何? 德国叙事学家曼弗雷德·雅恩意识到了这个问题。2004 年,他在一篇关于认知叙事学教学的文章中指出:融合多门学派、多种研究方法的后经典叙事学引发了一些相当明显的问题。(Manfred Jahn 106)遗憾的是,雅恩却没有深入探讨这些"明显的问题"。

近年来,国内外关于经典叙事学与后经典叙事学之间关系的研究颇多。① 然而,对复数的后经典叙事学各个分支之间关系的探讨始终是叙事学界的一大盲点。本文以此为中心旨趣,认为不同派别的后经典叙事学之间既存有排他性,又有互补性。通过对排他性的具体分析,可以增强我们对互补性的认识;而对它们之间互补关系的认识,又可以使我们拥有更为宽阔的批评视野,能对植根于不同的"方法论基础"、"阅读位置"以及"关注层面"的后经典叙事学兼收并蓄,减少排他性、增强互补性,使之在多元共存的道路上越走越远。

① 关于经典叙事学与后经典叙事学之间关系的论述,可主要参见 Roy Sommer, "Beyond (Classical) Narratology: New Approaches to Narrative Theory," *European Journal of English Studies*, Vol. 8, No. 1 (April 2004), pp. 3 - 11; Dan Shen, "Why Contextual and Formal Narratologies Need Each Other," *Journal of Narrative Theory*, Vol. 35, No. 2 (Summer 2005), pp. 141 - 171; Luc Herman and Bart Vervaeck, *Handbook of Narrative Analysis*, 2005; 申丹等,《英美小说叙事理论研究》,北京大学出版社 2005 年版;谭君强,《发展与共存:经典叙事学与后经典叙事学》,《江西社会科学》2007 年第 2 期,第 27—33 页;尚必武,《经典、后经典、后经典之后——试论叙事学的范畴与走向》,《当代外国文学》2007 年第 3 期,第 120—128 页。

二、排他性的表现举隅

在《叙事分析手册》一书中,吕克·赫尔曼与巴特·凡瓦克认为,语境和读者或许是当代叙事理论最重要的组成部分。(Luc Herman and Bart Vervaeck 8)回溯此论断的上下文,不难发现,赫尔曼和凡瓦克所言的当代叙事理论指的就是后经典叙事学。因此,欲探究后经典叙事学的排他性,我们不妨从语境和读者这两个重要概念入手。实际上,在阐述语境和读者这两个概念时,不同派别的后经典叙事学家表面上立场相似,但所指涉的具体含义却有着本质的不同。

早在 30 年前,言语行为主义者就指出:"文学作品远非自立的、自我包含的、自我激励的、不受语境限制的、独立于'日常话语'的'语用属性'之外的东西,它产生于一定的语境,同其他话语一样,文学作品不能脱离语境。"(Mary Louise Pratt 115)但是,长期以来,由于经典叙事学过于追寻"叙事形式"和"普遍叙事语法",故而忽略了语境这一叙事研究的重要因素。有论者认为,这也是语境主义者反对经典叙事学的主要原因之一(Seymour Chatman 309−328),经典叙事学不考虑语境的后果将直接导致其"缺乏潜在的描述性和解释力"。(Barbara Hermstein Smith 232)

认知叙事学研究的重要人物安斯加尔·纽宁说:"起源于 20 世纪 60 年代末的经典叙事学忽略了对语境、文化历史和阐释的研究。"(Nunning, "Where Historiographic Metafiction and Narratology Meet" 354)为弥补经典叙事学的上述缺陷,"后经典叙事学倾向于研究那些诸如语境、文化、性别、历史、阐释、阅读过程等研究课题"。(Nunning, "Narratology or Narratologies?" 245)后经典叙事学对语境的关注和强调,无疑使语境成为后经典叙事学的标志性理念之一,难怪很多论者干脆把后经典叙事学称为"语境主义叙事学"。①

---

① 例如,查特曼、达比、申丹等论者都称后经典叙事学为语境主义叙事学。参见 Seymour Chatman, "What Can We Learn from Contextualist Narratology?" *Poetics Today*, pp. 309 - 328; David Darby, "Form and Context: An Essay in the History of Narratology," *Poetics Today*, Vol. 22, No. 4 (Winter 2001), pp. 829 - 852; Dan Shen, "Why Contextual and Formal Narratologies Need Each Other," *Journal of Narrative Theory*, pp. 141 - 171.

同语境这一概念相仿,读者也受到后经典叙事学的重视和研究。在申丹教授看来,关注读者是后经典叙事学的特点之一。(1)同样,唐伟胜也认为,叙事学由经典转向后经典,从研究范式上来看,还表现在叙事意义的阐释从"作者"走向了"读者"。(64—65)毋庸置疑,不同派别的后经典叙事学家都特别关注语境和读者。但这只是表面现象,就这两个概念的确切所指与内涵而言,各派的后经典叙事学家的观点又存在很大的分歧。下面,我们主要以认知叙事学和修辞性叙事学为例,来考察后经典叙事学在语境和读者这对概念上具有的不同理解。

按照申丹教授的说法,语境可以分为两大类别:一是"叙事语境",二是"社会历史语境"。前者涉及的是超越社会身份的"叙事规约"或"文类规约";后者则主要涉及与种族、性别、阶级等社会身份相关的意识形态关系。与这两类语境相对应的是两种不同的读者:与"叙事语境"相对应的是"文类读者",而与"社会历史语境"相对应的是"文本主题意义的阐释者"。(309—309)一般认为,认知叙事学所关注的是"叙事语境"和"文类读者"。与此相对照,其他派别的后经典叙事学,如女性主义叙事学、修辞性叙事学等关注的则是"社会历史语境"和"文本主题意义的阐释者"。

众所周知,20世纪发生了"两次认知革命",尤其是第二次认知革命使得叙事学研究出现了令人醒目的认知转向。① 越来越多的学者将认知科学的相关成果应用于叙事学研究,使得认知叙事学应运而生,并成为后经典叙事学的一个重要分支。认知叙事学家强调人类所共享的心理模型,从认知框架、优先原则、认知草案等理论视角出发,希望探究人类构造叙事、理解叙事的共有模式。由此构建的认知叙事学,自然不会考虑具体的历史文化语境,也不会考虑处于这一语境下有血有肉的读者。在认知叙事学家看来,"无论读者属于什么性别、阶级、种族、时代,只要同样熟悉某一类的叙事规约,就会具有同样的叙事认知能力(智力低下者除外),就会对文本进行同样的叙事化。"(310)

---

① 关于两次认知革命,尤其是第二次认知革命对叙事学的影响,参见 David Herman,"Storytelling and the Sciences of Mind: Cognitive Narratology, Discursive Psychology, and Narratives in Face-to-Face Interaction," *Narrative*, Vol. 15, No. 3 (October 2007), pp. 312 – 313.

　　主要发轫于美国"芝加哥学派"(the Chicago School)的修辞性叙事学,在 20 世纪 80 年代末异军突起,成为后经典叙事学的一个强劲分支。特别是詹姆斯·费伦(James Phelan)的修辞性叙事学"以其综合性、动态性和开放性构成了西方后经典叙事理论的一个亮点"。(申丹,256)就读者而言,费伦在彼得·拉宾诺维茨(Peter Rabinowitz)所提出的四维度读者观的基础上,又增加了另一种类型。在费伦看来,叙事学研究的读者可有如下五种类型。(1)有血有肉的实际读者。我们每个人既有人类共同具有的特质,也有自己的个性。(2)作者的读者,即作者的理想读者。修辞性叙事理论家认为,有血有肉的读者为了接受叙事文本发出的参与请求,会努力进入作者的读者的位置。(3)受述者,即叙述者的叙述对象,可能不具有性格特征。(4)叙述读者,即有血有肉的读者在叙事世界中所处的观察位置。(5)理想的叙述读者,即由叙述者假定出的完美读者,可以理解叙述者所传达的所有信息。(Robert Scholes, James Phelan and Robert Kellegg, *The Nature of Narrative* 301)

　　有趣的是,在对语境的理解上,不同的后经典修辞性叙事学家之间产生了分歧,特别是在对语境的重视程度上,更有强弱之分。例如,以小说和电影为主要研究对象的修辞性叙事学家塞姆尔·查特曼认为,在依赖社会语言学及自然语言或"言语行为"哲学的基础上,修辞性叙事学把叙事视作行为,提倡探讨真实作者和真实读者的意图、动机、兴趣及他们所处的社会环境。(314)也就是说,查特曼强调的是真实作者和真实读者所处的特定语境。虽然费伦也强调语境,但是他所说的语境主要是指叙述者在讲述故事时的叙述情境,这一点可从他给叙事所下的定义中判断出来。在《作为修辞的叙事》一书中,费伦说:叙事是叙述者"出于一个特定的目的在一个特定的场合给一个特定的读者讲的一个特定的故事"。(James Phelan, *Narrative as Rhetoric* 4)如果说,查特曼与费伦都只是强调某种特定的语境,是"狭隘的"语境主义者的话,那么另一位修辞性叙事学家迈克尔·卡恩斯(Michael S. Kearns)则是一位典型的语境决定论者或泛语境主义者。在《修辞性叙事学》一书的"序言"中,卡恩斯表达了极强的语境主义立场,认为一个文本能否成为叙事的关键在于语境,而不是文本的构成因素。他说:"恰当的语境可以使读者将任何文本都视为叙事文，而任何语言成分无法保证读者这样接受文本。"(ix)可以说，在语境这一问题上，卡恩斯走了极端，他只单方面强调语境的决定作用，而忽视了文本的其他成分，因为"一个文本究竟是否构成叙事取决于文本特征、文类规约、作者意图和读者阐释的交互作用"（申丹 257），而不是完全在于语境。

如上所述，虽然认知叙事学家和修辞性叙事学家基本上都强调语境和读者在叙事理论建构、叙事分析中的作用，但在语境和读者的具体含义上，他们的理解却是仁者见仁、智者见智。那么造成这些不同理解的原因何在呢？

三、排他性的成因探析

在笔者看来，引起这些不同理解的原因主要是因为不同派别的后经典叙事学在三个方面的异质性，即不同的方法论基础、不同的阅读位置，以及不同的关注层面。

首先，不同派别的后经典叙事学具有明显不同的方法论基础。认知叙事学主要借助于心理学、人工智能、认知语言学的理论模型和研究成果，旨在探讨人类在建构、理解叙事时所共享的心理模型。换言之，认知叙事学家聚焦于研究叙事建构、叙事阐释的内在因素：人类心理。由此则不难理解，在这一思维模式的主导下，认知叙事学家何以排除了对外在因素的考察，如社会历史文化，意识形态，读者的性别、年龄、国别、受教育程度等。

修辞性叙事学的主要理论来源是 20 世纪 40 年代盛行于美国学界的"芝加哥学派"，其理论旨趣在于强调作者与读者之间的修辞性交流，特别是作者试图向读者传达的修辞目的，通常以劝服读者接受自己的某种论点为主。在此基础之上建构起来的修辞性叙事学，十分重视处于特定场合和语境下作者、读者、叙述者、受述者之间的互动与交流，强调叙事进程的动态性。即是说，修辞性叙事学家的语境既是指作者与读者交流的文本外部语境，也指叙述者与受述者交流的文本内部语境。既然叙事进程的产生离不开读者的反应和参与，因此对读者种类的详细划分和考察也是其理论建构的必要步骤和必然结果。

此外，不同派别的后经典叙事学还有着不同的阅读位置和关注层面。认知叙事学主要从读者心理这一位置出发,在对各种叙事现象作出阐释的同时,也探索形成这些叙事现象的心理原因。在这一阅读位置上,认知叙事学的关注焦点是心理原型、认知草案、认知框架、优先原则等认知因素在叙事文本解读中的效度。与认知叙事学相对照,修辞性叙事学的阅读位置则是作者、读者、叙述者、受述者的修辞性交流,既关注作者对读者的修辞目的的传达、叙述者对受述者的影响,也考察读者和受述者的反应对叙事进程的作用,并分析在此过程中所产生的一系列伦理效果。

因为在方法论基础、阅读位置、关注层面上存有异质性,不同派别的后经典叙事学之间无可避免地存有一定程度的排他性。然而,需要注意的是,我们不能因为后经典叙事学之间的排他性,而忽略它们之间的互补性。实际上,排他性的背后蕴涵着互补性的必要与可能。

四、排他性背后的互补诉求

学界普遍认为,互补性是当代西方文论的特点之一[①],叙事学亦然,不论是经典的还是后经典的。就其发展而言,后经典叙事学不仅需要吸收经典叙事学的有益成分,获得支撑,不同派别的后经典叙事学之间也应该相互借鉴、扬长补短,以求得到更好的发展。这一点,通过对后经典叙事学排他性的分析,是不难发现的。下面,我们主要以"不可靠叙述"(unreliable narration)这一概念为例,来阐释修辞性叙事学与认知叙事学之间的互补关系,继而为诸多不同派别的后经典叙事学之间的互补性提供佐证。

"不可靠叙述"是当下叙事学研究的"热门话题"(hot issue)(Fludernika,"Fiction vs Non-Fiction"98)和"中心论题"(central issue)(Nünning,"Reconceptualizing Unreliable Narration"90)。就这一论题,西方叙事学界主要有两种研究趋势:修辞性方法与认知方法。申丹教授认为,由于这两种方法基于不同的阅读位置,它们之间存在不可调

---

① 关于当代西方文论互补性的论述,参见申丹,《试论当代西方文论的排他性和互补性》,《北京大学学报》(哲学社会科学版)2000 年第 4 期,第 196—202 页;孙胜忠,《二十世纪西方文论的循环态和文学批评的多元互补论》,《外国语》2004 年第 3 期,第 57—63 页。

和的排他性，不仅认知方法难以取代修辞性方法，而且任何综合两者的努力也注定徒劳无功（《何为"不可靠叙述"？》133）。也就是说，这两种方法之间只存在排他性，而没有互补性的可能。这种说法似乎值得商榷。我们认为认知方法与修辞性方法因阅读位置而引发的排他性恰恰暴露出它们各自研究视阈的盲点，进而从侧面说明了二者互补的必要与可能。

众所周知，韦恩·布思（Wayne C. Booth）最早提出了"不可靠叙述"这一概念。在《小说修辞学》一书中，布思说："当叙述者的言行与作品的规范（即隐含作者的规范）一致时，他就是可靠的，否则就是不可靠的。"（158—159）需要注意的是，布思的"不可靠叙述"主要发生在两条轴线上，即"事实/事件"轴、"价值/伦理"轴，并且判断叙述者是否可靠的标准是隐含作者的规范。

40多年后，布思的学生费伦又沿着修辞性方法的道路，进一步发展了"不可靠叙述"理论。费伦对"不可靠叙述"的划分主要根据两种叙述距离，即叙述者与隐含作者的距离，以及叙述者与"作者的读者"之间的距离。就前一种叙述距离而言，费伦把"不可靠叙述"从布思的两条轴线发展至三条轴线，即增加了"知识/感知"轴，并由此得出"不可靠叙述"六种类型："事实/事件"轴上的"错误报道"和"不充分报道"，"价值/判断"轴上的"错误判断"和"不充分判断"，"知识/感知"轴上的"错误解读"和"不充分解读"。（James Phelan, *Living to Tell About It* 49—53）就后一种叙述距离而言，费伦又把"不可靠叙述"分成两大类："疏远型不可靠性"（estranging unreliability）与"契约型不可靠性"（bonding unreliability）。"疏远型不可靠性"指的是"不可靠叙述"加大了叙述者与"作者的读者"之间的距离，"契约型不可靠性"指的是"不可靠叙述"缩短了叙述者与"作者的读者"之间的距离。费伦认为学界关于"不可靠叙述"的研究主要集中在"疏远型不可靠性"这一极，而忽略了"契约型不可靠性"。因此，他聚焦于"契约型不可靠性"，将其进一步划分为六个亚类型：即"字面意义上的不可靠叙述与隐喻意义上的可靠性叙述"、"隐含作者与叙述者之间的游戏性比较"、"天真的陌生化"、"真诚却被误导的自我贬低"、"对正常范式的部分接近"、"乐观比较的契约"。（James Phelan, "Estranging Unreliability, Bonding Unreliability, and the Ethics of *Lolita*" 223—238)需要指出的是,不论是布思还是费伦,他们都将"不可靠叙述"归咎为文本因素,而"不可靠性"与"不可靠叙述"的种类划分都离不开隐含作者的规范。就"不可靠叙述"而言,认知学派主要有两位代表人物较为突出,分别为塔马·雅克比(Tamar Yacobi)和纽宁。与布思和费伦给"不可靠叙述"所下的定义相左,雅克比把"不可靠叙述"定义为读者的"阅读假设"(reading-hypothesis)或"协调机制"(mechanisms of integration)。当读者在文本中遇到叙述有矛盾的地方时,会采用某种协调机制来加以解决。在《作者的修辞、叙述(不)可靠性、多样的解读:以托尔斯泰的〈克莱采奏鸣曲〉为例》一文中,雅克比详细地论述了关于"不可靠叙述"的五种协调机制:(1)关于存在的机制,这种机制将不协调因素归因于虚构世界;(2)功能机制,这种机制将文中的不协调因素归因于作品的功能和目的;(3)文类机制,这一机制将文本中的不协调因素归因于不同的文类;(4)关于视角的不可靠性原则,这一机制将叙述者的不可靠性归因于假定的隐含作者规范;(5)关于创作的机制,这一机制将文本中的不协调现象归因于作者的意识形态等问题。(108—123)

纽宁一方面延续了雅克比的思想,强调读者的阐释框架对理解"不可靠叙述"的作用,认为"不可靠叙述"主要是由读者的阐释策略所引起的。(Nünning,"Reconceptualizing Unreliable Narration" 95)另一方面,他又从读者的视角和认知结构出发,对"不可靠叙述"重新定义,认为:"不可靠叙述的结构可用戏剧反讽和意识差异来解释。当出现不可靠叙述时,叙述者的意图和价值体系与读者的预知规范之间的差异会产生戏剧反讽。对读者而言,叙述者话语的内部矛盾或者叙述者的视角与读者自己看法之间的冲突意味着叙述者的不可靠。"(申丹,《何为"不可靠叙述"?》138)换句话说,纽宁判断叙述者"不可靠性"的标准不是隐含作者的规范,而是读者的规范。可见,纽宁和雅克比的"不可靠叙述观"在本质上并无二致。

从上面所述不难发现,两种关于"不可靠叙述"研究的方法存在明显的排他性。与修辞性方法关注叙述者的叙述与隐含作者的规范之间的关系形成对比,认知方法对"不可靠叙述"的研究则是主要聚焦于读者的阐释框架;修辞性方法在聚焦于隐含作者规范的同时,忽视了读者的认知心理之于叙事判断的作用；而认知方法在注重读者的认知框架、认知草案等阐释因子的同时，又忽略了对文本隐含作者的立场、态度、意识形态等叙事规范的考虑。也就是说，修辞性方法意在寻找文本之内的不可靠性，不关注读者对不可靠性的理解和阐释。与此相反，认知方法以读者为中心，试图探究在文本之外引起不可靠性阐释的根源，不关注文本之内的不可靠性。

若对两种方法的排他性加以仔细审视的话，我们不难发现在排他性的背后则蕴涵着互补性的必要与可能。如前所述，修辞性方法与认知方法都有各自的"盲点"与"洞见"，在认识到它们的盲点与洞见之后，我们正确的做法应该是减少它们之间的排他性，增强它们之间的互补性。例如，认知方法可以揭示出读者的阐释框架或阅读假设，弥补修辞性方法的不足；修辞性方法可以从隐含作者的规范出发，为判断"不可靠叙述"确定一个合理的衡量标准，弥补认知性方法一味地依赖读者的阐释框架的缺陷。进而，可以从文本内外两个方面更好地把握和理解"不可靠叙述"。

其实，我们在此通过分析"不可靠叙述"的修辞性方法和认知方法，揭示两种不同方法之间的排他性和互补性，意在说明不同派别的后经典叙事学之间既存有排他性又存有互补性。我们可以利用认知叙事学所强调的认知草案、认知框架、优先原则等之于叙事规约、文类读者在建构叙事、阐释叙事过程中的作用，来弥补女性主义叙事学、修辞性叙事学忽视叙事规约、文类读者的缺陷。同理，女性主义叙事学对社会历史语境、性别化读者等的强调也可以弥补认知叙事学、修辞性叙事学在这些方面的不足。而修辞性叙事学对特定语境、五维度读者的强调和划分，有助于我们关注叙事的动态性，从而更好地理解和把握叙事进程。

五、结　语

在赫尔曼看来，"后经典叙事学由于需要积聚诸多学科传统的资源和各种专门知识而成为非单个研究者、非单个视角所能胜任的事业"。(14)也就是说，后经典叙事学作为一项庞大的理论工程，需要从多个理论视角、多个学科来加以探索，使其得到健康稳定的发展。后经典叙事学这一"批评画框"下的各个派别、各种方法都是后经典叙事学持续发展不可缺少的因子。无论是从后经典叙事理论建构的角度,还是从后经典叙事分析实践的角度,我们都不妨以敏锐的眼光来审视各个派别的后经典叙事学的优点,同时也包容它们的缺点,尽可能地减少它们的排他性,增强各个派别的交叉性和互补性,进而使后经典叙事学得到更好的发展。

"叙事理论与广阔的批评理论潮流之间所保持的对话,使得当下的文学叙事研究呈现出多样性色彩。"(James Phelan,"Rhetorical Aesthetics and Other Issues in the Study of Literary Narrative" 86)倘若各种后经典叙事学之间也开展这样的对话,可以肯定,其色彩会更绚丽,其成果会更丰硕。

参考文献

Booth, Wayne C. *The Rhetoric of Fiction*. Chicago: University of Chicago Press, 1961.

Chatman, Seymour. "What Can We Learn from Contextualist Narratology?" *Poetics Today*, Vol. 11, No. 2(Summer 1990): 309 - 328.

Fludernika, Monika. "Fiction vs. Non-Fiction: Narratological Differentiation." *Erzaehln und Erzaehltheorie im* 20. *Jahrhundert: Festschrift fuer Wilhelm Fueger*. Ed. Joerg Helbig. Heidelberg: Universitaetsvrlag C. , 2001.

---. "Histories of Narratology (Ⅱ): From Structuralism to the Present." *A Companion to Narrative Theory*. Eds. James Phelan and Peter J. Rabinowitz. Malden: Blackwell, 2005.

Herman, David. "Introduction: *Narratologies.*" *Narratologies: New Perspectives on Narrative Analysis*. Ed. David Herman. Columbus: Ohio State University Press, 1999.

Herman, Luc and Bart Vervaeck. *Handbook of Narrative Analysis*. Lincoln: University of Nebraska Press, 2005.

Jahn, Manfred. "Foundational Issues in Teaching Cognitive Narratology. " *European Journal of English Studies*, Vol. 8. 1 (April 2004): 105 - 127.

Kearns, Michael S. *Rhetorical Narratology*. Lincoln: University of Nebraska Press, 1999.

Nunning, Ansgar. "Where Historiographic Metafiction and Narratology Meet: Towards an Applied Cultural Narratology. " *Style* 38. 3 (Fall 2004): 352 - 403.

---. "Narratology or Narratologies? Taking Stock of Recent Developments, Critique and Modest Proposals for Future Usages of the Term. " *What Is Narratology? Questions and Answers Regarding the Status of a Theory*. Eds. Tom Kindt and Hans-Harald Müller. Berlin: Walter de Gruyter GmbH & Co. , 2003:239 - 275.

---. "Reconceptualizing Unreliable Narration: Synthesizing Cognitive and Rhetorical Approaches. " *A Companion to Narrative Theory*. Eds. James Phelan and Peter J. Rabinowitz. Malden:Blackwell, 2005:89 - 107.

Phelan, James. "Rhetorical Aesthetics and Other Issues in the Study of Literary Narrative. " *Narrative Inquiry* 16. 1 (2006): 89 - 97.

---. *Narrative as Rhetoric: Technique, Audiences, Ethics, Ideology*. Columbus: Ohio State University Press, 1996.

---. *Living to Tell About It: A Rhetoric and Ethics of Character Narration*. Ithaca: Cornell University Press, 2005.

---. "Estranging Unreliability, Bonding Unreliability, and the Ethics of *Lolita*. " *Narrative* 15. 2 (May 2007): 222 - 238.

Pratt, Mary Louise. *Toward a Speech Act Theory of Literary Discourse*. Bloomington: Indiana University Press, 1977.

Scholes, Robert, James Phelan and Robert Kellegg, *The Nature of Narrative*, New York: Oxford University Press, 2006.

Shen, Dan, et al. *Narrative Theory of British and American Novels*. Beijing: Peking University Press, 2005.

[申丹等. 英美小说叙事理论研究. 北京:北京大学出版社,2005.]

---. "What Is 'Unreliable Narrative'?" *Foreign Literature Review* 4 (2006): 133 - 143.

---. [申丹. 何为"不可靠叙述"? 外国文学评论,2006(4):133—143.]

Smith, Barbara Herrnstein. "Narrative Versions, Narrative Theories." *On Narrative*. Ed. W. J. T. Mitchell. Chicago: Chicago University Press, 1981.

Tang, Weisheng. "Levels and Paradigms of Narratological Study." *Journal of Foreign Languages* 5(2003): 60 - 66.

[唐伟胜. 范式与层面:国外叙事学研究综述. 外国语,2003(5): 60—66.]

Yacobi, Tamar. "Authorial Rhetoric, Narratorial (Un)Reliability, Divergent Readings: Tolstoy's *Kreutzer Sonata*." *A Companion to Narrative Theory*. Eds. James Phelan and Peter J. Rabinowitz. Malden: Blackwell, 2005:108 - 123.

作者简介:尚必武,浙江工商大学外国语学院副教授,主要从事叙事学研究。

(跨国界)美国文学研究的新走势

劳伦斯·布尔 著

王玉括 译

　　当今的美国文学研究处于既令人兴奋同时又有点令人困惑的转型期,过去20年的发展势头与其说是向心的,倒不如说是离心的。本领域越来越体现出一系列联系不甚紧密的创新势头,突破了以往的界限,重新定义了研究方法,而非固守对文学经典、历史分期以及1970年以前占统治地位的批评方法的比较固定的认识,甚至在后结构主义与新历史主义鼎盛时期的20世纪70年代与80年代,这种创新也特别明显。尽管这20年当中,新的性别研究与族裔研究运动对文学经典与研究方法提出挑战,但是后结构主义与新历史主义仍倾向于把传统上"主要的"经典作家与作品作为核心参考书目——哈罗德·布鲁姆(Harold Bloom)与萨克凡·伯克维奇(Sacvan Bercovitch)就是这么做的。与之形成鲜明对比的是,1990年以来,美国文学研究呈现出斑驳陆离、杂乱无章的特点——尽管人们能够体谅,对于刚刚逝去的过去的瞬间,人们不可能像对遥远的过去那样进行非常明晰与一致公认的归纳。

　　但这并不是说,今天的美国文学研究简直一塌糊涂,和过去毫无联系。尽管本文主要强调在本领域造成史无前例的喧嚣的这些创新,但是文章结束前,还将尝试给那些对本文的分析惶恐不安的读者提供些许定心丸。因为本文的目的正好与此截然相反,它寻求扩展与吸收,而非让读者觉得被拒之门外。其实,我对中国的美国问题研究同行所要传达的唯一信息是,今天的美国文学研究比以往任何时候都更关注非本土美国学者的美国研究成就。

为何会如此？这可以部分地从美国社会历史的某些趋势上得到解释，也可以从学科特殊性方面得到解释——学科特殊性把美国文学研究推向更加具有跨国界特征以及更加侧重比较的两大方向。本论文的第一部分将快速回顾这些背景因素，第二部分将详细探讨这些新的方向。

我首先要申明自己无法对当今美国文学研究中许多有趣的创新面面俱到地进行讨论，而只能讨论那些与跨国界主题最直接相关的主题。比如说，我没有时间讨论性别研究的新发展"酷儿理论"，或讨论正在兴起的新的交叉学科"书籍史"或印刷文化研究，尽管 20 世纪 60 年代以后，传统知识史衰落，这些交叉学科在美国历史系与文学系之间筑就了更为密切的知识联盟。我将重点关注批评研究的这些新领域，其中美国文学学者正努力以更加恢弘的目光，超越人们传统意义上的美国文化、语言与领土界限的理解，重新定义美国文学。

首先，我将对美国文学领域的演变作一个简要的叙述性勾勒，可以肯定地说，大家对有些细节并不陌生，但作为背景予以回顾可能是有益的。

美国文学研究作为专门的学术研究还没有一百年的历史，20 世纪前半叶，20 年代开始的美国文学研究的当务之急是界定与众不同的思想，以及表现美利坚民族传统的方式——比如说经典美国文学中的清教影响，詹姆士·费尼莫尔·库珀（James Fenimore Cooper）开始的边疆或荒野传奇，沃特·惠特曼（Walt Whitman）的实验性、开放性的诗歌等等。

把美国文学视为一系列与众不同的内在的叙述或模式的做法，使得许多年轻学者目光内敛，锁定美国文化，而非放眼世界以突出其他文化，其中有四点需要我们特别注意。

首先，"美国"（American）意味着"美利坚合众国"（United States），特指这个国家而非美洲大陆或半球；其次，"美国文学"意味着用英语创作，作者出生于或认同美利坚合众国，或者——成为民族国家前——美利坚合众国的十三个英国殖民地；再次，"美国文学"实际上指处于支配地位的亚文化的文学，欧裔美国白人，尤其是指盎格鲁美国人——特别指从爱默生、霍桑到 T. S. 艾略特和威廉·福克纳这些少数真正"伟大"的盎格鲁美国作家。1970 年前，重要的美国问题研究专家几乎既不关注少数族裔写作也不关心非欧洲的影响。人们公认的"重要"人物，如庞德对中国古典诗歌与儒家思想的痴迷仅是罕见的例外，少有他人。早期对福克纳与马克·吐温的研究，关注的是他们对非美国裔人的看法，而非关心他们与非美国裔人之间交互影响的可能性——比如说，不是关心马克·吐温的创作是否受奴隶叙述影响，或者说福克纳的创作是否在很大程度上受黑人文化实践的影响等。

早期的其他局限性还表现在下列方面：最负盛名的研究主要是美利坚合众国学者的著作，他们全都是白人，而且绝大多数都是男性。这种公民身份的局限主要因为相对于英国文学而言，海外学者对美国文学缺乏兴趣，英国的英语系对美国文学没什么兴趣，而在世界范围内，国外英语文学中的研究项目更倾向于英国文学与英国英语。这在英国之星黯然褪色而美国之星冉冉升起的多事之秋造成了交流的鸿沟，因此，海外的英语语言与文学研究依然太狭隘，这不可避免地强化了英国岛国的狭隘；美国国内的美国文学专家通过假设海外学者对他们的研究主题少有发言权，而更加凸现美国国内从事美国文学研究的专家们的地方特色。

而所有这些都在 20 世纪 60 年代开始转变，严肃的美国文学研究开始在海外兴起，特别是在德国与英国，至今仍拥有美国之外最强的美国文学研究课程。不久，移民学者异军突起，成为美国文学系内的著名研究者，其中的佼佼者当属 20 世纪 70 年代以来开始进行美国研究的萨克凡·伯克维奇教授，他来自加拿大法语区，有俄国犹太背景，来美国学习、教书前曾在以色列生活多年。70 年代和 80 年代，使美国文学研究变成以跨学科为主的研究的两位最重要的非美国裔研究学者分别是来自德国的沃纳·索洛斯（Werner Sollors）以及特立尼达的阿诺德·兰坡赛德（Arnold Rampersad）。

非美国裔研究的迅速崛起表明当时一种更加根本的转变：对传统文学经典过分注重白人与男性进行挑战。突然，人们对女性写作以及美国各种少数族裔文学的研究更加认真严肃。这种转变的部分原因是受到诸如妇女解放运动以及民权运动等国家政治与政策的推动，部分受随之而来的大学人口变化的影响——新的招生与招聘计划使得学生与教师更趋多样化。同样重要的是——尽管其影响是慢慢体现出来的——20 世纪 60 年代移民政策终于更加宽松，特别是对亚洲人放宽了限制。

但是修正经典的一个更起决定作用的理由是美国文学自身的变化，这种变化非常明显，任何人都不能忽视。20 世纪中叶以来，美国的创作由于各少数族裔文学的一系列复兴——如非裔美国文学、犹太裔美国文学、亚裔美国文学、拉丁裔或西班牙裔美国文学以及土著美国文学的复兴——而得以更新，被注入新的活力。耐人寻味的是，美国最近两位诺贝尔文学奖获得者分别是犹太裔美国小说家索尔·贝娄（Saul Bellow）与非裔美国小说家托尼·莫里森（Toni Morrison）。而直到 1970 年，从来没有哪个非白人作家被视为经典。我们今天的文选面目一新。美国精英大学的改革更具戏剧性，今天哈佛本科生中 40％以上的学生具有亚洲、黑人以及拉丁美洲背景，而 60 年代只有大约 5％。

少数族裔文学各不相同，且都各自吸引一批专家，许多专家来自他们本民族。随着学术地位的确立，他们探究的模式也在发生变化。开始时少数族裔文学强调不同于主流文学与文化的特殊性，从整体上来说，早期美国文学研究大有要与英国文学研究分庭抗礼之势。但是现在的批评场景已经更为复杂。我们已经越来越意识到少数族裔文学与主流文学的区别并非一目了然或者固定不变，而是非常有限且处于变化之中。今天，所有种族与文化范畴的稳定性已经遭到质疑，尽管我们都认识到它们在很多语境下仍然很重要。这包括美国研究中最大的文化范畴——民族范畴。我认为，20 世纪 70 年代与 80 年代关于经典的各种论战的唯一影响深远的结果是，证明了旧的神话或独具特色的民族文学传统理想的不足，这种观点当然可以商榷。有两点主要理由可以解释这种变化，一是当今的美国文学领域似乎太多样，而且紊乱，不可能出现一种权威的概括，至少在过去认可的范围内不可能；二是认识到美国文学现在不是，过去也从来没有完全局限在美利坚合众国的疆界之内。

从现在开始我主要关注第二点理由：研究美国文学的学者越来越倾向于从跨国界与比较的角度，甚至主要从全球化的角度，来思考自己的研究对象——既不考虑历史时期也不考虑主题。越来越多的美国研究者正从民族与世界其他地方的联系，而非与世隔绝的角度来考虑什么是民族这一问题。

但在进行详细阐述前，我需要提及美国研究之外强化了这种思考方式的另外一种影响，即后殖民研究。殖民与后殖民话语研究主要被几位接受西方研究生教育的非西方知识分子介绍到美国的英语系，这三位主要人物分别是已故哥伦比亚大学教授赛义德（Edward Said）、斯皮瓦克（Gayatri Spivak）以及霍米·巴巴（Homi Bhabha）。开始时，这项工作主要关注英国文学以及 1945 年以来独立的英国殖民地。但是到 90 年代，它主要开始从两个方面影响美国文学。后殖民研究主要研究把美国少数族裔文学史与文化史重构为"内化殖民"的具体例证，同时也重新思考主流族裔，特别是在殖民时期与早期民族发展时期，作为主要模仿母国的一种殖民话语，或者作为一种后殖民类型的文学的特点，即一种移民文化或白人的克里奥尔版，比如说类似于澳大利亚的早期文学或者说加拿大的英语地区文学等。

我在参考书目中列举了一组批评文章（A. Singh and P. Schmidt），但为实现我目前的目标，我只简要涉及后殖民主义，把它作为背景因素，除了它方法上的影响之外，同样重要的是它也能告诉我们今日美国文学研究的政治。尤其值得注意的是 20 世纪 90 年代初以来对大英帝国历史与美利坚帝国历史之间类似性的强烈兴趣。美国文学研究第一阶段发生于 1920 至 1970 年之间，在民主制度生长发育的背景中，主要从肯定与爱国的角度，叙述了从民族文学兴起到成熟的过程，并着重强调了那些既帮助肯定民族理想又谴责滥用这些理想的主要经典作家。近来，美国文学研究倾向于叙述一种不那么令人愉快的故事，这个故事讲述的是不同种类的文学市场的扩张，它既在主流文化与正在兴起的帝国梦想中发展，同时又与其形成张力。还几乎没有哪个"主流"作家能够免受这种压力的影响，而这些压力又是围绕一系列重大事件来展开的，不仅在军事方面，而且在经济与文化方面，从征服美国土著和墨西哥开始，逐步发展到渴望统治整个世界。根据这种修正主义的论述，美国自诩的"民主"是特权阶级牺牲穷苦大众获得的，主要是白人精英征服白人以及，尤其是，非白人阶级获得的。

对我来说，这种极其尖锐的批评性的再评价，与旧的、更加自鸣得意的再评价相比到底有多么精确仿佛依然需要进一步的讨论。我个人认为,这二者都有点神化历史,二者的融合比它们中的任何一个都更精确。然而,现在非常明确的是,更加批评性的叙述——至少现在如此——已经成为美国文学研究对主流美国文化史首选的神话。其批判实际上可以追溯到六七十年代的越南战争,美国知识界大部分人都强烈反对越战,但是自从冷战结束后,如梦方醒的叙述越来越明显。参考书目中我还列举了一组很有影响的相关批评文章(A. Kaplan and D. Pease)。我们马上要回顾的许多学术成就,虽然不可能是全部,却从某种程度上来说与前面列举的很不相同。此刻,我们看见一种有趣的悖论。一方面,假如说从西奥多·罗斯福担任总统起,至少一个世纪以来,当今美国政府的外交政策从来没有这么盛气凌人过,那么反对帝国的批评肯定也为当今世界美国以外的许多知识分子说话——或许历史上也从来没有过这么多。另一方面,美国的文学知识分子如此坦率地表示不满也证明他们的特权地位:他们享受充分的自由,不用担心报复。这种反讽本身就值得做一次讲座。但是现在,让我们关注五个新的跨国界研究方向。我将逐一讨论,你们很快就会看到,这些不同的范畴重叠得很厉害,但是分别讨论它们会更加有益。

第一个范畴是:聚焦作者的研究拓展了超越国家范围的批评视野。一个明显的例子是《沃特·惠特曼与世界》(*Walt Whitman and the World*)这本书,该书从欧洲、以色列、印度、中国等地收集了新旧50多种不同的评论。而更有创意的是法裔加勒比作家与批评家埃多德·格利森特(Edouard Glissant)的《福克纳,密西西比》(*Faulkner, Mississippi*)(1996年出版,1998年翻译),该书把个人旅行叙述与福克纳的国家想象纳入更大范围中,使其成为加勒比海地理与文化的一部分,这确实是当前福克纳研究中最有意义的一个新方向:把福克纳的天才重新构想为既不是区域的,也不是国家的,而是属于美洲半球的。

这同样适用于我下面将在第三个范畴中进一步讨论的更加传统的学术著作,弗吉尼亚大学安娜·布里克豪斯(Anna Brickhouse)所著的《横跨美洲的文学关系与19世纪公共领域》(*Transamerican Literary Relations and the Nineteenth-Century Public Sphere*)对哈里特·比彻·斯托(Harriet Beecher Stowe)《汤姆叔叔的小屋》的处理。这本著作有一章把《汤姆叔叔的小屋》与受其影响的两部法语作品联系起来，一部是攻击它的法国女种族主义者的游记，另外一部是赞扬它的海地剧作家（在法属加勒比海地区）的剧本。布里克豪斯并非仅仅指出《汤姆叔叔的小屋》有哪些影响，而是把它当做一部深受加勒比黑人文化熏陶的文本，而这一点还没有人认识到。

20 年前，以跨国界接受史为基础对美国作家的作品进行批评分析还不为人所看重，比如说，1989 年几乎没有哪位美国问题研究者注意到义和团运动不久，林纾 1901 年翻译出版的《黑奴吁天录》中的注释。林纾扩展了斯托对奴隶制的控告，把美国对黑人的压迫与美国对中国的侵略以及对整个亚洲的种族主义压迫进行强烈的对比（D. Arkush and Leo. Lee 77—80）。今天，情况已大不相同，我自己就准备在即将出版的论美国小说的书中吸收林纾的这些评论。

《汤姆叔叔的小屋》的这些例子使我们进入第二个范畴：聚焦对跨文化交流进行无论直译或意译的翻译计划。到目前为止影响最为深远的翻译研究计划是沃纳·索洛斯和马克·谢尔（Marc Shell）合作整理的丛书，包括对美国殖民地时期以来到 20 世纪很大一部分美国作品（不是用英语写作）进行的翻译研究和批评研究。包括《美国文学多语种文选》（Multilingual Anthology of American Literature）以及一组批评文章《多语种的美国》（Multilingual America）。后者收有以前在南京大学任教，现在洛杉矶西方学院任教的尹晓煌（Yin Xiaohuang）富有启发的文章，该文揭示了像林语堂这样的作家，他们在中华人民共和国成立以后在美国工作，用中文写作比用英语写作对美国和中国事务的批评更为严厉。

索洛斯和谢尔把他们的计划命名为"朗费罗学院"，以掌握十几种欧洲语言、在自己作品中改写多国文学、19 世纪广为人知的诗人和翻译家朗费罗的名字来命名。近来翻译问题凸现，朗费罗自己也成为一本优秀著作的研究对象。这本《朗费罗回来》（Longfellow Redux），由德国学者克里斯托夫·艾默斯彻（Christoph Irmscher）所著。这本书也属于第一范畴。艾默斯彻非常优雅地描述了朗费罗改写德国与斯堪的纳维亚诸国文本，以及他作为但丁翻译者在诗歌方面所取得的成就。

很明显，美国文学研究内部前景一片光明，不仅会有更多的翻译项目,而且会关注这种翻译实践的潜在文化逻辑,特别是由像艾默斯彻和尹晓煌这样的双语或多语学者进行的批评研究,他们不仅更加关注翻译交流的积极意义,而且更加关注翻译或双语主义改变或筛选的东西。

第三个范畴是:世界范围的文本流通以及跨文化影响研究。我将极其详细地讨论这一范畴,因为近年来在世界三大区域内对文学、文化流动以及文化交互作用的研究一直呈现出非常显著的增生扩散趋势,这三大区域分别是大西洋世界、美洲半球以及太平洋地区。到目前为止研究最为充分的是大西洋世界研究,这是最能为人们想到的。从某种程度上来说,这是个很老的主题,可以回溯到美国文学研究的原始时期:研究库珀对英国作家沃特·斯各特(Walter Scott)的借用,研究西班牙对早期美利坚民族文学的影响等等。但是今天的欧美跨大西洋研究更加关注旧世界与旧世界之间的互惠交流或流通,而非关注旧世界对新世界的影响或者遗传,比如说英国最重要的美国问题研究者,牛津大学的保罗·贾尔斯(Paul Giles)在近来的一些研究中指出,过去 200 年的美国和英国文学史都通过极其复杂的相互影响与相互作用,分别绘制了自己的路线,一方面即彼此部分地反映了对方的错误,同时也彼此各奔东西。

但是对近来兴起的大西洋世界研究影响最大的是黑人的跨大西洋研究,并特别受到至今已有大约 20 年历史的两本非同寻常的著作的催化,一本是亨利·路易斯·盖茨的《表意的猴子》(*The Signifying Monkey*,1988),此书追溯了从西非到非裔美国文学史中的魔术师形象;第二本是非裔英国批评家保罗·吉尔罗伊(Paul Gilroy)的著作《黑色的大西洋》(*The Black Atlantic*,1993),追溯了从非裔大西洋世界到托尼·莫里森的《宠儿》中的文化与文学史以及对奴隶制的记忆。盖茨与吉尔罗伊追随大西洋以外以及(吉尔罗伊认为)欧洲北部的非洲离散族裔叙述,他们的著作现在已经被一代年轻学者在黑人研究内部与外部弄得非常优雅精美与复杂。最杰出的非裔美国年轻研究者当推哥伦比亚大学的布伦特·爱德华兹(Brent Edwards),他的著作《实践离散》(*Practicing Diaspora*)极其敏锐且富有智慧地重构了 1925—1950 年纽约、巴黎与非洲法语区知识分子之间的交互作用,其基本组织概念不是所谓离散而是通讯网络。而安尼塔·哈雅·帕特森(Anita Haya

Patterson)的《种族、美国文学与跨国界的现代主义》(*Race, American Literature, and Transnational Modernisms*)与此类似，后者严格说来不是黑人的跨大西洋研究作品，而旨在表明其影响到底有多大。帕特森证明，诗意的现代主义不仅仅是法国与盎格鲁－美利坚作家的创作，而且是更为复杂的跨大西洋项目，其中加勒比海地区的法国人与英国人——包括白人、黑人与克里奥尔人——全都对此作出了自己的贡献。

第二个值得强调的跨国界区域是美洲半球研究，即研究整个美洲之间而非跨大西洋的跨文化关系。大西洋学者如帕特森近来也加盟此项研究。但是美洲半球研究开始时与现在大相径庭，开始时的倡导者主要是在美国工作的拉丁美洲后裔。在 80 年代末直至 90 年代中的开始阶段，他们主要重视如何唤起人们对日趋壮大的新兴的西班牙裔美国作家的关注，主要重视如何揭露以盎格鲁为中心的传统的美国文学与文化史对西班牙裔美国作家创作的忽视，以及对美洲本身限制性的定义。伯克利大学萨迪瓦(José Saldívar)的两本书《我们美洲的辩证法》(*The Dialectic of Our America*)以及《边界确实重要》(*Border Matters*)很有代表性。前者是非常大胆的思想实践，以古巴为中心，重新绘制了"美洲"的文学与文化地理学地图；而后者发展了美洲半球研究中最重要的理论话语——边界理论。萨迪瓦与他的同事赞成把民族国家之间的界限视为流动的及竞争的观点，假定美国与中美洲之间有严格的边界线只会错误地再现拉丁裔美国人如何从地理的角度思考他们是谁，他们属于哪里等问题。换言之，拉丁裔美国人，以及（泛而言之）其他具有二元身份的美国人也都属于被不同边界区分的民族。这一阶段另外一部有影响的著作是多丽丝·萨默(Doris Sommer)的《拉丁美洲的核心小说》(*The Foundational Fictions of Latin America*)，该书显示拉丁美洲小说家如何利用库珀作品的模型构建他们自己的民族神话叙事。

更近一些的美洲半球研究不再仅仅局限于关注拉丁裔美国作家，而是更多地讨论英语为母语与母语为西班牙语的两种文化之间更为复杂的相互依赖关系，有时也讨论母语为英语与母语为法语的两种文化之间的相互依赖问题。前面已经提及的安娜·布里克豪斯的研究就很有代表性，另外一位是柯尔斯顿·西尔瓦·格罗兹(Kirsten Silva

Greusz)，其《文化大使：拉丁裔美国作品的跨美国起源》(*Ambassadors of Culture：The Transamerican Origins of Latino Writing*)，强调 19 世纪西班牙裔美国作家与知识分子通过阅读及实际生活，接触美国文学景观的重要性，本书同时也交织着对拉丁美洲感兴趣的美国作家的著名例子——有时很敏感，有时不是。格罗兹和布里克豪斯都不认为文化影响是单向的传输，也不认为它要造成文化杂交，他们特别感兴趣的是跨越国界的交互作用，以及通过文化交流，包括承认与误认的交互结合，对书籍、职业以及文学史的建构。

现在我们来看跨太平洋地区。在本部分已经讨论的三种跨国界行动中，或许这是研究美国文学的中国学者最感兴趣的。但是研究状况仿佛极度不平衡——特别是与大西洋世界研究（历史更为久远）或者与新近的美洲半球研究相比更是如此。从积极的方面来看，20 世纪中期以来，亚裔美国领域有一组非常聪明、精力非常充沛，而且数量逐渐增加的专家，他们在亚裔美国文学的繁荣壮大中做了非常精细的工作，许多学者对跨太平洋的移民问题，或者民族散居、观念的播散以及话语的旅行等极其感兴趣。从不利的方面来看，亚裔美国学者常常很受局限，他们只关注美国，而且也不是很通其他外语。相比较而言，所有重要的美洲半球研究学者都要么以西班牙语为母语，要么能够很流利地说这种语言，足以进行原文文献的研究（有些非常精通法语和葡萄牙语）。另外一个问题是，美国的美国文学学者倾向于把许多非常不同的亚洲文学，如中国、日本、韩国、马来西亚、菲律宾，有时甚至是印度尼西亚、印度以及巴基斯坦等国文学糅在某单一的学科分支里。很显然，从美国而非从原产国角度来看，这样做更有意义。在大西洋研究与美洲半球研究领域也有这种乱点鸳鸯谱的做法，只是因为欧洲帝国权力性语言数目不多，而且欧洲各国语言之间还有许多类同之处而有所缓和。

但是即便那些只用英语进行工作的亚裔美国研究者也做了一些很好的工作，而且具有跨太平洋的含义，比如说加利福尼亚大学圣地亚哥分校的骆里山（Lisa Lowe）撰写了一本很有影响的关于移民叙事的著作，刘大卫（David Palumbo-Liu）的《亚洲/美洲：种族边界的历史交叉》(*Asian/American：Historical Crossings of a Racial Frontier*)则对美国文化状况的变迁进行了非常精细也非常精致的分析，而上个世纪生活于此种文化环境中的中国、日本、韩国，以及菲律宾等国后裔的亚洲作家非常谨慎地区分了亚裔美国人与亚洲移民的观点，并从某种程度上区分了不同国家的离散族裔。但我想现在最为迫切的工作需要在亚洲或美国工作的二元文化的思想者来做，他们也是真正的双语或多语学者。近期的例子是尹晓煌的《19 世纪 50 年代以来的华裔美国文学》(*Chinese American Literature since 1850s*)，前面曾提及他的文章，很显然，这是第一本用英语写的、关于（用双语进行创作的）华裔美国文学的大型历史著作。由于本书的分析止于 1990 年，而且对 20 世纪 70 年代与 80 年代亚裔美国文学复兴一带而过，所以还是有许多不足。但是有关华裔美国文学的早期阶段，特别是有关美国的华美文学论述，该书很有价值。我原来哈佛大学的同事，现在加州大学圣塔芭芭拉分校任教的黄运特对中国与美国横向联系的批评研究——特别是其中的错误联系——有两部很有创见的著作，《跨太平洋置换：民族志、翻译与 20 世纪美国文学的相关主题交互旅行》(*Transpacific Displacement*：*Ethnography*，*Translation*，*and Intertextual Travel in 20th Century American Literature*) 和《跨太平洋想象：历史、文学、相对诗学》(*Transpacific Imaginations*：*History*，*Literature*，*Counterpoetics*)。第一部著作聚焦翻译问题，第二部著作关注移民与旅行问题——虽有虚构的一面，但还显比较真实。日本东京大学教授、后现代主义者巽孝之(Takayuki Tatsumi)有一本极其晦涩难懂、挑战读者智力的著作《彻头彻尾的金属暴徒：日本计算机朋克与美国先锋流行之间的交流》(*Full Metal Apache*：*Transactions Between Cyberpunk Japan and Avant-Pop America*，2006)，全方位地论述了当代日本与美国的实验性创作、电影以及其他媒体文类，通过他自己所称的"极其混乱的传染"、"不同文化间的同步"而发展了一种相互影响的理论(176，173)。他在与本书同名的论文中指出，当代美国文化中的电子人概念是在日本发明的——换句话说，有人的特点的身体这一概念是肉体与技术的混合物。

现在我们来看第四个范畴：美国文学研究达到包含全球化层次的分析。所谓的全球化文化研究现在日趋流行，而大部分是社会科学家而非文学学者做的，文学中绝大部分扩展的研究要么是关于民族理论论述的（比如说参考书目中的两条：F. Buell，M. Shell），要么是像前面提过的美国帝国主义文选这样简短的"财务状况报告"。请允许我提及个别美国文学学者近来所著的三本涉及范围非常广泛的著作，其中布鲁斯·哈维（Bruce Harvey）的《美洲地理学》（*American Geographics*）与埃米·卡普兰（Amy Kaplan）的《帝国的混乱》（*The Anarchy of Empire*）这两部著作非常机敏，而且善辩，把美国作为帝国的研究论题。哈维调查了美利坚民族早期阶段，美国创作、教学与流行文化中的地理想象，强调了非欧洲世界的负面陈规模式；而卡普兰把19世纪中期到20世纪初期的美国小说与电影置于持续不断的、强迫式的同化过程中，特别是在海外追求帝国野心的背景中来讨论。相比较而言，现在耶鲁大学任教的香港学者蒂莫克（Wai Chee Dimock）在《穿越其他大陆：超越深度时间的美国文学》（*Through Other Continents：American Literature Across Deep Time*）中对美国与世界的关系就持非常不同的观点。在一系列极具创见的反映文化全貌的论文中，她展示给读者的是从爱默生、梭罗到现在，美国文学中的记忆和地理怎样与欧洲、亚洲及非洲文化中的记忆和地理含义密不可分。这与其他两本书比较起来极富戏剧性，哈维和卡普兰认为美国文化把世界其他地区视为傲慢自大的、自我中心的以及占有欲极强的，而蒂莫克则把它视为极其好奇的、善于接受的，而且易于受影响的。在同一时间的同一领域发现并存着两种完全相异的意识形态确实惊人，但是这三本书确实都极端重视对美国与世界其他地区之间的相互依赖进行全面考虑的重要性。顺便说一下，我和蒂莫克教授合编的《地球的阴影：把美国文学作为世界文学》（*Shades of the Planet：American Literature as World Literature*），收集了不同批评家撰写的11篇富有创见的论文，使这两种观点之间形成鲜明的对照。

蒂莫克《穿越其他大陆》的最后一章论述环境想象的主题，她把不同文化中使用的动物骗子形象联系起来，特别是非洲中心以及南亚与东亚传统中具有象征意义的猴子形象联系起来，包括印度的《罗摩衍那》（*Ramayana*）和中国的伟大经典小说《西游记》。

这把我带到最后一个范畴：跨国的环境相互依赖或类同研究。所谓的生态批评运动至今也只有十来年历史，所以我可能需要先从定义着手，详情参见我的《环境批评的未来》(*The Future of Environmental Criticism*)。生态批评是一种多学科交叉运动，旨在研究某一特定主题而非任何一种方法论，即文学与其他媒体如何表达环境意识，关注环境主题。因为至少从两方面来说，"生态批评"都有点让人糊涂，而且难以自立。一方面，"生态"(eco)让人想起某一特定生物或"自然世界"，强调面非常狭窄，但实际上许多批评家至少关注建构的环境及其对人与非人类生活形式的影响。另外，许多热情关注环境问题的文学学者——包括我将要讨论的三位学者中的两位——反对把"生态批评"作为非常限制性的标签，因为首先"生态批评"主要用来特指一种独特的文学批评，强调的是自然写作与后华兹华斯式自然诗，是一种强调自然重新把人与自然联系起来的潜能。因此，我本人更喜欢用不太常见，但是更加广阔的"环境批评"这个题目。但是"生态批评"却是混合词或绰号，以环境为中心的文学研究更倾向于在可预知的未来以此闻名于世，所以我此时保留这种用法。

生态批评开始时不是一个跨国界计划，而是美国和英国文学研究中的一个运动，但是现在已经在世界范围内展开。在中国，两个大型的研讨会已经在 2008 年秋天进行。现在依然是美国的生态批评在引领这场运动，并日益强调把美国的民族想象和国家领土与世界其他地方联系起来，而非分离开来的重要性。现在仿佛非常明显的是，这种对环境不确定性或危害以及对"地方"或"地方意识"再现特别关注的生态批评一定要从比较的角度来理解。甚至可以说，生态批评至少开始时总是跨国界的。比如说，我开始写的三本生态批评著作中的第一部《环境的想象》(*The Environmental Imagination*)特别关注亨利·大卫·梭罗对美国自然的描写，但是，调查欧洲中心的田园牧歌意识形态在非洲-大西洋世界的传播过程，以及怎样形成遍及欧洲、非洲以及美洲——而非仅仅局限于美国——的多种多样民族主义的反殖民话语，为生态批评的跨国界做好了铺垫。

现在以环境为导向的三本著作分别是杰克·科赛克(Jake Kosek)的《新墨西哥北部森林的政治生活》(*The Political Life of Forests in Northern New Mexico*)、普里西拉·沃尔德 (Priscilla Wald)的《传染：文化、带菌者与疾病发作叙述》(*Contagious：Cultures, Carriers, and the Outbreak Narrative*），与厄休拉・海斯（Ursula Heise）的《地方意识与星球意识：全球范围的环境想象》（*Sense of Place and Sense of Planet：The Environmental Imagination of the Global*）。第一本书是修辞专家所著，集中关注某一地方区域森林拥有与森林经营之间的冲突，但是实际上它的范围要更广，因为引起争议的各方不仅包括美国的几个政府机构，也包括美国土著以及拉丁裔美国演员，后者的地方与时间意识越过国界，回溯的历史比美国历史更为悠久。第二本书《传染》是杜克大学美国文学教授所著，界定了 20 世纪美国作家与美国媒体，讲述了一些神秘的流行性疾病传播的典型模式，以及这种"疾病发作叙述"（作者是这么称呼的）怎样倾向于强化对国内少数族裔以及对国外陌生人的怀疑。中国读者可能会对书中关于 SARS 部分的引言特别感兴趣。第三本书是斯坦福大学比较叙述文学与理论教授所著，讨论了实验文类如魔幻现实主义、科幻小说以及电影对当代全球性环境危害的焦虑。

这些计划显示了当今环境批评的广阔范围，各不相同，关注的焦点既有区域性的也有全球范围的，研究方法既有民族志也有科学研究、文学与文化理论，政治方面既有特别的激进主义分子也有相对来说的中立分子。

其实关于所有这五个新的方向，我最后要说的是，这些有趣的计划其实相互映衬，各有其不同，目的在于向正在从事界定自己未来研究项目的同事发出一个非常广泛的邀请。很显然，尽可能多地知道这一领域目前正在发生的事情是很值得的。但从长远来看，你最好追踪那些对你来说好像最迷人的主题与批评方法。首先我自己最优秀的学生们能够让我惊奇，教我这个教授一些新的东西，这让我很钦佩他们，即便这意味着怀疑我自己的著作，而且我某一天会被取而代之。其实，这正是像我这样的老学者应该希望的，尽管我们有时会为自己辩护。

通过强调这一真诚的信念（这是我最后一个主要观点），通过勾勒当今美国文学研究作为一个快速进化的领域（这是本篇论文的主体），旨在从许多方面质疑文化的、领土的以及语言的界限，我意识到自己冒着留下肮脏凌乱、难以捉摸、难以理解等令人惊惶不安印象的危险。确实，人们可能会坚持认为在美国文学史与文化史中，一定有比我的估计更为永恒的东西存在！当然，比如说，人们依然可以认同某些特殊的文类，把其他话语传统当做"独具美国特色"。即使传统的排他性美国文学经典已经遭到质疑，但可以肯定地说，经典概念本身并没有因此而毫无意义。这些关心非常中肯、合理。为响应这些关心，我要赶紧补充一点，我确实相信，比如说，即便是在多元文化时代，某些话语传统的跨国界扩张可能会被当做独具特色的东西（即便不被当做迥异于美国文学史的东西）——比如说强烈倾向于自传性模式的写作，以及强烈倾向于一般意义上的第一人称——对重要作家的主要作品进行精细的研究将像过去一样繁荣，哪怕是出现特殊的阐释视角也不例外（我划分的五个范畴中的第一个范畴实际上就是这个意思）。简而言之，我现在并不想坚持说，美国文学研究的世界在过去 15 年间已经彻底分崩离析，而是说美国文学研究正在向既深邃又复杂的新的层次迈进。我认为，对美国文学研究而言，这一时期令人兴奋而不是令人惊惶失措。首先，这一时期令人兴奋，因为我所说的美国文学研究日趋深邃、复杂，开启了多种研究与理解的各种新机会。正如我在本文开始时所说的那样，现在我再重复一遍，我非常确信，当今美国的美国文学研究所渴望的新的世界主义将确保越来越多的非美国本土学者的著作成为本研究领域发展的关键。因此，我期待着我们将来更多的合作。

参考文献

Allen, Gay Wilson and Ed Folsom, eds. *Walt Whitman & the World*. Iowa City, Iowa: Iowa University Press, 1995.

Brickhouse, Anna. *Transamerican Literary Relations and the Nine-teenth-Century Public Sphere*. Cambridge: Cambridge University Press, 2004.

---. *Transamerican Literary Relations*. Cambridge: Cambridge University Press, 2004.

Buell, Frederick. *National Culture and the New Global System*. Baltimore, Maryland: Johns Hopkins University Press, 1994.

Buell, Lawrence. *The Environmental Imagination: Thoreau, Nature Writing, and the Invention of American Culture*. Cambridge: Harvard University Press, 1995.

---. *The Future of Environmental Criticism*. Oxford: Blackwell, 2005.

Cheah, Pheng. *Spectral Nationality: Passages of Freedom from Kant to Postcolonial Literatures of Liberation*. New York: Columbia University Press, 2003.

Dimock, Wai Chee and Lawrence Buell, eds. *Shades of the Planet: American Literature as World Literature*. Princeton: Princeton University Press, 2007.

---. *Through Other Continents: American Literature Across Deep Time*. Princeton: Princeton University Press, 2006.

Edwards, Brent. *Practicing Diaspora: Literature, Translation, and the Rise of Black Internationalism*. Cambridge: Harvard University Press, 2003.

Gates, Henry Louis, Jr. *The Signifying Monkey: A Theory of Afro-American Literary Criticism*. New York: Oxford University Press, 1988.

Giles, Paul. *Atlantic Republic: The American Tradition in English Literature*. Oxford: Oxford University Press, 2006.

---. *Transatlantic Insurrections: British Culture and the Formation of American Literature*. Philadelphia, Pennsylvania: Pennsylvania University Press, 2001.

Gilroy, Paul. *The Black Atlantic: Modernity and Double Consciousness*. Cambridge: Harvard University Press, 1993.

Glissant, Edouard. *Faulkner, Mississippi*. Trans. Barbara Lewis and Thomas C. Spear. New York: Farrar, Straus, 1999.

Gruesz, Kirsten Silva. *Ambassadors of Culture: The Transamerican Origins of Latino Writing*. Princeton: Princeton University Press, 2002.

Harvey, Bruce. *American Geographics: U. S. National Narratives and the Representation of the Non-European World, 1830 - 1865*. Stanford: Stanford University Press, 2001.

Heise, Ursula. *Sense of Place and Sense of Planet : The Environmental Imagination of the Global*. New York: Oxford University Press, 2008.

Huang, Yunte. *Transpacific Displacement : Ethnography, Translation, and Intertextual Travel in 20th Century American Literature*. Berkeley: California University Press, 2006.

---. *Transpacific Imaginations : History, Literature, Counterpoetics*. Cambridge: Harvard University Press, 2008.

Irmscher, Christoph. *Longfellow Redux*. Urbana, Illinois: Illinois University Press, 2006.

Kaplan, Amy and Donald Pease, eds. *The Cultures of U. S. Imperialism*. Durham, North Carolina: Duke University Press, 1993.

Kaplan, Amy. *The Anarchy of Empire in the Making of U. S. Culture*. Cambridge: Harvard University Press, 2002.

Kosek, Jake. *Understories : The Political Life of Forests in Northern New Mexico*. Durham: Duke University Press, 2006.

Lin, Shu. "Translator's Notes to Uncle Tom's Cabin. " *Land Without Ghosts : Chinese Impressions of America from the Mid-Nineteenth Century to the Present*. Ed. R. David Arkush and Leo Ou-fan Lee. Berkeley: California University Press, 1989: 77 - 80.

Lowe, Lisa. *Immigrant Acts : Asian American Cultural Politics*. Durham: Duke University Press, 1996.

Palumbo-Liu, David. *Asian/ American: Historical Crossings of a Racial Frontier*. Stanford, CA: Stanford University Press, 1999.

Patterson, Anita Haya. *Race, American Literature, and Transnational Modernisms*. Cambridge: Cambridge University Press, 2008.

Saldívar, José. *Border Matters : Remapping American Cultural Studies*. Berkeley: California University Press, 1997.

---. The *Dialectics of Our America : Genealogy, Cultural Critique, and Literary History*. Durham: Duke University Press, 1991.

Shell, Marc and Werner Sollors, eds. *The Multilingual Anthology of American Literature*. New York: New York University Press, 2000.

Singh, Amrit and Peter Schmidt, eds. *Postcolonial Theory and the United States*. Jackson, Mississippi: Mississippi University Press, 2000.

Sollors, Werner, ed. *Multilingual America: Transnationalism, Ethnicity, and the Languages of American Literature*. New York: New York University Press, 1998.

Sommer, Doris. *Foundational Fictions: The National Romances of Latin America*. Berkeley: California University Press, 1991.

Tatsumi, Takayuki. *Full Metal Apache: Transactions Between Cyberpunk Japan and Avant-Pop America*. Durham: Duke University Press, 2006.

Wald, Priscilla. *Contagious: Cultures, Carries, and the Outbreak Narrative*. Durham: Duke University Press, 2008.

Yin, Xiaohuang. *Chinese American Literature since the 1850s*. Urbana: Illinois University Press, 2006.

译者简介:王玉括,南京邮电大学外国语学院教授,主要从事(非裔)美国文学研究、翻译研究。

美国少数族裔生态批评:历史与现状

石平萍

套用美国生态批评元老谢里尔·格洛特费尔蒂(Cheryll Glotfel-ty)给生态批评下的定义,美国少数族裔生态批评即"对美国少数族裔文学与物质环境关系的研究"。① 20世纪90年代初成为一种鲜明的批评流派至今,美国生态批评历经理论与实践的一次重大转型,于90年代末迎来了第二波浪潮。② 作为其有机组成部分,美国少数族裔生态批评也相应地经历了从几近缺席到新兴勃发的两个发展阶段。本文将在生态批评第一波和第二波的语境中回顾美国少数族裔生态批评的发展历程,总结其理论话语和批评实践的主要特点和缺憾,并指出进一步推进美国少数族裔生态批评的必要性,及其对深化美国乃至世界范围内生态批评的启示和意义。

一

就理论建构与批评实践而言,生态批评第一波的主导者是"研究自然写作及自然诗歌的文学学者,这些作品着眼于非人类世界及其与人的关系。与之相应的是早期的生态批评家的理论假设也比今天简单"。(布尔、韦清琦65)具体到文本视域,第一波生态批评几乎等同于非虚构体的自然写作研究,总是绕不开梭罗(Henry David Thoreau)、缪尔(John Muir)、利奥波德(Aldo Leopold)、艾比(Edward Abbey)、卡森

---

① 格洛特费尔蒂将生态批评定义为"对文学与物质环境关系的研究"。(xviii)
② 哈佛大学教授劳伦斯·布尔认为生态批评第一波与第二波的分界线是1995年,文学与环境研究会(ASLE)前任主席凯思琳·R.华莱士则把1999年6月第三届ASLE年会的召开视为转折点。笔者赞同后者的观点。

(Rachel Carson)等自然写作大家，即便涉及其他体裁的文学作品，其中关于自然的内容必定盖过其他主题。这种褊狭的研究范式引起了一些有识之士的质疑，如斯文·伯克茨(Sven Birkerts)便一针见血地指出，大多数生态批评家只关注原初的、未受科技改变的"自然"，而不是包罗甚广的"环境"(泛指自然环境、城市环境及介于两者之间的任何景观)。伯克茨不无忧虑地说："任何形式的语言运用，如果不是直接导向他们全心关注的自然，生态批评家可能会忽略……大多数生态批评家只关注自然及其保护。整个生态批评运动的纲领因此显得简单……有可能成为继续发展的障碍。"

伯克茨没有提及大多数生态批评家对美国少数族裔文学的"忽略"，但这恰是第一波生态批评的盲点之一。被誉为生态批评奠基之作的《生态批评读本》(*The Ecocriticism Reader*：*Landmarks in Literary Ecology*，1996)只收录了印第安作家葆拉·冈恩·艾伦(Paula Gunn Allen)的文章《圣环：当代视角》("The Scared Hoop：A Contemporary Perspective")、莱斯利·马蒙·西尔科(Leslie Marmon Silko)的《景观、历史与普韦布洛人的想象》("Landscape，History，and the Pueblo Imagination")和戴维·梅泽尔(David Mazel)的论文《作为国内东方主义的美国文学环境主义》("American Literary Environmentalism as Domestic Orientalism")，也只提及印第安人朴素的生态意识。劳伦斯·布尔(Lawrence Buell)很有影响的专著《环境的想象》(*The Environmental Imagination*：*Thoreau，Nature Writing，and the Formation of American Culture*，1995)同样论及印第安人的环境思想和西尔科，对于其他少数族裔，只提及黑人作家理查德·赖特(Richard Wright)，而且断言黑人"迄今对环境主义使命不够热情"，是因为"美国黑人文学把乡村描绘成'一个偶发性暴力和奴役的地域'"。(qtd. in Bennett 208)不可否认，这个阶段也出现了两部着眼于地形或地域、分别阐述黑人文学和印第安文学中人与自然关系的专著，成为少数族裔生态批评的发轫之作。一部是黑人评论家梅尔文·迪克森(Melvin Dixon)的《荒野求生：美国黑人文学中的地形与身份》(*Ride Out the Wilderness*：*Geography and Identity in Afro-American Literature*，1987)，探讨黑人文学传统(从早期奴隶歌谣、逃亡奴隶叙事到现当代小说)中对荒野、地下和山巅这三种大地主要形态的想象和再现,展现黑人作家如何创造性地使用空间和地理暗喻,表达个人身份和文化身份的正面内涵。另一部是罗伯特·纳尔逊(Robert M. Nelson)的《地域与幻景:美国土著小说中风景地貌的功能》(*Place and Vision:The Function of Landscape in Native American Fiction*, 1993),采用后结构主义理论解读西尔科、N. 斯科特·莫马戴(N. Scott Momaday)和詹姆斯·韦尔奇(James Welch)三部作品中的风景地貌及其所传达的宇宙整体论等印第安思想观念。然而耐人寻味的是,这两部开拓性的专著颇受主流生态批评界的冷落,《生态批评读本》对它们只字未提,《环境的想象》也只在"引言"和"尾注"中一笔带过。显然,在受到关注的极少数情况下,印第安文学仿佛成了少数族裔文学的唯一代表。无怪乎在 1997 年文学与环境研究学会(ASLE)年会上,有代表大声质问:"为什么被自然写作和生态批评认可的美国黑人作家如此之少?"(qtd. in Wallace and Armbruster 3)何止是黑人作家,西语裔、亚裔的踪影在哪里? 少数族裔的声音为何总体上如此微弱?

早在 1994 年美国现代语言学会(MLA)年会上,保罗·蒂德韦尔(Paul Tidwell)便试图回答上述问题。在他看来,"生态批评建立在一个过于狭隘的典籍之上,这个典籍建立在一个过于狭隘的自然写作的定义之上……那些继续抵制或拒斥美国黑人的自然概念,认为其与己无关的生态批评家,极有可能固化发展中的生态批评话语,使之成为一种维护一个本质主义自然概念的反动种族主义话语。"约翰·埃尔德(John Elder)也在 1995 年 ASLE 年会上"呼吁参与者与有色人种进行更加密切的合作,与之密切相关的自然写作也应该采用更有包容性的定义"(qtd. in Wallace and Armbruster 2-3)。两位学者都把少数族裔生态批评的几近缺席归因于伯克茨所指出的第一波生态批评研究范式的局限性。这一点在《美国现代语言学会会刊》(*PMLA*)1999 年第 5 期设立的"环境文学论坛"中更成了广泛的共识:刊登的 14 篇来稿中有 9 篇谈到了第一波生态批评的"褊狭倾向",即"选择性地突出英语作品(尤其是美国作品)、乡村风景地貌、防护主义或保护主义传统(忽视其他环境主义主张,尤其是环境正义运动)、过度反后结构主义或文化研究的批评模式(忽视直接的建构性批评模式)",居中两者被认为直接导致了对少数族裔文学的忽视。(Buell, "Ecocriticism" 1091—1092)最值得一提的是其中由伊丽莎白·多德(Elizabeth Dodd)、威廉·斯莱梅克(William Slaymaker)、特雷尔·迪克逊(Terrell Dixon)和安德里亚·帕拉(Andrea Parra)撰写的 4 篇专论,在探究根源的基础上,对如何推进黑人和西语裔生态批评提出了建设性的建议。多德认为自然写作对很多黑人作家没有吸引力,作为在政治、经济和社会方面被边缘化的群体成员,黑人作家对社会正义的关注远远强于自然环境,即便他们的作品同时涉及两个主题,前者往往比后者明显得多,因此生态批评家应该深入辨析黑人文学作品中"隐含的(常常是微妙的)对待非人类自然的态度"。(1095)斯莱梅克与多德的看法基本一致,不同的是他强调黑人自然写作并非一片空白,比如美国南部的口述自然叙事和艾丽丝·沃克(Alice Walker)的一些作品,因此他认为黑人生态批评必须双管齐下:在挖掘黑人自然写作传统的同时,加强自然写作的创作和批评。迪克逊和帕拉则干脆摈弃自然写作的范畴,强调墨西哥裔有着深厚的环境文学传统,不仅宣扬环境保护的主张,更着意揭露环境恶化的殖民主义、环境种族主义根源。迪克逊重点评介了阿图罗·朗格里亚(Arturo Longoria)和格洛丽娅·安扎尔杜亚(Gloria Anzaldua)的两部作品,认为两者"扩大了环境文学研究的范围,建立了生态恶化与民族主义之间的重要关联"。(1094)帕拉进一步提出以"环境"取代现行的"自然",从而将反映城市环境问题的西语裔作品归入生态批评的文本视域。

至此,美国生态批评界已经认识到了推进研究范式转型的迫切需要。生态批评只有超越初期狭隘的文本视域和理论框架,建构具有普适性和有效性的新型研究范式,才会拥有长久的生命力;也唯有如此,才能等来格洛特费尔蒂所说的那一天:"生态批评一直是以白人为主的运动。等到环境与社会正义问题之间建立更强的联系时,等到多种多样的声音都受到鼓励参与讨论时,生态批评便会成为多族裔的运动。"(xxv)

二

1999 年至今,美国生态批评界涌现了一系列重要著作,比如《城市的自然》(*The Nature of Cities*:*Ecocriticism and Urban Environments*,1999)、《超越自然写作》(*Beyond Nature Writing*:*Expanding the Boundaries of Ecocriticism*,2001)、《为濒临危险的世界写作》(*Writing for an Endangered World*:*Literature*,*Culture*,*and Environment in the U. S. and Beyond*,2001)等,对建构和完善第二波生态批评的研究范式起到了举足轻重的作用。在这些著作设定的基本概念和范畴中,"自然"被"环境"取代,前者即便仍被使用,也不再仅仅是荒野的代名词,进而包括"壮观的景色"、"乡村"和"人为的优美景色"(Barry 248—271);生态批评关注的对象实则扩展到了世界上所有受到破坏或威胁的自然和城市环境,即便在非自然的社会文化环境中,生态批评仍可以挖掘出文化赋予自然或环境的意义和价值以及两者之间的交互影响。概念范畴的扩展直接导致文本视域的扩展,如《文学与环境跨学科研究》(*ISLE*)现任主编斯科特·斯洛维奇(Scott Slovic)所言,生态批评具备了诠释一切文本的能力,"只要研究对象是环境文学文本,不管采用何种批评方法,都是生态批评;同时,没有任何地方的任何一个文本完全抗拒生态批评,完全与绿色批评绝缘"。(1102)《超越自然写作》堪称扩展文本视域的典范,不仅探讨英美经典作家和托尼·莫里森(Toni Morrison)等三位美国黑人作家,且跨越文学体裁和学科的分野,探讨电影、网络、科幻小说、诗歌和戏剧中的生态空间。《自然取向文学研究之更广阔领域》(*Farther Afield in the Study of Nature-Oriented Literature*,2000)研究的文本则扩展为包括自然写作、自然文学和环境文学①在内的自然取向的文学,重点关注被第一波生态批评忽视的美国少数族裔文学、女性文学和美国以外的作家,并尝试探讨教学法和语言领域的生态批评。

此外,《美国南部的垃圾倾倒》(*Dumping in Dixie*:*Race*,*Class*,*and Environmental Quality*,1990/1994/2000)和《迎战环境种族主义》(*Confronting Environmental Racism*:*Voices from the Grassroots*,1993/1999)再次出版,《环境正义读本》(*The Environmental Jus-*

———————

① 三者分别指代以《瓦尔登湖》(*Walden*)为代表的非虚构体作品、探讨类似主题的小说和诗歌、关注受到威胁的自然的文学作品。

tice Reader：Politics，Poetics，and Pedagogy，2002）、《殊途同归的故事：美国文学中的种族、生态与环境正义》（*Converging Stories：Race，Ecology，and Environmental Justice in American Literature*，2005）等相继面世。这些关于环境正义理论与实践的重要著作雄辩地证明，生态危机反映并紧贴种族、阶级和性别的分野，生态危机的后果往往被转嫁给少数族裔、穷人和女性，这些边缘化群体所需要的是与争取社会正义相结合的环境主义运动，切实关注环境平等与环境正义是生态批评的当务之急。

毋庸置疑，少数族裔文学成为生态批评范式转型的最大受益者之一。[①] 上述著作均以较大篇幅论及美国黑人、印第安人和西语裔的环境运动，尤其是环境正义运动，对美国黑人文学给予了前所未有的关注。比如《城市的自然》着意指出生态批评必须关注居住空间的种族分野（美国白人多住郊区，少数族裔大多生活在城市），关注多以城市为背景的少数族裔文学，并重点解读了黑人作家奥德雷·洛德（Audre Lorde）的城市自然写作。《环境正义读本》关注黑人作家芭芭拉·尼利（Barbara Neely）、印第安作家琳达·霍根（Linda Hogan）、西语裔作家吉米·圣地亚哥·巴卡（Jimmy Santiago Baca）和日裔作家凯伦·蒂·山下（Karen Tei Yamashita）。

最重要的是多部少数族裔生态批评专著有力地推动了少数族裔生态批评的发展和成型。其中影响较大或具有开拓性贡献的包括乔尼·亚当森（Joni Adamson）的《美国印第安文学、环境正义与生态批评：中间地带》（*American Indian Literature，Environmental Justice，and Ecocriticism：The Middle Place*，2001）、唐奈尔·N. 德里斯（Donelle N. Dreese）的《生态批评：环境文学与美国印第安文学中对自我与地域的创造》（*Ecocriticism：Creating Self and Place in Environmental and American Indian Literatures*，2002）、李·施文宁格（Lee Sch-weninger）的《聆听大地：美国土著文学中的风景地貌》（*Listening to*

---

① 也有学者沿用第一波生态批评范式，发掘和研究少数族裔自然写作，但成果有限：继《美国自然作家》（*American Nature Writers*，1996）中出现关于美国黑人和印第安人自然写作的概述性文章之后，自然写作文集《以地球为家》（*At Home on the Earth：Becoming Native to Our Place*，1999）收录了美国黑人、印第安、西语裔和亚裔的作品。

the Land：Native American Literary Responses to the Landscape，2008)、西尔维娅·梅尔(Sylvia Mayer)主编的《修复与自然世界的纽带：美国黑人环境想象论文集》(*Restoring the Connection to the Natural World：Essays on the African American Environmental Imagination*，2003)、普里西拉·索利斯·伊巴拉(Priscilla Solis Ybarra)的博士论文《阿兹特兰的瓦尔登湖？1848 年以来美国奇卡诺环境文学史》(*Walden Pond in Aztlán? A Literary History of Chicano/a Environmental Writing Since 1848*，2006)，以及约翰·布莱尔·甘伯(John Blair Gamber)的博士论文《滴流：当代美国少数族裔文学中的废物与污染》(*Trickling Down：Waste and Pollution in Contemporary U. S. Minority Literature*，2006)等。

就文本视域、研究思路、理论框架和主要观点而言，这些著作呈现出一些共同的或曰互为映照的特点。第一，超越自然写作，建构各少数族裔环境文学典籍。亚当森将舍曼·阿莱克西(Sherman Alexie)、路易斯·厄德里奇(Louise Erdrich)、乔伊·哈乔(Joy Harjo)、西蒙·奥尔蒂斯(Simon Ortiz)、西尔科等当代印第安作家的小说、诗歌、戏剧和非虚构作品与自然写作大家爱德华·艾比(Edward Abbey)的代表作《大漠孤行》(*Desert Solitaire*，1968)相对照，指出印第安文学历来注重探讨人类与土地的关系，但鲜有作品将原始荒野作为背景或把隐遁荒野作为主题，因为隐遁荒野并不反映印第安生活的真实，也不存在迫切性和可能性，他们更关注保留地、露天矿井和争议性边境地区等涉及环境正义的地貌景观。德里斯论及了当代美国 7 位印第安作家，施文宁格专著纵跨一百余年，上溯至 19 世纪末的印第安文学，梅尔所编论文集回溯更远，从亨利·比布(Henry Bibb)、哈丽雅特·雅各布斯(Harriet Jacobs)一直研究到现当代的佐拉·尼尔·赫斯顿(Zora Neale Hurston)、克劳德·麦凯(Claude McKay)、理查德·赖特、查尔斯·约翰逊(Charles Johnson)、托尼·凯德·班巴拉(Toni Cade Bambara)、洛德、奥克塔维亚·巴特勒(Octavia Butler)等黑人作家，涉及奴隶叙事、长短篇小说、科幻小说、论说文等。伊巴拉试图勾勒出 1848 年至今的墨西哥裔环境文学史，甘伯则以废物与污染主题为切入点，建构跨族裔的环境文学研究范式。这些著作都或隐或显地针对生态批评第一波研究范式,采取比较研究的方法,旨在"对多元文化文学的研究提供肥沃的土壤,让一种更好的及文化上更有包容性、政治上更为有效的环境主义和一种更让人满意的及理论上更为连贯清晰的生态批评在此扎根"。(Adamson 50)

第二,借鉴环境正义论、后殖民主义、生态女性主义等理论学说,从种族压迫、阶级压迫、性别压迫和自然压迫等角度探讨文学与环境之交集,环境正义与社会正义兼顾并举。德里斯借助后殖民和生态批评理论,分析印第安作家如何通过文本重构地域归属感,以达到摆脱因殖民主义、种族和性别压迫、环境恶化等导致的错置感,重构自我和身份的目的。伊巴拉认为,墨西哥裔作家以推动社会公正和族裔利益为己任,同时不忘关注自然环境,尤其是 20 世纪中叶以来,他们更注重对本族裔环境正义问题的政治分析,涉及农药污染、季节工权益遭侵犯、与土地疏离、聚居于有毒的城市居民区、环境反乌托邦等,旨在展示殖民主义、种族和文化混杂的历史过程对人与自然关系的影响,以及对自然的文化建构如何助长对有色人种的压迫。梅尔汇编的 9 篇论文中,有 5 篇涉及黑人作品中的环境正义议题:一篇认为洛德的乳癌叙事表明资本主义实践、政府议程和大男子主义特权合谋,对妇女的身体造成了毁坏性后果;一篇指出班巴拉把环境破坏与父权制军国主义和政府的残酷行径联系在一起;一篇视奴隶叙事为当今世界环境种族主义的扩展隐喻,将基于种族差异的环境不平等、种族刻板形象和种族偏见等归咎于西方文化中人类控制自然的基本信念;一篇认为城市黑人常受寄生虫的困扰,居住环境差只是表面原因,其根源是社会的不公平和种族的不平等;梅尔本人的论文则将奴隶叙事与巴特勒的科幻小说对照分析,指出前者证明就人类的幸存而言,人的基本读写能力、对环境的基本认知、对生物学和生态学现象的了解至关重要,后者则批驳人类可以借助科技解决任何环境问题的科技乌托邦思想,介于两者之间蕴藏着诉诸文化手段推进环境正义和社会正义的无限潜能。

第三,拆解人与自然、城市与自然、文化与自然的二元对立,强调二者的相互关联、密不可分,向人类中心主义宣战。甘伯认为少数族裔作家力求推广一种对废物和垃圾的新认知:作为人类和其他动物生存的副产品,它们是人类世界不可分割的一部分,也是人类肉身存在、城市实乃自然的物质明证，人类既然是自然界的一分子，便有责任视自然界为一个大家园，善待其他的生物和非生物，包括被其遗弃的物和人。这些作家视宇宙为物种间相互渗透、相互融合、变动不居的一个整体，解构了西方文化中人与自然的对立，尤其是美国的田园传统。在他们笔下，世界不再被分割为肮脏的、反乌托邦的城市，与纯净的、乌托邦的自然，城市不再是一个过于拥挤，充斥着贫穷、犯罪和污染，人人都想逃离的大都市荒野，而是希望和幸存的场域。梅尔所编论文集中，一篇论文分析了欧裔美国人推崇田园传统、黑人作家却难以创造出理想化田园意象的历史和文化根源，指出后者笔下的城市黑人倾向于摈弃城市-自然的二元对立，将族裔身份建构于对人类与非人类环境的肉身体验之上，发展出一种独特的城市意识；另一篇论文则借助城市黑人生活环境中的寄生虫问题，强调人类环境与非人类环境的不可分割。德里斯的专著论证了印第安文学中，物质层次的地域和生态环境与精神层次的自我和身份意识紧密相连，相辅相成。

第四，致力于从少数族裔文学和文化传统中发掘一种替代性环境思想资源。生态批评的重要使命之一是建立新的生态哲学体系，该体系必须是"非二元对立的、基于经验的、强调事物关联性的，必须能够界定和指导复杂的、相互依赖的地球生物大家庭里人的意识和行动"。（Westling 1103）上述第三点已然表明，少数族裔文学和文化（至少是源泉之一）能够向生态批评提供解构人类中心主义、建构新型生态哲学体系的思维模式和思想资源。不仅如此，少数族裔作家也不吝展示笔下人物的生态意识及在这种意识指导下的生态作为。亚当森指出，在印第安作家的眼里，艾比隐遁荒野，等于承认环境恶化是当代生活不可避免的组成部分，本质上是一种愤世嫉俗的逃避主义，听任企业和政客胡作非为，无益于解决现实生活中的任何环境问题。因此，相比于想象或描绘一个人迹罕至的避难所，印第安作家提倡一种更为积极健康的生态意识和作为：对有人类活动的环境提供整体的、可持续性的解决方案；人类应该在自然能够承受的范围内对其进行一定程度的干预和管理，这对于环境及边缘化群体的幸存至关重要。伊巴拉认为，墨西哥裔环境文学倡导"节制"的环境文化，与强调"自由"的主流环境文化形成鲜明的对比，尤其是早期的墨西哥裔环境文学，多描述传统的农耕和放牧方式,提倡人类在自然中的活动必须限制在后者的承受范围之内。梅尔所编论文集中,一篇研究奴隶叙事的论文指出,在逃向大自然之后,奴隶必须学会适应自然,自力更生,生存问题解决之后才能开始像边疆居民那样利用和改造自然,这个过程体现出一种边疆思维:人与自然关系的主导因素不是经济利益,不是征服与被征服,而是相互关联、相互作用、相互依存。

难得的是,上述少数族裔生态批评专著能够注意到少数族裔文化传统和历史境遇的差异对其环境文学传统的影响,从而彰显出各自不同的特点。比如《聆听大地》关注印第安人特有的土地伦理观念,梅尔论文集重点探讨美国黑人文学中特有的奴隶叙事,伊巴拉则强调 20 世纪六七十年代的奇卡诺运动对墨西哥裔环境文学的影响。

三

如上所述,自 1999 年至今,不少生态批评家将种族和族裔视角引入生态批评,也有不少少数族裔(文学)研究者有意识地采用生态视角,使得美国少数族裔生态批评呈现稳步发展的势头,除了作家作品的众多个案研究之外,出现了一些整体性、系统性甚至跨族裔的比较性研究。美国少数族裔生态批评的现行范式初见端倪:从少数族裔文学文本出发,借助环境正义论、后殖民主义、生态女性主义等理论学说,检视自然概念、人与自然之关系、城市与自然之关系、文化与自然之关系等的种族、族裔、性别、阶级和文化差异,揭示美国历史上的殖民、"内部殖民"和族裔文化形成过程对人与自然关系的影响,探讨社会、政治和经济等因素如何合谋,向少数族裔、穷人和女性转嫁环境毒害和资源匮乏的后果,发掘少数族裔文学和文化中的替代性环境思想资源,促进生态意识的养成、环境正义的实现、人类社会与地球生态的和谐发展。

美国少数族裔生态批评在生态批评第二波的发展和壮大不言而喻,但似乎仍未摆脱第一波中发展失衡的窠臼。黑人文学虽然受到空前的关注,但尚难以撼动印第安文学的独尊地位;西语裔生态批评起步更晚,公开发表的论文始于 1996 年,10 年间总共不过 7 篇,伊巴拉的博士论文仍是唯一一部系统性的专著;亚裔文学门可罗雀,日裔学者罗伯特·林(Robert T. Hayashi)2007 年仍在大声疾呼加强亚裔生态批评。(58—75)另外，美国少数族裔生态批评要想日臻成熟和完善，在生态批评领域内取得一个相对独立的亚学科地位，譬如女性主义批评中的黑人女性主义或第三世界女性主义，就必须在方法论和理论框架的深度和广度上再作扩展，进一步借鉴其他领域的研究成果，融会贯通，为己所用。比如在生态批评兴起之初，美国国内的族裔研究和风行世界的后殖民研究便已经历了几十年的耕耘，成果斐然，完全可以向少数族裔生态批评提供更为丰富的必需的理论资源。但就目前来看，对环境正义论的旁征博引已然成为少数族裔生态批评的一大特色，其他研究角度和方法则需要加强。甘伯的博士论文广泛借鉴少数族裔学者、作家的异族通婚与混杂学说以及相关的后殖民主义、后现代主义、现代城市生活和空间理论，是一种值得推荐的尝试。

进一步推进美国少数族裔生态批评，对于深化美国乃至世界范围的生态批评有着不容忽视的意义。生态批评发展到现阶段，基本上致力于"通过文学来重审人类文化，进行文化批判，探索人类思想、文化、社会发展模式如何影响甚至决定人类对自然的态度和行为，如何导致环境的恶化和生态的危机"。(朱新福 139)先"破"后"立"，生态批评要实现其促进地球生态平衡、人类社会的可持续性发展的终极使命，还必须重新确立人与自然的关系和人对待自然的基本伦理准则，解决前人未能解决的发展与生存、科技进步与生态灾难之矛盾等重大思想问题，建立崭新的生态哲学体系和人类活动模式。在这一点上，西方主流文化已经意识到了自身的局限，开始向其他文化和古代东方文明①寻求替代性的生态思想资源。这也是美国少数族裔生态批评能够在生态批评第二波中取得较大发展的原因之一。我国学者不妨参考和借鉴前者的尝试和成果，从中国悠久的文学和文化传统中发掘出更丰富、更有启迪性的生态智慧，跻身生态批评的世界学术舞台。再者，环境正义论、后殖民主义等理论资源不仅适用于美国少数族裔生态批评，也适用于

---

① 比如哈佛大学近年来出版了这一题材的一系列书籍：《佛教思想与生态学》(*Buddhism and Ecology：The Interconnection of Dharma and Deeds*，1997)、《儒学与生态学》(*Confucianism and Ecology：The Interrelation of Heaven，Earth，and Humans*，1998)、《印度教与生态学》(*Hinduism and Ecology：The Intersection of Earth，Sky，and Water*，2000)、《道家思想与生态学》(*Daoism and Ecology：Ways within a Cosmic Landscape*，2001)等。

探究全球化时代第一世界与第三世界在环境问题上的纠葛与冲突。如斯皮瓦克所言,动辄挞伐第三世界环境问题的发达国家恰恰是引发这些问题的罪魁祸首。(380)在这一点上,美国少数族裔生态批评可以为中国等第三世界国家的学者提供有益的洞见和启示,促进世界范围内的环境正义。劳伦斯·布尔曾预言,如果"肤色的分野"是 20 世纪的关键问题,那么 21 世纪的最紧迫问题极有可能是"地球环境的可持续性"。("Ecological" 699)美国少数族裔生态批评的存在和发展也许可以提醒布尔和全球的读者:环境问题与肤色问题交错纠结,不可两分,在 20 世纪便是如此,到了 21 世纪依然如此。

参考文献

Adamson, Joni. *American Indian Literature, Environmental Justice, and Ecocriticism: The Middle Place.* Tuscon: University of Arizona Press, 2001.

Barry, Peter. "Ecocriticism." *Beginning Theory: An Introduction to Literary and Cultural Theory.* Manchester, UK: Manchester University Press, 2002:248 - 271.

Bennett, Michael. "Anti-Pastoralism, Frederick Douglass, and the Nature of Slavery." *Wallace and Armbruster*: 195 - 210.

Birkerts, Sven. "Only God can Make a Tree: The Joys and Sorrows of Ecocriticism." *The Boston Book Review* 3. 1 (1996): 6. 20 September 2008 〈http://www. asle. org/site/resources/ecocritical—library/intro/tree/〉.

Buell, Laurence. *Writing for an Endangered World: Literature, Culture, and Environment in the U. S. and Beyond.* Cambridge: Harvard University Press, 2001.

---. "On Ecocriticism (A Letter)." *PMLA* 114. 5 (1999): 1090 - 1092.

---. "The Ecological Insurgency." *New Literary History* 30. 3 (1999): 699 - 712.

Buell, Laurence and Wei Qingqi. "Opening the Window of Dialogue

Between Ecocriticisms in China and the US." *Literature and Art Studies* 1 (2004): 64 – 70.

［劳伦斯·布尔、韦清琦. 打开中美生态批评的对话窗口. 文艺研究，2004(1):64—70.］

Dixon, Terrell. "On Ecocriticism (A Letter)." *PMLA* 114. 5 (1999): 1093 – 1094.

Dodd, Elizabeth. "On Ecocriticism (A Letter)." *PMLA* 114. 5 (1999): 1094 – 1095.

Glotfelty, Cheryll. "Introduction: Literary Studies in an Age of Environmental Crisis." *The Ecocriticism Reader: Landmarks in Literary Ecology*. Eds. Cheryll Glotfelty and Harold Fromm. Athens: University of Georgia Press, 1996: xv-xxxvii.

Hayashi, Robert T. "Beyond Walden Pond: Asian American Literature and the Limits of Ecocriticism." *Coming into Contact: Explorations in Ecocritical Theory and Practice*. Eds. Annie Merrill Ingram, et al. Athens: University of Georgia Press, 2007. 58 – 75.

Mayer, Sylvia, ed. *Restoring the Connection to the Natural World: Essays on the African American Environmental Imagination*. Münster: LIT-Verlag, 2003.

Parra, Andrea. "On Ecocriticism (A Letter)." *PMLA* 114. 5 (1999): 1099 – 1100.

Schweninger, Lee. *Listening to the Land: Native American Literary Responses to the Landscape*. Athens: University of Georgia Press, 2008.

Slaymaker, William. "On Ecocriticism (A Letter)." PMLA 114. 5 (1999): 1100 – 1101.

Slovic, Scott. "On Ecocriticism (A Letter)." *PMLA* 114. 5 (1999): 1102 – 1103.

Spivak, Gayatri C. *A Critique of Postcolonial Reason: Toward a History of the Vanishing Present*. Cambridge: Harvard University Press，1999.

Tidwell，Paul. "The Blackness of the Whale： Nature in Recent African-American Writing." January 28，2008 〈http：//www. asle. umn. edu/conf/other_conf/mla/1994/Tidwell. html〉.

Wallace，Kathleen R. and Karla Armbruster，eds. *Beyond Nature Writing： Expanding the Boundaries of Ecocriticism*. Charlottesville： University Press of Virginia，2001.

Westling，Louise. "On Ecocriticism（A Letter）." *PMLA* 114. 5 （1999）：1103 – 1104.

Ybarra，Priscilla Solis. "Walden Pond in Aztlán? A Literary History of Chicano/a Environmental Writing since 1848." PhD. Diss. Rice U. ProQuest/UMI，2006.

Zhu，Xinfu. "A Review of Ecocriticism in the US." *Contemporary Foreign Literature* 1（2003）：135 – 140.
［朱新福. 美国生态文学批评述略. 当代外国文学，2003(1)：135—140.］

作者简介：石平萍，解放军外国语学院英语系教授，主要从事美国少数族裔文学、女性文学、后殖民文学、生态文学研究。

· 叙事艺术 ·

从《很久以前》看玛丽·莱文的伦理叙事

龚　璇

　　玛丽·莱文(Mary Lavin，1912—1996)生于美国，父母都是爱尔兰人，10 岁随母亲定居爱尔兰，1937 年获爱尔兰国家大学文学学士学位，1959 年至 1961 年获古根海姆奖学金(Guggenheim Fellowships)，1961 年获凯瑟琳·曼斯菲尔德奖(The Katherine Mansfield Prize)，1975 年获爱尔兰文学协会格里高利奖章(Gregory Medal，Irish Academy of Letters)。她的创作以短篇小说为主，代表作有:《很久以前及其他故事》(*The Long Ago and Other Stories*，1944)、《贝克家的妻子们及其他故事》(*The Becker Wives and Other Stories*，1946)、《一位独身女士及其他故事》(*A Single Lady and Other Stories*，1951)、《爱国者儿子及其他故事》(*The Patriot Son and Other Stories*，1956)、《巨浪及其他故事》(*The Great Wave and Other Stories*，1959)、《幸福及其他故事》(*Happiness and Other Stories*，1969)、《一家咖啡馆里》(*In a Café*，1995)等。长篇小说只有两部，《克鲁街上的房子》(*The House in Clewe Street*，1946)和《玛丽·欧格拉迪》(*Mary O'Grady*，1950)。由于爱尔兰在历史上的边缘地位，再加上短篇小说一直被视为一种边缘文体，因此除了乔伊斯的《都柏林人》外，许多优秀的爱尔兰短篇小说家及他们的作品都没得到应有的重视。玛丽·莱文就是其中之一。在爱尔兰民族主义讨论得如火如荼之际，她的小说除了《爱国者儿子》一篇明显涉及爱尔兰政治以外，其他大都围绕个人情感、家庭生活展开叙事。此外，虽然女主角或女性叙述人占她全部作品的百分之六十(Kelly 47)，她却不是一个当代意义上的女性主义者，用安吉琳·凯丽(Angeline Kelly)的话来说:她是一个"安静的叛逆者"，与多丽丝·莱辛、塞尔维亚·普拉丝，甚至维吉尼亚·伍尔夫完全不同，更喜欢用一种讽刺的姿态像简·奥斯丁一样超然地盯着人性的弱点，无论男人女人。(Meszaros 39—40)玛丽·莱文在谈到自己的短篇小说创作时亦坦言深受伊迪丝·沃顿(Edith Wharton)、乔治·桑(George Sand)的田园文学，尤其是莎拉·欧·朱厄特(Sarah Orne Jewett)的影响。(qtd. in Peterson 16,143)的确，莱文经常把自己作为女性作家的生活和作为短篇小说家的艺术相参照，使其作品(尤其是后期作品)带有强烈的准自传色彩，其中反复出现的寡妇主题更是体现她自己作为一个丧偶女性作家对人生的艺术思索。因此本文试图以短篇故事《很久以前》为例，探讨莱文对现代性自由伦理的女性关怀以及她的个体性伦理叙事。

《很久以前》是1944年出版的短篇小说集中的题头故事，后来又与《幸福》、《爱国者儿子》、《贝克家的妻子们》等题头故事一起选入1981年出版的《故事选集》(Selected Stories)。故事开篇讲述了一个名叫哈莉的独身女人，深受镇上居民的喜爱，她的昔日恋人，贫穷的法律系学生多米尼，虽然和她两情相悦最终却娶了镇上老律师的独身女儿布洛桑。多米尼婚后不久便突然去世，哈莉也一直未嫁，终日生活在对多米尼和青年时期那段感情的回忆之中。哈莉的两个闺中密友多莉和埃伦成为她的精神支柱，然而故事结束时她们二人也先后遭遇了丧夫之痛。尽管哈莉没和多米尼结婚，但在精神上她已成为多米尼的遗孀。这篇以守寡女性为中心的故事没有着意表达政治、历史、宗教对女性的压迫，也没有捍卫女性主义者的独立平等意见。玛丽·莱文在此并没借助宏大叙事探究爱尔兰的民族问题或爱尔兰女性的独立问题，也不像亚里士多德那样对生命进行道德思辨以确立放之四海而皆准的道德准则；在这个故事以及诸如《一个很可能的故事》(A Likely Story，1957)、《田野中间》(In the Middle of the Fields，1967)、《幸福》等故事中，玛丽·莱文关心的是：个人在遭遇偶然的精神创伤后如何继续生活？如何寻回一个丧偶者的幸福？围绕爱情、婚姻、家庭、责任、自由、恐惧、幻觉、痛苦、快乐、回忆和理想这些伦理命题，莱文通过叙述某些普通人的生命经历来营造具体的道德意识和伦理诉求。与乔伊斯不同的是，她并不打算为"我的祖国谱写一篇道德史"(袁德成107)，而只是思考生活、观察生活,最后用故事的形式记录下众生的若干碎片。[①] 通过讲述三个平凡女人的生命故事,她提出种种关于个体生命的伦理问题,从中编织她的叙事伦理。故事里提到主人公们居住的小镇,却没说这个小镇具体位置,我们不知道故事发生在美国、英格兰,还是爱尔兰,也不知道故事发生的具体时间,这个故事世界仿佛失去了时空的经纬,使读者无法定位故事的历史政治背景,因此玛丽·莱文的眼睛在这里看到的是历史政治生活的隐喻层面:个体的此在。人的在世由其个体性情和生存关系共同构成,个体性情又影响甚至决定个体的人际行为,对人的在世的关注归根结底成为对伦理问题的关注。莫里斯·哈蒙(Maurice Harmon)称玛丽·莱文为"真诚的道德家",或许便基于此。(103)个人性情的个体性差异决定了个人的生命感觉和态度,决定了一个人只能这样而不是那样生活,对一个人而言简单而轻松的生活,对另一个人而言可能沉重得不堪其负。故事里哈莉并没有受到婚姻的宗教法律束缚,却无法摆脱精神上对多米尼的承诺与依恋,一直生活在失落与回忆、甜蜜与痛苦的重负之下;布洛桑在法律上是多米尼的妻子,而根据天主教的教义,天主教徒不能离婚、再婚,假设故事发生在爱尔兰某小镇,那么可以推测这个小镇已经接受了现代天主教徒的革命理念,默许了布洛桑的再婚。从这个意义上说,个人的伦理问题与政治宗教问题没有直接关系,事实上在莱文的主要作品中并没有突出爱尔兰的宗教迫害问题,对再婚这个天主教敏感的话题她更多地站在个人情感角度进行审视,即如何处理对前任伴侣的感情回忆。可以说玛丽·莱文自觉或不自觉地站在个人道德伦理观察,而不是社会法律伦理观察的位置来展示人的道德自觉:

> 哈莉很快把坟墓(多米尼的墓)当成一个定期陈列品。她在墓碑后种的一棵紫杉树非常漂亮。侧石里的方形树篱却不怎么好看,但哈莉用它取代了一小片女贞篱。人们认为这种行为有些古怪。有些人皱起眉头。但有了多

---

① 她曾经这样描述自己的创作:"在我头脑中装着一个问题,这个问题戏弄我,折磨我,要我给它一个答案;某一天在某个人身上或某个偶然事件中我以为找到了答案。但即便如此我也不会仓促落笔,只有再遭遇它几次后我才会冒险为它创作一个故事。"引自 http://www. local. ie/content/1592. shtml.

莉和埃伦的支持，哈莉对所有的批评无动于衷。

那年哈莉决定在新公墓为自己在多米尼墓旁买一块地，人们觉得她做得有些过头了。但多莉和埃伦又一次站在她这边。"我们知道你怎么想的，"埃伦说，"如果事情照它应该的那样发展，我们知道你的棺材有权放在哪里——与多米尼放在一个墓里。""这个问题我考虑了很久，"哈莉向她的朋友们郑重地宣告，"如果布洛桑为他守寡的话，我是不会买那块地的。"(34)

齐格蒙特·鲍曼（Zygmunt Bauman）认为，现代伦理学往往以一种假设为前提，即在每一种生命境遇中，与无数种错误的选择相对，有一种选择可以并且应该被颁布为正确的，因此在所有境遇下的行为可以是理性的，行为者正如他们本来应该是的那样，也应该是理性的。这种假设把道德现象从个人自治的领域转换到靠权力支持的他治领域，把曾经是道德的自我良心的责任转给了法典的制定者和守护者。（鲍曼 13—14）莱文的自由伦理叙事显然旨在消除由政权支持的独特的伦理普遍性，从而穿过权力神话的厚厚面纱到达个别的道德情形。这种道德情形说明道德自我在模糊的环境中运行、感知和实践，充斥着不确定性。哈莉在两个朋友的支持下，更主要是在自身性情的支配下作出一个道德选择，买下那块冒天下之大不韪的墓地，尽管埃伦的言下之意（原文用的是虚拟语气）暗示她的选择违背了社会伦理权威：正因为多米尼最终没有娶你，你就不能和他葬在一起；不管布洛桑愿不愿意她都必须和第一任丈夫葬在一起。（Lavin 34）在这个虚构的世界里，作者在默认自由主义社会的意识形态已经实现的前提下通过个体性的道德困境来探讨自由个体在日常生活中的伦理负担。伦理规范的个体行为是害人利己的行为，对哈莉而言，能否在死后与布洛桑的丈夫共寝一墓构成一个害人利己的行为，解决这一道德冲突的唯一途径就是解除布洛桑与多米尼的夫妻关系，布洛桑的改嫁帮她卸下了伦理负担。自由、平等、博爱在玛丽·莱文的笔下不再是政治社会层面上的三种观念，而成为个人层面人性化、隐私化的行为判断。对现代性自由伦理的关怀不能通过道德问题研究的传统方法来实现，也就是说，不能用政治事件中强制性的标准的规则或在理论上进行绝对性、普遍性、根本性的哲学追问来实现。她通过对个体的道德关怀用一种非常私人化的口吻阐述了一个命题：政治宗教制度的变革可以从根本上解决人们的道德困惑吗？弗兰克·奥康纳(Frank O'Connor)的话或许是个好注解："40 年代以来的重要作家中只有玛丽·莱文没受到注意，她的作品似乎自成一派。就像一座私宅，每扇门上都写着'密室'……如同惠特曼笔下那棵生长在路易斯安那的野橡树，她也站在离我们其他人不远处。"(229)

女性主义批评家通常关注妇女在爱尔兰文学中的格式化形象：母亲、爱的对象、诱惑男人的女性、仆人、尼姑，或者其他爱尔兰的象征物……小说中铭刻的这些僵化的社会代码为女性主义批评提供了素材，从中可以审视，莱文似乎在暗示，爱尔兰文化下的妇女如何不可避免地、程式化地落入这些代码所设的圈套。(Lynch 329)珍妮特·罗伯特·舒马克(Jeanette Robert Shumaker)认为对被献祭的女性的描写是莱文短篇小说的特点之一。其笔下的女主人公们作出的令人不安的殉难部分根源于天主教对圣母玛丽亚的看法，而莱文本人批判了她们对受苦圣女的效仿。朱丽亚·克里斯蒂娃(Julia Kristeva)和玛丽娜·华纳(Marina Warner)详细论述了圣母玛丽亚神话对西欧妇女的影响，舒马克在自己的文章中就借用了她们的女性主义视角来解读莱文的《一位尼姑的母亲》(A Nun's Mother，1944)和《莎拉》(Sarah，1943)。(185)诚然，尼姑、妻子、母亲、堕落的妇女这些女性形象在爱尔兰文学传统中经常作为爱尔兰妇女历史社会地位的象征，或作为爱尔兰的隐喻；舒马克对上述两个短篇的女性主义解读也有其文本基础。但如果就此一味强调莱文的女性主义叙事，格式化其女性人物的象征性，并将此套用于她的其他作品就难免僵化了对文本主题的阐释。与同时代的爱尔兰作家相比，玛丽·莱文更像一个传统小说家(何树233)，关注现代生活秩序中脆弱的个体生命遭遇的各种道德悖论。爱情，就是其中之一。波伏娃曾沿着女性的生命发展轨迹以不同身份的女性为对象探讨了女性成为"他者"的社会历史原因，并得出结论说妇女要改变"他者"的身份就必须在承认男女自然差异的基础上建立与男性平等的手足关系。由于要强调意识形态和经济因素的决定作用，波伏娃没有对纯粹情感因素在两性关系中的重要作用进行详细阐述。于是莱文的叙事便为波伏娃追加了一个康德式的问题：爱如何发生？或者说，生活中是否有平等的两情相悦？完全相契的个体只能是同一个圆柱的两半重新再合，可是同一个圆柱被切成两半后重新契合的机会却如此偶然，再合后的圆柱面对生命的无常又如此脆弱。莱文似乎认为爱情实质上是这样一个非社会现象，与社会和种族没有任何关系，这是个完全个性的现象，只与个性相关的现象。所以多米尼对爱情的背叛如同时间背叛永恒、死亡对生命的胜利一样没有任何一种理论或制度能够阻止。如果说妇女争取到足够的女权就能建立与男性平等的手足关系，那么这是否也能保证爱情的平等？爱情成为一个本体论的问题，是一个与个体生命此在相关的问题。婚姻则是个社会问题，它和家庭一起受到社会规范、宗教法律的制约。人们或者因为互相爱慕而结合，或者由于利益的原因而结合。教会为任何一个男人和任何一个女人举行婚姻圣事，法律为任何一对夫妻提供制度保障，这个圣事或这张文书把人的命运联系起来，它们外在地和形式地限制了婚姻，却无法从个性的隐秘生活中认识和理解它。对于结婚双方而言，真正的有意义的婚姻要求夫妻相互承担责任，互为人生伴侣。多莉和她的丈夫之间或许没有相等的爱情，但她需要这个婚姻为她提供安全与保障；埃伦与奥立弗则是众生梦寐以求的爱的结合，他们的婚姻没有压迫与私利，成为两性平等的典范。因此对两个女人而言丈夫的去世就意味着安全的阙如，幸福的缺失。文本中多次出现的"责任"（responsibility, responsible, duty）与"安全"（security, insure）既肯定了妻子操持家务的责任，又肯定了丈夫维系家庭安全的责任，莱文似乎无意将妇女从家庭主妇的角色中"解救"出来，反而从中品味出相应的人生乐趣："我相信那些占据我时间，甚至耗尽我或许可以用于写作的精力的事情（带孩子、做家务）对我而言是有益的。它们给了我一种选择，否则我或许不能足够坚强地利用自己那种时常狂热的、过于富足的想象力。所以如果我的生活限制了我的写作，我为此很高兴。我不会试图多写一个我该写的故事，也不会在故事中加入一点本应存在的内容。"（Meszaros 43—44）此外帕特丽夏·梅扎勒斯（Patricia K. Meszaros）认为她在短篇小说《维拉·维奥莱塔》（*Villa Violetta*，1972）和《特拉斯特维尔》（*Trastevere*，1971）中还明确指出，"对工作有益的个人幸福和安全环境都将在男性保护与陪伴中找到"。（41—42）莱文似乎并不需要一间自己的房间，也不着意体现女性作家在男性中心主义的社会习俗下进行创作所受的制约,而这种制约感正是女性主义批评家力图在众多女性作家的写作中发现的。

对幸福的向往与追求是现代伦理学关注的又一个重要命题。玛丽·莱文通过讲述不同个体在个体性欠缺的故事中展示个体对幸福的追求以及幸福不可得之间的悖论。往事、记忆、追忆都与人的美好欲望以及个体性欠缺相关。年轻的哈莉和多米尼都充满了对美好爱情和幸福婚姻的欲望,那枚用珍珠嵌出"至爱"两字的金胸针即是信物;然而碰巧老律师有一个独身女儿,于是作为学徒律师的多米尼背叛了爱情。无论是珍珠的纯洁还是黄金的不朽都没挡住命运的恶意的偶然,哈莉对幸福的向往与生命的欠缺之间形成了回忆无法填平的鸿沟。多莉在山姆庇护下平静地生活着,突然而至的肺炎夺去了山姆的生命和多莉平静的生活。失去了作为实体的男性的保护,多莉只剩下山姆的保险文书,生命的偶然的裂伤使多莉的生活理想不可企及。埃伦也同样遭受了生命偶然的伤害,也是一次偶然的疾病袭击了这个幸福美满的家庭,一瞬间埃伦同时失去了亲密的爱人和孩子的父亲,"我会变成什么?没有他我将怎么活?"(Lavin 45)埃伦的痛苦同样来源于对美好的欲望和个体欠缺的不平衡。在这种不平衡面前,任何政治制度都无能为力。同一个故事母题反复出现三次,莱文不仅探讨女性在多大程度上受到社会代码的制约,更在思考制度与意识形态之外的生命本体的内在欠缺性。我们可以讨论女性一定需要男性保护这一命题的先在性是如何体现了人类社会的"男性中心论",然而颠覆了这一等级制依然无法回答三个女人的问题:我如何活下去? 她们都生活在自由民主的社会中,都只是刚近中年,还有机会实现自己美好的生活理想。可是,如哈莉一样,她们感到身上的自由是不可承受之轻。爱人的背叛、丈夫的死亡对她们突然面临的个人自由投下了无法摆脱的阴影。生命中的过去使哈莉无法缔结新的婚约,因为多米尼不仅活在记忆里,而且时时出现在梦境里。梦境、回忆,这些与心理学关系密切的词汇召唤读者对作品进行精神分析式的解读,通过对人物潜意识层面的挖掘进一步阐释作品主题。正是通过对哈莉的梦境和回忆的分析读者才能窥探她的内心活动和精神世界,找到她异常行为(一直未婚)的根源。根据弗洛伊德的理论,梦境是人解决本我与超我矛盾的有效途径,是治疗自我创伤的一剂良药,然而莱文的诉求却不止于此。小说初始哈莉不但依赖对爱情的回忆与梦境,而且下意识地通过女伴们的友谊获得独立生存的勇气,但这种依赖使她只能生活在过去,不能接受当下的种种现状,因此她不止一次地向多莉抱怨埃伦不能和她们一起散步。然而目睹两位女伴遭遇与自己类似的痛苦之后,哈莉突然获得了人生的顿悟:时间将治愈一切。失去爱人和丈夫的妇女可以通过女性的友谊寻回失去的幸福,就像以前一样。

> 突然之间哈莉知道自己该说什么了。"哦,亲爱的埃伦,"她喊道,紧紧搂着埃伦,"别哭了,别哭了。时间治愈一切。"她的声音变得更温柔,更带说服性了。"你们都在楼上时,"她说,几乎在轻吟,"我就坐在这里,想象如果你、多莉和我能够像以前那样又聚在一起该有多美好。像很久以前一样。"(45)

然而埃伦和多莉都无法接受哈莉的疗伤之法,当哈莉看到两人手上的婚戒时才明白,作为失去爱人的精神寡妇她欠缺的只是对美好感情的满足,作为失去丈夫的真正意义上的寡妇她们需要更多弥补来接受生活的现状,如何获得对生命欠缺的弥补,将过去存入记忆,努力生存于当下,莱文在以后的故事叙事中继续自己的追寻。玛丽·莱文的叙事暗示着生活造成的诸多欠缺不能完全由政治、历史、性别的革命来填补,用伦理的视角看人生就会发现,即便一个人对自己的美好生活的追求在生命无从避免的偶然中遭遇了失望,人生依然是美好的。

参考文献

Bauman, Zygmunt. *Postmodern Ethics*. Trans. Zhang Chenggang. Nanjing: Jiangsu People's Publishing House, 2003.

[齐格蒙特·鲍曼. 后现代伦理学. 张成岗译. 南京:江苏人民出版社, 2003.]

Harmon, Maurice. "Mary Lavin: Moralist of the Heart. " *Ireland & France—A Bountiful Friendship: Essays in Honour of Patrick Rafroidi*. Eds. Barbara Hayley and Christopher Murray. Gerrards Cross: Colin Smythe, 1992:103 – 123.

He, Shu. *From the Provincial to the Cosmopolitan: A Study of Irish Renaissance*. Beijing: Military Translation Publishing House, 2002.

［何树. 从本土走向世界:爱尔兰文艺复兴运动研究. 北京:军事译文出版社, 2002.］

Kelly, A. A. *Mary Lavin, Quiet Rebel: A Study of Her Short Stories*. New York: Barnes & Noble, 1980.

Lavin, Mary. *Selected Stories*. Penguin, 1981.

Lynch, Rachael Sealy. "The Fabulous Female Form: The Deadly Erotics of the Male Gaze in Mary Lavin's *The House in Clewe Street*." *Twentieth-Century Literature* 43. 3 (1997): 326 - 338.

Meszaros, Patricia K. "Woman as Artist: The Fiction of Mary Lavin." *Critique* 24. 1 (1982):39 - 54.

O'Connor, Frank. *A Short History of Irish Literature*. New York: G. P. Putnam's Sons, 1967.

Peterson, Richard F. *Mary Lavin. Twayne's English Authors Series* 239. Boston: Twayne, 1978.

Shumaker, Jeanette Robert. "Sacrificial Women in Short Stories by Mary Lavin and Edna O' Brien." *Studies in Short Fiction* 32. 2 (1995):185 - 197.

Yuan, Decheng. *James Joyce*. Chengdu: Sichuan People's Publishing House, 1999.

［袁德成. 詹姆斯·乔伊斯. 成都:四川人民出版社,1999.］

作者简介:龚璇,北京大学外国语学院博士后,主要从事叙事学研究。

一个解构性的镶嵌混成:《仇敌》与笛福小说

段　枫　卢丽安

2003 年 10 月 2 日,瑞典皇家学院将本年度的诺贝尔文学奖授予了南非作家约翰·麦克斯韦尔·库切(J. M. Coetzee,1940—),这位生性低调、少言寡语的南非荷兰裔作家因而一举成为舆论焦点。库切的作品不多,大部分又与南非的种族政治相关,如《内陆深处》(In the Heart of the Country,1977)、《等待野蛮人》(Waiting for the Barbarians,1980)、《麦克尔·K 的生活和时代》(Life and Time of Michael K,1983),以及 1999 年引起巨大反响的作品《耻辱》(Disgrace)。所以,学术界对于库切作品的评价,基本上都是在殖民主义与种族压迫的理论大框架之内进行。而库切的另外两部作品,1984 年的《仇敌》(Foe)与 1994 年的《圣彼得堡的大师》(The Master of Petersburg),由于将所讲述的故事放在了南非以外,与南非的种族政治联系相对较少,所以总被看成是他的二流作品,在研究中被一语带过。然而,如果将库切的所有作品看做一个整体,我们就会发现,作家所关注的,实际上是历史、叙述与语言这样具有普遍性的问题。

就这个主题来说,小说《仇敌》尽管脱离了南非舞台,却反而是一部最为直接的作品。小说女主人公所探索的,正是库切在其他作品中不断提到的与历史、语言相关的一系列难以回答的问题。更为特别的是,读者在阅读这个文本的时候,不仅仅需要理解第一人称主人公的困惑,还必须将他们手中的这部小说与《鲁宾逊漂流记》进行对照,因为,在小说薄薄的一百五十七页中,库切不仅以一种特殊的手法模拟再现了笛福现实主义小说的重要元素,同时也传达了他对这一传统的反思。

与库切笔下的其他人物一样,《仇敌》的女主人公苏珊·巴顿也经历了一次艰苦的旅程：从欧洲前往巴西寻找被绑架的女儿。然而，她非但没能如愿，还在返回途中遭遇了船只哗变，以致流落荒岛。在那里，她遇见了鲁宾逊与星期五，和他们共同经历了一段难忘的荒岛生活，直至最终获救回到英国。然而，鲁宾逊没能活着回去，他死在了船上，给她留下了一个被割去了舌头、又不识字的星期五。回到英国后，苏珊希望将自己这段难得的荒岛经历写成小说，但由于对自己的写作技巧毫无信心，她就将这个任务交给了小说家福（Foe，即笛福成名前使用过的名字）。这样，《仇敌》的四部分内容就围绕着苏珊的写作而展开。第一部分中，苏珊回忆、记录了她在荒岛上与鲁宾逊主仆的共同生活。第二部分由苏珊写给福的一系列信件和便条组成，通过信件，苏珊讲述了她和星期五回到伦敦之后的经历，以及她是如何尝试解放星期五但又失败的一系列经过；在与福书信来往的过程中，尤其是在与福的通信被迫中断之后，她开始独立思考小说写作这样一个对她来说原本完全陌生的问题。第三部分讲述苏珊登门拜访福的经历，同样使用第一人称，主要由苏珊的内心活动，以及她与福的对话组成。小说的第四部分则是一个简短的尾声，一个不知身份的、神秘的"我"潜入了人物的世界，审视、观察着死尸一般的人物。毫无疑问，这部小说是对笛福现实主义经典作品《鲁宾逊漂流记》的重写，但是原著中的人物形象在这里却发生了巨大的变化。在故事情节的设置方面，这部小说无疑是从女权主义角度对《鲁宾逊漂流记》作出了批判；但从更深层次来说，这部小说的力度更在于，它所反映的是作者从各个方面，通过镶嵌混成的手法对英国现实主义小说传统所做的一次解构性的重读。那么，什么是镶嵌混成（pastiche）呢？这个词来自于拉丁语"pasticcio"，原意是"拼贴，东拼西凑的杂烩"，用在文学作品上，就是指一部作品对前辈作家及其文学样式的拼贴式模仿。理论上，这个词往往与另一个更常见的术语联系在一起，那就是"戏拟"（parody）。热奈特在对文本间关系（transtexuality）的理论探讨中，将这两个术语归为一类，认为这两种手法都是某个超文本（hypertext）对历史上的一个底本（hypotext）进行模仿与改造。应该看到，两者之间的主要不同就在于这种模仿的口吻。戏拟尽管在巴赫金和克里斯蒂娃的理论体系中被用来指代存在于一切文本之中的互文关系，但在使用时往往带有戏谑的成分。镶嵌混成则似乎对相应的底本少了许多敌意，它会有意识地选用前人作品中的情节或文学形象，有时甚至大段地借用经典文本的场景，正如它的名称所表现的那样，乍看起来，它好像就是对前人文本进行剪切拼贴的产物。然而，混成作品的存在实际上指出了一个事实：新的文学作品永远都是在新的历史环境下对旧有文学模式的再现及改造。这类作品在重现旧有模式的过程中，也就承认了它与此模式的历史联系，同时，由于它是对旧有模式在新的历史条件下所做的创新再现，也就体现了对此历史传承的质疑与反思。①

《仇敌》就是这样的一部作品。从情节和人物形象的角度来看，小说对其底本最明显的改动就是在鲁宾逊与星期五的荒岛世界中插入了一个女性叙述者——苏珊·巴顿；而她的第一人称叙述令我们看到了与笛福笔下截然不同的人物形象。星期五成了一个来自非洲、被割去舌头的黑奴；以积极进取在文学史上绽放不朽光芒的清教徒鲁宾逊则变成了一个颓废但又不失哲学洞见的怀疑主义者②，而且在回到大陆之前就已经衰竭而死。

除此之外，小说中也不断地出现笛福笔下其他人物的影子。苏珊本人的经历似乎就在提醒我们她与笛福笔下的女主人公——最著名的摩尔·弗兰德斯(Moll Flanders)与罗克塞娜(Roxanna)——的相似之处：同样美丽，对男性富有吸引力；同样经历坎坷；更重要的是她们都具有坚强的意志，勇于冲破社会传统，追寻自己的理想。库切甚至有意识地在一些细节上将苏珊与笛福的女性人物——特别是罗克塞娜——联系起来。罗克塞娜曾抛弃过一个名叫苏珊的女儿（这个女儿后来的出现最终打破了她的人生梦想），苏珊·巴顿从欧洲到巴西的冒险却正是为了找寻她被绑架的女儿，而在她与福相见之后，她的生活中却突然冒出了一个自称是她女儿的陌生女孩，名字也叫苏珊。罗克塞娜有一个忠心耿耿的女仆艾米，而库切笔下小苏珊身边同样有一个名叫艾米的

---

① 对于这两个术语的定义，参见 Chris Baldick, ed. , "Pastiche," *Oxford Concise Dictionary of Literary Terms*, Shanghai: Shanghai Foreign Language Education Press, 2000.

② Dana Dragunoiu 在 2001 年的一篇文章中对《仇敌》中的鲁宾逊形象作了细致的文本分析，并试图用存在主义的哲学思想来解读库切版鲁宾逊。见 Dana Dragunoiu, "Existential Doubt and Political Responsibility in J. M. Coetzee's *Foe*," *Critique* 42. 3(Spring 2001).

女仆。我们所知道的作家笛福,在《仇敌》之中则以本名"福"(Foe)出现,他穷困潦倒,为了躲避债务不得不东躲西藏;负责他生活起居的是一个名叫杰克的男孩,每当生活拮据的时候,杰克就会到街上偷窃以补贴家用。这一细节又让我们联想到笛福另一部小说《杰克上校》(Colonel Jack)的主人公。

由此可以看到,作家笛福本人的生活,他笔下几乎所有的重要人物,似乎都在库切的《仇敌》中通过镶嵌混成的方式找到了自己的位置。而《仇敌》的叙述结构也显示了同样的特色。小说一开头就是一小段令人疑惑的引述:"最终我再也划不动了。我的手上打起了水泡,我的脊背火辣辣地发烫,我浑身疼痛。"(1) 没有任何的引入语,没有任何背景介绍的文字,一个大大的疑问由此留给了读者:"这是谁在说话?"随着情节的发展,人物的逐个出场,读者才开始将这个故事与笛福的名作联系起来。小说的四个部分尽管全都采用第一人称的叙述形式,但用法各不相同,整个文本松散地联结在一起,而黏合这几个部分的,不是一个大的叙述框架,而仅仅是情节上的相互呼应。更为特别的是,作品的前三部分虽然都是主人公苏珊的叙述,却以不同的第一人称形式出现。小说的第一、二部分分别为第一人称回顾体和第一人称书信体,乍看起来是18世纪英国现实主义小说最为典型的两种叙述模式,然而在具体细节上与传统文本又不尽相同。首先,这两部分的叙述整个儿被引在了括号里,似乎就是在强调第一人称主人公苏珊所面对的"你"仅仅是小说家福。由此,我们进一步发现,小说的第一部分,尽管从表面上看非常类似18世纪的回忆录小说,其实却只不过是主人公写给作家福的一个草稿,目的是请求他在此基础上进行润色加工,写出一部吸引人的小说。通过这样的安排,库切似乎是在提醒读者一个事实,那就是《摩尔·弗兰德斯》这样的小说尽管看上去是女主人公的回顾性叙述,实际上却出自一位男性作家之手;而这位作家,虽然在小说前言中声称这部作品是由女主人公亲自写成的,也不得不承认,出于体面的考虑,原稿"被写成了新的文字"。(3)

所以,《仇敌》这部小说不但在故事情节层面上对笛福小说做了混成拼接;在叙述文体种类方面,它同样对以笛福为代表的18世纪现实主义小说进行了具有深意的模仿。通过这两个层面的镶嵌混成,笔者认为，库切的目的并非是为了讥讽或者嘲弄这些文学经典，而只是为自己提供一个平台，反思、审视体现在这些传统文本之中的一系列问题。正如小说标题所暗示的那样，这部小说相对于笛福作品，确实有几分针锋相对的"仇敌"味道。

　　首先，笛福对于女性人物的塑造一向都是学术界颇感兴趣的话题。一方面，笛福作为《鲁宾逊漂流记》的作者一直受到女性主义者的攻击，因为在这部小说中，女性的地位基本被忽略不计：她们从来没有自己的名字，她们的身份就是妻子、母亲或寡妇；对于鲁宾逊，星期五的陪伴显然比一个女人的陪伴更为重要。然而，与此相对应的一个事实是，笛福同样写过《摩尔·弗兰德斯》及《罗克塞娜》这样的女性题材作品，并得到了女权主义者的高声欢呼。作者对这些离经叛道的女子充满了同情，甚至不乏钦佩之情。詹姆斯·沙德兰就提出，笛福之所以欣赏这些女主人公，是因为她们身上具备与鲁宾逊相同的品质：不屈不挠的勇气、顽强的生命力、清醒的头脑，更重要的是，他们都具备顽强的生存意志，而这一切，都是艰苦环境中生存所必备的条件。(Sutherland Ⅶ)同样正是这些特点与品质，另外一部分评论家（包括伊恩·瓦特）认为，笛福的女主人公无论从行为上，还是从性格上，都是"基本上男性化"的。(Watt 113)针对这种评论，女权主义批评家如朱丽亚·米歇尔则反驳道，笛福对摩尔·弗兰德斯这类女性人物的塑造恰恰反映了他特定形式的女权主义——"女人应该受教育，并且应该和男人一样享有经商的权利与自由"，而笛福的现实主义恰恰表明了"摩尔对自己身为女人这一事实有着充分的了解"。(Mitchell 21)因此，在笛福的小说中，我们似乎发现了一个矛盾：一方面，《鲁宾逊漂流记》中的隐含作者似乎十分厌恶女性；而在《罗克塞娜》这样的作品中，现代女权主义者又能够发现一个对妇女地位充满同情的早期同盟者。

　　如何调节笛福在对待女性形象方面所表现出的这种矛盾，确实是一个值得深思的问题。我们当然可以借用沙德兰的观点来解释这种矛盾，那就是，对于男女的地位关系问题，笛福没有什么固定的想法与主张。在塑造摩尔与罗克塞娜之类的女性形象时，笛福主要是一个小说家，一个"艺术家"，而"一个艺术家接受的是展现在他面前的生活"。(Sutherland Ⅶ)

是的,笛福确实有可能是以一种客观的方式来进行人物塑造的。这样,争论的焦点就落到了笛福小说的现实性上面。笛福真的是按照生活本来的面貌进行创作的吗? 在《小说的兴起》(*The Rise of the Novel*)中,伊恩·瓦特曾用一个著名的术语来概括 18 世纪英国现实主义文学的一个基本特点——"形式现实主义"(Formal Realism)。这种现实主义真的反映现实吗?

在瓦特看来,对于笛福来说,现实主义与其说是一种写作手法,还不如说是一种最终目的。(Watt 117)诺瓦克也指出,由于受到荷兰现实主义绘画的影响,笛福的兴趣并不在于事实本身,而在于如何欺骗观众的眼睛和头脑,让他们相信他笔下的人物或事件在生活中是真实存在的。(Novak 2)

那么,笛福是如何欺骗了他的读者,库切又是如何揭露出这种虚伪的现实性的呢? 在笔者看来,《仇敌》将笛福笔下的人物通过镶嵌混成的方法填入了他本人的生活,这恰好形象地表明了所谓的现实主义作品并非像作者宣称的那样是生活的真实写照,相反,小说家只是根据生活的片断,充分发挥艺术想象力,并通过恰当的叙述手法(如笛福惯用的回忆录式叙述),配合逼真的细节描写,来制造一种现实主义的幻象罢了。与此同时,库切又以《鲁宾逊漂流记》中女性声音的缺失为主要切入点,在鲁宾逊与星期五的男人世界中插入了一个罗克塞娜式的女性形象,其目的正是为了通过她的眼光、她的痛苦、她的思考,来直接探索小说中真实与虚构、表现与建构等等问题。

所以,当《仇敌》进入第三部分的时候,文本形式又一次发生改变,醒目的括号不见了,作家福也由被第二人称指代的"你",变成了以第三人称指代的"他"。这一变化似乎在暗示,苏珊将不再依附福作为小说家的权威,开始直面读者,讲述自己的心路历程。而在小说情节上与此相对应的,则是苏珊与福关于写作问题的正面碰撞。她曾经希望福能够按照她的要求,写出既符合事实,又具吸引力的小说。但此时,她发现福对她漂泊世界的经历更感兴趣。她心目中的故事以她在荒岛上的生活为中心,但在福的构想之中,这部还未写出的小说将围绕她找寻女儿的传奇经历展开,而荒岛生活将仅仅构成其中的一个小插曲。这一认识让她彻底失望了。"找到福的喜悦被冲得一干二净,我坐了下来,四肢沉重。"(117)不难想象,福所设想的这部小说很有可能这么发展:坚韧不拔的女主人公,为了找到女儿,克服了旅途上的千辛万苦。她孤身一人前往巴西,在返回途中凭借美貌征服了船长,成为他的情妇,但舰艇哗变使她流落荒岛。在那里,她要面对食人族的恐怖,还要忍受荒岛生活的艰辛与寂寞,然而她的美貌与勇气赢得了鲁宾逊的热爱,甚至星期五也有可能偷偷倾慕于她。最后,她的努力得到了上天的回报——苏珊不但返回了英格兰,失去的女儿也最终回到了她的身边。①故事有头有尾,有高潮,有结局,不乏海外的奇闻轶事,还有读者期待的浪漫情节。这么一部女流浪汉小说(female picaresque),从各个方面看,都酷似《摩尔·弗兰德斯》或《罗克塞娜》,但它为什么会使得苏珊如此反感呢?

女权主义者曾经指出,在一个男权社会当中,女人只可能拥有两种生存模式:遵守这个社会给她们订立的条条框框,成为这个社会的边缘附属品;或过一种伪男人的生活,放弃女人的种种本质,而用男人的方法为自己打拼出一席之地。② 第一种模式(同样也是社会对她们的常规要求)意味着她们需要放弃自己的自由意志,依附于一个男人,成为他的妻子或寡妇。《鲁宾逊漂流记》中的女人从来没有自己的名字,《仇敌》中的苏珊·巴顿在回到英国后也不得不让自己被称做鲁宾逊夫人,正是这种模式的具体例子。而第二种模式,则是笛福女主人公所做出的共同抉择;这一选择,尽管能给她们带来某种经济上的独立与富有,却也使她们付出了沉重的道德代价。

然而,《仇敌》似乎在表明,女人并不是没有可能过第三种生活,只不过她们的这种生活在小说中、在男人所记载的历史当中被刻意地淡化,甚至抹去了。苏珊·巴顿的荒岛经历正是这类生活的体现,她希望为世人所知的也正是这一段经历。然而,福却打算将这段她珍视并引以为豪的经历压缩为她流浪生涯中的一段小插曲,这是她所不能接

---

① 这些细节可以根据福对苏珊的询问推想出来。福对食人族表现出了强烈的兴趣(这正是《鲁宾逊漂流记》中最著名的细节之一),还询问苏珊星期五有没有可能爱上了她。

② 比如,在《摩尔·弗兰德斯》中有这么一个情节,女主人公从小的愿望就是做一个"Madam",然而,具有反讽意味的是,在她所处的那个社会中,"Madam"既可以指代一个上流社会的贵妇,也可以是自食其力但却声名狼藉的妓女。

受的。

她要摆脱被建构、被塑造的地位,要写出自己的故事,传达自己的声音。《仇敌》前三部分描写正是她为争夺话语权利而做的努力。因此,当我们将《鲁宾逊漂流记》和《仇敌》做对比阅读的时候,我们面对的实际上是两个叙述主体的冲突———鲁宾逊的讲述与苏珊的讲述。笛福选择了鲁宾逊作为故事的叙述主体,库切则针锋相对地选择了苏珊。然而,库切的高明之处就在于他没有简单地用苏珊的叙述来取代鲁宾逊的叙述,而是通过苏珊的困惑,提出了这么一个问题:叙述主体的转换真能够带来历史的真实吗? 一个叙述主体的存在必然会在不同程度上遮蔽历史事件中的其他角色。《鲁宾逊漂流记》的叙述遮蔽了苏珊与星期五,那么《仇敌》中苏珊的叙述呢? 她的叙述,对于事件中的其他人物,会不会同样是一种遮蔽呢?

苏珊意识到了这一点,因为她发现一个真正属于她的故事离不开星期五的参与。不讲清星期五的故事,不讲述他是如何到达这个小岛、如何被割去舌头的经过,她的故事就缺乏真实性。在唯一的知情人鲁宾逊已经死去的情况下,如何了解星期五的故事,成了问题的关键。然而,如何才能打破星期五的沉默,让他开口说话呢?[①] 苏珊开始和福一起尝试教星期五英文,为了让星期五理解"非洲",她画出了沙滩、棕榈树和狮子,这是欧洲人心目中典型的非洲形象。(146)然而,在星期五空洞的眼神中,她开始反思,她所理解的非洲和星期五的非洲是一样的吗? 她是否在将自己的文化思维强加给星期五呢? 而她自己,是否也是这样一种文化压迫的受害者呢? 就这样,苏珊开始认识到,她曾经引以为豪的语言原来不但是反抗的工具,更是一种文化压迫的工具;这种压迫,相对于制度上的压迫来说,更令人难以反抗,也更令人窒息。

苏珊清楚地知道话语力量的重要性,正是出于这一认识,她才要写下自己的历史,然而,为了做到这一点,她却不得不与福合作,将白人的语言、白人的思维逻辑强加给星期五。她迷茫了,而星期五,则在沉默中保持着他的抗拒。只是,他的抗拒没有通过语言传达,而是显示在他

---

① 星期五原来没有舌头! 我们突然发现,原来笛福笔下的星期五也是没有声音的,除了被主人所强加的、仆人的语言。

的沉默、他的低鸣和舞蹈之中，也体现在他残缺的身体上。① 这种无声的抗拒，这种具有悲剧因素的沉默，相对于苏珊用语言进行的反抗来说，不那么显眼，却给每一个有良知的人带来灵魂深处的震撼。

库切最终没有告诉我们苏珊是否写出了她的故事，他也不会这么做，因为，即使苏珊写成了她的历史，充其量也只不过是用一种新的权力话语来取代旧的版本而已。所以，他选择以这样一种开放的方式来结束他对笛福小说的镶嵌混成——鲁宾逊死去了，星期五沉默着，苏珊则在困惑中寻觅。荒岛的故事，星期五的故事，苏珊的历史，所有的这些事实，由于当事人的失语或沉默，变得扑朔迷离，而最终进入历史的，则是那部看似结构完整、真实可信的《鲁宾逊漂流记》。

就这样，尽管《仇敌》开始于对性别、种族压迫的批判，却以对写作、历史的反思结束，而最终定格在对话语、对语言的审视之中，这并不是库切的一个偶然选择，而是贯穿在他所有作品之中的永恒主题。事实往往存在于文本之外，因为掌握历史真相的人们常常被剥夺了话语的权利，而当他们试图发出自己声音的时候，却发现自己已经深陷于权力话语的框架之中。面对这样一种困境，他们唯一能做的反抗，就是采取一种不合作的姿态，保持沉默。

库切在 1992 年的一次访谈中曾经指出：何谓黑人/白人，又何谓男人/女人；将人类按这样的方式分成不同的种类，这本身就落入了权力话语的框架。而"只要白人仍将自己构建成白人，黑人就永远是黑人"。(424)我/他、文化/自然、男人/女人、主人/奴隶，语言中这种根深蒂固的二元模式，不但对于此结构中的弱势群体"他"（如星期五）是一种压抑与迫害，同样也折磨着这个结构中的"我"——那些表面上的特权阶级。库切之所以一直被看做反种族隔离制度的进步作家，是因为他同情那些被压迫的人们，然而，他同样关注这种制度以及相对应的权力话语带给南非白人、他本人也感同身受的精神折磨。

正是出于这种关注，他塑造了《耻辱》中的那对父女，《内陆深处》中

---

① 除了被割去的舌头，苏珊还提到了星期五所遭受的另一处更为残忍的残疾——阉割（un-manned）。在星期五忘情舞蹈的时候，他宽大的白袍飞舞起来，暴露出他的身体，由此证实了苏珊一直害怕的这个猜测。

的老姑娘玛格达,《等待野蛮人》中的地方长官等人物形象。而《仇敌》中的苏珊·巴顿则具有双重的批判与象征力量。她是个女人,也是个白人;她受压迫,却同时被构建成另一种形式的压迫者。就这样,库切将他对权力话语的批判推进到了一个新的深度,他关注的焦点已经从相对狭隘的男人/女人、主人/奴隶关系转向了语言本身。然而,一旦认识到这一点,他的主人公往往会像苏珊那样陷入一种无可奈何的焦虑与迷茫当中,因为仅仅凭借个人的力量,他们似乎永远无法与语言、历史抗争。①

瑞典皇家学院对库切的小说作了这样的评价:"在关键时刻,库切的人物都是站在他们自己背后,一动不动,仿佛是没有办法参与他们自己的行动。但是这种消极状态又不仅仅是一个人的性格造成,这也是人对压迫的最后反抗,在不参与的消极状态中进行抵抗。"(恺蒂 23)这种反抗本身是可敬的,在这些沉默的人们身上蕴含着让人震撼的巨大力量。然而,库切同样意识到,只有当这些人们发出自己的声音之后,真正的历史才有可能为人所知。但是问题就在于,他们怎样才能拥有真正属于自己的声音呢?《仇敌》中,库切没给我们一个明确的答案,也许,如同他笔下的人物一样,他本人同样是一个迷茫的、怀疑的探讨者。

但在《仇敌》那个充满后现代意味的尾声中,一个神秘的第一人称"我"进入了人物——苏珊、星期五、福、死去的船长——的世界。在那里,一切叙述主体的幻象都被打破了。"那不是一个语言的世界。在那里,所发出的每一个音节都消散在水中,在那里,肢体本身就是它们的符号。那是星期五的家。""我"试图撬开星期五的嘴,然而,从那里倾泻出来的却是"一股缓缓的溪流,无声无息,却绵绵不绝",这是星期五的表达方式,"向北,向南,它流向了世界的尽头"。(157)或许,希望就在这里。

---

① 正是由于这种对文本、语言的关注,《仇敌》这样的小说也令库切在南非评论界受到了不少的批评,因为这类小说被认为脱离了南非的政治现实,缺乏具体性和斗争性。

参考文献

Begam, Richard. "An Interview with J. M. Coetzee." *Contemporary Literature* 3(1992):419－431.

Coetzee, J. M. *Foe*. London: Penguin, 1987.

Defoe, Daniel. *Moll Flanders*. Boston: Riverside Press, 1959.

Genette, Gerard. "Genette's Theory of Transtexuality." June 10, 2003 〈http://www. comp. nus. Edu. sg/renlian/hypertext /scholarlyarchive/genette. htm〉.

Kai, Di. "Self-exiled Noble Laureate for Literature." *Souther Weekend* (October 16, 2003).

[恺蒂. 自我放逐的诺贝尔文学奖得主. 南方周末,2003－10－16.]

Mitchell, Juliet. "Introduction." Daniel Defoe. *Moll Flanders*. New York: Penguin, 1978.

Novak, Max. "Picturing the Thing Itself, or Not: Defoe, Painting, Prose Fiction, and the Arts of Describing." *Eighteenth-Century Fiction* 9. 1(October 1996).

Sutherland, James. "Introduction." Daniel Defoe. *Moll Flanders*. Boston: Riverside Press,1959.

Watt, Ian. *The Rise of the Novel: Studies in Defoe, Richardson and Fielding*. Berkeley: University of California Press, 1957.

作者简介：段枫、卢丽安，复旦大学外文学院英语系教师，主要从事英美文学研究。

当代俄罗斯女性主义小说对经典文本的戏拟

段丽君

"戏拟"这一概念是由热奈特在文本间性的框架中提出的。热奈特认为"超文的具体做法包含了对原文的一种转换或模仿,先前的文本并不被直接引用,但多少却被超文引出……派生的两种主要形式是戏拟(parodie)和仿作(pastiche)……戏拟对原文进行转换,要么以漫画的形式反映原文,要么挪用原文。无论对原文是转换还是扭曲,它都表现出和原有文学之间的直接关系……其实,戏拟的目的或是出于玩味和逆反(围绕文本加以讥讽),或是出于欣赏;戏拟几乎总是从经典文本或是教科书里的素材下手。"(萨莫瓦约 42)

"戏拟"这一文学手法是女性主义写作常用的颠覆和消解父权/男性话语的艺术手法。

浏览当代俄罗斯女性写作的著作目录,可以发现许多作品的名称和作品章节的题目都和前人的文学文本构成了互为文本现象,明确表现出对经典文本的戏拟特征。当代俄罗斯女性写作对经典的戏拟体现在对神话(童话等)文本、文学文本以及电影文本等的戏拟几个方面。以下依次进行简要分析。

一、对经典神话、童话文本的戏拟

现代神话学研究成果已经证实神话(包括童话故事)等民间故事中包含着丰富的人类学信息,其中包藏着该群体对自然、社会制度、人与人关系等的认知。在由作家创作的童话故事中,创作者更不可避免地会在故事和叙述中糅合进自己的思想倾向。著名童话作家贝洛认定民间童话可以用来表现自己不同的政见、愿望和理想。安徒生也曾明确

127

表示:"我写童话不只是写给孩子们看的,也是写给老头子们和中年人看的。"(转引自李慧 43)

在女性主义思潮逐渐兴起之际,女性主义批评家们从神话(包括童话故事)等中发掘出父权/男性话语的特征及性别政治的内涵。因此,重写神话和童话故事已逐渐成为女性主义作家常用的写作策略。当代英国女作家安吉拉·卡特早在 20 世纪 70 年代末期就开始改写经典童话故事,并把改写童话视为重建女性形象的重要途径之一。她甚至认为:"每一个时代都根据这个时代的趣味创作或改写童话。"(转引自李慧 43)

从女性主义批评的角度看,传统童话世界里的男女是不平等的。除了男女关系正面模式——往往是刚毅勇敢的男子和柔弱顺从的女子——之外,还有另外一组作为对立和对照物存在的反面模式,那就是昏庸无能的父亲(国王或者被后母蒙蔽的亲生父亲)和嫉妒恶毒的母亲(后母、妖婆)。传统童话中的理想型女性即"好女人"是正面的,被作者肯定的,她们一般面貌美丽可爱,性格温顺、忍耐、谦卑,顺从男性家长的安排,富有牺牲精神。另一类是反面的,是受惩戒的恶女人(邪恶的继母、妖婆、坏姐妹)、懒惰女人(愚蠢、无能、无礼、懒惰的女性)以及不听话的女人(任性固执的小女孩)。父权/男性话语通过虚构两性关系和女性形象倡导女性成为具备谦恭、忍耐、温柔、牺牲等特征的"家庭天使",因此,童话世界成为男性中心的世界。女性要么是可有可无的边缘人物或缺席者,要么就是传达男性中心主义意识、带有教谕意义的符号。

当代俄罗斯女性主义作家也在不同程度上对经典神话或童话进行改编和重写。

古希腊神话中的美狄亚是神通最大的女巫师。她爱上英雄伊阿宋,并帮助他实现愿望,取得了金羊毛。后来,伊阿宋背叛了美狄亚的爱情,另娶别人。美狄亚不仅设计害死了新娘,而且还把自己和伊阿宋生的两个儿子也杀死了,其目的是"为了使伊阿宋的痛苦得不到慰藉"。(鲍特文尼克 194)

乌利茨卡娅在中篇小说《美狄亚和她的孩子们》中"重写"了一个"新的"、"俄罗斯的"美狄亚,她有洞察力、正义感和同情心,善于理解和宽容。这"最后一位希腊人"美狄亚不仅没有杀死儿子兄弟,反而成了大家庭众多成员的"母亲":"每个人都喜欢跟美狄亚住",其中一个甚至说,"唯有这儿,我感觉自己像在家里"。不只她的前革命者丈夫觉得"和你在一起有安全感",尽管她没有生育,但在她去世后多年,世界各地的美狄亚家族的成员依旧把她的住处视为"家园"。在她的形象中,作者肯定了女性为中心的家庭以及家务劳动对社会以及人类发展的重要性,肯定了女性的世界观与生活观,从而也就肯定了女性的社会地位。彼得鲁舍夫斯卡娅也写过一个"当代俄罗斯的美狄亚",其篇名就是《美狄亚》。(《姑娘屋》219—224)小说讲述的是一个现代故事:一位妻子为报复她丈夫,一位出租车司机的不忠,杀死了他们共同的女儿。妻子的名字没有出现,因此,远古神话的悲剧性母亲的代表美狄亚就成为她的"名字"。这样,彼得鲁舍夫斯卡娅把现代俄罗斯女性遭遇的厄运与远古女性的厄运联系到一起:这是永恒的根源于男性背叛的厄运——遭受厄运惩罚的不只是男人,最主要的还是女人,因为只有疯狂了的母亲才会扼杀她自己创造的生命。当代俄罗斯女性命运的悲剧性被深化了。

彼得鲁舍夫斯卡娅以躺在棺材中的纽拉被殡殓化妆师妆饰成一个"美丽的睡美人",对经典童话故事《睡美人》和《白雪公主》①进行重写。在这两个童话故事中,美丽少女受到另一位更具权威的美丽女性(继母,新王后)的迫害,但却在危难中得到男性的关怀。这少女与男性们和睦相处,最后得到来自男性的深情一吻,从"梦中(死亡)"苏醒,投入"王子"的怀抱,过上了幸福的生活。贝洛在《睡美人》中说,"一个勇敢、富裕、英俊的丈夫是难得的财宝,是值得久久等待的",告诫女性要有耐心,要采取被动姿态,才能获得自己的幸福。女性主义批评家早就解读出这两个童话故事中父权/男性话语对年轻女性的恐吓与欺骗。

彼得鲁舍夫斯卡娅的小说取名《美丽的纽拉》(《作品五卷集》66—68),同样描写了棺材中少女美丽的容貌。但在描写这一"美丽"外表的同时,彼得鲁舍夫斯卡娅指出了"她生前可从没有这么美丽过",并道出

---

① 《睡美人》是夏尔·贝洛的童话作品,《白雪公主》是安徒生的童话作品,二者在故事情节上有相近之处。被谋害的女主人公都经历了漫长的沉睡,等到了王子的一吻,醒来后嫁给王子,过上了幸福的生活。

纽拉生前现实经历中一个痛苦的事实：纽拉是一座没点灯的灯塔，是一个被抛弃的"多余物件"。纽拉在棺材中才被打扮成"美丽的"。纽拉的丈夫在其死后称其为"我的纽拉"、"我的美人儿"等等，及纽拉被美化了的外貌，实质上是男性对女性的虚伪命名和塑造的美好假象，是一种掩盖女性屈辱、悲伤命运真相的粉饰手法。在"不幸的"、"多余的"纽拉死后，男性以"高超的技艺"、"神妙的材料"把她塑造成为一个"艺术品"，不仅使其物化，而且使其美化。制造女性生活幸福的假象，实际上是为男性形象造势，是以掩盖其对女性的无情摧残与毁坏为目的的。

彼得鲁舍夫斯卡娅同时指出，男性们"合谋"掩盖纽拉痛苦的真实命运的这一真相是无法遮蔽的：纽拉脸庞上痛苦的表情和眼泪的痕迹"清晰可辨"，留着"悲剧的印痕"！而且，最主要的是，"大家都很清楚……哀伤断送了这个年轻的美人儿，哀伤和痛苦"。

在彼得鲁舍夫斯卡娅的小说文本中，谋杀了年轻纽拉（16 岁）的不是"善妒"的母亲，而是她的丈夫。女性长辈的真实面貌也被还原了。母亲为女儿的不幸深感痛楚："脸色呈晦暗的石灰色"，"纽拉的母亲看起来简直被击垮了，一无用处，在人群中黯然失色，可是，在她 50 岁的年龄，仍然可以称得上匀称端庄、高挑挺拔的美人，但她憔悴了，眼泪把她的脸庞上的化妆品都溶化了，那不是一张脸，成了厚泥浆似的东西。"不仅如此，女性悲伤的眼泪也是洗去"美丽"化妆的圣洁之水，女性现实生活中的不幸足以抹去父权／男性话语涂抹在女性形象之上的伪饰，揭露父权／男性话语摧折女性的残酷事实。纽拉之死的真相不是已经"众所周知"了吗？纽拉饱受"屈辱与粉饰"的面容不是无言地高悬在人们的头顶，留在了人们的记忆中了吗？

彼得鲁舍夫斯卡娅正是通过对纽拉悲剧性命运的描述，反驳了贝洛对女性提出的欺骗性建议，指出，女性"耐心的等待"不仅不会使自己获得如同财宝一般的丈夫，反而只会毁坏自己的生命，成就男人的理想。

女性主义小说的另一位代表作家叶莲娜·塔拉索娃的小说《你很好地学会了吃，亚当》仅从篇名上就可以读出对基督教创世神话的指涉。她的另一篇小说《不记恶的女人》堪称当代俄罗斯女性主义的宣言性作品（塔拉索娃 189—214），其中也在某种程度上对宗教神话中基督这一形象进行了重写。《不记恶的女人》写了一位无名女性在"33 岁，与耶稣基督同龄"的生日那天晚上独自在父母家里烤炉边零散的回忆。她回顾了自己被父权/男性文化扭曲、威吓、压抑以及女性主体意识觉醒、反抗与获得心灵自由的过程，表达了她对女性声音终会获得解放的渴望。她曾被关进"疯人院"这一女性主义批评中代表父权/男性文化对女性实施严酷压制的地方，成为"被关在阁楼里的疯女人"。她逐渐认识到造成女性悲剧的根源，重新认识了自己女性的身体，听到"第一次她的肉体说话了"。在疯人院里她被一位"有着高大身躯、顶天立地的女性"视为"我的女神"。

当代俄罗斯女性主义作家们对经典童话故事的改写表现出不同的倾向性。塔拉索娃表现出女性对自我的重新界定，她把女性自己视为拯救之"神"，彼得鲁舍夫斯卡娅在对经典童话的改写中更多表现的是她的揭露倾向，因此，其女性主义倾向显得更温和。如在《美丽的纽拉》中，她书写的重点在于父权/男性话语对女性生活真相的遮蔽和对女性的戕害，而不是像安吉拉·卡特那样通过塑造更具有主动精神的女性形象来反抗经典童话中的父权/男性话语。

二、对经典文学文本的戏拟

经典男性作家的作品，尤其是具有父权/男性话语特征的经典文学文本常常是女性主义作家戏拟的对象。

彼得鲁舍夫斯卡娅就以题名近似的短篇小说①戏拟了契诃夫的小说《带小狗的太太》。

契诃夫的这部作品是以男性视角描写婚外情的。其叙述者就是爱情游戏中的男性，他看见的女性是颇具诱惑性的，"她的神态、走路姿势、服装、发型，都向他说明，她……到雅尔塔来是头一回，而且是独自一人，因而她在这里感到寂寞无聊"，这使得"做一回露水夫妻，勾搭陌生女人的诱人念头，突然征服了他"。（契诃夫 7）最后男主人不顾女主

---

① 契诃夫的《带小狗的太太》中使用的是单数指小表爱形式，可以译为"一只小狗儿"，而彼得鲁舍夫斯卡娅的《带狗群的太太》中使用的是复数，可以译为"一群狗"；此外，契诃夫的小狗是女主人爱惜的宠物，而彼得鲁舍夫斯卡娅的群狗却是女主人收留的弃儿。彼得鲁舍夫斯卡娅的《带狗群的太太》见于她的《作品五卷集》（第 2 卷），第 17—20 页。

人公的告诫，冒险来到女主人公居住的城市与她见面——他被爱情净化，弄假成真。结局似乎是大团圆的——两位有情人谋划着如何成为眷属。

他们能终成眷属吗？

彼得鲁舍夫斯卡娅近乎同名的小说成为这个故事的续集。但这是由女性视角来展现的，结局也远非大团圆式的。"罗曼史"已经结束，这时候女主人公已经被抛弃，她没有了青春，也没有了爱情——总之，她被扔掉了，成了一块用过的脏抹布。她邋遢，与大群的狗为伴：她收留了那些与她一样遭遇的"无家可归"的同类，爱它们胜过爱人类。

彼得鲁舍夫斯卡娅的戏拟文本把契诃夫小说文本中高尚严肃的爱情消解了。

作者首先把"浪漫爱情故事"的男女主人公粗鄙化了。她小说文本中的女主人公远不是契诃夫文本里纯真、优雅的年轻女郎，而是年老、粗鲁、没有教养的大嗓门胖女人；男主人公"他"也不是坠入爱河的潇洒骑士，而是游戏生活的唐璜。"她"在没有被男人和生活抛弃之前，总是和"他"呼朋唤友地吵闹；在被"他"和生活抛弃之后，"她"变得肮脏、邋遢、丑陋、无聊、孤独、半疯狂。在彼得鲁舍夫斯卡娅的文本中，女性主人公被置于城市高楼的住宅中，成为睽睽众目下的展览品。她的快乐和痛苦都被赤裸裸地展示在大众嘲讽的目光之下。"爱情"不是在带有浪漫色彩的度假地以及剧院与旅馆最好房间里的幽会，而是在隔音效果很差的公寓住宅里的喧闹。

彼得鲁舍夫斯卡娅还把"浪漫爱情"的主题滑稽化了。她文本中的"罗曼史"是一个滑稽的过程，伴随着吵闹的聚会以及邻居的抗议。并且这个主题也被虚渺化了，因为文本描述的就是"罗曼史"结束之后，"她"的生活状态，而开端就是"她死了"。契诃夫文本里浪漫、优美、高尚、使人心灵净化的爱情在彼得鲁舍夫斯卡娅的文本里被叙述成了虚伪的、游戏人生的寻欢作乐。彼得鲁舍夫斯卡娅小说揭示这种"虚伪的、游戏式的"所谓"爱情"只不过是男性占据主动权的游戏，男性是两性关系中的"奴隶主"，女性是根本没有自由和权利的"奴隶"。[1] 这样

---

[1]　这是彼得鲁舍夫斯卡娅另一篇小说《来自地狱的音乐》中女主人公大学生尼娜的话。

的"爱情"只能毁坏女人的生活,夺去她的"生活"。所谓"爱情"在彼得鲁舍夫斯卡娅的小说中因此变成了一个带有强烈欺骗性的可笑名词。

契诃夫的文本表现的是男性视点,是男性主人公"我"的"罗曼史"以及"我"对这个过程的感受与体验:女主人公既是非道德罗曼史的"引发者"(开始的时候),又是男性的顺从者(开始之后)——"她觉得羞怯"、"她觉得自己罪孽深重,是个不道德的下贱女人",她腔调"幼稚"。契诃夫小说中女性是为男人着迷的、无力抗拒的、被动的,男性表现出操纵一切的主动性,他不仅"没有罪孽",而且还是一个"负责任的绅士"呢!

彼得鲁舍夫斯卡娅的文本也是采用第三人称叙述,但是以对女性人物的观察角度进行,完全是对"她"的生活状态的描述。"他不管不顾,去了另外一位女人那里",于是"就出现了一位带着狗的太太"。"她"被送进精神病院,"她"上吊寻死,"她"与一切人断绝来往,"她"只爱惜她的那些狗。"她"死了,没人知道怎么死的,"好像是在痛苦中死于癌症"。尽管小说对男女二者都不无讥讽,但讥讽女性的是轻浮与轻信,讥讽男性的是不负责任。因此,小说的立场显然更倾向于同情女性。

彼得鲁舍夫斯卡娅的《新鲁宾逊一家》(《作品五卷集》第2卷73—83)是对笛福《鲁宾逊漂流记》的滑稽模仿。

笛福在其小说中书写的是男性被意外抛离文明社会之后,独处荒岛、顽强求生的故事。鲁宾逊不仅在求生的过程中勉力保留着自己文明人的生活习惯,最主要的是,他还把文明的火种带到了荒岛,教化了一个星期五,表现了文明之于野蛮的优势地位。

而彼得鲁舍夫斯卡娅的《新鲁宾逊一家》写的却是主动逃离文明社会的家庭挣扎求生,退回野蛮时代的"文化退化"故事。不仅象征现代文明的城市被彻底否定——它已成为人类为生存而必须逃避的死亡渊薮——象征淳朴道德的乡村也没有获得肯定的意义。男性文本中顽强地在蛮荒绝望之地勇敢求生的英雄鲁宾逊的浪漫行动也被彼得鲁舍夫斯卡娅嘲弄戏拟,被野蛮化了。笛福文本中对"文明"的信念被推翻了。

沃兹涅先斯卡娅的《女人十日谈》不仅用模仿的标题表明了文本的戏拟性,在小说的叙述方式上也显示了对薄伽丘那部著名小说的模仿。

在《女人十日谈》①的序篇里,作者就让人物之一设计《十日谈》的演出模式,并在此后的叙述中直接以《十日谈》为蓝本,建立富有隐喻意义的女性讲述:在迎接新生命的产房里,十位来自俄罗斯(苏联)社会各个阶层、持不同政治立场的产妇在每天轮换的主持者的安排下围绕"爱情"、"引诱"、"滑稽的性生活"、"坏女人"、"忠诚与嫉妒"、"强奸犯与受害者"、"金钱"、"复仇"、"高尚行为"、"幸福"等主题轮流讲述了一百个产妇自己或女友的真实故事。在滑稽而兼带酸楚的故事背后,则是苏联社会的腐败、男人灵魂的丑陋、妇女处境的悲惨,以及她们对美好幸福生活的热烈渴望和执着追求。通过这些讲述,女性们颠覆了男性话语中被虚伪地崇高化的"爱情"与"忠诚",揭露了男性以自我为中心、把女性放逐到边缘、贬抑女性的伪崇高面目,对性、道德、金钱、政治、真理、艺术等等作出女性主义的重新阐释,嘲笑了父权/男性文化的伪崇高。尤其是讲述"滑稽的性生活"的十个故事,直接讽刺了苏联官方意识形态话语对幸福家庭与婚姻生活的虚构。而《坏女人》一章大多数故事里讲的"坏"女人在讲与听的女人看来多半却显然并不是"坏"的而是"机智"、"有趣"的女性。

沃兹涅先斯卡娅继承了薄伽丘小说中人性自由、解放的主题,在自己的小说中张扬的是女性主体意识存在的合法性,嘲弄的是父权/男性文化的霸权话语的虚伪。

三、对经典电影文本的戏拟

《魂断蓝桥》作为电影已经成为叙述忠贞、凄美的爱情悲剧的经典叙事文本。电影以外表潇洒、内心忠贞的贵族子弟路易对迫于生计而背叛爱情的美丽芭蕾舞女演员玛拉的原谅建构了美满的爱情。

彼得鲁舍夫斯卡娅的小说《魂断蓝桥》(《姑娘屋》131—138)以完全相同的名字对这部经典的好莱坞式爱情电影文本进行了戏拟。

彼得鲁舍夫斯卡娅小说文本《魂断蓝桥》中的老奶奶奥莉娅生活在莫斯科,她不仅差不多与玛拉同行,而且也一样曾经年轻貌美,"曾经是

---

① 详见沃兹涅先斯卡娅,《女人十日谈》〈http://www. novel/scape. com/wg/w/woziliexiansikaya/nrsr/〉。

音乐学院的歌剧演员",也有一位潇洒的丈夫——"丈夫是植物学教授"。

在莫斯科故事中,背叛爱情的是奥莉娅的丈夫,他"一次出差后就没有回家,连衣物和书籍也没有来取"。奥莉娅只好带着女儿生活。现在女儿一家三口和奥莉娅老奶奶同住。奥莉娅靠推销保险养家,心情苦闷时就去看电影:"这就好比是某种工间休息。"

罗曼司式的电影文本不仅使失去了幸福生活的奥莉娅"在银幕上看见了自己所有的理想,看见自己年纪轻轻、脸蛋白净、身材苗条得就像禁猎地(年轻时她曾陪丈夫在禁猎地写论文)的小树一般,她还看见自己的丈夫,就是他应当表现的那个样子,也看到了她不知为何没有过上的那种生活"。她在电影虚构的完美爱情中获得想象的满足和"幸福":"她又重新回到那个神奇的(电影)世界,那是自己的另外一种生活。"这片刻的满足使得她获得休憩,有力量重返严酷的真实生活,使她"勉勉强强地移动腿脚,重新又像工蜂一样开始出发收集贡品去了"。

在电影院里,奥莉娅不仅获得想象的幸福和满足,而且,尤为重要的是,她的痛苦在人群中被分解了。电影院"暖和,有小吃部、外国电影,很有意思的是,入口处有许多同年龄的老太太,也是这样带着包的大婶们"。"电影结束的时候奥莉娅老奶奶哭了,在周围也是一片啜泣声……在出口处看见(与她一样)哭泣过的幸福脸庞。"奥莉娅的痛苦不是一己之痛,而是妇女们的普遍不幸,共同承受不幸使得不幸的程度减弱了。女性就这样在集体中为自己寻找到了一点可怜的安慰。

奥莉娅与许多同龄的老奶奶如此沉迷于电影院里虚构的完美爱情,恰恰反映出她们在现实生活中爱情的匮乏,以及她们对缺乏爱情的不幸生活的不满与抗议。这种抗议在彼得鲁舍夫斯卡娅的小说中表现为奥莉娅老奶奶在电影中"看到了他应当表现的那个样子",还表现在老奶奶奥莉娅走出电影院之后,居然"看见了一位男性,就是电影中那位不停地寻找爱人的主人公"。和许多同龄人一样,奥莉娅一方面为自己不幸的生活和命运哭泣,另一方面以对虚幻的美满爱情、富有责任感的虚构男性的向往表达了意识深处对现实中浪荡丈夫的责备与控诉。

可是,奥莉娅在对"自己过上的那种生活"的无声抗议和对"自己未能过上的生活"的幻想中获得了安慰之后,又"重新收集贡品"去了——

她为谁收集贡品？不幸的女人替代男性肩负起养家的责任，奉献自己非人的"工蜂一样"的"劳动"，她们不得不抚养男性的后代。奥莉娅老奶奶在任劳任怨地为男性社会收集自己女性的贡品。因此，她与命运顽强抗争的话"得生活！"就成了鼓励自己继续为男性社会奉献力量的借口。

显而易见，电影《魂断蓝桥》以其对忠贞男子以及坚定爱情的虚构、对未能坚守忠贞的女子的惋惜（其中是否包含着隐约的责备？），对小说《魂断蓝桥》中的女性奥莉娅老奶奶产生了"催眠"作用，以至她在被无情背叛之后仍旧不肯责备丈夫，反而从自己身上寻找原因。她"从来没有"仇恨过丈夫，并一直使用丈夫的手帕，说是丈夫"留下的纪念"。她甚至在潜意识中为丈夫寻找抛弃自己的合法、正当的理由：猜测丈夫的新妻子"比自己富有，不像自己老是习惯于一些大杂烩和素黄油，鞋子也总是在为穷残废做鞋的矫形鞋店里买"。她把美善的光辉加诸男性之上，认为，"看来，爸爸自己也不想（来取自己的东西），看来作为有了一个小儿子的幸福新郎，是觉得不好意思跑到自己孙子们和做了奶奶的妻子的窝里来拿财产"。

美国女性主义学者塔尼亚·莫多斯基把各种滑稽浪漫故事、哥特小说和肥皂剧称为"为女性制造大量幻想的作品"。她认为这些通俗叙事故事"正好说中了女性生活中所遇到的一些现实问题和紧张状况"。（转引自斯道雷 193）因为，幻想作品的读者和女权主义的读者具有某些共同之处：对妇女生活感到不满意。她说："马克思关于宗教痛苦的论述同样也适用于'浪漫的痛苦'：它既是现实痛苦的一种体现，同时也是对现实痛苦的一种抗议。"（193）

彼得鲁舍夫斯卡娅对经典电影叙事文本《魂断蓝桥》的戏拟，不仅嘲笑了电影叙事的虚构性，同时指出了虚构的爱情对不幸女性的麻醉作用。

萨莫瓦约说，"原本为着听众取乐的"戏拟"把作者和听者或读者的记忆联系在一起：它详实记载了该时代的集体记忆，它对那个时代的述说其实就是在述说自己"。（68）当代俄罗斯的女性主义作家们在作品中运用戏拟传递着女性的集体记忆。这种戏拟一方面展示了同一事件（如两性间关系、爱的忠诚等）在女性记忆与男性记忆中的不同，另一方面把男性的集体记忆进行了陌生化，并嘲弄和消解了它似乎与生俱来的合法性与权威性。这就是当代俄罗斯女性主义作家们的所思所想。

凯特琳娜·克拉克曾对俄罗斯始于 20 世纪 70 年代对苏联官方文化话语进行滑稽模仿这一文化现象背后的深意进行了研究，认为："这是⋯⋯要从俄罗斯这一民族的躯体上把⋯⋯意识形态(思想)的怪影驱逐出去。或者是一种破坏圣像的放纵，它不只是要打破旧制度的神像，还要打破旧文化的各种边界本身、它的规范、它的准则、它的官阶⋯⋯很多人试图分析这一趋势，把它们引入所谓大写的'解构'或'去中心化'，等等⋯⋯而在俄语中，这是'陌生化'的意思，亦即消解、拆除习以为常的语言的、视觉的和社会学的框架、规范和官阶⋯⋯读者或观众遭遇根本不习惯的(陌生的)事物组合，由此受到震惊⋯⋯他从接受的自动程式中解脱出来，得以接受那些使他彻底改变的因素。"(克拉克70—71)

当代俄罗斯女性主义作家们对父权/男性文化的某些概念的粗鄙化、滑稽化有以下两种意义：首先，这显示了她们对父权/男性话语的不信任以及疏离与反抗态度；其次，她们作为女性主义作家提出了女性自己的价值观——不论提出手法的高明或偏激与否。整体来说，当代俄罗斯女性主义作家们对传统父权/男性话语下人物、世界观的粗鄙化与滑稽化书写意味着她们背弃了传统父权/男性文本以及当时占据主导地位的父权/男性书写模式。父权/男性文化对女性的贬抑与驱逐，在她们笔下反而成为文学创作上的驱动力，成为她们抵抗、破坏和拆毁父权/男性文本的一种冲动。

参考文献

Бомвинник，М. Н. ，et al. *The Dictionary of Myth*. Trans. Huang Hongsen and Wen Naizheng. Beijing：The Commercial Press，1985.

[鲍特文尼克、科甘等编著. 神话辞典. 黄鸿森、温乃铮译. 北京：商务印书馆，1985.]

Елена Тарасова. "Непомнящая зла." Ванеева Л. сост. *Не помнящая зла.* М. ：Московский рабочий，1990：189 - 214.

[叶莲娜·塔拉索娃. 不记恶的女人. 见：瓦涅耶娃主编. 不记恶的女人.

莫斯科：莫斯科工人出版社，1990：189—214.]

Chekhov, Anton Pavlovich. *Selection of Chekhov's Short Stories*. Trans. Wang Shouben. Bejing：The Commercial Press，1983.

[契诃夫. 契诃夫短篇小说选. 汪守本译. 北京：商务印书馆，1983.]

Li，Hui. "Female Images in Western European Fairy Tales." *Journal of Shaoguan University* (Social Science) 3(1995)：40 - 44.

[李慧. 试论西欧童话中的女性形象. 韶关大学学报(社科版)，1995(3)：40—44.]

Кларк К. "Границы，перестановки и перелицовки：русская интеллигенция в 'постперестрочный период'." *Новая волна. Русская культура и субкультуры на рубеже 80 — 90 — х годов*. М.：Московский рабочий，1994：70 - 71.

[凯特琳娜·克拉克. 边界、换位与变脸：后改革时期俄罗斯知识分子. 贝：新浪潮：八九十年代俄罗斯文化与亚文化. 莫斯科：莫斯科工人出版社，1994：70—71.]

Samoyault，Tiphaine. *The Study of Intertextuality*. Trans. Shaowei. Tianjing：Tianjing People's Press，2003.

[蒂费纳·萨莫瓦约. 互文性研究. 邵炜译. 天津：天津人民出版社，2003.]

Storey，John. *Cultural Theory and Popular Culture：An Introduction*. Trans. Yang Zhushan，et al. Nanjing：Nanjing University Press，2001.

[约翰·斯道雷. 文化理论与通俗文化导论. 杨竹山等译. 南京：南京大学出版社，2001.]

Людмила Улицкая. *Медея и ее дети*. М.：Вагриус，1999.

---. *Медея и ее дети*. Trans. Li Yingnan，et al. Beijing：Kunlun Press，1999.

[柳德米拉·乌利茨卡娅. 美狄亚和她的孩子们. 李英男等译. 北京：昆仑出版社，1999.]

Людмила Петрушевская, *Дом девушек*. М. : Вагриус，1999.

［柳德米拉·彼得鲁舍夫斯卡娅. 姑娘屋. 莫斯科：瓦格利乌斯出版社，1999.］

---. *Собрание сочинений в 5 томах*. Харьков：Фолио；М. : Тко Аст，1996.

［柳德米拉·彼得鲁舍夫斯卡娅. 作品五卷集. 卷二. 哈尔科夫：佛里奥出版社，莫斯科：特考-阿斯特出版社，1996.］

作者简介:段丽君,南京大学外国语学院俄语系副教授,主要研究方向为俄罗斯文学。

论汤亭亭文本的口承叙事特征

黄芙蓉　　虞建华

　　近十几年来,我国外国文学界对华裔美国作家汤亭亭作品的关注焦点主要集中在母女主题、身份认同、文化差异、对传统神话和文学经典的借鉴和重写等方面,对其作品中的多重主题、反复出现的隐喻、性别界限的突破,以及语言和典故的误用等诸多方面,也都有所涉及。但是对其写作技巧和风格的评价只是简单地冠之"后现代书写"或"跨体裁写作",甚少分析华裔传统文学叙事手法,尤其是口承叙事对其叙事风格的影响。

　　口头文学的历史在中国源远流长,因其表演性和社会性,为民众所喜闻乐见,在影响人的行为与文化传播中一直起着至关重要的作用。中国的民间故事和说唱艺术,如评话、快板、大鼓等曲艺形式,都是通过口口相传,一代代延续下来的。与之并行发展、相互促进的中国白话小说,无论在形式还是内容上,对中国小说的发展都起到了决定性作用。(陈平原 154)在创作中,汤亭亭有意识地学习借鉴中华口承叙事传统,尤其从由口头文学发展演变而来的中国白话章回小说经典中汲取养分,借以表达自己双重文化背景中华裔文化之本。她的作品注重语言的表演性,叙事风格与众不同,打破了西方文学传统中体裁与叙事媒介的界限,在美国现代文学中独树一帜。本文从这一角度出发,讨论中国口承文学对她作品的影响、她在英文写作中引入口头叙事特色而建立起的独特风格、这种新叙事手法在读者中产生的参与互动效应,以及她在丰富英语文学的叙事手段和传承中华文化传统方面作出的贡献。

一、印记：口承叙事的借鉴、移植和创新

口承叙事和文字叙事两种媒介虽各有特性，但并非二元对立。在文学作品中，一种媒介的叙事可以借用另一种媒介的风格来表达。例如，英国著名作家乔叟的作品就具有明显的口头文学的风格特征，代表了从口承叙事到文字叙事的转变。印刷术革新等技术进步带来了传播方式的迅速变化，并促成了以口承叙事为主要传媒手段的文学时代向文字叙事时代的跨越。(qtd. in Sanders 117)其后几百年里，文字文学经历了发展和成熟阶段，逐渐成为主导叙事形式。但很多文字化的口承文学经典，如《奥德赛》和《伊利亚特》等，在传承西方文化中起到了巨大的作用。

在中国历史上，很长一段时期内文字仅为少数人所掌握，在广大民众中并不普及。文字传媒的缺席反而成就了包括评书艺术在内的璀璨的大众口承文化和表演艺术。明清时期印刷技术的发展推进了白话小说的流行，但白话小说很大程度上是民间口头文学文字化的版本，其中保留了很多口承叙事的特征。与此同时，评书等口承文艺形式依然具有顽强的生命力，在民间拥有固定的观众群，甚至在更大程度上起到了叙述历史、确立道德规范、寄寓情感和愉悦大众的作用，具有深厚的群众基础。口承艺术丰富了大众的文化生活，并在一定程度上消除了阶级和财富等社会因素造成的人为隔阂。与文字叙事所具有的容易与读者产生距离感等特征相比，口承叙事特有的互动性和受众的参与性使之具有了鲜活的生命力和强大的表现力，"一声叹息可能要用很多文字来表示，而通过声音，一秒钟即可实现情感传递"。(qtd. in McLuhan 117)语言中少量的拟声词最大程度地保留了口承叙事的特征，兼具两者优势。这种用拟声词表现声音的例子在汤亭亭的小说《孙行者》(*Tripmaster Monkey：His Fake Book*)中比比皆是。从不惜笔墨勾画出的夜夜笙歌的秦淮河式的繁华可以看出作者对于口承叙事的倾心和着意模仿。书中描写的游船画舫上，一片笙歌鼎沸、人声喧哗的热闹景象，使用了诸多拟声词。各种声音混杂在一起，如 chitter-chattering（喋喋不休的说书声）、hum hum（喧闹的人声汇成持续、低沉的嗡嗡声）、kerplunk（钱币击水时的扑通声）、haaw haaaw haaaaw（作者创造出的拟声词用来表现怪异的笑声）、honk-honk-ho-onk（本意是雁叫声、

汽车喇叭声，此处为小说主人公阿新模仿法国老牌歌手马里斯-西瓦勒的笑声）（33）、ho，ho，la（模仿人的笑声）（37）、va-room（赛车等加大油门高速行驶时发出的声音）（62）。这些拟声词不仅仅被用来描写自然界的声音，更生动地刻画出了喧嚣、嘈杂、欢腾的狂欢气氛，其效果自然是引人入胜的。这些描写除了充分显示出作者对语言的游刃有余的控制能力，更表明作者在有意创造一种叙事手法，如同口技表演一般，用声音制造出一个狂欢的世界。

汤亭亭的作品在语言上兼具口承叙事的感染力和文字叙事的时空延展性，在叙事手法上也借鉴口承叙事的技巧，并在此基础上重新发掘和创新。汤亭亭开始从事文学创作时，正值美国民权运动引发了各少数族裔的觉醒和自我发现，少数族裔作家在长期失语后的迸发阶段。在这个时期，出于表达对自身文化的认同，一批少数族裔作家从双重文化属性中非主流文化一侧汲取营养，挖掘少数裔文化的特色与特长，将其融入自己的"美国"叙事之中，成为一种反抗白人主流话语的手段。汤亭亭曾尝试采用希腊史诗的形式书写华裔美国人的故事，但是没有成功（qtd. in E. D. Huntley 6—7），最终采用了中国传统口承叙事艺术形式进行小说创作。她在作品中再现了深受口承叙事文学影响的拟话本、话本等文学体裁的叙事声音和叙事手段，并继承了中国古代延续至今的说书人的叙事权威，形成了自己的叙事风格。

汤亭亭文学作品的风格深受中国的传统口承叙事文学的影响。汤亭亭对自己作为文化传承者的责任感和自觉意识，主要来自她的成长背景。她从小就浸淫于中国传统文化之中。母亲讲的神话、民间传说、章回经典，甚至汉语口述版本的《鲁宾逊漂流记》，伴她度过了童年和少年时期；而在华裔聚集的父亲的洗衣房里，她常听到父辈们的故事，也喜欢观看唐人街上举行的说唱等为二战中的中国募捐的义演活动。在她的作品《中国佬》的18个章节中，6个华裔美国人的故事分别镶嵌在来源于《镜花缘》、民间传说"遇鬼"的故事《鬼伴》、唐代传奇《太平广记》中的《杜子春》、口述版本的《鲁宾逊漂流记》、新闻报道、法律文本、《离骚》等12个框架故事中，其中具有口承叙事特征的传统故事，是作者身份界定中的"中国部分"。这12个短篇也起到点化主题的作用，在结构布局上与深受口承传统影响的明清白话小说中以楔子为开篇有异曲同工之妙。楔子是加在正文前的片段或短小完整的故事,源于口承叙事中讲经的"押座文",其作用是"概隐经义",引起下文。(转引自庄因23)《中国佬》中的框架故事从诸多不同的角度确定了华裔美国人故事的主题,与主要故事既有主旨上的联系,又独立成章,从一定的角度引导读者去理解小说的主要故事。例如,开篇关于唐敖的故事奠定了整部文本记述华裔美国人历史的基调。唐敖在女儿国裹足、穿耳、开脸、洗裹脚布的经历成为华裔男性在美国被"去势"的隐喻。著名亚裔文学学者骆里山(Lisa Lowe)指出:"在社会关系中,劳动行业以性别区分,性别以种族划分,种族与阶级有关。"(164)唐敖作为读书人被迫经历女性化的过程也与叙述者饱读诗书的父亲从事繁重体力劳动的经历产生互文性的解读。限于篇幅,其他各框架故事的点题和引导作用在此不作赘述。

汤亭亭的另一部作品《孙行者》也明显带有章回体白话小说的特征。例如,小说将惠特曼的诗句作为章节的标题,并采用了对称的结构:"Trippers and Askers","Linguists and Contenders","Twisters and Shouters"(出自披头士的流性歌曲),"The Winners of the Party","A Song for Occupations","A Pear Garden in the West"。不难看出,这样的标题带有中国传统章回小说的回目的影子。另外,该作品的一些章节结尾处也有本章的内容回顾,甚至采用了类似于传统白话小说的"预知后事如何,且听下回分解"的提示,如在《孙行者》第二章和第六章的结尾处,作者分别写道:

> 我们的猴人尽管失业了,却依然要过日子——既社交又玩耍。预知这如何使得,且看下回分解。(69)
>
> 到此,惠特曼·阿新结了婚,找到了演戏地点,找到了奶奶。奶奶给了他钱,对此他无须上报。干得出色。给妻子打个电话,然后上床。读者要看下章内容,或者假如有戏,可去看戏,也不必另外付钱了,你不妨随着我们的猴王继续旅游。(297)

需要指出的是,作者在进行艺术处理时并没有完全拘泥于传统的形式,每章的处理都各具特色。但是总的说来,小说的第一、二、六、七章都明确地采用了这种写法作为结尾，体现了叙事者和读者的互动和受口承叙事影响的白话小说的叙事特征。纵观汤亭亭的几部作品，不难发现，她的小说从内容到形式或结构，都留下了中国传统文学中口承叙事的清晰痕迹。

二、体验：入侵式叙述与多版本书写

与文字叙事相比，口承叙事的独特之处就是听众影响叙事进程的作用。任何口头文学的叙事者都直面观众。有才华的艺人会揣摩观众的心理，在受欢迎的部分尽量盘旋，不受欢迎的部分三言两语一带而过。在很大程度上，口承叙事的成功与否与观众参与的热情成正比。加拿大媒介理论家马歇尔·麦克卢汉认为，参与性和互动性是口述媒介区别于文字媒介的重要特征。（82）

在汤亭亭的小说中，叙事者同时承担着讲述故事、引导读者、评价内容的任务，并且可以自由进出故事。作品中采用的具体文学手段包括：括号中的旁白、直接面向读者的问话、故事外的讲述人与文本中人物的对话等。这种一般文学叙事中当做"禁忌"的"入侵式"（intrusive）叙述手段，是口承文学的特征。叙事者可以随时"侵入"文本，打断叙述，加进自己的理解，使人物形象更加丰满，故事更贴近现实，叙述更加幽默有趣，更易于为听众所接收。大众从艺人绘声绘色的表演中学习了历史知识，建立了历史观；也在艺人渲染的忠孝节义故事中形成道德规范。叙事者地位的提高、权威的获得以及叙事以外任务的承担，能拉近叙事者与读者的距离，使二者形成共谋关系，给读者参与文本进程的机会，进而影响读者的判断。

尽管汤亭亭采用的叙事媒介是印刷文字，在书中她还是采用了全知视角、元叙事的评价等口头文学的惯用手段，更有效地吸引了读者的情感参与。当然，在西方文学作品中侵入式叙事者时有出现，但如汤亭亭使用之广泛与娴熟者不多。她惯常用括号表示故事之外的插叙，就如口承叙事中说书人以变化语调音调的方式向听众表示局外人声音的手法一样，这种东方式的讲故事形式能在读者和作者之间产生共鸣，使读者更容易接受作者的观点，对小说人物产生认同感，从而在情感上最大程度地影响读者。这种效果是通常的文字叙事难以企及的。下面以

《中国佬》为例,分析汤亭亭小说中叙事者的声音如何同故事情节结合,起到解释、评价、强调故事内容的作用。

(1) 用括号引入叙事者评价的声音:

(我们美国孩子们也听过这个故事,为此他们下定了决心不"回"中国。)(16)

本段故事叙述的是伯父小时候因没看管好二弟,任其唆使小弟拔了秧苗而挨打的情节。这段故事是作者从父母那里听来的,小说中"流着浆液的树条打在伯父身上"等细节,生动地再现了故事发生时的场景。括号里作者的评价表明了故事在叙述者的心中产生的影响,体现了中国文化传统中借事寓意、用故事教育后代的传统。故事让"下定了决心"的叙述者在心存恐惧的同时,了解到中国文化中长子的责任以及服从父母的重要性。插入的评语当然会在尊卑长幼观念淡漠的美国读者心中引起共鸣,从而影响读者的价值判断。

(2) 在括号中引出作者听故事时的场景,强调作者通过父母的叙述了解传统文化:

(我父亲走了过来,听到了这段故事,然后他又讲了一遍,将拾落穗的情节讲了又讲。)(233)

这是作者的父母讲述《鲁宾逊漂流记》时有意强调的一个细节。作者在括号中加入叙事者声音目的有二:一是说明故事的来源,它来自于口述故事而非原著;二是强调中华传统价值观中粮食以及农业耕作的重要性。"将拾落穗的情节讲了又讲"说明,对农民出身的父母来说,节俭、珍惜粮食、劳作是生存的根本。这些基本的中华文化的价值观需要父母反复强调,说明父母借讲故事传递中华文化的良苦用心以及故事对叙事者潜移默化的影响。

(3) 括号中包含叙事者以外的声音:

(就像日本人轰炸中国时我住过的洞穴一样。)(233)

一般情况下，括号里为叙事者的评述，但上述引文中引入的是叙事者母亲的声音，就好像说书过程中有听众插话一样。这里的"入侵式"插叙，说明了母亲对所叙述故事的理解，并且间接交代了母亲在中国经历日本人入侵的历史背景。母亲叙事声音的加入，与叙事者的声音以及作者的声音形成对话，体现了口承叙事文本的无限延展性。这种引入外来声音的做法，在口承叙事中十分普遍，如使用"各位看官"等直接与受众对话；用"休道是两个丫鬟，便是说话的见了，也惊得口里半舌不展"这类侵入式的旁白来烘托故事；甚至还有借助听众向说话人问话的，如"说话的，那人是谁？"（聂绀弩 12，13）

西方文学约定俗成的规则是作者隐身于作品之后，而汤亭亭则不同，她有意突显叙事者的存在，让他/她（无形地）坐在台上，面对观众（读者）娓娓道来，与受众共同经历故事的发展，让读者真正与人物同喜同悲。她的叙事者以自己的"在场"影响读者对小说内容和人物的判断，产生感情上的认同，进而影响读者对现实生活中华裔形象的看法。小说的这种具有表演性质的叙事方式，打破了读者原有阅读习惯的禁锢，产生了意想不到的效果。

在她的笔下，叙事者可以直接与文本中的人物（她父亲）对话，引出下文中父亲经历的不同版本，赋予其文本以口承叙事的流动性和多版本特征：

下面是我从你的沉默中得到的你的故事，如果我错了，请你告诉我。（8）

叙事者从母亲的故事中得到教益，但沉默的父亲也在无声中给女儿以启示，引发女儿对父亲的经历和沉默原因的思考。对父亲的直接提问引出了父亲生平故事的多种版本的可能，引发读者进行判断，从而体现了口承叙事的流动性。作者曾提到过口承叙事根据听众和讲述环境的不同故事会有所不同这一特点，认为可以用文字捕捉口承叙事的流动性。（qtd. in Hoy 53）汤亭亭希望自己的叙事与说书人的底本一样，经过不断的更新与改编而得到广泛流传。在叙述父亲来美国的方式时，为了突出多种可能，叙事者用了这样的语言指出自己叙述的只是多种可能性中的一种：

当然，父亲不可能这样来美国，他是以合法身份来的，经过大概是这样的。(55)

叙事者像是在面对读者叙述故事，在讲述了父亲到美国的一种方式之后，又说明这种方式未必正确，无形之中邀请读者参与判断。汤亭亭曾经解释说，为了体现口承叙事的流动性，她有意采用"多版本"手法，强调故事是听来的，希望在文字文本中保留口承故事的灵活性。同时，父亲经历的不同版本也是华裔先辈进入美国各种方式的书写，"父亲"一词不再专指叙事者的父亲，而升华为"华裔先辈"。多版本的书写在《中国佬》中有比较明显的体现。例如，在《鬼伴》一章中，作者使用了大量的诸如"亦或"、"可能"、"如果"之类的词，来凸显故事的不确定性：

亦或他压根就不是什么书生，不过是在集市上呆了一宿的农民或工匠；他的妻子对他能把制作的罐子、毯子、鞋子卖个好价就心满意足了。亦或他正担着一捆上好的棉花或丝绸去赶集呢。(73)

这种不确定表达造成故事的歧义现象，与作者捕捉口承叙事灵活性的目标一致，形式上接近说书人留作表演备忘之用的底稿记录。在故事基本情节确定的情况下，说书人在表演场合随机应变，根据听众的不同，或书生，或工匠，或农民，分别展示他们的某些职业特性或某种技艺，赢得受众的认同。这是口承文学行之有效的叙事手段。汤亭亭的叙述像是面对着一批各种职业混杂的听众，而读者读过故事之后，似乎也可以根据对象不同选择性地进行转述。《鬼伴》一章显然取自中国口承传统中"遇鬼"的各种变体，但是汤亭亭的书写摈弃了原故事中"取阳补阴"的情节，凸显了鬼伴对遇鬼青年的各种技能的榨取。这种改写隐喻了华裔先辈在美国作为廉价劳动力从事各种职业而被榨干了生命力和青春的史实，与前一章中父亲辛苦谋生于洗衣房并贪恋美国的繁华和自由，以及后一章中檀香山的曾祖父受尽盘剥、辛劳苦耕形成互文性解读。这种多版本的记述赋予了汤亭亭文本以无限的延展性和生命力。正如特威切尔在《中国佬》的序中指出的：

　　……对汤亭亭而言，这些故事源于口头传统，被专业的或业余的说书人重复了无数遍，每次讲述常有所改变、增添和更动。如果用一定的形式把故事写下来，例如《西游记》，那也许就有保存的极大长处，但也可能有弊病：使故事僵化，灭绝其常变的精神。不是汤亭亭把"故事搞错"，而是她构思的故事材料常适于复述和改编。没有真正原汁原味的口头故事，只有无穷版本的口头故事。（3—4）

　　汤亭亭在作品中有意识地加入中国传统文学中的典型素材和典型意象，使作品起到传承华裔历史、文化、习俗和娱乐受众的作用。（Sledge 148）《中国佬》正是在收集整理从父母那里听来的中国移民故事、洗衣店里的故事以及唐人街上的中国传统说唱表演的基础上，通过细节的添加，进行再创作而形成的"记史"文本。从上文分析可见，她的小说魅力不仅体现在天马行空、神奇瑰丽的想象和对中国神话故事的改编借用上，更集中体现在作品兼具文字叙事的延时传递和口承叙事的活力互动的特点上。这两种叙事媒介的结合在很大程度上避免了单纯文字叙事固定、单一声音的弱点。她借鉴口承叙事中讲故事人的角色，用英语再现了汉语特有的声音和隐喻效果。华裔著名学者张敬钰评价说，汤亭亭的小说"织汇了性别、种族因素产生出的双重话语文本；她的文本颠覆了男女之间、东方西方、虚构和现实、口承叙事和文字叙事、说与听、书写（或重写）和历史之间的二元对立"。（74）汤亭亭的大胆创新给美国文学界注入了新鲜的血液，也预示着一股不可忽视的变革力量正在文学界逐渐形成。

三、旋律：多声音的喧哗

　　汤亭亭的小说在美国获得成功，一定程度上也是她借鉴中华传统口承叙事技巧的成功。中国民间说唱艺术和以口头文学为基础的章回小说，语言特点鲜明，绘声绘色，表现力极强。汤亭亭在一次访谈中指出，她的小说语言受到了广东话说唱艺术的影响。这种影响主要表现在她努力捕捉口语的音乐性上，比如在小说中使用拟声词和能产生断音节奏的短句等。她认为，自己是在创造口承叙事的底本，因此语言应该有利于记忆和转述。（qtd. in Pfaff 17）这与口承叙事研究者帕里关于口承叙事语言特征的论述不谋而合。帕里认为,口承传递媒介决定了只有叙述故事、表现动作或传递感情,才能够与人的认知方式契合,得到口口相传的延续。只有形象、细节、叙事性、韵律和节奏感才适合口语叙事,才更容易在记忆中存储和提取。叙事媒介的特点造就了口承叙事程式化和有节奏感的音乐性语言,其目的是便于记忆,便于听众跟上故事的节奏和叙事步伐。(qtd. in Olson and Torrance 81)

口承叙事的语言特征在汤亭亭作品中运用得十分成功,她大量使用口语化的语言手段,如省略句、押韵词、套语、表示停顿和沉默的句子间的间隔,等等。这些都体现了口承叙事的影响,体现了多声音文本的特征,使小说成为一个"声音文本"。(qtd. in Maggie Ann Bowers 173)例如,在《孙行者》中,汤亭亭进行了叙事语言方面的探索,采用了将多种声音转换成书面语的方法:

> And what for had they set up Market Street? To light up the dark jut of land into the dark sea... We are visible. See us? We're here. Here we are. (67)

叙述者借用阿新的声音,自问自答,仿佛在和读者交流,引发读者思考。这种自问自答的形式是用书面语表达口语的方式之一。省略句式更是日常生活对话的特点。这样的描写十分生动,读者仿佛不是在阅读,而是看到了站在自己面前的鲜活的人物,听到了他说话的声音。读者在领略明快的口语节奏的同时,也了解了人物的个性特征。一个敏感、思考多于行动的 60 年代嬉皮士的形象跃然纸上。

下面是另一个使用标点和省略句来捕捉口语节奏的例子:

> "When you're a Jet, you're a Jet all the way from your first cigarette to your last dying day." Oh, yes, that's me, that's me, a-crouching and a-leaping, fight-dancing through the city, fingers snapping, tricky feet attacking and backing up and attacking, the gang altogether turning and pouncing-monkey kung fu. "You're never disconnected... You're well protected." (70)

这一段实际上是人物意识流的再现。连字符前的"a"表示迟疑的语气,句子之间的省略号表明说话人正在思考,作者连续使用 9 个动词分词来表示活跃的思绪,带有跳跃性,节奏明快,像讲故事人若有所思的旁白。这种口语形式的书面表达使行文更加生动,语言更具感染力。阿新在影院看歌舞片《西城故事》的时候,他的思绪也随着歌曲"When you're a Jet..."的节奏展开,看到电影中"黑人"载歌载舞,歌颂自己的社团精神、团体文化,他产生了与片中人物的认同感。进一步联想到自己与华裔文化的关系,"那就是我,那就是我",道出了阿新对歌词中个体与社团割不断的纽带,对其受社团保护的羡慕和认同。

作者表现口头文学特征的手法还很多,比如利用短句和字母写法的变化来表现语气、情绪等的变化。例如:

> They led a cheer, "YOU CAN TELL- IT'S MATTEL- IT'S SWELL."
> "All together, boys and girls," they said. "Hit it." (61)

该段是阿新参加销售人员培训会的一段描写。培训会的主题是令销售人员对产品和公司有信心。汤亭亭在描写人们的话语的时候突破了常规,采用了大写,可以读出当时群情鼎沸的声音效果,反映出商家为追求更高的销售额,使出浑身解数来激发销售人员热情的狂热氛围。这种氛围几乎使全部参加培训的人员泯灭了个性,更加反衬出冷眼旁观的主人公阿新对这种狂热的集体狂欢式洗脑行为的怀疑态度,刻画出阿新的思考者的形象。

同样,在《中国佬》中也有很多捕捉口语特征的例子。比如:

> ... He coughed from his very depths. All Chinese words conveniently a syllable each, he said, "Get - that - horse - dust - away - from - me - you - dead - white - demon. Don't - stare - at - me with - those - glass - eyes. I - can't - take - this - life." He felt better after having his say. (105—106)

本段是曾祖父被迫在工作时保持沉默发泄内心愤怒时,一边砍甘蔗,一边咳出来的话。这段话读起来一字一顿,饱含怒火,捕捉了曾祖父挥刀砍甘蔗的节奏。刻画了曾祖父在檀香山的甘蔗种植园中的艰辛和被粉尘损害了健康的悲惨境遇。咳嗽成为一种表达愤怒的方式。声音在这里被赋予了"反抗的权力"的隐喻含义。被剥夺了说话权利的曾祖父，只能用咳嗽发泄自己的愤懑。汤亭亭的文字表述给人一种如闻其声的口头叙事效果，仿佛听到讲故事人模仿着人物情绪化的语言，进行着有声有色的表演。这样的叙述更能使读者融入故事，更能产生感情上的互动，从而更深切地体会到曾祖父劳作的艰辛、被压抑的痛苦和无力反抗的无奈。

汤亭亭自觉地承担了传承文化、记载历史的责任，在文化形态迥异的美国，其英语作品打上了深深的中国传统文化的烙印，并溶入了强烈的现代意识。她用英语捕捉汉语口承叙事的音乐性和演说特点，令人耳目一新。其语言特点体现了口承叙事文学的特征，增加了小说的魅力，同时也表达了对中华文化的崇敬和认同。作者将口承叙事的特征化作书面英语，在继承之中创新，创作出独具语言特色的作品，展示出美国华裔社会生活中多声音的喧哗与狂欢。多种语言手段的使用，使她的作品摆脱了主流话语的掌控，体现了华裔作家对双重文化背景的思考和借鉴，给"失语的"华裔美国人以多样的声音，成为反映华裔美国人特性和历史记录的独特的作品。

四、结　语

口头文学以口口相承为传播途径，受众也可能是下一个叙事者，他能够以记忆中的故事精髓和一些描写要素为基础，进行自由发挥，每一次叙述便成为一次再创作。当代文化中，视觉文化（书籍、报刊、电影及电视）被视为主流，人们不屑于口头文学，只是把口承叙事看做文字文明的史前阶段，被视为原始、落后，或愚昧。在创作之初，汤亭亭也曾对自己编辑、整理和创作的过程心存疑虑，觉得自己不是在创造，而只是把听来的故事诉诸笔端(qtd. in Skenazy and Martin viii)。事实上，汤亭亭在异域找到了中国口头传统的英语书面表达形式，在小说中融入了口承叙事的元素，因而具有独创性。于是她在小说中取得了她努力追求的效果：一种看似随意的、贴近生活语言的、具有多种阐释可能的、带有后现代色彩的文本风格。这也是她的作品在美国大受欢迎的原因之一。自她而始，华裔文学也受到评论界和读者的广泛关注。这一切都说明了口承叙事的生命力和感染力。汤亭亭有意识地承担了中华传统文化继承人的角色，在文化和语言迥异的美国，对中华口承叙事进行嫁接改造，重现其韵致，发扬其优势。因此，从口承叙事的角度分析汤亭亭的作品，并从这一特定视角出发对作家与作品进行评价，具有深刻的美学意义和重要的社会学意义。

参考文献

Bowers，Maggie Ann. "Maxine Hong Kingston with Maggie Ann Bowers." *Writing Across Worlds*：*Contemporary Writers Talk*. Ed. Susheila Nasta. New York：Routledge，2004.

Chen，Pingyuan. *The Changes in Narrative Patterns of Chinese Fiction*. Beijing：Peking University Press，2003.

［陈平原. 中国小说叙事模式的转变. 北京：北京大学出版社，2003.］

Cheung，King-Kok. *Articulating Silences*：*Hisaye Yamamoto*，*Maxine Hong Kingston*，*Joy Kogawa*. Ithaca and London：Cornell University Press，1993.

Hoy，Jody. "To Be Able to See the Tao." *Conversation with Maxine Hong Kingston*. Eds. P. Skenazy and T. Martin. Mississippi：Mississippi University Press，1998.

Huntley，E. D. *Maxine Hong Kingston*：*A Critical Companion*. London：Greenwood Press，2001.

Kingston，Maxine Hong. *China Men*. London：Pan，1981.

---. *Tripmaster Monkey*：*His Fake Book*. New York：Random House，1990.

---. *China Men*. Trans. Xiao Suozhang. Nanjing：Yilin Press. 2000.

［汤亭亭. 中国佬. 肖锁章译. 南京：译林出版社，2000.］

---. *Tripmaster Monkey*：*His Fake Book*. Trans. Zhao Fuzhu. Guilin：Lijiang Press，1998.

［汤亭亭. 孙行者. 赵伏柱等译. 桂林：漓江出版社，1998.］

Lowe，Lisa. *Immigrant Acts*：*On Asian American Cultural Politics*. Durham，N. C.：Duke University Press，1996.

McLuhan, Marshall. *Understanding Media*: *The Extensions of Man*. Routledge & Kegan Paul, 1964.

Nie, Gannu. *Studies in Classical Chinese Fiction*. Shanghai: Fudan University Press, 2005.

［聂绀弩. 中国古典小说论集. 上海:复旦大学出版社,2005.］

Olson, David R. and Nancy Torrance, eds. *Literacy and Orality*, London: Cambridge University Press, 1991.

Pfaff, Timothy. "Talk with Mrs. Kingston." *Conversation with Maxine Hong Kingston*. Eds. P. Skenazy and T. Martin. Mississippi: Mississippi University Press, 1998.

Sanders, Barry. "Lie It as It Plays: Chaucer Becomes an Author." *Literacy and Orality*. Eds. D. Olson and N. Torrance. London: Cambridge University Press, 1991.

Skenazy, Paul and Tera Martin. "Introduction." *Conversations with Maxine Hong Kingston*. Eds. P. Skenazy and T. Martin. Mississippi: Mississippi University Press, 1998.

Sledge, Linda C. "Oral Tradition in Kingston's *China Men*." *Redefining American Literary History*. Eds. L. A. Brown Ruoff and J. W. Ward, Jr. New York: The Modern Language Association of America, 1990.

Zhuang, Yin. *About Preludes of Huaben*. Taipei: Linking Books, 1987.

［庄因. 话本楔子言说. 台北:联经出版事业公司,1987.］

作者简介:黄芙蓉,哈尔滨工业大学外国语学院教师;虞建华,上海外国语大学英语教授,主要从事英美文学研究。

论马尔罗《王家大道》中的叙述体

张新木

　　《王家大道》是法国作家马尔罗文学创作中最富有魅力的一部作品。该小说以其"浓重的色彩、遒劲的笔触、紧扣心弦的内容……阐释与宣扬了那种超越死亡的人生,并且把他在这个重大问题上的思考、感受、哲理溶入他文学创作的艺术图景中"。(转引自柳鸣九 1—14)从叙事角度看,作者独特的叙述方式也给作品倍增光彩。在《征服者》中,故事是用第一人称叙述的,主人公是一位法国青年,他以被动的方式见证了悲剧发生的过程,而在《王家大道》中,第一人称的叙述被其他人称所取代,这使主人公的见证变得更为主动,更为个性化。作者虚构了一位名叫克洛德的年轻考古者,还有一位传奇式的人物佩尔肯,让他两人结伴成对,构成故事的核心人物。故事沿着两根叙述主线发展着:一根是主要叙述者讲述两个人物沿古王家大道向前旅行的过程,另一根则是次要叙述者通过人物对话讲述的其他相关故事。这种叙述法形成了一种复调式的叙事体,一种多棱镜式的视角,一种符号化的感知。马尔罗试图通过叙述体和视角的切换,更新文学作品的形式结构,给读者赏析作品提供更多的自由和新的感知维度。

一、叙述体与聚焦体

　　叙述体(instance narrative)的概念来源于对叙述主体的考察。任何叙事文本中都存在一个或若干个叙述者,他(或他们)并不代表作者自身,而属于一种叙述功能,作者是写作主体,而叙述者是叙述主体。巴特从符号角度指出了这两者的区别。他认为,叙述者是存在于叙事作品之中的,作品中说话的人不是生活中的人,而是一个叙述符号,担任着一种叙述功能。（巴特 29—30）随着对叙事主体的进一步探索，法国学者伊夫·勒特根据其不同的功能和叙述身份，提出了叙述体的概念。他认为，"叙述体建立在叙述者的两种基本形式（同故事叙述者和异故事叙述者）和三种可能的视角（叙述者视角、人物视角和中性视角）的交叉结合之上。这样就构成了五种叙述结合，而非六个，因为很难设想一个同故事的叙述者（以'我'为叙述主体）能和一个无明显意识的'中性'视角结合在一起。"（Reuter 69—73）勒特随后对这五种叙述结合进行了描述。第一种是通过叙述者视角进行的异故事叙述，即传统小说中常见的全知型（或后视角）叙述，"叙述者和聚焦者是统一在同一个主体身上的，但这个主体不是故事中的一个人物，而是故事之外以上帝般的眼光来看待一切的叙述者"。（转引自谭君强 109）第二种是通过行动者（人物）视角进行的异故事叙述，如亨利·詹姆斯的小说《梅西所知道的》，叙述者不比人物多知道什么，但可以通过变换人物来改变视角，以形成单一视角或多重视角的叙述。第三种是中性异故事叙述，如海明威和某些新小说作家的作品就具有这一特点，在这类叙述中，似乎有一架摄像机或一个绝对客观的见证人在注视着事件的发生，叙述中没有任何主观色彩的成分。第四种是通过叙述者视角的同故事叙述，叙述者常常在故事中出现，是其中的一个人物，他讲述着自己过去的经历，其视角更为宽广，对故事内和故事外的事情了解得更多，这类叙述主要包括自传体作品，如卢梭的《忏悔录》就是一个典型的例子。第五种叙述是通过人物进行的同故事叙述，叙述者所讲的故事好像与叙述行为同时进行，出现一种同时的幻觉，没有时间上的差距，但视角受到人物的限制，人物只能看到自己面前发生的事件，如新小说代表作家萨罗特的《马尔特罗》就属于这一类叙述。

勒特认为，以上五种叙述结合构成了叙述主体的不同身份，在叙述中起着不同的功能，法国叙事理论研究界一般称之为叙述体。叙述体实际上是对叙述主体的抽象概括，某一身份的叙述主体便是一个叙述体。加拿大文学博士科姆萨在他的博士论文《身份与差异》（2004 年 5 月在法国里摩日大学答辩）中也对叙述体作了归纳。（Comsa 77）他认为，根据热奈特的分类法，叙述体共分三种：作者叙述体、动元叙述体和中性叙述体，分别展现叙述者视角、动元视角和中性（摄像机式聚焦）视角。这些视角对物体感知的深度可以是内部的，也可以是外部的，可以受限制，也可以不受限制，不同的视角要求不同的叙述体：内外部（externe/interne）全知型视角适用于作者叙述体，内外视（extropection/introspection）人物视角适用于动元叙述体，而真实记载则需要中性叙述体。应该指出，这里提到的三种叙述体和对应视角实际上就是后视角叙述、同视角叙述和外视角叙述，它们反应了叙述者与人物的关系。从视角层面上来看，后视角就是零视角，叙述者知道的多于人物；内视角也叫有限视角，叙述者只能说出某个特定人物所知道的事情；外视角只能是外部聚焦，这是一种"客观"的或"行为主义"的叙述。在这个基础上，美国加州大学教授米克·巴尔根据叙述活动主体和客体之间的关系，总结出四种叙述聚焦主体，分别为叙述者（叙述的主体）、被叙述体（叙述的客体）、聚焦者（聚焦的主体）和被聚焦者（聚焦的客体）。在巴尔的模式中，聚焦者是叙述者与人物之间的中介。在故事外（叙述文本之外）有作者和读者，而叙述者处于叙述文本之中，但又在所叙述故事之外，与他相对的是一个隐性的或显性的读者，通常称之为受述者（narrataire）。叙述者有时会将讲述故事的任务交给聚焦者（focalisateur），让聚焦者替他向隐性的观众，即聚焦接受者（focalisataire）讲述故事，被聚焦者（focalisé）就是故事中的人物。所以，这里的聚焦者也担任"叙述"的任务，是一种聚焦叙述体，我们可以称之为聚焦体（instance focalisatrice）。

以上对叙述体的分析和归类，为考察作品和文本提供了新的思路和方法。不过，现实中很少有只使用一种叙述体的作品，即使是经典的小说，也只是故事主线上以叙述者视角下的异故事叙述为主，同时根据需要，可以采用一些其他的叙述体。许多描写生平的作品就采用这种叙述，如在萨特的《词语》中，在主人公没有出生和记事之前，使用的是全知型叙述，而当幼年萨特对周围的事情进行观察、思考与评论时，则采用了叙述者视角下的同故事叙述。勒特还认为，这种对叙述体的选用并不仅仅停留在技术层面上，它对作者和读者来说都会产生不同的文本效果。就全知型的叙述而言，即使故事中的主人公已经死亡或失去知觉，叙述还能继续进行，而且在叙述时间和空间的构建上都能获得较大的自由度；而人物视角下的异故事叙述可以暂时向读者隐瞒其他人物的信息和想法,给读者获知真相提供某种期待。此外,采用何种叙述体,有时会出于某种哲学的或伦理的考虑,如福楼拜在 1857 年的一封书信中曾经说过:"艺术家在其作品中应该像上帝创造世界那样,虽看不见他的存在但又无所不能,读者感觉他无处不在,但又看不见他本人。"因此他反对作者直接介入作品,主张采用全知型叙述。而萨特则对此有自己的见解,在 1939 年则写了《莫里亚克先生与自由》一文,对莫里亚克的全知型叙述颇有微词,指出:"小说是由人写的,也是写给人看的。上帝根本不注重形式,在上帝眼里,根本就没有小说,也没有艺术,而艺术是靠形式而存活的。上帝不是艺术家,莫里亚克先生也不是。"(Reuter 72—73)因此,他主张叙述者应该以适当的叙述形式介入作品,注入自己的观点与价值取向。事实上,他这么说不无道理,因为全知型叙述者的"缺失"能够强化一种印象,即人物的独立存在或荒诞的感觉,对表达他的存在主义哲学观念起到形式上的辅助作用。在他的作品中,许多人物的行为已经无法用明了的或统一的因果关系来解释。

　　法国学者塔迪埃(Jean-Yves Tadié)在他的《诗学叙事》一书中写道:"诗学叙事是一种构建性客体。每一部叙事作品都有它独特的结构,它与作品中人物之间的关系、故事情节从开篇到结局的进展、叙述的时空参照要素等紧密相连。"(113)马尔罗的《王家大道》正好体现了作者在叙述技术方面所做的探索。为了更好地表达他的思想,他要寻找更加新颖的艺术形式,选择从叙述体上进行突破。从总体上看,该小说的叙述体在两个层面上进行了构建:在叙述层面上,有一位全知型的主要叙述者和若干动元式的次要叙述者,他们交替着担任叙述任务;在视角层面上,两个核心人物的聚焦呈现了人物眼光中的大自然和王家大道,而叙述者和人物的多重聚焦展示了小说中的客观世界和主观世界,以符号化的世界来喻示敌对力量的强大和对征服者的挑战。这种叙述尝试着利用异国的风貌背景,成功地描绘出人类险恶的生存条件,预示了人物未卜的前途,以象征和寓意的形式展现了人类的命运。与马尔罗的其他作品相比,《王家大道》"不仅有内容上的区别,更有形式上的区别……这是一个故意构建的世界,其中的生灵无疑是想象的,但个性独特,形象鲜明,由此形成该小说的一大特色"。(Goldmann 62)

二、从全知叙述者到多重叙述体

初看《王家大道》，我们可以明显地发现一个异故事叙述者，他以全知的方式叙述着情节的进展，直至故事的结局。但我们也注意到，小说中两个主要人物的对话占有很大的比重，克洛德和佩尔肯在旅行中一直就旅行问题、人生问题、命运和前途等不断对话。这种安排很像狄德罗《定命论者雅克》里的叙述结构，但这里已经不是老师和弟子之间的哲学性辩论，而是两个不同经历、不同观点的人在交换观点，探索人生真谛。全知的叙述者是主要叙述者，他控制着小说的主线，而人物起着次要叙述者的作用，他们也"讲述"故事，有时用镶嵌方法，有时用回述方法，有时用插入方法。

《王家大道》的故事情节并不复杂，它讲述了一个在暹罗和柬埔寨雨林中的探险故事。年轻的法国考古者克洛德和德国冒险家佩尔肯结伴出发去寻找古王家大道两边的石刻浮雕，克洛德想找文物卖钱发财，佩尔肯想筹钱恢复他的一个丛林王国。在通向王家大道的原始森林里，他们经历了自然界的严峻考验和野蛮部族的威胁。佩尔肯在解救另一位冒险者格拉博的战斗中负伤，故事以佩尔肯的死亡和复国梦想的破灭而结束。故事在总体上用第三人称叙述，即巴特所说的"非人称叙述体"（instance apersonnelle）。（Barthes 193）如小说的开篇如下：

> 这一次，克洛德又被那执着的念头攫住了：他盯住那个人的脸；竭力想凭借身后那个灯泡发出的暗淡光线，从那张脸上看出点表情来。(3)①

小说的结尾也是如此：

> 克洛德满含悲恨地想起童年的祷词："主啊，愿您在我们最后安息的时候与我们同在……"他一把抱住了佩尔肯肩膀。
>
> 佩尔肯瞄着身旁的他，仿佛他是来自另一个世界的陌生人。(209)

---

① 马尔罗，《王家大道》，周克希译，桂林：漓江出版社 1987 年版。文中较长的引文均出自该版本，另一些非整句的引文则引自法文版原文 André Malraux, *La Voie Royale*（Paris, Grasset, 1930），Livre de poche, 1967.

我们看出,在这部小说中,主要叙述者担任着完成五步结构的叙述任务①,使故事的叙述具有某种连续性和稳定性。

然而,人物的对话则表明,小说中还存在一些显性的或隐性的动元叙述者。在显性的情况下,作者让人物以对话的形式讲述故事:如关于吉布提的话题、格拉博的冒险、佩尔肯的王国等都是由人物零星"讲述"的,即由动元叙述者叙述的。请看克洛德和佩尔肯关于吉布提的对话:

克洛德没有忘记吉布提。

> "仅仅由于这些考虑,您就把您的计划摆在一边了?"
>
> "我并没有忘记它……那次我在吉布提的妓院里出了洋相后也在想……您知道我是在女人身上砸台……就像我第一次看到萨拉变老一样。"(68)

这里的故事是人物经历的事件,但主要叙述者没有把它纳入他的叙述主线,而是通过人物对话来回述。传奇性人物格拉博的故事也是通过公署专员的回话来讲述的:

> "是这样,佩尔肯先生和您在一起旅行……他要去找——那是他说的——一个什么叫格拉博的人。您得注意,我们本来是该拒绝的,既然这个格拉博是从这儿开小差的……总之格拉博是个无赖,就这么回事。"(56—57)

我们知道,克洛德和佩尔肯在后来遇到了格拉博,格拉博几乎不说话,也不做任何行为。而且小说中很多处提到佩尔肯的王国,但书中人物谁也没有真正到过那里,我们只能通过佩尔肯的只字片言去想象这个王国的状况,还有他的"子民"抵抗外部入侵的情况:

> "可是他们不可能会合。我的那些人,还有我要去召集的那些头人,都是信佛教的老挝人,要把他们聚集起来,本来就谈何容易……(191)

---

① 拉里瓦伊(Paul Larivaille),《叙事作品(形态)逻辑分析》,载《诗学》杂志1974年第19期。拉氏认为,普罗普的31个功能数量过多,可以将它们综合为五个步骤,即初始状态、复杂化阶段、动态阶段、解决阶段、终结阶段,然后又回到初始阶段,由此周而复始,形成民间故事的主要叙述结构。

小说中的另一个现象也很有意思，那就是有一部分事件和人物想表达的观点被放在了括号内，似乎有一个隐性的动元叙述者：

> （在着手统治掸邦时，把传送消息的管子……）（13）
> （甚至更晚些时候，当这个少年在巴黎读书，认识了那些叔叔们以后……）（18）
> （我并不是从天上掉下来的，而是从东方语言学院出来的：梵文是有用处的……）（30）
> （可是这些打劫的土人或许熟悉寺庙……）（80）

从上述叙述者情况来看，小说中确实有一种叙述的分工，即由全知的主要叙述者和人物充当的动元叙述者担任不同的叙述功能，而且在人物叙述者中，还有显性和隐性的动元叙述者，各种叙述体的分工协作，构成了马尔罗这一小说的叙述特色。根据勒特的观点，在小说中，叙述者必须承担两个主要功能，即讲述故事的叙述功能和组织话语的控制功能。在话语中插入人物说的话；另外，叙述者至少还有五个附加功能，即交际功能、元叙述功能、情感表达功能、解释功能和意识形态功能。（Reuter 64—65）一般来说，在马尔罗的这部小说中，主要叙述者掌握着前两个主要功能。如果出现其他的功能，则主要由动元叙述者来承担，或以显性的方式，或以隐性的方式。如佩尔肯关于女人的说法就体现了动元叙述者的意识形态功能：

> "年轻人不懂……你们是怎么说的？……性欲。在四十岁以前，他们总是自欺欺人，没法从爱情中摆脱出来：一个男人，不把女人看着性的补足，却把性看着一个女人的补足，要说爱情这算是到家了：去它的吧。"（3—4）

可见，《王家大道》中的叙述形式和叙述者功能的分配构成一个复合的叙述体体系，同时，作者还在视角层面上对小说进行了特定安排，构成了不同聚焦方式的时空天地和人物视角。

三、用多重视角来展示征服者的命运

首先，在《王家大道》中，作者将聚光灯打在两个主要人物身上，即

克洛德和佩尔肯。从他们两人在船上相遇直到佩尔肯垂死之时止,他们几乎总是在一起。他俩先后度过船上单调的日子,穿越危险的森林地带,经历极度的焦虑,共同与毛依人作战,还有佩尔肯奄奄一息的时刻等。这种集中于主要人物的聚焦方式可以让叙述者构建小说的主要时空,但两个人物也以他们的聚焦方式去构建其他的视角,形成相互交织的多视角的自然世界和精神世界。

小说中的主体视角是由主要叙述者来实现的。在空间配置方面,小说空间由一系列地点构成,分成不同的阶段,分布在小说的 4 个部分中,共计 16 章:第一部分 4 章,叙述了两个主要人物从相识到进入森林之前的经过;第二部分 3 章,主要讲述了他们穿越森林到达土著人部落的过程;第三部分 5 章,讲述与土著人相遇并营救格拉博的经历;第四部分 4 章,叙述了现代文明的侵入与佩尔肯的死亡。每一章都是故事进程中的一个阶段,会更换地点或改变环境。这些地点大体如下:克洛德与佩尔肯相遇的海船、在新加坡停靠的港口、法兰西研究院、专员公署、有村庄的森林、无人烟的森林、暹罗的崇山峻岭,最后到达荒无人烟的村落废墟。上述地点构成了故事中人物旅行的路线。事实上,小说中的这些地方都是经过作者按情节发展安排的,并不遵循事实地理上的逻辑,也不符合马尔罗本人旅行的实际线路,它们主要遵循叙述者视角的需要,只听从叙述逻辑对空间配置的需要。虽然小说中提到的许多城市和地名确实存在,但他们的分布和顺序在小说中被打乱了:旅行地无法确定是在暹罗还是在柬埔寨,模糊的旅行线路似乎并不合乎逻辑,还有大量说不出名字的森林,对土著人的称呼似是而非,这些都足以证明这些地点仅仅是些有意假借的地方,是一些虚构的场景,以配置虚构故事中的叙述空间。

在时间安排上,故事中几乎没有精确的时间参照。虽然从表面上看,小说中显示出某些追述式叙述的特征,但我们看不出故事从何时开始,到何时结束,自始至终只有一些零星和模糊的时间标记,这些时间标志既无法确定,又不能复原,如"这一次"、"在船上又得等待十五天"、"四天以来"、"白天既黑夜"、"终于到了晚上"、"又走了好几个小时"、"又是许多个黑夜与白昼"等等(法文版第 7、11、18、63、73、89、110、159 页)。不过,虽然故事时间不太明显,但从叙述角度看,叙述者对叙述的节奏还是作了某种调整。一方面,故事的时间有明显加快的感觉,而通过人物话语构成的叙述时间有明显延缓的趋势;另一方面,故事各阶段的连接非常模糊或难以觉察,而若干个阶段中的叙事却拉得较长。所以,根据叙述的需要,故事的时间和叙述的时间是不成比例的,优先权让位给了人物视角的异故事叙述。我们认为,作者如此处理时间是一种故意的选择,因为在《征服者》中所使用的叙述者视角下的同故事叙述毕竟是作者喜爱的一种叙述方式。通过叙述体的变换,作者选用了人物视角的半同半异故事叙述方式,尝试着从假性自传体小说转向真正的异故事小说作品,借此也可以继续自在地叙述故事,通过人物插入作者的观点,同时也可以保持作者与作品之间的距离,以增大变换视角的可能性。

诚然,《王家大道》中交替出现了若干个不同视角。除叙述者的主体视角外,还有克洛德和佩尔肯的视角等,它们展示着旅行线路上的不同场景,扫描着人物通向悲剧结局的过程,似乎是对征服者注定的前程的摄像。人物视角的分配大体如下:在第一、二、四、七、九、十三、十六章中,视角大部分由克洛德控制,而在第六、十、十五章中,则大部分由佩尔肯控制,其余章节主要由叙述者视角来控制。人物(也可称做动元感知者)移动着他们的眼光,感知着故事的发展:"他(克洛德)看着……","一天,他看见十字架……","克洛德看见佩尔肯的侧影……","佩尔肯伸出一个手指……","佩尔肯看着他的花白头发"等等(法文版第 7、18、48、102、170 页)。两个人物视角的交替出现使感知方式不断变化,构成了一个多形的、多彩的、多视角的小说世界。

克洛德是小说的主要人物,也是叙述者委派的次要叙述者,他的视角在许多场景中占主导地位:

> 克洛德嗅到了自己衣服上的尘土、大麻和羊肉的气味,眼前又浮现出那个微微掀起的粗麻布门帘,一条胳膊隔着门帘指给他看一个裸体(绞过毛的)黑人少女,眩目的太阳光斑落在她耸起的右乳房上;厚眼睑的皱褶强烈地表现着性欲,这种狂热的需求……(4)

如果说气味招引起克洛德的视角,视觉则引起了他的其他视角:

在转送旅客上岸的汽艇上,克洛德又瞧见佩尔肯的侧影映在玻璃窗上,就像在轮船上就餐时经常瞧见他映在舷窗上一样;在汽艇后面,停泊着夜间把他们从金边带到这儿的那条白色轮船。(51)

佩尔肯也有他的视角:

佩尔肯拿起大锤……有一秒钟,他仿佛看见了他那没有机枪的军队,在横冲直撞的野象蹄下溃不成军……突然,他屏住呼吸……另一画面映入他的眼帘:石块上的断口……有点像砍下的头颅。(95)

而叙述者的视角则隐藏在人物视角后,以隐秘的形式控制着视角的展开:

森林沿着道路两旁向后掠去,年轻男仆的平顶头清楚地呈现在红棕色的路面上,刺耳的蝉鸣即使在发动机的轰响中也能听见。突然,司机伸手指向远方闪现的地平线:"吴哥"。然而克洛德只能看清二十米外的地方。(53)

在这里,我们看不清感知主体是谁,是人物还是叙述者?在感知主体之间似乎有一种分工,人物只管事物的外部信息,其感知是外部的,而叙述者则主管人物内心的活动,其感知是内部的。下列段落显示了这种趋势,当然,我们也不能一概而论:

四天来都在靠近村落的地方宿营……当年的大道已踪迹莫辨,只留下一堆堆腐烂的尸骸,在石堆的那个角落里,寂然不动的癞蛤蟆瞪出两只眼睛……四下里到处是虫子。(73)
密林和酷热更甚于心头的不安:克洛德像生了一场大病,整个身体像是在发酵,在拉长,腐烂以一种冥冥中的力量使他脱离这个世界。(74)

前一段落是对周围环境的感知,似乎是克洛德这个人物的视角,而后一段落则是对克洛德心情的折射,这似乎来自叙述者的眼光。上述各种视角反映了作者通过变换感知主体构建多重视角的尝试,以突出两个核心人物的本质，即他们两人都是征服者。

外视角的中性叙述在小说中比较少见，有时似是而非，隐约也能看到几段异故事的中性叙述，如在毛依人村落的场景就是这样：

> 他（佩尔肯）面对着他们。头人的目光盯着他，但眼睑的颤动使这目光看上去是闪烁不定的，此刻，头人想看出他下一步作何举动。（153—154）

在这里，我们只能通过人物的行为来感觉紧张和危险的场面：如头人的行为、毛依人的举动、向导的动作、格拉博的态度，还有佩尔肯的动作，等等。这种中性的视角在小说中并不占主导地位，但也参与了多重视角的构建，从另一感知维度去反映探寻王家大道的艰辛历程，描述征服者悲惨命运的轨迹。此外，这种多重视角不仅仅是叙述者和人物的感知方式，还是倾注情感和思想的广阔天地。

四、从背景的描述到符号学阐释

如果说变换叙述者的游戏和万花筒式的视角是为了构建一部多重视角的小说，那么其中的自然景物的描写和人物内心的刻画则赋予小说丰富的象征意义和美学价值。小说中自然景物的描写一般通过叙述视角中的象征符号来实现，人物内心的刻画则通过人物的话语符号来进行。在这里，主要叙述者和动元叙述者再次进行了分工：主要叙述者给故事提供总体背景，而动元叙述者在感知象征符号的同时，引发主观世界的情感波动，并通过话语符号揭示人物的精神状态和价值取向。

小说中的自然环境主要由森林和山脉构成，给人一种广大无边的感觉，一种令人担忧的野性气息。在小说的四个部分中，有三个部分的情节发生在森林里。森林首先是一望无边的，然后是令人担忧的，最后是死亡之地：

> 整整四天了，除了密林还是密林。（73）
> 好几天来，他们没有遇见个活人。（80）
> 由于护身符缺乏，各种各样的颅骨和围猎捕杀的动物尸体，杂乱地在树林中显露出来，标志着他们对晨空的那种原始的恐惧。（196）

　　森林中隐藏着神秘莫测的危险，人物时时刻刻都处在受伤和死亡的恐惧中，这些危险既来自于自然力量和野生猛兽，也来自于土著人的攻击和文明世界的入侵。小说中的森林世界阴森袭人，荒无人烟，充满危险，到处分布着孤独、失足、毁灭、深渊和死亡的符号：

　　　　腐烂衰颓的密林、寺庙和一切的一切……蓦地，一片寂静：万物恢复了生命，回到了自己的位置，仿佛克洛德周围的东西都崩塌了下来，压在了他的身上。(82)

　　　　在这片空地上没有可辨认的道路……它(空地)总有一种陷阱般令人悚然的气氛……无数小虫发出喊喊嚓嚓的声响，时而从枝头传来一只振翅飞去的鸟儿孤独的啼鸣，都给这片静谧平添了几分肃穆……(114)

野生动植物也常常是攻击与侵袭的符号：

　　　　死亡伴在身边……蚊子仿佛是从针扎般作痛的膝盖上飞来的……野狗的吠叫摧残着意志，伤痛，麻痒，随处可见的销蚀，猴子不断地啼叫，虬曲的树枝……(182)

　　火光、烟火和森林火灾则是毁灭的符号，其力量强大无比，摧毁了佩尔肯的复国工程。然而与自然的危险相比，文明社会的入侵则是对佩尔肯事业的致命一击：

　　　　开始出现了火光。愈是接近佩尔肯的地区，愈是接近修建铁路的地区……迹象表明正在毁坏一切。(183)
　　　　在雾岚缭绕的山坡上，现在连白天也有火在烧着。(201)

　　就这样，烟火符号预示了佩尔肯复国梦想的破灭。
　　自然景物的描写在小说中构造了一个符号体系，象征着大自然的力量，喻示出外部世界的威胁和死亡，而人物话语则涉及到人物的心理活动，折射着人物关于生存意义、人类的无能和征服者命运的思考，这是对人类内心世界的符号学阐释。对生存意义的思考显示出人生荒谬的思想：

> 您和我知道的一样清楚，生命并没有任何意义；一个人孤独地生活时，是没法不去思考自己的命运的……死亡就在那里，您明白吗？就像……就像显示人生荒谬的一个无可辩驳的证明……(118)

人类的抗争在大自然超凡的力量和无情的毁灭面前显得苍白无力：

> 密林的浑然一体，强迫着你接受它；六天来，克洛德已经放弃了努力，不再去辨认形式和内容，也不再去区分动物与植物；一种不可知的力量，使大树和草状赘生物连成一片，使所有一切在这片沼泽浮沫似的土地上，在创世初的烟霭蒸腾的森林里短命如朝露的生物乱钻乱动。在这里，人该如何行动才有意义呢？该有什么意志才能保持人的力量呢？(75)

谈到征服者的命运时，小说刻意要区分冒险者与征服者的差别，"探险者与征服者都对资产阶级社会的俗套嗤之以鼻，但探险者会为自己着想，会考虑他所体现的人物的风格，而征服者则把自己投身于真正的战斗，一切服从于他的事业"。(Goldmann 143) 佩尔肯希望做一名探险者，一个不讲事业的英雄，而克洛德则致力于成为征服者：

> "人们称为冒险的事情，"他想，"不是一种逃遁，而是猎取；世界的现存秩序，不会毁于听其自然，而将毁于从它的毁灭中受益的意愿。"(39)

对佩尔肯来说，

> "当个国王，这算不了什么，重要的事，是建立起一个王国……"(66)

我们还可以列举人物之间讨论的其他主题，如衰老、自杀、统治、死亡等，但以上例子足以构成符号学阐释的结果，"这是热带雨林的生物所代表的无形虚无和人类试图引入有形意义的尝试之间的斗争：布满城市和寺庙的王家大道，曾经穿越了荒凉的大自然，如今却被大自然的荒凉所覆盖，所征服，克洛德和佩尔肯试图让它获得新生，给它赋予新的意义……小说的主题就是自然荒凉与王家大道之间的斗争"。

(Goldmann 134)小说中沿着王家大道的探险就是对人类命运的符号化再现。

通过以上对小说中叙述体的分析,我们可以看出叙述者的变化、核心人物的聚焦,还有景物的描写和人物的刻画,都是作者使用的文学形式和创新努力。在构建文学形式的同时,他试图以变化的视角和感知维度来揭示当时的社会、经济、政治和宗教等状况。《王家大道》中自由变化的叙述体正是更新的文学形式,使作品获得一种"中心引力","一种强大的情感电荷,是那种万有引力式的"。(qtd. Tadié 138)在塔迪埃看来,这种引力是双重的:"首先是内在的引力,在叙事作品的不同要素之间产生众多的交流;然后是外部的引力,将各种自然要素,所指和概念聚集到文本周围,去重建一个崭新的文化空间。"(qtd. in Tadié 138)

参考文献

Barthes, Roland. "Introduction to the Structural Analysis of Narratives."*The Study of Narratology*. Trans. & Ed. Zhang Yinde. Beijing: China Social Sciences Press, 1989.

[罗兰·巴特. 叙事作品结构分析导论. 张寅德译. 见:张寅德选编. 叙事学研究. 北京:中国社会科学出版社,1989.]

Barthes, Roland. "Introduction à l'analyse structurale du récit." in *L'Aventure sémiologique*. Paris: Seuil, 1985.

Comsa, Dorin. "Identité et altérité: Perspectives sur la narration et les instances narratives dans les romans de Hubert Aquin." Thèse de doctorat. Service Commun de la Documentation. Université de Limoges, France, mai 2004.

Goldmann, Lucien. "Introduction à une étude structurale des romans de Malraux", in *Pour une sociologie du roman*. Paris: Gallimard, 1964.

Liu, Mingjiu. "Preface." André Malraux. *The Royal Way*. Trans. Zhou Kexi. Guilin: Lijiang Press, 1987.

[柳鸣九. 中译本序. 见:马尔罗. 王家大道. 周克希译. 桂林:漓江出版

社,1987.]

Reuter, Yves. *Introduction à l'analyse du roman*. Paris: Dunod, 1996.

Tadié, Jean-Yves. *Le Récit poétique*. Paris: Gallimard, 1994.

Tan, Junqiang. *Narrative Theory and Aesthetic Culture*. Beijing: China Social Sciences Press, 2002.

[谭君强. 叙事理论与审美文化. 北京:中国社会科学出版社,2002.]

作者简介:张新木,南京大学外国语学院法语系教授,主要从事符号学与文学研究。

个性消失与平淡之美

——约翰·阿什贝利诗歌《使用说明书》的旅游视角分析

罗　朗

　　约翰·阿什贝利(John Ashbery)是美国 20 年来最具有代表性的后现代主义诗人,在美国当代诗坛上产生了巨大而深远的影响。目前,国内评论界已经开始关注和介绍这位美国当代诗人了。《当代外国文学》在 1997 年第 1 期专门刊登了他的几首作品的翻译和相关的两篇评论文章:张耳女士的《凸面镜中的自画像——浅谈约翰·阿什伯里的诗》和方成的《存在性·理解视野·认知空白——试论约翰·阿什伯里的诗歌》①。郑敏女士 1998 年出版《诗歌与哲学是近邻:结构—解构诗论》,也特别在两篇文章中谈到了他的诗歌创作情况。2003 年河北教育出版社出版了马永波翻译的《约翰·阿什贝利诗选》(上、下),是国内学者第一次尝试集中翻译他的诗歌作品。《当代外国文学》在 2005 年第 3 期刊发了《约翰·阿什贝利早期诗歌的先锋艺术特点——评他的试验诗集〈网球场的誓言〉与纽约行动画派的影响》,开始对其诗歌作品进行细读研究。这些评论和翻译都标志着国内对这位美国当代重要诗人的研究开始越来越全面和深入。但是,对这位诗人的具体诗歌作品的解读和相关的评论介绍,还处在起步阶段,还需要进一步的研究和介绍。

---

　　① 国内关于 John Ashbery 的翻译有多种,张耳的翻译是"约翰·阿什伯里",郑敏的翻译是"约翰·阿婿伯莱",马永波的翻译是"约翰·阿什贝利",这里为了方便,从马永波的翻译。

约翰·阿什贝利的早期诗集《一些树》(*Some Trees*)是诗人开始其诗歌创作的重要作品。作为后现代主义的先锋诗人,他在这部早期诗集中的试验色彩其实并不是很明显,我们可以看到,诗人更多地是在训练自己尝试各种题材的诗歌创作。收进这本诗集的诗歌,意象不连贯,意义含糊,但是诗歌结构形式还是比较传统的,就像诗歌题目表示的那样,有十四行诗、坎佐尼体、田园对话诗、隔行同韵体等,还有大量的标题诗。诗集中有一首诗叫《使用说明书》(*The Instruction Manual*)被广泛引用,理查德·艾尔曼(Richard Ellmann)选编的 1973 年版《诺顿现代诗选》(*The Norton Anthology of Modern Poetry*)就已经收录了这首诗,选编的理由很简单,这是其中最容易读懂的诗,因为大部分阿什贝利的诗歌是晦涩难懂的。而且,从这首诗入手,可以找到很多分析解读其他诗歌的钥匙。

一

这首诗的标题和内容相差很大。诗歌标题是《使用说明书》,但是诗歌内容并不是关于使用说明书的,而是一首浪漫的幻想诗。由于独特的叙述方式、独特的叙述角度和特别的韵律感,这首诗歌成为这部诗集中最受读者欢迎的一首。阿什贝利后来谈到了创作这首诗歌的情景,并解释了诗歌标题的由来:他当时正在为一个出版商编写一个材料,并不是撰写一个"使用说明书"。但是,在纽约这间没有窗户的办公室里,编辑工作非常枯燥无聊,他在这种沉闷的工作状态下,回想起了刚刚结束的墨西哥之旅,于是即兴创作了这首诗歌。(18)

这首诗创作于 1955 年,是最后收入诗集《一些树》中的两首诗之一。美国诗歌评论家梅杰·裴洛芙(Marjorie Perloff)在评价这首诗的时候,认为此诗不是阿什贝利的典型风格,但是这首诗歌却有一些让人感兴趣的地方,特别是此诗的"现实—梦幻—现实"风格,让人充分感受到 M. H. 阿伯拉姆斯所提到的"大浪漫主义诗歌"的特点。(263—265)但是,阿什贝利真有浪漫主义的风格吗?

诗歌开头部分描写了诗人在办公室里独自撰写使用说明书的场景。在枯燥的工作中,诗人慢慢睡着了,开始进入一个梦想世界。在梦想中,诗人开始了旅行,来到一个著名的墨西哥城市:瓜达拉哈拉。这个城市是墨西哥中部的一个重要城市,虽然阿什贝利本人很想游览这个城市,可是在 1955 年的墨西哥之行中他们并没有到达这里,也许正是这种遗憾反而促发了诗人的想象力。在想象中,诗人来到这座城市,从市中心的公共广场出发,来到演奏民间音乐的小乐台,又转入一条后街,从后街来到教堂塔楼,眺望整个城市。在想象中,诗人结束了他的梦幻之行,又回到了现实的枯燥工作。正是这样的描述方式体现了"现实—梦幻—现实"的特点。整首诗歌的关键部分就是中间的"梦幻之行"。这个部分的描述有其独特的视角和特点,这些视角和特点使得这个"梦幻之行"显得不是那么梦幻。在梦幻中,诗人首先来到了城市的公共广场:

> 你的公共广场,城市,精致的小乐台! (11)①

然后他的视线从乐台转向了旁边的卖花少女,附近白色的小货摊,最后集中在游行队伍前面的小伙子和他的妻子身上:

> 首先,走在队伍前面的,是一个衣冠楚楚的小伙子
> 穿着深蓝色的服装。头上带着一顶白帽子
> 留着胡须,为这个场合特意修剪过。(19)

还有他的妻子,她的"玫瑰、粉色和白色"的方形披肩,她的"美国样式"的拖鞋,以及她的"一柄扇子"。其中,诗人还顺带开了一个玩笑:

> 她带着一柄扇子,因为生性谦逊不想让人过多看到她的脸,但每个人都忙着照料自己的妻子或心爱的人。我怀疑他们是否会注意到这个留胡子的男人的妻子。(24)

这时,一些男孩过来了。诗人特别注意到其中一个"衔着牙签"的

---

① 诗歌的翻译主要参考马永波翻译的《约翰·阿什贝利诗选》(上)(河北教育出版社 2003 年版),具体的诗行标明在后面。英文原文请参考:John Ashbery, *The Mooring of Starting Out*: *The First Five Books of Poetry*, The Ecco Press, 1997, pp. 8 - 10.

小伙子："等等——他在那里——在乐台的另一侧"。(32)此时，诗人集中关注这个小伙子和他的女朋友：

> [他]正在与一个十四五岁的少女
> 一本正经地谈话。我试着听听他们在谈什么
> 但是他们似乎只是在窃窃私语——很可能，是羞答答的情话。(35)

这个时候，音乐会进入了幕间休息，诗人从公共广场转入了一条后街，"这里你可以看见一座带绿边的白房子"。(46)诗人走进了房子，跟一个"穿着灰衣服"的老妇人攀谈起来。老妇人谈起了她在墨西哥城工作的儿子，还为他们奉上饮料。不知不觉，天色暗淡了，诗人要离开了，"我们感谢她的款待，因为天色已晚"。(55)

接下来诗人他们来到了一座"教堂塔楼"："我们必须找一个高处，在离开前眺望一下城市的全景"。(56)这时我们又听见了另外一个老人的声音。他是塔楼的看守人：

> 一个穿棕灰色的老人，问我们在城里已经多久了，我们喜不喜欢这里。(60)

虽然看守人的问候是间接引语，我们还是"听"到了声音，而诗人的声音却被省略了，没有表达出来。诗人来到了塔顶，"整个城市之网在我们面前展开"。(62)他们看见了粉色和白色的富人区，深蓝色的穷人区，还有市场和公共图书馆，以及他们刚刚去过的广场。还有那个乐台和老人的小院子。诗人回想这一天的旅程：

> 多么有限，但又是多么完整，我们游览了瓜达拉哈拉！(72)
> 除了在这儿留下来，还有什么要做的？而这我们又办不到。(75)

二

这样的视角转换和叙述安排可以被称为"旅游视角"。这种视角有

几个特点：(1) 描写的平淡性——在情景描写和叙述的时候，没有进行深入描写，只是感性的体会和把握；(2) 场景安排的转换特点——在场景的转换上很快，从中心广场到后街，到城市的最高点，这样的场景安排属于典型的"旅游线路"；(3) 叙述者自身的角度安排——叙述者的角度因为场景的转换而发生变化，叙述从细节到宏观，从人物描写到城市的整体描述，因为叙述者自身视野的变化而变化。

这首诗在场景描写上表现出一种随意的平淡特点。首先是用词，没有特别夸张和艳丽的词汇。整首诗的用词，更多的是描述性词汇，而少用形容词。在对游行队伍的描写上，诗人只用了几个普通的形容词"年轻"、"美丽"、"漂亮"来形容具体的几个人物。在后街的场景描述中，老妇人"穿灰衣服"，用"一把棕榈叶扇子扇凉"，她的儿子是"一个黑皮肤的小伙子"，"从磨损的皮相框里向我们露齿微笑"。在教堂塔楼里，他们遇到一个看门人，"一个穿棕灰衣服的老人"。这些词汇多是普通的一般性形容词，没有繁复的诗意表达。通过这些平淡的形容词，诗人在诗歌创作上显示出平淡的特色。

这种用词的平淡还表现在叙述的语气词上。在诗歌的第 34 行中，"我试着听听他们在谈什么"，诗人用"我试着"表达出一种随意和漫不经心的语气特点。在第 35 行，"但是他们似乎只是在窃窃私语——很可能，是羞答答的情话"，诗人用了"似乎"、"只是"和"很可能"表达一种不确定的猜测。在第 44 行中，"谈着天气，也许，谈着他们孩子在学校的表现"，这里用"也许"同样表达一种不确定和漫不经心的语气特点。

其次，在场景的描述上，也不是全面细致的描写。在公共广场的场景中，主要是对游行队伍里一对年轻夫妻的描写，描写了小伙子的服装和帽子，还有胡须；描写他的妻子时，专门描写了他妻子的"方形披肩"、"拖鞋"和"扇子"；在描写游行队伍中的另外一群年轻人时，特别提到一个"衔着牙签"的小伙子。在后街的场景描写中，主要突出的是"凉爽而幽暗"的背景；在教堂塔楼的场景中，诗人着眼于远处的轮廓和大体色彩的描写。这样的场景安排更像是一幅具有透视关系的印象派绘画：近处的人物描写突出外貌细节，远处的背景描写就显得模糊不清。这种场景安排显示出作者受到绘画的很大影响。

另外，也应该注意到，虽然这首诗中没有夸张和艳丽的词汇，但是诗人特别喜欢使用一些颜色词。诗人在描写卖花少女的时候，使用了鲜明的颜色词："她<u>玫瑰色</u>和<u>天蓝色</u>的条纹装（哦！如此的<u>玫瑰</u>与<u>天蓝</u>的阴影）"，她"举着<u>玫瑰色</u>和<u>柠檬色</u>的鲜花"。附近"是<u>白色</u>的小货摊"，"身穿<u>绿衣</u>的妇女为你供应<u>绿色</u>、<u>黄色</u>的水果"。在游行队伍中间，一个"衣冠楚楚"的小伙子，"穿着<u>深蓝色</u>的服装"，"头上戴一顶<u>白帽子</u>"，他可爱的妻子的"方形披肩是<u>玫瑰</u>、<u>粉色</u>和<u>白色</u>"。站在游行队伍旁边的"一个十四五岁的少女"，她"穿着<u>白衣服</u>"，"微风拂弄着她<u>橄榄色</u>颊边的长发"，"乐手们混在人群中间，穿着油腻的<u>白制服</u>"。诗人来到一条后街的时候，看见了"一座带绿边的<u>白房子</u>"，而教堂塔楼，是一座"褪色的<u>粉色塔楼</u>，对着蓝天"。当诗人来到教堂塔顶眺望这个城市的时候，他看见"<u>粉色</u>和<u>白色</u>的房子，还有覆盖绿叶的零散的平台"的富人区；"<u>深蓝色房子</u>"的穷人区；"漆成几种<u>灰绿色</u>和<u>米色</u>"的公共图书馆。在这些词中，请注意诗人常用几种颜色词：白色、绿色、蓝色和粉色。当然，对于颜色词的偏爱显示了诗人所受的纽约画家的影响，这种影响贯穿了他的整个诗歌创作。[①] 而在这些颜色词的使用上，诗人采用的主要是大色调的表现，而不是细致的色彩描述。这些色调关系突出表现了诗人对于整个城市的"印象"。这些整体印象又具有相当大程度的"模糊性"和"表面性"，更多带有旅游者的感受特点。这种色彩关系和场景的转换描写也是趋向一致的，"模糊性"和"表面性"的描写贯穿在整首诗歌之中。

除了这些在诗歌词汇上体现出来的特点，当我们阅读这首诗歌的时候，也能很明显地觉察到诗人在场景安排上体现出来的"旅游线路"。诗人首先来到的是城市的中心位置——公共广场。这是城市的中心，也是游人最集中的地方。他从这里开始他的诗歌旅游。他的描写重点不是广场周围，也不是中间的乐队，而是游行队伍中的人群。他的视角从一对年轻的夫妻，转到一群小伙子身上，又注意到一个穿白衣的女孩。然后，他离开城市的中心，来到后面的街道，走进一家院子，和主人

---

① 关于阿什贝利的诗歌与绘画的关系，可以参考笔者的另一篇文章《约翰·阿什贝利早期诗歌的先锋艺术特点——评他的试验诗集〈网球场的誓言〉与纽约行动画派的影响》(《当代外国文学》2005 年第 3 期）。

家攀谈。最后,他来到城市的最高点,眺望整个城区。这是典型的"旅游线路"安排。这种安排是用最短时间感受一个城市的最好方式。但是,这种"旅游线路"的安排也暗示着诗人对这个城市了解的局限性和表面性。尽管他的视角有三次大的改变,但是无论是从细节描写还是城市概貌的描述上,我们都可以看出他对于这座城市的了解其实是比较简单和模糊的。

三

那么,诗人为什么要停留在这种简单而模糊的状态?他对于这个城市的描写为何显得如此随意和局限?为何诗化的语言描述如此朴素和简单?这首诗歌给我们读者造成了一种什么样的审美效果?或者,换句话说,我们如何欣赏这首诗歌?我们如何进入这个文本?

从初次阅读的体会来看,这首诗给我们的感觉是平淡的。从以上分析中,我们可以看出无论是用词、修辞还是场景的描述,诗歌都透出一种平淡的味道。但是,当你再读这首诗歌的时候,你会感觉到这种平淡的味道总是萦绕在你的心头,挥之不去。很明显,这首诗歌具有一种"平淡美"的味道。

这种"平淡"的味道是因为诗人的语调是平淡的,诗人的描述是从一个普通旅游者的角度出发的。这个旅游者并不强迫读者跟着他的主观意识前进,而是退到一个其次的位置,陪伴着读者一路走来。并且,描述有关景物的时候,这个旅游者也显得不紧不慢,他并不过分强调他所描述的景物特点,他只是比较客观,甚至比较"冷静"地叙述他所见到的场景。因此,我们可以感觉到读者并没有受到作者的"主观压力"。我们可以充分地感到"读者的自由",没有被作者的"自我"完全挤占,这个"隐匿的读者"具有很大的空间。

而且,很明显的是,诗人也充分地意识到了这个读者的存在。诗人说,"于是,我以自己的方式开始做梦"(6),"让我们趁此机会溜到一条后街去"(45),"这里你可以看见一座带绿边的白房子"(46),"看——我告诉你!"(47)。这些例子都说明了诗人是在向另外一个对象说话,而这个对象是否在诗歌中明确了身份呢?读罢这首诗,我们始终没有明确这个对象是谁。在诗歌中,"他"隐而不现。但是,我们可以换一个角度考虑问题。其实，这个并不明确的对象正是我们这些所谓的"隐匿读者"，正是诗人倾诉的对象，也是诗人陪伴的对象。如果把这首诗歌的人称代词统计一下，主要是这几个表示主体和相对客体的人称代词："我们"（we 或 us）、"我"（I 或 me）和"你"（you）。根据这几种人称代词在这首诗歌中出现的频率，可以统计出："我"出现了 16 次，"我们"出现了 16 次，"你"出现了 4 次。由此不难发现表示相对客体的人称代词出现的次数是最多的。如果把"我们"和"你"看做是暗示和指向这个"隐匿读者"的话，统计的结果是 20 次，超过了暗示主体的第一人称代词的出现频率。

这个"隐匿读者"的出现排挤了诗人的巨大"主观压力"，使得诗人在进行自我表达的时候必须充分考虑另外一个对象的存在，而不可能完全抒发自我的感情和态度。诗人的"自我"意识到了另外一个客观对象的出现，虽然这个对象相对来说比较沉默，但是沉默本身并非表示不存在，沉默本身就是一种存在的方式，而且从某种意义上来说还不是完全消极的存在，而是伴随着诗人的主观意识一起共同游览了这座城市的。因此，我们可以感觉到当诗人的自我在进行表达的时候，是处于"克制"状态的。首先，对于这个"梦想之城"（瓜达拉哈拉）的描述是平淡的，并没有"梦想"之中的激动和夸张，而是显得比较平静和淡漠。因此，诗人平淡的"主观态度"给读者造成的压力比较小。读者能够轻松而且和缓地伴随着诗人的"自我"游览和体会这座城市。

阿什贝利通过这种"退让"的方式，书写了一种轻松愉快的诗歌，同时也创作出了一种同样轻松愉快的环境氛围，使得作者的意识也能够进入他的诗歌世界之中。这样的写作方式虽然显得闲散和漫无目的，却能带领读者的意识慢慢进入他的诗歌世界，慢慢地产生梦幻一般似是而非的感觉。这正是阿什贝利诗歌的一个重要特点，而正是这个特点使得众多的评论家对于阿什贝利晦涩而迷幻的诗歌风格难以把握。很多评论家一方面觉得他的诗歌没有什么明确的意思，另一方面又觉得他的诗歌总是拥有某种吸引人的特点，而这种特点又难以名状。

这种难以名状的东西究竟是什么呢？是什么样的东西让我们的评论家如此难以把握？其实通过以上的分析，我们不难看出，这种难以名状的东西就是诗人对于自我意识的"主观退让"，或者说是对于自我意识"主观压力"的一种故意回避。接受反应理论批评家沃尔夫冈·伊瑟尔(Wolfgang Iser)曾经讨论过类似的问题,他在《隐匿的读者:从班扬到贝克特小说中的交流模式》①一书中提出了"隐匿的读者"的概念。虽然他主要集中分析小说,可是这个概念也可以借用到诗歌分析中来。他在这个概念中阐释了读者在阅读活动里的作用,在伊瑟尔看来,隐匿的读者概念是一种文本结构,它期待着接受者的出现,但是又不刻意解释,因此它预设了一个召唤反应的文本结构,促使读者去把握文本。同时,伊瑟尔还认为,文本的召唤和读者的发现形成了一种审美愉悦的形式,它向读者提供了两种可能性:(1) 使读者感受到自由;(2) 积极培养和陶冶自身的审美能力。②

但是,阿什贝利的诗歌所表现出来的特点跟伊瑟尔的"召唤结构"还是有一定差异的。伊瑟尔的"召唤结构"是指在文本中形成各种形式的"空白文本",促使读者自己去寻找和发现文本的线索,发现属于自己理解角度的文本意义。但是,在这首诗歌中,我们并没有发现这样的"空白文本",文本是完整的,有始有终,没有空白,也没有断裂。而且,从诗人开头交代和结尾的总结来看,其实整个文本的结构是非常分明的,层次是非常清楚的。那么,这样一个传统的文本究竟是在哪个方面表现得与众不同呢?

四

对于这首诗歌,我们感受最为深刻的就是,诗人的态度让读者感到了"自由自在"。诗人并没有故意制造出某种特别的"技巧"文本,让读者可以自由地分析和引导自己的结论。相反,诗人是采用了传统的诗歌文本,使用的是传统的语言表达方式。

但是,这首诗歌的不平凡之处在于诗人特别注意在诗歌中表现出

---

① Wolfgang Iser, *The Implied Reader: Patterns of Communication in Prose Fiction from Bunyan to Beckett*(John Hopkins University Press, 1980). "隐匿的读者"跟"隐匿的作者"相关。"隐匿的作者"是 W. C. 布思在《小说修辞学》中提出的概念。伊瑟尔反其意而用之,提出了"隐匿的读者"这一概念,意在阐明读者在小说意义构成中发挥出的积极作用。

② 关于伊瑟尔和他的读者接受理论,还可以参考金元浦编著的《接受反应文论》第四章《阅读:双向交互作用的动态构成——伊瑟尔的主要美学思想》(山东教育出版社 1998 年版)。

来的态度。他通过平淡的语言表述、平实的情节描写，和单一的时空安排等，以及使用更多的第二人称代词等方式，使诗人自我的态度处于"克制"状态。克制的目的是使读者的自我意识可以拥有更大的空间和自由，使作者主观的压力可以得到减轻，以促使读者拥有更多的自由表达。这种独特的安排使诗人的活动空间和描述行为具有一些特别的时空特点，这种时空特点使诗人组织其诗歌创作的时候具有了一定的阐释空间，但是这种空间并非全知全能，而是具有很大的内在约束性和外部时空的限制特点。这种特点排斥了"无所不知"的诗歌叙述方式，使诗人的个体局限性得到肯定和颂扬，这种做法正符合后现代主义诗歌表达的精神价值。个体局限性的时空表达在诗歌创作中正是为了修正和限制"全知全能式"的叙述方式。

因此，对个体局限性的颂扬是这首诗歌的一个突出特点。这种对个体局限的认识体现在诗歌的每个方面。比如，诗人写道："我试着听听他们在谈什么/但是他们似乎只是在窃窃私语——很可能，是羞答答的情话。"（35）在这句诗行中，诗人承认了自我的局限性，他并没有把"全知全能"的叙述方式加入他的诗行中，而是显得非常客气，非常谦逊，用了多个模糊的语气词："似乎"、"很可能"等。而在描述这个城市的时候，诗人也表现得很诚实。他说："我们必须找一个高处，在离开前眺望一下城市的全景。"（56）然后，他们来到了一个"教堂塔楼"，才把整个城市的面貌看清楚。诗人最后感叹："多么有限，但又是多么完整，我们游览了瓜达拉哈拉！"（72）这样的叙述方式体现了诗人对于自我局限性的一种把握，他在诗歌叙述中回避了"全知全能"的叙述方式，他让读者的意识参与其中。

伊哈布·哈桑（Ihab Hassan）在总结后现代主义特征时提到一点，即自我的消失。① 因为，在后现代主义者的眼里，自我的夸大实际上显示了逻各斯中心主义的倾向。因此，阿什贝利在这首诗歌中的"自我退让"显然呼应了后现代主义的某些主张。不管此时的阿什贝利是有意

---

① Ihab Hassan, *The Postmodern Turn: Essays in Postmodern Theory and Culture*, Columbus: Ohio State University Press, 1987. 该书在论述后现代主义的文化特征时，曾详细列出了一个对照表格，把后现代主义文化的一些主要特征列举了出来，这也是我们研究后现代主义的一个重要参考材料。

还是无心,他的诗歌特点已经开始自觉地反映出后现代主义文化的某些特征,而且这样的特征在他以后的诗歌创作中表现得越来越明显。

参考文献

Gangel,Sue. "John Ashbery." *American Poetry Observed*:*Poets on Their Work*. Ed. Joe David Bellamy. Urbana:Illinois University Press,1988.

Perloff,Marjorie. *The Poetics of Indeterminacy*:*Rimbaud to Cage*. Chicago:Northwestern University Press,1983.

作者简介:罗朗,西南大学外国语学院副教授,主要从事英语诗歌研究。

《苏菲的世界》与元小说叙述策略

何成洲

挪威作家乔斯坦·贾德(Jostein Gaarder)的小说《苏菲的世界》是世纪之交出版的一部畅销全球的文学作品,被翻译成几十种文字,在欧洲、美洲和亚洲发行了几百万册,一度名列德国和美国的畅销书排行榜之首。《苏菲的世界》是一部哲学史小说,1991年首次以挪威文在挪威出版,1996年中国作家出版社推出中译本。目前国内外对《苏菲的世界》的介绍和评论主要是说该书将哲学通俗化,是一部优秀的哲学入门读物。那么哲学通俗化是它成功的主要原因吗? 在20世纪90年代出现过一大批将哲学通俗化的作品,可是为什么它们都没有像《苏菲的世界》那样取得成功? 即使哲学通俗化是它成功的原因,那么我们不禁要问,《苏菲的世界》是怎样将哲学通俗化的? 作为小说,它具有什么样的文学价值? 是什么使它如此吸引读者? 在讨论这些问题之前,先介绍一下这部小说的梗概。

小说开始,年方15的少女苏菲收到两封信,里面写有两个问题:你是谁? 世界从何而来? 从此苏菲不断收到自称是哲学家的人的来信。哲学家通过书信的方式为苏菲开设简短的哲学课程,一般每一封信介绍一个时期的哲学或者一个西方代表性哲学家。哲学课程从希腊神话开始,按时间顺序介绍了古代自然派哲学家、苏格拉底、柏拉图、亚里士多德、欧洲中世纪哲学、文艺复兴、笛卡尔、史宾诺莎、休姆、康德、浪漫主义、黑格尔、祁克果、马克思、达尔文和弗洛伊德,等等。同时小说中穿插了苏菲家庭和个人的生活细节:她的爸爸是一艘大油轮的船长,几乎一年到头都在外面,难得有几个星期在家。苏菲正在上中学,有一个好朋友叫乔安。苏菲的15岁生日快到了,她的妈妈和同学在为她的生日聚会做准备。苏菲希望弄清楚给她寄信的哲学家的身份，为此她想办法跟踪和调查哲学家的行踪。后来知道哲学家的名字叫艾伯特，为了不被发现不得不四处藏身，这些"躲与找"的游戏给小说增添了类似侦探小说的紧张和刺激。

　　苏菲和哲学家的故事里有不少难解之谜是关于一个叫席德的女孩的。苏菲在哲学家的信中收到让她转交给席德的明信片，有时哲学家会把苏菲叫做席德。可是苏菲并不知道席德究竟是谁？在小说进行到一半的时候，场景突然变换成席德的卧室。席德刚刚起床，这一天是她15岁的生日。她打开父亲寄来的生日礼物，发现里面是一本书稿，书名叫作《苏菲的世界》。席德的父亲是挪威联合国部队驻扎在黎巴嫩的上校，他热爱哲学和写作。苏菲、她的妈妈、她的朋友和哲学家原来都是上校故事中想象的人物。小说中的一些背景，包括故事地点、事件和使用的物品，都实际来自席德和他父亲的生活环境。席德开始阅读父亲的小说手稿《苏菲的世界》，从那时起苏菲的故事、哲学课程和席德的世界便相互交叉。《苏菲的世界》成了一部名副其实的"小说中的小说"，即"元小说"。

　　元小说又被称为"自我意识小说"。"元小说指的是这样一种小说写作形式——它有意识地、系统地揭示小说作为艺术品的身份，目的是为了提出一些关于虚构和现实之间关系的问题。"（Waugh 2）戴维·洛奇认为元小说关注的是小说的虚构身份及其创作的过程。（《小说的艺术》229）[①]为了打破作品的虚构框架，作者往往采用多变的观察视角，这样一来元小说可能包含多重叙事结构。《苏菲的世界》包含至少三个叙述者，分别是哲学家艾伯特、苏菲和席德，他们从各自的角度来观察和描述。这三个不同的视角组成三重叙述层面，相互交叉在一起，构成这部小说的复调结构。

一、哲学家的书信

　　《苏菲的世界》是关于哲学史的小说，通过让哲学家艾伯特给苏菲写信的方式来讲解哲学命题。每一封信长短适宜，像一堂哲学课，而且

---

　　① 　戴维·洛奇在文中将"元小说"称做"超小说"。

书信的写作使用教师讲课的口吻和方法。比如，为了引起读者的思考和兴趣，哲学家在信中善于提出若干富于启发性的问题。在讲到重要的哲学概念的时候，不是急于引用哲学书上的解释，而是用讲故事和打比方的方式加以解释。例如，哲学家艾伯特在讲到希腊自然派哲学家德谟克里斯特的原子理论之前先给苏菲提了一个问题："为什么积木是世界上最巧妙的玩具?"然后他说："如果你能够轻松地回答关于积木的问题，那么对你来说哲学家的课题就不难理解。"①(46)他把德谟克里斯特所说的原子比作积木。德谟克里斯特认为大自然是由无数形状各异的原子组成的，从而形成我们所见到的各式各样的物体。艾伯特解释说这就像各式各样的积木能拼成不同形状的图形一样。

艾伯特的哲学课不仅通过书信的形式来传授，而且他还有几次将哲学内容改编成戏剧和电影故事，甚至还拍成录像。其中一部录像是关于苏格拉底、柏拉图和雅典的。录像带的开头是艾伯特站在雅典巴特农神殿的废墟上介绍雅典的历史、苏格拉底时代雅典城的建筑布局以及有关苏格拉底的一些趣闻，突然间废墟上升起了昔日雅典城的建筑，重现了街道上繁华的景象。艾伯特本人则换成当时雅典人的装束，混在人群中间，并向苏菲介绍了他身边的两个人，他们分别是苏格拉底和柏拉图。这时屏幕上的柏拉图面带微笑，他给苏菲出了四道哲学思考题，就像老师给学生留的课外作业一样。哲学史的故事里面加入不少想象的成分，从而使哲学的内容变得生动。阅读这些书信如同在听老师的精彩授课，一点也不枯燥。

在这些书信和故事中，艾伯特是叙述者和哲学知识的传授者，苏菲是学生和知识的接受者。这些书信按照哲学史的时间顺序展开，围绕哲学的发展构成一个独立的有机整体。如果把这些书信从小说中剥离开来放在一起，他们会变成哲学通俗读物或课程讲义。

---

① 文中有关《苏菲的世界》的引文系本人根据挪威语原文翻译来的。参见 Jostein Gaarder, *Sofies Verden*, Oslo: Aschehoug, 2003. 翻译参考了乔斯坦·贾德，《苏菲的世界》，萧宝森译，北京：作家出版社 1996 年版。

二、苏菲的故事

哲学家和他的书信是苏菲世界的主要内容,但不是全部。小说详细地描写了她的家庭环境、日常生活以及她的情感体验等等,和我们通常阅读的小说没有多大的不同。我们会认为这是一部关于苏菲的小说,故事的主角是苏菲。她在秘密地接受哲学启蒙训练,她的哲学老师的身份扑朔迷离,来无踪去无影,有点像中国武侠小说里秘密传授弟子的得道高人。在她 15 岁前夕,没想到的事发生了。在一次哲学史讲解中,哲学家谈到柏克莱(1685—1753)的经验主义哲学。柏克莱是天主教的主教,他认为:"我们的灵魂可能是形成我们本身各种概念的原因……但是'物质'世界里的种种概念却是由另外一个意志或灵造就而成的。万物都是因为这个灵而存在,这个灵乃是'万物中的万物'的成因,也是所有事物存在之处。"(271)哲学家接着说柏克莱所说的灵指的是"上帝"。然后,他突然停止哲学讲解而严肃地告诉苏菲:"对于你我来说,这个'造成万物中的万物'的'意志或灵'可能是席德的父亲。"(272)哲学家进一步指出他们其实并不是真实的人,而是席德的父亲所创作的小说中的人物。至此,苏菲故事的虚构性被打破了。

在明白事情的真相之后,苏菲感觉到过去的一切原来竟是一场梦。伤心的她冲出哲学家的住所,外面电闪雷鸣,大雨滂沱。苏菲在雨中奔跑,遇到了前来寻找她的妈妈,她扑倒在妈妈怀里,哭着说:"好像一场噩梦一样。"(273)到这里为止,苏菲的故事被赋予若干种喻意。从上下文来看,苏菲对人生如梦的感悟解释了柏克莱的经验主义哲学;从整个篇章安排来看,15 岁的苏菲代表了西方在基督诞生之后的 15 个世纪。欧洲刚刚经历了黑暗而漫长的中世纪,快要从中世纪的噩梦中醒来拥抱伟大的"文艺复兴"。文艺复兴是对古希腊和罗马文化的重新认识。因此,席德的出现——阅读父亲为她写的哲学小说,了解苏菲的成长——形象地阐明了文艺复兴之后欧洲的文明进程。

在意识到自己的虚构身份后,艾伯特和苏菲开始反抗作家的意志。哲学家认为他们还是应该有一点自主权的,尽管少校确实知道他们所做的每一件事,但是他也许还没有决定未来将发生的每一件事。哲学家说作为作者的少校并非无所不能,他们也不是没有一点自由意志。

哲学家所言实际上说明了作者在写作过程中的自由和限制。作品中的人物一旦形成后，他的行动和思想要做到前后一致，作者此时势必要遵从人物发展的规律，而不可能随心所欲。对于作者与他笔下人物之间的关系，席德也认为："爸爸可能对苏菲和艾伯特身上发生的事有过通盘考虑。但当他坐下来写作的时候，他可能也不完全知道将来发生的事。他也许会在匆忙之间写下一些东西，并且很久以后才注意到。这样一来，苏菲和艾伯特就有相当大的自由发挥的空间了。"（299）哲学家甚至图谋有朝一日能走出少校的世界，摆脱他的控制。他引用了希腊科学家阿基米德的话说："给我一个稳定的点，我就能够移动地球。"（297）同样，哲学家希望找到一个支点，把他们移出少校的世界，但他们最终还是放弃了这种努力。他们认识到作为虚构的人物，他们将拥有一个比作者更长久的世界。"一旦我们溜出了书本，我们就别想拥有和作者一样的身份，不过我们真的是在这里。从现在起，我们将永远不会老去。"（461）苏菲和哲学家开始意识到他们终将生活在文学的世界里，成为所谓的"隐形人"。在小说的后半部，苏菲的世界里不时闯入一些文学作品和其他虚构故事中的人物，像小红帽（Little Red Riding Hood）、小熊维尼（Winnie-the-Pooh）、爱丽丝梦游仙境里的爱丽丝等等。哲学家甚至参加了文学作品中人物举办的"仲夏节庆祝会"，看到一些"已经三千多岁的人"。（474）在小说的结尾，苏菲和哲学家走进书店看到书架上摆放着许多本《苏菲的世界》，而且苏菲还买了一本关于她的小说《苏菲的世界》。这样一来，他们虚构的文学身份变得确定无疑了。

苏菲的故事提出了真实和虚构二者之间关系的问题。苏菲认识到自己的虚构身份，这一点是元小说人物的共同特点。元小说人物的身份通常是模棱两可的，既存在又不存在。"在许多元小说中，人物突然意识到自己其实并不存在，死不了却也从来没有出生，不可能有所作为。"（Waugh 91）苏菲在了解到自己的虚构身份后先是沮丧失望，谋求改变现状。在明白一切已成定局后，她慢慢地接受了自己的身份。最后当她和哲学家发现其实不仅他们而且席德和塑造他们的作者也不是真实的时候，他们便安于现状，并开始期待进入虚幻的文学世界，因为作为文学作品中的人物他们将永远不会老去。

三、席德的世界

《苏菲的世界》在前半部分叙述苏菲的故事,但是席德的出现打破了故事虚构的框架。戴维·洛奇引用欧文·高夫曼的话,说元小说"打破了框架"(breaking the frame)(233),可是元小说在揭示文本虚构性的同时又会进一步模糊现实与虚构的界限,这是因为元小说中通常不止一个虚构的框架。"当代元小说关注这样一个事实,即生活同小说一样是由若干框架连接而成的,我们最终无法知道一个框架在何处结束,另一个框架从何处开始。"(Waugh 29)在元小说中,最明显的结构形式是"故事中的故事",类似"中国盒子"(Chinese boxes)。"框架形成和打破的交替进行是元小说基本的解构手段。"(31)《苏菲的世界》包含多重虚构的框架,那一个个哲学故事是处在最里层的虚构文本,它们分布在哲学家给苏菲的书信当中。书信文本的虚构框架很快被苏菲的故事打破,稍后苏菲的故事也被证明是虚构的。哲学家明明白白地告诉苏菲:"我们有很充分的理由相信我们只不过是席德的父亲创造出来的人物,好作为他女儿生日的消遣。"(296)哲学家称他们活在少校的心里,同时又说少校和他的女儿席德同样是活在别人的心里。艾伯特认为少校也是一个无助的影子,进而他说"我们不过是影子的影子"。(342)换句话说,苏菲的故事是虚构的文本,同时这个虚构的文本又存在于一个更大的虚构的文本之中,即席德的世界,作为读者的席德原来也是不真实的。苏菲和席德的故事必然引起读者对现实和虚构的深刻反思,因为它解构了人类存在的坚实基础,质疑客观知识的可能性。从这个意义上讲,这部小说是后现代的。[①]

席德和苏菲的世界里都有一面"镜子"——那是席德曾祖母从一个吉卜赛妇女手里买来的古老魔镜。苏菲曾在哲学家的湖边小屋里发现这面镜子,在她对着镜子看的时候,惊人的事情发生了。"在一刹那间,苏菲很清楚地看到镜中的女孩同时眨着双眼……不仅如此,那个女孩

---

① 我这里对后现代的理解类似特里·伊格尔顿(Terry Eagleton)在《理论之后》(*After Theory*)中的解释:"当代拒绝整体性,一般价值、宏大历史叙事的思想运动牢固地建立在人类存在和客观知识存在可能性的基础上。"参见 Terry Eagleton, *After Theory*, New York: Basic Books, 2003, p. 13.

眨眼的样子仿佛在对她说：'苏菲，我可以看见你喔！我在这里，在另外一边。'"(96)席德和她的爸爸曾经有过同样的奇遇。魔镜的情节设计其实是为了进一步说明现实与幻像之间的关系的。苏菲是席德所阅读小说的主人公，同时席德又有着双重身份，既是读者又是小说中的人物，席德在读小说的同时自己又被阅读。这就像是魔镜，你在看镜中人的同时，镜中人也在看你。其实，这种阅读角色转换还可以继续下去，可以构成一个万花筒的景象。进而我们也许可以想象，其实人生何尝不是承担这样的双重身份，我们一方面是别人生活的观众，同时又生活在别人观看的世界中。我们是否意识到自己被一面面这样的魔镜所包围，芸芸众生的世界又何尝不是一面深邃的万花筒呢？

　　苏菲的故事同样引起席德在情感上的强烈共鸣。苏菲和艾伯特一旦知道他们身份的真相就等于走到路的尽头了，席德由此想到她也面临同样的问题，人所生活的环境是受到限制的，正如任何一个故事都有结尾一样，人生总有一天会终结。哲学家说："我们只是历史中的过客。"苏菲问："我们存在吗？"席德说："存在或不存在，这正是问题所在。"(293)苏菲和席德表现出对真实的怀疑和对人生、存在的困惑，这和萨特的存在主义哲学和荒诞观有着一致的地方。《苏菲的世界》往往能巧妙地化解抽象深奥的哲学命题，而这在一定程度上得益于元小说叙述手法的运用。

四、元小说叙述策略

　　元小说被认为是后现代主义语境下的一种写作方式，几乎所有的当代小说创作都多少运用了元小说的叙事策略：小说虚构的框架在建立之后被不断地打破，想象的语境形成之后很快被解构。元小说中往往含有多个叙述者或者若干个不同的视角，从而不可避免地改变叙述语境。具体说来，元小说的叙述策略有以下几个特点。首先，从叙述时间上说，元小说强调高度自由的时间观。历史与现实可以自由交替，昨天和今天也可以无所谓先后，甚至有些小说干脆就是把时间当做一个循环的轨迹来进行处理。其次，从叙述角度上说，元小说采用了一种自由的视角。也许，元小说并未完全排斥传统小说的全知视角或是限知视角，也并未排斥第一人称及第三人称，但元小说所强调的视角却不再像传统的那样固定,而且其人称也在不断地改变,即在元小说里"我"和"他"是可以不断转变与随意互换的,甚至还有自我评说。再次,就叙事结构而言,元小说抛却了传统小说追求的整体性效果,代之以破碎、分裂的结构。最后一点是元小说的语言表现为不同语类形式的交叉,没有统一性。这些元小说叙述策略在《苏菲的世界》中均有不同程度的体现。

《苏菲的世界》作为一部叙述哲学史的小说没有统一的时间观,在这部作品里至少存在三条主要的时间线索。首先是西方哲学史从古到今的发展过程。哲学史的内容总体上是按照历史时间的先后顺序安排的,其中时间跨度之大是显而易见的,但是在讲述个别哲学家和哲学事件的时候,为了拉近历史和现实的距离而故意采用再现历史的手法。前面提到苏格拉底和柏拉图的录像,哲学家向苏菲介绍苏格拉底和柏拉图的表演这是元小说时空交叉的一个典型事例。其次是苏菲故事里的时间观。苏菲故事里的时间发展主要基于她的 15 岁生日在一天天地临近。小说的前半部分大体是按照苏菲的活动展开的,但是随着苏菲故事的虚构框架被席德打破,苏菲的时间也同时被席德的时间所代替。在小说的后半部分席德的时间是占主导地位的,但是哲学史的宏观发展顺序和苏菲的活动散布其间。因此,这部小说的时间是在这三条时间线索之间交替进行的。

《苏菲的世界》有三位叙述者,分别是哲学家、苏菲和席德,这在前面已有解释。随着小说故事情节的展开,哲学家的书信、苏菲的故事和席德的世界交叉在一起。小说的结构总体上是按照哲学发展的阶段来分章的,从古希腊的神话到弗洛伊德。小说的目录看上去像是哲学史的提纲,但其中也穿插一些指示故事内容的标题,如"少校的小木屋"、"花园宴会"等等。由此可见,《苏菲的世界》缺少整体性和连贯性,小说的结构是分裂的、不连贯的,虚构的框架是分散的,读者不可能被故事情节吸引而忘记自己的身份,而更多地是思考自己所阅读的内容。阅读的过程变成读者和文本的对话,而这正是这部哲学史小说所希望产生的效果。

《苏菲的世界》包含书信、明信片、哲学、历史、文学等各种语类形式。巴赫金(Mikhail Bakhtin)认为多种语类形式的运用是小说"复调"

结构的一个方面。在元小说中这种"复调"形式十分明确。在以往的小说中，这些不同的语言和声音通常从属于一个主要的无处不在的作者的声音，元小说没有这种作者的声音，而是强调语类形式并存的必要性。《苏菲的世界》的语言具有以上的特点，实践了一种类似巴赫金式的语言的游戏与狂欢。

总而言之，在《苏菲的世界》中，元小说叙述策略对于更好地解释哲学史和哲学术语有着重要的意义。作为一部哲学史小说，作者一方面要将哲学知识通俗化，让抽象的哲学概念具体化和形象化，也就是要将哲学融入到小说当中；另一方面小说的叙述又不能让读者完全沉浸在故事当中，因为作者的目的是要让小说的形式和内容服务于哲学讲解。因此，作者势必要在制造幻觉的同时打破幻觉。元小说是《苏菲的世界》的主要写作技巧，是它成功的关键。

但是作者贾德没有说他是在写作元小说，而是用了"浪漫主义的反讽"（romantic irony）这个名词。他解释说作家为了打破作品的幻象，会向读者说一些讽刺的话，让他们在一刹那间想起他们所读的只是一个虚构的故事。他说这种打破幻象的形式就叫做"浪漫主义的反讽"。他还从文学作品中举了一个例子：易卜生《培尔·金特》的第五幕，培尔乘的船翻了，有被淹死的危险，这时候，另一个旅客漂过来，告诉他不要担心，因为"没有人会在最后一幕的中间死掉"。（346）随后哲学家讲到诺瓦里思的未婚妻也名叫苏菲，她在十五岁零四天时去世了，这时候苏菲非常紧张，脸色沉重。于是哲学家说：

> "可是你不需要担心你的命运会像诺瓦里思的未婚妻一样。"
> "为什么呢？"
> "因为后面还有好几章呢。"
> "你在说什么呀？"
> "我是说任何一个阅读苏菲和艾伯特的故事的人都可以凭直觉知道后面还有很多页，因为我们才谈到浪漫主义而已。"（338—339）

这里所谓的"浪漫主义的反讽"其实指的就是人物的"自我意识"，而"自我意识"正是元小说的主要特点，因此我们可以说贾德在创作中是在自觉地运用元小说的形式。戴维·洛奇在谈到为什么现代作家喜欢使用元小说的形式时说："对其他一些现代作家来说，与其说超小说话语是作家逃避传统写实主义制约的托辞，不如说它是一种先入为主的看法，是灵感的来源。"(231)他进一步引用约翰·巴斯在《枯竭的文学》中的话说："艺术家可以用它把我们时代能够感受到的一些原则变成他创作的素材和手段。"(231)元小说被普遍认为是后现代小说艺术的一个主要形式，《苏菲的世界》正是把元小说的叙述策略变成它创作的重要手段。

《苏菲的世界》把哲学趣味化、生动化，但它同时是一部成功的元小说，用元小说的形式来表达哲学思考，二者相得益彰，是艺术和内容的统一。《苏菲的世界》顺应了近年来欧美哲学通俗化的潮流。当代大众文化对人文科学的冲击，直接导致哲学通俗化的浪潮，出现若干用小说、诗歌和插图来介绍和解释哲学的作品。《苏菲的世界》的成功说明小说非但不会如某些批评家预料的那样走向"灭亡"或"衰竭"，反而会得到发展和走向成熟。小说发展的一个趋势是它与其他学科的结合，生态文学是另一个明证。在文化多元化的当代，小说形式的不断创新是它的生命力的源泉。

参考文献

Ibsen, Henrik. *Samlede Verker*. Oslo: Gyldendal Norsk Forlag, 1968.

Lodge, David. The *Art of Fiction*. Trans. Wang Junyan. Beijing: The Writers Publishing House, 1998.

［戴维·洛奇. 小说的艺术. 王峻岩译. 北京：作家出版社，1998.］

Waugh, Patricia. *Metafiction: The Theory and Practice of Self-conscious Fiction*. London: Methuen, 1984.

作者简介：何成洲，南京大学外国语学院英语系教授，主要从事戏剧、挪威文学研究。

从《分成两半的子爵》看叙事视角的越界

王芳实　邹建军

　　《分成两半的子爵》(1952)是意大利作家卡尔维诺(Italo Calvino)的长篇小说"我们的祖先三部曲"中的第一部,讲述的是一个现代寓言:梅达尔多子爵在与土耳其人的战斗中被炮弹劈成两半,一半极恶,一半极善。两半各自回到家乡泰拉尔巴,极恶的一半处处行恶,极善的一半时时行善,最后在两半子爵同时爱上美女帕梅拉产生决斗时,因双方伤口破裂并被缝合在一起,而重新变成了一个完整的子爵。我们认为,小说在叙事上的最大特点是叙事视角的越界,即叙事视角在第一人称视角和全知视角中不停地转换,让本来违法的视角越界获得了合法的叙述地位。事实上,卡尔维诺创作《分成两半的子爵》的时间,要早于最先讨论视角越界的热奈尔的《叙事话语》(1980),所以,用后来的理论去观照与分析小说,其实是本末倒置的。尤其是,当我们看到小说的视角越界只是一种视角正常的自由转换时,这个转换就质疑了视角越界的违法性界定。为了方便,我们仍用"视角越界"这个术语来讨论视角的正常转换问题。需要说明的是,本文除了对这一现象进行讨论外,还将讨论小说使用视角越界的目的及其产生的叙事艺术效果。

一、小说中的视角越界现象

　　在长篇小说的第三部中,小说叙述者是一个七八岁的小孩,他是梅达尔多子爵的外甥,所以小说的很多地方充满了"我的舅舅梅达尔多子爵"或"我的舅舅"这样的字眼。第一部分的首段是这样写的:"从前发生过一次与土耳其人的战争。我的舅舅,就是梅达尔多·迪·泰拉尔巴子爵,骑马穿过波西米亚平原……我的舅舅初来乍到,那时他刚刚参

军入伍……我舅舅那时刚刚成年。"（卡尔维诺 1）"从前"、"那时"，正如
我们所知道的那样，是第一人称叙述自我视角所运用的典型语言。叙
述自我的视角，是指第一人称叙述者处在"回忆"时的眼光，与此相对应
的是经验自我的视角，即回忆中的"我"处于事件发生时的眼光。"从
前"，表明是第一人称"我"在事情发生多年后叙述当年发生的事。但这
样的叙述，在第一部分中只占了一页，接下来除了"我的舅舅"等代称
"子爵"以外，几乎没有别的叙述声音，表示是第一人称视角的眼光在带
着我们进入小说的故事情节。甚至在后面那一大段一大段的叙述中，
"我的舅舅"也被"梅达尔多子爵"所取代。梅达尔多子爵与他的随从库
尔拉奇的对话，他观察敌人并奋力杀敌，最后被炮弹劈成两半等等，都
是全知视角才能观察到的情节。全知视角，是指无所不知的"上帝"视
角，它可以俯视一切，从任何一个视角观察场景和人物，并能透视人物
的内心，揭示人物的感情。（胡亚敏 25）在这一部分的最后一段中，全
知视角让我们直接看见了小说人物的内心世界：

　　那天夜里，梅达尔多子爵虽然感到疲倦，却迟迟不能入睡……他仰望着
波希米亚夜空中的繁星，想到自己的新军衔，想到次日的战争，想起遥远的故
乡，想起家乡河里芦苇沙沙的响声。他心中没有怀念，没有忧伤，没有疑惑。
他感到这一切都是那么的完美而实在，他本人也是健全而充实的。（卡尔维
诺 7）

　　"他……想起"这样的句式，是典型的全知视角语言，所以只能把这
一部分看成是全知视角在叙述。但是，我们不能忘记小说开始的叙述
人"我"，"我"是第一人称叙述，只能叙述"我"的所见、所想和所闻，尽管
这里的叙述视角是叙述自我的视角，也就是处于回忆时的视角，叙述者
要比处于事件发生时的"我"知道得多——小说中绝大部分第一人称视
角都是以处于事件发生中的"我"的眼光来叙述的，但它仍是一个限制
视角。现在采用了全知视角来叙述，也就构成了视角的越界。第一人
称"我"可以看到在战场上的子爵"不能入睡"，甚至知道他"想起"和"想
到"的内心世界，这可能吗？在叙事学上，这一现象被认为是"违法"的。
小说叙事的视角越界，是指一种无权享受另一种视角权利的视角，"违

规地"享用了另一种视角的权利。这与"视角模式内部的视点转换"或"视角模式的转换"不同,因为前者是在同一种视角模式中,视点由甲转乙或再转向丙,如采用几个不同人物的眼光来叙述同一件事;而后者则更多地表现为全知视角模式向其他模式转换,这是因为无固定视点的全知叙述者有权采用人物的眼光。如果"视角模式的转换"随意进行,则其中不允许的那部分转换就构成了越界,譬如第一人称视角向全知视角的转换。也就是说,上述两种转换是合理的,而视角越界则是"违法"的。(申丹 280,275)这里的"法",是指人们的眼光不能逾越的界限,譬如,作为第一人称的七八岁的"我",就不可能直接地看到子爵的内心世界与情感世界。

小说中的视角越界,多数都是第一人称视角整段或整部分地入侵全知视角,一般不在一段中出现视角越界,但也有例外:

> 我经常早上去彼特洛基奥多的铺子里看这位聪明的师傅正在制作中的机器。自从好人半夜里来找他,责备他的发明用于邪恶的目的之后,木匠便陷入苦恼之中,悔恨不已。好人鼓励他制作造福于人的机器,而不要再造施酷刑的机器。
>
> "那么我应当造什么样的机器呢,梅达尔多子爵?"
>
> "现在我告诉你……"(卡尔维诺 62)

第一段的第一句是第一人称视角,第二、三句可以是全知视角,也可以是木匠师傅的"转述"。如果是"转述",则仍为第一人称视角,只不过它采用了自由间接引语。但第二、三句不可能是"转述",因为接下来的第二、三段出现了直接引语,而直接引语是叙述人不在场时的全知视角的典型用法,所以我们认为在这第一段中,小说的视角的确是越界了。作为第一人称的"我",叙述起了"木匠师傅"的"苦恼"和"悔恨"。

二、视角越界的"合法"性

是不是整篇小说都是按全知视角来叙述,而其中七八岁的"我"变成一个全知叙述者的符号呢? 当然不是。卡尔维诺并没有放弃第一人称视角。事实上,在将近一半的篇幅中,叙事视角都来自经验自我,也就是回忆中的"我"那种处于事件发生时的眼光。

让我们先看一看小说中对经验自我视角的运用：

> 他从脚夫们中走过，凭着他的独脚，一小步一小步地跳着登上台阶，走向城堡内敞开着的大门，抡起拐杖去捅那两扇沉重的门板，将它们咣当直响地关上了。因为还留着一条缝，他又推一下，便从我们的视线中消失了。我们依然听得见脚和拐杖交替落地的声音，那声音从走廊上移向城堡里他个人的住处那边。然后在那里响起关门上锁的响声。（卡尔维诺 14）

在这里，作家所采用的是典型的第一人称视角，是一种回忆性叙述中经验自我的视角。七八岁的小孩与人们一起观察受伤回来的恶的子爵，观察视线只能以自己的目光为界。"因为还留着一条缝，他又推一下，便从我们的视线中消失了。"然后，第一人称叙述者就只能通过听觉来进行叙述，如"听得见……声音"和"响起……响声"，而子爵是怎样迈动他那独腿的？他又怎样用仅有的一只手去关门上锁的？因为叙述者视角的限制，我们自然也就无法观察到了。在小说中，以"我"参与事件时的视角（经验自我的视角）来叙述的地方很多，它显出了七八岁小孩的稚嫩，比如特里劳尼医生因逃避恶的子爵的迫害而逃进森林时，"我"竟埋怨他不能顺便带我去捉松鼠和采山莓。

一般来说，视角越界是一种无奈的方法，因为"……每一种视角模式都有其长处和局限性，在采用了某种模式之后，如果不想受其局限性的束缚，往往只能侵权越界"。（申丹 267）"带有人称的叙述是叙述者的暴露视角，带有局限性。"（董小英 76）第一人称视角的局限性就很明显，所以，当小说需要展示它不能展示的事物时，就只有一种方法能够保证它不越界，即依靠别人的转述。但是，当别人的转述不能达到越界的叙事效果的时候，越界本身就成了一种无可奈何的选择。

不过，值得我们进一步关注的是，《分成两半的子爵》中的视角越界不是偶然或局部的，而是大篇幅的与完整的；不是作家艺术构思的一种失误，而是作家的故意为之，真切地体现了作家本人的艺术匠心。全书共有十个部分，视角的转换却有七处之多。一段全知视角，接下一段第一人称视角，然后又是全知视角；尔后又是第一人称视角，转换相当自然。"当我们将目光投射在这个叙述者的形象时，并不意味着这个故事只有一个叙述的视角。实际上，小说是在第一人称限制视角和全知视角之间来回变换的。"(刘象愚 439)这样来看，越界就超出了我们上面所讲的"突破视角局限"的范围。因为偶然或局部越界属于迫不得已，视角是因为其局限才不得不侵入本身不能换用的别的视角；但这里不同，第一人称视角大幅度地入侵全知视角，越界就成了一种使用视角的正常手段。可以这样说，作者在自觉地使用"越界"，越界本身成了一种表现方法，并因此而获得了规约性的权利。《分成两半的子爵》的视角越界，并没有带来人们通常认为的会出现的混乱，它表明任何叙述者都可以在同一部作品中换用看似不能换用的最能体现作者创作目标并能为读者接受的视角，即通常意义上的视觉越界。因此，视角越界可以理解为视角的正常交替使用。这样来看，它就已经不是视角越界的问题了，而是一个不存在"违法"的视角自由转换问题，因此它最终质疑了叙事理论中关于视角越界的"违法"性界定。

三、视角越界的艺术效果

《分成两半的子爵》中视角越界的目的，是追求最大限度地表现小说的主题。小说的主题是人性分裂、善恶冲突，并由此表达对一种人生境界的完整性追求。这部小说其实是一篇现代寓言。能够更好地揭示寓意的视角就是好的视角，不管它是第一人称限制视角，还是无限制的全知视角，更哪怕是产生视角越界的两者混用。全知视角的长处是叙述自由，上下五千年、纵横八万里都可以尽在眼中，短处是往往主观地安排了叙述对象，从而破坏了作品的逼真性和自然感；第一人称视角则与此相反。在小说中可不可以只用第一人称视角呢？当然可以，但是它往往不能达到最大限度地表现思想主题的目的，因为有的时候只有通过全知视角，才能深入展现"善的子爵"的善举和"恶的子爵"的恶行——善举和恶行是靠大量的行为来构成的。全知视角对行为、场景、内心等的深入观察，为我们认识善恶冲突提供了更为广阔的角度。比如，小说中对某些行为与景观的重复描写在维持寓言的童话性的同时，也更深刻地揭示了"恶的子爵"的恶行。这里的重复描写，是指对性质相同的重复行为的描写，它的精神实质来自"童话"。我们认为，卡尔维诺收集的《意大利童话》,为其小说《我们的祖先》的创作提供了某种范式。《分成两半的子爵》中最明显的"重复描写",是"恶的子爵"爱上帕梅拉,而当帕梅拉没有答应他时他对帕梅拉进行的迫害行为。他用摧残动物与植物的方式,把它们弄成与自己一样的残缺,对帕梅拉进行沉重的心理打击,一次接一次地,直到把帕梅拉逼进了原始森林。"中午,帕梅拉在回家的路上看见草丛中的雏菊都只有半朵花了","下午……白色的欧洲防风根花撒满草地,这些花也遭到了雏菊一样的命运,每朵花从花蕊中间开始被剪刀剪去了一半","傍晚……帕梅拉看见它们(蒲公英)少了半边的绒毛……"(卡尔维诺 36—37)这是民间童话的表现手法,作家在有规律的重复中让读者感到了所遇事件的无法回避。我们在小说中得到的明确信息是帕梅拉无处可逃,她终于要遭殃了。显然,这样的"重复描写"是第一人称视角无法完成的叙述,需要全知视角的介入;而通过全知视角的重复描写,小说充分地展示了恶的本质。这当然只能是作家所采用的视角越界本身所获得的艺术效果。

那么,既然全知视角不存在对别的视角的侵入,小说为什么不直接采用全知视角,而非要让第一人称视角来入侵呢?这是因为小说中第一人称视角是前提视角,不能被别的视角所取代。第一人称"我"是一个七八岁的小孩,从他的视角来叙述可以使成人所习惯的事物通过孩子的眼光获得一种"陌生化"效果。"善的子爵"的善举和"恶的子爵"的恶行,通过不谙世事的孩子的眼光,让我们更准确地把握善与恶的本身。小说结束的时候,子爵已复归为一个完整的人,社会也因之处于理想的伦理秩序之中,但作为七八岁小孩的"我"是怎样想的呢? 他说:"同时,彼特洛基奥多不再造绞架而造磨面机。特里劳尼不再收集磷火而治疗麻风病和丹毒。我却相反,置身于这种完整一致的热情之中,却越来越觉得少了什么,为此而感到悲哀。"(卡尔维诺 73)"我"感到悲哀,是因为缺少了子爵分裂时那种惊心动魄的刺激;人性分裂的惨痛,通过孩子茫然的叙述让我们真切体会到了什么是不堪回首! 所以,我们说第一人称视角是小说故事讲述的前提视角。为了能够最大限度地表现小说的主题,视角就需要不断地进行自由转换。这样,视角的越界就变成了视角正常的自由转换。

卡尔维诺是一位选择与重构叙事视角的行家,不仅如此,他在小说中对叙事视角的自觉运用也为叙事理论的建构提供了丰富的素材。在《风雪夜归人》中,他把叙事理论中的"作者"、"隐含作者"、"读者"、"理想读者"、"视角"和"文本"等等概念运用和发挥到了一种极致的境界,从实践层面积极地推动了叙事理论的发展。卡尔维诺创作《分成两半的子爵》的时间要早于最先讨论视角越界的热奈尔的《叙事话语》,因此,它表现的视角越界只是一个视角的自由转换,并从一个侧面尖锐地质疑了视角越界的"违法"性界定。这应该是卡尔维诺早期作品对丰富后来的叙事学中视角转换理论方面所作出的一种贡献。

参考文献

Calvino,Italo. *Our Ancestors*. Trans. Cai Guozhong and Wu Zhengyi. Nanjing:Yilin Press,2003.

[卡尔维诺. 我们的祖先. 蔡国忠、吴正仪译. 南京:译林出版社,2003.]

Hu,Yamin. *Narratology*. Wuhan:Central China Normal University Press,2004.

[胡亚敏. 叙事学. 武汉:华中师范大学出版社,2004.]

Shen,Dan. *Narratology and Stylistics of Fiction*. Beijing:Peking University Press,2007.

[申丹. 叙述学与小说文体学研究. 北京:北京大学出版社,2007.]

Dong,Xiaoying. *Narratology*. Beijing:Social Sciences Academic Press,2001.

[董小英. 叙述学. 北京:社会科学文献出版社,2001.]

Liu,Xiangyu,et al,eds. *From Modernism to Postmodernism*. Beijing:Higher Education Press,2003.

[刘象愚等编. 从现代主义到后现代主义. 北京:高等教育出版社,2003.]

作者简介:王芳实,华中师范大学访问学者、凯里学院中文系副教授,主要研究欧洲小说;邹建军,华中师范大学文学院教授,主要研究比较文学。

斯维夫特小说《糖果铺店主》的叙事心理与叙事策略

苏 忱

  《糖果铺店主》是当代英国小说家格雷厄姆·斯维夫特（Graham Swift，1949— ）的第一部作品，但小说至今仍未在评论界得到足够的关注。学界目前对该小说的探讨倾向于认为斯维夫特在创作此作品时深受现代主义文学大师乔伊斯、伍尔夫等人的影响：作者使用了"内心独白、自由间接叙述和千变万化的结构"（Winnberg 73），作品关注了"家庭结构的瓦解、现代生活的空虚、人物之间缺乏交流、缺少与世界'联结'（connect）的能力等现代主义文学经常涉及的主题"。（Marsden 51）评论者对小说叙事主题的讨论往往忽略了作品中叙述者的叙事行为与其叙事心理之间的复杂关系，以及由此构成的小说独具的叙事特点——规避创伤的历史叙事。

  《糖果铺店主》围绕着主人公威利一天的生活而展开，在叙事结构上可以分为两个部分：一是以第三人称有限视角构成的威利的内心独白，他在自己的独白中编织了个人的历史；二是第三人称全知全能视角的叙事以及包括威利妻子在内的其他人物的叙述声音，此部分与威利的叙事形成对比，它们在一定程度上质疑了威利所建构的历史叙事。

  小说叙事隐含的核心内容，同时也是小说主人公威利和艾琳一生都无法面对的，是艾琳年轻时曾被家中世交之子汉考克强奸的创伤历史。克拉普斯在谈论到这部作品时一方面认为威利的叙述体现了他对创伤历史的规避态度，但是他同时认为威利对艾琳婚前的悲惨经历毫不知情。（Craps 20）克拉普斯的分析难免陷入了一种逻辑谬误中，如果威利对那段创伤过去毫不知情，那么他在叙事中又有什么创伤历史是需要规避的呢？而且，仔细分析《糖果铺店主》的叙事可以看出，威利在叙事中通过各种叙事策略建构了无创伤历史的假像，他叙述的不可靠性恰恰暴露了他意欲掩盖创伤的动机。艾琳早年被强奸的经历作为"非比寻常"、"无法预测"和"淹没主体"的创伤事件（Herman 1—2），使威利和艾琳在面对它时都在潜意识中形成了心理防御机制。^① 斯维夫特在 1992 年《周日时报》的访谈中也提到了叙事与规避创伤之间的关系，并纠正了弗洛伊德学派的心理学家所设定的叙事因果关系：

> 弗洛伊德认为作家们虽然没有意识到写作所具有的心理暗示，但会赞成他的"坦白治疗"说。我认为他讲错了，讲故事是人的天性，是人们想要调解不可知、混乱和麻烦的本能。它是了解个人或历史经历的一种方式，否则这些经历会因为不可掌握而使人畏惧。（Dickson 6a）

斯维夫特认为弗洛伊德将作家的文学创作视为无意识的投射的观点并不令人信服^②，事实上，叙事是人们在面对难以理解的现实时形成的，以此获取作为理解现实存在的媒介；不是弗洛伊德的"坦白治疗"揭示了创伤对主体的影响，而是主体在面对创伤时，有意识地建构了自己的叙事。有评论指出，斯维夫特作品中的所有主人公皆是"从本质上不可信赖，为个人利益而操纵叙事的"。（Lea 140）本文着重分析小说叙

----

① 在弗洛伊德的人格结构中，"自我"从中起着中介作用，使"超我"和"本我"之间保持平衡。一旦"本我"和"超我"之间的矛盾冲突达到"自我"不能调节的程度，就会以病理的形式——例如焦虑，一种弥漫性的恐惧感——表现出来。由于三者经常处于矛盾冲突之中，于是产生了应付矛盾的防御机制，称为心理防御机制（mental defense mechanism）或自我防御机制（Ego defense mechanism）。通过这一机制，"本我"得到一定的表现而不触犯"超我"，为现实所接受，不引起"自我"的焦虑反应，即不引起心理矛盾，或不使心理矛盾激化。弗洛伊德所说的心理防御机制有很多种，如压抑（repression）、升华（sublimation）、投射（projection）、补偿（compensation）、合理化（rationalization）、否认（denial）、倒退（regression）等。每一个个体会使用某一个防御机制来应付生活中的挫折以减少焦虑。但人们所遇到的挫折和冲突情景各不相同，常常是多个防御机制组合起来同时运用。因其中多数防御机制对一个人的人格发展会产生不良的影响，所以导致了病态行为和精神障碍。参见弗洛伊德，《精神分析引论新讲》，苏晓离、刘福堂译，合肥：安徽文艺出版社 1987 年版。
② 弗洛伊德把艺术想象看做纯粹的无意识活动，认为创作是一种宣泄，是白日梦的伪装和表现，遵循的是一种快乐原则。在处理无意识的本能冲动和欲望时，艺术家与精神病人遵循同样的法则。

述者威利在建构规避创伤历史叙事时所使用的叙事策略,包括对创伤事件保持沉默、以"拜物式叙事"置换创伤经历,以及在回忆中建构怀旧的叙事。

一、创伤历史叙事中的沉默

作为小说主要叙述者,威利的叙事是不可靠的。对威利叙述的质疑首先来自于他对妻子艾琳的认知谬误,即费伦所称的认知/感知上的错误理解而导致其叙述的不可靠。自从韦恩·布思首次提出"不可靠叙述"的概念以来,关于"不可靠叙述"的界定学界意见不一,各有其标准。在布思看来,倘若叙述者的言行与隐含作者的规范保持一致,那么叙述者就是可靠的;倘若不一致,则是不可靠的。(Booth 158—159)布思聚焦于两种类型的不可靠叙述,一种涉及故事事实,另一种涉及价值判断。美国叙事理论学者詹姆斯·费伦发展了布思的理论,他区分了第一人称叙述中"我"作为人物功能和作为叙述者功能的不同作用,并在布思的两类不可靠叙述之上增加了一类认知或感知上的错误解读或不充分解读。(费伦 82—83)鉴于西方学者在讨论不可靠叙述时只关注第一人称的叙述,我国学者申丹指出了费伦等研究的盲点:其一是"无论在第一人称还是在第三人称叙述中,聚焦于叙述层人物的眼光均可导致叙述话语的不可靠,而这种'不可靠叙述'又可对塑造人物起重要作用";其二是回顾性叙述中,"人物功能往往是'我'过去经历事件时的功能,这与'我'目前叙述往事的功能具有时间上的距离"。(申丹 136)

威利在叙述中把自己与艾琳之间的夫妻关系等同为一种交易,只因为他曾在自己的婚宴上偷听艾琳的兄弟说自己被选为艾琳的丈夫只是"被用来为她填补空缺"。(Swift 22)他在婚宴中偶然听到的一句话使他从此无视艾琳对他的感情,坚持认为艾琳对他所付出的一切仅仅只是他们婚姻交易的一部分。他反复回顾生活中的细节,在其叙述中,艾琳是一个冷酷无情的妻子和母亲形象,在他们的婚姻生活中当艾琳给予他经济支持时,他认为艾琳的真正意图是:

> 我会为你买个店铺,你将有一个店铺。我把你安置在其中,你所需的东西都会得到。那么,我会监视着,看看你能做些什么,这样令我满足。我会每

天早晨送你出门，夜晚看着你回家，我要知道你做得怎么样。我对于我的投资需要回报，但我不会干预，只是看着……对这一切我所要的回报就是不可以要求爱情。（22—23）

即使当艾琳为他生育了一个女儿时，他仍然认为孩子也是"契约中的一项"。（11）然而，读者在阅读中会发现威利对他与艾琳之间关系的描述并不可信，小说在第七章插入了艾琳的内心独白，它显示出艾琳对威利温柔的一面。此时，艾琳让威利的头倚着自己的膝头休息，"休息一下吧，威利。喝喝茶，如果你喜欢就把头枕在我膝盖上吧"。（49）艾琳在独白中回忆了自己在认识威利之前曾被家中世交之子汉考克强暴的经历，由此导致她在情感上的障碍，她在叙述中默默道出"威利，你对我的了解是多么得少啊"的感慨。（49）这种不可靠产生了反讽的效果，作者是效果的发出者，读者是接受者，叙述者则是嘲讽的对象。（Booth 300—309）

威利对艾琳的认知谬误，使威利有关自己婚姻生活的叙事令人心生疑窦，而且仔细分析威利的叙事，读者能够发现威利对艾琳的错误描写是威利建构没有创伤的历史的前提。对于艾琳曾经经历的创伤，虽然威利在叙述中只字不提，但是读者仍能发现威利对艾琳过去的创伤隐约有知，只是他选择了不去深入了解，不去积极面对，不愿承认自己过往的生活中有创伤的阴影。为了使读者相信自己对妻子的过去一无所知，使自己的叙述可信，威利在叙述中只强调了艾琳在生活中冷漠无情的一面，他宁愿相信是艾琳自身的性格缺陷才导致他们的婚姻生活中缺少应有的温暖与激情。但是艾琳的自白使威利的叙述变得不再可靠，威利如此叙事的目的不得不引发读者的关注，它可被理解为威利在有意识地拒绝承认自己隐约知道的创伤事件。对于过去的伤痛，艾琳选择沉默，但是，创伤带给她的影响仍无法扼制，其中最明显的就是由精神上的创伤而引发了间歇性的哮喘。在常年就医的过程中，医生曾向威利表明其妻的病症与病理原因无关，可能是早年的精神创伤所致，他希望威利能够告知其妻的创伤之源，从而寻求医治的有效途径。医生的暗示使威利对艾琳诸多行为的猜测有了可靠的根据。而且，读者在威利的叙述中可以发现其对过去的叙述都附着了现在的视角，都加入了事情发生之后才形成的判断。威利是在对妻子的过去有所猜测的基础上回忆了他们的新婚之夜,威利记得艾琳曾对他说:"威利,威利,对不起。我不是——我所应该是的。你能原谅我吗?"(30)艾琳破碎的话语暗示了她不堪的过去。在这段历史的叙述中威利加入了自己作为现在的叙述者而有的评论,面对"月光下躺着的苍白的她,[当时的我]怎么能够提出异议,要求解释呢?"(30)在威利的叙述中更值得关注的是他对汉考克的描述,尤其是对汉考克与艾琳的几次碰面着墨颇深。一次是汉考克曾隐隐约约地对威利说:"告诉艾琳。她会记得战前我们曾经是非常要好的伙伴——我、保罗还有……"(144)汉考克在话语中的省略引起了威利的关注,"战前非常要好的伙伴"这句话他在之后的叙述中反复回味。(150)他同时也注意到艾琳与汉考克之间关系的异常:在大家欢庆第二次世界大战胜利的马路上,威利和艾琳偶遇汉考克,汉考克邀请艾琳跳一支舞,此举引起了艾琳情绪上的波动,"胜利,胜利。但不是她的。在种着女贞篱和花团锦簇的树木的道路上,她的面容紧绷,好像警戒仍然在继续着。汉考克?是汉考克吗?"(88)细心观察和揣摩早已使威利满腹狐疑,但是他认为既然艾琳"选择了拒绝创伤"(127),"他应该追问、强迫她说,而不是像现在这样吗?"威利在思考着医生的问题时,曾看到了卖花的姑娘"展开湿漉漉的枝茎,用小刀剥去了多余的叶子"(128),它象征了威利选择和艾琳一样对过往的创伤保持沉默,有意忘却它。在威利的叙述中,他反复强调他的人生座右铭是,"你不触摸任何事物,任何事物也不会触动你"(44)。在以此价值观为指导的叙事中,创伤有了不在场的理由,同时叙事的主观性也使利用叙事拒绝创伤成为可能。

二、创伤历史叙事中的"拜物式叙事"

小说叙述者威利对创伤历史的抗拒不仅表现为他对创伤事件选择保持沉默从而建构了无创伤的历史,而且他常以模式化的日常生活置换真实的创伤经验,威利对于模式化生活叙事的依赖在创伤研究中被称为"拜物式叙事"。"拜物式叙事"是置换创伤经验的一种叙述手法,它指"有意识或无意识地建构和展开叙事并意图擦去创伤或失落留下的痕迹，也正是创伤或失落激发了此叙事的出现"①。叙述者深深地依赖于此叙事，以至于为了逃避创伤的影响，此叙事成为受创者依恋的对象。与完全省略创伤的叙事不同，创伤主体并没有完全忽略创伤事件的存在，置换创伤的叙事是由创伤事件引发的，它是为了掩盖创伤或规避创伤的影响而建构的与创伤事件截然不同的叙事。

对于威利和艾琳在生活中表现出的被动和墨守成规，有评论者认为他们"是现代自我的象征"，遵循着鲍曼所称的现代性"对秩序的追寻"。(Winnberg 82)然而，威利和艾琳对一成不变的秩序或模式的追寻正是为了抵御创伤，创造无创伤侵蚀的平静、稳定的生活假象。在威利回顾性的叙述中，作为当前叙述主体的"我"赋予了被叙述的事件所需要的意义，叙事的功能为其置换创伤提供了平台，他规避了创伤对其生活的影响而代之以一成不变的模式。威利在叙述中辩称："他喜欢每日的常规"，"他从不计划什么……但是他知道：计划自己会出现，你只是步入计划中"。(24—25)在回忆他与艾琳第一次与第二次相遇的往事时，威利在叙述中丝毫没有提及自己对艾琳的情感，而只是客观地陈述了他们当时的对话，他甚至认为"当他三天后在社区空地上第二次见到她时，有所不同了。两次。那就是模式，那种感到事情照理应该如此的感觉"。(26)威利所讲述的他与艾琳的婚姻生活也是每天日复一日的按着相同的模式在进行着，他认为自己与艾琳所追求的生活就是"和平"，而"和平"对于他们就是"没有行动"。在他们的理解中，与"和平"相对的就是"兴奋"、"变化"、"新奇"、"有事情发生"等。威利在叙述中把生活中的酸甜苦辣都演变成单一和平淡无奇的模式，"把生活的不同

---

① Eric Santner, "History Beyond the Pleasure Principle," in Saul Friedlander, ed., *Probing the Limits of Representation*: *Nazism and the "Final Solution*," Cambridge: Harvard University Press, 1992, p. 144. 桑特纳(Eric Santner)提出了"叙事崇拜"(narrative fetishism)的概念，他在文中指出，叙事是规避创伤的一种策略。当受创者拒绝面对创伤时，他会建构一种叙事，并利用所建构的叙事抹杀创伤遗留的任何痕迹。他深深地依赖于此叙事，以至于为了逃避创伤的影响，此叙事成为受创者依恋的对象。桑特纳称此类叙事为"拜物式叙事"(fetishistic narrative)。在英文中，fetishism是指人们把某种物当做神来崇拜的一种宗教迷信。在原始社会中，原始人由于对自然现象缺乏理解，以为许多物体如石块、木片、树枝、弓箭等具有灵性，并赋以神秘的、超自然的性质，以及支配人的命运的力量。本来只是人脑的产物，却成了支配人的力量，从而形成了拜物教。拜物教是原始的宗教。桑特纳所称的这种"拜物式叙事"也是把头脑中幻象形成的事件作为支配自我摆脱创伤的力量。

阶段串成连续的一条线"暗示了他企图"建构聊以自慰的线性叙事",排除创伤在叙事中的存在。另一方面,这样的叙事进一步暴露了他对创伤的拒绝:对模式的忍耐和坚持"反映了他们[威利与艾琳]对心灵深渊的恐惧",他们努力使自己"远离堕入无意义之中的可能"(Lea 33,27),他们试图以平淡且单调的生活置换创伤的存在。

威利在叙述中不仅赋予自己生活稳定的模式,在面对战争等历史变革时,威利仍然在叙述中使之模式化。作为报纸经销商,威利每天不可避免地要面对历史中发生的重大事件,但是他坦言,"他从不读报纸,年复一年地把报纸做上标记,堆成一叠……",练就了整理报纸的手艺,"但是每天早晨他总会扫上一眼"以方便与顾客交流。(16)"他不读报纸,但是喜欢他们,印刷在报纸上的专栏、标题和整洁的层次。世界中的各类事件被集合成如此那般模式"。(17)威利对历史的观点是"历史把[其中的人物]放入适当的模式中"(44),人们不需要去迎接历史,"历史会来迎接你"。(32)即使第二次世界大战也不能打破他对单一模式的认同和追求:

> 1941、1942、1943,那几年是多么单调、无特征地过去了,其中所发生的事件将会被载入编年史。就好像这些火车载着一张张苍白的脸,来来回回地经过哨所……窗外是一成不变的乡间,绿地、河流被照耀在夕阳下。火车头的蒸汽咕哝着:"什么战争? 什么战争?"一切都没有改变。(75)

威利这种寻求不变模式的叙事手法与怀特在《元史学》中讨论的保守主义历史学家书写历史的方式类似。怀特指出,保守主义历史学家"对有步骤地改革社会现状最为怀疑",他们"倾向于将历史演进想象成一种当前通行的制度结构逐步建立的过程"(怀特 31,32),由此书写的历史无法真实地再现创伤的存在和影响。威利利用这种叙事手法抹杀了战争中的残酷与创伤,创伤被单一的生活模式替代。

威利和艾琳不仅在叙述中通过对单调模式的追寻有意识地忘却创伤或忽略创伤的存在,而且在自己的叙述中赋予他人、他物自己的眼光,这从另一个侧面展现了他们对"拜物式叙事"的依赖和他们企图忘却创伤的意愿。战争尤其是第一次和第二次世界大战经常成为斯维夫特小说情节的历史背景。① 在《糖果铺店主》中，艾琳的三个舅舅都在第一次世界大战中丧生，艾琳的母亲由此继承了一大笔遗产并以此投资发展起了洗衣店的生意。艾琳在独白中提到她的父母拒绝讨论战争中发生的事情，她觉得他们认为"那已经是过去的事了。他们只讨论贸易和机会，复苏和和平的果实。他们要忘记历史。他们要新的生活"。(50)他们经营新生活的方式就是忘记战争的创伤，洗衣店成了最好的象征。"清洁仅次于虔诚"(Cleanliness is next to Godliness)是店铺宣扬的格言(52)，"他们赚钱靠的就是洁白无瑕，小小的洗衣店遍布了伦敦东南部的各条街道……他们靠对洁白的承诺赢得了他们的客户：白衬衫、白床单、白枕套……"(23)对污点的拒绝是他们的生活理念，所有生活中阴暗的难以接受的一面都被他们有意识地抹去了。威利在叙述中声称的忘记创伤历史的情绪也同样弥漫在大众之中。他描写第二次世界大战结束后的伦敦，人们在大街上燃起篝火欢庆胜利，他感到大火"烧掉了一切，烧掉了五年的记忆，'牺牲'、'奋斗'，那些头版头条，那些照片，军营中的气味，外国战场的名字……统统都被烧掉了"(85)，"轰炸后的废墟被清除了"(113)，伦敦的街道又逐渐恢复了往日的生机，"一切都没有改变"(75)，战争中的创伤似乎已经从人们的记忆中消失了。在威利与艾琳的叙述中，叙述者在叙述层面上赋予了其他人物自己的眼光，尽管威利对战后伦敦的描写是客观的，艾琳对家里经营洗衣店的过程叙述也是无误的，但是由于叙述者的主观性而使人物的眼光变得不可靠，从而导致其叙述话语的不可靠，而这种"不可靠叙述"又对塑造人物起着重要作用，"这种不可靠叙述的独特之处在于人物的不可靠和叙述者的可靠之间的张力，这种张力和由此产生的反讽效果可生动有力地刻画人物特定的意识和知识结构"。(申丹 141)威利和艾琳以自己的眼光描述周围的事物，规避创伤是他们的主观选择，因此在他们眼中人们的一些行为便具有了特殊的象征意义，它们都与创伤的规避联系起来了。

---

① 普尔(Adrian Poole)在"Graham Swift and the Mourning After"一文中认为战争在斯维夫特小说中的重要性使其创造了产生男性气质的场所。参见 Adrian Poole，"Graham Swift and the Mourning After," in Rod Mengham, ed., *An Introduction to Contemporary Fiction*,Cambridge: Polity Press, 1999,pp. 150–167.

三、创伤历史叙事中的怀旧情结

在规避创伤的叙事动机下,威利在回忆中建构了怀旧的叙事,从而美化了过去的生活。在威利的叙事中,他再现了自己模式化的日常生活,以此置换了创伤对其生活造成的影响。对单一生活方式的依赖不仅体现了威利规避创伤的愿望,同时也激发了他对平静生活的怀想,这种"被动的、本质上防御式的怀旧在追求远离变革的同时也把过去的充实稳固神圣化了"。(Lea 27)威利回忆了艾琳一家在战前所拍摄的一组照片:

> [照片中的]人物被排成这样或那样的一排,匆忙地摆出各种姿势,好像是要发挥某种作用或者在学校颁奖……哈里森先生抱着相机好像庆祝仪式上的司仪。杰克和保罗,时而戴着帽子,时而把帽子骄傲地放在胸前,昂着下巴,露出自信的微笑,他们被拍摄的瞬间,男子气概展露无疑……如果某人在书中、学校相册或旅行留影中看到他们,会说:"噢,那儿,在麦德姑妈家里,穿着制服小伙子,多么英俊啊。"(66)

威利对照片的阐释美化了过去的生活,照片为观者所提供的阐释空间使怀旧成为可能。虽然在照片拍摄后不久,杰克在战争中阵亡了,但是威利的叙述展现的是过去生活的安逸与和谐。在怀旧的情绪中,历史被有选择地再现或粉饰,创伤在怀旧的叙事中自然是被忽略和摒弃的。

斯维夫特的小说创作一直延续着相同或相似的叙事模式,主人公对个人历史的回忆和再现是小说叙事的核心内容。《糖果铺店主》作为作家的第一部长篇小说,体现了斯维夫特日后创作经常沿用的主题、风格和特点。本文通过融合叙事学与创伤研究的方法和视角指出,斯维夫特在小说叙事中揭示了人们在建构创伤历史时所形成的心理防御机制,由此形成了叙述者的叙事策略,并构成了小说的叙事特点。

参考文献

Booth, Wayne C. *The Rhetoric of Fiction*. Chicago: Chicago University Press, 1961.

Craps, Step. *Trauma and Ethics in the Novels of Graham Swift: No Short-cuts to Salvatio*. Brighton: Sussex Academic Press, 2005.

Dickson, Jane E. "Singing with Mystery. Interview with Graham Swift". *Sunday Times* (February 16, 1992): 7,6a.

Herman, Judith. *Trauma and Recovery: The Aftermath of Violence—From Domestic Abuse to Political Terror*. New York: Basic Books, 1992.

Lea, Daniel. *Graham Swift*. Manchester: Manchester University Press, 2005.

Marsden, John Lloyd. "After Modernism: Representation of the Past in the Novels of Graham Swift". Diss. Ohio University, 1996.

Poole, Adrian. "Graham Swift and the Mourning After." *An Introduction to Contemporary Fiction*. Ed. Rod Mengham. Cambridge: Polity Press, 1999.

Phelan, James. *Narrative as Rhetoric: Techniques, Audiences, Ethics, Ideology*. Trans. Chen Yongguo. Beijing: Peking University Press, 2002.

［詹姆斯·费伦. 作为修辞的叙事. 陈永国译. 北京：北京大学出版社,2002.］

Santner, Eric. "History Beyond the Pleasure Principle." *Probing the Limits of Representation: Nazism and the "Final Solution."* Ed. Saul Friedlander. Cambridge: Harvard University Press, 1992.

Shen, Dan. "What is 'Unreliable Narrative'?" *Foreign Literature Review* 4 (2006): 133 – 143.

［申丹. 何为"不可靠叙述"? 外国文学评论,2006(4):133—143.］

Swift, Graham. *The Sweet Shop Owner*. London: Picador, 1997.

White, Hayden. *Metahistory: The Historical Imagination in Nine-*

teenth-Century Europe. Trans. Chen Xin. Nanjing：Yilin Press，2004.

［海登·怀特. 元史学：19 世纪欧洲的历史想象. 陈新译. 南京：译林出版社，2004.］

Winnberg，Jakob. An *Aesthetics of Vulnerability*：*The Sentimentum and the Novels of Graham Swift*. Goteborg：Goteborg University Press，2003.

作者简介：苏忱，浙江大学外国语言文化与国际交流学院师资博士后，主要从事当代英国小说研究。

寓言叙事与喜剧叙事中的动物政治

——《白虎》的后殖民生态思想解读

姜礼福

　　20 世纪 70 年代末发轫于美国的生态批评将动物与人的关系的研究推进到一个崭新的高度，而 80 年代以来西方人文社会科学领域出现的"动物转向"①则使动物以及动物与人的关系受到"'爆炸性'关注"（Franklin，*Dolly Mixtures* 7）。文学作品中的动物现象的研究取得突破性进展，并趋于多元化和系统化。研究层面主要包括某一时期文学作品中的动物意象研究、动物与文学流派研究、动物与性别研究、作家作品与国别文学作品中的动物意象研究等；研究视角主要有父权社会中被压制的动物与两性间的权力话语关系、殖民语境下被压迫的动物与殖民者和被殖民者之间的关系、生态危机下被边缘化的动物与人类之间的关系，等等。所有这些角度都以动物的自然性和社会性为基点。在《动物与社会》中，凯斯·泰斯特认为："一条鱼之所以是一条鱼完全在于社会的界定，动物就像一张白纸，任由社会撰写信息或赋予其象征意义。"（46）因此，不同社会历史语境下的动物也便具有了不同的社会历史意义和文化意义，所以后殖民语境下的动物意象都被打上了殖民主义或反殖民主义话语的烙印，成为反映后殖民权力关系的载体。

---

　　①　2000 年社会学教授萨拉·富兰克林在旧金山举行的美国人类学学会年会上首次提出"动物转向"这一术语，在 2007 年出版的《多利羊的混合体：谱系学的重构》（*Dolly Mixtures：the Remaking of Genealogy*）一书中，他认为"诸多学科中的'动物转向'使得人与动物的关系受到'爆炸式'关注，提供了很多创新性的研究方法"。哈利特·瑞特弗在《关于动物转向》一文中也对 20 世纪 80 年代以来出现的这一趋势进行了阐述，认为其改变了人类对"动物在过去和现在所扮演角色的相关看法"。

动物意象的后殖民视角的研究还处于起步阶段,新西兰坎特伯雷大学教授菲利普·阿姆斯特朗在《后殖民动物》一文中认为,自从20世纪80年代后殖民研究兴起到现在,众多学者将研究重点置于人类自身,而忽视了对同人类密切相关的动物的研究,他认为动物研究与后殖民研究的结合对于从更深层次上探究不同话语权力的运作和相互作用具有重要意义。本文将从后殖民批评和生态批评的双重视角探析2008年布克奖获得者阿拉文德·阿迪加(Aravind Adiga,1974—)在小说《白虎》(The White Tiger)叙事中的动物园和动物隐喻。

小说《白虎》讲述了巴尔拉姆如何从印度贫困山区走向大城市德里,并最终在新兴城市班加罗尔成为企业大亨的故事。阿迪加在小说中将叙述置于后殖民和全球化的语境下,运用了丰富的动物意象和动物隐喻。布克奖评奖委员会主席迈克尔·波蒂略认为《白虎》堪称“想象力和叙事的典范”。之所以被称为“典范”,笔者认为主要因为作者在小说中采用的寓言叙事和喜剧叙事的写作手法。本文旨在探究阿迪加在小说中如何巧妙地将动物园意象和动物隐喻镶嵌于两种叙事风格中,并通过分析它们的历史和文化符号的含义来揭示小说中反映出的反殖民思想和生态意识。

一、寓言叙事中印度“动物园”的嬗变与后殖民生态思想

《白虎》出版后,其寓言叙事的风格受到众多评论者的关注。李·托马斯撰文称《白虎》是“寓言和纯粹观察的细腻结合”(Thomas),斯各特·麦丁茨称它是对印度“全球化过程中所经历的创造性破坏的寓言”(Medintz),凯文·拉什比也发表文章称此小说是“印度社会变化的一个巧妙隐喻”(Rushby)。《白虎》的寓言叙事主要在于主人公巴尔拉姆关于印度“动物园”的哲学式思考。小说中,从出身卑微而一跃成为企业家的巴尔拉姆根据自己的见闻和经历开始反思社会现状和印度历史,他将印度社会比喻成“动物园”,不同阶级、阶层的人转变成强弱不同的动物,由动物园秩序和动物关系的改变折射出印度社会由殖民地到非殖民地和潜在的新殖民地的社会状况、生态状况以及主导文化的嬗变,揭示了印度“生态环境的恶化和危机同帝国主义的压榨、专制及其历史遗留间的不可分割性”(Huggan 702),印度传统文化话语、殖民

话语、反殖民话语之间的对抗和杂合尽显其中。

巴尔拉姆认为，在英国统治印度期间，"印度是一个井然有序的动物园"（Adiga 63），各种"动物遵循动物园法则，各得其所，各司其职"。(63)这里的动物园之所以"井然有序"是因为有一个默认的前提，即英国殖民统治者是印度动物园的管理员，而所有印度人民被视作"动物"。后殖民批评家斯皮瓦克认为，西方殖民者为掩盖自己的殖民罪行，往往给其罪行披上合法化的外衣，不断宣称殖民地居民没有"进化成完全的人类"（Wolfe 7），他们在某种程度上是动物，需要有主人对其约束和管理。动物管理员，即英国殖民者把被其视做动物的印度人民关进牢笼，各种动物相安无事，这揭示了印度被殖民的附属地位和英国殖民者的主人权威和霸权地位。但巴尔拉姆认为当1947年动物管理员离开后，印度动物园陷入混乱，"兽笼被打开，各种动物开始互相攻击、撕扯，丛林法则代替了动物园法则"（64），这隐藏着更深刻的社会和文化寓意。

在1947年之前，英国以殖民主义、文化帝国主义和生态帝国主义等多种方式对印度实行了两个多世纪的殖民统治，确立了资本主义经济相对于自然经济以及西方基督教的优势地位。英国的文化帝国主义使印度传统的民族身份和文化身份受到冲击，生态帝国主义则使印度的自然生态遭到破坏。在殖民统治时期，英国采取的生态帝国主义具体表现于在印度实行"大规模的圈地运动"（Marzec 2）；圈地运动的实施使英国殖民者控制了印度自然资源的分配和利用，结果是水、森林、土地与矿物等等自然资源被用来满足英国发展的需要：农民被迫种植棉花和靛青植物，森林被砍伐用于制造船只和铁路网不断延伸的需要，甚至水资源也被殖民者垄断，这使得印度的生态环境遭到"毁灭性破坏"。(2)殖民时期的印度"动物园"仍然维持了有序的状态，其原因在于英国利用政治、军事和经济手段对各种动物严加看守、严格控制，受到强势殖民文化压制的印度传统文化开始慢慢蜕变，并丧失其地位，动物园中的动物接受并认同了自己的动物地位。

但当动物管理员离开后，出笼的动物发现本属于自己的美丽的大自然栖息地满目疮痍，它们面临着重建自我领地和重构动物园秩序的问题。各种动物为了生存争夺栖息地，进行残酷的争斗，并在此过程中确立各自的地位，这使得整个动物园陷入一片混乱，动物之间弱肉强食,并最终通过丛林法则形成新的秩序,稳定下来。这是对独立后的印度所面临的诸多社会问题的隐喻。当时的社会现实是,政治上独立的印度仍然笼罩在殖民历史和殖民文化的阴影中,"无法摆脱英国人精神和文化的枷锁……处于无主、无根和无话语权的状态"(石云龙 461),未建立起新的民族身份和文化身份,这些因素必然导致社会混乱无序的状态。同时这种状态代表了一种反殖民话语,也是对一直占霸权地位的英国殖民话语和文化的颠覆消除的过程。在生态方面,印度独立后,自然资源的控制权由殖民者手里转到新兴独立的印度政府手中,但新政府采取竭泽而渔的经济发展模式,这也是导致印度陷入混乱的重要原因。

　　按照巴尔拉姆的观点,20 世纪 90 年代以后,印度动物园混乱状况加剧,究其原因在于随着印度动物园开始容纳西方新的"主人",新主人变本加厉地掠夺、破坏动物园中的动物所赖以生存的自然资源和环境,这预示印度在全球化过程中可能沦为新殖民主义的对象。库丁认为,"全球化本质上就是新一轮的生态帝国主义化"(Kutting 29);彼瑞格斯指出:"世界商品市场的发展导致生态帝国主义,在污染和生态危机在第三世界国家蔓延的过程中,发达国家的高消费水准才得以维持。"(Pirages and De Geest 7—8)后殖民女权主义者纳奥米·克莱恩认为全球化是"持续了几个世纪的殖民扩张的延续"。(Peterson and Runyan 172)印度社会学家拉玛昌德拉·古哈和生态女性主义者范达娜·席娃都曾指出,印度在全球化过程中将会成为第一世界新殖民主义的对象。为融入经济全球化进程、吸引外资,印度"采取对占统治地位的精英最有利的经济发展模式"(Huggan 67),这造成"两个'印度'——贫穷弱小的印度和富饶强大的印度——争夺有限的自然资源"的局面。(Randyopadhyay 313)古哈认为对印度自然资源的强制性配置和处理源于后殖民语境下的生态帝国主义思维,这种"为实现工业化揠苗助长"的发展模式对文化和生态造成灾难性的后果。(Comfort 123)因而,印度在经济全球化过程中被纳入西方第一世界国家制定的经济秩序中,变相地成为新殖民主义的对象,自然资源受到掠夺,生态环境遭到极大的破坏。巴尔拉姆关于印度在融入经济全球化过程中面临的问题的寓言不仅仅是印度的寓言,而且是所有第三世界国家面临的现实问题:如何处理好经济发展同自然资源和环境保护之间的关系;以平等的地位同第一世界国家进行经济交流,同时保持自身的主体性。由此可知,阿迪加通过巴尔拉姆对印度动物园在过去几百年的嬗变进行了哲学式的思考。

二、喜剧叙事中的动物隐喻与后殖民生态思想

阿迪加在《白虎》中采取寓言叙事,以印度动物园的变迁反映印度殖民历史和社会现状,表现出一定的反殖民生态思想和生态意识。作者同样采取"喜剧叙事",使动物意象承载了深刻的社会政治与文化内涵。约瑟夫·米克在《生存的喜剧:文学生态学研究》一书中提出研究文学的新范式,"研究文学在人类的生存和福祉等方面的作用以及人类同其他物种、周围世界的关系等方面表现出的洞察力"(3),他将喜剧叙事和生态思想联系起来,指出喜剧文化和生态意识具有内在的一致性。

米克认为:"喜剧不像悲剧那样依赖于特定的意识形态或形而上学的体系,而是扎根于生命赖以存在的生物环境。"(23)按照他的观点,西方文化中悲剧作品占据主导地位,其重要特点在于主人公在充满敌意的世界中始终保持尊严和高贵,悲剧英雄的尊严会一直得以维持,而喜剧人物则不受原则的束缚,将生存置于优先地位。因此,米克认为喜剧是"适应和妥协的艺术"。(38)他进一步指出,"在古希腊和伊丽莎白统治时期的英国达到顶峰的悲剧在很大程度上属于西方,喜剧则是人类所共享的"(22);而"像喜剧一样,成熟的生态系统是全球性的。任何生命形式都有平等存在的权利,没有个人需要、歧视或情愫可以威胁生态系统结构作为一个和谐的整体的存在"。(30)因而,喜剧叙事蕴含着明显的生态价值观和生态文化,其叙述形式更有利于生态价值观的体现。

小说《白虎》喜剧叙事中巴尔拉姆和动物关系的转变体现出作者的反殖民生态思想。巴尔拉姆来自印度社会的最底层,为了改变命运,他从农村勇敢地进入充满敌意的城市并不断进行抗争。巴尔拉姆无意做悲剧英雄,所以始终将自己的生存置于优先地位。在巴尔拉姆生活的落后的农村,动物是当地人重要的生活来源,因而爱护动物成为一种传统。全家人对水牛的呵护和溺爱使巴尔拉姆养成了爱护动物的习惯。阿肯塔认为:"人同动物的关系建立在一定的文化基础之上,随着人所

处环境的变化而改变,这在人从农业占主导的社会迁移至工业国家时表现得尤为明显,在同一国家从农业地区迁移至大城市也是如此。"(Akhtar and Volkan 261—262)在后殖民语境下的印度,区域发展的不平衡导致不同的文化取向,当不同的文化相遇时,碰撞和交汇必然产生"文化错位"现象,这也为文化杂糅创造了前提条件。在小说中,殖民统治结束后的德里旧城区已被纳入工业文化体系,在现代工业文化中,肉类消费被认为是"身份地位的象征和符号"(Sack 201),大批动物被宰杀体现了一种物质消费文化;而德里新区则反映出同旧区不同的文化,集中体现在为人青睐的国家动物园。弗兰克林认为人类通过观察动物园里的动物,在"经历陌生、奇怪、危险和异世性中得到快感和满足"(Franklin,*Animals and Modern Cultures* 65),因而德里新区的动物园成为精神文化消费的象征。印度农村、德里旧区和新区代表不同文化,源于印度在全球化过程中区域发展的失衡,亦反映了新殖民主义在不同区域的侵入程度。

当巴尔拉姆从农业地区迁移到大城市,并在德里旧区和新区穿梭时,他代表的传统文化遭遇城市物质和精神消费文化,导致一种"文化错位"。巴尔拉姆发现活生生的动物骤然减少,更多的是出现在人类的语言中,成为贬斥、咒骂的符号。偶尔可以看到的动物都是被宰杀,这是他无法接受的。同样,他亦无法理解众多的年轻情侣将新德里国家动物园看成一个浪漫的场所的现象,被囚困在牢笼中的动物令人同情,甚至使他感到压抑、窒息。为了在城市实现生存,巴尔拉姆的思想尤其是"动物凝视"的观点发生了颠覆性的变化。来到德里前,他认为人和动物应当是自由而平等的,到德里后,他意识到动物大都被关在动物牢笼里,成为人类的附属物,穷人同离开自然的动物一样没有自由和权利。在不同文化相互作用的"第三空间",巴尔拉姆意识到他同德里莱场的公鸡和母鸡一样都处于牢笼中,不同的是于他处于等级思想森严的精神牢笼和为富人服务的法律牢笼中,而且他也不愿意像笼中的公鸡那样任人宰杀,他有获得自由和平等的强烈意识。在同笼中的白虎近距离接触四目相对的瞬间,巴尔拉姆完全把自己想象成白虎,同它达到了精神的融合。既不愿作动物但又无法逃脱动物身份的巴尔拉姆此时处于一种混沌状态,蜕变为非人非动物的任人宰割的杂合物种,表面上像鸡一样甘受命运的摆布，内心却像白虎一样无法忍受囚笼的束缚，通过表面上的绝对服从和内心的积极反抗，巴尔拉姆克服了痛苦的"文化休克"时期。后殖民语境下，巴尔拉姆身份的杂糅是其实现生存的需要，是他在文化错位中适应和妥协的结果，同时也是反等级制度新的话语形式，这同后殖民批评中的反殖民思想是一致的。

阿迪加在小说中通过巴尔拉姆遭受文化错位后的适应和妥协创造出一种"阈境空间"（liminal space）。霍米·巴巴认为作为一种第三空间的阈境空间是"少数派、被放逐者、边缘人和新兴力量展现话语力量的地方"。（300）在城市中心，巴尔拉姆成为少数派、边缘人和局外人，但他却表现出新兴力量的潜质。在不同文化的磨合中，针对自己非人非动物的生活状态，巴尔拉姆提出自己的人生哲学："让动物活得像动物，人活得像人。"（Adiga 276）他"让动物活得像动物"的主张是对动物生存权利的肯定，有两层含义：动物有生存的权利，人类无权滥杀动物；动物有自由生存的权利，人类无权剥夺动物的自由。巴尔拉姆动物生存权的观点源于小时候对动物的喜爱和对失去自由或惨遭杀戮的动物的同情，表现出一定的生态价值观。巴尔拉姆亦对人和动物的生存环境表现出关注和焦虑，他意识到印度极为严重的水污染和空气污染是生命存在的极大威胁，对父亲因严重的空气污染患肺结核死去而愤慨，他将被印度教徒称为圣河但却受到严重污染的恒河视作"黑暗之河、死亡之河"（15），这都表现出巴尔拉姆的生态意识。

在现实生活中，面对主人的压迫和他人的嘲笑，他采取灵活的对抗策略，在适应或妥协中磨炼自我，将反叛的内心隐藏在温顺的外表下。巴尔拉姆不仅对主人俯首帖耳，以自嘲的方式释放自己的怨恨，还以平和的心态将自己同低人一等的动物归在一起。阿肖克的哥哥称他笑起来像驴叫，巴尔拉姆任其嘲笑；同地位的人称他为"乡巴鼠"，巴尔拉姆置若罔闻。他还经常拿猪狗等动物自嘲，比如用"像一头猪从的士底下钻出来"描述自己的狼狈（57），用"像狗一样幸福"表达自己的兴奋。（166）巴尔拉姆以自己的忠诚和温顺换来了主人的信任，但当他发现自己的生存状况和地位根本从未改变时，当他意识到在印度不外乎"吃与被吃"的命运时（64），他毅然决定把握生存的主动权。巴尔拉姆放弃忠于主人的原则，杀死了阿肖克，带着 70 万卢布远走高飞。按照悲剧的审美取向,为保持尊严,他杀人后,应当勇于承担自己的行为后果,但巴尔拉姆一切以生存为目的。他成功摆脱了警察的追捕,在班加罗尔通过贿赂警察等手段成功地开办了公司并最终成为商业大亨。最后巴尔拉姆表示他想要几个孩子,这暗示生生不息的生命力量。根据米克的审美标准,《白虎》中的叙述模式以喜剧为主导因素,巴尔拉姆是喜剧性人物,他在"适应和妥协"中对自由、平等的不懈追求,对动物权利的申诉,对环境污染的厌恶都折射出他的生态价值观;巴尔拉姆的生态观在动物凝视、身份杂糅等过程中得以展现,在这过程中,没有一种文化占据绝对优势地位,这蕴含一定的反殖民思想。

通过上文对《白虎》中寓言叙事和喜剧叙事的分析,我们可以发现,阿迪加在小说中将反殖民意识和生态思想巧妙地编织在一起,但作者对人物阿肖克命运的处理和巴尔拉姆成功后形象的刻画又反映出小说生态思想的局限性。阿肖克是巴尔拉姆的主人,曾在美国留学,接受了美国民主思想,主张善待奴仆;他也接受了美国风起云涌的生态思潮,强调动物的权利,反对对动物的任意宰杀,拒绝吃肉而推崇素食主义。从某种意义上说,阿肖克身上体现出积极的生态价值观,所以主张动物权利的巴尔拉姆没有理由杀死阿肖克。但是为了彻底改变自己的生存状况,巴尔拉姆将阿肖克残忍地杀害。巴尔拉姆成功后,表示意欲培养一学校的"白虎",这体现了他"让人生活得像人"的理想,这里的"白虎"已经不再是自然界的白虎,而是社会精英的代名词。巴尔拉姆将先前"让动物生活得像动物"的理想束之高阁,而将更多的精力置于"人"本身,这表明在后殖民主义语境中,当大多数人的基本生存都得不到保障时,个体首先关注的是自我生存。巴尔拉姆体现出的对动物权利的关注完全出于对动物的同情,而当他获得"人"的生活、成为大企业家后,他放弃了对动物权利的申诉,这也表明他一开始所持有的人与动物平等的思想在文化杂合过程中被人类高于动物的思想所代替。他思考的是如何让更多的人脱离动物般的生活,因而在后殖民语境下,对自然的关注屈从并服务于反殖民话语的需要。

阿迪加将小说《白虎》置于后殖民和全球化语境下,贯穿于寓言叙事和喜剧叙事的动物隐喻反映出一定的反殖民思想和生态意识,为后殖民主义批评和生态批评的对话提供了蓝本。我们也要看到,两种批评话语的对话现正处于尝试阶段，"后殖民生态"要成为一种新的批评话语尚需评论家在实践中共同构建。

参考文献

Adiga, Aravind. *The White Tiger*. London: Atlantic Books, 2008.

Akhtar, Salman and Vamik Volkan. *Cultural Zoo: Animals in the Human Mind and Its Sublimations*. New York: International University Press, 2005.

Bhabha, Homi K. *Nation and Narration*. London: Routledge, 1990.

Comfort, Susan. "How to Tell a Story to Change the World." *Globalizing Dissent: Essays on Arundhati Roy*. Eds. Ranjan Ghosh and A. Navarro Tejero. New York: Routledge, 2009.

Franklin, Adrian. *Animals and Modern Cultures: A Sociology of Human-Animal Relations in Modernity*. London: SAGE Publications, 1999.

Franklin, Sarah. *Dolly Mixtures: The Remaking of Genealogy*. New York: Barnes & Noble, 2007.

Huggan, Graham. "'Greening' Postcolonialism: Ecocritical Perspectives." *Modern Fiction Studies* 3 (2004): 701 – 733.

Kutting, Gabriela. *Globalization and the Environment: Greening Global Political Economy*. New York: State University of New York, 2004.

Marzec, Robert P. *An Ecological and Postcolonial Study of Literature: From Daniel Defoe to Salman Rushdie*. London: Palgrave Macmillan, 2007.

Medintz, Scott. "India's Native Son: Aravind Adiga's *The White Tiger*."November 10, 2008⟨http://www. nysun. com/arts/indias-native-son-aravind-adigas-the-white-tiger/75498/⟩.

Meeker, Joseph W. *The Comedy of Survival: Studies in Literary Ecology*. New York: Scribner, 1974.

Peterson, V. and Anne Runyan. *Global Gender Issues*. Colorado:

Westview Press，1999.

Pirages，Dennis and Theresa De Geest. *Ecological Security*：*An Evolutionary Perspective on Globalization*. London：Rowman & Littlefield，2003.

Randyopadhyay，Jayanta and Vandana Shiva. "Development，Poverty and the Growth of the Green Movement in India." *Living with the Genie*. Eds. Alan Lightman，Daniel Sarewitz and Christina Desser. Washington：Island Press，2004.

Rushby，Kevin. "His Mother's Voice." November 10，2008 ⟨http://www. guardian. co. uk/books/2008/apr/19/featuresreviews. guardianreview19/print⟩.

Sack，Daniel. *Whitebread Protestants*：*Food and Religion in American Culture*. London：Palgrave Macmillan，2001.

Shi，Yunlong. "A Postcolonial Study of Kiran Desai's *The Inheritance of Loss*."*Contemporary Foreign Literature* 3(2008)：163 - 169. ［石云龙.后殖民时代身份、家园、自我的失落——评吉兰·德塞获曼布克奖小说《失落的传承》.当代外国文学，2008(3)：163 - 169.］

Tester，Keith. *Animals and Society*：*The Humanity of Animal Rights*. New York：Barnes & Noble，1991.

Thomas，Lee. "White Tiger：When Life Is to Eat or Be Eaten."October 27，2008 ⟨http://www. sfgate. com/cgibin/article. cgi?f=/c/a/2008/04/27/RVNOVUMEP. DTL&type=printable⟩.

Wolfe，Cary. *Critical Enviornments*；*Postanodern Theory and the Pragmaties of the "Outside"*. Minneapolis：University of Minnesofa Press，1998.

作者简介：姜礼福，南京大学外国语学院英语系博士研究生，主要从事英国文学研究。

· 历史书写 ·

对话与潜对话："女性书写"的现实内涵

陈 龙

一、"女性书写"理论与写作的理想状态

在传统的文学观念中，写作被视为男性知识界的活动，与女性无关，女性主义文学理论向这一传统提出了挑战。在女性主义文学理论中，"女性书写"（L'écriture de la Feminine）理论系统地提出了真正的女性写作主张，强调妇女与身体的关系，拒绝将身体和思想分离开来或是使身体屈从于思想。根据"女性书写"理论，写作不单单是思想活动，女性身体的节奏是与思想的意识流或写作的节奏息息相关的。这一理论一反西方传统文化观念，将身体、思想和语言视为一体，探求性别差异及其在语言中的反映。这派理论的学者均为女性，她们从自己的体验出发，认为女性的身体与她们作品中的语言存在着有机的联系，虽然男性作家也未尝不可进行这种写作，但是，女性快感（jouissance）的生理节奏使她们运用了不同于男性的语言特点和节奏。因此，女性欲望的语言与男性欲望的语言是不尽相同的。男性的语言"是理性的、逻辑性的、等级的和直线型的"，而女性的语言"是不重理性的（如果不是不理性的）、反逻辑的（如果不是不逻辑的）、反等级的和回旋式的"。（Warhol & Herndl 331）女性在文化和社会中受到压抑而缄默，她们的反抗心理使她们善于运用身体的语言，或进行自我宣泄，或对男性二维思维的方式进行破坏。

那么什么是真正的女性语言呢？西蒙娜·波伏娃曾讨论过"女性气质"的问题，她认为，女性为了实现自己的"女性气质"就得接受客体化，"正是因为女性气质这个概念是习俗和时尚人为制造的，它才从外

部硬加到每个女人的头上"。(波伏娃 774)女性的语言和女性的气质一样，同样遭遇到了客体化，所以在现实社会中女性自己的语言往往受到质疑。海莲娜·西苏(Helene Cixous)是"女性写作"理论的创始人，她的《美杜莎的笑》(1975)并未直接地告知人们什么是真正的女性语言，但她强调一点，那就是女性写作应不受传统思想和写作形式的束缚，女性写作应有点母亲的乳汁在流动的影子：她是用白色的墨汁在写作。妇女作为受压抑的性别，其写作具有真正的反叛性。西苏所提倡的"写自己，你的身体必须被听见"已成为女性写作的至理名言。在西苏那里人们似乎已找到答案，所谓女性语言即是以身体被听见为标志的。

露西·依利佳莱在德里达多元理论的启发下，充分挖掘妇女间区别的问题。在《这个性不是一个》(1985)一文中，她宣扬女性身体的不同。对她来说，女性的语言不是单一的，而是具有多样性和丰富性的；女性在语言中的欢愉与她的性欢愉一样，也不是直接的、直线的或单一的。"'她'从各个方面出发，使'他'无法辨别任何意义的连贯性。在另一方面，如果被迫使用男性的语言，女性总会失去自我，使她的经历变得支离破碎。使用这种语言不会使妇女变得完整，也不会使妇女取得拥有权，而会使妇女更加接近自己。"(Irigaray 76)

女性符号学家克里斯蒂娃针对上述对女性身体的独特语言所作的想象，提出了自己的不同观点，在她看来，性别并不是一个问题。因为男女进入拉康所说的语言或象征秩序阶段时，同样都遭受一种缺乏和"精神分裂"感。妇女的欲望是与其政治要求休戚相关的，女性反传统写作方式被看做是女性欲望的表现和女性主义的政治行动。克里斯蒂娃对女性的语言与政治、历史、欲望之间的关系进行了深入的探讨。她认为，在妇女运动初期，妇女在要求选举权、经济平等和生育自主权力的过程中，取得了特定的经验和语言。到了女性主义的第二代，她们试图全面探讨女性不同的语言和经历。而更重要的是，第三代女性主义思想家应去开创和发展一个无性别身份的"空间"。

总体而言，西苏与依利佳莱试图构想女性身体的独特语言，而克里斯蒂娃则认为妇女在语言中的作用基本上是在传统话语中提供反对力量。

许多学者在理解法国女性主义理论家这些理论论述时都有一个潜在的误区,即将女性写作与外界隔离开来,认为它是一个孤立的行为。这种理解实际是把西苏等人的观点当作空中楼阁或乌托邦,如美国学者安·罗莎琳·琼斯(Ann Rosalind Jones)即持如此观点,她认为无论是将语言作为一种反对力量,还是创造女性特殊语言,两种观念都呈现了女性唯本主义(essentialism)的危险性。(Jones 53)笔者认为,"女性书写"理论应当结合整体的女性主义主张来理解,女性主义从其发展的中期开始,参与意识就开始增强,不仅在政治领域、教育领域,而且在文学领域都有参与欲望,因此,女性的文学创作活动也不可能是孤芳自赏、自我封闭的;另外,就语言而言,女性自创一套语言系统显然不可能,她只能对男权话语保有戒心,但却不能回避也不能不利用它。女性创作的实质还需要从文学创作的根本来重新认识和发展。

巴赫金认为,在社会中存在的人,总是处于和他人的相互关系之中,不存在绝对的真理拥有者,也不存在任何垄断话语的特权者,因此,自我与他人的对话关系,便构成了我们真正的生命存在。他指出:"一切都是手段,对话才是目的。单一的声音,什么也结束不了,什么也解决不了。两个声音才是生命的最低条件,生存的最低条件。"(344)他深信,不同的声音和观念是社会多元性和矛盾性的反应,"思想不是生活在孤立的个人意识之中,它如果仅仅留在这里,就会退化以至死亡。思想只有同他人别的思想发生重要的对话关系之后,才能开始自己的生活,亦即才能形成、发展、寻找和更新自己的语言表现形式,衍生新的思想"。(132)真正的文学创作都体现出积极的对话精神,文学创作的本质通过英国文艺理论家艾布拉姆斯所说的作家与读者、世界、作品的四方对话,才能得到深化。女性创作也不例外,17世纪以来的女性创作,均是以对话或潜对话形式进行的。

二、直接对话与虚设的对话客体

从一般的女性主义理论来看,人类社会有史以来一直是以男性为中心而建构的,男性的自我意识、个体意识随着社会与个人的关系以及社会关于个人及自我的认识而变化,在很多情况下,男性的意识就是社会的意识;而女性则不同,女性意识与女性个性的发现和被重视,则受制于社会关于妇女的认识，受家庭观念、经济发展的制约。总之，她的价值是从社会、男性的利益出发被评定的。因此，妇女觉醒的第一步，即是对家庭的反叛，它"颠覆了'男主外、女主内'的两性分工模式，从而颠覆了整个文明赖以成立、赖以发展的基础"。因此，女性自我的觉醒，妇女的解放"貌似平凡，像似建设性的，实际却具有极大的颠覆作用"。(李小江 211)如同文明史中其他社会实践一样，女性意识在文学创作中的觉醒也是在不断否定中完成的，这个不断否定的过程正是女性叙述寻找对话客体的过程。为了实现女性"生命的最低条件"，这种对话并不意味着媾和，某种程度上是谈判、论战。从简·奥斯丁到艾丽丝·沃克，18 世纪以来，女性作家自我意识不断增强。她们的创作表现了女性体验以及她们对自身世界的认识与评价。它以全新的女性形象否定了现实生活及男性文学中妇女的理想形象：母亲、屋里的天使、贞女……代之以富有女性特征的平凡的有血有肉的女性形象：艾玛、伊丽莎白、简·爱、谢莉等，否定了父权制文化对女性所作的善恶美丑的评判。

众所周知，女性的历史就是一部陷入家庭的历史，父权制文化对女性的压抑与歧视也主要是通过家庭这个亚国家机器实现的。因此，女性解放、女性觉醒的第一步是"走出家庭"。正是由于女性与家庭这种特殊关系，使得女性作家更多地关注家庭生活。而女性的觉醒表现在她们对父权家庭的反叛，通过对父权家庭所作的反面叙述来表现对家庭的否定。

17 世纪以来，女性作家的创作渐渐走出了男性作家的模式，在叙事策略上也发生了很大的变化，既然写作不是为了迎合男性世界，那么对话的主客体就不再是一种遵从关系，而是一种平等关系。女性作家往往设定一个对话客体——父权，不论它是以何种面目出现。尽管这一对话客体是虚设的但却是逼真的。在双方对话中达到对父权家庭的否定。奥斯丁《傲慢与偏见》中的班纳特家，《艾玛》中的伍德豪斯家，夏绿蒂·勃朗特《简·爱》中的里德舅父家，《谢莉》中的赫尔斯通家，爱米莉·勃朗特《呼啸山庄》中"呼啸山庄"三代家庭与"画眉田庄"两代家庭等，都存在一个对话代理人。奥斯丁站在与社会主流一致的立场上，以反语的形式否定了"丑恶与混乱"的家庭与父亲。在这种反讽的对话中,父亲崇高的形象被摧毁了,以父亲为中心的家庭秩序被解构了。同样,在《呼啸山庄》中,爱米莉·勃朗特以一种低沉的叙述语调讲述了"呼啸山庄"与"画眉田庄"中发生的故事。作品体现了典型的女作家的声音,然而却不是作品中唯一的声音。作家的娓娓叙述展示了"呼啸山庄"和"画眉田庄"的和谐、自然和秩序,我们说,这是替父权家庭摆功,为男权文化所认可。但作品中人物希斯克利夫的到来揭开了遮盖在两庄身上的温情面纱。恩萧家原来是一片混乱:太太抱怨子女,仆人不满招来了主子的责骂与耳光,父亲按自己的心愿带回了一个外来户,宠爱他并赋予其特权却引发了儿子辛德雷对他和希斯克利夫的仇恨,他的性格缺陷激化了父子间、主仆间、主客间的矛盾。而当希斯克利夫利用主人的堕落使其变成奴隶、债务人,最终支配其财产和命运时,男权社会的读者们坐不住了,他们不愿看到呼啸山庄的解体,希望作者对人物有个交代,这样对话就自然而然地进行。谁之罪?读者、作品中人物、作者、整个时代都发表意见,最后代表女权的阵营与代表父权的阵营都发现了问题的症结所在。同样,画眉田庄的命运,在作者的叙述中被看得清清楚楚,在多方对话中找到答案。对话的主题:父亲及其建立的秩序是必须否定的。

在这里,克里斯蒂娃所说的反传统写作表现得尤为明显,按照克氏的理论,反传统写作即体现女性欲望,属女性书写。《傲慢与偏见》、《谢莉》、《呼啸山庄》等作品的反传统写作最明显地表现为"反家庭"叙述。爱米莉·勃朗特对父权家庭的否定也正是她对束缚女性自由的否定。她与姐妹们生活在一个贫寒的牧师家庭,过着单调、刻板的生活,一边做家务,一边写作。因为是女孩所以不能像她们的哥哥那样自由、放纵,更没有机会与权利去干一番事业。盖斯凯尔夫人在《夏洛蒂·勃朗特传》中描述道:"在一个女孩子占多数的家庭里,独生子的生活总会遇到特别的考验。人们总是希望他在生活中扮演一个积极的角色,要他有所作为,而女孩子则只是生活下去而已。"(163)正是在这种不平等的环境中,她们才有对自由的渴望,对不平等的反抗。"反家庭"叙述构成了她们作品的全部基调。第一次让她们的身体被听见。19世纪以来的女作家反传统写作还有一个基本策略是"构想父亲的不存在"。父亲的缺席,意味着虚构中的人物行动更为自由,简·爱在与罗切斯特相爱时说"没有人来干涉，先生，我没有亲戚来阻挠"，这句话很具有代表性；另一方面，父亲的缺席也意味着压抑性的权力关系消失了，多方参与的对话才显示出平权意识和民主意识，才会有真正的结果。

20世纪女性作家所面对的社会环境已发生了变化，那种"风刀霜剑严相逼"的父权社会情境已经成为历史，但父权制的阴影仍然很重。在美国女作家薇拉·凯瑟的笔下，父亲已经死亡，对话出现了某种不平衡，原先的父权优势已经丧失。《啊，拓荒者》和《我的安东妮娅》中，作品一开始就安排了父亲死亡这一情节，从而为女主人公的对话取得了一种主体地位。父亲时代的终结如同严冬的消失一样，留给女儿们的是阳光明媚的、充满生机、充满活力的春天。女主人公在自主的空间里自由地享受生命的快乐。可以说正是父亲的死亡才给女儿们留出了展示创造力的空间，才能让人们更清晰地听到女性的声音。

无论是19世纪还是20世纪的女性作品在进行女性写作时，"父亲"既是作为一个反面形象或某种被否定的力量而被提及，又是作为"缺席者"而被暗示。巴赫金把这种方法称之为"背靠背说出"、"缺席剖析人物"。作家使被讲述者成为"客体形象"，给"不在场"人物定了性，"作了最后定论，你整个的人全在这里了，你再没有别的，没有什么值得一说的了"。（巴赫金97）父权的消失，使长期处于压抑状态中的女性有了充分发言的机会。奥斯丁在《爱玛》中与主人公爱玛进行对话，当象征男权权威的父亲退居边缘后，爱玛将如何选择自己的道路？爱玛的表白很坚决："我没有一般女人们要结婚的那种动机……我相信，很少结了婚的女人，对丈夫的家庭，能像我在哈特飞耳特这样做主。"爱玛强烈的支配欲望与权力欲望正是作家女性欲望的极端外露，是向男权阵营发出的挑战。父亲的缺席实际是剥夺了强权体系的存在，还男女阵营对话的平等、公正的环境。这里，女作家们所做的努力，就是创造了一个能够双向言说、异声同啸的思想存在环境，正是有了这个巴赫金所说的"生存的最低条件"，女性写作才充满活力。我们看到，同样是表现女性主题，男作家易卜生试图传达女性的声音，他的《小艾友夫》中塑造了一个富有个性的女性吕达·沃尔茂太太，然而，我们在这部作品中感受到这一女性除了是个性爱狂、性变态外，别的都变得十分模糊，吕达作为一个健康的女性，她的全部生命就这些吗？易卜生站在女性立场上试图为女性讲话,却又不知不觉陷入男权强词夺理的写作状态。关键一点,他并未为女性创造一个发表观点的平等对话环境,所以易卜生作品中充斥的是男性霸权话语,是典型的一言堂,根本听不到女性的声音。

　　直接的对话会不会产生语言的危机呢?雅克·拉康认为,在无意识的语言中,能指与所指是脱节的,这种意义链的断裂造成了秩序的间隙与语言的空白,潜意识的语言是通过一系列症候,如欲望,表现出来的,而一切症候的成因与其说是幻想界受到符号界——整个现实世界,包括身体、心理、自然、文化、社会交往等——的差异结构的压抑,不如说是这些纷杂的能指世界没能在符号界为自己找出指涉的象征之物。男权话语下的语言充满压抑的结构,女作家们不能回避,因此,我们不能仅看文本的表层结构,更应看到其深层结构。如果我们把对父亲家庭的否定看做潜意识语言的话,那么,这种潜意识语言就是 18、19 世纪女性作家进行"女性书写"的通用语言,而对话也正是在这种语言中展开的。20 世纪中期以来,女性主义运动蓬勃开展,潜意识语言渐渐转化为意识语言。英国现代女作家琼·里斯的《沧海茫茫》、多丽斯·莱辛的《金色笔记》、美国女作家夏洛特·帕尔金斯·吉尔曼的《黄色的糊墙纸》等都体现了很强的女性书写特点。在《沧海茫茫》中,里斯干脆借用《简·爱》中罗切斯特和伯莎为叙述人,给了他们相同的发言空间,对话在这里成了台面上的行为。女性作家为女性呼喊的意识越来越强烈。多丽斯·莱辛在谈到她的创作时说:"在一个很有局限的社会里,旧式的性别角色依然发生作用……要改变那种传统的情感趋势并非易事。在《金色笔记》中,我表达了这种观点。那些希望成为自由女性的妇女常常被困在传统的感情模式中。这是一个很大的话题,我不可能面面俱到。"(格格 32)在现代女作家笔下,女性立场的表达变得公开、直接。在否定的叙述中又不忘突出女性差异,突出女性自身的特点和应当受到的尊重。这一点,我们在奥斯丁、勃朗特姐妹、莱辛等作家的作品中已深深地体会到了。

三、潜对话与对话客体的隐遁

在一个充满语言压抑的社会中，女性书写总会陷入男权话语的危机，因此选择写自己是 18 世纪以来女作家的首选策略。美国女性主义批评家吉尔伯特和古芭曾经对古代女作家创作的文化形态有过描述，其总体情形是她们"把自己的病痛、疯狂、厌食、对旷地的恐惧和瘫痪症铭刻在自己的文本中"。（王逢振 271）文学史上许多女作家往往采用自传体或书信体的写作形式来进行创作。但早期的创作正如西蒙娜·波伏娃所指出的，本质上是"一种向别人倾诉自己的工具"，这些人只是借文学来炫耀和发泄自我，而不会有任何创造精神，因而缺乏真正的文学价值，最终沦为男权文化的笑柄。现代女作家从一开始就宣告它与男权文化的决裂，它从以下几个方面实现了对旧时代女性创作的超越：一是竭力回避男权社会的价值标准，注重描写女性独特的经历和心路历程，表现女性自我感受中最本质的东西；二是自觉地创造带女性性别色彩的文体风格，选择具有女性特色的叙述方式和叙述话语；第三也是最重要的一点，那就是不妥协地反抗父权制、男权社会。

西蒙娜·波伏娃在论述女性审美的特性时说："自然也同样送给她双重面目，它既供给汤锅，又刺激神秘的显露……这种对肉体的世界和对'诗'的世界的双重忠诚，限定女人或多或少所直言不讳地去坚持的形而上学和智慧。"（698—699）这一特点决定了其写作特征的诸元素如叙述话语、叙述方式、叙述节奏等都有其独特性。自传体、日记体、书信体、心理小说等本质上都属于"自我言说"，作为女性书写的常见形式，女性批评家提醒要注意两个方面：关注女性独特的经历和感受；避免自我宣泄型创作方式。在西方现当代文学史上许多女作家以自己的亲身经历和情感遭遇为中心，以自叙传的形式创作了大量作品。美国学者伊丽莎白·詹威指出，女作家创作时深深卷入到自己的素材中，出现了虚构与自传的结合，强烈的感情使作品融为一体。在作品中出现了三种角色：作者、叙述人、主人公，他们在情感、道德、思想等方面的差异很小，甚至相同。人物是作者的代言人，作者对人物全知全能。作为叙述主体，人物的自我言说就是作者的自我言说。英国女作家维拉·布里顿的《青春的证词》、《经验的证词》，伍尔夫的《雅各布的房间》、《戴洛维夫人》，美国黑人女作家艾丽丝·沃克的《紫色》等都体现强烈的自我言说色彩。

既然是自我言说，那么对话精神还有没有呢？显然是有的。正像游戏规则对游戏者具有吸引力一样，文学作品必须以其特有的魅力去吸引读者，依赖与读者的相遇才能真正实现其价值。所以，对话是必然的。在艾布拉姆斯的四元结构中，最为突出的是作家与作品的对话，其独语性也正是从这里体现出来的。作家与世界的对话通过其心理流程的展现表现出来。问题是作家与读者这一关键性的对话如何体现。我们知道女性书写与女性主义的参与性始终是相合拍的，因此，作家绝不会割断与读者的交流。只是作家文本与读者文本存在很大的差异，保持这种差异正是女性作家避免受男权文化浸染的一种策略。读者文本是一个关于"他者"的故事，而作家文本则试图摆脱"他者"，进入真正的女性书写状态。当符号代码充当沟通读者与作家的渠道时，代码就成了有意味的形式。沃克的《紫色》由 92 封信构成，作品中的人物在叙述人那里变成性别指称，"我"（西莉）、"他"（继父）、"她"（妹妹）、X 先生，人物代码化显示明确的性别意识，从"我"出发开始与外界（"他"、"她"）的联系，也开始性别间的对话。西莉"写信"只是一种形式，形式本身就包含了对话的成分。与其说信是写给纳蒂的，不如说是写给整个男权社会的。同样，我国作家丁玲的《莎菲女士的日记》以第一人称的语调叙述了自己的心路历程，叙述人作为话语主体，讲述的内容不是留给自己的，而是借助于文学公开发表的形式发泄心中的郁闷。听者已经被模糊化了。随着作品中人物性格的发展，对话的进一步深入，性别间的对立也渐渐消失了。显然，对话是在内心世界展开的，我们可以称之为潜对话。伍尔夫的《戴洛维夫人》是一部独具特色的心理小说。作品中戴洛维夫人因为过去恋人的到来而产生心理波澜，两人的内心独白和对白交织在一起，恰恰构成了对话格局，我们可以理解为两个虚构的对话体现的是作家个人所希望的对话状态，本身就包含了媾和的成分。无论是自传体、日记体、书信体还是心理小说，女性作家的创作都不是绝对的独白而是潜对话，只不过对话的客体常常是隐遁的。这样一些作品表面上是封闭的，甚至宣称不管外部世界的现实，实际上却对现实有着强烈的干预和改造欲望。维拉·布里顿、艾丽丝·沃克等作家的作品都体现了这一点。

四、结 论

女性主义强调作为妇女讲话的重要性背后,其动机是表达妇女的主体性。早期女性书写的政治实践目标很明确,因此,"谁在讲话"、"以谁的名义讲话"显得十分重要,对话的存在非常明确。20世纪以来,那种两种性别均在场的叙述消失了,而改变为单一性别在场的叙述,即潜对话的色彩加强了。无论是自我言说的女性还是作为妇女而言说的女性,她们都是以说话主体和接受主体的双重身份出现的,这是女性作家为现实所做的设计,对话的客体是现实中的男性社会,但他们总是虚拟或隐遁的。在实际的对话中把"所谈论的作为某物的个人和隐含在言语行为的反思特性中的自我联系起来"①,这种特殊的对话方式是一种文本策略,有谈判色彩。同时自传体、日记体、书信体等感性化、私人化、零碎化的自我书写形式传达了女性的真实体验——她的喜怒哀乐、悲欢离合——真正实践了西苏所说的"让身体被听见"的女性主义主张。

参考文献

Bakhtin, Mikhail. *Problems of Dostoyevsky's Poetics*. Trans. Bai Chunren and Gu Yaling. Beijing: SDX Joint Publishing Company, 1992.

[巴赫金. 陀思妥耶夫斯基的诗学问题. 白春仁、顾亚玲译. 北京:三联书店,1992.]

De Beauvoir, Simone. *The Second Sex*. Trans. Tao Tiezhu. Beijing: China Books Press, 1998.

[西蒙娜·德·波伏娃. 第二性. 陶铁柱译. 北京:中国书籍出版社,1998.]

Gaskell, Elizabeth. *The Life of Charlotte Brontë*. Trans. Zhu Qingying and Zhu Wenguang. Shanghai: Shanghai Translation

---

① 参见 P. 里克尔,《作为哲学主题的人》,《哲学译丛》1990 年第 5 期。

Publishing House，1987.

［伊丽莎白·盖斯凯尔.夏洛蒂·勃朗特传.祝庆英、祝文光译.上海:上海译文出版社,1987.］

Gege，ed. "An Interview with Doris Lessing on Internet." *World Literature*：*Recent Development* 2（1999）：30 - 33.

［格格编译.并非虚幻的"历险记"——多丽丝·莱辛网上谈新作《玛拉和丹恩》.外国文学动态,1999(2):30—33.］

Irigaray，Luce. *This Sex Which Is Not One*. Trans. Catherine Porter. New York：Cornell University Press，1985.

Jones，A. R. "Writing the Body：Toward an Understanding of L'Ecriture Feminine." *The New Feminist Criticism*：*Essays on Woman Literature and Theory*. Ed. E. Showalter. New York：Pantheon Books，1985.

Li，Xiaojiang. *Feminine Aesthetic Consciousness*. Zhengzhou：Henan People's Press，1987.

［李小江.女性审美意识探微.郑州:河南人民出版社,1987.］

Wang，Fengzhen，et al. ，ed. *Selection of the Latest Western Literature Criticism*. Guilin：Lijiang Press，1991.

［王逢振等编译.最新西方文论选.桂林:漓江出版社,1991.］

Warhol，Robyn R. and Diane Price Herndl，eds. *Feminisms*：*An Anthology of Literature Theory and Critics*. New Brunswick，N. J.：Rutgers University Press，1991.

作者简介:陈龙,苏州大学凤凰传媒学院,主要从事外国文学研究。

新历史主义的形式化倾向

方 杰

　　20 世纪 80 年代初，解构主义在美国文学批评界的主导地位受到了新历史主义的挑战。在大多数后结构主义者对重新获得历史"真实"的努力深表怀疑的情况下，新历史主义者却对历史、社会和政治形态以及文学生产与再生产的结果表现出一种全新的关注。在新历史主义者看来，文本的写作与解读，以及它们得以流通、归类、分析和传授的过程决定于历史，是文化生产的决定性方式。由于新历史主义"推陈出新"的主张，人们曾乐观地认为它将"成为一个有影响力的批评运动"，势必"渗透所有文学研究的领域"。（张京媛 3）这种旨在清算一度占垄断地位的形式主义批评的批评实践，大有要在"反历史"的形式化潮流中重新标示历史的维度，在"泛文化化"的文学批评中重申文学话语范式对历史话语的制约，在后现代的"语言游戏风景"中张扬历史现实和意识形态的权利话语关系之势。（王岳川 161）然而，就像 20 世纪先后出现的诸多其他批评流派一样，新历史主义也在经历了一段时间的辉煌之后于 90 年代末期开始呈现颓势，时至今日则几乎丧失了其作为美国文学批评界一种主导话语的"冲劲"。（宁 149—150）新历史主义的结局固然验证了事物往往由盛及衰的历史必然性，但是它本身的悖论才是其日渐衰微的最根本原因所在。这个悖论就是，新历史主义在强调其"反形式化"立场的同时却以"新历史主义的方式"重复和实践了形式主义。

　　"新历史主义"作为一个标签，始见于格林布拉特（Stephen Greenblatt）1982 年为《文类》特辑撰写的《引言》："我认为这本专辑中的许多文章都表达了我们可以称作新历史主义的东西。它们既不同于过去曾经占主导地位的历史批评,又不同于二战后部分地取代了历史批评的形式主义批评。"按照格林布拉特的界定,新历史主义"对一些假定发起挑战,这些假定保证了'文学前景'与'政治背景',或者更一般地说,艺术生产与其他类型的社会生产之间的区分"。("Introduction" 6)不过,人们通常认为新历史主义肇始于 1980 年,原因是该流派的两位代表人物格林布拉特和蒙特罗斯(Louis Montrose)都在这一年推出了他们展示新历史主义主要特征的著述。前者在其专著《文艺复兴的自我塑型:从莫尔到莎士比亚》中明确指出:"书面语自觉地根植于特定的社群、生存环境和权力结构之中。"(*Renaissance Self-Fashioning* 7)后者的论文《伊丽莎白:牧羊人的女王》也通过考察牧歌这种文学形式调和权力关系的作用表明:"对社会关系象征性地调和,是伊丽莎白时代牧歌形式的主要功用,而社会关系从本质上讲,就是权力关系。"("Eliza" 88)两位批评家都认为,文学与其他的表征形式是不可分离的,而且权力的模式之所以产生作用,并不是因为考虑文学与社会生活之间显著的差别。他们都承认深受文化人类学的影响,赞同文化对人的主体性的塑型作用。格林布拉特的目的是广泛分析实例与自我塑型的方式,既包括个体人的自我塑型,又包括文艺复兴文化的自我塑型。蒙特罗斯特别关注的是伊丽莎白如何按照牧歌的模式为自己的王权塑型。上述批评家有关自我塑型的概念的意义在于,它揭示了文本与文化之间的互动方式。

新历史主义是以对文学与历史之间关系的追问开始的,其主要信条也许就是詹明信(Fredric Jameson)所谓的"永远地历史化"。(9)因此,新历史主义的兴起标志着文学批评中"历史的回归"。(Wilson 1)文学研究话语中常常采用"文学与历史"、"文本与语境"之类的表述。按照一般的假定,如果上述二元对立中的某一个术语是稳定的、明确的,另一个术语在某个方面反映它,那么这另外一个术语也可以获得稳定性与明晰性。可是新历史主义者却认为,文学不仅仅是表述历史知识的媒介,而且是某一特定历史阶段能动的组成部分,或者如同霍华德(Jean Howard)所说的,"文学是建构一种文化之现实感的力量"。(25)

文学文本或者形式如何被用来作为构筑权力的工具,这是新历史主义所关注的一个核心问题。在新历史主义者看来，文学文本属于符号性的形态，与其他的符号性的形态（比如历史事件和历史潮流）毫无二致。因此，历史在他们那里不是作为背景，也不是有助于文学文本具有意义的能指的框架，而是与文学文本交织在一起的形式与主题。他们将文学文本与各种其他形式的文本一起解读，其目的是为了将历史置于前景。他们认为，文本的意义只有在特定历史条件的语境中才能被认识，因为该文本实际上已经参与了那些历史条件的形成与界定。新历史主义研究的对象既不是文本及其语境，也不是文学及其历史，而是历史之中的文学。新历史主义者将文学看做正在形成之中的历史的必不可少的组成部分，充溢着历史的创造力、矛盾与混乱。在此基础上，他们进而强调文学文本的表征性与历史知识的文本性，即蒙特罗斯所谓的"文本的历史性与历史的文本性"（"Professing the Renaissance" 20）。

按照新历史主义的观点，各式各样的文本既是社会、政治形态的产物，又是在这种形态中起一定作用的组成部分。与那些主张发掘文本的普遍意义和非历史性真实的批评流派不同的是，新历史主义倾向于将文学文本作为特定历史条件下的物质产品进行解读，以一种对文学阐释的政治结果极为关切的态度来看待文本与语境之间的关系。格林布拉特说，新历史主义与建立在笃信符号和阐释过程的透明性基础之上的历史主义的区别之一，就是前者在方法论上的自觉意识。（张京媛 14）这种自觉性是：考虑到文本对社会、政治与文化形态的调和作用，应该将所有的文本都看做是政治的、意识形态的载体。在具体的操作中，新历史主义者往往通过法律、医学和刑法文献，或者通过轶事、游记和人类文化学的叙述以及文学作品来阅读历史语境，以期打破文学与历史之间简单化的区分，开创两者之间复杂的对话。此外，他们还拒绝将文学文本看做是以历史为背景的，反对将历史看做是文本之外的一系列历史事实，而是将历史看做文本化（或者话语化）的历史，因为在他们看来历史不是能够被用来解释某一特定文学文本的客观知识。

作为一种批评策略，新历史主义重在探讨文学与历史之间的关系，证明文学文本所表现的政治与意识形态的重要性。新历史主义的方法往往用于构建某个特定历史时期形形色色文本之间的"交换"（exchange)。虽然这种所谓的"交换"在早期的新历史主义批评中常常是文学文本与二手的历史资料之间的,但是到了后来,它则意味着在同一历史时期诸多原始文本之间建立有意义的对话。这种将不同文类、不同话语的文本联系在一起的方法,其意义不在于使得某一文学文本的意义和意图更加明晰,而是将文学文本与其他文类的文本当做等同的资料,以便更为细致地描述和考察过去的社会、政治与文化形态。所以说,新历史主义方法的重要性只有在将其作为一种解读历史、解读在不同历史时期中起作用的社会政治力量时才能凸现出来。也许正是在这一点上,在将文学文本放置在与其产生时的历史力量的商讨与交换之中时,新历史主义才能更为有效地作为一种文学批评的实践。

需要指出的是,新历史主义对历史叙述的建构以及对批评家或者历史学家在历史叙述中地位的质疑是以对历史主义和西方马克思主义的借鉴为基础的。按照历史主义的观点,过去的一切都可以理解为社会建构一种叙述的方式,这种叙述无意识地符合该社会的利益。西方马克思主义进了一步,将历史看做是有利于获胜者、统治阶级的一个叙述系统,将文学文本与历史文本都归属于这个系统。本雅明(Walter Benjamin)说:"所有的统治者都是在他们之前的征服者的继承人。因此,对于获胜者的移情作用总是使统治者受益。历史唯物主义者知道这意味着什么。无论什么人,只要他是以胜利者的姿态出现的,今天都加入到了现在的统治者践踏那些倒在地上的人们的胜利的行列中。按照传统的做法,战利品被继承了下来,称之为文化瑰宝;而且历史唯物主义者用小心翼翼的超然态度看待它们,因为他所探索的文化瑰宝毫无例外地具有一种他无法坦然沉思的渊源。它们的存在不仅归功于创造它们的伟人,而且有赖于它们同代人中无名者的辛劳。不存在什么既是野蛮的同时又是文明的文献。"(Benjamin 248)本雅明将历史界定为各种意识形态的竞赛,从而对关于真理的概念进行了根本性的修改。许多 19、20 世纪的哲学家都承认,真理不再是客观认知的一个稳固的范畴。尼采(Friedrich Nietzsche)就认为,真理是一支运动之中的隐喻的大军,也就是说,真理既是由统治阶级的利益界定的一种变动不居的武器,又是一种言语现象,而唯独不是经验现象。真理被建构为一个表面上是客观的范畴,可是其内容却是由不同版本的历史构成的。

(Brannigan 5—8)如果考虑到阿尔都塞(Louis Althusser)曾经宣称的文学是一种惯例，参与了使民众熟悉并接受国家权力和意识形态的活动，那么这一观点就变得尤其重要。(100—140)由于文学往往反映统治阶级的价值观、惯例和规范，因此会被国家权力调动起来服务于主导意识形态。新历史主义将这种观点加以引申，试图带来文学与历史之间关系的重要变化，并且由此将研究方法从简单地把历史事实运用于文学文本的分析阐释转移到综合理解话语如何在不同层面参与建构和维护权力关系。

新历史主义视文学为某个社会自我规范的组成部分，反对形式主义在阐释文本时不考虑历史语境的做法。这在某种程度上意味着新历史主义者所从事的是揭示文学文本最初出现并被接受的历史语境。他们认为，文学文本是权力的载体，其之所以成为有效的研究对象就在于其中包含与社会上普遍存在相同的权力与颠覆。由于文学文本成了当代人抗拒权力之努力的一个焦点，所以新历史主义者不仅明确地表现出对颠覆的政治兴趣，而且运用文学批评的手段以达到这种目的。在这种意义上，新历史主义是运用历史作为现实政治斗争动力的一种批评实践；它使得文学研究不可避免地具有了政治性和意识形态性。

新历史主义将权力关系作为各种文本的一种最为重要的语境，把文学文本当作一个使得权力关系明晰可见的天地。比如，在考察伊丽莎白时代的戏剧与国家之间的关系时，新历史主义者就十分注意权力的可见性，坚持认为不存在有效的对抗空间。他们认为，任何自我、团体或者文化都处在语言或社会以内，每一种语言、每一个社会都是一个自我控制的系统，所以就不可能出现未受约束的对抗。当然，这并不是说不存在对抗或者颠覆；颠覆永远为权力而产生，"颠覆乃是权力存在的条件"。(Brannigan 5—8)换言之，权力需要颠覆，否则它就丧失了证明自己、使自己作为权力而显现的机会。基于对权力关系的这种认识，新历史主义的文学批评往往重在考察文学会以什么样的方式展示并且遏制颠覆。以这样的批评模式来分析美国作家斯坦贝克(John Steinbeck)的小说《人鼠之间》，就能达到其他的批评方法也许难以达到的阐释结果。小说的主人公莱尼拥有小农场的梦想可以看做是加利福尼亚版本的"美国梦"的一个表征。这种作为美利坚民族的集体无意识的"美国梦"产生于早期移民对新大陆田园牧歌式的憧憬,可是美国资本主义的发展却用暴力手段践踏了美国人做自由民的理想。在现代资本主义社会,拥有一小片土地的梦想与农业工业化的进程背道而驰。莱尼的土地梦象征着对资本主义权力的颠覆,但是这种颠覆又在权力的控制之中,其生命的终结便是这种控制的结果。所以说,斯坦贝克小说文本不仅传达了一种文化寓意,而且具有社会政治效用。(方杰63—70)

在其著名论文《隐形的子弹:文艺复兴的权威及其颠覆》中,格林布拉特讨论了文艺复兴社会中颠覆的各种可能性以及该社会遏制和化解颠覆的方式。他在文章的开头写道:"我的兴趣在于一种更为重要的抑制形式,即颠覆性的洞见借以在貌似保守的文本之中产生而同时又被那些文本遏制的过程;这种遏制极为有效,以至于没有该社会的授权和控制机器的直接参与。"①这段话就是格林布拉特关于权力与颠覆的主要假定:颠覆是可能的,但是永远被社会规范,以及阻止其与现实和正常状态之结构发生偏差的能力所遏制。更进一步说,为了加强现实与正常状态之结构,权力需要依赖于颠覆性的概念,因为它只有在与颠覆、异己的关系中才能界定自己;居于权力中心的恰恰就是颠覆的产生以及随之而来的对颠覆的遏制。由此可见,新历史主义批评的一个重要倾向就是将所有的历史表征都简化为相同的权力关系的基本模式。这种倾向让文本服从于肤浅的、一般化的解读,把文本的表面地位置于话语形态的框框之中而不考虑文本的可阐释性,从而使得文学批评在充分体现其政治性的同时,变成了千篇一律的研究权力关系的话语。

新历史主义致力于更新人们对过去的认识,旨在表明:每一个时代都有其自己的理念与意识形态框架,过去的人对诸如"个体"、"上帝"、"现实",或"性征"等概念的理解与今人是不同的。由于新历史主义产生于后结构主义、文化人类学以及"后现代"的历史编撰学等理论流派的语境之中,新历史主义者从一开始就极为关注历史与文化差异的概

---

① 这篇论文最初出现在 *Glyph* 8: *Johns Hopkins Textual Studies* (Baltimore: Johns Hopkins University Press, 1981)中,后来经过改动成了《莎士比亚式的商讨》中的一章。本文引自 John Brannigan, *New Historicism and Cultural Materialism*, p. 64.

念,而这一概念对于解释新历史主义后来的变化具有重要意义。新历史主义最初的兴趣在于强调过去与当代在如何利用历史的问题上存在的差别,强调过去相异于现代的"知识型"(episteme)的程度。①受福柯与吉尔兹(Michel Foucault,Clifford Geertz)的影响,新历史主义者逐渐意识到这种历史差异与后殖民主义和女性主义批评等当代文论所强调的文化差异之间在结构上的类同性,由最初的考察历史差异转而关注存在于种族、阶级、性别之中的差异。这种转变表明,新历史主义者意在利用文化差异的概念对自由人文主义的话语实施批判,因为这种话语运用无差异、普遍性和常识等概念掩盖了有偏见的、压迫性的权力结构得以持久的方式。虽然新历史主义不认为阅读可能是动摇性的行为,不考察权力的调解实际上可以在何种程度上扭曲或削弱其力量,但是它更接近于由性别、阶级和种族差异造成的,而不是意识形态决定论造成的对主体状况的研究。在新历史主义者看来,主体并非仅仅是权力关系的要旨,而且是在不同时间不同程度上由不同的亚文化调动起来的。

"新历史主义"自出现以来一直是个具有争议性的术语。福克斯-杰诺韦塞(Elizabeth Fox-Genovese)曾说,新历史主义的"新"在很大程度上取决于它与解构主义和文化人类学的联系,而且对"新"的强调也表明了新历史主义的一个根本性悖论,即"新历史主义并不那么看重历史"。(张京媛 54)格林布拉特也说过,"新历史主义"作为一种标签和实践居然会流行起来并受到欢迎,这"令我惊异不已,头晕目眩"。(1)在某种意义上,新历史主义出乎其命名者意外的流行可以说是社会力量作用的结果,反映了后现代理论大潮冲击下的美国批评界一种"世纪末"的历史情结。当格林布拉特在《莎士比亚式的商讨:文艺复兴时期英国社会能量的流通》中宣称自己所从事的研究属于一种"文化诗学"

---

① 知识型是福柯知识考古学的核心概念,是决定各种话语和各门学科所使用的基本范畴的认识论的结构形式,是某一时代配置各种话语和各门学科的根本性的形成规则,是制约各种话语和各门学科的深层隐蔽的知识密码。尚志英等,《密歇尔·福柯:一幅反叛者的肖像(译者前言)》,见阿兰·谢里登,《求真意志:密歇尔·福柯的心路历程》,第8—13页。

的范畴的时候①,这种举动似乎象征着新历史主义的主帅试图摆脱他所命名的这个有争议的标签。根据格林布拉特的界定,文化诗学是"对独特文化惯例的集体作用的研究以及对这些事件之间关系的质询",关注的问题是"集体的信念与经验如何形成,如何从一种媒介传入另一种媒介,如何与可以把握的美学形式聚集在一起以供人们消费"。(5)这就是说,文化诗学对其实践者有以下几个方面的要求:其一,要识别独特的文化惯例;其二,考察具体的文化惯例是如何形成的;其三,证明该文化惯例的形成是集体努力的结果;最后,追踪一种文化惯例与其他的文化惯例之间的关系。由此看来,格林布拉特所谓的"文化诗学"实际上是一种对文化进行"细读"的批评策略。

按照这样的策略,可以将斯坦贝克《愤怒的葡萄》放在"沙尘暴移民"的文化表征系统中进行解读。这个话语形态产生于 20 世纪 30 年代末的美国,参与该话语实践的作者们纷纷以"沙尘暴移民"为题材,纪实性地表现了大萧条年代美国社会所面临的尖锐的矛盾冲突,其中有代表性的作品除《愤怒的葡萄》外还有:兰琪(Dorothea Lange)的摄影《移民之母》(1936)、兰琪和她丈夫泰勒(Paul Taylor)的《美国式的逃离》(1939)、麦克威廉斯(Carey McWilliams)的《田间的工厂》(1939)和古瑟瑞(Woody Guthrie)的《沙尘暴歌谣集》(1940)等等。在这些以有权者与无权者之间的二元对立为基本结构的文本中,虽然资本主义的权力得到了突出表征,但是同样引人注意的是这些表征本身的权威。它们的作者们依赖彼此的文本以印证自己作品的真实性与权威性,产生了"我们在此,我们是见证人"这样的具有震撼力的效果。可以说,这种文化表征系统内的各组成部分产生了一种合力,有效地将颠覆包容在该表征系统之中。如果更进一步,还可以考察该话语形态与当时美国的左翼文化之间的互动与商讨。通过这样的分析来发现《愤怒的葡萄》的表征模式,解释斯坦贝克如何将大萧条年代的激进主义思潮以及各种不同的价值观融为一体,并进而展示各种社会政治力量对人的命

---

① "文化诗学"(cultural poetics)最初是格林布拉特在《文艺复兴的自我塑型》中用来指称他 20 世纪 70 年代所开设的研究文艺复兴文化的一门课程的名称,也是他后来经常回归的一个术语。

运的影响。这种对文化进行"细读"的批评模式具有明显的形式主义倾向。难怪有人认为文化诗学可以被看做是新批评方法的一种延伸，只不过研究的对象由一首诗变成了一种文化。（Strier 71）在这种意义上，新历史主义就不再是一种将文学历史化或者将历史文本化的批评实践，而是一种将文化作为一个自足的符号系统进行阐释的实践，因为它将所有的观念的现实或历史看做是完全决定于各种表征的该系统的结果。

总之，从"新历史主义"到"文化诗学"，这表明了其倡导者试图从对文学文本进行历史化主张的退却，转而强调一种更为形式化的文化研究方法，也就是说，由关注文本的历史性转向关注文化的文本性。虽然"新历史主义"和"文化诗学"所指称的是同一个对象（而且人们依然用新历史主义来指称这个流派），并不标志着在研究方法上有什么根本性的差异，但是"文化诗学"的标签却使得这种批评实践不那么具有争议性，更能被包容在"文化研究"这把大伞之下为人所接受。于是人们看到，90 年代的新历史主义者将注意力转向妇女作家的地位、性别特征不断变化的形式和帝国统治的方式，等等。例如，格林布拉特的《不可思议的属地：新世界的奇观》（1991）研究了构成欧洲式的发现话语的游记，将其看做一种他所谓的"欧洲式的表征实践"。作者关注的焦点是欧洲殖民者想象新世界的努力，以及他们如何将行动的依据建立在自己的想象与幻想之上，所使用的关键性术语不再是权力，而是变成了"社会能量"（social energy）。就连格林布拉特与伽勒赫（Catherine Gallagher）的最新著作《实践新历史主义》（2000）也只不过印证了"新历史主义者宁愿拒绝实在的历史事实而愿意迁就幻想的心理倾向"。（宁 149—150）这更加清楚地说明，新历史主义走向了与其他形态的"文化研究"融合的道路，逐渐丧失了其作为一种独特的文学批评范式的地位。这种以"回归历史"为己任的批评流派终究没有真正解决文学研究中关于文学与历史的问题，重新落入了形式主义的"怪圈"。

参考文献

Althusser, Louis. "Ideology and Ideological State Apparatuses." *Mapping Ideology*. Ed. Slavoj Žižek. London: Verso, 1994.

Benjamin, Walter. *Illuminations*. London: Fontana, 1992.

Brannigan, John. *New Historicism and Cultural Materialism*. New York: St. Martin's Press, 1998.

Fang, Jie. "*Of Mice and Man*: The Power Relation as Shown from the Interpretation of Dreams." *Foreign Literature Review* 4 (2001): 63 - 70.

［方杰. 在梦的阐释中展示权力关系：论《人鼠之间》的文化寓意和社会效用. 外国文学评论, 2001(4):63—70.］

Greenblatt, Stephen. "Introduction: The Forms of Power." *Genre* 7 (1982). 3 - 6.

---. *Renaissance Self-Fashioning*: *From More to Shakespeare*. Chicago and London: University of Chicago Press, 1980.

---. *Shakespearean Negotiations*: *The Circulation of Social Energy in Renaissance England*. New York: Oxford University Press, 1988.

Howard, Jean. "The New Historicism in Renaissance Studies." *English Literary Renaissance* 16 (1986): 13 - 43.

Jameson, Fredric. *The Political Unconscious*: *Narrative as a Socially Symbolic Act*. London: Methuen, 1981.

Montrose, Louis. "Eliza, Queene of Shipheardes." *The New Historicism Reader*. Ed. H. Abram Veeser. London: Routeledge, 1994.

---. "Professing the Renaissance: The Poetics and Politics of Culture." *The New Historicism*. Ed. H. Aram Veeser. London: Routledge, 1989.

Ning. "Can New Historicism Go any Far?" *Foreign Literature Review* 4 (2001): 149 - 150.

［宁. 新历史主义还有冲劲吗？外国文学评论, 2001(4):149—150.］

Sheridan, Alan. *Michael Foucault*: *The Will to Truth*. Trans. Shang Zhiying. Shanghai: Shanghai People's Publishing House, 1997.

［阿兰·谢里登. 求真意志：密歇尔·福柯的心路历程. 尚志英等译. 上

海：上海人民出版社，1997.]

Strier, Richard. *Resistant Structures：Particularity, Radicalism, and Renaissance Texts*. Berkeley and Los Angeles：University of California Press，1995.

Wang, Yuechuan. *Literary Theory of Postcolonialism and New Historicism*. Jinan：Shandong Education Press，1999.

［王岳川. 后殖民主义与新历史主义文论. 济南：山东教育出版社，1999.]

Wilson, Richard and Richard Dutton, eds. *New Historicism and Renaissance Drama*. Harlow：Longman，1992.

Zhang, Jingyuan. *New Historicism and Literary Criticism*. Beijing：Peking University Press，1993.

［张京媛. 新历史主义与文学批评. 北京：北京大学出版社，1993.]

作者简介：方杰，南京解放军国际关系学院教授，主要从事英美文学研究。

论格雷厄姆·斯维夫特小说的历史文本意识

杨金才

格雷厄姆·斯维夫特(Graham Swift，1949—   )是当代英国文坛上一位对文学创作有着独到感悟和见解的小说家。他通过对小说人物命运的考察，思考关于历史、生命、爱情、婚姻和死亡等方面的问题，并用生动的笔触描绘了当代英国社会的人生百态和时代风貌。其复杂的叙述方式涉及到个人经历与历史事件之间的种种关系，揭示了小说通过想象和虚构表现人类生活经验的本质。无论《洼地》(*Waterland*，1983)、《世外桃源》(*Out of This World*，1988)，还是《从此以后》(*Ever After*，1992)都是英国特定历史时期政治、文化面貌的写照。这里文本与历史语境相互交织、密切结合共同建构了一种独特的历史意识。因此，阅读斯维夫特的小说离不开对其产生的历史语境进行观照，需要把它们放在特定的历史时期和文化场域加以考察，进而捕捉那些被人感悟并亲历过的历史瞬间。

斯维夫特的短篇《咱家尼基的心脏》(*Our Nicky's Heart*，2000)就是一则亲历记，主要围绕一个名叫尼基的年轻人死于车祸后给一个女性心脏病患者捐献器官展开。叙述者马克既是死者的兄长，又是整个事件的旁观者。尼基是家里四个孩子中最小的一个，母亲原来希望有了三个儿子后能生个女儿，但这一愿望未能实现。她欣然接受这一事实，并且对这个小儿子宠爱有加。尼基自小娇生惯养，傲慢任性，与他兄长不同，小小年纪就很在意穿着打扮。17岁时买了一辆旧的雅马哈摩托车，在大街小巷横冲直撞，结果与一辆卡车相撞，葬身车轮底下。尼基的家人随后作出一个艰难的决定，将儿子的心脏捐献出来。尼基已经离开人世，但他的心脏依然在一个陌生人的体内跳动，对此母亲内心经受着痛苦的煎熬。马克最后打听到接受尼基器官的是一位 46 岁的中年妇女。他不敢将实情告诉母亲，只是说尼基的心脏移植到了一位年轻姑娘的身上，从而给本想生个女儿的母亲带来些慰藉。小说从寻常事件中挖掘出不同寻常之处。作者以他惯有的写作风格，让马克像唠家常似的讲述他小弟弟短暂的一生及其遭遇的不幸对他一家人产生的影响。马克的叙述把尼基傲慢冒失的性格与买旧摩托车和车毁人亡等事件联系起来，试图建立一种因果关系。小说生动刻画了人们对尼基的心脏移植作出的不同反应：母亲的悲伤和内疚、马克的冷静和遗憾，以及医护人员就事论事的职业态度。尼基的死引发读者对生命及其价值的思考。叙述者提出了一个耐人寻味的问题："心脏，它是什么？"心脏是一块肌肉，是一个泵，但又不仅仅只是一个身体器官。故事的结尾意味深长：母亲经历了丧子之痛后，心头的创伤并未痊愈，也不可能痊愈。在马克看似平淡的讲述中，涌动着浓浓的母子情感和手足之情，足以让读者自己去咀嚼、体味。

然而，以往的评论基本上忽视了对斯维夫特小说情感因素的讨论，把研究的视野聚焦在作品的历史性和后现代写作特征方面，主要表现在以下两个方面。（1）评论者大都援用后现代批评家琳达·哈琴的"编史元小说"（historiographic metafiction）概念对斯维夫特的小说《洼地》进行解读，认为这是一部典型的质疑历史、颠覆传统历史观念的作品，在探讨历史模糊性的同时又深度审视了决定叙事范式潜在结构的元叙述。不过在具体的阐释中，他们似乎更多地关注作品的政治和理论层面，过分强调叙述者的历史主体性，而对生成文本的历史语境缺乏客观的总体性把握。① （2）评论者把斯维夫特的创作看做一个整体，比较宏观地考察作品的内涵，更多地讨论作品所隐含的悲悼和忧伤的叙事格调，认为斯维夫特描写的是当代人摆脱不了的困惑和伤心事，因而表现出忧郁的现代性。（Wheeler 63—79）乍一看，这两种批评方式虽

---

① 相关论述可以参阅 John Schad, "The End of the End of History: Graham Swift's *Waterland*," *Modern Fiction Studies* 38. 4 (Winter 1992), pp. 911 - 925; Pamela Cooper, "Imperial Topographies: The Spaces of History in *Waterland*," *Modern Fiction Studies* 42. 2 (Summer 1996), pp. 371 - 396; George P. Landow, "History, His Story, and Stories in Graham Swift's *Waterland*," *Studies in the Literary Imagination* 23. 2 (1990), pp. 197 - 211.

然侧重点不同但难分轩轾。其实不然,两者都存在值得进一步探讨的问题。无论哪一种批评方式都把斯维夫特的作品看做历史语境的衍生物,或多或少地夸大了个人的自我意识。前者注重分析个人对历史环境的反应,旨在挖掘《最后的遗嘱》(*Last Orders*, 1996)中所写的那种"宏大历史里的卑微人物"(90);而后者的忧郁性解读又会导致从伦理层面对叙述本身作出评判。事实上,斯维夫特的超凡之处就是能够运用小说的想象力在自我体验和未知的他人领域之间架筑桥梁。殊不知,他的大部分小说都是在 1980 至 1996 年间创作并与读者见面的,恰好跨越了撒切尔夫人和梅杰两届政府。正是在这样一种历史背景下,斯维夫特从事文学创作并获得读者的青睐。要想进一步透视生成文本的历史语境,就有必要对文本与语境的关系作一简要梳理,以期弄清两者的关联,进而更好地审视作为文本的斯维夫特小说与其产生的历史语境之间的关系。

"文本"这个词从拉丁文演变而来,有两个词源,既可作动词又可作名词,前者的意思是"编织或构造",而后者有"编织物"、"网络"和"结构"等含义,其中也包含了一定的历史语境。"语境"一词也来自拉丁文,有两种词性,作动词时有"把不同的……编织起来"或"由不同物编织而成"之意,作名词时主要含有"联系"、"一致性"等意。从词源上看,英语里的"文本"和"语境"关系非常密切,两者几乎密不可分,正如它们的词义所示,"文本"将"不同的语境纳入编织的网络结构",而"语境"又由"不同文本编织而成"。从此意义上讲,语境往往潜隐在文本的背后,构建了一个深沉、含蓄的意义世界,而文本又必然由生成它的语境镂刻而成。这种对文本和语境进行共生性阐释的做法基本上适合各个历史阶段的任何文本分析。英国文学的发展本身就是极好的例子。无论古代、中世纪,还是文艺复兴时期、18 世纪诞生的文本,都是在一定的历史文化语境中产生的,不可避免地带有时代的烙印。因此,不少文学批评家都把对文本的批评与具体的历史语境结合起来,总是从某个特定的历史时期对具体文本进行观照。

斯维夫特的小说大都以第一人称叙述,所再现的历史语境看似都是这些叙述者的亲历记,但不能说其中没有作者本人的意图,只是斯维夫特习惯于借主人公之口来表达自己的看法,譬如,《洼地》中的汤姆·

克里克、《世外桃源》中的哈利·比契和《从此以后》中的比尔·厄温等都在表达一种对人生和历史的看法，但在小说的叙事结构上看不出故事叙述者缺乏诚信的踪迹，往往想当然地认为他们的经历就是如此。这就出现了一种阅读空间，需要读者自己去分析判断。一般来说，文学作品就是现实生活的衍生物，其意义和价值应由生活于其中的人们对它们的自然感悟来确定。当然，斯维夫特的小说可以放在不同语境下加以解读，进而体验其中包孕的多重历史文化内涵。在阅读他的作品时，不妨先考量一下当下受市场导向的图书出版和销售情况、像布克奖之类的文学奖项的评审过程或其他传媒宣传等。此外，作者本人的生活经历、20世纪末整个小说的创作现状和文学传统等都应纳入考察的范围，因为正是所有这些不同因素交汇在一起才建构了斯维夫特的创作语境。从此意义上说，斯维夫特的小说世界就是一个多元共生的互文网络。《从此以后》是个典型的例子，其中多处援用《哈姆莱特》的母题来进行人物构思，明显带有互文特征。《最后的遗嘱》也不例外，不仅大量借用文学典故，而且从主题和结构两方面借鉴乔叟在《坎特布雷故事集》中的"开场白"、T. S. 艾略特的《荒原》和福克纳的《弥留之际》。由此可见，斯维夫特的小说描绘了一个带有明显历史遗痕的当今世界。这里所谓确定性已经不复存在，而虚无却占据了重要的位置，呈现出现实生活的幻影，人们习惯称之为"后现代世界"。正如《洼地》的叙述者所言，我们似乎已经走到了"历史的尽头"。(17) 在宣泄人的绝望的同时，作品又似乎不甘心地想告诫人们要用"爱"的方式来召回人类早已失却的朴实和天真，将他从后现代的废墟上挽救过来。小说读来让人觉得有一股"新人文主义"的味道，很像多丽丝·莱辛在1996年推出的那部小说《爱，再来一回》(Love, Again)。由此看来，文本中还隐含了其他历史语境。阅读文学作品必须密切关注文本明确指涉以外的历史文化内容，因为这一部分总是潜隐在文字语汇的背后。例如，读者一般认为奥斯丁的小说《曼斯菲尔德庄园》描写了19世纪早期英国社会的阶级关系和责任感等问题，但是细心的读者会发现，小说中伯特莱姆爵士被派到西印度群岛去打点他的产业（即从事殖民贸易活动以便牟取更大的经济利益）有着深刻的历史文化内涵，这里所涉及的不仅仅是一种阶级关系，而且关涉到更大的历史、政治命题，即英国殖民主义和奴隶制以及与之相关的奴隶、经济和伦理等多方面的问题。由此我们可以推断英国上流社会的富庶和安逸是建立在对外实行殖民扩张和剥削黑奴的基础上的。同样，斯维夫特塑造许多女性形象不只是为了写她们的生活琐事，更是想为当下文化女性主义津津乐道的性政治建构一个文化语境。

斯维夫特的小说不仅选题多样化，而且整个叙述格调也各不相同。《糖果铺店主》(*The Sweet Shop Owner*, 1980)是其第一部小说，讲述了一个人的生活故事。这里，主人公威利·查普曼与他的妻子、女儿的关系是通过他自己的口吻来叙述的，但这种个人的生活场景常与社会事件联系在一起，呈现出一种跨时代的历史现实，即把第二次世界大战前发生的事件和创作该小说的 20 世纪 70 年代的人和事联系起来。只是这种文本历史感是抽象的，与小说人物真正的日常生活经历之间存在某种隔阂。这在查普曼与他女儿的男友——一个历史学研究生——之间的对话中可见一斑："历史，"查普曼非常肯定地说，"我一直对它着迷。"(179)事实上，查普曼从不看报，除了瞄瞄那些标题。查普曼天天印报、卖报但从不读报，这表明他对时事并不关心。试想：一个对时世毫不关心的人何以为历史着迷？显然，历史这个庄重的字眼被戏谑了。历史对于查普曼来说并无多大实际意义，因为他不能把历史的真正含义和自己切身的经历联系起来，更不用说会对历史产生兴趣。整个作品似乎都在探讨主人公的自我意识以及他与物体之间建立的种种联系。人与事、主体与客体之间产生的互动关系主要体现在人可以使用物体，并通过物体的作用获取财富等方面。因此，事物间哪怕是小小的接触都会产生力的作用与反作用，甚至引起某种共鸣。查普曼第一次与未婚妻见面是在印刷厂上班，那时他全身都是印染物，"你得卷起衣袖，两手都是墨汁或机油"。(24)这时的查普曼干的是车间最普通的工作，不过他的这种处境后来被妻子改变了。她买下印刷厂让查普曼经营并以此想获得他的爱情，但这种带有某种交换色彩的爱情交易并未让他感到婚姻的美满。婚后查普曼虽然从一个普通的印刷工变成了业主、老板，拥有一份殷实的家业，但他并不觉得这是一种幸福。他觉得自己的生活并没有发生实质性的变化，只是从原来工作时需要接触墨汁这样的脏物变成了现在天天要接触钱这个肮脏的东西："你手上即使沾满了钱的污垢，也不会出什么事。没有东西会碰你，你也不会碰到什么。"（44）作为店主，查普曼拥有包括钱以内的很多东西，如厂房、工人等，但他常常视而不见，似乎丧失了真正能够接触这些人与物的能力。他的妻子也不例外，是个有情感缺憾的女子，整天专注于收集一些没有多少使用价值的物品，如瓷器等。（148）在别人看来，她的占有欲很强，总想拥有更多有价值的东西，但事实上她并不知道如何与这些物体建立联系。她似乎拒绝与所有事物发生联系，就连自己的女儿也失散多年、杳无音讯。（182）物质的东西的确很难被真正占有，一个人可以拥有很多像瓷器或古玩这类有价值的东西，但它们无法与之建立某种情感纽带，正如小说的主人公所悲叹的："你拥有的东西并不一定属于你。"（58—79）

第二部小说《羽毛球》（*Shuttlecock*，1981）也是采用第一人称叙述。叙述者普莱恩蒂斯主要讲述他个人的犯罪前科和现实中不协调的家庭生活。他终日沉迷于对历史的追问之中，一心想弄明白已在精神病院治疗的父亲究竟是不是战争时代的英雄。这里的主题非常鲜明，围绕孩子看电视这一幕展开。普莱恩蒂斯的孩子沉迷于电视，尤其热衷于《仿生人》这个电视节目。他不无失望地感慨道："我的几个儿子在电视机前像着了迷似的，连抬头看一眼父亲都不想。他们只想看电视里的那个仿生人，希望自己像超人一样做常人做不到的事。"（9—10）《世外桃源》也是一部回应历史的小说，以英国与阿根廷之间发生的福克兰群岛战争为背景，通过一些照片来回望历史，以期达到质疑和反思历史的目的。小说似乎在告诫人们：现代生活就像照片一样会传达一些虚假的信息，具有某种欺骗性。主人公哈里与摄影师不同，他在观察事物时不用照相机，而是用自己的眼睛，因而在审视这场发生在英国与阿根廷之间的战争时会产生另一种看法。在他看来，这场战争似乎没有必要发生。他说：

> 照相机似乎已不再直接记录生活而是通过某种媒介再现现实……似乎整个世界都需要照相机来认定或者被它垄断，为了把自己解释成某种神话的记忆，似乎又必须仰仗于它，要不就担心自己会消失得无影无踪。（188—189）

按照后现代叙事逻辑,小说一直表达着对"存在"或"不在"的思索,而且,这种思索又常常建立在"怀疑"和"自我质疑"的基础上。以上主人公的思索几乎到了虚无或不可知的境地,因为他一直没有确切地表达自己的观点,而是用了一连串的"似乎"(as if)来表示一种不确定性。这里呈现的是一幅彼此分离的后现代影像,一个被人为提炼过的不太真实的现实。哈里从历史照片上拍下的这些青铜时期的镜头上有现代英国国防部的装备和办公场所,而纽约那个旅行代理商专门用旅游的方式向 20 世纪 80 年代的英国人兜售美梦,将他们带入一个梦幻世界:"英国旧世界的金色记忆,茅草屋的乡间别墅和豪华的住宅,甜蜜温馨、富有活力的幻想。"(15—16)年事已高的哈里找了一个年轻美貌的女子,并与之同居,想象自己住在画一般的乡间别墅(59),尽管画册上的东西不一定是真的。(79)事实上,哈里一直生活在一个与世隔绝的世界里,他认为英国"就是一个玩具国家……你尽管可以不信,但这里的一切事物的确就是玩过的把戏"。(192)真正的英国展示的是其国防部的实力和策划福克兰群岛的战争。(185)这里,时间与历史交汇在一起,并随着主人公的自我意识无限扩散和延宕。正如后现代理论家哈琴所言:"后现代小说不是简单地把关注的焦点从文本的生产者转移到文本的接受者身上……而是把文本的生产和接受过程以及文本本身重新置于整个信息传达的情景之中。"(40)这就决定了编史元小说的历史指涉或入世特性。《世外桃源》呈现的是一个虚拟的由文本和互文文本构筑起来的话语世界,这个世界与经验世界有直接的联系,但不是经验世界本身。这里,历史遭到质疑,并以含混、暂时和不确定的面目出现。其意义也变成了某种虚妄,颇让人想起解构主义那句为了文本放逐历史的格言:"文本之外,别无他物。"

《洼地》是由历史教师汤姆·克利克来叙述的。他想用教学大纲中的宏大历史来代替自己的家族史。这里战争是作为一种背景来描写的,暗示小说人物汤姆、玛丽以及他们的朋友都是在战争的阴影里成长起来的,这就形成了小说的历史语境。汤姆劝告学生不要幻想那种直线式的、"像经过严格训练的军队一样不断径直地前行的历史",并逐步把讨论的焦点引向对世界进步话语的质疑。他进而认为:"无论在道德领域还是科技领域,所谓向前发展的文明活动都不可避免地带来某种意义上的倒退。"(134)小说里的茶会或闲聊场景很多,看似琐细,缺乏宏大的政治历史蕴涵,但这些闲聊不是空穴来风,而是以一定历史现象为基础。与之相对应的正是窗外正在发生的活生生的人和事。可以说,他们餐桌前的闲适谈话已经抛弃了原先公共领域人们奢谈的重大历史、政治事件,更多地注重家庭琐事或个人心事,表现出普通人身上独有的一种与世隔绝的市井文化心态。茶会或餐桌闲聊是现代消费社会的一种较为普遍的交往方式,也是大众消费模式。人们可以聚首茶餐厅自由地谈论社会、调侃人生,把原先只能在宏大的公共政治领域谈论的话题纳入到餐桌或茶室这个具有明显个人色彩的私人领域。值得注意的是,这样一种小团体的私人活动空间仍然会对社会大环境作出相应的反应。正如现代英国著名剧作家克里斯托弗·易希伍德(Christopher Isherwood)所言,闲适的私人空间其实是在大的历史语境下形成的。(107)《洼地》就是一个既引入历史文本又对其进行质疑的过程,也是与后现代多元价值观和真理多面性的文化语境相呼应的过程(金佳 122),充分体现了编史元小说的特征,即在质疑和消解历史文本的同时,把可知性交给了文学文本,并从多个层面展现历史事实的多样性。小说主人公汤姆引导学生对历史价值所作的讨论构成了对传统历史观的挑战,并在一定程度上颠覆和瓦解了历史发展观念。

通过以上简略的分析,笔者认为:将文学创作置于某个特定历史语境去解读着实是一种具有历史感的体验。斯维夫特把个人的故事和体验渗入到历史的大背景中去,通过表现后现代语境中的当下感受和欲望来延展文本的共时空间,展示出开放性的、多向度的创作视角。阅读其作品其实就是跟着"体验"和"把玩"历史。当然,我们完全没有必要把文本所影射的历史文化语境与我们实际的日常生活所经历的世界划等号。

参考文献

Hutcheon, Linda. *A Poetics of Postmodernism*. New York: Routledge, 1988.

Isherwood, Christopher. *Lions and Shadows*. London: Four Square Books, 1963.

Swift, Graham. *Last Orders*. London: Macmillan, 1996.

---. *Waterland*. London: Picador, 1984.

---. *The Sweet Shop Owner*. London: Heinemann, 1980.

---. *Shuttlecock*. Harmondsworth: Penguin Books, 1982.

---. *Out of This World*. London: Penguin Books, 1988.

Jin, Jia. "Reading Graham Swift's *Waterland*." *Contemporary Foreign Literature* 2 (2004): 122 – 128.

［金佳. 格雷厄姆·斯威夫特小说《洼地》的动态互文研究. 当代外国文学, 2004(2): 122 – 128.］

Wheeler, Wendy. "Melancholic Modernity and Contemporary Grief: The Novels of Graham Swift." *Literature and the Contemporary: Fictions and Theories of the Present*. Eds. Roger Luckhurst and Peter Marks. Harlow: Longman, 1999.

作者简介:杨金才,南京大学外国语学院英语系教授,主要从事英美文学研究。

当代美国小说的新现实主义视域

姜 涛

一、引 言

新现实主义是上个世纪以来学术界热点讨论的话题之一。与现代主义和后现代主义一样,新现实主义不只限于文学领域,而且出现在国际政治、绘画艺术、影视制作、建筑设计以及服饰、装潢等许多领域,是后现代主义之后的一种文化现象。文学概念上的新现实主义出现在上个世纪末,是人们对"后现代之后"向现实主义回归的文学潮流的统称。美国东安格利亚大学的马尔康姆•布莱德布雷教授在《关于90年代小说创作》的报告中指出:"90年代开始,巨大的环境变化使我们的历史感发生了变化,对于新事物的实验也开始有了一定的惯例常规,即不再反对传统,而是继续走传统之路。这就是我们所说的'后现代之后'。"(14)在这里,他总结了近年来人们对"后现代之后"的探索而形成的共识,即所谓的"后现代之后"就是传统与变革的合二为一。当代美国小说新现实主义视域下的创作可追溯到20世纪70年代,经过30多年的发展已形成具有较大影响力的文学思潮,引起文学界越来越多的关注。这一现象是否意味着后现代主义的转向和终结?新现实主义产生的内在动因是什么?它具有什么样的哲学基础和理论支撑?其创作取向和原则是什么?未来走向和前景如何?对这些问题的思考和把握有助于加强我们对美国乃至西方当代文学的理解和掌握。

二、新现实主义产生的原因

产生于19世纪末、兴盛于20世纪初和两次世界大战之间的现代主义文学以象征主义、意识流小说、表现主义、未来主义、超现实主义为主要创作流派迅速传遍世界各地,形成影响巨大的文学创作洪流。两次世界大战之后,后现代主义文学开始崭露头角,逐渐形成趋势。其主要创作流派有存在主义、新小说派、荒诞派、魔幻现实主义、黑色幽默等。现代派和后现代派有许多共同之处,因此也有人认为后现代派是现代派的延续。如二者都十分重视艺术形式的创新,许多后现代作家如巴塞尔姆、库弗、巴斯和加迪斯等都深受现代主义的影响。不同的是,后现代主义作家在重视艺术技巧试验的同时,反对现代派作家对大众文化的蔑视,更关注读者的兴趣与阅读习惯。在小说创作的基调上二者也存在相似之处。现代主义作家在创作中更多地糅进了他们的悲观情绪和失望、失落色彩,反映出他们对现代社会物质生活的丰富所带来的精神贫瘠的担忧和无奈。后现代主义作家不信任政治权威,对新科技的发展造成更多的人失业和流离失所感到痛心和无助,对人类的未来悲观失望,这使他们的小说创作充满了存在主义色彩。(转引自杨仁敬 5)后现代小说充分反映出第二次世界大战后美国广大民众压抑紧张、苦闷厌世、无安全感的内心精神世界。第二次世界大战中德国法西斯对犹太人的肆虐屠杀、美国投向日本的原子弹;二战之后美苏冷战中的对峙;国内麦卡锡主义横行,民权运动兴起等,这些都引起美国小说家们对传统价值观的质疑和对历史的反思:人类为何自相残杀,科学进步的成果为何用于灭绝人性的战争,为何给人类带来惶恐和不安。他们对现实不满,对社会不寄予希望,看不到未来的出路,陷入精神危机的深渊。于是他们不再关心身边的现实,不再刻意地反映客观的真实,放弃典型环境中的典型人物塑造的创作原则,淡化小说主题,转而注重形式和现代叙事技巧的试验,写作上翻新花样,以奇异艺术之美解构传统的审美精神与审美方式。然而,语言的游戏、碎片的拼贴、琐碎无序的叙事、自我嘲笑的黑色幽默尽管丰富了小说的创作技巧,却无法形成宏大的叙事,创造典型的艺术形象。这一时期的后现代小说出现了"小说的危机"和"文学的困境"。

20 世纪 70 年代末,当代美国小说出现了新的发展。随着时间的推移,广大美国民众逐渐走出两次世界大战的心理阴影,人们的厌世情绪、悲观失落的心态以及内心的恐慌不安都开始逐渐平息,整个社会进入相对的平稳时期。在文学上,人们开始更多地关注周边发生的事件和具体的现实,传记式、纪实性和历史性等现实主义题材作品闯入大众的精神生活。社会的变化、作家们自身对"后现代的主义"的反思使文学作品开始向现实性回归。应该说"新现实主义"是在历史时代和文化传统共同呼唤下应运而生的。

新现实主义出现的另一个原因就是后现代作家创作的成熟和个人心态的调整。许多后现代派作家在创作之初,迷恋于跟随潮流和写作技巧的新颖,而一旦走向成熟,他们便开始淡化那种炫技式的创作。曾经是先锋试验派代表的中国当代作家余华说:"当一个作家没有力量的时候,他会寻求形式和技巧;当一个作家有力量了,他是顾不上这些的。使用各种语言方式,把一个小说写得花哨是件太容易的事。让小说紧紧抓住人,打动人,同时不至于流入浅薄,是非常不容易的。"(转引自《南方周末》)美国许多当代作家如索尔·贝娄、费利普·罗斯、多克托罗、托马斯·品钦等都有同样的经历。他们一度对现实冷漠,甚至充满了敌对态度。但随着时间的推移,他们内心的不满和愤怒逐渐得到平息,开始意识到真正的作家所追求的是真理,是一种非道德判断的真理。作为作家,他的使命不仅仅是发泄对现实状况的不满,不仅仅是控诉和揭露现实的弊端和阴暗,而更应是向读者展示高尚的精神,那种经历了许多许多之后对一切事物的理解以及超然的品格。重新回归现实,关注社会,能使他们的作品更博大恢弘。

后现代主义的新现实主义转向另一个原因就是市场。后现代主义小说,特别是晚期后现代小说,超前性、独创性和实验性的特点十分突出,这无疑会暂时激起一些读者的好奇,但它却超出了大众的心理期待值,注定不会拥有广大的读者群,也注定会遭到市场的冷遇。"尽管时代变迁,现实主义的传统仍有着顽强的生命力,传统的现实主义小说至今仍为广大美国公众(当然,也包括许多当代作家)所喜爱,对当代美国作家产生着深刻的影响。"(转引自程锡麟 36)广大读者对传统现实主义小说的接受程度和持久的喜爱使它拥有较为广泛的读者群和良好的潜在市场。因此,当代美国作家向现实主义的转向也是他们经过冷静反思后的明智之举。

三、新现实主义视域下小说创作取向

把新现实主义看做是后现代主义向传统现实主义的转向或回归在学界是有争议的。应该指出的是,人们对传统的探索和认识一直没有间断过,特别是对现实主义传统的研究和改革一直在不断深化和发展。正是因为如此,有人认为现实主义始终作为一个重要现实存在着,一些小说家仍然坚持现实主义的创作或在他们的创作中仍然存在现实主义的元素。但笔者认为自 20 世纪现代主义和后现代主义相继出现以后,现实主义作为文学创作主流逐渐让位于现代主义和后现代主义。我们所说的回归是指当代美国小说的创作主流开始向现实主义传统转向。显然,即使这一转向完成,也不会是传统现实主义的再现。新现实主义视域下小说家的创作不是简单的现实主义传统的回归,而是给传统的现实主义注入了现代的精神和气息,使其变成高度成熟的现实主义,它的突出特点是创作主题与题材的严肃化和创作模式的多元化。新现实主义视域下的小说家本身就曾是现代派、后现代派小说家,他们在新现实主义视域下的创作从各种各样的文学流派中汲取营养,这使他们的作品更真切地反映现实,更深入地刻画人生。新的现实主义不再也不应该是对客观现实的僵化的描摹,也不意味着现成的经验,它应是现时代正在发生的过程。传统的现实主义表现方法和语言形式无法描绘日益变化的新现实,现实性必然蕴含着现代性,因此,要达到真正的现实性便要求文学作品在思想上和艺术上做到现实性与现代性的双重融合。

尽管现在宣告后现代主义小说创作终结为时尚早,但诸多当代小说家在现实主义视域下进行创作已经成为无可争议的事实。后现代主义文学创作向现实主义传统的转向已经对当代美国小说创作产生了极大的影响。那么,他们要转向何方呢?

首先,回归传统。历史人物和历史事件重新走进当代小说家的创作视域。小说家多克托罗借用 20 世纪初摩根、福特和弗洛伊德的真人真事,虚构了三个不同家庭人物的故事,写了反映第一次世界大战前、大变革中的美国社会的长篇小说《拉格泰时代》(*Ragtime*, 1975)。德里罗 1988 年创作并出版的《天秤星座》(*Libra*, 1988)讲的是刺杀肯尼迪事件的经过。库弗创作的《公众的怒火》(*The Public Burning*,

1977)讲的是前总统尼克松的真实经历。普通人物也在历史轮廓下进入人们的视线。乔伊斯·卡洛尔·欧茨在《他们》(*Them*，1969)中把自己写进书中，并以女主人公莫林·温德尔德老师"欧茨小姐"的身份讲述主人公的故事。小说创作主题上也出现回归传统的现象。如传统的大团圆主题再次出现在许多当代美国小说中，如艾丽丝·沃克的《紫色》(*The Color Purple*，1984)、艾丽森·卢里的《泰特家的风波》(*The War Between the Tates*，1974)和《异国恋情》(*Foreign Affairs*，1984)等。这一传统主题与后现代的流浪、离家出走主题形成鲜明的对照。在小说的叙事方面也出现了回归传统叙事风格和常规写作的现象，即历史的事件有一个线索，人在历史中运动，人物注重性格刻画，故事情节有节奏，叙事是线形的。

其次，关注现实。从小说内容上直面现实世界。一些当代美国小说家，一改远离现实生活的创作风格，剔除"当代性失语"的顽疾，回归面对现实的传统。直面现实不仅是指在时间上小说家的叙述指向当下，更重要的是直面现实的苦难和沉重，特别是现实生活中人们心灵的痛苦。如诺曼·梅勒反映现代科技发展给人心理带来影响的《月球上的火焰》(*Of a Fire on the Moon*，1969)和反越战示威的《夜幕下的大军》(*Armies of the Night*，1968)；马丽琳·法兰奇写的反映女性觉醒的小说《女厕》(*The Women's Room*，1977)和艾丽丝·沃克的《紫色》以及德里罗创作的反映美国社会生态环境遭到破坏给人们带来痛苦和困惑以及他们对未来和死亡感到忧虑和恐惧的《白噪音》(*White Noise*，1985)等。

四、新现实主义视域下小说的基本特征

新现实主义作家在全面反思后现代主义荒诞、夸大等基本创作原则的基础上，以更为冷静的目光审视多元和充满变化的世界，以更为现实主义的手法反映身边及社会的问题；同时，他们又借鉴现代和后现代主义的手法，将生活琐事和历史事件相结合、真实事件和虚构情节交织，回归文学的真实性，丰富了作品的现代性。实际上，新现实主义小说的显著特征就是现实主义创作原则和现代主义创作手法的有机融合。

（一）新现实主义小说的内容特征

新现实主义在向现实主义传统回归的过程中，既注重传统的变革和演进，同时又注意吸收和兼容后现代主义小说创作中可汲取的营养。新现实主义更注重小说内容的时代感和现代性，它所揭示的是时代生活的新过程、新倾向、新体验、新型冲突和新型人物；注重题材上的多元化，开放式地反映当代现实生活；注重事实与虚构相结合，事实与想象相结合，增加了内容的活力。

第一，注重内容的时代性和对现实的体验

新现实主义在固守传统现实主义特有的品格的同时还容纳新的内涵，这使它具有时代性。如当代美国小说家费利普·罗斯创作的《人性的污秽》（*The Human Stain*，2000）从种族问题出发，通过历史的类比，反映美国少数族裔生存状态中普遍存在的局促感、压迫感、边缘感以及对融入的渴望，并探讨了美国少数族裔热切关注的现实话题，即文化背叛和忘记过去的问题。"作为犹太作家，罗斯用民族特性来搭建小说的结构，从民族问题出发，他展现了当代社会的现实。"（Searles 19）而德里罗的长篇小说《白噪音》中各种广告铺天盖地，刺激人们的神经，主人公的女儿思特菲甚至在梦中重复电视里的广告声音。这使读者在小说阅读过程中获得一种对现实的体验。

第二，对现实生活反映的多元化

现实世界是多元的，现实生活是多彩的。在题材方面，新现实主义采取开放和借鉴的态度，因此比传统的现实主义视域更为宽广。传统的现实主义主要反映现实生活中整体的、本质的、真实的东西，特别注意描写社会底层生活及"小人物"的悲剧命运。新现实主义小说的题材却更加宽泛，涉及各行各业，各个社会层面，人物有掌握国家命运的总统和国家要员、精通现代高科技的科学家、通晓各类知识的知识分子、争取平等权利的女性、寻找身份认同的少数族裔，以及信奉宗教的传教士；事件涉及政治、经济、军事、外交、科技、文化、环保等领域。但内容的多元化并没有改变注意塑造典型环境中典型人物的创作原则，如罗斯的"祖克曼"（Zuckerman）系列小说、贝娄的犹太族裔问题小说、琼·狄迪安反映当代女性的小说等。

第三，内容上事实与虚构相融合

一般认为，现实主义文学具有较高的历史价值，而现实主义文学的历史价值主要在于作品中写了现实的人物和事件。新现实主义小说内容则不限于反映简单的事实，它还常常把事实与虚构，事实与想象结合起来，甚至还包含超现实的人物和事件。这种现实人物和事件与虚构、想象、超现实的结合使作品增加了活力，使作者更能灵活自如地表达自己的观点。罗斯 1971 年发表的虚构政治讽刺小说《我们这一伙》(*Our Gang*，1971)和梅勒 1970 年发表的虚构科幻小说《月球上的火焰》以及罗斯 1972 年发表的充满超现实想象的小说《乳房》(*The Breast*，1972)等都属于这一类作品。

（二）新现实主义小说创作的艺术特征

新现实主义小说的主要艺术特征就是现实主义创作原则和现代、后现代主义手法的有机融合。

第一，继承和发展塑造"典型环境中的典型人物"的创作原则

"在文艺创作中，从生活美转化为艺术美的过程就是典型化。""典型化是一个以少写多、以形写神，通过个别表现一般的过程。在这个过程中，概括化和个性化交织在一起，相互作用，相互渗透，最后以个性化的形式显示出普遍性的意蕴。"（转引自朱立元 64）新现实主义小说家一方面继承了这一现实主义传统，同时结合现实发展了这一传统，赋予他们笔下的典型环境和典型人物以时代气息。罗斯的美国三部曲：《美国牧歌》(*American Pastoral*，1997)、《我嫁给一个共产党人》(*I Marry a Communist*，1998)和《人性的污点》被认为是"历史背景下的美国悲剧"。(Bonnie 125)它集中塑造了第二次世界大战后美国中产阶级普遍的生存境况，书中描写的二十多个人物就是二战后典型环境下的典型人物，每个人物身上都带有时代的烙印。他的"祖克曼"系列小说《捉刀人》(*The Ghost Writer*，1979)、《被解放的祖克曼》(*Zuckerman Unbound*，1981)、《解剖课》(*The Anatomy Lesson*，1983)、《布拉格狂欢节》(*The Prague Orgy*，1985)、《生活逆流》(*The Counterlife*，1986)，再现了当时犹太文人的处境，具有鲜明的时代特征。著名小说家厄普代克的"兔子四部曲"：《兔子，跑吧》(*Rabbit, Run*，1960)、《兔子，回家》(*Rabbit Redux*，1971)、《兔子，富了》(*Rabbit Is Rich*，1981)、《兔子，安息》(*Rabbit at Rest*，1990)，同样在历史的框架下塑造了典型的

美国时代人物。

第二,创作手法多元化

所谓的多元就是在现实主义精神和原则的框架下吸纳各种模式。现代主义和后现代主义的一些重要流派,如意识流、表现主义、存在主义、黑色幽默、新小说派等都具有现实主义的特质。新现实主义把包括以上流派的众多流派创作模式糅入到自己的小说创作视域之下,丰富了自身的创作内涵。

从时间维度上看,新现实主义小说家基本上遵循传统现实主义的叙事顺延的原则,将历史存在作为小说叙事的发展顺序,宏观上坚持历史时间发展的顺序性。如罗斯"美国三部曲"中的《我嫁给了一个共产党人》就是描写二战后 40—60 年代美国麦卡锡主义肆虐时期人们的生活境遇;《美国牧歌》以美国 60—90 年代越战为历史背景,并按时间顺序把越南战争给美国人民生活带来的影响渗透到社会各个方面;《人性的污点》讲述的是 90 年代以后克林顿弹劾事件和"政治猎污"故事。厄普代克的"兔子四部曲"跨越艾森豪威尔总统执政时期到里根时期,讲述每一个时代主人公经历的不同故事。在宏大的叙事框架下,新现实主义小说家开放地吸收和采用现代和后现代派的叙事手法,在局部常采用碎片式叙事方法,如断裂、分解、拼贴、黏合、重复等。叙事的心理时间发展呈现无序化、再现无意识世界、描写心理世界的真实等在新现实主义小说中比比皆是。

(三) 新现实主义小说的审美特征

当代美国文学中新现实主义小说的出现引发了人们对小说审美特征的新认识。与传统的现实主义小说相比,新现实主义小说具有以下几个审美特征。

第一,"大叙事"与"小叙事"相结合

"大叙事"指的是宏观叙事,"小叙事"指的是局部叙事。在时间维度上,新现实主义小说常常采用宏观的顺时叙事方法,而在局部具体的章节中常常伴随着时序颠倒、跳跃、时空交错等手法。整体上保持"现实性",与历史存在的发展顺序一致,局部上可以打破传统的井然有序的叙事手法。这种宏观的"有序"和微观的"无序"的结合如实地再现了现实世界存在和发展的状态。此外,传统现实主义全知全能的外视点叙事方式在现实主义小说中被弱化，并与心理的内视点叙事相结合，在现实地反映人物和事件的外部结果的同时，再现人物丰富的心理变化过程。例如罗斯的"美国三部曲"和厄普代克的"兔子四部曲"。

第二，"外部现实"和"心理现实"相结合

传统的现实主义作家总是客观描写人物和场景，再现人与人、人与社会、人与自然的关系和相互间的矛盾与冲突。在现代和后现代派的影响下新现实主义小说家除客观地再现外部真实世界之外，更多地转向人物的内心世界，探讨人物的心理现实，同样把人物的无意识世界看做是真实的世界。这种"外部现实"和"心理现实"的结合更全面地反映出复杂、多层次的真实的现实世界，把文学创作和审美推向更高境界。

第三，"真实性"和"荒诞性"相结合

新现实主义小说家在坚守传统的现实主义客观性、历史性、理性和物理时空的品格外，大量地糅进现代和后现代派的创作手法。他们把真实世界作为他们荒诞想象的基础，采用神话、传说、想象等超现实主义手法表现当代世界的荒诞性，塑造出引发读者深思、激发人们美感的典型人物，促使人们以一种新的尺度观察所生活的世界。罗斯的小说《乳房》就是一个典型的例子。小说以主人公戴维·凯佩什教授夜里发现自己变成乳房为开头，通过会说话的乳房一系列荒诞的行为再现了美国社会在商业性文化压力下人们对人的异化的忧虑和关注。

第四，"完整性"和"碎片性"相结合

传统的现实主义历来主张小说情节的完整性，即小说要以历史事件为发展线索，人物在历史中运动，故事情节具有节奏性、逻辑性，有始有终，线形发展。正如亨利·詹姆斯在《小说的艺术》中说的那样，小说家应"视自己为历史学家，视自己的叙事为历史"。（转引自杨岂深447）"故事"就是过去的事件，即历史。小说的特质就是故事。而现代派和后现代派小说家认为，小说过分故事化和情节化就使其变得不真实了。因此他们在小说中故意拆解故事的逻辑线索，颠倒时间顺序，用分解、断裂、拼贴、黏合等方式解构传统故事的完整性。新现实主义小说家历经了现代和后现代之后开始走向回归之路，更多地关注小说的完整性，但同时也吸收了现代和后现代派小说创作中的优秀元素，使两者走向结合，使小说更具真实性、可读性。

五、结　语

美国小说由后现代主义转向"后现代之后"即新现实主义,这是上世纪末以来美国文学发展中出现的一股极具活力的文学思潮。美国学者们开始关注这一可喜的文学现象,并从上个世纪末开始了深入的研究。西方国家也把关注的目光转向美国。1991 年 5 月,国际新现实主义专题研讨会在比利时的根特大学召开。一些美国小说家也开始了创作上的实践,如著名的美国小说家费利普·罗斯创作的"美国三部曲",约翰·厄普代克创作的"兔子四部曲"等。与此同时一些新现实主义文学思潮研究的论文和专著也相继问世,如由克里斯锑安·沃斯利斯(Kristiaan Versluys)编著的《当代美国小说中的新现实主义》(*Neo-Realism in Contemporary American Fiction*,1992)对当代美国小说中的新现实主义进行了论述。对当代美国小说新现实主义转向的研究有助于把握美国,乃至于世界文学发展的最新走向,学习和借鉴国外文学创作新方法,引导和推进中国当代文学的创作。

参考文献

Bonnie, Lyons. "Philip Roth's American Tragedies." *Turning Up the Flame*. Ed. Jay Halio. Newark: University of Delaware Press, 2006.

Bradbury, Malcolm. "Writing Fiction in the 90s." *Neo-Realism in Contemporary American Fiction*. Ed. Kristiaan Versluys. Netherlands: Rodopi, 1992.

Cheng, Xilin. "Fiction and Reality: Contemporaneity and Neo-Realism in Postwar American Fiction." *Foreign Literature Studies* 3 (1992): 34 – 40.

[程锡麟. 虚构与事实:战后美国小说的当代性与新现实主义. 外国文学研究,1992(3):34—40.]

J. Searles, George. *The Fiction of Philip Roth and John Updike*. Carbondale and Edwardsville: Southern Illinois University Press, 1985.

Yang, Qishen, et al. , eds. *Selective Reading of American Literature*. Shanghai：Shanghai Translation Publishing House，2001.

［杨岂深等编. 美国文学选读. 上海：上海译文出版社，2001.］

Yang, Renjing. *On American Postmodern Fiction*. Qingdao：Qingdao Publishing House，2004.

［杨仁敬. 美国后现代派小说论. 青岛：青岛出版社，2004.］

Yu, Hua. "I Can Speak Out the Reality." *Southern Weekend*（September 8，2005）.

［余华. 我能够对现实发言了. 南方周末，2005－9－8.］

Zhu, Liyuan. *A Survey on the Development Overview of Literary Theory and Criticism since the New Era*. Shenyang：Chunfeng Literature and Art Publishing House，2006.

［朱立元. 新时期以来文学理论和批评发展概况的调查报告. 沈阳：春风文艺出版社，2006.］

作者简介：姜涛，哈尔滨师范大学外国语学院教授，主要从事美国文学研究。

历史与想象的结合

——莫拉莱斯的英语小说创作

王守仁

当今美国,拉美裔人口增长迅速,已成为最大的少数种族,占到总人口的 14.2%,超过黑人两个百分点。[①] 构成美国拉美裔人口的主体是墨西哥移民及其后裔,每 100 个美国人当中,有 9 人是墨西哥裔。[②] 由于跨越边境的便利,美国墨西哥裔人口高速增长的趋势还会保持下去。拉美裔美国文学特别是墨西哥裔美国文学也乘势发展,使当代美国文学的版图发生了显著变化。如果说 20 世纪上半叶用英语写小说、诗歌和戏剧并有建树的拉美裔美国人是凤毛麟角的话,那么最近 30 年拉美裔美国文学则进入了一个繁荣时期。拉美裔美国文学是一个笼统的概念,涵盖了墨西哥裔、古巴裔、波多黎各裔、智利裔、尼加拉瓜裔等众多少数族裔美国文学。与人口比例相一致,墨西哥裔美国文学在整个拉美裔美国文学中占主导地位,力量雄厚,成绩斐然,重要小说家及其代表性作品有:罗道尔夫·阿纳亚(Rudolfo Anaya)的《祝福我,乌尔蒂玛》(*Bless Me, Ultima*,1972)、桑德拉·希斯内罗斯(Sandra Cisneros)的《芒果街上的房子》(*The House on Mango Street*,1984)、安娜·卡斯蒂约(Ana Castillo)的《米斯基阿华拉书信》(*The Mixquiahuala*

---

① 据美国 2004 年人口统计,黑人占全国人口 12.2%。见 "2004 American Community Survey Data Profile Highlights," U. S. Census Bureau 〈http://www. factfinder. census. gov/〉.

② 英文中 Latino 指来自拉丁美洲国家的移民及其后裔,Chicano 专指墨西哥移民及其后裔,而 Hispanic 除拉丁美洲国家之外还涵盖了欧洲的西班牙,泛指生活在美国的西班牙、拉丁美洲国家的移民及其后裔。

Letters，1986)、格洛丽娅·安萨尔杜阿(Gloria Anzaldúa)的《边境地带》(*Borderlands/La Frontera*，1987)、约翰·里奇(John Rechy)的《阿玛丽亚·戈麦斯神奇的一天》(*The Miraculous Day of Amalia Gomez*，1991)、格拉谢拉·利蒙(Graciela Limón)的《蜂鸟之歌》(*Song of the Hummingbird*，1996)、萨尔瓦多·普拉斯森夏(Salvador Plascencia)的《纸人》(*The People of Paper*，2005)、路易斯·阿尔贝托·乌雷阿(Luis Alberto Urrea)的《蜂鸟的女儿》(*The Hummingbird's Daughter*，2005)等。墨西哥裔美国文学的重镇分别是与墨西哥接壤的德克萨斯州和加利福尼亚州。来自南加州的亚历杭德罗·莫拉莱斯(Alejandro Morales，1944—　)也是当代墨西哥裔美国主要作家之一，了解他的小说创作，可以管中窥豹，把握墨西哥裔美国文学的一些特征。

莫拉莱斯出生于加利福尼亚州洛杉矶以东的蒙特贝罗，父母均为墨西哥移民。蒙特贝罗城外的西蒙斯砖厂一度是世界上规模最大的砖厂，他父亲在那里当工人，养家糊口。莫拉莱斯谈起他父亲时说：

> 我想我一直真的是将我父亲以及整个墨西哥裔美国人视为建筑工人。我父亲生产出用来建造洛杉矶许多大楼的材料——砖头。我以同样的眼光来审视词语：词语也是我建造时所用的材料。如同我父亲，我是和原材料即语言打交道。我使用语言的方式是创作多多少少能影响人的小说。(McLellan, "Building")

莫拉莱斯读高中时就对文学发生了兴趣，开始练笔写诗和短篇小说，把身边所见所闻记录下来，这些文学素描后来演变成为他的处女作《老面孔与新酒》。在父亲的支持和鼓励下，他上了加州州立大学洛杉矶分校，修读西班牙语专业。大学本科毕业后，莫拉莱斯去克莱蒙高中教了一年西班牙语。1969年他前往美国东部新泽西州的拉特格斯大学攻读硕士和博士学位，成为全美最早研究墨西哥裔美国文学的博士论文作者之一。1974年他应聘去加州大学欧文分校任教，直至今日，现为该校西班牙/葡萄牙语系教授。莫拉莱斯既是一位学者，又是一位从事文学创作的作家，还是一位推动拉美裔美国文学事业的热心人。

为了提携年轻人,促进墨西哥裔美国文学发展,他于 1987 年与人合办了一家独立出版社,1991 年又开了一家书店。莫拉莱斯认为众多的小出版社对拉美裔作家的成长和成功至关重要。全美规模最大、历史最悠久的拉美裔美国文学专业出版社是艺术出版社(Arte Publico Press),其使命是"让拉美裔美国作家进入主流"。(McLellan,"Latinos")莫拉莱斯两部重要的英语作品均由该出版社出版。

莫拉莱斯能娴熟地使用西班牙语和英语进行文学创作。实际上,他的文学生涯是从写西班牙语小说开始的。在到加州大学欧文分校任教之前,他曾去位于墨西哥城的墨西哥大学文学研究中心做了一年研究员,在墨西哥找到了他第一部西班牙语小说《老面孔与新酒》的出版商。莫拉莱斯交替使用两种语言写小说,他的第三部小说《天堂里的决斗》是"双语小说"(Morales 20),叙述语言主要是西班牙语,但小说人物有的讲西班牙语,有的讲英语。我们所知的非裔、华裔、本土作家大都只用单一的英语创作,墨西哥裔美国作家的双语能力在美国少数族裔文学中独树一帜,同时对文学创作本身也产生了重要影响。他们的英语作品中常常会出现西班牙语词汇,如安萨尔杜阿的《边境地带》同时用了英语和西班牙语书名,书中有许多西班牙语句子和诗文,几乎成为双语文本。罗贝尔塔·费尔南德斯(Fernández)在他的《美国的西班牙、拉美裔文学 30 年》(2004)一文中指出:美国的西班牙、拉美裔作家是采用"双语言、双文化的视角"观察和表现世界的。在墨西哥裔美国文学作品中,以西班牙语为载体的墨西哥文化享有与美国文化几乎相等的地位。莫拉莱斯的小说无论是题材还是语言都可以清楚看到墨西哥文化的印迹。

莫拉莱斯是在出版了三部西班牙语小说后才开始用英语发表作品的。《制砖的人们》(*The Brick People*,1988)是他的第一部英语小说,取材于作家上一辈人的生活,表现了早期墨西哥移民克服重重困难,在美国艰难立足的那一段历史。故事围绕莫拉莱斯父亲工作过的西蒙斯砖厂的兴衰展开。小说上半部的中心讲述了美国白人老板约瑟夫和瓦尔特兄弟如何依靠墨西哥工人廉价劳力发展西蒙斯砖厂事业。早在 1892 年,约瑟夫·西蒙斯在东洛杉矶地区帕萨迪那的砖厂小规模经营,每天制砖 5 万块。他雇佣 40 个墨西哥"农民工",指派墨西哥人罗森多为工头。约瑟夫信任罗森多,按照他的计划扩建厂房,生意兴旺。由于帕萨迪那砖厂生产能力有限,兄弟俩于 1904 年在帕萨迪那以南的蒙特贝罗城外新买了 300 英亩土地,由瓦尔特·西蒙斯经营。1906 年 4 月 18 日,加利福尼亚州的旧金山发生 8.3 级大地震,6 万人丧生。震后重建刺激了对砖头的需求,砖厂 24 小时加班加点干。瓦尔特将 100 名墨西哥工人分两班,一半工人早上 7 点上班,另一半工人晚上 7 点上班,连续工作达 12 小时。瓦尔特靠剥削勤劳的墨西哥工人发了大财,到 20 世纪 20 年代初,275 名墨西哥工人在他砖厂干活。1926 年西蒙斯砖厂达到顶峰,每天制砖达 50 万块,瓦尔特也因此视自己为"制砖业的福特"(Morales, *The Brick People* 147)。西蒙斯砖厂的独特之处是雇佣清一色的墨西哥工人。瓦尔特以墨西哥人的"恩主"面目出现,在砖厂附近建起商店、学校、教堂、诊所,整个厂区有 4 000 名墨西哥人居住。30 年代美国发生经济大萧条,西蒙斯砖厂开始走下坡路,运转的制砖机从原来的 17 台减少到 1 台。到第二次世界大战结束时,瓦尔特难以为继,考虑要把砖厂出售。莫拉莱斯在讲述西蒙斯兄弟如何办厂的同时,并行描写了墨西哥人的生活。小说下半部的叙述中心转移到墨西哥工人奥克塔维奥·雷维尔塔斯身上,他于 20 世纪初历尽艰险来到美国,和父亲达米安爸爸一起在西蒙斯砖厂做工。达米安爸爸贪杯,追女人,不太顾家。作为家里的长子,奥克塔维奥有强烈的家庭责任感,成为家里的顶梁柱。他脑袋很灵,下班时间会去赌博,牌桌上手气不错,总能赢钱。1926 年他与娜娜结婚成家,一共育有五个儿女。1937 年奥克塔维奥组织墨西哥工人罢工,要求瓦尔特提高工资,但以失败告终。他因此受到厂方的刁难,后来遭到解雇,被赶出厂区。1946 年他用自己积攒的 3 000 美元买地盖房,实现了当时许多墨西哥工人连想都不敢想的梦。小说结束时,奥克塔维奥看到自己儿子在建筑工地上搬木头,不由回忆起自己当年年轻时从墨西哥北上来到美国的情景。

19 世纪末 20 世纪初,墨西哥在迪亚斯(1876—1911 年)独裁统治下两极分化严重,大批农民丧失土地,沦为雇工,受封建庄园主的残酷剥削和政府警察的欺凌迫害,生活极端贫困。很多人背井离乡,长途跋涉北上前往美国寻找工作机会,奥克塔维奥是早期墨西哥移民大军中的一个代表。与千里赤贫、民生凋敝的墨西哥相比,美国的条件特别是西蒙斯砖厂的状况无疑要好得多。奥克塔维奥为人厚道,十分珍惜自己的工作,拼命干活,是一个优秀工人。但是,西蒙斯砖厂是"瓦尔特仁慈剥削和控制墨西哥劳动力的典范"(149),在砖厂做工的墨西哥人实际上是工厂"悲伤的奴隶、劳累不堪的囚犯"。(126)瓦尔特采用墨西哥封建庄园制的一些做法来管理墨西哥工人,建造简易住房租给墨西哥工人住,规定他们必须在工厂的商店购物,严禁工会活动,他的目的是要建立一个"墨西哥工人完全依赖他的天堂"。(70)与其他墨西哥工人不一样,奥克塔维奥敢于追求个人权利和自由,对厂方的管理提出异议,拒绝在工厂商店购物。30年代砖厂不景气,瓦尔特提出,为了在未来建设一个美好社会的希望,墨西哥工人要加倍工作,但不增加工资。奥克塔维奥对此有不同想法:

> 他不喜欢希望这个词。他认为希望是占支配地位的社会用来统治人民群众的压迫性概念。希望代表着不行动,永远不要前进,永远不要改善工人的经济状况。希望是个空无区,是用来控制的拘留区。奥克塔维奥不想受人控制。(202)

但是,奥克塔维奥没有能力改变受人控制的状况。由于瓦尔特坚决不肯让步,罢工失败,墨西哥工人只好老老实实地回到自己岗位上继续干活。在种族歧视盛行的年代,墨西哥移民的处境十分糟糕。由于砖厂工作条件恶劣,奥克塔维奥的弟弟因长期吸入红土粉尘,年纪很轻就得了肺病去世。奥克塔维奥住了25年的房子失火,因为是墨西哥人居住区,蒙特贝罗市的消防队见火不救,袖手旁观,大火吞噬了整个街区。房子烧毁后,奥克塔维奥发现自己为工厂几乎干了一辈子,最后落得个两手空空,什么都没有。他去蒙特贝罗城里租房子,墨西哥人的身份让他处处碰钉子,被白人拒之门外。莫拉莱斯在《制砖的人们》中选取墨西哥贫苦工人作为主要表现对象,着重描写他们生存的艰辛。相比之下,不少其他少数族裔作家的作品将焦点聚集到同化进程以及作为结果而发生的文化冲突和个性危机,如非裔作家莫里森的《最蓝的眼睛》描写了白人文化对黑人心灵的侵蚀,华裔作家汤亭亭的《女勇士》讲述了女主人公在中美两种文化冲撞下的成长故事。莫拉莱斯没有遵循一般少数族裔文学的套路去表现同化进程和文化冲突①，究其根源，一是因为墨西哥原为西班牙殖民地，天主教影响很大，而西班牙文化与美国主流文化同属西方文化，两者融合并无多大困难。二是因为墨西哥人身体内流着印第安人的血，他们的祖先印第安人在美洲大陆创造了灿烂的文明。在西班牙殖民者到来之前，阿兹特克帝国盛极一时，而今日美国的德克萨斯州、新墨西哥州和加利福尼亚州原本属于墨西哥，墨西哥战争（1846—1848 年）之后才被并入美国。在某种意义上，墨西哥移民是回归到祖先的土地上来，对美国并不感到陌生。阿兹特克帝国使"墨西哥裔美国人享有一种本土感和历史延续感"。（埃利奥特 671）从现实角度看，每年有数十万墨西哥人以合法及非法途径越过边境来到美国②，大多数墨西哥移民干的都是一些重活、脏活、累活，劳动强度大，收入低，他们所面临的挑战是如何维持生计，能够在美国生存下来。《制砖的人们》表现墨西哥移民在满足最基本的物质需求层次上在美国生存这一主题，具有现实意义和当下性。

　　莫拉莱斯在一次访谈中曾说："《制砖的人们》是以我妈妈和我爸爸的生活为基础的，因此是传记性作品。"（Gurpegui 10）他从墨西哥裔美国人的角度通过讲述自己家族的历史以重构早期墨西哥移民生活史，同时也强调了墨西哥人对美国特别是南加州的发展和繁荣所作的贡献。这一思想在他的代表作品《布娃娃瘟疫》（*The Rag Doll Plagues*，1992）里得到了进一步发挥。莫拉莱斯在《制砖的人们》里基本上是以写实的手法描绘了发生在 20 世纪上半叶墨西哥移民在美国的艰辛生活，他曾计划从书中选一个年轻人物，将其置于当代社会，继续讲述当代墨西哥裔美国人的生活。他在学校里听了历史学家约翰·

---

　　① 莫拉莱斯在 2006 年 2 月 7 日给本文作者的电子邮件说：他目前正在创作一个"异托邦三部曲"（The Heterotopian Trilogy），第一部小说《等待发生》（*Waiting to Happen*，2001）已出版。三部曲的女主人公克鲁丝是墨西哥人，生于美国，在墨西哥上小学和中学，后来又回到美国接受高等教育。"她是一个真正跨越国界的女子，学会了不偏不倚地去热爱两个国家。"

　　② 自 2000 以来，每年有 48.5 万墨西哥人非法进入美国，2005 年在美国的墨西哥非法移民达 630 万。见 Nathan Thornburgh, "Inside the Life of the Migrants Next Door," in *Time*, 167. 6 (February 6, 2006), pp. 38, 45.

杰伊·特帕斯科一场关于殖民时期墨西哥医疗状况的报告后,受到启发,便调整了原来的计划,写了一部"实验性小说"。《布娃娃瘟疫》时间跨度很大,从18世纪末一直到21世纪末。小说分为三卷,采用第一人称叙述,第一卷叙述者是西班牙人格雷高利奥·雷维尔塔斯,第二卷叙述者名叫格雷戈里·雷维尔塔斯,他父母亲名叫奥克塔维奥与娜娜。因此,《布娃娃瘟疫》与《制砖的人们》存在着某种联系。第三卷叙述者名字也叫格雷戈里·雷维尔塔斯。其实,西班牙语的人名格雷高利奥在英文中即为格雷戈里。第二卷与第三卷的叙述者格雷戈里是墨西哥移民的后代,他们已完全融入美国社会,成为典型的美国人。三个格雷戈里生活在不同年代,但都从事相同的医生职业。

《布娃娃瘟疫》第一卷的故事发生在18世纪末的墨西哥。叙述者格雷高利奥·雷维尔塔斯是西班牙王国医学、解剖学和外科学首席教授,御医团最年轻的主任。1788年,他被派往被称之为新西班牙的美洲新大陆,协助新西班牙总督改善殖民地墨西哥的医疗状况。小说开始时,格雷高利奥抵达墨西哥城,他发现整个城市污秽遍地,散发着熏人的臭气。墨西哥南方爆发了一场"布娃娃"瘟疫,三个月里吞噬了几千人的生命。之所以称之为"布娃娃"瘟疫,"那是因为生命从身体撤离后,'布娃娃'瘟疫丢下的尸体摸上去像是布娃娃。尸体不像正常死亡那样会发硬,而是像个酒囊一样软软的"。(Morales, *The Rag* 30)感染上"布娃娃"瘟疫的最初病症是手指和脚趾肿大,三五天后发红,不久肌肉和骨头化成脓水,四肢很快烂掉,最后蔓延到躯体。"布娃娃"瘟疫是不治之症,人们找不到有效的治疗方法,只能及早截肢,以阻挡脓水蔓延,延缓几个月的生命。"布娃娃"瘟疫在向首都逼近之际,人们对从西班牙来的格雷高利奥寄予厚望,但他对此也束手无策:"我不知道病因。我没有药方。"(32)不过格雷高利奥在瘟疫面前没有退却,强烈的使命感促使他很快投入防治工作。经过三年的努力,疫情有了缓解。就在这时,住在城外特波索特兰神学院的新西班牙总督7岁的女儿劳林达及其母亲玛丽塞拉被发现染上了"布娃娃"瘟疫。格雷高利奥奋力抢救,依然回春无术,劳林达不治身亡。玛丽塞拉有孕在身,格雷高利奥给她做了截肢手术,但病情发展迅速,危及到孩子,必须剖腹将胎儿取出。1792年2月初莫尼卡来到人间,她母亲玛丽塞拉在临终前看了孩子一眼,将她托付给格雷高利奥抚养成人。莫尼卡的诞生标志着瘟疫的消失,从这一年 4 月起就不再有病例报告。

格雷高利奥抵达墨西哥的时间是 1788 年,正好是欧洲大陆 1789 年法国大革命爆发的前夜,而在北美大陆 1776 年美国宣布独立。格雷高利奥在多处将政治革命比做瘟疫,两者共同之处是夺人生命,横尸遍野。他来殖民地是要通过治病来"扑灭革命热情的火焰"。(16)格雷高利奥初到墨西哥是以殖民主义者的眼光来看待土著印第安人的:"我们得好好照看他们,因为是上帝把他们托付给我们的。如果我们玩忽职守,帝国将会崩溃。"(17)格雷高利奥的使命是把欧洲最先进的医学成就介绍到墨西哥,将其应用到土著居民身上,以巩固帝国的殖民统治。他对印第安传统医药和土郎中怀有偏见,极力排斥:

> 这些土郎中是危险人物,已导致数以千计的人丧命。最坏的是那些用自己的语言施行巫术的印第安土郎中。必须制止他们邪恶的巫术。(16)

但是面对闻所未闻的"布娃娃"瘟疫,欧洲最先进的医学未能提供有效的药方。神甫胡德以自己亲身经历给他讲述印第安人的友善和印第安传统医药的替代疗法。随着时间的推移,格雷高利奥的思想观念逐渐发生了变化,他对墨西哥产生了感情。时光流逝,淡化了格雷高利奥对旧大陆的记忆,他甚至想不起未婚妻的容貌。他解除了婚约,决心在新大陆扎根,不是为帝国服务,而是为墨西哥人做事:"我勤奋工作,是为了使莫尼卡有一个更好的世界,更好的墨西哥。"(61)

《布娃娃瘟疫》第二卷的故事场景从 18 世纪末的墨西哥城转换成了 20 世纪 70 年代中期美国加州洛杉矶以东一个名叫德里的西班牙语居民区,叙述者格雷戈里·雷维尔塔斯是一位年轻的墨西哥裔美国人,在圣安娜市医疗诊所当外科医生。格雷戈里在奥兰治县剧院与"完美、漂亮"的年轻女演员桑德拉邂逅,一见钟情,坠入爱河。两人卿卿我我,开始计划甜蜜的生活时,他发现桑德拉是血友病病人,稍有不慎,身上弄破了什么地方就会出血不止。桑德拉怀孕四个月后突然大出血,送到医院抢救,结果大人虽然脱离了危险,但孩子没能保下来。除了血友病,她还患上了严重的再生障碍性贫血,体质越来越差,这给他们的生

活蒙上了阴影。格雷戈里深深爱着桑德拉,唯恐失去她。周末他一人回老家看望母亲,桑德拉一直在他眼前浮现:

> 我在她身边,她变成了一棵翠绿的柏树。她像是一棵树、一条河、一颗种子那样对我喃喃细语。她突然爆裂,像蜂鸟,像蝴蝶,飞了起来。桑德拉欢笑着,一边把从我母亲果园里摘的桔子的甜汁涂在我身上。(104)

格雷戈里的美丽幻景很快被残酷的现实所击碎。他回到诊所,看到医院的化验结果,得知在多次输血过程中,桑德拉染上了艾滋病。由于艾滋病是一种名声不好、无药可治的传染性疾病,人们对桑德拉的态度顿时发生了巨大变化。她原来是受人欢迎的演员,得知她是艾滋病人后,奥兰治县剧院从项目主管到演员都不愿和她在一起工作。即使在医院里,医生和护士都与她保持着距离,不愿进她的病房,给她治疗肺炎的医生是通过打电话进行诊断。苏珊·桑塔格在《艾滋病及其隐喻》一文中从文化角度研究了人们如何将艾滋病作为一种隐喻来运用,提及艾滋病人在社会上受到的歧视:

> 那些因诸如血友病和接受输血而感染艾滋病的人,尽管无论怎样也不能把感染的责任怪罪在他们本人身上,却可能同样为惊恐失色的人们无情地冷淡疏远,认为他们可能代表着一种更大的威胁,因为他们不像那些业已蒙受污名的艾滋病患者那样容易被识别。(桑塔格 103)

桑德拉因为感染了艾滋病而成为"贱民"。她接受别人建议决定去墨西哥,尝试印第安传统疗法。在墨西哥城郊外特波索特兰神学院的图书馆里,格雷戈里看到了当年西班牙医生格雷高利奥治疗"布娃娃"瘟疫的日记。神学院花园里有胡德神甫、玛丽塞拉、莫尼卡以及格雷高利奥的墓碑。桑德拉在墨西哥感受到了人间温暖,她沐浴在爱的阳光下,精神上得到抚慰。他们在墨西哥的朋友简小姐对她说:

> 你给爱你的人带来欢乐。你要感到骄傲。不要为自己衰败的身体感到羞愧。衰败是一个自然过程。上帝和地球的各种能量在呼唤你,让你加入到转变我们所有人的过程。我爱你。我爱你的衰败。我爱你的疾病。(119)

印第安土郎中把桑德拉感染的艾滋病称为"布娃娃"瘟疫,他们给她介绍减少痛苦的各种草药。一位土郎中告诉桑德拉要用笑声战胜恐惧和痛苦:"学会再次放声大笑。这是你目前最需要的,学会再次放声大笑。"(123)从墨西哥回到美国后,桑德拉的病情没有好转。格雷戈里和她父母精心照顾她,社区的墨西哥裔朋友伸出援助之手,主动来看护她。不久桑德拉离开了人间。

如果说《布娃娃瘟疫》第二卷采用的是现实主义手法,那第三卷则有了科幻色彩。叙述者格雷戈里·雷维尔塔斯从辈分上讲是第二卷中格雷戈里·雷维尔塔斯医生的孙子。故事地点设置在"跨国空间"(Martín-Rodríguez 96)的拉美克斯(LAMEX),该词是洛杉矶与墨西哥的缩写,时间是 21 世纪下半叶。这时美国、加拿大和墨西哥建立了三国联盟,墨西哥与美国之间的边界已经不复存在,洛杉矶至墨西哥城之间建有超音速旅行通道。加州的人口组成发生了巨大变化,至 2020 年居住在洛杉矶的墨西哥裔美国人就已达 2 500 万,洛杉矶以东主要是亚裔居住区,有几百万来自中国大陆的移民。"中国人在人数上已成为主导力量。"(148)拉美克斯居民住在三类城市:有钱人住在"上层生活生存区"城;墨西哥人和华人住在"中层生活生存区"城;"下层生活生存区"城市拥有相同的历史,它们都是由监狱演变而来,其人口大部分为罪犯。与世隔绝的"下层生活生存区"城实行自治,凡发现有反社会行为的人就被送往"下层生活生存区"。主人公格雷戈里的专业是医学生物环境遗传学,担任"拉美克斯健康走廊"研究中心主任,他在洛杉矶和墨西哥城两地都有办公室。莫拉莱斯笔下的未来世界并不美好:由于人类废物不断增加,生存环境遭到毒化,整个地球在经历一场生态灾难。离海岸 100 英里外的太平洋深处长出三块庞大的污秽物,其体积不断增长,散发的有毒气体威胁着地球居民的生存。格雷戈里经常去喝咖啡的餐厅主人名叫特德·陈,是第三代华裔,妻子阿玛丽亚是墨西哥裔加州姑娘,他们结婚一年多,因为听说污秽物正逼近圣地亚哥,很担心污染,不知道是否应该怀孩子。墨西哥城终日被烟雾笼罩,偶尔看见蓝天,人们会不上班,和家人庆祝蓝天,像美国人过感恩节那样感谢上苍。故事开始时,格雷戈里接到报告:圣地亚哥地区一个名叫"美景"的"下层生活生存区"城爆发瘟疫,几小时内已有 500 人丧生。染病的人先是感到头昏乏力,随后呼吸困难,肺部血管充血,胸腔膨胀,同时全身红一块青一块,发病三四天后心脏或肺叶破裂,无药可治。瘟疫这头"人造怪兽"(185)四处游荡,杀人无数。格雷戈里在圣地亚哥海军基地给三国联盟军团士兵做体检时无意中发现一位墨西哥军人的血液像是得了白血病,但身体却很健康。他随后进行试验,证实来自墨西哥城的墨西哥人适应了恶劣的生存环境,他们的血液发生了千年一遇的生物大突破,具有神奇疗效。洛杉矶随后爆发瘟疫,夺去了数以千计的白人和日本人的生命。三国联盟理事会采用格雷戈里的疗法,给病人输墨西哥人的血,很多病人起死回生脱离危险。小说结束时,阿玛丽亚已怀孕7个月,夫妇俩正在等待他们的孩子出生,"那孩子代表了新千年的希望"。(200)

《布娃娃瘟疫》描写了过去、现在和未来发生的瘟疫。自有史以来,瘟疫始终伴随着人类,构成人类生存状态的一个部分。时至科技发达的今日,我们仍然面对非典、艾滋病、禽流感的威胁。莫拉莱斯引导读者去思考发生瘟疫的原因,他说:

> 《布娃娃瘟疫》主要是关于疾病的来源:它们是从哪里来的?为什么它们会回来?我们认为已经解决了问题,但它们又出现了。我觉得这与经济和社会状况大有关系。(McLellan, "Rag")

莫拉莱斯试图在瘟疫与经济和社会状况之间建立起联系。在小说第一卷,格雷高利奥初到墨西哥城,发现该城市不仅肮脏而且堕落:"城市的堕落到处显而易见。"(15)最典型的例子是格雷高利奥在去医院途中路过妓院区,那里的肮脏场面不堪入目。经过三年的努力,墨西哥城变得比较清洁安全了,罪犯得到惩罚,妓院被关闭,瘟疫最后神秘地消失了。第二卷提及越南战争以美国失败而结束,1975年4月美国放弃驻西贡大使馆,电视里播放最后撤离的美军蜂拥挤上最后一批直升飞机的镜头。莫拉莱斯以越南战争的失败为背景,讲述桑德拉感染艾滋病的故事,隐含了社会批评的用意。第三卷则直接点明爆发瘟疫的原因是环境污染。苏珊·桑塔格指出:瘟疫的大规模发生,"不只被看做是遭难,还被看成是惩罚……瘟疫总被看做是对社会的审判"。(桑塔格 119,127)《布娃娃瘟疫》向读者揭示：瘟疫的流行是一个表象，它说明人们所生存的社会出了毛病。

《布娃娃瘟疫》展现了人类因瘟疫而受苦受难的图景，但莫拉莱斯表现出乐观主义态度，并有一种深沉的历史感。小说原名为"古老的眼泪"，而每一卷结尾时叙述者都提到"古老的眼泪"：在第一卷，格雷高利奥亲吻了莫尼卡之后，"古老的眼泪流经我先辈"，"在我的脸颊上流淌"（66）；在第二卷，桑德拉染上了艾滋病不治身亡，"她唤起了我灵魂深处古老的眼泪，那眼泪的滋味尝起来将永远像我们的爱情"（129）；在第三卷，格雷戈里觉得自己能够保护特德·陈和阿玛丽亚的孩子，他将自己融入"充满希望、永远生存的种族"，从身心最深处涌出"古老的眼泪"。（200）人们因为悲伤而流泪，也因为欢乐而落泪。古老的眼泪流淌至今，它象征着历史的延续，同时是爱、同情心和希望的结晶。

以哥伦比亚作家加西亚·马尔克斯为杰出代表的魔幻现实主义在当今世界文坛产生了深远影响。对拉美裔美国作家而言，魔幻现实主义并不陌生，而是一种与生俱来的传统。在莫拉莱斯的作品中，对现实的描绘往往交织着幻想。记载早期墨西哥移民在美国生存历史的《制砖的人们》是一部现实主义作品，同时也有奇幻成分。小说一开始在砖厂当工头的墨西哥人罗森多就给约瑟夫讲了一个传说：帕萨迪那砖厂附近的土地主人原来是堂娜埃乌拉里亚，她活了170岁，预言自己死后将"变成土地的昆虫"（11），永远不离开她深深热爱的这片土地。堂娜埃乌拉里亚死后，人们发现她的衣服上爬满了成千上万只褐色昆虫。褐色昆虫随后在关键时刻作为死亡的象征屡屡出现：1913年西蒙斯家族的小儿子被昆虫包围窒息而死；1931年约瑟夫死后，数不清的昆虫从他尸体下面爬出来；1946年瓦尔特前往欧洲旅行，在巴黎一家旅店睡觉时，无数的昆虫从他嘴里爬出来，将他呛死。堂娜埃乌拉里亚的预言以奇特的方式得到了应验，"人们传说她还在乡间漫游徘徊"。（11）莫拉莱斯在《布娃娃瘟疫》的扉页上称该作品为"历史与想象之作"，书中奇幻的成分并不突兀，显得十分自然。第一卷里格雷高利奥抵达墨西哥城当晚做了一个梦，梦境中见到一个名叫达米安爸爸的老人和一个名字也叫格雷高利奥的年轻人，他们后来在不同场合现身，常常只有格雷高利奥能看到，但也有例外。如格雷高利奥给劳林达施行截肢手术时,发现达米安爸爸和年轻人站在玛丽塞拉身后。手术结束后,他们留下来看护病孩。劳林达告诉母亲和格雷高利奥有两个陌生人和她说话,并坚持说就站在他们身旁,从而确认了格雷高利奥所看到的并非幻象。劳林达死后被安葬在墨西哥城外特波索特兰神学院的花园里,下葬时达米安爸爸和年轻人也在场。按照莫拉莱斯的说法,他们俩"逃脱了时间的参数",是来自未来的"计算机幽灵"。(136)那位年轻人是《布娃娃瘟疫》第二卷的主人公,而达米安爸爸则是他爷爷。桑德拉因感染艾滋病去墨西哥求医时达米安爸爸给他们做向导,并为她祈祷。在第三卷里,年轻人转变为格雷戈里爷爷,与达米安爸爸一起陪伴着主人公。当他在墨西哥城偶然发现墨西哥人血液的神奇疗效但未能确认时,达米安爸爸对他耳语,建议他回美国找墨西哥裔美国人做试验:"回到你的人民中去。"(171)洛杉矶发生大规模瘟疫后,三国联盟军团派来士兵实施隔离检疫,达米安爸爸和格雷戈里爷爷指点主人公:墨西哥军人可以提供治病的血源。从时间上看,《布娃娃瘟疫》的故事发生在过去、现在、未来三个不同时期,"计算机幽灵"达米安爸爸和格雷戈雷奥/格雷戈里的频频现身,模糊了时间的界限,使小说具备一种魔幻现实主义所特有的现实感。

　　莫拉莱斯在《制砖的人们》中揭示了一个事实:约瑟夫和瓦尔特兄弟离不开墨西哥工人,他们靠剥削这些诚实、勤奋的墨西哥人获得巨额利润,而西蒙斯砖厂对美国特别是加州地区经济建设和繁荣功不可没。①《布娃娃瘟疫》则以科幻小说形式表现墨西哥裔美国人对美国的帮助。在小说第三卷,三国联盟军团派来实施隔离检疫的墨西哥军人为洛杉矶人提供血液,成了他们的救星。值得一提的是,给病人输的血液必须是来自墨西哥城的墨西哥军人才有疗效。墨西哥城的前身是1325年建立的特诺奇拉兰城,其创建者阿兹特克人在这里创造了辉煌的文明。阿兹特克人被称为太阳与血的民族,他们崇拜太阳,用人的鲜血来祭神。在瘟疫降临美国的时候,阿兹特克人的后代墨西哥城人"送给世界一份难以置信的礼物"(181),以自己的鲜血挽救了美国人的生

---

　　① 西蒙斯砖厂曾为1906年旧金山大地震后的重建提供建筑材料,迪斯尼制片厂、加州大学洛杉矶分校的标志性建筑 Royce Hall 等均用西蒙斯砖建造。

命。当然，小说的情节是虚构的，莫拉莱斯所要强调的是以阿兹特克文化为象征的墨西哥的重要性。墨西哥民族对美国发展作出了历史性巨大贡献，而莫拉莱斯自己富有鲜明特色的文学创作实践，也体现了墨西哥裔美国作家在为当代美国文学添砖加瓦方面所作的新的贡献。

参考文献

Eliot, Emory, ed. *Columbia Literary History of the United States.* Trans. Zhu Botong, et al. Chengdu: Sichuan Dictionary Press, 1994.

[埃默里·埃利奥特主编. 哥伦比亚美国文学史. 朱伯通等译. 成都：四川辞书出版社, 1994.]

Fernández, Roberta. "Thirty Years of Hispanic Literature in the United States." 〈http://www. humanities-interactive. org/vocesamericanas/thirtyyears. htm〉.

Gurpegui, José Antonio, ed. *Alejandro Morales: Fiction Past, Present, Future Perfect.* Tempe: Bilingual Review/Press, 1996.

Martín-Rodríguez, Manuel M. "The Global Border: Transnationalism and Cultural Hybridism in Alejandro Morales's *The Rag Doll Plagues.*" *Alejandro Morales: Fiction Past, Present, Future Perfect.* Ed. José Antonio Gurpegui. Tempe: Bilingual Review/Press, 1996.

McLellan, Dennis. "Building on Words: Family History Provides UC Irvine Professor Alejandro Morales the Material with Which to Lay the Foundation for Novels that Put forth the Contributions of Mexican Americans." *Los Angeles Times* (February 12, 1995).

---. "Latinos Have a Story to Tell: O. C. Writers Are among Those Whose Works about the Hispanic Experience Have Found Wider Audience." *Los Angeles Times* (December 27, 1991).

---. "In 'Rag Doll,' the Plague's the Thing." *Los Angeles Times* (February 14, 1992).

Morales, Alejandro. *The Brick People.* Houston: Arte Publico

Press，1988.

---. "Dynamic Identities in Heterotopia." *Alejandro Morales*：*Fiction Past*，*Present*，*Future Perfect*. Ed. José Antonio Gurpegui. Tempe：Bilingual Review/Press，1996.

---. *The Rag Doll Plagues*. Houston：Arte Pubico Press，1992.

Sontag，Susan. *Illness as Metaphor*. Trans. Cheng Wei. Shanghai：Shanghai Translation Publishing House，2003.

［苏珊·桑塔格. 疾病的隐喻. 程巍译. 上海：上海译文出版社，2003.］

作者简介:王守仁,南京大学外国语学院英语系教授,主要从事英美文学研究。

让属下妇女言说分治历史

——《分裂印度》中的两个象征

舒笑梅

2007 年 8 月 15 日是印度–巴基斯坦分治(partition)60 周年纪念日。在众多表现相关历史事件的文学作品中,巴基斯坦女作家巴普西·西多瓦(Bapsi Sidhwa)凭借 1988 年出版的长篇小说《分裂印度》(*Cracking India*),荣获巴基斯坦艺术类国家最高奖(1991);该书出版后迅速被翻译成德、法、俄等多种语言,成功地将印度次大陆的妇女问题从本土推向世界,引起世人的关注。[①]

从 20 世纪 80 年代至今,西多瓦已经出版了 5 部长篇小说[②]和多部短篇小说集。这些作品从微观角度出发,以女性特有的细腻风格,采用写实手法,描写普通人赖以生存的"私人空间"里发生的生活琐事,叙述历史如何以微妙的方式影响甚至入侵个体生活的现象,重点突出属下[③]妇女的生存困境。

《分裂印度》就是这样一部以微观书写取代宏观表达、以表现属下阶层为创作主旨、蕴含深刻历史意识的小说。辛格(Khushwant Singh)和马尔葛雍卡(Manohar Malgaonkar)等用英语写作的印巴作家在再现分治历史时,常常从宏大叙事角度入手,描写这场波澜壮阔的

---

① 参见《分裂印度》英文版(1991)封面。

② 西多瓦已经出版的 5 部小说,分别是:*The Bride* (Jonathan Cape Ltd. , 1983; St. Martins Press, 1983), *The Crow Eaters* (Milkweed Editions, 1992; St. Martins Press, 1982), *Cracking India* (Milkweed Editions, 1991), *An American Brat* (Milkweed Editions, 1993) and *Water: A Novel* (Milkweed Editions, 2006).

③ 斯皮瓦克在《属下能说话吗?》一文中讨论了波澜壮阔的印度民族主义运动胜利后仍然被剥夺话语权利的属下阶层,包括农民、妇女和部落的土著人。文中所指的"属下"采用了斯皮瓦克的定义。参见罗钢、刘象愚主编,《后殖民主义文化理论》,北京:中国社会科学出版社 1999 年版。

政治运动,歌颂印度民族精英甘地、尼赫鲁、真纳等人在公共舞台上的种种成就;而西多瓦在这部小说中则另辟蹊径。她从细处着眼,叙说普通人在这一特殊历史时期的日常生活,审视印度民族主义运动胜利以后仍然处于社会底层的群体,即后殖民女性主义理论家佳亚特里·斯皮瓦克在《属下能说话吗?》一文中提及的农民、妇女和土著人在分治前后付出的惨重代价,谴责了极端民族主义分子打着"纯洁民族、保护姐妹"(乌瓦什 4)的旗号给不同种族的属下妇女造成的伤害,以此将这群"超越阶级波谱仪"、只起着"沉默的编码作用"(斯皮瓦克 118)的女性团体推向前台,还原属下妇女在这场民族叙事中应有的位置。

故事发生在 1947 年印巴分治前夕旁遮普邦的拉合尔城。作者通过 8 岁女童莱妮的口吻叙述了她的生活如何在一夜之间发生了巨变:完整的旁遮普被一劈两半,一半归属印度,一半归属新诞生的穆斯林国家巴基斯坦;原先的印度内陆城市拉合尔变成巴基斯坦边境口岸,城中原先和睦相处的各个民族兄弟阋墙,更为可叹的是由于莱妮年幼轻信,无意间出卖了贴身保姆阿雅的藏身之处,致使年轻貌美的印度教徒阿雅被穆斯林群氓强暴后又被卖身为妓,不仅失去了贞节,还失去了甜美的嗓音,再也无法言说自己的苦痛,只能痛苦地保持沉默。

在创作手法上,西多瓦精心设置了两个主要角色——阿雅和阿雅的朋友冰果人,并借助这两个人物之间的情感纠葛,演绎了印巴社会最底层的男男女女们的错综复杂的社会关系,阐释女性属下之所以会成为"没有历史、不能说话"的"他者中的她者"(Moore-Gilbert 28)的根本原因。在对这两个角色进行分析之后,人们可以发现,西多瓦的创作除了旨在解释女性属下沉默消声的原因之外,更为言说属下妇女的历史提供了可能的空间,提醒世人:妇女要走出悲剧命运,首先就应该走上渐有声音的道路,让蜗居在"私人空间"里不被人注意、不被人聆听的女性属下有表现自己、为自己言说的机会。

一、阿雅:忍受分裂痛苦的属下女性形象

把女性当作男性纷争的替罪羊是文学史中具有深远渊源的常用手法。在印度神话中,湿婆神的夫人德噶(Durga)死于父亲和丈夫的争执。西多瓦塑造了阿雅这一角色,把她变成男性属下欲望的对象,又在

小说的后半部让她成为分治的牺牲品，忍受失去理性、歇斯底里的以冰果人为代表的男性属下的欺侮和发泄，这样就在女性主体结构和社会集体行为之间形成一种同构类比。作家用阿雅来代表所有印度属下妇女，通过表现发生在阿雅身上的个人悲剧，类推整个女性属下群体在分治运动中的集体悲剧，从而有意识地将性别政治和话语权力结合起来，用性别权力关系来暗示政治权力关系，再现了属下妇女在男权话语压制下的悲惨境遇。

阿雅是莱妮的贴身保姆，两个女孩情同姐妹，互帮互助。莱妮因为身患小儿麻痹症，双腿肌肉萎缩，虽然学龄已到，却无法像同龄人那样蹦蹦跳跳地背起书包去上学，只能辗转于医生的诊所、母亲的卧室、家中的厨房和保姆阿雅的怀里。18岁的阿雅"身体各部分都是圆圆的、丰满的，甚至她的脸。容光焕发的双颊、撅起的嘴唇、光洁的额头，配合着她的头部，形成了一道曲线"。(12)年轻漂亮的阿雅所到之处总会吸引男性爱慕的眼光，她的身边总有一小群下人，这些穆斯林、锡克人和印度教徒时常以她为中心，愉快地围坐在一起，聚会聊天。阿雅也不以为忤，抱着或背着莱妮自由自在地游走于拉合尔的大街小巷，经常和不同种族的人其乐融融地聚在一起。

在身体机能方面，阿雅是莱妮的双腿，而在语言表达方面，年幼的莱妮则是阿雅的嘴巴，是阿雅的代言人。这一方面是因为阿雅谨记自己下人的身份，少言多做；另一方面莱妮和阿雅虽然同属属下阶层，但其实她们的情况又有所差异。阿雅来自贫穷的农村，莱妮则出生于富裕的城市之家，她的父亲是一家生意兴隆的公司的经理，母亲知书达理，属于古哈所说的"富裕的农民和上中产阶级的农民"（斯皮瓦克121），不过因为莱妮及其家人是袄教徒，属于印度的少数民族，所以和阿雅等人一样被排除在主流社会之外。由于阶级层次不同，莱妮虽然年少，见识倒比阿雅要广。8岁那年，也就是1947年，莱妮敏感地觉察到平静的生活即将发生巨变：那一年莱妮从大人口中听得最多的一个词是"分治"。莱妮在医生的诊所里接受腿部矫正治疗时，听到同族医生和母亲忧心忡忡地议论印巴分治的话题，不禁困惑：一个完整的国家怎么能劈掰开来呢？奔腾不息的河流能一分为二吗？邻居们会分开吗？莱妮把她的困惑说给阿雅听，阿雅也不知其解，只是猜测："他们会挖一条运河,把印度分开,运河一边归印度,一边归巴基斯坦。"(101)倒是经常和阿雅在一起聚会的下人们给莱妮喂了一颗"定心丸",他们不以为然地说:"锡克人和穆斯林教徒的争斗? 怎么会? 我们是兄弟啊! 我们怎么会相互打架?"(64)显然,由于身份和见识所限,阿雅根本没有料到她的生活即将卷入由性别、民族、政治偏见和暴力偏见等编织而成的悲剧大网。

随着小说情节的推进,阿雅的命运发生了彻底改变。分治前夕,惶恐不安的人们认为最安全的办法是和信仰同一宗教的人聚居在一起。因此,大量的印度教徒和锡克教徒前往印度;穆斯林则迁往巴基斯坦。然而,此时正忙着和穆斯林按摩师热恋的印度教徒阿雅却没有及时随家人迁往印度,她的拖沓直接导致了日后的悲剧。1947 年 8 月 14 日午夜时分,印度总理尼赫鲁发表了激动人心的演讲:"在夜半钟声敲响之际,当世界还在酣睡之中,印度将醒着迎接生活和自由……一个不幸的时代今日宣告结束,印度重新发现了自己。"(乌瓦什 4)8 月 15 日,真纳、尼赫鲁等政治领袖接受了英国代表拉德克利菲的提议,在地图上划了一条分界线,将旁遮普邦一分为二,组成了新的印度和巴基斯坦。巴基斯坦制宪议会主席真纳在广播里庄严宣告:"你们自由了。你们可以自由地前往各自的寺庙。你们可以自由前往清真寺或其他任何地方去礼赞巴基斯坦国。你们可以加入任何宗教或任何种姓或任何信条,这一切都与国家无关……巴基斯坦万岁!"(154)不过,具有讽刺意味的是,迎接这个崭新国家的除了鲜花和掌声之外,更有鲜血和暴力:纵火、械斗等事件层出不穷,妇女们被其他种族甚至同一种族的男性强暴、奸杀、掳拐的惨剧不断发生。根据印度学者布塔里亚·乌瓦什的统计,"分治,让一亿一千两百万人离开自己的家园,这是人类有史以来最大的一次移民潮。期间,一百万人死亡,超过十万妇女被强奸。"(2)中国学者刘建芝在分析分治引起的一系列后遗症时指出:"一分为二,并非简单地把财产分作两份,而是一个更深的剜割——不仅使家庭、亲友被分离,而且一夜之间邻里反目成仇,相互疯狂杀戮、纵火、强奸,导致说不尽的暴力和苦难。"(1)

分治混乱时期,阿雅悄悄藏在保持中立的主人家里,期待着梦魇般的动乱早日结束。可是,她的藏身之处却被莱妮在不知情的情况下暴露出来。莱妮轻信了阿雅过去的朋友冰果人,认为他是穆斯林教徒,能够保护阿雅。但是一向觊觎阿雅的冰果人带着一伙属下暴民假借清除异己的名义把阿雅押走,不仅占有了她,还强迫她成为一名欢场女子。一个风华正茂的姣好生命就这样被无情地摧残了。暴乱平息之后,莱妮的教母和母亲历经艰辛将阿雅从妓院解救出来,却心痛地发现阿雅已如同一具行尸走肉。莱妮不解地想:"她的生机和活力哪去了?灵魂可以脱离活生生的躯体吗?她空洞的眼睛比以前更大了:它们因为曾经看到和感受到的一切而睁得大大的。"(272)获救的阿雅只用刺耳、粗野的声音讲了一句"我要去找家人"(273),此外再也没有向解救她的教母吐露自己的痛苦经历。

西多瓦通过塑造阿雅这个形象,描写所有像阿雅一样处于社会底层的女性属下,再现她们在印巴分治这场重大民族政治历史事件中所承受的凌辱和苦难,揭示了这一群体共同的悲剧命运。由于地位卑微,她们根本无法参与国家政务大事,更不可能发表自己的见解,因此被主流政治话语排除在外,在民族叙事中没有自己应有的位置。更有甚者,在国家动乱中,她们不仅被动地任由上层社会处置,无法以自己的名义保护自己,还不得不受到同属一个阶层的男性属下的侵害,最终只能用沉默来压抑自我、隐瞒真相。显然,作家真正关注的不是现代印度民族主义者最引以自豪的遗产:民族分治;而是当代印度和巴基斯坦所继承的另一份遗产:仇恨、失落和心灵的痛苦。在她看来,分治时出现在地图上的一条干干净净的分界线掩盖了现实的血腥和残暴。在《新邻居》("New Neighbors")一文中,西多瓦回忆道:"我不断听到远处暴民清晰可辨地大喊大叫,我警觉起来,即使我只有 7 岁,也能意识到拉合尔各个角落发生的罪恶。"(Kazmi)分治实施以后,西多瓦家附近出现了一个收置"被拐妇女"的"伤痛恢复营"(rehabilitation camp)。年少的西多瓦每天爬上自家房顶,好奇地观察着营地里被称做"堕落的"(fallen)妇女们的生活起居。她发现所谓"堕落的妇女"其实是在分治期间遭人强奸、其后又被家人抛弃的不幸女子。从年少时起西多瓦就意识到:"胜利是在妇女身体上庆祝的;复仇是在妇女身体上实施的。事实就是这样,特别是在我居住的世界里。"(Kazmi)成年的西多瓦把幼年的记忆化为她为妇女权利斗争的动力,创作了一系列文学作品,为类似阿雅这样沉默消声的属下妇女言说自己的历史提供了可能的空间。

二、冰果人：受害者/施暴人的男性属下形象

《分裂印度》中的男主人公是冰果人。该小说1988年初版时就叫《冰果人》(Icecandy Man)，1991年在美国出版时，为了避免读者对书名的误解，才改名《分裂印度》。冰果人是印度社会中的一种特殊职业，相当于走街串巷贩卖冰棍的货郎、小贩。他们出售的商品往往会随着季节的改变而频繁更换。小说中的冰果人也是如此。令人疑惑的是这个出现在书名中的最重要的男性角色既无名又无姓，而且他的种族身份和家庭身份也都语焉不详，人们只是按照他的职业特征含糊地称他为"冰果人"。夏天，他兜售冰棍、糖果；冬季来临时，他叫卖自己捕到的小鸟。为了吸引买主(主要是孩子们)的注意，他残忍地折腾猎物，让小鸟发出凄厉的叫声。在这里，作家只用寥寥数笔就刻画了冰果人恃强凌弱的残暴个性，为后文他对阿雅的凌辱和欺压打下了伏笔。

故事开始时冰果人是一个喜欢卖弄自己的诗词天赋、和善却有些不太正经的普通印度男子。他喜欢阿雅，经常出现在以阿雅为中心的小群体里，和亲近阿雅的厨师、按摩师、男仆们说说笑笑，顺便吟诵他新近写的诗歌。看到英俊的按摩师与阿雅亲昵，他也按捺不住，悄悄地脱下鞋子，趁大家聊兴正酣，在桌子底下用脚趾触碰、挤压阿雅丰满的身体，想从阿雅身上占便宜。但是他在和朋友聚会时从不主动透露自己的家庭情况和具体的宗教信仰，有时他说已在农村老家结过婚了，有时又开玩笑似的让阿雅和他成亲。在小说的后半部分，这个貌似和善的小贩由于受到他人施暴的刺激，转而用他的性别权力欺压、侮辱比他地位更低的阿雅和其他女性。作者写道：有一天晚上，阿雅、莱妮和阿雅的朋友们正围坐在小饭馆的收音机旁，忽然"冰果人上气不接下气、大汗淋漓、满身尘土地出现在她们面前，他狂乱的眼睛斜视着大家，首先在锡克人身上停留片刻，然后才转视着我们"。从冰果人断断续续的讲述中大家得知，拉合尔车站迎来了整整一车皮被割得七零八落的穆斯林的尸体，冰果人气喘吁吁地说道："车上的每个人都死了。被屠宰了。他们全是穆斯林。死人中没有一个女人！只有两大包装满女人乳房的麻布袋！……我在等我的亲戚……等了三天……每天等12个小

时……我一直在等着这趟列车。"(159)至此读者才意识到冰果人应该
是穆斯林。冰果人最后一次出现在朋友们的聚会场合时又提到了那次
惨案，并公然将这笔血账记到其他种族的平民身上。他提高嗓门，愤怒
地说道："我一想到火车上被残害的尸体，我就失去理智……那天晚上
我疯了，我告诉你！我往我认识的每一个印度教徒和锡克教徒的窗户里
投掷了手榴弹！我对他们恨之入骨……"(166)此时的冰果人正如无数
无法主宰自己命运的普通民众一样，也是分治这场政治动乱的受害者。

然而，冰果人更是一个令人痛恨的施暴人。他在亲眼目睹一车皮
穆斯林死尸之后不久就神秘地消失了，等他再次出现时却变成了暴力
的帮凶。有一天穆斯林暴民围困了莱妮家，要主人交出阿雅。紧急关
头，冰果人从人群中走出来，在莱妮面前蹲下，对小女孩耳语道："我会
用我的生命来保护阿雅！你知道我会的……我很清楚她在这儿。她人
呢？"(194)而一旦冰果人得知阿雅确切的藏身之处，他便和一群暴民一
起奸辱糟蹋了阿雅。此时的冰果人显然希望通过征服异教徒女性的身
体而达到征服异教徒男性的目的。印度传统观念认为，女性的身体受
到摧残，不仅会使个人名誉受损，更会让她的家庭、社群、种族和国家蒙
受耻辱。因此两军对垒，采用暴力，糟蹋和强奸对方的女人，往往成为
征服和凌辱对方社群的主要象征，由此形成对异教徒领土占领的一种
换喻式的歌颂。冰果人通过对异教徒阿雅身体的占有，发泄了自己的
仇恨，达到了为同族人复仇的目的，同时还满足了自己的私欲，把正常
时期对自己不屑一顾的"美天鹅"变成了任由自己摆布的"玩偶"。

小说结尾，冰果人把阿雅卖到妓院，靠着阿雅在欢场跳舞卖笑吃软
饭。就在迷宫一般的妓院里，冰果人首次向寻找到此的教母和莱妮透
露了自己的身世，自称是印度王族和妓女生下的私生子，并向教母承认
道："我母亲来自妓院……你知道我们的世界……谁会关心孤儿
呢？……你看，我属于这儿……它是王族私生子的摇篮。"冰果人说这
些话的时候，"眼中闪烁着古怪的光芒，当他盯着教母时脸上交织着羞
愧和自豪的神情"。(258)

西多瓦有意将冰果人设计成花街柳巷出生的私生子，不仅从他的
行为，而且从他的身世角度再次强调了他受害者和施暴人兼而有之的
双重角色。按照冰果人的说法，他是印度王族和妓女的私生子，从遗传

方面来看,他的身体里自然融合了刹帝利贵族和低贱的属下妓女的血液,变成斯皮瓦克所说的"强奸之子"——因奸成孕而产下的孩子,混有强奸者和被奸者的血,所以他既有受害者的成分也有施暴人的基因。从他所接受的文化习俗来看,冰果人自认是刹帝利贵族的后代,自然乐得继承对他有利的刹帝利贵族习俗。在《属下能说话吗?》一文中,斯皮瓦克提及"在契塔和其他地方的刹帝利贵族妇女中流行一种 Jauhar 习俗,即刹帝利贵族战争寡妇或即将成为战争寡妇的妇女会集体殉身,把它视做摆脱穆斯林征服者难以形容的迫害的一种自救行为"。斯皮瓦克认为女性的这种自我殉身行为实际上是男性征服者大军强加于女性的,是"把强奸作为'自然行为'的一种合法化,最终将有利于对女性的独特的生殖器的占有"。(斯皮瓦克 149)在冰果人看来,当阿雅的穆斯林情人暴毙街头之后,阿雅实际上就成了寡妇。身为寡妇,主动殉身是值得称颂的高尚行为。按照因陀罗规则第十四条:"妇女可以在自我殉身中寻找自我意识,还能[在生死轮回中]解脱自己的肉身。"(149)只是按照冰果人的理解,阿雅的自我殉身不必引火自焚,只要献身于他这个刹帝利贵族的后裔就可以了。因此冰果人对教母狡辩说他的行为是合法高尚的,是出于"对我们的女人的保护"(258),实则是使自己的强奸行为合法化。

在《分裂印度》这部小说中,几位主要人物的命运因为冰果人这个"强奸之子"而发生重大改变,西多瓦通过塑造冰果人这个形象,描写了印巴分治期间被恐惧、暴力、毁灭的魔咒紧箍着的成千上万的男性属下群体。在社会生活发生巨大变动之际,在国家和民族危乱之中,这些原本与属下女性属于同一个阶层的男性却以暴力为界化,假借着捍卫种族纯洁性、报复其他种族的名义,用强权、压迫、宰制和欺骗来侮辱比他们更弱小、缺少自卫能力、没有言语权的女性属下,满足自己的私欲。他们的行为使属下女性受到阶级和性别的双重压迫,成为像阿雅这样的哑言群体。如何从以冰果人为代表的男性身上挖掘出非常时期非理性行为的根源所在,从而避免历史悲剧的重演,是西多瓦塑造这个人物的主要目的。

西多瓦无论是在生活实践还是在文学创作中总在探索普通属下、女人、儿童以及社会边缘团体在社会重大事件发生时被动无能的内在原因，并在文学文本中提供一片空间，为属下妇女言说自己的苦难历史提供可能。在《分裂印度》这部小说中，西多瓦通过阿雅和冰果人这两个人物，把印巴分治前后普通属下最真实的生活展示在读者面前，找回那些被宏大历史叙事所省略的、被删减的东西，还原历史原貌。通过安静、真切的文字，西多瓦成功地将叙事介入历史，表达了对属下妇女最深厚的关怀，并获得言说的力量，不断纠正并拯救现实。

参考文献

Kazmi, Laila. "Bapsi Sidhwa." *Jazbah* 2006. Retrieved February 3, 2007 ⟨http//www. Jazbah. org/bapsis. php⟩.

Moore-Gilbert, Bart, et al. *Postcolonial Criticism*. London and New York: Longman Press, 1997.

Sidhwa, Bapsi. *Cracking India*. Minneapolis: Milkweed Editions, 1991.

Urvashi Butalia, *The Other Side of Silence*. Trans. Ma Ainong. Beijing: People's Literature Publishing House, 2001.

［布塔利亚·乌瓦升. 沉默的另一面. 马爱农译. 北京：人民文学出版社，2001.］

作者简介：舒笑梅，中国传媒大学外国语学院教授，主要从事英美文学研究。

历史与文本的交融

——新历史主义视角下的《中国佬》

丁夏林

蜚声海内外的华裔美国作家汤亭亭的传记体小说《中国佬》自1980年面世以来好评如潮,于1981年获得美国全国图书奖和国家书评界奖,而且作者本人也认为其质量高于其轰动一时的处女作《女勇士》(Pfaff 1)。近十几年来,虽然远不如对《女勇士》的研究那样轰轰烈烈,但是国内文学评论者分别从不同角度对这部巨著进行了多方位的解读,极大丰富了我们对该作品的认识和理解。陈富瑞试图从"男性沉默"的视角揭示关于华裔移民在美国历史上作出贡献的"历史真实"。刘心莲则从中国神话、传说以及民间故事的改写这一角度探讨华裔美国人的性别和文化身份的迷失,而韩启群从"后现代性"角度考察了她的文学创新手法。吴丽从神话-原型批评角度揭示作品深刻的文化内涵,而霍小娟从文学与族裔的关系分析其新颖的叙事策略如何实现"历史层面的价值意义"。潘志明则从华裔男性的属性建构和语言传统的关系这一角度对该作品进行了细致深入的分析,指出作者已经从"女勇士"转变成了"语言勇士",为确立华裔男性的美国文化属性奠定了基础。[1]

---

[1] 近年来国内文学评论者对《中国佬》的研究可谓热闹非凡,虽然无法与轰动一时的《女勇士》研究热相比。有关"男性沉默"的有陈富瑞的《沉默的隐喻:〈中国佬〉中"男性沉默"探析》,刊登于《世界文学评论》2007年第1期;关于中国神话与华裔身份的关系,刘心莲发表于《国外文学》2004年第1期的论文《中国神话重写与华裔美国人的身份迷失》进行了剖析;而韩启群从该作品创作手法的后现代性出发,探讨了作者的创新之处,其论文《探索与创新:论〈中国佬〉创作手法的后现代性》刊登于《四川外语学院学报》2002年第6期;吴丽运用原型理论对该作品中包含的原型意象进行了深刻挖掘,其论文发表在《济南大学学报》2005年第5期;而潘志明则通过考察语言的生成发展,进而揭示华裔男性如何在异国他乡确立其主体性,其论文《唐敖的子孙们——试论〈中国佬〉华裔男性的属性建构与语言传统》载于《当代外国文学》2003年第3期。

在研读此类论文的过程中，笔者发现很少有人使用新历史主义文论对该作品作详尽的分析，即使有这方面的评论，也只是隔靴搔痒。比如刘卓和马强虽然选用了"新历史主义"视角，对其中《从中国来的父亲》一章进行了历史事实的考证，以期发现作者的创作动机、目的以及作品丰富的思想内涵，但没有对它进行全面的评价，或者令人信服地说明该作品如何独树一帜，为何其质量不亚于《女勇士》。① 本文认为，上述论点不乏精辟之处，但由于视角的局限，有以偏概全的倾向，甚至陷入"唯文化批评"的歧途，或由于纠缠于深奥莫测的文学评论术语而迷失了作品的核心价值。因此有必要对其进行重新审视，进一步探究为什么《中国佬》能获巨奖，并在作者眼中胜出《女勇士》。为此，笔者拟采用新历史主义文论对该作品进行全方位透视，运用该文论的核心概念，即"历史的文本性"和"文学的历史性"，从历史事实如何与文学文本交融这一角度，探讨该作品如何"颠覆"美国白人主流意识形态以及此种颠覆如何受到"抑制"，其创作手段如何与主题思想的表达相得益彰，进而解释它如何实现了主题思想和艺术手段的完美结合，成为一部如此不可多得的后现代艺术文学精品。

一、历史的文本再现

许多传统文学批评理论认为"文学文本"（literary text）具有宇宙性和本质（非历史的）真实性，而发轫于上世纪 80 年代的新历史主义文论（主要在美国）则认为文学文本是特殊历史条件下产生的物质产品，所有文本均可被视为社会、政治和文化运作的调节器，政治斗争的手段。（Brannigan 3）新历史主义文论开启了文学与历史的对话，并将文学文本与非文学文本并置，摒弃将文学文本放置于特定的历史大背景下的传统阐释维度，反对将历史事实与文学艺术作品区别对待，而将它们等量齐观，强调它们之间的互动。对于新历史主义者来说，一方面，历史事实不是历史学家笔下的客观知识的集合体；另一方面，文学作品

---

① 迄今为止，唯一一篇运用新历史主义理论分析该作品的论文由刘卓和马强合写，名为《游走于虚构与现实间的叙事策略——汤亭亭〈中国佬〉的新历史主义解读》，刊登于《山东外语教学》2007 年第 5 期。他们聚焦于《从中国来的父亲》一章，探讨作品的虚构性与现实性之间的互动，旨在追寻作者的创作动机、目的与意义。

不仅仅是表达历史知识的工具、媒介,被动的"反映者"而已,它已经成为"建筑一个文化的现实感的推动者"。(3)尤其在美国新历史主义理论的干将海登·怀特(Hayden White)那里,历史叙述被认为属于小说叙述的范畴,因此不可能有什么真的历史,历史编撰势必带有"诗人看世界的想象虚构性"。(王岳川 204)由此看来,文学艺术创作成了社会历史发展和变化过程中一个不可分割的组成部分,与历史事实本身同样具有创造力、破坏力和矛盾性。换言之,历史事实与(文学)文本再现不是客体与主体、被动与主动的关系,而呈现出交叉性和重叠性。历史的"如实直写"传统让位于后现代主义所倡导的"历史的文本性"。历史的真实性被揭开了神秘的面纱,给史实的文本再现提供了语言修辞、美学层面的艺术发挥余地。

面对美国白人历史学家故意忽视、抹杀少数族裔对美国历史所作出的贡献这一事实,汤亭亭勇敢地站出来为后者发声,用文学手段编织动听的故事,以"说故事"的方式将互不关联的故事、传说和民间逸闻串联起来,抗衡性别歧视和种族主义,使"历史事实"和文本进行平等对话,充分体现了"历史的文本性"这一新历史主义论点。在《中国佬》里,无论是美国夏威夷甘蔗地里的曾祖父,内华达山中开山劈路的祖父,还是身世不明、沉默寡言的父亲(们),乃至越南战场上的弟弟,在汤亭亭的笔下,关于他们的故事都成为对白人主流社会的无情控诉,以一连串的"小历史"(small histories)粉碎了"宏大叙述"(grand narrative),还历史以真面目。他们虽然都是虚构的人物,其行为举止有许多文学夸张和(跨)文化再造因素,但仍然不失为历史的见证人,其故事情节的真实性依赖于家族传奇和"讲故事"的传统。不仅如此,汤亭亭还大胆"挪用"了中国古典文学资源,如首篇《关于发现》中的唐敖去金山淘金是中国清朝李汝珍的小说《镜花缘》的翻版。虽然这两部小说的主题和情节迥异,但是性别倒错和缠足是共有的,表现了较明显的互文性。这种合理借用巧妙地将性别歧视和殖民主义的残酷性、荒唐性展现在读者面前,从而"以其人之道还治其人之身"地再现了白人主流社会对亚裔人士实施的"阉割"政策,使读者在欣赏滑稽情节或者黑色幽默之余受到深刻的政治道德教育。正如霍小娟所言,《中国佬》的"每一段故事的背后都能反射出无限丰富的文本内涵,杂糅的叙事跨越各类文体,使它的

叙事不仅有历史层面的价值观照，也有文学层面的艺术创新"。（83）

　　的确，《中国佬》虽然作为"非虚构性小说"类书籍而获巨奖，但作为《女勇士》的姊妹篇，它在美国文学中占据重要地位，可见汤亭亭的文学创新确实是其作品最突出的特点。近年来关于少数族裔在美国正史中"失声"的叙述不计其数，但汤亭亭以高超的文学手段描述华裔人士所受到的种种非人遭遇，使几乎早已消失、被遗忘的历史碎片重新浮出水面，其后现代性的文字产生了强大的震撼力。诚然，一般读者可能认为该书缺乏连贯性，从《关于发现》到《中国来的父亲》，从《论死亡》到《内华达山脉中的祖父》，从《法律》到《百岁老人》和《关于听》，章节之间关系扑朔迷离，使读者感到无法依靠传统阅读习惯理解该作品。在对有限的历史素材进行文学加工方面，汤亭亭可谓是一位天才。比如在描述其祖父在内华达山上劈路炸山、修建横跨美国大陆的太平洋铁路时有一著名片段："大自然的美完全把他给征服了；他在吊篮里俯着身子，阴茎处有一种难以抑制的冲动；他想通过手淫来自慰。突然他高高站起身，将精液射向空中。'我在操整个世界，'他喊道。世界的阴道真大，大得像天空，大得像山谷。"（汤亭亭 132—133）从表面上看，这一场面可被看做美国文学中独特的"亚裔感性"的体现，粉碎了美国主流文化对其进行的阉割和消音，呼应了以赵建秀为领头羊的亚裔美国文学评论家对男性阳刚气质的召唤，但其实流露了美国文化中少数民族主体性的困境。阿公的自慰作为自恋主义的一种，与其说是对主流文化的异性恋婚姻法则的回避，还不如说是对白人主流社会男性主体的性快乐的蹩脚模仿。问题的关键在于，少数族裔能否摆脱"少数派"这一标签，与占绝对多数派的白人平起平坐，使自己的美国身份合法化，摆脱自己在美国社会结构和话语实践上的次等地位，高喊自己是"美国人"。一般读者可能对这样的描述一笑了之，甚至对这种少数族裔主体性的表达方式感到不满，但是一位文学评论家认为此举代表了汤亭亭作为文学大师的原创性。汤姆·哈滔里（Tomo Hattorri）这样写道："将自慰描写成为一种具有正面意义的怪异行为是将华裔美国人男性气质的剥夺史转化为自豪感和原创性的产生的一种方式"。（233）撇开故事情节的"真实性"不谈，汤亭亭的文学想象和文字表达技巧使早期北美华人移民史具有更多的人情味，印证了历史事实的文本再现所具有的独特效果,凸现了历史与文学之间的张力。

如果说上述例子说明汤亭亭将历史事实加工成文本作品的高超能力,那么从照片及其真实性这一维度,我们还可以考察历史与文本的交融、互动。汤亭亭孩提时代认为照片可以说谎,但是在成年时却认为照片代表真实。无论如何,《中国佬》中对照片的处理既证明华裔美国人的历史存在,又证明照片可以篡改历史,抹掉华裔美国人的贡献。在美国文化中,照片历来被认为是"历史文献":虽然无声无息,但可作为对"现/史实"的证明材料。可是,关于摄影术的学术观点认为,照片只是一种通讯工具而已,并非事实证据的一部分。照片本身不具有意义,其意义是摄影师赋予的。比如在确认父亲的身份时,汤亭亭认为他的中国人身份必须有一张照片提供证明。"除了长相是中国人,讲汉语,你没有其他中国人的特点。你没有拍过身穿中国衣服或者背倚中国风景的照片。"(汤亭亭 7)但是,如果能够找到父亲的"中国照",就能够确认其文化身份吗?答案当然是否定的。同样道理,当汤亭亭试图寻找祖父的生活痕迹时,她的确在家庭相册中找到了他们与马匹和马车相伴的照片,但是她看到的是她的叔叔/伯伯们而不是她祖父的身影,是前者为了证明其在美国所取得的成功而拍的照片(为了寄给中国的亲戚),与作者寻找照片的动机大有出入。因此,虽然照片记录了某一历史时刻,但其真实性在于它所记录的是谁的时间,谁的历史。(Teresa 4)由此可见,她家庭所保留的照片并不具有唯一真实性,而是文艺创作(即摄影艺术)的一部分,是史实与文本的交汇。

虽然照片不能与历史真实划等号,但是在汤亭亭的笔下它们还是成为用来反抗白人历史学家将其先辈一笔勾销的武器。汤亭亭试图利用照片证明华裔先辈的功绩,在书中她描写了其曾祖父和其他逗留者将每月工资寄给中国的家人,仅留下一些用做赌资,或吃上一顿像样的饭,"每年去照相馆照一次像"。(Teresa 6)这些照片既证明了时间的流逝,又证明了伯公在夏威夷的生活经历。它们看起来是客观、中立的,能够"再现"历史,但是白人当权者可以利用它的信息/文件性掩盖其作为政治控制工具的本质。汤亭亭在利用旧照片证明其先辈的存在、贡献以及自己的童年经历的同时,也显现了照片的两面性,即白人统治者也可以利用照片的信息文献特质控制信息、身份、历史和权力之间的关系，甚至抹去少数族裔的存在。正如伯公的照片证明他们曾经存在过那样，美国正统历史利用相片的"空白"去除美国建国初期华裔美国人的存在，抹杀他们的功劳。"只有美国人可能做到。当洋鬼子摆好姿势拍照时，中国佬散去了，继续留下来很危险。对中国人的驱逐已经开始了。阿公没有出现在任何一张铁路照片上。中国佬各奔东西，有人循着北斗星去了加拿大，有人……"（汤亭亭 147）汤亭亭的创作理念一目了然：她不认为照片以及刊登照片的报纸、史书和家庭相册本身构成了"真实"，相反，相片提供了"许多真实"。从这个意义上讲，《中国佬》并非寻求一种"真理"，而是对真理以及真理的来源和本质提出质疑，凸现其后现代性，为新历史主义文论提供了样板文本（华明 1）。本来在社会文本中沉默无语的照片因其含义的多义性和不确定性而从原初历史的物质关系中发生位移，在《中国佬》这一新文本中被赋予崭新的文化政治内涵，进而在读者那里被进一步阐释，凸现了新历史主义文论所谓的文学对历史的"抵制"作用。总之，她对历史事实的文本再现颠覆了美国白人主流文化的大写的历史，创造了华裔美国人特有的小历史片段，通过将记录断断续续的、互不关联的瞬间的照片与记忆、对抗记忆和想象融合在一起，组合成个人、家庭乃至民族历史的宏大画面，给后人留下了宝贵的思想和艺术遗产。

二、文本的历史意义

传统历史主义文论认为，历史大于文学，历史事实的真实性大于文学的想象和虚构性，前者比后者重要，而新历史主义文论则强调文学大于历史，文学在阐释历史时不要求恢复历史的原貌，而是解释历史"应该"和"怎样"，揭示社会历史发展过程中最隐秘的矛盾，从而使其经济和政治的目的彰显出来。（王岳川 183）换言之，文学不是被动地反映历史事实，而是主动参与历史意义的建构，并融入历史话语、经济话语和政治话语的实践。鉴于历史事实只能作为书面文件存在，新历史主义实际上倡导并实践了解构主义关于"一切皆是文本"的观点，认为过去/历史已经过三次加工：（1）先被它所处的时代的意识形态或者话语实践；（2）然后被当代（即作家所处的时代）的意识形态或者话语实践；（3）最后通过不精确的语言表达网络本身。（Brannigan 175）正因为

"历史"已经不复存在,所以文学家或者历史学家的任务就是利用现存的以文字形式保存的历史片段阐释历史,填补大历史(官方正史)中的空白点,必要时可以发挥文学想象力,运用特殊语言形式、修辞或美学技巧。此外,非文学文本也具有同样作用,可以与文学文本形成互动。在这方面,汤亭亭大胆地在《中国佬》文本的中间安排《法律》一章就不难理解了。她将长达一个多世纪的排华法律条文不加评论地呈现给读者,冒着不连贯的风险,对读者提出了不大不小的挑战。但是,对一般读者来说突兀不协调的"插曲"在高超的作家手中不失为一个妙招。正如台湾学者单德兴所说:"作者匠心独具,不让史实凌驾宰制其他真实或想象的故事。此一类似编年史的历史陈述与全书其他部分,在互动中激荡出许多前所未有的东西。"(29)我们已分不清《法律》一章到底属于"历史"还是"文学"范畴了,因为两者已经融为一体。相对于汤亭亭的文学创作对象而言,《法律》一章是直白的、未经阐释的历史背景材料,是白人统治下的产物、丑行。可相对于故事主人公以及作家汤亭亭本人所处的历史时期和政治背景而言,《法律》这一章便成了《中国佬》这部文学精品的一部分,为文学对政治、经济以及历史所产生的意义提供了佐证。它夹在小说的中间,使文本前前后后所发生的故事具有逻辑连贯性,相得益彰,激荡出一幅多姿多彩、可歌可泣的历史画卷。华裔美国文学评论家李磊伟曾经高度评价《法律》一章,认为"它们不仅仅是文字,不仅仅是一段历史过去的语言记录而是语言行为,是残酷对待一个无声的少数民族权力的行为"。(51)

　　众所周知,华裔美国作家长期以来一直在美国"东方主义"霸权话语下从事写作实践,这包含两层含义。一方面,以爱默生为代表的美国文化对以孔子为代表的中国"高雅"文化欣赏有加;另一方面,狂热的美国基督教徒对中国人的"道德荒野"(moral wilderness)倍加谴责。于是在美国人的头脑中形成了两种极端的中国人或华裔美国人的形象。1976年美国著名学者萨义德在《东方主义》中一语道破天机,将西方的东方主义话语和其政治、经济乃至军事目的联系在一起——将东方"他者化"的目的是控制它,阻止它发出自己的声音,剥夺其主体性。国内学者长期以来对萨义德的理论推崇备至,甚至亦步亦趋地重复其论调,为自己国家的反帝国主义、反殖民主义政策寻找理论依据,殊不知西方

（包括美国在内）知识分子传统中的东方主义某种程度上反映了中国古代官方的一贯立场。中国的学者/官员在历史上一直是高雅文化的代表，与社会底层的"苦力"形成鲜明对照，在"文人"、"农民"、"工人"和"商人"这一社会阶梯中居首，到处流行"万般皆下品，唯有读书高"的声音。这就是为什么美国的东方主义者将"高雅文化"硬套在学者身上，而将"中国异教徒"这顶帽子扣在地位低微的中国移民——那些建造铁路、耕种田地、经营洗衣店和饭店的华人苦力——头上的原因。虽然华裔美国作家试图颠覆东方主义话语，发出自己的声音，拒绝边缘化，但由于其处于"世界之间"的特殊身份，华裔美国作家的作品往往受到自动边缘化的厄运，常常被解读为异国情调而已，致使其内在的文学艺术价值遭到湮没。汤亭亭意识到东方主义的危害性，所以在《中国佬》等作品中将许多耳熟能详的中国以及西方的"高雅"文化典故并置，以致遭到中外文化纯洁分子的诟病。其实他们根本不知道她的用意：欲利用其祖先（中国广东省）鲜活的土语反击将人做"高"和"低"之区分。简言之，她认为这种二元对立本身就是霸权话语，是强加于别人身上的标签。如果说利用"土语"写成的作品《中国佬》能够成为英语大国（美国）的畅销书，那么其本身就能够证明东方主义是多么的荒唐。

为了探讨汤亭亭如何瓦解霸权话语，充分展示文学叙述的历史意义，我们不妨回到前文所述的《关于发现》这一章，具体考察它如何对中国小说《镜花缘》进行戏仿、改写，了解文本再现如何反作用于历史。原故事发生在中国唐朝武后时代。当时武则天飞扬跋扈，竟命令御花园的一百朵花在冬天开花。它们服从了，但是打乱了四季的更替，花仙子被迫离开皇宫，转世投胎为平民，甚至发配至海外。唐敖由于与武后的政敌的瓜葛而被剥夺其"探花"资格，于是决定和妻弟林之洋一起远赴海外寻找十二种名花，将其移栽至中国。唐敖作为"高雅文化"的代表，在全国考试中名列第三（探花），可谓官运亨通，但在汤的改写中，唐敖的身份发生了彻底变化，从中国的"文人"变成了美国的大老粗——金山上的淘金者。另外，在《镜花缘》中唐敖不仅救出了妹夫林之洋，还治好了江河的洪灾，成为一名民族英雄，而在《关于发现》中，唐敖被迫穿女人衣服，穿耳洞，戴耳环，缠足，吃女人食物，变成了侍候女王的佣人，戏剧性地成为了被周围人评头论足的对象，被彻底"他者化"了。就这样,通过描写一个高雅文人富有戏剧性的降格遭遇,汤从主题上瓦解了二元对立,彰显了文学描写所具有的政治、历史反作用。此外,这种解构不仅体现在对旧文本的改编和把玩上,还体现在《关于发现》的写作风格的前后不一致上。《关于发现》的第一句是"很久很久以前……"(汤亭亭 1),而最后一句是:"有些学者说女儿国出现在武后执政期间;也有人说在这之前,即公元 441 年就已有了女儿国,不过地点在北美。"(2)在这"神话"和"历史"表述之间叙述的是一个中国学者/旅游者在"女儿国"被迫变性的屈辱的故事。这种跨文类叙述再一次颠覆了官方历史,解构了二元对立思维定势,将历史中最隐秘的矛盾展现在读者面前,用"陌生化"的文学手段表明了作者的政治立场,对华裔美国男士被迫女性化发出了愤怒的控诉。余宁断言:"就这样,汤向'边缘化'发起反击的方式不是通过声称自己也是'中心'人,而是通过对中心与边缘、高级与低级、历史与神话这些二元对立面发起挑战,她的《中国佬》创造了一部虚构性很强的非虚构小说,一种充满神话色彩的历史,一种由'低级'移民创造的高雅文化,一种不依赖'主流文化'垂青的族裔文学。"(Yu 87)

在《中国佬》这部高潮迭起、亦真亦幻的佳作中,体现文本与历史交融的地方比比皆是,比如其中的《鲁宾逊历险记》一章是对西方家喻户晓的殖民主义文本《鲁宾逊漂流记》的戏仿和改写。通过文字游戏,作者不仅赋予主人公崭新的文化内涵,一个像骡子那样埋头苦干的赤裸裸的儿子或孙子,用以赞美其祖先移民美国时的勤奋工作和开拓精神,而且颠覆了西方正典中关于殖民帝国的神话,表明华人也是殖民先锋,从而粉碎了预先假定的欧洲文明所具有的内在种族的优越性。同样的戏仿或者挪用还被运用在其弟弟身上,其形象来自中国古代文化中的屈原,塑造出其刚正不阿、"众人皆醉我独醒"的性格,彰显他们反战立场和人性光辉。凡此种种,都说明她将历史事实与文学文本创作交相辉映,使其作品可圈可点之处不计其数,也就解释了为什么《中国佬》比《女勇士》棋高一着,成为华裔美国文学大花园中一朵鲜艳夺目的奇葩。

三、结　语

　　有论者指出，文学研究大于文化批评，呼吁华裔美国文学研究者走出"唯文化批评"的误区，将专注于文本结构、修辞审美的"内部"批评和专注于政治、文化乃至文学史的"外部"批评方法结合起来，使我国华裔美国文学研究回到正道上来。（孙胜忠 87）本文只是朝这一方向努力的一次初步尝试，因为先前对该作品所作的评价往往侧重其不同的方面，似乎没有完全切中要害，即使运用新历史主义的评论也只集中在"叙事策略"和某一章节，以期找到作者的创作动机而已，缺乏对作品进行全方位考察，尤其没有聚焦于该文本所体现的历史与文学的交融和互动这一显著特征。通过考察文本细节，借助英语本族学者的洞见，笔者发现《中国佬》的作者因其独特的历史观、文本观和高超的文学创作才能确实已经从"女勇士"变成了"语言勇士"（她大胆地将英语中的"中国佬"一词一分为二，创造出一个新词，充分显露其"颠覆"性），通过对亚洲和西方神话的改写，兼收并蓄地创造了一种开放式的华裔美国文学传统。作为文学界描述华裔美国男性奋斗史的开山之作，该书的价值和地位无法撼动，其思想性和艺术性仍然有待于学者的进一步挖掘。正如美籍华裔学者吴清云所言："通过母亲的嘴巴和汤亭亭的笔，华裔美国男人适应新环境、改变自己的能力，他们的高贵品质和忍辱负重的精神，他们的艰苦奋斗和热爱和平的精神，他们对自由和幸福的不懈追求，被记录在一部动人心魄的，既是历史又是文学的宝书中。"（Wu 93）

参考文献

Brannigan, John. *New Historicism and Cultural Materialism*. New York: St. Martin's Press, 1998.

Eagleton, Terry. *The Specter of Postmodernism*. Trans. Hua Ming. Beijing: Commercial Press, 2000

[特里·伊格尔顿. 后现代主义的幻想. 华明译. 北京：商务印书馆，2000.]

Hattori, Tommo. "*China Men* Autoeroticism and the Remains of Asian America." *Novel* (Spring 1998): 216 - 234.

Huo，Xiaojuan. "Ethinic History within Literature." *Tonghua Teachers' College Journal* 7(2004)：83－87.

［霍小娟. 文学中的族裔史. 通化师范学院学报，2004(7)：83—87.］

Kingston，Maxine Hong. *China Men*. Trans. Xiao Suozhang. Nanjing：Yilin Press，2000.

［汤亭亭. 中国佬. 肖锁章译. 南京：译林出版社，2000.］

Li，David Leiwei. "Revising American Literary Classics：Maxine Hong Kingston's *China Men*." Trans. Li Sumiao. *Foreign Literature* 4(1993)：45－91.

［李磊伟. 修订美国文学名著录：马克辛·洪·金斯顿的《中国人》. 李素苗译. 外国文学，1993(4)：45—91.］

Pfaff，Timothy. "Talk with Mrs. Kingston." *New York Times* (June 15，1980).

Shan，Dexing. *Ground-breaking and Path-making：Chinese American Literature and Culture*. Tianjin：Nankai University Press，2006：24－56.

［单德兴. 开疆与辟土——美国华裔文学与文化. 天津：南开大学出版社，2006：24—56.］

Sun，Shengzhong. "Questioning the Culture-centric Tendency in Chinese American Literary Studies." *Foreign Literature* 3 (2007)：82－88.

［孙胜忠. 质疑华裔美国文学研究中的"唯文化批评". 外国文学，2007(3)：82—88.］

Teresa，C. Zadkodnik. "Photography and the Status of Truth in Maxine Hong Kingston's *China Men*." *MELUS* (Fall 1997)：55－69.

Wang，Yuechuan. *Post-Colonialism and New Historicism：Collection of Essays*. Jinan：Shandong Education Press，1999.

［王岳川. 后殖民主义与新历史主义文论. 济南：山东教育出版社，1999.］

Wu，Qingyun. "A Chinese Reader's Response to Maxine Hong Kingston's *China Men*." *MELUS* 13. 3(Fall 1991－1992)：85－94.

Yu, Ning, "A Strategy against Marginalization: The High and Low Cultures in Kinsgton's *China Men*." *College Literature* 23. 6 (1996): 73 – 87.

作者简介：丁夏林，南京大学外国语学院博士生，南京农业大学外语学院讲师，主要从事美国研究和美国华裔文学研究。

试论苏联文学对历史的文本建构

董 晓

文学文本就其本质而言都隐含着对历史的个人感受,折射出对历史的理解,直接或间接完成对历史的文本建构,无论作家对人的微妙心理作何种体察都蕴含着作家内在的、当下的历史感。从这个意义上说,考察文学对历史的文本建构过程中的规律性问题,应从狭义上而不是广义上去理解文学对历史的解读,即探讨历史如何进入作家的审美视野,作品的艺术世界是怎样呈现历史的。就苏联文学而言,19世纪俄罗斯经典作家遗留下对历史进程高度敏感的传统(如屠格涅夫的《罗亭》、《贵族之家》、《前夜》、《父与子》、《处女地》、《烟》等一系列表现社会历史进程的小说,列夫·托尔斯泰的史诗性巨著《战争与和平》等),同时作家在极为特殊的政治-意识形态氛围之下形成了对历史问题超乎寻常的关注,所以20世纪苏联的历史进程一直是苏联文学非常重要的主题,而考察其针对不同历史文本的诠释对理解文学揭示历史文本建构的规律性问题不无裨益。

一

苏联作家对历史的高度关注与苏联历史的特殊性不无关系。20世纪的苏联从1917年十月革命开创人类历史"新纪元"开始,到1991年国家分崩离析,充满了鲜明的复杂性、悲剧性,这也为作家提供了无限广阔的阐释空间。但是,复杂而悲壮的历史进程也在考验作家:如何在历史的文学文本化过程中洞察历史内在本质的规律,而不只是呈现外在表象的历史事件。作家审视历史眼光的高低与其对自身创作主体性的把握有本质的联系。失去了主体独立性,他们对历史的观照难免肤浅与表面,对历史的文本建构也失去了历史的真实性。20 世纪 50 年代之前,这种现象在主流文学作品中普遍存在。

苏联主流文学关注历史话题,官方意识形态的诱导是一个重要的原因。十月革命产生了新的苏维埃政权,这个新的政权是人类历史上首次将公平与正义的乌托邦理念付诸社会实践的伟大尝试。为这个历史巨变唱赞歌、颂扬伟大创举和证明其无可置疑的合理性,成为国家乌托邦主义对文学的必然要求。因此,表现苏联历史的进程成为十月革命之后主流作家们最热衷的主题之一。然而,热衷的背后却是历史感的缺失。这体现为作家在纷呈复杂的历史进程中丧失了独立的判断力,迷失在一个个历史事件的漩涡中无从判断,无力对历史进程的本质进行深刻的洞察。大多主流文学作品试图再现历史的真实面貌,但文本构建出来的历史面貌,只是官方意识形态观念剪裁下的历史片段,是意识形态观照下的历史印象,缺失的是个人本真的独立的审视眼光。长篇小说"苦难的历程三部曲"中的第三部《阴暗的早晨》,剧本"列宁三部曲"(《带枪的人》、《克里姆林宫的钟声》、《悲壮的颂歌》),长篇小说《远离莫斯科的地方》,纪实性小说《卓娅和舒拉的故事》、《普通一兵》、《教育诗篇》以及自传体小说《钢铁是怎样炼成的》,等等,都体现了这点。

以既定的官方意识形态去建构历史,势必将原本复杂、丰富和鲜活的历史进程简化为由既定观念拼接而成的"观念的演进",从而使历史的演进成为观念的佐证。阿·托尔斯泰的《阴暗的早晨》力图展现新生的苏维埃政权经历的不平凡岁月。作为苏联文学的大文豪,他把握宏观历史的能力较强,但在国家政治意识形态的统摄下,他对历史的审视也失去了深刻的洞察力,只能依附于国家乌托邦精神在作品中作出一番回应,框定一下历史进程的合理性与必然性。包戈廷的剧作"列宁三部曲"同样"标准化"地展现了十月革命到新经济政策时期苏维埃政权延续的合理性、必然性。

在主流文学构建的文本世界里,历史事件依然维持着外在的原貌,作家试图展现历史事件的真实面貌。在《阴暗的早晨》、"列宁三部曲"和尼古拉·奥斯特洛夫斯基的自传体小说《钢铁是怎样炼成的》中,我们领略到波澜壮阔的历史画面中一个个真实的历史事件:十月革命、国内战争和新经济政策。在阿扎耶夫的长篇小说《远离莫斯科的地方》、科斯莫杰米扬斯卡娅的纪实性小说《卓娅和舒拉的故事》和茹尔巴的纪实性小说《普通一兵》里,我们也可以领略到真实的卫国战争的氛围。

真实的历史事件只是表象,它不足以揭示历史的真实性。对历史真实性的揭示一方面依赖于作家独立于意识形态观念之外的客观眼光,另一方面,在于作家透过事件表象、探究历史本质的思辨能力。缺少这两点,文学文本构建的历史,要么是一个被任意裁剪的不完整、不全面的历史,并且是被部分遮蔽、掩盖的残缺的历史,要么是一个被历史表象所迷惑、被严重误读的历史。这都从根本上违背了历史的真实。《卓娅和舒拉的故事》和《普通一兵》都是以真实人物的生活经历为素材写成的纪实性作品,展现的历史事件都是毋庸置疑的。然而,在作者强烈的政治意识驱使下,小英雄们的行为没有得到真实的诠释,甚至军民顽强抵抗的历史画面也被阐释为:一切英勇行为都来自苏维埃意识的鼓舞。卫国战争英雄被灌输了一种政治说教:他们只有自觉地融入高度的苏维埃政治教化中,才能成长为英雄,他们的英勇得益于乌托邦精神的熏陶。这显然违背了历史的真实。读过老托尔斯泰《战争与和平》的人都知道,俄罗斯人对故土都有着神圣的情感,它超越了一切政治和意识形态层面,并赋予他们巨大的力量。在苏德战争最艰苦的时期,很多等待枪决的红军将领在临刑前被告知去前线指挥部队。他们把一切怨言、怨恨埋在心里,为了国家忍辱负重、英勇作战。拯救苏联的正是这种悲壮的精神。可是,这一切在作者的视野中消逝了,作者竭力让人们相信,只有听命于官方乌托邦精神的宣扬,真诚地信仰官方乌托邦神话,并以此框定自己的言行,才能成为真正的英雄。这几部以真实历史事件为依据的作品从根本上偏离了历史的真实性。我们不怀疑《钢铁是怎样炼成的》的作者试图展示历史真实的愿望,但强烈的意识形态观念使他无法真正地洞察当时的社会生活本质,无法真实地展现历史,只能对当时的历史事件做表面的叙述,用官方话语对其做教条化的阐释。① 作者丧失了对历史的独立思考而依附于意识形态的统治话语,

---

① 参见余一中,《历史真实性是检验现实主义文学作品的重要标准》,《俄罗斯文艺》2004 年第 3 期。

最终可能导致对历史的肆意篡改，置表象的历史真实于不顾。《远离莫斯科的地方》便是典型的例子。作者洞悉战争期间远东输油管道铺设的历史事实，却在政治意识形态观念的驱使下，篡改了真实的历史面貌，将囚犯铺设石油管道的真实事件描述为共产党员和共青团员积极分子的伟大壮举。

苏联主流文学对历史的书写呈现出滑稽的悖论：作家俨然以历史主人的姿态，以一种意识形态的话语，裁剪、割裂和组装历史，他们成为构成那段荒诞历史的一员，演绎了历史的荒诞滑稽性，成为历史统治下的一粒可怜的尘沙，最终被历史所抛弃。

二

苏联主流文学作品对历史的文本建构面临的最大尴尬是：随着历史的变迁，作品对历史的文本建构越来越显出作家历史眼光的局限性，无法超越当下的现实语境而获得对历史的透视。对真实历史表象的追求无法掩盖对其内在真实性洞察的缺失，陷入现实话语泥潭的作家无力面对历史的变迁对作家思想的拷问。当年热情讴歌农业集体化的作品无法经受住当下读者的质疑，残酷的历史变迁击碎了作品对历史描述的虚妄，暴露了作家历史眼光的肤浅。但一些非主流文学却保持着对历史的深刻洞察力，超越了当下的语境，经受住了时间的考验。

格罗斯曼的长篇小说《生活与命运》和中篇小说《一切都在流动》、索尔仁尼琴的长篇纪实报告文学《古拉格群岛》、雷巴科夫的长篇小说《阿尔巴特街的儿女们》、格拉西莫夫的中篇小说《夜半敲门声》、别克的纪实性小说《新的任务》，以及阿扎耶夫的长篇小说《囚车》，构成了主流文学之外的引人注目的风景线。这些作品在完成之际无法正式出版，面临着被历史尘封的命运。而与红极一时的主流文学作品相比，这些非主流作品对历史的进程作出了不合时宜但发人深省的思考。他们与主流文学作家最显著的区别在于：他们不依附于官方的主流意识形态话语，凭借自身的思考对历史作出独立的评判。精神的独立使他们能够透过历史发现其背后隐藏的悲剧性的一面。格罗斯曼的长篇小说《生活与命运》以苏德战争为背景，表现了苏联战前战后的历史变迁。作家对官方宣扬的卫国战争神话、对国家乌托邦神话进行了深刻而独到的消解,具有了历史阐释的深度。"斯大林建设的一切是国家的需要,而不是人的需要。需要重工业的是国家,而不是人民……这是南北两极,一端是国家的需要,另一端是人的需要,它们是永远不会一致的。"(格罗斯曼 299—301)小说中,德国军官对被俘红军将领说的一番话颇有意味:"您自以为在憎恨我们,但这只是一种错觉:您憎恨的是你们自己,我们不过是你们的化身而已。"(443)格罗斯曼说:"胜利的人民和胜利的国家之间无声的争论仍在继续。这场争论关系到人的命运和人的自由。"(755)长期以来,苏联卫国战争的胜利成为苏联官方宣扬国家乌托邦精神的招牌,而在格罗斯曼笔下,这一招牌被彻底击碎了:随着对德战争的胜利,人民从一种专制的铁蹄下走出来,又跳入了另一个专制的火坑。格罗斯曼对比两个集权者,他们以各自的专制政体共同构建了国家乌托邦的神话。李慎之先生在《美丽新世界》中文版的序言中分析了左的和右的这两种乌托邦,指出经过 20 世纪,人类进一步体悟到最可贵的是个人的自由。而对自由的渴望,正是《生活与命运》这部被评论界称为 20 世纪《战争与和平》的巨著思考历史最核心的思想。格罗斯曼的独立意识使他透过社会现象,对历史进行了超前的思考。这部小说对苏联历史、卫国战争神话的颠覆是空前的。格罗斯曼的绝笔之作《一切都在流动》也以冷峻的历史反思,解剖了苏联历史诸多悲剧的根源。集中营里地狱般的生活、人性的扭曲和压抑、农业集体化之后农村易子而食的人间悲剧,以及社会政治生活中极端虚伪性和高度政治意识形态化等等,都迫使人们重新体验那个时代压抑的氛围。

与格罗斯曼相类似,索尔仁尼琴以卷帙浩繁的长篇小说《古拉格群岛》完成了他对苏联人苦难史的回望与思考,该书是超越了政治层面的人的精神苦难的观照。在此基础上,作品对民族历史进行了彻底的反思。作家深刻批判了苏联历史进程中国家乌托邦主义的方方面面。在他对苏联整个悲剧性历史的严峻审视中,斯大林时代、赫鲁晓夫时代和勃列日涅夫时代的乌托邦国家神话一个个覆灭。

以独立的主体意识反思苏联历史的悲剧性,在一些禁书中都有不同程度的体现。别克的绝笔之作《新的任命》反思了"斯大林模式的社会主义"的兴衰历程;雷巴科夫的长篇小说《阿尔巴特街的儿女们》尖锐地揭示了斯大林统治时期的恐怖气氛;特瓦尔多夫斯基的长诗《凭着记忆的权力》揭露了个人崇拜泛滥时期的历史真相，描述了国家乌托邦主义给人带来的巨大灾难；阿扎耶夫的长篇小说《囚车》解构了其十多年前创作的《远离莫斯科的地方》，还原了苏联三四十年代充满痛楚的历史原貌。

这一类作品对历史的深刻洞见不仅源自作家不依附于主流意识形态话语的独立的精神意识，更因为作家书写过程中倾注的深厚的人道主义精神。这种精神在当时表现为对自由的渴望，并赋予作家超越历史表象、挖掘深处悲剧性的眼光，因此作家对历史的阐释避免了主流文学作品的"时效性"。这些作家以过人的勇气，拨开历史表象的光环，直面残酷的历史真相。针对历史的客观真实性而言，这些作品显然要高于主流文学作品。尽管这些"不合时宜"的作家比主流文学作家更富有直面历史真相的勇气，但他们对历史的文本建构主要依靠对历史的理性的批判，作品的审美因素没有与作家对历史的体悟完美地融合起来。艺术审美成分，如对人物性格的刻画、对人物心理层面的挖掘，往往游离于作家对历史的思考之外。因此，历史是没有变形地、"非陌生化地"直接进入作家的文本，读者对历史的感悟并非全部来自审美体验的结果。作家对历史进行直接的、非审美性的理性判断限制了读者感悟历史真谛的权利，缩小了读者自由体验的空间，削弱了文学具有的对事物本质的洞察性、穿透力，为持不同历史观念和政治理念的人提供了支持或反对该文本的理由，但没有实现文学对历史超越性的阐释。

三

文学对历史的感悟是间接的，而非直接观念性的阐发。历史唯有与作家创造的审美的艺术世界水乳交融，成为整个艺术世界不可分割的有机部分，才能给人们提供无限想象与体悟的空间。文学对历史的文本建构才是真正成功的。

就苏联文学而言，文学通过两种途径来实现对历史的文本建构。一是通过对人的命运的展示，透过人物精神世界的波澜，表现个人在历史的漩涡中挣扎与彷徨，以此来透视历史的面貌。文学作为人学，归根结底应当触及人的灵魂深处的涌动。对历史进程的体悟只有建立在对人的心灵的深刻挖掘之上，才可获得真正的深度。肖洛霍夫的长篇小说《静静的顿河》、帕斯捷尔纳克的长篇诗化小说《日瓦戈医生》等作品便是典型的例子。

在苏联主流文学作品中,肖洛霍夫的长篇小说《静静的顿河》是一部身份极为可疑的作品,这部作品居然被苏联官方接受和认可,并且一度被官方视为主流文学中的一部"红色经典",这显然有一段鲜为人知的历史背景。关于这部作品的蹊跷已有许多考证文章进行了论证。该小说无论从哪种角度看,都是对主流意识形态描述的历史背景的颠覆,其反乌托邦情感很明显。这部巨著真实地表现了哥萨克人在革命动荡岁月中的经历。他们的心酸和苦楚、旺盛的生命力、对土地的眷恋、蛮性与善良相交织的质朴的本性在男主人公葛利高里和女主人公阿克西妮娅、娜达莉娅身上都得到了体现。他们的痛苦与悲哀、欢乐与幸福都来自他们真实的人性。而葛利高里在红军与白军之间的犹豫和迷茫,隐含着社会的悲剧和历史的荒诞。小说一方面出色地描绘了哥萨克人本真的生活,劳动、恋爱、繁衍,淳朴并焕发着生命的激情,葛利高里与他的情妇阿克西妮娅之间的情爱正体现了他们生命力的旺盛与冲动;另一方面,小说刻画了布尔什维克们的残酷与冷漠,他们在作家笔下成了革命的机器、政治原则的化身,他们的自觉性与葛利高里的本真性成了鲜明的对照,布尔什维克领导的红军将革命风暴带到了宁静的顿河草原上,自由自在生活的哥萨克农民被迫迎来了历史的变动。葛利高里在这场残酷的动荡中必须作出人生的选择。他选择的标准其实很朴素:无论是红军还是白军,只要能使他自由地在这片土地上生活,想吃什么就种什么,想爱哪个姑娘就去追求,无拘无束地过日子,那么他就跟谁。葛利高里是个自由淳朴的哥萨克人,他在红军与白军之间的徘徊正是出于这种朴素简单的生活要求。可是,如此简单的要求,在那个残酷的年代却无法实现。无论是红军还是白军,都无法满足葛利高里最基本的生活愿望。最后,他也只能抱着冤死的阿克西妮娅的尸体,缓缓地走向没有出路的未来。革命给普通的哥萨克农民带来了什么?从小说主人公悲剧性的结尾中我们可以感受到作者的某种暗示。小说对国家乌托邦主义的颠覆是相当明显的。也因为其鲜明的反乌托邦性,使得它在苏联 20 至 50 年代的主流文学中显得十分特殊。苏联农业集体化运动的悲剧性、历史进程的悲壮性,通过哥萨克农民葛利高里悲剧性命运的折射,得到了深刻而真实的展现。

诗人帕斯捷尔纳克的抒情巨著《日瓦戈医生》也以一曲优美的爱情之歌写出了苏联历史的沧桑与悲剧,其反乌托邦精神是超越时代的。作品是作家对俄国 1917 年两次革命,特别是十月革命前后动荡岁月的历史沉思,作者说它"是我第一部真正的作品,我想在其中刻画出俄罗斯近 45 年的历史"。(226)小说涵盖的历史事件表明了作家宏大的历史视野。美国人埃德蒙·威尔逊将它与《战争与和平》相提并论。小说在宏大的历史背景之下,通过传统知识分子日瓦戈的人生遭遇(尤其是爱情经历),表现了作家对历史的感悟。威尔逊把《日瓦戈医生》概括为"革命—历史—生命哲学—文化恋母情结",颇为精当。小说浸透了对基督教教义的评论,关于生命和死亡的思考、自由与真理的思考、历史与自然和艺术的联系的思考,作者以某种不朽的人性,以先验的善和正义等宗教人本主义观念作为参照系来审视革命运动和社会历史变迁。这一切都是通过主人公日瓦戈医生的视角来表现的,作家对历史的审视完全熔铸到对人物心灵历程的表现中。他的身上清晰地体现出了俄罗斯知识分子具有的对世界、生命的体悟方式。他以俄国知识分子典型的生活方式生活着,思考着只有知识分子才会琢磨的问题。上帝、死亡之谜和俄罗斯母亲的命运,这曾萦绕在果戈理、老托尔斯泰和陀思妥耶夫斯基等俄罗斯文学巨匠心头的疑虑,是帕斯捷尔纳克通过主人公加以思考的纯粹的俄罗斯式问题。当年这部小说在苏联不能出版,因为作家对历史的价值判断与当时官方意识形态话语相悖。从根本上说,作品对俄国历史的考量是非政治性的,是个性地、自主性地对当时集体意识的批判性思考。从哲学上对社会历史变迁的审视,正是知识分子以独立的理性精神审视世界的可贵方式。《日瓦戈医生》对俄国历史思考的非政治性,正是其对历史感悟的价值所在,它决定了这部以哲学与文化的反思超越了当下社会意识形态层面、揭示了"人的存在"的意义和悲剧性色彩等问题的小说具有了对历史的深层次体悟,揭示了在历史巨变中人的存在的悲剧性、历史进程的荒诞性。这部小说成为"人类文学史和道德史上的重要事件,是与 20 世纪最伟大的革命相辉映的诗化小说"。(赵一凡 35)最可贵的是,小说对历史进程的体悟与探寻都以诗的意蕴呈现出来。这部历史视野宏大的小说,首先是一首诗，一首爱情诗——"拉拉之歌"，因而其包含的有关历史的思考具有震撼力。西班牙作家略萨称这部小说是"抒情诗般的创作"（214），苏联学者利哈乔夫把它看做是"对现实的抒情态度"（35）。《日瓦戈医生》最大的独特性就在于它以诗的韵味审视了俄国革命历史。这首"拉拉之歌"所表达的"革命、历史、生命哲学、文化恋母情结"的主题，是那些充斥着激昂的国家乌托邦主义政治说教的伪文学无法比拟的。作家对历史的沉思和文学建构，是从日瓦戈和拉拉的爱情中折射出来的，作家幻想出一个只属于日瓦戈与拉拉这两个充满人性光芒的人物的世界，这里充满诗意，精神、艺术和大自然浑然一体，心灵高度自由。然而，美丽的童话般的世界在诗人的笔下被无情地摧毁了，这个迷人的世界无法与国家乌托邦主义的实践相对抗，等待它的只能是悲剧性的毁灭。通过日瓦戈医生的悲剧，作家"抒情地"表达了对历史的悲剧性进程的批判，对日瓦戈医生这个人物心灵历程的诗性把握，成就了作家对历史进程的独特的感悟。

《静静的顿河》和《日瓦戈医生》的作者，一个是20岁的涉世未深的青年，一个是幼稚单纯的诗人，他们都缺乏足够的历史经验的积淀来构筑宏大的历史叙事，但是，他们都有窥探人的情感世界的冲动、把握人的命运的欲望。他们通过对人的命运、精神世界的自由的领悟，建立起了观照历史的坐标，不经意间触及了历史的脉搏。托尔斯泰"苦难的历程三部曲"中的前两部《两姊妹》和《1918》在艺术成就上高于第三部《阴暗的早晨》，因为前两部对历史进程的展示只是通过作家对主人公精神探寻的表现实现的。主人公对生活意义的思索构成了作品的基本内容。在俄罗斯经历着深重灾难的历史背景下，主人公们渴望着生命的自由与完善，这与第三部《阴暗的早晨》中赤裸裸的意识形态话语截然不同，读者能够通过主人公复杂的心路历程感悟历史进程的脉搏，而不是只看见主流意识形态话语构建的历史图景的简单图解。

成功实现对历史的文本建构的第二条途径是突破历史的宏大叙事模式，摈弃再现历史事件表象的企图，以隐喻、象征的方式表达对历史内在真实性的哲理化思索。这种叙述方式早在20世纪初白银时代的小说中就已经出现，如安德列·别雷的象征主义小说《彼得堡》，而之后的再次出现是20世纪70至90年代。

安德列·比托夫在他的小说《普希金之家》中，通过对奥多耶夫采夫一家三代知识分子在不同历史时期的命运与精神状态的展示，揭示了国家乌托邦主义对人的精神的压抑，揭示了苏联历史进程的荒诞性，这种体悟隐含在作家颠覆性的调侃叙述中，这与索尔仁尼琴、格罗斯曼式的"愤怒的呼声"格调迥异。小说对官方历史话语的颠覆力来自作家非传统写实主义文学创作观和"消解性"的世界观。作家在小说中呈现了异样的创作观念，他力图表明，与自由相对立的不是强权，而是现实的虚假性。现实被虚假的替代物、一整套假定的意义和丧失了原始真品的复制品所充斥。作品最本质的意义就在于启发人们去思考苏联历史进程中最隐秘的精神机制——虚假性。这种社会机制有着顽强的生命力，它不会随着外部政治环境的变化而轻易改变。在比托夫看来，斯大林的死并不意味从独裁桎梏下解放出来的自由时刻的到来，相反意味着虚假性的延续，意味着全社会都将在一种虚幻的"胜利"中延续着一种实质的悲哀。比托夫认为，斯大林之后的"解冻"时代不仅没有动摇苏联社会这一根本性社会机制，反而使其更加隐蔽，实质上使之更加完善了。他试图说明，非现实性就是生活的存在条件。这确立了小说主人公虚假的生活，并具有强大的解构力量，它解构了现实社会的思想观念、思维方式。比托夫在 70 年代初的思想观念比德里达和波德里亚等后现代主义哲学家们更早地表达了对现实生活虚构性的看法。他以此观念对苏联历史荒诞性的审视，剥去了一层层神圣而虚假的外衣，显露出历史本质的真实性。

维涅季克特·叶罗菲耶夫的小说《莫斯科—彼图什基》通过描写小说主人公工人维涅季卡·叶罗菲耶夫的荒唐经历，颠覆了"发达社会主义"的国家乌托邦神话。主人公是一个醉鬼，整天处在半醒半醉之中。作家在表现这个醉鬼非正常的语言与思维的过程中，戏谑地展现了历史进程虚伪的表象，对国家乌托邦的神话进行了调侃，以怪诞反讽的艺术风格实现了对官方勾画的历史图景的颠覆。

弗拉基米尔·马卡宁的长篇小说《地下人，或当代英雄》则以反讽、调侃、冷峻的语言，消解了苏联时代官方文学对历史的抒情化、激情化的叙述风格，在刻意的碎片化、肢解性的反讽叙述中，表达了苏联直至解体之日动荡历史的滑稽荒诞性。作家对历史的感悟更具反乌托邦色彩：当大多数俄罗斯人在憧憬着改革的光明前程时，冷静而睿智的马卡宁在无情地消解人们天真的幻想："哪里也不像俄国这样，任何一种思想过一段时间都要翻新一次。我们不是各种思想的受难者，而是它们痛苦改变着的受难者……"（158）对于苏联历史的震荡与变迁、俄罗斯人在历史的衰落中社会身份的荒诞性转换，如昔日的党棍与今日的所谓民主派斗士的身份转换，作品通过地下室人"阿地"和作者自己这双重视角的反讽叙述，呈现出了其本身的滑稽性、荒诞性。哈里托诺夫的长篇小说《命运线，或米洛舍维奇的小箱子》则有意将历史视为随意拼贴的碎片，借助主人公将无数个记载历史事件的糖纸任意组合，得出对历史不同的描述，显示出对历史进行多样阐释的可能性，表达了人们对历史进程荒诞性的无奈。

无论是比托夫、叶罗菲耶夫、马卡宁，还是哈里托诺夫，他们在对历史的文本建构中，都刻意突显了个人在历史进程中的被动性。他们都意识到了个人的渺小与无奈，但从根本上真切地把握了历史进程的荒诞性。从这个意义上说，他们是认识历史的主体；而从官方意识形态出发、以宏大叙事来把握历史的主流作家则相反，他们在建构历史的文学话语时，自认为是历史的主人，但实际上是历史进程中一颗淹没在历史长河中的尘沙，成为历史嘲弄的客体。

历史一旦被阐释，就成为文本。文学之为文学，是对人的精神世界的探寻，故文学对历史的文本建构是为了探寻历史中的人及其对历史的个性化体悟。在此基础上折射出来的作家对历史的认识势必是个性化的、带有个人观念的烙印，如法国文论家卢波米尔·道勒齐尔所言："历史小说家可以自由地将某些历史事实包括在他的虚构世界里，将另一些历史事实排除出去。"（189）作家的这种观念究竟是独立的自由意志的产物，还是被强加于己的外在的立场；究竟是作家审美体验的结晶，还是理性观念的宣泄，这些不同决定了作家对历史的文本建构的深度。肆意篡改历史事件固然是对历史的不负责，但仅局限在孤立的真实历史事件上也会远离对历史的深刻把握，作品对历史把握的深刻性离不开作家对历史和历史中的人的超越性思考。

参考文献

Boris，Pasternak（Борис. Пастернак）. "Воспоминания." *Новый мир* 2 (1988)：224 – 230.

Doleze，Lubomir. "Fiction and Possible Worlds：Rise to the Challenge of Postmodernism." *Narratologies*. Ed. David Herman. Trans. Ma Hailiang. Beijing：Peking University Press，2002：177 – 192.

［卢波米尔·道勒齐尔. 虚构叙事与历史叙事：迎接后现代主义的挑战. 见戴卫·赫尔曼编著. 新叙事学. 马海良译. 北京：北京大学出版社，2002：177—192.］

Grossman，Vasili. *Life and Fate*. Trans. Weng Benze，et al. Shanghai：Shanghai Translation Publishing House，1993.

［瓦西里·格罗斯曼. 生活与命运. 翁本泽等译. 上海：上海译文出版社，1993.］

Likhachev，Dmitri. "About *Doctor Zhivago*." *Study Abroad* 2 (1990)：29 – 38.

Llosa，Paul. "About *Doctor Zhivago*." *Foreign Literature and Arts* 4 (1994)：211 – 18.

Makanin，Vladimir. *Underground Man，or the Hero of Our Time*. Trans. Tian Dawei. Shanghai：Shanghai Translating Publishing House，2000.

［弗拉基米尔·马卡宁. 地下人，或当代英雄. 田大畏译. 上海：上海译文出版社，2000.］

Zhao，Yifan. "Edmund Wilson's Attachment to Russia." *Reading* 4 (1987)：30 – 39.

［赵一凡. 埃德蒙·威尔逊的俄国之恋. 读书，1987(4)：30—39.］

作者简介：董晓，南京大学文学院教授，主要研究方向为俄罗斯文学及中俄文学关系。

· 作品赏析 ·

用童话构建历史真实

——君特·格拉斯的《比目鱼》与德国浪漫童话传统

冯亚琳

　　君特·格拉斯的《比目鱼》与德国童话传统之间的关系显而易见。[①] 假如不是遭到出版社的反对，而且格拉斯本人也有被误解的担心的话，他本来很想给这部作品冠以"童话"这样一个副标题。需要指出的是，格拉斯在文学创作中运用童话的表现手法并非是第一次和唯一的一次。在《铁皮鼓》里，读者就已经认识了那位能唱碎玻璃、呱呱落地时便已完成了自己精神发展的侏儒奥斯卡；在《狗年月》中，人们见识了那副能够洞察父辈过去所作所为的"神奇眼镜"；在《母鼠》中，又有了人与老鼠之间的对话。不同的是，童话对于《比目鱼》却有着中心意义，因为其创作动因便源自格林兄弟童话集中的《渔夫和他的妻子》。小说在第六章（第六个月）中就描写了这样一个虚构的、发生在"1807年秋天"的浪漫诗人林中大聚会。画家菲利普·奥托·容格在聚会上讲述了他从一位老妇那里听来的两个不同版本的《渔夫和他的妻子》。其中一个说的不是渔夫的妻子伊瑟贝尔贪得无厌，而是渔夫本人，是他企图控制世界、征服大自然，正如另一个版本中的伊瑟贝尔因为贪婪而最后不得不回到自己破旧的茅草房里一样，渔夫无止境的权力欲望导致了他最终失去了一切。这一版本因被认为敌视男性而遭到了格林兄弟等

---

　　① 许多格拉斯研究者都指出了《比目鱼》与童话之间的关系。M. 杜尔扎克称《比目鱼》是一部童话般的小说；W. 费尔茨研究了童话在《比目鱼》和《母鼠》中的作用；基于《比目鱼》与童话之间的密切关系，V. 瑠耶豪斯甚至认为，从某种意义上讲，格拉斯的这部作品是一部"浪漫的书"。

人的拒绝,最后被容格亲手烧掉。《比目鱼》的叙述者称,正是为了回忆和复制这一遗失了的童话故事,他"现在不得不写啊写,一直写下去"。(426)

《比目鱼》的童话色彩首先表现在叙事结构上。格拉斯运用童话的基本叙事技巧和"奇妙"(Wunder)原则,通过对日常理性逻辑的消解,使得一种超越时空的、虚幻的、历史与现实相交织的叙事方式成为可能。在人物塑造方面,除了长生不老、几千年来一直都在为男人出谋划策的比目鱼以外,还有"我——这在任何时候都是我"(1)的叙述者。在石器时代,"我"是众多处于原始母亲奥阿无微不至的关怀之下的"埃德克"之一,是他从流入波罗的海的维斯图拉河中打捞到比目鱼,从此在后者的教唆下开始了"男人事业"的;到了铁器时代,"我"又成了试图从饲料嬷嬷维佳那儿逃脱、跟着哥特人向南迁徙的烧炭工。"我"就这样死而复生,不断轮回,随着时代的变换而变换着身份,即使到了如今,也可以沿着时间阶梯随心所欲上下几千年。

另外,许多研究者还注意到小说中的其他人物对应(Entsprechung),比如后来坐在法庭上审判比目鱼的女法官、公诉人、陪审员等,显然就是历史上九位厨娘的化身(Neuhaus 139),而小说的结尾更让读者见识了这种令人眼花缭乱的人物对应:"玛利亚和比目鱼说完话时暮色已经降临……然后,她沿着她的足迹迎面走回来。但是,不是玛利亚回来了。我担心那是多罗特娅。当她一步一步地朝我走来,人影越来越大时,我希望那是阿格娜斯。这不是索菲走路的姿势。比莉,是可怜的萨比勒回来了吗?伊瑟贝尔来了……"(647)假如不把小说放入童话奇妙原则下去阅读,这里的人物重叠只会让人觉得荒诞而不可思议。可是格拉斯毕竟最后没有使用"童话"作《比目鱼》的副标题,事实上,也很难将"童话"作为体裁概念套用在这样一部长达数百页的鸿篇巨制上。那么,是什么使得格拉斯产生要把这部小说称为童话的想法的呢?除了在奇妙原则之下形成的叙事特性和人物塑造方面的特征之外,这主要应当源自作者本人对童话艺术功能的理解。格拉斯认为,童话具有还原历史本来面貌的功能,因为它"如此可怕地直接接近现实"(格拉斯、齐默尔曼 152),因此能帮助人们认识到"另外一种真实",并获得不同于传统历史观的新的模式。他说:"在我的准备工作过程中,我愈加清楚地感受到：我们的历史记录，由于它建立在文献基础上，似乎显得很真实，其实是未加承认的虚构。人们很快就发现：中世纪早期的这些文献是偶然保存下来的，统统都是文人墨客们按照他们那个时代的倾向写的。［……］直到古腾堡时期才突然开始有了某种更为广泛的东西，也才有了对立的观点，而此前所有的东西要么是教会要么是王侯从自己的立场出发写的，而史学家们则以此为依据。其间的漏洞对于作家来说很有意思。我觉得，我有能力创造出比流传给我们的所谓的事实更为准确的真实。"（Arnold 31）

由此可以说，格拉斯的《比目鱼》的写作动机远远超出了单纯地复制和追述所谓遗失了的童话的目的，作者要达到的，是要借助童话的艺术功能再现"另一种真实"（die andere Wahrheit）。这一对童话功能的理解让人联想起德国早期浪漫诗人的童话艺术旨趣。被称为"童话法规制定者"（Thalmann 17）的诺瓦利斯就认为，历史的原初状态即是童话状态，而童话同时又是未来的构想。童话能够诗化现实，是"诗之诗"，"一切诗意的都必须是童话般的"（Schmitt 256—257）。在诺瓦利斯那里，不存在人们一般认为的童话世界与现实世界的对立，而非逻辑的梦幻特征更被理解成为更高级的秩序的发展过程。为了区别于传统的"幼稚"童话，诺瓦利斯提出了"更高级"的童话展示更高级的真实的观点，从而把诗当成了衡量世界的尺度，把具象性转化成为精神。他从超验的观念出发，认为只有当人们认识到了真实中间的奇妙——诺瓦利斯称之为"奇妙的真实"——才能从根本上触及真正的真实。浪漫诗人批评启蒙运动带来的负面的精神与社会后果：在技术进步日益推进、工业越来越发达的情况下，人与自然、主体与世界日益严重地疏远。为了抗拒这一趋势，他提出了"生活重新诗化"的要求，而童话则是浪漫作家这一诗学观重要的载体。（256）

格拉斯秉承了德国浪漫诗人对狭隘的线性理性的批判以及关于童话能够拓宽真实概念的艺术观，认为神话与童话都具有某种理解真实的创造性维度。1981年，在一次作家大会上，格拉斯作了以"文学与神话"为题的演讲，他称：童话和神话能传达一种认识，这种认识是工具理性所无法得到的。（Moser 116）由于能够流传，童话具有集体记忆的功能："人用童话为自身打造出一个继续生活的空间。"格拉斯强调："文学创作若是没有童话风格的塑造力量是不可想象的。这种力量使得观察另外一种，也就是说拓宽人的生存的真实成为可能。因为我是这样理解童话和神话的：作为我们现实的组成部分，更确切地说，作为我们现实的双重基础。"（Grass，"Literatur und Mythos" 96）用童话构建真实借助的是想象力，就《比目鱼》而言，这一点甚至深入叙事层面并贯穿于整个故事情节：原始时代，淡青色的尖萝卜曾是男人们的"梦想之根，希望之母"，它的叶子能满足"埃德克们"的每一个愿望，带他们"进入那无边无际、英勇无比、永垂不朽和引人入胜的白日梦"（91）；而到了法国大革命时期，索菲和她的弗里茨"幸福地"迷失在曾是童话诞生地的森林之中，他们采到的蛤蟆菌起到了催发梦想的作用，让这一对青年人产生了"美好的想法"，梦见了民主与自由。在艺术观层面上，想象力的作用则绝非仅在于催发梦想和幻觉，格拉斯要求的是创立一个"在想象力中也有平等地位的、拓展了的真实概念"。（Phantasie 96）

这一真实概念并非来自一个毫无根基的、空穴来风似的想象，尽管童话能够取消时间，能够消解"有顺序的时间概念的束缚"（96），但它远不是超验的。在格拉斯那里，童话与社会和历史条件密切相关，所以不是远离此时此地从而属于彼岸的东西。因此，童话在《比目鱼》中的作用不可能像在浪漫童话里那样，是一个被精神化了的、奇妙的世界的载体，也不可能是逃避灾难性现实的避风港。格拉斯不是要用童话来宣告启蒙无效，而是要进行自我启蒙，要澄清简单的乐观进步主义，那种对科学进步盲目的信仰和所谓理性的对数据的崇拜事实上早已带上了非理性的特征，因此必须得到纠正。

我们暂且可以得出这样的结论：格拉斯与德国浪漫诗人一样，都要求改变僵化了的、片面的真实观。然而，他所要求的真实与后者（在艺术童话中）寻求的精神化了的真实不同，他关注的目光始终投向"现世"。确切地说，格拉斯是要用虚构的历史全景质疑所谓"真实的"历史记载，用文学创作来构建历史真实。"只有童话才是真实的"（426）——格拉斯就这样颠倒了虚构（童话）与事实（历史记载）的关系。他所感兴趣的不是标明日期的文献，不是文字记载，而是无法确定日期的、没有记载的口头叙述，"……不是列举的数字，而是讲述的东西得以延续，口头的东西才会流传下去"。（354）迄今为止，所谓的历史都是男人创造和书写的,《比目鱼》要打破这一男性特权,寻找并记录下历史记载所忽略了的东西,即数几千年来一直没有话语权的妇女们通过烹饪对人类发展和历史进步所起的作用。

如果说被视为民间童话典范的格林童话受到其编纂者的风格的影响的话,那么对于格拉斯的厨娘们来说,决定其叙述风格的永远只是当前的"劳动过程":"在石钵里捣橡子使得迈斯特维娜用直截了当的方式把神话般奥阿的咒语减缩成简短的报道式句子……而修女玛加蕾特·鲁施却完全不一样,拔鹅毛赋予她一种轻佻的、满不在乎的风格。"(360)童话在这里并非是往日和谐世界的证明,也不是未来和谐世界的预告,它不是,用格林兄弟的话说,发祥于一个滋润一切生活的"永远的源泉"(Grimm 180),正相反,它直接观照女性叙述者们具体的社会地位和物质生活状况,观照她们的苦难史。对于这些没有任何特权的女人们来说,童话是其历史和自我发现的重要媒介。妇女们在劳动过程中,通过自己的叙述把她们的亲身经历和经验一代又一代地传下去:"迈斯特维娜的曾孙女黑德维希在编织篮子时讲了在拉杜纳河里的强行洗礼,她的曾孙女玛尔塔在奥地利修道院制砖时讲述了圣阿达尔贝特的死亡,到了玛尔塔那已住在城里并嫁给了铁匠昆拉德·斯利西汀的曾孙女达姆罗卡这里,她纺纱时给她的孙儿们讲的是阿达尔贝特怎样被打死、波莫尔人怎样被洗礼、篱笆村的渔夫怎样被迫为西妥教团的僧侣们制砖。不断有战争发生和菩鲁泽人的入侵,还有冰雹之后的饥饿……"(354)

由此可见,作为"另外一种真实"的童话在格拉斯那里蕴涵着双重意义:它叙述的内容有别于历史记载,而它叙述的形式也不同于注重日期和事件的历史文献,它所展示的历史面貌是动态的、充满活力的:"童话只是暂告一段落,或者在结束后又重新开始。这是真的,每一次讲述都不相同。"(645)值得注意的是,"另外一种真实"不是替代物,妇女解放也不能通过与男性交换角色来达成(恰恰是现在的伊瑟贝尔,她的极端,她那无限制、无节制的自我实现的要求,让人想起男人对权力的疯狂追求)。想用女性统治来取代父权社会的企图只能导致《第八个月》一章中所描写的悲剧式的疯狂,在这种疯狂中,妇女又一次成了牺牲品。格拉斯认为:"女人与男人必须共同作为人,而不是作为他们的社

会角色来自我解放。"(Moser 115)

小说中，当画家容格询问那位老妇，她所讲的童话哪一个版本是正确的时候，老妇回答道："这一个和另外一个一起。"(420)这一情节的寓意在于：人类的出路在于"第三种可能"，正像小说中合二为一的"第三个版本"的童话才是真实的一样。"第三种可能"是两种真实的合题，它的基础是一种选择性的思维方式，只有这种思维方式才能排除极端，帮助我们全面认识历史和现实，从而走出理性思维的死胡同。

在揭露由男性定义的进步观的非理性的同时，童话形式使得一种超越时空的叙事方式成为可能。童话的开场白"从前"成了用于呼唤过去的咒语。在《比目鱼》中，童话的叙事功能形成了一种对历史的透视，由于叙述者可以随意穿越时空，从而实现了各种历史现象的共时再现。比较几百年以来的但泽历史，叙述者得出苦涩的结论："自 1378 年以来，但泽和格丁尼亚的变化只有：城市贵族的名称变了。"(143)

这种跨越过去、现在、未来的叙述方式创造了一种第四时间维度，即格拉斯所谓的"过—现—未"(Vergegenkunft)，它赋予叙事以观照历史和警示未来的清醒姿态。比如刚讲到民族大迁徙，就提到了"众所周知的结果"；在德意志骑士团还在设法巩固其领地时，读者就已经了解到了日后发生在坦嫩贝格的战役之残酷。由于童话打通了人原本难以进入的前时代的通道，它的叙述获得了某种永恒性和代表性，它所指出的人类在历史上犯的错误也便有了强烈的警戒意义。历史是现实的重要组成部分["17 世纪的历史仿佛就像是今天的历史"(格拉斯、齐默尔曼 162)]，而文学的功能则在于通过叙述的力量将历史激活，"把遗忘的东西从坟墓中挖出来……"(150)

因此可以这样说：借用童话的艺术功能是手段，而抗拒遗忘才是格拉斯的写作目的。他在不同场合不断强调：历史无法摆脱，它总要追上来的，即使后辈人也难以幸免，因此他要"针对逝去的时间"而写作(151)，激活历史以警示世人。正因为如此，《比目鱼》的结尾完全有别于传统童话常见的大团圆式的"和解"，而是一种开放式的。它的叙述者更是不断重复着这样一句话："唉，比目鱼！你的童话结局凶险。"这其中蕴涵着格拉斯批判性的历史观，它留给读者的不是阅读满足，而是自我反思和对历史的反思。

　　通过上述分析可以看出,虽然格拉斯将童话定义为"另一种真实"的载体的理念与浪漫诗人对童话的艺术理解有传承关系,但《比目鱼》既不是被浪漫作家理想化了的民间童话,也不是被提升了的、精神化了的艺术童话。在《比目鱼》中,童话的作用在于认识历史,在于创造反传统历史图像的模式,用虚构来建构被官方历史拒绝、忽略的或者仅仅一带而过的"反历史"。(Neuhaus 137)如此理解的童话首先不是一种体裁概念,而是代表着一种独特的叙事原则的艺术理念。因此,这种特定意义的叙事既可以被称为小说,也可以被称为童话。

参考文献

Arnold, Heinz Ludwig. Gespräche mit Günter Grass. In: *Text + Kritik. Zeitschrift für Literatur*. Herausgeber: Heinz Ludwig Arnold. Heft 1/1a, 1978.

Grass, Günter. *The Flatfish*. Trans. Feng Yalin and Feng Weiping. Guilin: Lijiang Publishing House, 2003.

[君特·格拉斯. 比目鱼. 冯亚琳、丰卫平译. 桂林:漓江出版社,2003.]

---. Literatur und Mythos. Rede auf dem Schriftstellertreffen in Lathi (Finnland). Zitiert nach Walter Filz: Dann leben sie noch heute? Zur Rolle des Märchens in "Butt" und "Rattin". In: Heinz Ludwig Arnold (Hrsg.). *Günter Grass. Text + Kritik*. H. 1. 7., revidierte Auflage, 1997.

---. Phantasie als Existenznotwendigkeit. Gespräch mit Siegfried Lenz. Zitiert nach Walter Filz: Dann leben sie noch heute? Zur Rolle des Märchens in "Butt" und "Rattin", a. a. O.

Grass. Günter and Harro Zimmermann. *The Adventure of Enlightenment: Conversations with Gunter Grass, a Nobel Prize Winner in Literature*. Trans Zhou Hui. Hangzhou: Zhejiang People's Publishing House, 2001.

[君特·格拉斯、哈罗·齐默尔曼. 启蒙的冒险——与诺贝尔文学奖得主君特·格拉斯的对话. 周惠译. 杭州:浙江人民出版社,2001.]

Grimm, Jacob und Wilhelm. Kinder-und Hausmärchen. Vorrede.

In: *Theorie der Romantik*. Herausgegeben von Herbert Uerlings. Stuttgart: Reclam, 2000.

Moser, Nach Sabine. *Günter Grass, Romane und Erzahlungen*. Berlin: Erich Schmidt, 2000.

Moser, Sabine. *Günter Grass*. Romane und Erzahlungen, a. a. O.

Neuhaus, Volker. *Günter Grass*. 2. überarbeitete und erweiterte Auglage, Stuttgart; Weimar: J. B. Metzler, 1992.

Schmitt (Hg.), Hans-Jürgen. *Die deutsche Literatur*. Romantik I. Stuttgart: Reclam, 1978.

Thalmann, Marianne. *Das Marchen und die Moderne*. Stuttgart: W. Kohlhammer, 1961.

作者简介:冯亚琳,四川外语学院中外文化比较研究中心教授,主要从事德语文学研究。

"无言的呐喊"与历史的真相

——《声音从何而来?》中的反讽

张 陟

历史的真相是一头濒临灭种的鲸,它被权力话语的拥有者小心翼翼地囚禁在用文本精心编制的网中。这张网无处不在,却似乎又无迹可寻。它总是装扮成常识的面孔出现,以善意的语言忠告一切可能有的怀疑,让它们意识到自己的偏激与浅薄,从而打消一切非分的念头,最终回归理性的轨道。而加拿大作家鲁迪·威伯(Rudy Wiebe,1934—)却没有接受那份善意。在短篇小说《声音从何而来?》(*Where Is the Voice Coming from?*)中,他以加拿大警方对一个印第安通缉犯相貌自相矛盾的描述为切入点,利用织网时一个没有打牢的结解开了历史文本书写的秘密,从而颠覆了殖民历史书写的权威性。如果说朱立安·巴恩斯是用一只鹦鹉解构了福楼拜传记的真实性,那么被通缉者的那张照片就是威伯面前一只不会讲话却泄露了天机的鹦鹉。

作为一位享有国际声誉的加拿大后殖民时期的重要作家,威伯曾成功地创作出了诸如《大熊的诱惑》(*The Temptations of Big Bear*,1973)、《发现陌生人》(*A Discovery Strangers*,1994)、《博爱无垠》(*Sweeter Than All the World*,2002)等长篇小说,其中多部荣获了加拿大总督文学奖等重要奖项。在这些作品中,作家以大量的历史资料为素材,以文学合理的虚构和富于创造力的叙事方式,令人信服地重新书写了加拿大历史。《声音从何而来?》首次发表于 1974 年同名短篇小说集中,虽然就篇幅而言,这部作品无法与作家的长篇小说相提并论,但作者所高超运用的反讽等艺术手法既含蓄而有力地表达了主题,又具有鲜明的艺术特色和强烈的震撼力。

反讽是文学批评领域一个源远流长的术语,它聚焦于文本中能指和所指之间的张力关系。时至今日,反讽已经从原来的一个修辞格上升为了一种富有启发性的创作和批评手段。在小说意义世界的形成过程中,反讽发挥着重要的作用,它是构成小说内在价值的重要因素。(李建军 213,222)反讽以言意相悖为特点,借文本世界与意义世界间的冲突彰显力量。按照弗莱的说法:"反讽这个词就意味着一种揭示人表里不一的技巧,这是文学中最普通的技巧,以尽量少的话包含尽可能多的意思,或者从更为一般的意义来讲,是一种回避直接陈述或防止意义直露的用词造句的程式。"(16)

《声音从何而来?》没有传统意义上短篇小说必备的时间、地点、情节等诸要素。小说中第一人称叙述者在参观加拿大皇家警察博物馆时,看到了一次镇压印第安"罪犯"的展出,其中有"罪犯"的头骨、当时战斗中所使用的各种武器、历史的文献纪录,甚至还有当时拘留所囚禁印第安囚犯的小房子,这一切都为殖民历史书写的可信度提供了似乎无可怀疑的证明。可叙述者敏锐地从殖民历史书写者作为证据所提供的"罪犯"照片中读出了破绽,从而对那段殖民历史产生了强烈的质疑。良心与道义上的责备使"我似乎再也假装不成一个客观、全知与超然的叙述者了。我再也不是一个旁观者,静观着已经发生过了的事,或者可能要发生的事。在这一刻,我成为了正在发生着的事情中的一分子"。(Wiebe 37—38)叙述者最终由一个博物馆中的看客变成了历史参与者,目睹了当年白人为捕捉印第安"罪犯"而进行的血腥屠杀,并且亲耳听到了印第安人临死前发出的呐喊,可即使听到了声音,叙述者也不得不坦承自己无法理解那是什么意思,因为他既没有可靠的翻译,也不懂得当地的语言。

小说开篇,叙述者即提出了具有反讽意味的问题:"难就难在该怎样编故事。"(27)而其反讽意味在于故事难于编写并不是因为材料的匮乏,而是因为材料太多了。这是一个"很早以前就发生过了的"历史事件,有着"确定的行为、次序"和"人们基本的感情与反应"(27),这样的历史事件本身应该已经为写作搭好了框架,更何况"还有法律上对它明白的限制和要求"(27)来作保障。尽管"记载它们的报告常常自相矛盾",但是"这些事在某个时候太为人所熟悉了","基本的事实是如此清晰明确",再加上"好像还存在有更多的事实"(27)作支撑,因此,合乎逻辑的结论只能是:"七十五年前发生的事就应该像老年人的皮肤一样,经过了岁月磨砺之后,应该因无须掩饰什么而显得一目了然了。"(28)可是,随着叙述的深入,读者可以发现,所谓"数量之大、无论多少记录者都无法记下来"(28)的"事实"却只是殖民者单方的历史,是话语权力的拥有者以自己的语言装扮其客观与公正的羽毛,是被运用了书写文字固定下来的权力证明。而作为当事者另一方的印第安人,虽然在自己世代居住的家园中被外人送上了法庭,但却不能在这场不得不参与的审判中提出对自己有利的证据。这是一场本不应发生的诉讼,"失语症"虽然不是让他们败诉的主要原因,却是小说揭示出的全球舞台上殖民主义时期历史剧上演的普遍规律。因此,殖民者的证据越多,对叙述者而言,故事就越难编。至此,开篇处的"难就难在该怎样编故事"以强烈的反讽意味为理解本篇作品奠定了重要基础。

一般认为,历史对于文学似乎有着与生俱来的可信性,其部分原因在于历史不只限于用文字书写,以文本形式存在的历史只是历史的一小部分。在各式各样由实物构成的坚硬基座之上,历史获得了它的说服力。按照克罗齐的说法:"历史绝不是用叙述写成的,它总是用凭证或变成了凭证并被当作凭证使用的叙述写成的。"(2)所以,如何应对殖民历史编写所依靠的证据就成为了作者所需要面对的问题。作者对于现有的历史并没有简单地一概加以否定,而是采取了欲擒故纵的方法,通过详细介绍殖民历史所依靠的历史凭证,营造出殖民历史账目真实而可信的印象,但其后笔锋直转,殖民历史凭证在叙述者敏锐的审查之下,露出了编造重要证据企图蒙混过关的马脚,殖民历史账目貌似坚不可摧的外壳由于假账的出现而失去了信誉,从而以强烈的反差暴露出殖民历史编写的虚伪性。在《声音从何而来?》中,作家详细地描写了加拿大皇家警察博物馆中的相关展品,这些展品以似乎无可置疑的方式构成了殖民史编写的基座:一块呈三角形的森森白骨,一门发射七磅炮弹的小火炮,一支号码为 1536735 的 1866 年款点四十四口径温彻斯型步枪,一间在 1895 年时作为警察局禁闭室的小房子,另外再加上博物馆外的几处墓地,所有的一切构成了那些"数量之大且无论多少记录者都无法记下来"的历史文本的实物佐证。详尽的描写体现出了作者客观、冷静、超然的态度，这样的描写，加深了殖民历史凭证确切与真实的印象，也为获得强烈的反讽效果做了铺垫。

殖民历史书写的可信度与作者冷静与超然的态度，在作者引用展品中有关印第安囚犯相貌描写的段落时达到了高潮：

> 第一个读做："身高五英尺十英寸，略瘦，貌好，鹰勾鼻高且直，鼻尖平而显眼。左颊有嘴角至耳长一点五英寸弹疤一道。若非以油彩掩饰，疤痕更显眼。肤较一般土人为白。"第二个是在嘉奖令上的，"年约二十二，身高五英尺十英寸，体重约十一口石，身直，手脚颇小；面色白，黑卷发及肩，黑色大眼，宽额，五官分明，鼻高直，鼻尖平，左颊有由嘴角至的疤痕，貌似女子。"(35)

"可想而知，对这个有名逃犯进行这么详尽的描述，是为了有人能提供线索来挣得五百块的赏钱。"(36)目的是异乎寻常的明确。而按照常理（如果常理是可以信赖的话），他们应该可以抓住一个与这样细致的描写特征相吻合的"貌似女子"的"土家伙"，"可把当局提供的那可能的照片与那可能的文字描述一对照，问题就出来了"。(36)作者发现了问题所在：照片上的通缉犯是一个脸上"看不出有疤痕"、"头发既不卷，也不是只有及肩长"的男子，他不但不"貌似女子"，而且"男子气丝毫不逊于任何一位世所公认的男人"。(37)加拿大皇家警察博物馆所拥有的这份展品，这份为殖民者使用武力的合法性做物证的重要证据背叛了它的所有者。对这样一份重要的证据，人们当然有理由相信"一支举世闻名的执法队伍"(35)不应该也不可能搞错，可是殖民语言的能指与所指在参与编织历史文本的游戏中却和人们开了一个血淋淋的玩笑。作品此处所表现出的反讽意味可以追溯至西方哲学的源头。古希腊的柏拉图已经认识到了书写文字可以被用来任意利用。借埃及大神阿蒙的口，他告诫说文字的发明让人得到的只是遗忘，内心的印记将从此让位于属于书写的印记，人们从此将走上歧途。（褚孝泉 49）不幸被阿蒙言中了：没有文字的印第安人不管有多少"口耳相传"的事实，终究没有抵挡得住用文字武装起来的"现代"西方文本而得以流传。印第安人所使用的活的语言固然可以用来撒谎，但特定的语义场，能指与所指相连的话语环境,却最不利于谎言的传播。而"先进"的殖民者们所使用的文字文本却可以摆脱历史真实的牢笼,去追求自由的言说。而自由的言说能力一旦有了印第安人所没有的"可发射七磅炮弹的火炮"的支持与鼓励,无论"记载它们的报告"如何"常常自相矛盾",都会被有意识或无意识地编织到那张巨大无朋、由文本所组成的网中,成为殖民者用来标榜历史真实性的客观证明,进而变成人所共知、不言自明的常识。而谁会挑战常识的公理性与权威性呢?一着不慎,满盘皆输。在作者反讽的审视下,殖民历史书写者功亏一篑,其殚精竭虑所炮制出的权威性被无可挽回地拆解了。

对比也是作者在小说中采用的一种重要表现手段。反讽的产生很大程度上即依赖于两种对立因素的对比,从某种意义上甚至可以说,没有对比,就没有反讽。这种对比之所以重要,是因为两种截然不同的因素并置构成的特殊语境可以对读者的接受行为形成压力,迫使读者调整自己的期待视域,去思索文本之外的问题,去挖掘隐藏在文本后面的深层寓意,进而获得不同的阅读经验与审美感受。从这个角度出发,可以揭示作者为什么要在小说第五段将印第安人的名字与殖民者的头衔不惜篇幅地罗列在一起了。对比一下有着复杂而等级分明的殖民者的称谓系统,"一支箭"、"花点牛"、"响彻云霄"、"白脸"(28—29)等印第安人的"名者,实之宾也"的命名方式自然显得落伍了。

两相对照,在没有受到过西方对语言最早的怀疑论熏陶的美洲土著人那里,在"天地与我并生而万物与我为一"的印第安人那里,是绝对无法理解为什么"一张如斧般棱角分明的面孔"(37)会在能指与所指的游戏中变形为"貌似女子"的。对比是在语言层上的,而反讽所体现的意义却不局限于语言。说上帝总是站在权力话语的拥有者一边也许并不过分,因为每次他们需要的时候他都会出现,于是哪一个应该是通缉犯其实也不重要了,重要的是权力可以使他们的一切要求变为可能,而文字总可以在操纵下编写出符合需要的历史。断定文字充当了殖民历史的同谋或许夸大了它的作用,但是对被殖民者而言,在没有书写文字的境遇之下,也许只有声音才是最可靠的媒介,这也许就是作者为什么要追问声音从何而来的缘故了。

历史剧总是让人遗憾:尽管每时每刻都在上演,但无论多么精彩都只演出一场。从不中断的历史事件在时间的裹挟下沉默地依次退场了，可它的剧场里却罕有观众。观众们都在剧场外，等待着第二天的报纸告诉他们演出是否成功。而报纸永远只能告诉读者他们所"应该"读到的那部分描述与评论。

在小说的接近结尾处，作家以静止舞台造型的方式展现了发生在历史上的那场战斗。在被包围的印第安人发出了高亢清晰而又嘹亮悠长的呐喊之后，在读者满怀期待地想要知道那到底表达的是对生的渴望，还是对死的蔑视，是对不公命运的诅咒，还是对即将发生的一切的坦然面对时，对于可能揭开历史之谜的这么重要的信息，作者却采取了突降的手法，在告诉读者他也不懂之后，小说戛然而止了。突降的手法看则随意，其实不然。这种无意的呐喊，或者更准确地说，应该是意义无法被理解的呐喊不正好反映了印第安人在殖民历史中所处的困境吗？小说主题所具有的反讽含义也可以由此揭开了。

在论述后殖民作家对历史进行重塑修补的努力时，艾勒克·博埃默正确地指出了鲁迪·威伯所面临的问题："任何发掘过去的努力，不仅会碰到处理相互冲突的回忆声音的问题，而且还有如何面对无声的沉寂的问题。"（博埃默 225）但对于历史的真相到底如何这一问题，威伯无法也没有打算提供出一个正确答案。可是又有什么关系呢？其实，"无言的呐喊"到底在说些什么和历史的真相是什么这两个问题都并不重要。作者对于反讽的出色运用说到底就是揭示了这样一个简单而深刻的道理：每一个民族都有他人所难于理解的用于述说善恶的语言，而权力话语的拥有者却可以以各种各样善恶的语言说谎。（Nie-tzsche 64）

参考文献

Boehmer, Elleke. *Colonial and Postcolonial Literature*. Trans. Sheng Ning, et al. Shenyang: Liaoning Education Press, 1998.

［艾勒克·博埃默. 殖民与后殖民文学. 盛宁等译. 沈阳：辽宁教育出版社, 1998.］

Croce, Benedetto. *History, Its Theory and Practice*. Trans. Fu Rengan. Beijing: The Commercial Press, 1986.

［贝奈戴托·克罗齐. 历史学的理论和实际. 傅任敢译. 北京：商务印书馆，1986.］

Frye, H. N. *Anatomy of Criticism*. Trans. Chen Hui, et al. Tianjin: Baihua Literature Publishing House, 2002.

［弗莱. 批评的剖析. 陈慧等译. 天津：百花文艺出版社，2002.］

Li, Jianjun. *On Rhetoric in Fiction*. Beijing: China Renmin University Press, 2003.

［李建军. 小说修辞研究. 北京：中国人民大学出版社，2003.］

Nietzsche, Friedrich. *Thus Spake Zarathus*. Trans. Thomas Common. Beijing: China Sciences Publishing House, 1999.

Wiebe, Rudy. *River of Stone: Fictions and Memories*. Toronto: Vantage Books, 1995.

Zhu, Xiaoquan. *The Philosophy of Language: From Language to Thoughts*. Shanghai: SDX Joint Publishing Company, 1991.

［褚孝泉. 语言哲学——从语言到思想. 上海：生活·读书·新知三联书店，1991.］

作者简介：张陟，浙江宁波大学教师，主要从事后殖民理论研究。

"笑"与"贫穷"

——论埃柯小说《玫瑰的名字》的主题

张 琦

一

读意大利学者安伯托·埃柯(Umberto Eco)的小说《玫瑰的名字》,至少有两点让人感到困惑不解。一是小说最后的谜底。小说讲述了中世纪一家修道院七天内接连不断有人离奇地死去,主人公巴斯克维尔的威廉受命调查这些案件。然而在一连串扑朔迷离的悬念,不放过任何蛛丝马迹、殚精竭虑的推理之后,小说最终告诉我们,所有这些人死亡,都是为了一本禁书——早已亡佚的亚里士多德《诗学》的第二部分。亚里士多德是西方思想文化史上的巨擘,而且,中世纪晚期(埃柯小说描写的时期),经院哲学的成熟也与亚里士多德理论的复兴有着密不可分的关系。十字军东征使《形而上学》、《物理学》这些在西方失传多年的亚里士多德著作的希腊文本和阿拉伯译本得以重新进入基督教世界。通过研究这些著作,托马斯·阿奎那等一批神学家,力图把"信仰和理性结合起来"。尽管亚里士多德在当时及以后的重要性毋庸置疑,但把这么多人的死亡归结为争夺和觊觎亚里士多德的《诗学》,对于一本小说,一本以侦探形式出现、通俗意味很浓的小说来说,未免太学究气了。

二是书中的人物佐治。据说这个名字是借用了埃柯景仰的阿根廷作家佐治·博尔赫斯的名字。《玫瑰的名字》里的确处处可以看到埃柯向博尔赫斯表示敬意的地方:修道院的图书馆是一座结构复杂、精巧对称的迷宫;秘密的入口处立着一面使人产生幻像的镜子;佐治则像博尔赫斯一样中年后双目失明,并都在这种悖论的情况下,管理着一个庞大的图书馆……尽管《玫瑰的名字》里埃柯以非常突出明显的方式,使用了博尔赫斯个人所偏爱的种种意象,但就佐治这个人物来说,埃柯的"尊敬"却显得有点不可思议。小说中,佐治是个"反面",甚至可以说是"邪恶"的形象,是他将毒药涂在亚里士多德的《诗学》上,致使每个想读这本书的人都死于非命;是他唆使马拉其杀死药剂师,并由此引发一场冤案,使与阿德索恋爱的姑娘被当做女巫送上火刑柱。当他最终与图书馆及整个修道院一起葬身火海时,威廉说:

> 在那张因为对哲学的憎恨而变了形的脸上,我第一次看见了假基督的肖像。他并不是来自犹大的部落,或是一个遥远的国度。假基督可以由虔敬本身,由对上帝或真理过度的爱而产生。(474)

为什么埃柯要把一个投注了这么多博尔赫斯影子的人物描写成主人公威廉的"对立面"? 有的研究者说,这是一种"戏仿",埃柯用后现代的手法,同后现代小说家博尔赫斯开了个"后现代的玩笑"。这种看法当然可能有其真实性,文学创作很多因素是作者兴之所至,或者是纯粹"出于形式上更和谐更均衡的考虑"造成的。(90)而按照诺斯洛普·弗莱对欧洲文学史特征的划分,最近一百年来,大部分文学作品都倾向于采用讽刺和反讽的形式。但是,不管哪种文本的改写和使用都用"互文性"、"戏仿"来界定,不仅有失简单,而且存在教条化的倾向。

我手头这本《玫瑰的名字》,是从学校图书馆借来的,上面留下了许多前任读者的痕迹。比如威廉告诉阿德索,他是如何知道修道院长最喜爱的马走失了,以及在哪儿可以找到它:

> 那些痕迹对我表明了"马"的存在……但在那个时刻那个地方的足迹,又使我得知至少有一匹马曾经过那里。因此我便介于"马"的概念及"一匹马"的认知之间了。(16—17)

这些话下全都用铅笔划着横线,旁边写着"符号理论(符号与映象的区别)"。第 455 页,威廉猜到了亚里士多德《诗学》第二部分关于"喜

剧"和"笑"的大致内容,佐治回答说:

> 相当接近。你是由阅读其他书籍而推测出来的吗?

同样是铅笔划着线,旁边写着"互文性"。又比如第 411 页,阿德索做了一个梦:

> 我陷入疲惫而不安的瞌睡中,弯着身子,像个仍在母亲子宫内的婴儿。在那灵魂的迷雾中,我发现自己在一个不属于这个世界的区域中。我产生了幻觉,或者做了一场梦。

旁边写着"连精神分析也有"。

诸如此类的例子还有很多。可以想象,这是一位勤奋,而且训练有素的读者。就像弗吉尼亚·伍尔夫为"女性问题"在大英博物院查资料时遇到的小伙子,"每十分钟必定由纯净的矿沙里抽取到一些纯粹的结晶。这从他屡屡因满意而发出一种喉音可以看出来"。(33)尽管这个学生(我们姑且认为他是个学生),从埃柯看似通俗生动的小说叙述中,发现了这么多当代声名卓著的文学理论,他本人也许感到很兴奋,但他的这种阅读方式却很值得讨论,因为这不仅违反了文学欣赏的初衷和主旨,就阐释文本而言,也是舍本逐末。不否认埃柯在写这些话时,心里可能的确想到这些理论,甚至正是要炫耀或者宣扬这些理论,埃柯才写下这些话。但问题的关键是,这一类的文学理论与小说叙述的结合有意义吗? 换句话说,它与《玫瑰的名字》这部小说的主题,或者用埃柯的话说,与"本文的意图"有关系吗?

谈到《玫瑰的名字》的主题,很多研究者很重视前面佐治死时威廉说的那番话,尤其喜欢引用接下去的后半部分:

> 说不定,那些深爱人类的人所负的任务,是使人们嘲笑真理,"使真理变得可笑",唯一的真理,在于学习让我们自己从对真理的疯狂热情中解脱。
> (474)

根据这番"总结性"的话,以及修道院里修士们为偷看禁书而相继殒命的故事情节,很多研究者认为,《玫瑰的名字》讲述的是知识分子对知识和真理的追求,然而出于个人的私欲和偏执的信仰,这一崇高的行为遭到了扭曲。如戴锦华先生就认为:埃柯这部小说是"一个极好的福柯式理论的读本","其核心的象征编码便是知识/权力,而这正是《玫瑰的名字》的真正主题":

> 《玫瑰的名字》中最富于冒险性并为文化符码所充满的行动,便是小说中的数次图书馆之行……图书馆的空间建构自身便成了关于知识、知识的话语、权力的文化、意义符码的集中呈现……创建伊始,这座充满了诱惑的图书馆便被建造成了一个奇特的迷宫,并在门楣上铭有"擅入者死"。占有并禁锢知识无疑是最为古老的权力范式之一,是中世纪和任一极权时代、极权社会的普遍事实。因为知识和对知识的无尽渴求无疑蕴涵着对绝对信仰和绝对权力的拒斥力与解构力。同时,图书馆的迷宫模式也暗示着某种关于知识的话语,对于无尽渴求知识的心灵来说,知识自身确乎是一座迷宫或一处沼泽。通往真理的路上不仅布满了谬误的歧径,而知识自身已具有足够的力量榨干你的生命、活力,驱使你加入疯狂/离轨者的行列。知识之于特定的知识阶层是一种独具生命与激情的存在,在《玫瑰的名字》的被述时代它通常被名之为:神的迷狂或魔鬼的诱惑。(139—140)

我们不能说这段论述在多大程度上含有福柯理论先入为主的影响,但把一部文学作品看成是某某理论的读本,这种观点总是值得商榷的。埃柯曾说,"读者的积极作用主要在于对文本的意图进行推测",而加以证明的唯一方法就是将其置于文本整体的连贯性中进行验证,"对一个文本某一部分的诠释如果为同一文本的其他部分所证实的话,它就是可以接受的;如不能,则应舍弃"。(77—78)如果以此为标准来衡量,把《玫瑰的名字》看成是知识/权力话语的演义,则它显然遗漏了很多东西:小说的另外一些线索——多尔西诺的异端史、圣方济各修会与罗马教廷关于"基督是否贫穷"的争论,以及文章开头我们所提出的问题,即为什么在浩如烟海的书籍中,埃柯选择亚里士多德的《诗学》作为小说最后的谜底?

二

在《玫瑰的名字》里，亚里士多德《诗学》的第二部分作为一份神秘的手稿、一本禁书，导致修道院从年轻的僧侣到身居要职的图书管理员、院长一个接一个死去，最后甚至连整个图书馆和修道院全都付之一炬。然而与这种严重的后果相比，亚里士多德《诗学》作为事件原动力的分量给人的感觉似乎太轻。我们看到，在其他更为通俗的作品中，类似的人们追寻和争夺的目标常常是《圣经》、圣杯或其他与之相关的东西（埃柯第二部小说《傅科摆》追踪、捏造的就是圣殿武士的资料和秘密）。这么做有充分的理由，首先，这些事物、掌故为人们所熟悉；其次，作为宗教圣典、圣物，它很容易被赋予超自然的力量和神秘性。相比之下，亚里士多德《诗学》第二部分，尽管已经亡佚，却显得太实在、太具体，而且受众的范围也要小得多，在某种程度上，《诗学》只是研究文学的人所关注的一本经典。埃柯本人似乎也觉得有必要对此作出解释，他借威廉之口问佐治为什么不保护其他书，而要防卫这一本，为什么单单这本书让他感到恐惧。佐治回答说：

> 因为它是亚里士多德写的。这个人所著的每一本书都毁了一部分基督教许多世纪来所积存的学识。神父们举了种种事例说明圣言的力量，但罗马哲学家波厄休斯只需引述亚里士多德的话，圣言便成为人类范畴及推论的拙劣诗文……于是宇宙成了尘世的证据……以前，我们习惯仰望天，偶尔皱眉瞥视泥沼；现在我们却俯视地，并且由于地的证明而相信天。亚里士多德的每一句话都颠覆了世界的形象。（456）

佐治这番话不仅常常受到忽视，而且很容易引起反感。它给人的第一印象是充满了一个狂热的宗教信仰者的偏见，除了一些抽象晦涩的比喻，谈不上提供任何有说服力的理由。但如果我们把小说情节前后联系起来看，也许能发现佐治这段话的真正含义，以及他与威廉争论的重点所在。

早在知道亚里士多德《诗学》的秘密之前，威廉就关于"笑"与佐治产生过几次争论。第一次，威廉检查已死的图书装饰员阿德尔莫的遗物。对那些想象力丰富的画——飞翔的雄鹿、吐火兽、像蚯蚓一样从书页文字延伸出来的人体——修士们竞相赞叹，发出阵阵欢笑。但佐治却严厉地阻止大家笑。威廉辩解说，阿德尔莫的画尽管荒诞怪异，惹人发笑，但也有教化的作用。修士维南蒂乌斯赞同说，上帝透过扭曲的物体而存在，笑也是传播真理的工具。但佐治却坚决认为，"创造的杰作变成笑柄"（68），上帝的话语被画成驴子弹竖琴、猫头鹰用盾牌犁地，是不正当的行为，并说《圣经》上"基督从来不放声大笑"。（83）第二天，维南蒂乌斯死后，威廉再次挑起这个话题。两人都旁征博引，威廉认为笑是良药，可以治疗人的情绪和苦恼，是理性行为的一种征象。佐治则认为，真和善都不是好笑的事，因此基督才不笑。（119）

表面看，佐治反对"笑"是件毫不近情理的事。笑是人天生的能力和需要，与这样一种本能抗衡，无异于螳臂当车。但正如我们常常看到的，争论总是使问题变得更加混乱，而不是更加清晰，因为偷换概念、转换话题，论辩双方说的其实并不真正在一个点上。同样，埃柯在这里也故意混淆了两种不同的概念。威廉和佐治看似争论同一个话题，但实质两人讨论的是完全不同的东西。威廉谈的是笑的功能，而佐治批评的则是不正当的笑。和言语一样，"笑"也有好坏之分。好的"笑"健康睿智，既有对事物深切的观察，也有宽容和忍耐。坏的"笑"则轻浮粗鄙，肆意地对一切加以嘲笑，就像佐治所说，"当酒在恶徒的喉间滚动，他大笑，觉得他就是主人"，"笑使恶徒免除对魔鬼的惧怕，因为在这愚人的狂欢中，魔鬼也显得可悲而愚蠢"。（457）

《玫瑰的名字》里，无论是威廉，还是佐治，都把"笑"和"平民"联系在一起。亚里士多德《诗学》第二部分谈论喜剧，它的内容，威廉说：

> 喜剧是源自农村……喜剧中没有伟大而有权势的人物，而是一些升斗小民的故事……亚里士多德在此阐明了笑的倾向是一种求好的力量……透过诙谐机智的谜语和出人意料的比喻……仿佛它是在说谎，事实上它促使我们更详细地思量它们的内涵……透过表演人的叙述表明了真理，而这世界比我们所相信的还要糟，比英雄事迹、悲剧、圣徒的生活所显现的还要坏。（455）

因为模仿悲剧理论的表述和用词，这段话有很多模糊的地方，但仍然可以看出，它与现存《诗学》中亚里士多德对喜剧的看法有所不同。

亚里士多德虽然认为喜剧模仿低劣的人，但他并没有把讽刺性地揭示真理当做喜剧的主要特征；而且他本人也没有认为喜剧是出自那些受人蔑视而被逐出城外，流浪于村里乡间的人的活动，而是明确指出，喜剧起源于生殖崇拜活动中歌队领队的即兴口占（第 4 章第 33—35 行，第 3 章第 18—20 行，第 4 章第 39 行）。与之相比，威廉或者埃柯杜撰的这段话则强调了喜剧的颠覆性："升斗小民"对"英雄事迹"的颠覆，"谎言"对"真理"的颠覆。正是针对这种颠覆性，佐治强烈地反对"笑"：

> 如果笑是平民的欢乐，平民的特许便须受到限制和羞辱……平民没有武器可以使他们的笑变得高雅，除非他们将它视为对抗严肃的工具。而严肃却是精神的牧羊人，带引他们走向永恒的生命……可是如果有一天，某个人引用亚里士多德的文句，因此像个哲学家般发言，将笑的武器提升到奥妙武器的情况，假如坚信的修辞被嘲弄的修辞所取代……到了那一天就连你，威廉，还有你的一切知识，也会被扫荡一空的！（458—459）

佐治的话，与今天我们通常所接受和赞同的观点有很大不同，但他揭示的是一种事实。以无知嘲笑智慧，以无行讥笑道德，是古今中外不少哲人学者都曾面对的一种生活境况。海德格尔在谈到什么是哲学时，曾这样定义："哲学即是人们本质上无所取用，而婢女必予取笑的那样一种思。"（《什么是那——哲学？》，转引自陈嘉映 21—22）中国哲学家老子在《道德经·同异》中则说："上士闻道，勤而行之；中士闻道，若存若亡；下士闻道大笑之，不笑不足以为道。"同样是今天，在发展得轰轰烈烈的大众文化中，可以看到大众传媒对"笑"、"快乐"、"开心"等等极力鼓动。

不过，佐治担心忧虑的并不仅仅止于此。大众的嘲笑虽然使真理变得孤立，使对真理的追求变得滑稽可笑，但这毕竟是一种外在的力量。更大、更具威胁的破坏力来自内部，来自知识阶层自身对这种笑和颠覆的认同。亚里士多德关于喜剧的理论当然是杜撰，古代思想和近代思想原则上不是一个发展进步的过程，而是基本概念体系的转换。亚里士多德并没有我们今天视为理所当然的这些现代观念。但亚里士多德是一种象征，代表着几百年来为追求真理和理性不断否定传承、否定自我的知识阶层。这或许就是为什么埃柯选择亚里士多德的著作作为小说谜底的原因。佐治说亚里士多德的《诗学》摧毁了圣言的力量，他强调的并不是我们惯常所知道的、中世纪作为经院哲学的后果之一——理性对于信仰的胜利——而是大众标准对精英标准的颠覆，地对天的胜利。"婢女的嘲笑"从积极的意义上说可以使人们看到知识阶层的某些行为上的缺陷、思想上的不足，但如果将其哲学化神化，上升为一种理论的基础，不仅会使知识阶层的自我否定遭到误解，而且会使原本就不易分辨的真理和谬误变得更加混乱。佐治和威廉某种程度上代表了面对这一问题时知识阶层的两种不同倾向。

三

人们谈论《玫瑰的名字》，常常忽略小说的另一条线索——圣方济各修会与罗马教廷有关"基督是否贫穷"的争论和斗争。对一个没有多少天主教文化传统影响的国家的读者来说，对西方教会的发展史及各种神学争论感到隔膜是很自然的事。但我们不应该认为，这是作者出于自恋，在引人入胜的侦探推理小说中硬要塞进自己平日从事的专业研究的内容。无论从所占的篇幅，还是从结构的对称性来说，第二条线索都有着相当的重要性。

小说的叙述者阿德索是名见习僧，威廉的助手。当威廉像猎犬一样对修道院里的杀人案穷追不舍时，阿德索始终为另一个问题困扰——应该怎样看待多尔西诺的异端史。小说一开始，阿德索就介绍了意大利错综复杂的宗教状况和变迁。12世纪意大利宗教神职人员有很大的权力和显赫的财势，受到封建地主、帝国、城市自治体的憎恨。为了改革教会，圣方济各提出安贫乐道的思想。然而在接下去的一百多年里，随着圣方济各修会的扩大，它也拥有了很大的财产和势力，插手了很多俗世事务。而以教皇为首的罗马教廷对圣方济各修会的态度也几经起落：巴黎大学神学院的学者们试图将圣方济各修会斥责为异端；里昂会议允许修会拥有必要的财产，那些坚持修会和个人必须一无所有的僧侣被判处终身监禁；但有几个教皇如科隆纳、奥西尼却暗中支持新的贫穷行动；而教皇约翰二十二世则颁布敕令，宣称基督和使徒没有个人或共有的财产这一说法是异端。（37—341）接着，出现了葛拉德、多尔西诺等人在下层僧侣和大众中的传教活动。葛拉德模仿基督，散尽了家产，带领信徒在各地走动，靠别人的救济维生。为了让人们放弃财产，过虔诚悔罪的生活，他们进而抢劫、破坏别人的财物。多尔西诺更是卷入了诺瓦拉地区的暴动。最后，经过几场争战、杀戮，葛拉德和多尔西诺都以异端的罪名被处以火刑。(207—213)

在寻求多尔西诺异端史真相的整个过程中，阿德索感到最大的困惑就是其中的差异：为什么同样是宣扬抛弃一切世俗财物，以贫穷论传教，方济各就成为圣徒，葛拉德则是异端；为什么基督自称人子，在人群中聚集门徒，而多尔西诺等人效法基督，并且"凛然"就死，就是一种源于骄傲的错误。阿德索曾这样问威廉：

> 老师，我真是不懂……第一，是关于异教集团之间的差别。不过这一点以后我再请教您。现在我最感到困惑的是"差异"本身。当你和乌伯蒂诺交谈时，我觉得您似乎想对他证明异教徒和圣徒都是一样的。可是后来您和院长谈话时，却又极力向他解释异端之间，以及异端和正教之间的不同……我已无法再区别瓦尔登西、卡萨、里昂的穷人……使徒、穷困的伦巴底人、阿诺德、威里麦特和路西法林之间的偶然差异了。我该怎么办？(180—181)

正像在笑和喜剧的争论中，埃柯转移了亚里士多德诗学理论的重心，同样在这里，埃柯也偷换了话题，将现代问题移植进了古代史实中。"基督和使徒是否贫穷"这一看似很无稽的神学争论，在 12、13 世纪，其实有着很现实的政治指向，它们为教皇和皇帝、各国国王之间的权力斗争提供了理论依据。(177)书中提到的神学家奥卡姆在历史上实有其人，他曾对与约翰二十二世对立的国王路易说："你用剑保护我，我用笔保护你。"而托钵僧，由于教会日益严重的腐化生活，无论是圣方济各修会，还是圣多明俄修会，都成为人们讥讽嘲笑的对象，被看做是不劳而获、愚蠢、懒惰的寄生者。不仅如此，在小说中，圣方济各修会和约翰二十二世之间关于"基督是否贫穷"的争论似乎有着很清楚的界线，孰是孰非，正义与非正义，很容易判断。但事实上，历史上圣方济各宣扬贫穷针对的是穷人而不是教会，其名言是："最大的欢乐不是创造奇迹……不是科学，也不是对一切事物的知识，不是动人的口才，而是借以忍受不幸、委屈、不公平和侮辱的忍耐。"然而埃柯在小说描写中却淡化了所有这些因素,像阿德索说的那样,突出强调了"差异本身"。

我们看到,小说中,借阿德索的眼睛,"差异"这个概念被运用到很多具体事例中。如多尔西诺接受酷刑时的行为,阿德索不知道他究竟是像烈士一样坚定,还是像堕入地狱的人一样那么傲慢。另一个佛拉谛斯黎信徒迈克尔殉教时一心就死,阿德索不知道是一种对真理的骄傲的爱将他们导向死亡,还是一种对死亡的骄傲的欲望引导他们维护真理。他和村姑肉体接触后,用来描写那迷醉的一刻的字眼,和几页前他描写烧死迈克尔那场火时所用的字眼完全一样——"火焰包含了灿烂的亮度,不寻常的活力和极端的炽烈,但它拥有的亮度可以照明,炽烈可能燃烧。"院长阿博和威廉、阿德索谈论圣器的外在装饰,坚持除了虔诚的心、为信仰所牵引的意志外,还应该用黄金玉石荣耀天主,因为从钻石、象牙这些物体的美中,人们可以感受到神的创造力,从而由有形的物质想到无形的物质——"这是使我们和上帝接触的最直接的途径:神的显现。"院长说这些话时,脸上有一种发自内心的喜悦的光彩,就像乌伯蒂诺谈论圣母雕像时一样。

这些事例中蕴含了一系列阿德索所困惑的问题:性质完全不同的两件事为什么会有着相似,乃至完全相同的外在表现形式?当这两件事被用同样的话加以表述时,我们怎么对它们进行区分?我们还能区分吗?

表面上看,所有这些"差异"引起的困惑都是阿德索感受到的,但事实上,更大的或者说真正的困惑者是威廉。阿德索感到困惑是因为年轻,人生阅历还很少。威廉则是在拥有了这一切之后仍然感到困惑。小说中,威廉是一个智慧和学识并重的人。他像福尔摩斯一样,善于从人们不易察觉的细微痕迹中发现事件的真相;他学识渊博,不仅了解书,而且了解以书本为圭臬、俯仰于书本之间的人们对书籍的看法和反应;与此同时,他也深通世故,当阿德索看见心爱的姑娘被当做女巫遭逮捕,想冲上前去拯救时,威廉制止他说:"别轻举妄动,傻子。那女孩完了,她已经是被火化的肉体了。"(317)然而,无论是学识、智慧,还是世故,都不能免除威廉因为"差异"而产生的困惑。

威廉和佐治最大的不同就在于,佐治的立场很单一,与此相应,他的目标也很明确。佐治坚信真理和善不可亵渎。多尔西诺之流的异端，在佐治看来，并不会给人们的信仰造成危机，因为它将被自己的无知所毁。而"亚里士多德的《诗学》"，声称透过人的缺陷、弱点和错误，可以实现精神净化的作用，却会诱使人们做出极端的推论；亚里士多德对相关行为所做的辩护，会使原本微不足道的事物由边缘跃居中心，使原本的中心意义消逝无踪。因此，佐治决定从源头上杜绝这种趋向的出现，誓死护卫图书馆。

而威廉却因为差异所带来的困惑，在多元视角、多重标准中模糊了自己的目标。小说开始时威廉辞去了宗教裁判官的职务，但这不是因为道德上的不安，而是因为他再也看不出其中的差异。（110）因为看不出差异，他无法向阿德索讲述多尔西诺事件①；因为看不出差异，身为博学的圣方济各修士，他赞同"使真理变得可笑"。小说中，我们看到，包括笑的意义和价值在内，很多事情上威廉都采取了多重标准。佐治认为亚里士多德《诗学》的第二部分"使人们以为一般单纯的人也有表达智慧的伶牙俐齿，这必须被阻止"，威廉反驳说："上帝的手只会创造，不会遮掩。"（461）但就在第一天，他和修道院负责玻璃工艺的尼科拉斯谈到透镜的新技术时，面对尼科拉斯的疑问，他却说：

> 　　不是每一个上帝的子民都能够接受这么多秘密的……有时候某些秘密还是以难解的话语掩饰起来比较好……亚里士多德在有关自然界神秘的书中就曾说过，传达太多自然和艺术的奥秘，会破坏天国的誓约，许多邪恶之事也可能继之而来。这并不是说必须将这些奇迹隐而不宣，而是学者们必须决定以何种方法、在何时说出来……学者们有权利也有责任运用难解的语言。（75—76）

　　埃柯在威廉身上所表现的这种评判标准首鼠两端的移动，并不是人物或作者个人的事，它源于知识阶层自身的某些特点和历史传统，而这是我们将要讨论的下一个话题。

---

① 对多尔西诺临死前受刑的表现，小说进行了一种对话式的描写。在图书馆，阿德索读到的《多尔西诺兄弟异端史论》上，多尔西诺表现得像英雄一样，面对酷刑，不发出一声呻吟（第218页）。而后来管理员雷米吉奥身份被揭穿招供时，却讲述了整个事件更为庸常的一面（第373页）。

参考文献

Aristotle. *Poetics*. Trans. Chen Zhongmei. Beijing：The Commercial Press，1996.

［亚里士多德. 诗学. 陈中梅译注. 北京：商务印书馆,1996.］

Chen，Jiaying. *Heidegger Philosophy*. Beijing：SDX Joint Publishing Company，1995.

［陈嘉映. 海德格尔哲学概论. 北京：生活·读书·新知三联书店,1995.］

Dai，Jinghua. *Mirror and Secular Myth*. Beijing：China Renmin University Press，2004.

［戴锦华. 镜与世俗神话：影片精读18例. 北京：中国人民大学出版社,2004.］

Eco，Umberto. *The Name of the Rose*. Trans. Xie Yaoling. Beijing：The Writers Publishing House，2001.

［安伯托·埃柯. 玫瑰的名字. 谢瑶玲译. 北京：作家出版社,2001.］

---. *Interpretation and Overinterpretation*. Trans. Wang Yugeng. Beijing：SDX Joint Publishing Company，1997.

［艾柯. 诠释与过度诠释. 王宇根译,北京：生活·读书·新知三联书店,1997.］

Moor，George F. *History of Religions Part 2：Christianity*. Trans. Guo Shunping，et al. Beijing：The Commercial Press，1996.

［G. F. 穆尔. 基督教简史. 郭舜平等译. 北京：商务印书馆,1996.］

Woolf，Virginia. *A Room of One's Own*. Tans. Wang Huan. Beijing：SDX Joint Publishing Company，1992.

［弗吉尼亚·伍尔夫. 一间自己的屋子. 王还译. 北京：生活·读书·新知三联书店,1992.］

作者简介:张琦,南京大学外国文学研究所副教授,主要从事外国文学研究。

《卡美拉》的神话品性与历史情结

王建平

　　约翰·巴斯小说美学的一个基本命题是,个体叙述与群体叙述相互关联,具有文化意义。巴斯把达尔文的"个体复述群体"(ontogeny recapitulates phylogeny)修改为"个体复述文明"(ontogeny recapitulates cosmogony)。(qtd. in Scholes 142)文学创作与文学传统的关系与作家对人类知识状况以及社会再生产的批评意识相联系。巴斯的"政治智慧"体现在其对文学传统的处理上,其对神话和经典的解读反映了后现代文化中人们对传统的焦虑和对知识状况的普遍担忧。巴斯对文学传统的解构、对创造过程的关注、对神话的重写,与后现代知识生产和文化传播的"权限危机"(legitimation crisis, Lyotard)有关。后现代文化生产方式的控制和处理权限是当代文化中最为关键和敏感的问题。巴斯对文学传统的处理显露出敏锐的文化策略,把视线引向媒介和传统的性质问题,对确立文化经典和宏大叙事的生产方式的合法性提出了最深刻、最严厉的质疑。《卡美拉》表现的正是艺术家与历史的关系。为此,我们把《卡美拉》放在20世纪西方神话学的传统中来考察,讨论两个问题:第一,神话、小说与历史的关系;第二,巴斯重写神话的政治性。

　　早在19世纪,德国思想家谢林(F. W. J. von Schelling)就曾指出神话品性在人类认知行为中的重要性,认为人类所有的认识活动都具有神化的品性。谢林指出,神话在中古时期以后开始具有科学的倾向,采取符号化形式。当我们把神话与其他文化表现形式进行比较时,神话内在形式的通俗化是显而易见的。神话从内容向形式转变的符号化过程成为此后(特别是20世纪)神话研究的依据。德国符号学家恩斯特·卡西勒(Ernst Cassirer)解释说,早期科学性的神话研究与 20 世纪神话研究之间的关联性在于神话思维的哲学探讨。哲学比任何其他领域都更早地把目光转向神话。从历史和文化的角度看,这是可以理解的,因为哲学只有掌握神话思维才能从真正的意义上明确自己的体系和任务。①

把神话视为符号化体系是 20 世纪中期神话研究的趋势。尽管以弗洛伊德、荣格、艾利亚德(Myrcea Eliade)、肯贝尔(Joseph Campbell)、弗莱为代表的理论界在研究方法上与 19 世纪的前辈学者们大相径庭,但谢林的话仍然适用。神话是人类集体想象的雏形,神话符号普遍存在于当代社会,因为神话对人类生活和常理的表述为我们理解人类生存和宇宙提供了某种范式。从这个意义上讲,古老的神话题材仍可为当代所用。因此,系统研究和深入理解不同社会与文化中神话的结构和功能就成为神话学家的主要研究内容。这种努力不仅可以澄清人类思维发展的阶段性特征,还可以为当代生活提供一个参照模式。艾利亚德说:"理解神话意味着把神话当做人类生活现象、文化现象和精神产品来研究,而不是把神话看做人类本能行为、原始野蛮或无知状态的病态表象。"(Eliade 3)如此看来,回忆、复述和再现神话就是重新发现人类经验和认识秩序的重要途径。

另一方面,神话也需要重新阅读和重新书写。法国文化理论家罗兰·巴特曾连篇累牍地强调破译神话的必要性。巴特主要关注神话在当代社会中的功用,其方法是"从符号学到意识形态",即运用符号学的分析方法,拆解符号构成要素、符号与文化、符号与意识形态之间的关联,揭示符号所掩盖的价值取向。在当代社会,神话是"被抽去政治内

---

① F. W. J. von Schelling, *Introduction to the Philosophy of Mythology*, Trans. J. Verlag, Stuttgart and Augsburg, 1856, p. 23; Ernst Cassirer, *The Philosophy of Symbolic Forms*, *Volume Two*: *Mythical Thought*. Trans. Ralph Manheim, New Haven: Yale University Press, 1955, p. 22. 19 世纪欧洲学者从语言学角度对神话的阐释对 20 世纪产生了深刻影响,其中以谢林、穆勒(Friedrich Max Muller)、兀斯纳(Herman K. Usener)的神话研究为代表,强调语言的神话品性和神话在当代社会语言中的表现形态。谢林认为语言是"褪色的神话";"神话从最严格的意义上表现为语言在全部文化行为中对思想的强大塑造力。"(p. 52)卡西勒认为语言与神话的合流对哲学和宗教史的发展具有特别重要的意义。卡西勒以符号化形式把语言与文化统而观之的理论代表了 20 世纪神话理论的研究趣向。

涵的话语"（depoliticized speech），把现实变为永恒，把历史变为自然。
（*Elements of Semiology* 155；*Mythologies* 154）重写神话是不折不扣
的文化政治，展现神话构建过程，揭示神话体系中隐藏的价值取向。

巴斯对神话的处理体现了一种元历史意识。个体历史重述物种历
史的范式也是巴斯从神话学家那里借用过来，应用到文本、作者、叙述
和文化层面的。对巴斯来说，个体成长是一个曲折的过程。现代主义
作家使用神话主要是为了获得一种视野，"为摇摇欲坠的主体自我提供
一个超验的秩序"。（qtd. in Stevic 186—216，203）对乔伊斯、托马斯·
曼和博尔赫斯之后的作家们来说，现代作家通过自由和超越来获得可
依托主体和稳定现实的观念已经很难站住脚。

巴斯的"神话诗学"（mythopoesis）正是针对现代主义的神话处理
模式提出来的。在巴斯看来，艺术既是神话的对立面，又是神话的载
体。在巴斯的第二部小说《路之尽头》里，他戏仿"神话疗法"的泛神话
论倾向。巴斯后来创作了一系列类似的人物，如吉尔斯、库克、梅尼阿
斯、无名氏和波塞斯。他们面对支离破碎的现代生活，试图抵制任何
"终极意义"的束缚。杰拉德·格拉夫（Gerald Graff）在谈到美国后现
代小说中的神话题材时指出，荣格心理学的阐释模式已经很难应用于
后现代社会。格拉夫在后现代小说里发现了一种新的政治意识：

> 这种新的意识表现在许多方面：拒绝把艺术神圣化，而把艺术当做消解
> 传统的手段，表现艺术和语言的虚构性，拒绝学术界一统天下的分析性和阐
> 释性批评，因为这种阐释模式把艺术变成了一套僵化的抽象概念，将鲜活的
> 知识视为一成不变。后现代更倾向于回归神话的自然属性、部落仪式和悟性
> 体验，求助于较为松散的、游移不定的自我概念，而不是把自我看做被压抑的
> 实体。（Graff 217—249）

20 世纪 60 年代初，拉格兰（Lord Raglan）和肯贝尔的神话理论无
疑对巴斯产生了影响。巴斯读过拉格兰的《英雄》和奥拓·朗克（Otto
Rank）的《英雄诞生的神话》。巴斯的早期作品，特别是《烟草经纪人》
和《羊孩吉尔斯》，都是以神话为题材的。在《迷宫》、《卡美拉》和《书信
集》里，巴斯的诗性神话手法臻于成熟。巴斯声称他的手法不同于前辈

作家或当代作家(巴斯指的是乔伊斯的《尤利西斯》、厄普代克的《桑托尔》、马拉默德的《自然人》等)。巴斯认为他们对神话的处理方法不得要领:

> 神话本身是由集体叙述想象创造的,它指向日常现实生活。所以,当我们描写日常生活来指向神话时,从神话诗学的角度看,是一种反常行为。如果作家关心神话原型或诸如此类的主题,莫不如直截了当地处理神话。(qtd. in Bellamy 134—150)

后现代文化对神话的诉求产生于从遗忘中拯救历史的努力,寻回因时间和语言而淡化了的诗性体验。"重写神话是一种仪式化的回忆,通过歌曲和舞蹈,追寻那早已消失的或被人忘却的神秘体验。"(Eliade 23)巴斯认为,神话的价值在于其当代品性。在1974年的一次作家访谈中,巴斯指出,"集体的诗性神话在于重述"。后现代小说在处理神话时,总是要面对神话中文化和历史的价值形态。从某种意义上说,小说既承认神话的局限,又想获取神话内蕴的力量。神话的生命力在于其形式的、伦理的和文化上的延续。这就是说,神话的变形是不可避免的,当代社会的问题都已蕴含在"古代的叙述材料"之中。批评家福格尔和史雷索格(Fogel and Slethaug)指出:"巴斯把后现代作家的自觉意识贯穿到古代的故事之中,体现了他对传统文学的高度敏感和自觉,同时还质疑神话的神圣地位。"(135)

读巴斯的小说,我们总有这样的疑问:巴斯笔下的人物为何总是对终极意义持有莫明其妙的恐惧,书写历史何以会变得如此艰难? 巴斯早期作品中的人物差不多都处于类似的恶性循环中不能自拔。《卡美拉》凸现了复述与重复这两种迥然不同的对待历史的态度与方法。叙述框架等形式问题对个体回忆和重写起着制约作用。巴斯所谓再生的文学完全取决于对过去的成功再现。从这个意义上看,诗性神话可以提供历史的维度。

《卡美拉》由三个中篇组成,《丹尼萨德》、《波塞斯记》和《贝勒芬记》。丹尼萨德、波塞斯和贝勒芬的历史都附着于某个更大的文本,每个人都肩负着重写这大文本的使命。按照框式叙述的逻辑,作者与文本之间是相互依存的关系，人物不仅被作者构建，作者也是被她/他的虚构人物所构建的，因此，作者本人与叙述也是相互依存关系。用巴斯的话说，如果辛巴达翻了船，淹死的是谢赫拉萨德。

《波塞斯记》的叙事圈套是，叙述处在进行时态，波塞斯的生活正变为书写历史：波塞斯位于第二轮历险的中间，一面阅读自己的故事，一面回顾过去的经历。螺旋型浮雕《波塞斯记》用蓝色天鹅绒覆盖，曲线环绕的浮雕壁上刻着浅色背景，形成七层螺旋状壁画，展现波塞斯生平的各个阶段。小说采用了十分独特的历史视角：由于主人公被置于反向历史进程中，因此他始终是个时代错误。波塞斯被夹在栩栩如生的回忆与不断被固化的历史中间。螺旋意象展示的是过去周而复始的循环过程。在《丹尼萨德》中，螺旋意象就曾出现过。吉尼采用时间空间化的手法来描写过去、现在与未来同时并存的状况。巴斯把波塞斯第二轮历险放在波塞斯神话之后，以便更形象地演示螺旋意象和波塞斯走出书写历史、寻找"遗失密码"的过程。

由于故事从第二轮的中间开始，巴斯需要设计一个"双重叙事结构"：波塞斯要追上第二轮叙述，同时回忆第一轮经历。巴斯戏仿古罗马诗人维吉尔的《埃涅阿斯纪》中关于历史叙述追逐叙述者的故事。埃涅阿斯从狄多的迦太基神庙内的浮雕上看到自己被快速书写的历史，他的现在正在成为历史的一部分，过去、现在和将来似乎正被凝结在现实时刻。在《埃涅阿斯纪》的两个时间层次，埃涅阿斯和维吉尔时代相距一千年。从后向前推算，埃涅阿斯定都拉维尼乌姆在 1083 年，30 年前的 1053 年，阿斯卡纽斯迁都阿尔巴·隆加，又隔 300 年，753 年罗木路斯建都罗马。经过 200 年的王政时期，500 年的共和时期，才到维吉尔时代。但史诗中处处预言未来历史，映照当代历史事件和人物，以此来显示当代罗马悠久的不间断的传统。巴斯在《卡美拉》、《迷宫》和《书信集》里多处提到维吉尔的《埃涅阿斯纪》，埃涅阿斯观看迦太基神庙的浮雕的意象为巴斯构建《卡美拉》的命题提供了一个历史解读与历史书写的双向悖论：把历史当做书写文本来解读，把历史当做已读文本来书写。埃涅阿斯、波塞斯都处在这样的历史悖论之中。《书信集》仍旧是波塞斯自己的故事，他必须跑得足够快、足够远，才能重新书写那迅速被书写的历史。（维吉尔 123—133）神庙墙壁上的波塞斯英雄史诗浮雕出自《埃涅阿斯纪》第二部,巴斯巧妙地处理了迦太基神庙内的浮雕群像,将一维的壁画构想成立体的螺旋庙堂。波塞斯在浮雕上回顾自己的历史,直到他的现一轮生活与前一轮历史相吻合。

巴斯大胆地采用了螺旋意象与框式叙述相结合的叙述结构。这样的结构要求螺旋的各个层次之间有机连接,螺旋的每个层次延续前一轮的内容。按照框式叙述逻辑,波塞斯与克里西亚一同回顾浮雕上的历史,由此引出安德洛米达和美狄莎(Medusa)的故事。巴斯对波塞斯神话作了新解。首先,巴斯对安德洛米达这个角色作了低调处理;其次,淡化波塞斯的英雄事迹,突出在神话传统中被贬低的美狄莎。

巴斯修正了古典神话中美狄莎的形象,把传统神话里邪恶丑陋的魔女改写为人性化的女神。神话记载关于波塞斯的故事主要是释放达尼、收复失去的王国、平息阿克里修斯与普罗特斯之间的纠纷。在这样一个叙述套路下,安德洛米达只能是配角,而美狄莎也只能是作为对立面出场:"暴君的俘虏、床上的伴侣、英雄的辅佐",而亚帕历险记不过是波塞斯整个功名史中的插曲和点缀。在第二轮叙述里,美狄莎的故事——童真时期、海神波塞顿的强暴、皮格斯的出生、雅典娜的惩罚、波塞斯的误解等——仍旧被置放在波塞斯的宏大叙述之下(波塞斯的故事是讲给克里西亚的),神的惩罚也决定了美狄莎被妖魔化的历史命运。巴斯重写美狄莎神话,赋予美狄莎以原始母性和女性情感,把传统神话中的女妖改写为激情女子。

肯贝尔在《神的面具:东方神话》中指出,荷马以前有许多关于美狄莎的神话传说,美狄莎通常被描写成神秘恐怖的蛇身女神,其仪式化的表现形式与古希腊艺术中丰满的人性化神祇大相径庭。与古希腊奥林匹亚巴特农神庙中理性的男性神祇不同,这些神祇都是非理性的、不祥的甚至邪恶的生灵。其祭献不是花团锦簇的牲畜,而是猪猡和活人,不是放在光洁大理石建造的庙宇,奉献在荷马所说的"玫瑰色的拂晓",而是出现在黄昏时分的林间野地。因此,仪式化的重述气氛也不同于盛典的欢庆场面,为的是驱散妖魔的邪恶符咒,得到健康的和富庶的回报。肯贝尔的例证是奥林匹亚的宙斯,古时称宙斯·梅里西欧斯,载于皮罗斯石刻。这些史前的宙斯身如巨蟒,完全不像奥林匹亚的理性化神像。后来,原始母性的神话符号乃至于史前神话体系逐渐为古希腊父系社会的思维模式所取代，而其内在的文化精神也因此遭到放逐，取而代之的是阳光灿烂的、理性至上的男性神祇（波塞斯象征所谓"和谐秩序"）。肯贝尔这样评论上述演变过程：

> 在人类社会突如其来的晚期铜器时代和早期铁器时代里，来自北方的亚利安牧族和南方的闪米特族闯进了远古社会，冲击着旧的膜拜仪式和秩序，那个所谓有机的、植物崇拜的、非英雄时代的自然社会。在远古的母性神话和仪式里，生命中的光明与黑暗是平分秋色的，而且和平共处，共分天下，而在后来的男性化、父族神话中，新的英雄之神都被赋予了全部的善良和高贵，而把黑暗的神祇留给被视为不毛之地的本土文化，并将其盖棺论定为代表着负面的、卑贱的价值观和伦理观。有大量的事实证明，这两种相互冲突的社会和神话秩序是水火不相容的。原先的女神被崇拜为生命的赐予者和支持者，女性作为其代表被赋予社会和膜拜仪式中至高无上的地位。这就是所谓母性权力秩序(Order of Mother Right)。与之相对的则是父系社会，火与剑的仪式崇拜。
>
> 所以，在闪米特族的早期铁器时代的文学中有许多故事，讲述理性化英雄或神祇征服非理性之神的故事，战胜怪物，并赢得战利品、土地、女奴、金银，或从怪物的奴役下获得自由。(Campbell 21—22)

神话史中记载了许多关于父系统治的神话。希腊神话中就有宙斯战胜台风的故事，台风(Typhon)是大地女神盖亚(Gaea)最小的儿子，是奥林匹斯山上的男性神祇取代母性神祇的例证。肯贝尔认为，母亲之神是一种"反叛之神"，其原型见诸早期的神话。这类反叛之神都是妖魔，象征着宇宙中的邪恶势力和神秘莫测的力量。艾利亚德发现，在希腊、印度和埃及历史上有一个类似的阶段，上层知识阶层不再对神圣历史和神话感兴趣，尽管他们仍声称相信神的存在。从古希腊诗人荷马、赫西奥德到埃及、印度和米索不达米亚的仪式供奉者和神学派都更倾向于讲述神的事迹。虽然此时还没有完全摒弃神话思维，但这已经说明了神话开始被一种思辨哲学所渗透，与当时的宇宙观相对应。到了苏格拉底和柏拉图，严谨的、体系化的思辨哲学日盛，神话思维近乎销声敛迹。当然，在柏拉图身上我们仍然可以见到原始思维的痕迹，亚里士多德哲学思想里也有神话主题的影子。(Eliade 111—112)

卡西勒也发现,在古希腊思想和文化史的转折时期,柏拉图从新的角度来阐释苏格拉底的"认识自我"这句名言:"认为他反映出的问题不仅超出前苏格拉底思维模式,而且其指涉范围也是苏格拉底哲学方法论所无法企及的。为了俯首听命于理性之神的召唤,完成自我审视和自我认识这些宗教职责,苏格拉底诉诸个性本体。"(Ernst 63)思辨哲学的主宰地位来自于对神话意象、宗教信条、语言形式、艺术类别等进行统合的能力,因为"哲学思维具有可以揭示所有语言文化现象的整体性功能。神话、宗教、艺术、语言乃至科学都不过是一个大主题之下的变体,而哲学的任务是阐释这个主题,使之明晰"。(71)

卡西勒的论证可以解释古代英雄史诗和英雄神话的成因:武士和英雄的业绩——自由意志、建功立业的英雄——不仅在神话史中占据了主导地位,而且一直延续至今。理性哲学取代前苏格拉底神话体系的过程可以为非理性的混乱的母性女神被代表理性、光明、秩序与和谐的希腊神话英雄所替代的历史提供注解。

不过,我们在美狄莎神话里仍然听得见远古的声音。美狄莎的头发是由无数条蛇组成的,正是奥维德(Ovid)所谓的"蛇型头",而且,美狄莎的目光可以把男人变成石头。波塞斯后来杀了美狄莎,把她的头放在背带里,献给了雅典娜女神,配在她的剑柄上。这是雅典娜女神战胜母性之神的证据,体现着古希腊男权意识。如果说古希腊爱神阿芙罗狄忒(Aphrodite)身上还保留着母系社会的痕迹,那么雅典娜女神则代表着男权社会的价值观。雅典娜不是女人所生,而是从宙斯的头中生长出来,因此雅典娜是理性意识的升华,男性的头脑(理性思维)取代了女性的子宫。美狄莎被贬斥为妖魔,因为她在雅典娜的神庙里被海神波塞顿强暴。批评家查里斯·哈里斯(Charles B. Harris)认为,把美狄莎的头作为战利品佩戴在腰间的雅典娜女神形象已经成为母性之神被毁灭的象征。"她来自宙斯的头,是父亲所生的、没有母亲的神祇,与远古的母亲所生而无父亲的神祇迥然不同。"(141)

神话学家艾瑞克·纽曼(Eric Neumann)评论说,在庆祝雅典娜女神对母系女神的胜利中,雅典娜已经被父权和夫权社会改造成为男性价值体系的代言人。最引人注目的是,旧的母系女神被一种新的女性精神和原则所取代,它所代表的新女性精神实则反映了男权社会的价

值观念和压制女性的原始力量，成为男权社会的象征。（217）

神话史家罗伯特·格雷弗（Robert Graves）在考察波塞斯的历史时，把波塞斯确定在公元前1290年的波塞斯王朝。古希腊的雅典文明驱逐了古老神坛上的女神，放逐了亵渎神明的原始神话，取而代之以理性的、光明的、思辨的神祇。雅典娜诞生于宙斯的神话表征着神圣的父系价值观和伦理原则已经开始取代母性女神为代表的旧的价值体系。（244）

文学艺术中关于理性的胜利可以在哲学史和神话史中找到对应，这一点卡西勒已经作了描述。在巴斯的小说里，神话的改写已经成为主要的考虑。骑着飞马的皮格斯（Pegasus）就是从美狄莎的断头上生长出来的。她有着生杀大权，是黑暗的、非理性力量的象征。波塞斯先前由于高傲自负和崇拜理性而忽略了他者的存在，后来才敢于正视美狄莎的目光，发现他者的异己力量。此时的波塞斯必须放弃唯我独尊的观念，认识到以自我的多重性来实现自身价值。波塞斯既是故事的叙述者，也是故事中的主角，通过阅读自己已被书写的历史来走进/走近自己的历史。在克里西亚神庙，波塞斯的历史背景和当前事件交替变化。螺旋式叙述结构意味着波塞斯的历史将永远接近但却无法达到现时。波塞斯需要跨越记忆与历史的距离以便赶上克里西亚的书写。浮雕的背景越来越宽，事件之间的时间跨度越来越大。最终，波塞斯追回失去的记忆："历史会在我离开人世的那一点上驻足，追上我的生活。"（123）巴斯笔下的人物总是要面对沉重的历史前置性（anteriority）。重述的悖论在于，叙事人不得不面对大写的历史、文本和故事。《卡美拉》中的谢赫拉萨德、波塞斯、贝勒芬都遵循先在的文本，感叹历史与记忆之间的巨大裂痕。（170）

巴斯赋予后现代小说家历史优越感，卸掉历史的包袱。按照历史的逻辑，神话将注定被抽去文化内涵，神话史的书写也将导致神话的"非神圣化"（desacrilization），这一点后结构主义神话理论家（艾利亚德、巴尔特、德里达等）已经做过精确的阐述。艾利亚德在《神话与现实》中谈到文学艺术对古代神话和宗教的非神圣化过程所起的作用，指出文学和艺术与神话的关系有二：（1）文学艺术使神话世俗化；（2）文学艺术打破神话的神秘性。中世纪以降，世俗化的神话体系和中性化

的神祇得以流传下来,成为科学研究的对象。这些神话被基督教所吸收,渐渐成为"文化遗产":

> 在文化进程中,非神圣化的宗教宇宙和被拆解的神话系统构建并养育了西方文明——一个成功地把自己再现为典范的文明。这里不只是逻各斯战胜神话的问题;而是书写战胜了口述传统,文本——书写文字——战胜活生生的体验,而这体验的再现只能是非文字和非文学的。(Eliade 147)

小说的重述消解了神话的本质化定义,这是后现代社会中神话的大众化、神话的文本化演进的必然逻辑。巴斯用符号学方法对神话作了隐喻式处理,通过神话人物的变形来展示神话的文本化过程。首先,对神话模式的戏仿导致神话的多元化阐述;其次,文学演绎抽去神话的神秘"内核",开放原型的封闭性,造成神话传统的更迭和延续,具有解构作用。巴斯强调重写神话的元历史意识,这也是巴斯对后现代作家的要求。波塞斯已成为故事、符号,由标点、字符和空白构成的空间和文本,而作者却有无数:安东尼斯、赫西奥德、荷马、海吉弩斯、奥维德、品达、塞斯、格雷弗、艾狄斯·哈米尔顿、拉格兰、《波塞斯记》的作者、某个模仿作者的作者,还有任何曾经写过或将要重写、修改或创作贝勒芬和卡美拉神话的人。(236—237)

参考文献

Barth, John. *Chimera*. New York: Fawcett Crest, 1972.

Barthes, Roland. *Elements of Semiology*. Trans. Annette Lavers and Colin Smith, New York: Hill and Wang, 1968.

---. *Mythologies*. Trans. Annette Lavers. New York: Hill and Wang, 1972.

Bellamy, Joe David. *The New Fiction: Interviews with Innovative American Writers*. Urbana: University of Illinois Press, 1974.

Campbell, Joseph. *The Masks of God: Occidental Mythology*. New York: Penguin, 1991.

Cassirer, Ernst. *An Essay on Man: An Introduction to a Philosophy of Human Culture*. New Haven and London：Yale University Press，1944.

Eliade，Myrcea. *Myth and Reality*. Trans. Willard R. Trask. New York and Evanston：Harper & Row，Publishers，1963.

Fogel，Stan and Gordon Slethaug. *Understanding John Barth*. Columbia，S. C.：University of South Carolina Press，1990.

Graff，Gerald. "The Myth of Postmodernist Breakthrough." *The Novel Today：Contemporary Writers on Modern Fiction*. Ed. Malcolm Bradbury. Powman and Littlefield：Manchester University Press，1977.

Graves，Robert. *The Greek Myths*. New York：Penguin Books，Combined Edition，1992.

Harris，B. Charles. *Passionate Virtuosity：The Fiction of John Barth*. Urbana：University of Illinois Press，1983.

Neumann，Eric. *The Origins and History of Consciousness*. Princeton：Princeton University Press，1954.

Scholes，Robert. *The Fabulators*. New York：Oxford University Press，1967.

Stevic，Philip. "Scheherazade Runs out of Plots." *The Novel Today：Contemporary Writers on Modern Fiction*. Ed. Malcolm Bradbury. Powman and Littlefield：Manchester University Press，1977.

Virgil. *Aeneid*. Trans. Yang Zhouhan. Beijing：People's Literature Press，1984.

［维吉尔.埃涅阿斯纪.杨周翰译.北京：人民文学出版社，1984.］

作者简介：王建平，中国人民大学外国语学院教授，主要从事美国文学研究。

一部寓于犹太民族历史中的启示录

——论马拉默德的长篇小说《上帝的恩赐》

乔国强

1982年,68岁高龄的伯纳德·马拉默德(Bernard Malamud, 1914—1986)出版了自己一生中最后一部,同时也是一部带有总结性的长篇小说《上帝的恩赐》(*God's Grace*,1982)。由于在此以前,马拉默德就以大量的作品及其所获得的系列奖项奠定了在美国文坛上的杰出地位,所以,这部风格独特、立意深远的小说一出版就在批评界引起了强烈的反响。不过,从诸多"顾左右而言他"的评论中也可以看出,论者似乎都未能,或者说未敢触及小说的真实主题,即这部小说中所隐含的深刻的犹太宗教、文化意蕴以及对犹太人,乃至人类命运的可怕寓言。

一、重返《圣经》:民族之痛的隐喻

如果说马拉默德以往小说中的人物多是些为了生存不得不挣扎、跋涉在纷扰凡俗现实世界里的犹太"小人物",那么,《上帝的恩赐》一书则采用亦真亦幻的寓言形式,突破了这种通过忍受痛苦、磨难来践约其犹太身份,并最终完成赎救自己和他人的话语表达模式。马拉默德的这种"突破"虽说是建造在一种假设之上的,却也在一定程度上起到了醍醐灌顶的作用——揭秘了数千年来一直萦绕纠缠着犹太人的大困惑。

对于这部无论在主题构思、人物刻画还是背景描写均与以往风格有着明显不同的小说,批评家们可谓仁者见仁,智者见智。有批评家从艺术角度讨论这部小说的创作风格,如约瑟夫·爱泼斯坦说:"一旦让那些黑猩猩开口说话,《上帝的恩赐》就具有某种情节喜剧的品质,另加

有象征主义的东西。"(53)当然，更多的批评家关注的是该小说的宗教、寓言意蕴。艾伦·莱尔查克认为："《上帝的恩赐》试图成为道德荒野里的一声吼叫，一声向上帝［创造］的部分野兽和人类的吼叫，这个抱负或许不属于文学王国……如果宗教与预言的劝阻与文学的目的相矛盾，那么，这个努力就要付出代价。重写《圣经》不是件容易的事。"(15)显然，在莱尔查克的阐释中，《上帝的恩赐》是一部道德劝诫的小说，即马拉默德有借小说文本来重写《圣经》的意欲。另一位批评家约翰·厄普代克对这部小说的评价是："作为一部关于宇宙的寓言小说，《上帝的恩赐》——一部委婉重述诺亚的耻辱和最后恐怖的喜剧性随笔——写得一片混乱，其原因在于它的慈悲。"(170)厄普代克的观点与莱尔查克实际是一致的，即他们都认为这部小说描写"宇宙"，更具体说是"重述"了诺亚的，也就是人类的故事。凯斯林·奥克萧恩的总结，似乎代表了美国批评界对这部小说的基本看法。他说："尽管多数批评家注意到《上帝的恩赐》与马拉默德的其他小说和主人公有类似之处，但他们还是为小说中浓郁的寓言和说教性质所困惑。"(282)奥克萧恩的评价模棱两可，一方面"浓郁的寓言"和"说教品质"实际是指小说中所流露出的宗教文化意味，另一方面也透露出批评家们不愿深入下去进一步探讨他们所感困惑的事实真相，即小说中所蕴涵的宗教文化意蕴到底指向什么的问题。

退一步说，批评家们对《上帝的恩赐》中的非文学因素虽然有所遗憾与抱怨，但他们都准确地指出了小说《上帝的恩赐》与《圣经》间有着某种精神渊源关系。以现代社会和人类热核战争为背景的《上帝的恩赐》虽然不能用"重写《圣经》"来囊括其主题，但是这部小说中的人物以及故事的模型确确实实可以追溯、延伸到《圣经》之中。如小说的开始，主人公，即犹太古生物学家加尔文·科恩与他的同事正在海底的考察船中进行科学考察和试验，战争猝不及防地爆发了。当热核弹爆炸的消息从陆地传到海底时，同事们撇下了正专注于工作的科恩，纷纷自逃，结果无一人生还。由于上帝这一阴差阳错的"微小的错误"(11)，科恩幸运地成为人类唯一的幸存者。与他同时"逃避了这场灾难"(11)的还有一个名为布兹的黑猩猩。科恩带着布兹和后来又遇到的其他幸存动物，在一个荒芜的小岛上生存了下来，并向他们传授人类的文明知识。

无疑,这个故事的人物、构架以及价值指向都并不陌生,与《圣经》中的"诺亚方舟"非常类似,只是故事发生的时间、地点以及结局不同而已。在《圣经》中,上帝由于不能忍受其亲手所造的人类的邪恶,故而决定用一场特大"洪水"把人类从大地上消灭掉。为了留下人类的"种子",在灾难降临前,上帝特意与他眼中的"义人"诺亚"立约",把"保全生命",包括"畜类"的重任交给了他。于是,诺亚便成为拯救、重塑人类的使者。尽管《上帝的恩赐》与"诺亚方舟"的故事背景不同,即一个是高度发达的人类文明社会,另一个是远古洪荒的人类之初,但是二者的叙事话语却如出一辙:小说中的人类为了满足无止境的贪婪私欲,把其聪明才智完全浪费在了相互猜忌、妒恨和残杀上,最终导致了"邪恶压倒了善行"。(13)因此,上帝对人类失去了信心,决定对其行为实施惩罚。诚如上帝在小说里对自我心声的披露:"我的耐心不是没完没了的。过去我常常宽恕他们的罪愆,但是,现在我将不再饶恕他们了。"(13)不饶恕的结果就是毁灭人类。然而,上帝还是动了恻隐之心,即在借战争之手毁灭人类的同时,又以"微小的错误"让科恩带领几只动物存留了下来。无疑,小说的主人公现代人科恩就是《圣经》中诺亚的翻版。

问题是,马拉默德为何要重新回溯这个宗教历史故事,并不余遗力地塑造出一个现代版的诺亚?他不知道套用、演绎这样一部权威的宗教典籍,可能会产生"理念"大于"形象"的副作用吗?就像莱尔查克在前文中把其在创作中流露出来的宗教意识指责为"不属于文学王国"一样。而且,从马拉默德以往的小说作品看,令他更感兴趣、更擅长的题材是关于现实生活方面的,贯穿于其作品中的人物也都是下层"小人物"——他们的生活尽管艰难、苦涩,但其周身总是弥漫、洋溢着向上的倔强精神。总之,虚幻的王国、宏大的人物、毁灭的主题均非马拉默德所醉心追求的风格。那么,到底是什么原因使一贯平和、质朴、幽默的马拉默德变得对人类如此忧心忡忡,以至于挥笔写下了像《上帝的恩赐》这样表现人类末日命运的小说?

一个直接的原因就是那场人类相互屠杀的战争。第二次世界大战结束前,美国向日本领土投放了原子弹,这一事件使马拉默德深感震惊。他在接受海伦·本尼迪克特的采访时曾表达了自己的深切忧虑。他说："像许多人一样，我现在也有一种毁灭的感觉——它非常令人恐惧。我认为作家有责任发出警告，因为沉默不能增加理解或激发慈悲。"(28)一颗小小的人造原子弹，就可令无数人毁于一旦的残酷事实，使马拉默德备感人类的渺小与荒诞，并敏感地意识到人类最终可能会毁于相互的残杀。于是，他用文学的形式向世人发出"警告"：自相残杀将会导致人类的毁灭。就此推演，马拉默德是出于对人类面临毁灭危机的责任感，写下了这部振聋发聩的、预言人类未来的启示录式的寓言小说的。

马拉默德也曾说《上帝的恩赐》主要探讨了两个问题，"一是人类为什么要这样恶劣地对待自己？二是人类健康存在的关键是什么？"(qtd. in Benedict 30)乍看起来，马拉默德本人似乎是把这部小说的主题定位在"人类"这个大范畴内，即把整个人类作为言说的对象。不过，细读这部小说后，我们又会发现，马拉默德并没有停留在对人类的这种大历史氛围的一般性阐述上，而是借此机会，再次审视犹太人的历史使命，并总结犹太人可能最终消亡的根本原因。另外，结合马拉默德平素一贯宣称的"人人都是犹太人"(qtd. in Guttmann 156)这一观点来看，马拉默德在这部小说中所叙述的人类并非是广义的人类，而是在人类这个大的母题中的一个特殊群体，即犹太人。甚或可以说，马拉默德以言说人类的命运为幌子，实际上探讨了与犹太人生死存亡相关的问题。这在小说中具体表现为，除了在开篇时讨论了上帝与广义的人类关系外，小说绝大部分章节讨论的是犹太教与基督教之间的矛盾关系，即通过故事情节形象地反映了基督教徒对犹太人的迫害这一敏感问题。小说中的唯一主人公，即唯一存留的"人类"是科恩，而科恩本身并不是个普通人，而是个有着强烈的民族宗教情绪的犹太人。也就是说，科恩这个统帅整部作品的灵魂人物的一切思想与活动最终都是指向、回归犹太人的道德价值体系的。譬如，小说中用了相当的篇幅来描写、展示科恩与上帝的争吵，确切地说，主要表现了科恩对上帝的诘问与责难，态度之激烈，在马拉默德以往的小说中几乎是没有的。表面上看，这种争吵是一种普通的宗教上的争吵，并不指涉什么更为深层的东西。其实不然，由于两人的争吵是围绕着上帝与犹太人的"契约"展开的，因此该争吵便不得不和犹太民族的历史联系起来。

对犹太人而言，"契约论"是关乎其民族存在，乃至于意义的根本之所在。"契约论"是《圣经·旧约》中提出的一个问题，它所包含的内容比较广泛，但最让犹太人引以自豪的是，以色列人是上帝的儿子，是与上帝订有"契约"的特殊选民。因而，上帝有责任和义务来保护这个民族不受其他民族的侵害。而现实的境况是，作为上帝的宠儿，犹太人长期以来处处遭受刁难、屈辱与迫害，这与犹太人本应该享有的地位、尊严是如此地不符。明白了这一历史文化背景后，也就明白了科恩在小说中对上帝的质疑与斥责并不是一般意义上的思想交锋，而是有为本民族讨回公道的意味。同时，也明白了马拉默德返回到《圣经·旧约》中去的深刻用意。

因而说，马拉默德用《圣经·旧约》中的"诺亚方舟"故事喻导出《上帝的恩赐》并非是信手涂鸦，而是有特定的考虑与用心的。换句话说，马拉默德借这一历史文本指涉现代故事，隐晦曲折地向世人传达出下面的三层意思。其一，在人类灾变的紧要关头，上帝再次选择犹太人作为人类文明的传承者，这意在说明无论是在久远的历史上，还是在现代社会中，犹太人才是上帝的宠儿与拯救人类的使者。这是对犹太人历史地位的回顾与现代使命的确认。其二，小说的最后是以科恩被黑猩猩布兹等杀死为结尾的。马拉默德似乎借用这个悲剧性的收场反讽了以拯救人类命运为己任的犹太人：昔日的犹太人诺亚遵从上帝的旨意，用舟船负载并传承了人类；今日的犹太人科恩利用上帝的错误从海底的舰船上逃生出来，企图效法诺亚拯救人类及其他生物，结果反过头来被自己所救的畜生杀死。这个"死结"不仅在一般意义上预言了人类战争的最终结局，而且还深刻地揭示了犹太人对自己传统观念和思维方式"抱残守缺"的最终归宿。其三，小说在谴责上帝不遵守当初的诺言，即不再泛滥洪水的同时，诘问上帝为何不仅不指导其"选民"脱离痛苦与磨难，相反却屡屡试探、考验他们，并最终将他们置于反犹主义者的迫害之中。总之，马拉默德带着他的作品重新返回《圣经·旧约》，或者说在《圣经·旧约》中寻找创作支撑，其意味颇为深长。

二、科恩与布兹：犹太教与基督教的承载者

与《上帝的恩赐》一书中所表达出来的复杂情愫、主题相比，这部小说的人物与人物之间的关系则显得相对单纯一些。除了象征着人类存在的科恩之外，就是几只相伴左右的黑猩猩、白猿和狒狒等。但是，并不能根据这样的一个关系线索，就把《上帝的恩赐》归结为是一部描写和反映人与动物自然关系的小说。相反，这是一部借由指代性的人与动物之间的关系来折射、反映不同宗教信仰之间的关系问题的小说。

在人类自相残杀和上帝让洪水再次把大地淹没后，科恩和布兹都因上帝所犯下的一个"小错误"而侥幸地在海底科学考察船中幸存了下来。二者身份不同，科恩是一位勤奋、严谨的科学家，而布兹则是邦德博士用来做实验的黑猩猩。邦德博士是一位德国基督教徒，为了考察动物的情感与智商，他特意在布兹的喉咙上安装了一个人工喉，让他可以像人类一样地说话，表达思想情感。按照试验计划，邦德博士向布兹传授人类的语言、基督教教义以及有关人类的知识等，另外，还把一个象征着基督精神的"十字架"送给了他——布兹成为了基督教徒。在小说的开篇，布兹被这场突如其来的灾难吓坏了。当科恩在船舱的角落里发现他时，他正惊恐不安地抖成一团。脖颈上连接人工喉的电线也在慌乱中被他自己扯断了。科恩带领他逃离海底，为他重新连接好人工喉，并像对待自己的孩子一样好言安慰、悉心照料。

布兹似乎对收留、善待自己的科恩充满了感恩之情。回到陆地上后，他们就像英国小说家笛福的《鲁宾逊漂流记》中的鲁宾逊与"星期五"一样，以父子相称，相依为命。后来，他们在一个小荒岛上意外地遇见了另外五只黑猩猩、一只大猩猩和一只白猿。意外的发现使科恩备感振奋，他决定要开办一所学校，对包括布兹在内的"黑猩猩公民"（152）实施教育。他每天向这些"黑猩猩公民"讲授人类的文明知识，并特意仿照摩西十诫为它们制定了七条戒律。也就是说，科恩试图以犹太人的伦理道德规范来教育、约束，乃至重塑黑猩猩们的信仰和行为。开始的时候，作为教师的科恩还能与这些岛上的"居民"和平共处，可随着时间的推移，双方间的矛盾渐渐地暴露、凸现了出来，尤其是科恩与布兹的矛盾更是愈发尖锐起来。

　　应该说,布兹的形象在小说中塑造得颇为细腻、别致。在小说的开篇时,他对科恩表现得特别乖巧、柔顺。而且,对于科恩为其所做的一切,如恢复了说话能力、传授知识、提供食物与饮料等都颇有些感恩戴德,看上去似乎已被科恩所教化。然而,事实并非如此简单。布兹在其恭顺的外表下掩藏着一颗险恶的叛逆之心。换句话说,他在骨子里始终坚持自己所业已接受的基督教信仰,而对科恩自以为是地宣扬的那套犹太说教和所做的犹太式善行感到十分厌恶和憎恨。面对科恩对其犹太文化传统的教育与要求,他最初采取的态度是,或阳奉阴违,或不予理会。不过,没过多久,即在犹太人最为重要的节日之一"逾越节"这一天,他终于忍耐不住了,开始向科恩摊牌。他不但公开向科恩提出了"宗教信仰自由"的问题,而且还毫不顾及犹太文化的禁忌,在科恩主持的"逾越节"仪式中不停地朝着自己的胸前"划十字"。(106—107)如果说布兹此时的反抗多少还有些合理的要求,那么其后的行为则属于明显的反叛了:他先是偷偷删改了科恩所制定的七条戒律,随后又对迟一步加入岛上"居民"队伍中的狒狒痛下杀手。尤其令人悚然的是,他在谦恭地迎合科恩的同时,又悄悄地纠集、鼓动其他黑猩猩围攻、袭击科恩,并最终把他送上了祭坛。

　　布兹为何要处心积虑、费尽心机地把其救命恩人科恩置于死地呢?就算是科恩不该向他及其他的猩猩们灌输犹太宗教信仰,也不该跟母猩猩成亲生子,但似乎也不至于招致杀身之祸。倘若从故事的正常发展逻辑看,这个结局无疑缺乏了一定的说服力。但是假如把宗教作为一个重要因素考虑进故事中,科恩之死便是一个合乎逻辑的结局了。说到底,布兹与科恩的矛盾牵涉到了宗教之争。

　　马拉默德在小说中尽管没有过多地描写、渲染布兹是如何信奉、遵从基督教之教义的,也没有用大量篇幅刻画他是如何站在基督教的立场上反对科恩的犹太说教的,但这并不表明《上帝的恩赐》一书在刻意地回避宗教。相反,马拉默德在小说中用大量的细节描写暗示了科恩与布兹之间的矛盾,归根结底还是由犹太教与基督教间的碰撞、争斗所引起的。实际上,在小说的开篇中,马拉默德就向人们间接地介绍了布兹的"身份"——他本是德国基督教徒邦德博士的实验品,看似漫不经心的一笔,实际把布兹的基督教身份交代清楚了。小说随后的描写也能进一步揭示出布兹的宗教所归，即当科恩救了布兹的性命时，布兹作为答谢，把邦德博士送给他的并一直挂在自己脖子上的"十字架"作为礼物送给了科恩。

当然，布兹的这一馈赠举动可以从两个方面加以解释：其一，布兹是无意识的，也就是说，他是把"十字架"当作一个普通的礼物送给科恩的；其二，布兹有意识地把象征着基督精神的"十字架"作为一个特殊的礼物送给了科恩。在以上的两种解释中，哪一种更符合马拉默德的原义呢？从文本的语境来看，后一种阐释更为符合作者所要表达的内涵。因为，布兹在《上帝的恩赐》中并不是一个简单的动物，而是一个会说话、有思想、有情感，甚至是个有计谋的人的化身。在复杂、突发的事件面前，他不但懂得审时度势，而且还知道该如何有步骤、有策略地达到自己的目的。马拉默德在小说的后半部分便集中描写了布兹的这种阴险与狡诈。例如，一天，布兹以索要糖棒为借口，为图谋杀害科恩的黑猩猩们哄开了科恩所住洞穴的大门。就在科恩好心地为其拉开大门之际，藏在后面的黑猩猩们蜂拥而入。这些有备而来的黑猩猩们不但杀害了科恩与母猩猩玛丽·马德琳所生下的孩子，而且还绑架并处死了曾养育和教育他们的科恩。科恩在临死前，对布兹的这种无耻欺诈行为进行了斥责与揭露。可是直到此时，狡诈的布兹还反唇相讥说："我来为自己要一个糖棒甜甜嘴。你忘记关上门了。"(193)然而，当愤怒中的科恩扯断了亲手为其连接起来的人工喉导线时，布兹终于扯下了虚伪的面具。他大声宣称："我不叫布兹，我的名字是戈特罗伯。"(194)马拉默德在小说中没有交代戈特罗伯这一名字的来历，但这显然是一个德国纳粹的名字。至此，布兹的这一艺术形象完成了三级跳跃，从用于试验的黑猩猩，到基督教信徒，再到德国纳粹分子，马拉默德所隐含的深刻寓意便一步一步地明朗化了。至此，回头再看布兹把"十字架"送给科恩的这一细节，绝非是马拉默德的闲来之笔，而是像亨利·罗斯在《就说是睡着了》中所描写的信仰基督教的少年列奥让犹太少年戴维到自己家中看基督的画像和十字架一样，具有十分重要的象征意义，即意味着让犹太人皈依基督教。换句话说，在科恩与布兹第一次见面时，就预示了代表基督教的布兹有心要看上去是施恩者的犹太人科恩皈依基督教。

除此之外,《上帝的恩赐》中还有大量的细节描写,譬如黑猩猩们残酷屠杀无辜的狒狒和科恩与母猩猩玛丽·马德琳所生的孩子等,在揭示了黑猩猩们的残忍本性的同时,也让有一定历史知识的读者联想到历史上反犹主义者的罪恶行径。试看一段马拉默德描写"小公狒狒"被残杀的场面:

> 马克西和阿瑟①转过身来就跑,寻找帕特②,但是,埃索早已把尖叫着吓坏了的小公狒狒从其他黑猩猩那里抢了过来,毛发直立地站在那里,过一会,又扯着那尖叫着的小公狒狒的腿,把它甩向那些大狒狒……
> 埃索把那小公狒狒高举在头上甩来甩去,然后又把它摔向岩石。那狒狒头颅摔碎的声音听起来就像一个微弱的爆炸声。
> 它蹲在地上,面对着它那些饥饿的同伴,开始剥开小狒狒破碎的血糊糊的头盖骨,并立即掏出脑浆吃。(179)

黑猩猩埃索把受了惊吓的小公狒狒一把夺了过来,但却并不立即杀死它,而是扯着它的腿"甩来甩去"地取乐,随后又把尖叫着的小狒狒摔向了岩石。小狒狒被摔死后,埃索蹲在地上,小心地剥开"破碎的血糊糊的头盖骨",开始吸吮其脑浆。这一系列熟练、连贯的动作显然并不属于一般动物的猎食,而更像是人类在欺压、凌辱弱者时所惯用的手法。更有甚者,当科恩得到消息赶来时,埃索为了掩饰自己的暴行,竟悄悄地"用橡树叶擦去手上的鲜血",甚至还"用一根树枝来清除手指甲里的鲜血"(180),以掩盖自己虐杀的罪行。显然,马拉默德该处的拟人化描写是有所指代的。

假若说黑猩猩们密谋杀死科恩是出于宗教上的目的,那么他们为什么一定要杀死同样是动物的狒狒呢? 他们的理由是:"狒狒不属于我们这个部落…… 它们[狒狒]都是该死的陌生人。"(168)由于狒狒们是一些不属于这个"部落"的"陌生人",所以它们就得被杀死。黑猩猩们的这个逻辑似乎有些奇怪,但是如果回顾一下犹太人的历史,便不难发现这个逻辑非但不怪异,而且还有坚实的历史依据,即欧洲自中世纪以

---

① 两只小狒狒的名字。
② 另一只狒狒的名字。

来反犹主义者迫害犹太人的主要理由之一就是因为犹太人是"陌生人"。马拉默德或许认为这种隐讳的类比还不足以表达内心的激愤,于是又让黑猩猩埃索自己道出了杀害狒狒的内在心理。他说:我"从来就没喜欢过它们[狒狒]。它们是些猴子,应该看上去像个猴子。但是,它们看上去却像是长着狗头的猴子。我可不喜欢这样子"。(168—169)狒狒们是些猴子,但它们却长得不像猴子,这就是杀害狒狒的"正当"理由。而这一理由恰好又与犹太人在历史上经常因为其"客民"身份而惨遭驱逐、屠杀的现实互为重合。在反犹主义者的眼中,犹太人本是一群不同于他们的"客民",所以就应该长得像"客民"一样,但犹太人却偏偏拥有像白种人一样的肤色,从而导致无法与真正白种人相区分。这是令反犹主义者非常恼火的一个问题。无疑,狒狒们在小说中代表、隐喻了犹太人。明白了这一前提,就容易理解黑猩猩们厌恶、痛恨以及杀害狒狒的真实心理和原因了。

　　当然,谴责、批判反犹主义者的残暴、无耻并不是《上帝的恩赐》所要表达的唯一主题。更为重要的是,马拉默德还把反思、批判的锋芒指向了自己的同胞。在小说中,他用了不少笔墨来描写犹太人的奉献精神与善良本性(如科恩教育、抚养以布兹等为代表的非犹太人,甚至与非犹太人通婚,即当科恩给黑猩猩们介绍、朗读莎士比亚的剧本《罗密欧与朱丽叶》时,存留下来的唯一一只母猩猩玛丽被剧中的人物所感动,她执意要仿效朱丽叶与科恩谈情说爱。科恩不但善良地满足了玛丽的要求,并还与之生下了一只可爱的小猩猩),其目的就是要指出,犹太人出于善心所做的这一切除了为自己招来杀身之祸外,根本不可能感化、改变那些反犹主义者的嗜血本性。显然,马拉默德对虽屡受伤害,但仍不接受历史经验教训的同胞既哀其不幸,又怒其不争,预言了犹太人自作多情地以上帝的选民自居,并自以为是地试图以善来完成"修身齐家平天下"的最终归宿。

参考文献

Benedict, Helen. "Bernard Malamud: Morals and Surprises."
　　Antioch Review 41. 1 (1983).

Epstein, Joseph. "Malamud in Decline." *Commentary* 74. 4 (October

1982).

Guttmann, Allen. "All Men Are Jews." *Modern Critical View*: *Bernard Malamud*. Ed. Harold Bloom. New York: Chelsea House Publisher, 1986.

Lelchuk, Alan. "Malamud's Dark Fable." *New York Times Book Review* (August 29, 1982).

Malamud, Bernard. *God's Grace*. New York: Penguin Books, 1982.

Ochshorn, Kathleen G. *The Heart's Essential Landscape*: *Bernard Malamud's Hero*. New York: Peter Lang, 1990.

Updike, John. "Cohn's Doom." *New Yorker* (November 8, 1982): 167 – 170.

作者简介：乔国强，上海外国语大学英语学院教授，研究方向为英美文学。

《冤家,一个爱情故事》:对大屠杀的深层思考

朴 玉

曾以"伟大的寓言家"而享誉世界文坛的美国犹太裔作家艾·辛格(Isaac Bashevis Singer,1904—1991)是一位极具叙事天赋的小说大师。他用小说创作挽救了一种行将衰亡的古老文化,保留了东欧犹太即将消失的传统,从而以充满激情的叙事艺术再现了人类的普遍困境。其浓厚的犹太意识不仅体现在对遥远东欧的书写,还表现为对重大历史事件的关注。辛格关于大屠杀题材的小说创作占有相当分量。长篇小说《冤家,一个爱情故事》(*Enemies, a Love Story*,1972)、《童爱》(*Shosha*,1978)、《悔悟者》(*Penitent*,1983)以及短篇小说《良师益友》(*The Mentor*,1970)、《自助餐馆》(*The Cafeteria*,1974)等作品都指涉大屠杀这一主题。其中《冤家,一个爱情故事》最值得一提,它是辛格第一次将故事背景置于美国的长篇小说。辛格创作该作品时,大屠杀已过去 20 余年。他对这一灾难的描述是否让人觉得真实?旧事重提是否还有现实意义?

战后欧洲关于大屠杀的创作主要是以日记、访谈和回忆录等方式为主的实录、见证式描写。西恩·罗森鲍姆认为,亲历大屠杀者往往描写事件本身,因此他们享有"道德上的权威,他们的作品也充当证词,并具有了美学价值"。(罗尔 156)乔治·斯坦厄尔(George Steiner)等评论家也认为,只有埃利·威塞尔(Elie Wiesel)、普里默·利瓦伊(Primo Levi)这些亲身经历过大屠杀的幸存者才能够基于个人所经历的恐惧进行艺术创作。(qtd. in Bilik 39)著名文学评论家阿尔弗莱德·卡津(Alfred Kazin)也曾肯定地说:"没有人能够真正创作出关于纳粹恐怖的想象性作品,因为艺术即意义,但希特勒及其政权有组织地彻底毁灭

了意义所在。"(39)阿多尔诺(Theodor W. Adorno)甚至断言"奥斯威辛之后写诗是不道德的"。(qtd. in Horowita 16)

　　照此说来，没有大屠杀经历就没有发言权，充满想象的文学创作也就没资格"参与"这段历史。然而辛格以为不然。他不仅执意要写大屠杀，而且还直言自己没有荣幸地经历希特勒大屠杀。对辛格而言，小说只是虚构之作而已。(Singer 233)那么，辛格究竟如何阐释大屠杀，用文学创作来展现与见证实录的差别？凡读过《冤家，一个爱情故事》的人都知道，这部作品并非仅如标题所言，是一个爱情故事。从辛格专门为该小说作的《序》中可以看见他的思想及其创作意图。本文以该《序》为切入点，并结合对小说的阅读，深入考察作品所折射的历史、身份和语言等重大主题，进而窥探辛格在其创作后期，尤其是在他移民美国后的创作思想。因为辛格的大多数创作中都有自己思想的投影，正如他所说："在每个故事里，我都想说点什么，而我要说的话，多少都与我的思想有关。"(qtd. in Flender 20)

一

　　小说《冤家，一个爱情故事》主要围绕"一个男人与三个女人之间的纠葛"展开故事情节。大屠杀期间，主人公赫尔曼靠非犹太女佣雅德维嘉的帮助，在波兰农村的草料棚中熬过近三年光景；赫尔曼躲过纳粹的搜捕，家人却死于大屠杀，据说妻子塔玛拉和两个儿子也被枪杀。移民至美国的赫尔曼以世俗仪式迎娶雅德维嘉。赫尔曼艳福不浅，他还有一个犹太情人玛莎。赫尔曼周旋于两个女人之间，不得不以谎言搪塞二人。麻烦不止于此：妻子塔玛拉死里逃生，也来到美国，回到赫尔曼的生活中……

　　小说中主要人物都来自大屠杀发生地欧洲，都是大屠杀的亲历者和见证人。辛格借塔玛拉之口，质疑亲历者所言能否展现大屠杀全貌。塔玛拉曾郑重说道："我经历的事情永远不可能全讲出来。事实上，我也不能真正了解我自己。"(301)她还告诉赫尔曼："整个真相永远也休想从那些在集中营里死里逃生的人或在俄国流浪过的人的口中听到——倒不是因为他们说谎，而是因为他们不可能讲出全部实情。"(300)事实上，几乎所有幸存者都不愿旧事重提，毕竟每一次讲述、每一

363

次回忆都要经历"一次从肉体到精神的炼狱过程"。（钟志清 54）另一主要人物希弗拉·普厄在回忆大屠杀的繁琐细节时，常因神经过度紧张而失手打碎盘子。小说中每个幸存者关乎大屠杀的记忆都像散落在地的碎片，零散破碎、逻辑混乱。正如理查德·卡尼（Richard Kearney）所言，幸存者所叙述的历史"没有陷入启发现在的复杂精细的模式中，相反，停留在混乱的记忆之中，它就像是一个无法逾越的障碍"。（95）

如何跨越障碍、采撷记忆的碎片，是辛格必须面对的难题之一。他要让书中人物"既是各自个性和命运的受害者，也是纳粹（大屠杀）的受害者"。（233）目的是要让这种文学叙事成为关于大屠杀的有效记忆。辛格在小说的《序》中说自己曾有"多年在纽约和难民共同生活的经历"，而《冤家，一个爱情故事》只是其众多"虚构性小说中的一部"。（233）辛格汲取了若干真实人物的真实经历，掺入适当的虚构成分，并以惯用的悬念情节，组成了具有可读性的"爱情故事"。在作品中，赫尔曼身兼不同身份：他既是大屠杀幸存者，也是倾听众人受难经历的听者；他既是卷入爱情故事的男主角，也是置身情感之外的思考者。读者和赫尔曼一同感受众人的逃生之旅：玛莎曾有过在犹太人居住区、集中营和难民营的经历；塔玛拉在波兰被枪击中，脱险后逃往苏联，深受劳役之苦；雅夏进过毒气室，也曾给自己挖坟墓……流散经历涉及波兰、德国、瑞典、苏联和美国等诸多国家，小说中所涉及的时间也从 20 世纪 30 年代跨越到 60 年代。赫尔曼将诸多幸存者们关于大屠杀的记忆碎片拼凑起来，使读者透过它们窥见大屠杀所波及的时空，从而感受大屠杀给普通犹太人造成的肉体伤害和记忆创伤：赫尔曼的风湿病和坐骨神经痛、塔玛拉身体里的子弹以及普厄左脸颊的伤疤。赫尔曼的冷漠恐慌、玛莎的歇斯底里、塔玛拉的郁郁寡欢都是大屠杀阴魂不散的印记……

一个人只能在某一特定时间、空间亲历大屠杀，因此每个人的大屠杀经历只是这段历史的一个侧面，是小写的历史，是每个人的故事，而作家通过巧妙的组合，就可将众人的遭遇编进具有悬念的故事情节中，形成对大屠杀的有效书写，建构的是一种叙事，即复数的历史。难怪有人认为："要是没有一群幸存者各自的经历，那么纳粹大屠杀这番经历自身也就不存在了。"(Alexander 100)辛格在尊重历史事实的基础上，将文学创作渗透到历史的建构中，充分彰显了融历史事件与文学想象于一体的创作意识。他以丰富的文学想象对重大历史事件进行阐释，从而赋予历史思考以文学维度。

二

艾米莉·米勒·布蒂克（Emily Miller Budick）认为，美国大屠杀题材作品并非关注灾难本身，而是反思大屠杀给予世人的影响，"辛格和马拉默德更在作品中融入大屠杀意识（Holocaust Consciousness）"。（216）毋庸置疑，与那些实录性描写相比，辛格叙述历史的价值有别于史学家所强调的历史真实性，它旨在传递艺术感染力和情感共鸣，凸显美学张力和审美价值。在笔者看来，布蒂克所论及的"大屠杀意识"不但表现为体恤大屠杀给幸存者带来的心灵创伤，而且侧重用理性的眼光审视后大屠杀时代如何确立文化身份等。提及"身份"，人们无法回避"我是谁，我从哪里来，我去哪里"等诸多困惑。而在辛格笔下，历经大屠杀的幸存者们来自遥远的东欧，他们暂居于美国，对于身份问题的思考表现为"如何找到诗意栖居的家园"。

何为"家园"（homeland）？究其字面含义："家"与"园"的复合体，即视一片土地为家之所在。《朗文词典》将"家园"解释为：（1）一个人出生之时所在的国家；（2）某一特定人群赖以生存的一大片土地。依约定俗成之意，"家园"侧重于地理内涵。基于流散意义的"家园"有所再造和突破：它不再拘泥于对某一特定土地的依附，原有定义中的情感因素得以强化，突出"家"以及因离家、归家而衍生的复杂情感，并成为流散者心中的新"家园"。处于流散视野中的"家园"有时为具体处所，更多时候则是想象的空间、空间的想象。"'家园'未必意味着落叶归根，它也可以是生命旅程的一站。"（童明54）由此观之，"家园"可升华为"精神上的、心灵的栖息地"，处于流散状态中的人们更多探求精神归宿，"家园"渲染的往往是一种感受。

主人公赫尔曼一直在流散中寻"家"。表面看来，赫尔曼不乏栖身之地——三个女子皆对他情有独钟，并期盼成为他的最终伴侣，赫尔曼因此有了三个安身之处。然而，大屠杀这一灾难性事件使赫尔曼对

"家"的要求更为丰富、更为悲壮：家已不再是物质意义上的一锚一铢，它理应掺杂家庭成员所共有的"大屠杀经验"。如果说共同的语言、民族神话以及民族叙事成就了想象中的精神共同体、想象中的家园，那么，大屠杀之后的赫尔曼更倾向于与犹太同胞一起，藉共同的受难经历建构一个精神领地，并以象征性语言描述大屠杀给犹太民族、犹太个体带来的苦难。每个生存个体的经历都被放大为对大屠杀经历的共同追忆。身为异教徒的雅德维嘉显然无法分享赫尔曼的悲情流散情结。同为犹太人，赫尔曼无法与前妻塔玛拉复合，二人的孩子死于大屠杀，丧子之痛让赫尔曼无法原谅自己，他将孩子的照片夹在书里，却又不忍翻看；赫尔曼爱玛莎，但浩劫之后的玛莎疯狂、歇斯底里，这又让他不得安宁……

　　四处奔波、居无定所是赫尔曼在美国生活的真实写照。大屠杀时，躲在草料棚中的经历让他避过杀戮，终日臆想如何躲开敌人，如何复仇，如何将纳粹的残余绳之以法。赫尔曼认为，大屠杀不仅为犹太人确立了鲜明的身份，也为整个犹太民族标识出有别于他者的集体印记：只要是犹太人，无论是否亲历大屠杀，都理应作为受难群体的一分子审视灾难；大屠杀也理应使犹太人获得为民族尊严而活下去的勇气。赫尔曼幸运地逃过劫难，只身抵达美国这个"希望之乡"，却自认为是个"失望的幸运者"——"他们正在谈着房子啊、商店啊、证券交易所啊……他们在哪些方面像我的兄弟姐妹呢？……他们的犹太人的特点是什么？我的犹太人的特点是什么呢？"（314）塔玛拉曾如此描述自己的漂泊心境："你问我的遭遇？被风刮过大地和沙漠的一粒灰尘说不出它究竟到过哪儿。"（302）赫尔曼未尝不是如此。徘徊于情感与理智、传统与世俗之间的赫尔曼认为自己"既不属于美国，也不属于波兰或俄国（前苏联）"，大屠杀过后的漂泊经历让赫尔曼一直心无所属。终其余生，寻找具有隐喻意义的草料棚也算合乎情理。小说结尾处，赫尔曼选择了逃避。他置责任、义务于不顾，离开了小说中所描写的世界，独自踏上寻找"草料棚"之旅。

　　逃避并非唯一选择。辛格尝试着为其他人物提供了另一路径：回归以色列，获得全新身份——以色列人。尼森夫妇放弃了美国生活，奔赴以色列。尼森在文中强调的"落叶归根"的思想在老一辈美国犹太人中颇具代表性。犹太教诫命之一就是要求犹太人回到以色列故土并在那里居住，执行这一诫命被认为是一生的最大功德；这一信念使得众多年迈人士离开流散之地，回归以色列。1948 年，以色列建国，它以政体形式标志着一个民族国家的建立。1950 年 7 月 5 日，以色列议会一致通过《回乡法》。该法律规定，所有犹太人，无论生于何处，都享有在以色列定居的权利。相关资料显示，大批犹太人在大屠杀之后移居至以色列。自以色列建国以来的 40 多年时间里，就有 30 多万美国犹太人移居以色列。（张倩红 285）辛格没有忽视如此壮观的回归之举，并在创作中一直试图加入"以色列"元素。在其小说《童爱》中，海穆尔就在大屠杀之后移居以色列，并以骄傲的语气说以色列是"犹太人的土地，犹太人的海"。海穆尔、尼森等人归至"应许之地"，在"犹太人"这一文化身份上增添了深刻的政治含义。然而，移民至以色列的犹太人发现，耶路撒冷并非和谐一片。千百年来，犹太人流散于世界各地，他们深受客居国主流文化及思维定势的影响。移居以色列，他们只是在地缘意义上完成了回归，未必所有人都能淡化，甚至完全摒弃此前所拥有的另一个文化身份——双重文化认同中的客居国——所蕴含的文化因素。因此，在辛格笔下，大屠杀之后的以色列充斥着在教育程度、社会地位以及思维模式等方面的诸多不同，文化冲突无法在短时间内缓解。辛格在《童爱》中就描述了移民至以色列的犹太人用意第绪语、波兰语、德语和半通不通的希伯来语相互谩骂的情景。如此看来，"家园"无以达致，依然处于追寻中。

现实生活中，辛格也未尝不受到身份问题的困扰。辛格本人和其他居于美国的犹太作家一样，常被问及身份问题。很多作家在移民美国后，急切地宣称自己是美国人。但辛格不然，他愿意被人称为"犹太作家"。他坦言自己只写熟悉的犹太人与犹太题材，他坚持使用意第绪语来界定自己的文化身份。有些评论家甚至不把辛格当作美国犹太作家，而只以"犹太作家"称呼辛格。陆建德认为辛格的美国国籍对他而言不是特别重要的，在这一点上，辛格颇似法国女作家尤瑟纳尔，她虽持有美国护照，但真正的思想情感还是在法文世界里。（陆建德 42）辛格的家园在哪？就在他营造的意第绪语世界里，忧古思今是他的归家之旅。

三

"他让意第绪语依然鲜活,他让犹太传统和风俗依然可触。"(Kremer 181)这是旁人给予辛格的溢美之辞,却也道出了事实:辛格深厚的民族情结与其意第绪语创作密不可分。辛格流散于波兰、美国等地,他始终不屈从于主流语言,始终坚持用意第绪语创作。辛格几乎所有的作品都以意第绪语写成,然后被翻译成英语,为世人所传阅。辛格自身流散、创作的经历使得他对语言问题很敏感。1943年,辛格撰写题为《美国意第绪语散文的若干问题》的文章,文中写道:"文字,就像人一样——当他们移至另一个地方的时候,有时就要承受重大转变。通常他们会觉得无助而变得失去自我。这种情形同样也可以描述意第绪语在美国的命运……"(qtd. in Caroline 20)

在《冤家,一个爱情故事》中,辛格既探讨了语言对于民族文化认同的重要作用,也流露出他对民族语言未来的忧思。赫尔曼宛如初到美国的辛格——正经历着"可怕的语言的危机":在一次聚会上,"有人用英语和他说话,但是一片闹声,他听不出那人说的是什么"。(435)赫尔曼和故事中的其他主要人物都生活在相对封闭的犹太圈子里,脱离于主流社会。其中一个重要原因是他们不懂英语,而且畏惧与外界交流。这种心态衍生出退让心理,使犹太人规避于自己的犹太圈子里,无形中强化了语言对散居犹太人的凝聚作用。毕竟语言作为文化的载体,承载着唯有犹太人可以共同分享的民族历史与民族文化。以替人执笔谋生的赫尔曼和辛格本人一样迷恋意第绪语——"这一点能对局外人解释清楚吗?犹太人从市场、工场和卧室中吸取词汇,然后再把这些词汇神圣化。在《杰马拉》中,用在小偷和强盗身上的词汇也别有风味,它们引起的联想和波兰语、英语的同义词引起的不同。"(394)

谁是赫尔曼眼中的"局外人"?确切地讲,不应简单地将其理解为非犹太人,它也包括那些不会意第绪语的犹太人。赫尔曼强调语言在确立族裔身份中的重要作用,这也正应了犹太学者摩迪凯·开普兰的观点:"语言是一种文明的显著的独特标志。一种共同的语言赋予一个民族以个性"。(开普兰 219)当被问及如何界定"犹太作家"时,辛格也强调,"他得是一个充分浸于犹太性的人,会希伯来语、意第绪语、法典、经注、哈西迪和卡伯拉神秘哲学……"(qtd. in Flender 5)在辛格眼中，语言与文化、文化身份的密切关系昭然若揭。

辛格浸淫于意第绪语世界，对民族语言未来的忧思跃然纸上。作品中多次出现犹太人阅读意第绪语报纸的场景——"上了年纪的夫妇在小会堂里祈祷，阅读意第绪报纸"(248)，"一个老头正透过一副蓝色的眼镜和一个放大镜在看一张意第绪语报纸……"。(263)读意第绪语报纸的多为年长之人，意第绪语读者群正在萎缩，让人疑虑未来还会有多少人会意第绪语，谁还会读意第绪语报纸。熟悉辛格创作经历的人自然会想到《犹太前进报》(*The Jewish Daily Forward*)。辛格移民美国后，一直在《前进报》供职，包括《冤家，一个爱情故事》在内的作品大多首发于该报。辛格本人见证了报纸由盛到衰的过程。在东欧，大屠杀使原来说意第绪语的犹太人人数锐减，读者日渐减少已是必然；在美国，犹太报纸的不景气只是一个缩影。赫尔曼带读者见识了意第绪语在美国的境遇："母亲们决心让孩子们长成高大的美国人"，并认为"意第绪语是一种土语，是一种没有语法的大杂烩"(342)；养老院里的老人"不但耳朵聋，就连意第绪语她们都忘了"(440)；"他们（犹太人）都有同样的愿望，尽快地同化，消除原来的口音"(341)；意第绪语书籍无人问津；惨淡经营的意第绪语书店，根本不用担心有窃贼，只会有人免费捐赠意第绪语书籍，或者趁天黑把书悄悄放下就跑……在辛格看来，犹太人古老的意第绪语传统在美国文明的同化进程中濒临消亡的危险。

流散于美国的众多移民想要融入主流社会，他们急于摆脱乡音，能说一口流利英语。这种状况又何止仅仅发生在犹太人身上。在辛格笔下，对于语言危机的描述影射并预示了包括犹太人在内的少数族裔群体不得不面临的同化问题。移民美国后，辛格从未放弃对同化问题的关注。他曾说过："我只有一个愿望，我要在犹太后代和古老而久远的犹太历史之间架一座桥梁，（生在美国的）孩子们生活在已经被同化的犹太家庭中。因此，我希望通过我的小说，让他们知道在同化之前，犹太人是如何生活的，以及同化是如何产生的。"(qtd. in Alexander 93)辛格的惊人之处就在于能以其创作自圆其说。

参考文献

Alexander, Edward. *Isaac Bashevis Singer*. Boston: Twayne Publishers, 1980.

---. *Isaac Bashevis Singer*. Trans. Wang Rongpei, et al. Shenyang: Chunfeng Literature and Art Publishing House, 1995.

[爱德华·亚历山大. 艾萨克·辛格. 汪榕培等译. 沈阳:春风文艺出版社,1995.]

Bilik, Dorothy Seidman. *Immigrant-Survivors: Post-Holocaust Consciousness in Recent Jewish Fiction*. Middletown: Wesleyan University Press, 1981.

Budick, Emily Miller. "The Holocaust in the Jewish American Literary Imagination." *The Cambridge Companion to Jewish American Literature*. Eds. Michael P. Kramer and Hana Wirth-Nesher. Shanghai: Shanghai Foreign Language Education Press, 2003. 212 – 230.

Caroline, Kim-Brown. "Isaac Bashevis Singer: Master Storyteller." *Humanities* 25(2004): 18 – 22.

Flender, Harold. "The Art of Fiction No. 42: Isaac Bashevis Singer." *Paris Review* 44(1968): 1 – 23.

Horowita, Sara R. *Voicing the Void: Muteness and Memory in Holocaust Fiction*. Albany, NY: State University of New York Press, 1997.

Kaplan, Mordecai M. *Judaism as a Civilization*. Trans. Huang Fuwu, et al. Jinan: Shandong University Press, 2002.

[摩迪凯·开普兰. 犹太教:一种文明. 黄福武等译. 济南:山东大学出版社,2002.]

Kearney, Richard. *On Stories*. Trans. Wang Guangzhou. Guilin: Guangxi Normal University Press, 2007.

[理查德·卡尼. 故事离真实有多远. 王广州译. 桂林:广西师范大学出版社,2007.]

Kremer, S. Lillian. *Witness Through the Imagination：Jewish American Holocaust Literature*. Detroit：Wayne State University Press, 1989.

Lu, Jiande. "Reflections on I. B. Singer's Short Stories." *Contemporary Foreign Literature* 2 (2006)：34 – 43.

［陆建德. 为了灵魂的纯洁——读辛格短篇小说有感. 当代外国文学，2006(2)：34—43.］

Royal, Derek Parker. "An Interview with Thane Rosenbaum." Trans. Shu Cheng, et al. *Contemporary Foreign Literature* 2 (2008)：155 – 171.

［德雷克·帕克·罗尔. 西恩·罗森鲍姆访谈录. 舒程等译. 当代外国文学，2008(2)：155—171.］

Singer, Isaac Bashevis. *The Magician of Lublin · Enemies, a Love Story*. Trans. Lu Jin, et al. Shanghai：Shanghai Translations Publishing House, 1998.

［艾·巴·辛格. 卢布林的魔术师·冤家，一个爱情故事. 鹿金等译. 上海：上海译文出版社，1998.］

Tong, Ming. "Diaspora." *Foreign Literature* 6 (2004)：52 – 59.

［童明. 飞散. 外国文学，2004(6)：52—59.］

Zhang, Qianhong. *Predicament and Rebirth：Modernization of Jewish Culture*. Nanjing：Jiangsu People's Publishing House, 2003.

［张倩红. 困顿与再生——犹太文化的现代化. 南京：江苏人民出版社，2003.］

Zhong, Zhiqing. "Hebrew Holocaust Literature and Survivor-writers." *Journal of Sichuan Normal University* 4 (2008)：53 – 59.

［钟志清. 希伯来语大屠杀文学与幸存者作家. 四川师范大学学报，2008(4)：53—59.］

作者简介：朴玉，吉林大学公共外语教育学院副教授，主要从事美国文学研究。

跨越时空的对话

——拜厄特与现代派诗学之争

金 冰

英国当代女作家 A. S. 拜厄特继《占有》(1990)之后相继创作了《天使与昆虫》(1992)、《传记家的故事》(2001)等以维多利亚时代为背景的历史小说,即所谓的"新维多利亚小说"①。拜厄特对维多利亚时代的持续关注引起批评界的注意,一些评论家甚至将拜厄特称做后现代维多利亚人。在此之前,国外的拜厄特批评大多聚焦于拜厄特作品中现实主义传统与后现代叙述策略之间的结合,抑或其创作中的历史主题及历史化叙述策略,从女性主义视角对拜厄特作品进行解读的评论也占有较大的比重。近年来,随着维多利亚文化研究热潮的兴起,从历史重构角度对其"新维多利亚小说"展开评述的批评家逐渐增多。

《天使与昆虫》在拜厄特的"新维多利亚小说"系列中具有不同寻常的阐释意义,尽管其对历史的叙述始终被一种自我指涉、自我反诘的后现代意识所统摄,小说的叙事却采用了(维多利亚时代)单一时空结构,《占有》与《传记家的故事》中的当代时空框架不复存在,读者无需经由20世纪人物的视角和中介,而直接面对维多利亚时代那些思考的灵

---

① "新维多利亚小说"(neo-Victorian novels,有时也称做 retro-Victorian novels),是指以维多利亚时代作为描述对象或以维多利亚时代作为故事背景的新历史小说。曾为拜厄特赢得布克奖的成名作《占有》(Possession, 1990)是她创作的第一部"新维多利亚小说",《天使与昆虫》由两部较长的中篇小说《尤金尼亚蝴蝶》(Morpho Eugenia)和《婚姻天使》(The Conjugal Angel)组成,其中,《婚姻天使》在幽灵故事的框架内重构了19世纪桂冠诗人丁尼生和他的挚友亚瑟·哈勒姆及妹妹艾米莉·丁尼生的故事。相关注释参见本文作者发表于《外国文学评论》2009年第4期的文章《诗人之手:A. S. 拜厄特重新解读丁尼生》注一。

魂,从而产生一种强烈的历史贴近感及真实感。

然而,作为拜厄特最具代表性的"新维多利亚小说",《天使与昆虫》在学术界却遭到意外的冷遇。部分研究者认为,与《占有》不同,拜厄特在这部小说的创作中过多地受到其学术背景的干扰,学院式的讨论损害了小说自身的趣味性和情节性。在批评界,认为该书内容重复、学究气十足、说教味过浓的观点十分普遍。但也有批评家如凯瑟琳·凯莉等使用"批评小说"(ficticism)的概念为拜厄特辩护。所谓"批评小说",即是以小说形式展开的文学、文化批评。这种小说不以故事取胜,情节发展缓慢,具有较强的互文性特征,作家更加关注的是如何以故事为依托,通过人物之口,表达自己的文学、文化观念。(Kelly 114)事实上,拜厄特作为作家和批评家的双重身份对其创作的影响很早就引起了评论界的关注。克里斯汀·弗兰肯在《拜厄特:艺术,作家身份,创造性》一书中详细论述了拜厄特的学者型作家身份与其小说创作之间的相互关联;国内学者宋艳芳新近发表的《论拜厄特学院派小说的自我指涉特征》一文则对"批评小说"的历史沿革作了较为细致全面的梳理和介绍,并重点分析了拜厄特的学术背景对其写作风格的影响。宋文指出:"拜厄特的学者身份一直在介入其创作,使她形成了一种具有强烈自觉意识的写作风格。"(宋艳芳 97)

尽管作为批评家的拜厄特和作为作家的拜厄特在思想观念上并不总是相互一致,我们也无意使一方沦为另一方的注脚,但鉴于她作品中表现出的深刻的理论、文化自觉意识,以及她对热点学术问题的高度敏感,我们对其作品的讨论显然不能单纯以故事性和趣味性为衡量标准,而应将其置于更大的文化批评语境之中。上述学者对于"批评小说"及"学院派小说"的讨论对我们更好地理解拜厄特的作品无疑具有极大的启发性。但与其不同的是,本文重点关注的并非"批评小说"或者"学院派小说"自身的文本特征(如宋艳芳对叙述自我指涉性的讨论),抑或拜厄特批评立场与创作实践之间的矛盾和悖论(弗兰肯),而是拟从《天使与昆虫》之《婚姻天使》篇对 19 世纪桂冠诗人丁尼生的重构入手,通过分析拜厄特笔下历史人物的虚构化表征,聚焦于拜厄特与具体的批评流派之间的对话关系,并藉此了解作家本人的历史观与诗学观。本文认为,在《婚姻天使》中,拜厄特以小说的形式反驳了以艾略特为代表的现代派诗人对以丁尼生为代表的维多利亚诗人有失公允的批评和否定,在某种意义上,《婚姻天使》是拜厄特对现代派反维多利亚立场的一种回应。

一

拜厄特曾经说过:"在我成长的世界里,比 F. R. 利维斯更具诱惑力的是 T. S. 艾略特,而艾略特思想中对我最具吸引力的就是他对玄学派诗人的赞赏,他赞赏他们将才智与激情、理智与感性相互融合。我失落的天堂就是艾略特曾用优美的语言所描绘的那个'不曾脱节'的感性世界,在那里邓恩像闻到一朵玫瑰的芳香似的感受到他的思想。"(*Passions of the Mind* 14)但是,丁尼生和勃朗宁被艾略特排除在这个天堂般的感性花园之外。艾略特指出,雪莱、济慈等浪漫派诗人的作品中还能发现融合的倾向,"但济慈和雪莱死了,而丁尼生和勃朗宁在沉思默想,沉思默想",在他们身上,"感性脱节"达到了极致。(*Selected Essays* 248)拜厄特对此显然有不同的看法。在发表于《泰晤士报文学增刊》的一篇评论中,拜厄特写道:"丁尼生作为诗人的伟大和智慧没有得到应有的重视;利维斯对他的思想和他'脱节的感性'的摒弃如同阴影般将他笼罩。"(qtd. in Poznar 176)在《思想的激情》中,她指出,《悼念集》中紫杉树的意象以及勃朗宁的戏剧独白体长诗《关于阿拉伯医生卡瑟斯的奇特医学体验的一封信》等作品表明,与邓恩一样,丁尼生和勃朗宁们的创作同样融思想与感性经验为一体。(*Passions of the Mind* 14)

事实上,早在 1969 年,以研究维多利亚诗歌著称的伊莎贝尔·阿姆斯特朗教授在其编著的《维多利亚时代的重要诗人:重估》中就曾收入拜厄特撰写的学术评论《丁尼生〈毛德〉中的抒情结构》一文。阿姆斯特朗表示,这部论文集是对以艾略特和庞德为代表的现代派诗学"反维多利亚"(anti-Victorianism)立场的一种正面反击。但文集出版后,有评论者指出,现代派诗歌对维多利亚时代的反动建立在对整个诗歌传统重新估价和构造的基础上,而该书所收录的大部分文章只是对个体文本的个体解读,并未正面触及现代派诗学所谓"新诗"(new poetry)的理念,并在此基础上对维多利亚诗歌展开批判,因此编著者最初的愿

望未能实现。(Lyons 839)

那么,现代派对维多利亚诗歌的诘难主要体现在哪些方面呢?现代诗学与维多利亚诗歌理念又有着怎样错综复杂的关联呢?由于拜厄特对丁尼生及哈勒姆的重构正是在批评界对现代派反维多利亚风潮的重新反思与批判的背景下展开的,因此有必要对上面的问题进行简单梳理。

二

卡罗尔·T. 克里斯特在《维多利亚与现代诗学》(1984)一书中对现代派的反维多利亚立场进行了归纳。她指出,现代派(或现代主义)诗人攻击的主要标靶是他们所说的维多利亚诗歌空洞的修辞,不着边际的道德说教,以及矫揉造作的感伤情绪。在庞德看来,维多利亚时代是一个故作感伤、矫揉造作的时代,诗歌语言陈腐、繁缛,大量使用空洞的修辞,致使诗歌沦为思想或道德说教的工具。(Pound 11)艾略特更是表现出与 19 世纪诗歌决裂的姿态,这种姿态在他早期的批评中表现得尤为激烈和绝对。在 1928 年版《圣林》的前言部分,艾略特写道:"除非通过对语言的某种可怕的滥用,否则诗歌就不是道德教诲,抑或政治指导,也不是宗教或宗教的等同物。诗歌不是关于诗人心灵的一组心理学数据或是一个时代的历史,它必然超越其上。"(*The Sacred Wood* ix)许多批评家都将这段文字视做对丁尼生、勃朗宁、阿诺德、斯温伯恩等维多利亚诗人的不点名的批判。在艾略特看来,维多利亚时代的诗人、学者总是试图将文学与宗教、哲学、伦理或道德等同起来,这样诗歌就不免沦为庞德所说的"传递诗学理念或其他思想的牛车或驿站马车"。(Pound 11)在 1921 年发表的《玄学派诗人》一文中,他提出了广为人知的"感受分化论"(dissociation of sensibility)。艾略特将 17 世纪玄学派诗人约翰·邓恩、乔治·赫伯特等人的作品视作诗歌典范,因为他们实现了感性与理智的统一,即"对思想直接的感性体悟"。他认为,这种统一的诗性敏感在 18 世纪诗人的创作中已经难觅踪迹,而在维多利亚诗歌中,感性和理性彻底脱节。因此,艾略特将玄学派及拉弗格(Jules Laforgue)、波德莱尔等法国象征派诗人视做自己的文学前辈和楷模(*Selected Essays* 293—294)。W. B. 叶芝在《牛津现代诗卷》

中更加明确地指出:"对年轻诗人而言,对维多利亚时代特征的反叛就意味着对《悼念集》中不相关的自然描写、科学及道德说教的反叛——'当他应该感到伤心的时候,'魏尔伦说,'他却有很多的回忆'——还意味着对斯温伯恩的政治雄辩、勃朗宁对人类心理的好奇心以及他们每个人的诗歌用语的反叛。"(qtd. in Christ 142—143)

F. R. 利维斯对英国诗歌传统的梳理和重新估价也受到艾略特的影响,他在《英国诗歌新方向》及《重估:英诗的传统与发展》等著作中,同样表现出对玄学派诗人的尊崇,以及对斯宾塞、弥尔顿的贬抑。他也批评了丁尼生、斯温伯恩等维多利亚诗人的创作风格。在他看来,维多利亚诗歌的典型特征是迷恋于创造一个虚幻的梦的世界,从而逃避一个毫无诗情画意、难以驯服的异化的现实世界。对于丁尼生,他这样评价道:"他也许会严肃地对待时代问题,但令他感到合意的那些习惯、传统及技巧并不属于一个能够坦然面对严酷现实环境的诗人所有。"(Leavis 15)在他创办的著名学术杂志《细绎》(Scrutiny)上,他曾以《泪,空流的泪》为例对丁尼生诗歌中的感伤主义提出批评。他指出,诗中所表达的情感没有明确的界定,没有客观现实的依托,情感与思想相互脱节,导致一种毫无正当理由的感伤情调泛滥。(Buckley 176)

克里斯特认为,现代派对维多利亚诗歌的批评在很大程度上源于布鲁姆所说的"影响的焦虑",是一种"创造性误读"(creative misreading),这种误读遮蔽了现代派与维多利亚诗歌传统之间的传承关系,其实质是在为现代新诗运动打造声势。(Christ 149)事实上,艾略特所强调的非个性化原则在维多利亚诗学思想中早已有所体现,阿诺德就曾说过,诗人只有最为彻底地将自己抹去的时候才最为幸运。艾略特的诗歌《声音》、庞德的《假面》以及叶芝的面具理论与勃朗宁、丁尼生等诗人对戏剧独白手法的实验性运用一脉相承,其目的在于使诗人与诗歌中的声音相互分离,使诗人角色客观化,从而规避浪漫主义自我意识过度膨胀带来的病态唯我论倾向。克里斯特从诗学思想及诗歌策略的角度揭示出现代派诗歌与维多利亚传统之间的渊源关系,而大卫·托宾于 1983 年出版的《过去的在场:T. S. 艾略特的维多利亚传统》一书则从更为具体的文本对比分析的角度,分别论述了艾略特与阿诺德和丁尼生在创作理念和实践上的诸多相似之处,同时书中也提及艾略特后期对丁尼生越来越趋向褒扬和肯定的态度转变。在该书前言部分，托宾援引 W. J. 贝特在《过去的重负与英国诗人》中的相关论述："20 世纪早期及中期的艺术，包括音乐，都极力试图摆脱 19 世纪的影响。然而，需要记住，我们全力以赴与之相异（to be unlike）的东西恰恰能够在很大程度上揭示出我们正在做什么以及为什么那么做，通常一个运动具体反对什么比它的理论口号更能有助于我们对它的了解。"（qtd. in Tobin ix）

三

作为维多利亚时代最负盛名的桂冠诗人，丁尼生的创作成就与声望在其逝世后的十几年间不断引起新的争议。1909 年丁尼生百年诞辰之际，批评与辩护之声交替出现，不绝于耳。对丁尼生的批评主要集中在两个方面，即内容上平淡无奇，枯燥乏味，过分专注于传达时代声音，宣传官方哲学，而技巧上则过于矫饰，惯用冗词赘语，有失自然。因此，尽管丁尼生堪称声音与韵律的大师，但他思想贫乏，缺少深度。事实上，类似的批评早在 1864 年《伊诺克·阿登》出版之际就已出现，因此才有"小学教员阿尔弗雷德"之称。（Jump 13）辩护者则指出，丁尼生主要通过神话传达对世界的解读，他以古希腊罗马神话为题材创作的诗篇《提托诺斯》、《尤利西斯》、《圣杯》等便是这种解读方式的代表。这种神话思维通过视景（vision）而非辨述或阐释来表达思想，因此更为高贵。（qtd. in Tobin 79）两相比较，批评的声音显然占了上风。

A. C. 布莱德里在 1917 年发表的《对丁尼生的反动》一文中写道："大约四分之一世纪之前，在他逝世之际，他依然深受欢迎。公平而论，一大部分公众并未意识到他的缺点甚至喜爱它们。一段时间之后，反对的声音开始出现，并逐渐传播。就其程度而言，现在已十分强烈。他声望的最低点可能还未出现，但几乎不会太远。喜爱他的诗歌就是过时，贬低他的诗歌则成为时尚。"（Bradley 2）布莱德里认为，与乔治·艾略特一样，丁尼生在世时受到过高的评价，因此自然就会出现某种"反动"（reaction），而这也未尝不是一件有益的事；但令他感到忧虑的是，对缺点的反感在某些情况下似乎令欣赏的能力也出现极大的退化，以至于丁尼生最好的诗歌和最差的诗歌遭到同样的漠视或蔑视。布莱德里预言，在他有生之年大概不会看到对丁尼生全面而客观的评价，但是"我相信，他将被视做他那个时代最好的诗人，尽管不如他自己的时代想象得那么好"。（3）

果然，布莱德里逝世十几年后，随着马歇尔·麦克卢汉（H. M. McLuhan）的《丁尼生与画诗》（1951）一文的发表，丁尼生早期诗歌及哈勒姆诗学思想与现代派及法国象征派诗歌之间的内在关联开始受到越来越多的关注。麦克卢汉是较早开始评述丁尼生诗歌对马拉美、波德莱尔等象征派诗人诗歌美学影响的批评家，这篇文章因被收入约翰·基勒姆主编的《丁尼生诗歌批评文集》而在学术圈广为流传，产生了较大的影响力，批评界开始重新反思现代派对丁尼生诗歌的诸多批评与指责，基勒姆文集对丁尼生诗歌声望的复归起到了至关重要的作用。

麦克卢汉在文中首先阐述了哈勒姆在 1832 年发表的《论现代诗歌的某些特征——兼论阿尔弗雷德·丁尼生的抒情诗集》一文中所蕴含的现代派诗学思想。哈勒姆称赞丁尼生具有丰富而活跃的想象力，且能对其自如地运用和控制；同时他能将自己化身于理想人物，或者说人物的情绪之中。更重要的是，他诗歌中的叙述情境似乎同占主导地位的情感之间具有一种天然的呼应，甚至好像从情感中生发出来一样。他对物体的描绘生动细致，如同绘画一般，而又能凭借强烈的情感将这些描写融为一体。基于以上特点，哈勒姆将丁尼生早期创作的抒情诗（尤其是丁尼生 1831 年发表的《抒情诗集》）称做"画诗"（the picturesque）。在麦克卢汉看来，哈勒姆的文章几乎就是意象派诗歌宣言。麦克卢汉指出，丁尼生诗歌中最令马拉美等象征派诗人感到钦慕的是其语言内在的音乐性。对于号称不知语言的思考性为何物的象征派诗人而言，丁尼生富于旋律性的语言无疑是他们一心追求的纯粹、感性的摆脱任何概念束缚的诗歌语言的典范。但是，他认为，哈勒姆和丁尼生最终没有落入立体主义等现代派的窠臼，即用"思维的风景"（landscape of the mind）来取代"事物与事物并立"（things lie side by side）的外部世界的风景。（McLuhan 262—265）也就是说，丁尼生的诗歌语言尽管纯粹，却依然包含对现实物质世界的观照，而这正是他与法国象征派诗人之间的区别所在。

如果说，基勒姆主编的《丁尼生诗歌批评文集》的出版标志着丁尼生诗歌声望复归之始，那么在 1969 年克里斯多弗·里克斯(Christopher Ricks)主编的权威版《丁尼生诗集》出版后，评论界则开始出现所谓"对丁尼生反动的反动"(react against the reaction of Tennyson)。

正是在这种背景下，1969 年拜厄特撰写了《丁尼生〈毛德〉中的抒情结构》一文，而时隔 20 多年之后，又在《婚姻天使》中以小说的形式延续自己对丁尼生和哈勒姆的解读。这一次，拜厄特更加直接地从正面回应了现代派，尤其是艾略特和利维斯对丁尼生的批评。事实上，艾略特与利维斯都是拜厄特所尊敬的文学前辈，她对艾氏的"客观对应物"、"非个性化原则"等文学理念十分认同，而她对小说的道德关怀及文学重要性的强调、对乔治·艾略特等传统现实主义作家的推崇，无不受到利维斯的影响。但在拜厄特看来，他们对丁尼生的批评却有失客观和公允。

拜厄特曾经明确表示，自己之所以喜欢哈勒姆和丁尼生，就是因为他们作品中的感性特征能够确保思想与外部现实不会相互脱节，确保某种外部事物的存在，从而抵制那种将艺术视为纯粹自我表达的唯我论观点。在她看来，艺术不仅仅是对我们自身主体性的探索，它还是我们"走出自我，发现外部世界的方式"。(qtd. in Campbell 12)拜厄特对现代艺术①中的唯我主义倾向一贯十分反感。在《思想的激情》引言部分，她明确表示："我很害怕唯我论，作为一种阅读体验它令人沮丧。有人指出，在弗吉尼亚·伍尔夫的世界里，读者真正体验到的唯一的情感是小说家本人的情感，这一评价很公正。我认为同样的评价也适用于那些创作所谓由读者书写的不确定性文本，因而在最近被奉为先锋偶像的作家们，斯特恩，晚期的乔伊斯，以及贝克特。"(*Passions of the Mind* 4)拜厄特对唯我论的抵制与英国当代小说家艾丽丝·默多克及多丽丝·莱辛一脉相承。她们都很担心思想在意象与类比的排列中失

---

① 拜厄特所说的现代艺术派主要是指后期象征主义、未来主义、超现实主义、意识流小说等。拜厄特对现代艺术流派的看法受到艾丽丝·默多克的影响。默多克认为，休姆(T. E. Hulme)、艾略特与法国象征派诗人不同，他们对唯我论持批判态度，承认自我之外还存在其他事物。参见殷企平等，《英国小说批评史》，上海：上海外语教育出版社 2001 年版，第 248—249 页。

去与外部现实的联系，也都很关注想象力对现实世界的危险的扭曲力量。拜厄特曾多次提及默多克的小说专论《反对枯燥》(1961)一文对自己的影响。在该文中，默多克将某些现当代作家的作品称为"神经机能病的牺牲品"，因为，在他们笔下，所有人物都不过是作者意志的傀儡，是作家内心冲突的外化。作为对比，她列举了乔治·艾略特及托尔斯泰等 19 世纪小说家的作品，指出这些作品在广阔的社会场景中展现了人物的多元性，体现出一种他人意识和对现实世界的关照。(qtd. in Byatt, *Passions of the Mind* 171)拜厄特本人更加明确地表示："从乔治·艾略特那里，我学会去创造一个世界，那里栖居着许多彼此相关的人，几乎所有人的思想过程、意识发展、生物学意义上的焦虑、他们的历史感和未来感都可以极为细致地呈现在读者面前。"(qtd. in Franken 13)正是对这样一个可以栖居的世界的追求促使拜厄特在对丁尼生的重构中凸显了他对物质现实的关注。

四

事实上，丁尼生本人在《夏洛特女郎》、《艺术之宫》(两诗均收入 1842 年出版的《两卷诗集》)等诗作中对于艺术想象和现实世界之间的关系进行过探讨，并表现出一种矛盾的态度。在《艺术之宫》中，诗人的心灵渴望沉浸在神秘的超验世界中，在与世隔绝的艺术宫殿中体会纯粹的诗性想象的快乐；然而，另一方面，被拟人化地描绘为一个女郎的诗人之心却发现"这惨痛世界的谜/时时会在她的心头闪过"(213—214)，诗中那些在宫殿黑暗角落里出没的梦魇般的幽灵意象表达了丁尼生对于一个与现实脱节的纯粹主观世界的担忧。丁尼生的好友、都柏林大主教理查德·特伦奇(Richard Trench)在剑桥读书时曾经半认真半开玩笑地警告过他，"我们不能只生活在艺术中"。丁尼生为此创作了《艺术之宫》作为一种回答，并将该诗题赠给特伦奇。丁尼生表示，这首诗"表现了我的一种信念，即神圣的生活就是与人在一起并为人而存在"。(Gray and Tennyson 80)

在《悼念集》(第 95 首)、《古代圣贤》、《毛德》等诗中，丁尼生都曾描述过一种他称之为"清醒的恍惚"(waking trance)的精神状态。据丁尼生回忆，从童年时代起，他就可以通过重复默念自己的名字进入一种恍惚出神的状态，"直到突然间，好像源于对自我性的强烈意识，自我性自身似乎溶解并逐渐消逝在无限的存在之中，这不是一种混乱的精神状态，而是清醒中的清醒，确定中的确定，奇特中的奇特，完全无法用语言进行描述，死亡几乎是一种不可能的荒诞，个性的失落（如果是这样）似乎不是消亡而是唯一真实的生命。"（Tennyson 320）丁尼生对于这种自我诱导式的恍惚状态的迷恋以及他诗中有关灵视（vision）和其他超验感觉的描述使得某些评论家将他归入布莱克、叶芝等神秘主义诗人的阵营。丁尼生本人在多数时候也将这些特殊的精神体验视做诗性灵感的源泉。然而，评论家们发现，在大约始于 1832 年的 10 年间，丁尼生对于这种超感觉体验表现出一种忧虑和担心。当然，通常认为，这与他在此期间健康状况不佳有关，他怀疑自己的"恍惚"与家族遗传性癫痫有关，并将其视作病情恶化的表现。为此，他曾在医生的建议下前往欧洲接受水疗。（Martin 278）但少数批评家试图为这种忧虑寻求更深层次的原因。罗伯特·普瑞尔指出，这种"恍惚"状态的前提是意识与现实世界的彻底脱离，在心灵的内视（inward-looking）图景中，任何社会性和道德性体验都被排除在外。因此，普瑞尔认为，丁尼生的忧虑很可能是因为他担心自己会在这种内向性中失去与现实的联系，就像华兹华斯曾经抱住一棵大树从而不让自己被深渊般的自我所淹没。（Preyer 249）安吉拉·莱顿曾经指出，即便在他最具超验性的诗歌片断中，丁尼生也从未忽略对物质世界的感性体验。在丁尼生的笔下，精神顿悟和灵魂启示总是与某种肉体感觉相连，是肉体感的一种延迟的反应。（Leighton 61—62）

五

拜厄特笔下的丁尼生无疑印证了莱顿的论断。小说中的丁尼生曾经希望自己笔下的亚瑟如同《神曲》中的贝雅特丽齐（Beatrice）那样，在天堂的至福中获得安宁与祥和。然而，他发现，对一代又一代的但丁读者而言，唤起他们心中最多同情并给他们带来感性愉悦的，却是那对在劫难逃的情侣保罗与弗朗切斯卡，他们的灵魂在地狱的旋风中相互交缠，使虚幻的地狱具有可感性。与美好朦胧的天堂相比，《神曲》中的地狱篇以其形象的具象性特征为读者留下了更为深刻的印象。由此，小说中的丁尼生联想到自己的创作，对他而言，他诗歌的生命力同样存在于那些生动可感的物质性意象中，"悠闲的白色母牛，树木朝田野投下枝影"。(310)这段描写使我们想起哈勒姆对丁尼生诗歌所做的评价，哈勒姆曾将丁尼生视作与济慈和雪莱一样的感觉派诗人(poets of sensation)，"其他诗人寻找意象以说明他们的观念，而这些诗人却不需要寻找；他们生活在意象的世界里，他们生命中最重要、最广阔的部分在于那些与感觉(sensation)直接相连的情感(emotion)。"(Hallem 53)拜厄特显然十分清楚济慈对丁尼生、哈勒姆以及罗塞蒂等人的诗歌创作理念所产生的影响，并将相关的讨论贯穿到人物的回忆和内心独白中。国内研究者也注意到拜厄特作品中身体(肉体)的具象性所具有的重要意义。徐蕾在对拜厄特早期作品《太阳的影子》中的父亲形象进行分析时，援引了伊丽莎白·格罗茨对20世纪身体理论的分类，即"一类是以尼采、福柯、德勒兹为代表的'铭写'派，在本质上将身体看做被社会刻写的表面；另一类强调身体鲜活的物质经验，视身体为'活的身体'"。(123)如果说，徐蕾对父亲身体形象的互文性分析向我们揭示出拜厄特小说中身体所具有的"'被铭写'(inscriptive)的文本属性"(118)，那么拜厄特在《婚姻天使》中对丁尼生的重构则凸显了身体的物质性经验。

正是源于对物质性经验的关注，拜厄特在小说中十分强调古罗马哲学诗人卢克莱修的物性论思想对丁尼生诗性想象的影响。作为古希腊伊壁鸠鲁派思想传人，卢克莱修在《物性论》一书中阐述了人性自身的物质主义基础，认为灵魂和精神都是物质的，是由精细的原子所构成的，与肉体同生共死。卢克莱修的思想在19世纪60年代随着《物性论》英译本(1864)的问世而受到越来越多维多利亚人的关注，他的影响在很大程度上源于他对古希腊原子唯物论的系统阐述与当时科学发展的态势相应和。丁尼生的诗歌中多次提及卢克莱修，哈勒姆也曾对丁尼生与卢克莱修进行过比较。1868年丁尼生创作发表了戏剧独白体诗歌《卢克莱修》。小说中，拜厄特透过人物内心独白，以大量物质性意象集中体现出卢克莱修式物质主义生命观对丁尼生的影响。

> 还是一个年轻人的时候，有一次，他(丁尼生)走在伦敦的街头，突然间想到，一百年之后整个城市的居民都会横躺在地下，这个念头使他几乎晕倒在

地。现在人们看到他曾经(在脑海中)看到过的景象,大地上层层叠叠堆积着死去的东西,折断了的鲜艳羽毛和干枯的蛾子,被撕拉、咀嚼、切片,和吞咽的虫子,曾经鲜活的鱼群已然发臭,鹦鹉风干了,壁炉前的地板上被踩在脚下的虎皮失去了生气,软塌塌地纠结在一起,堆积如山的死人的头骨混杂着猴子的头骨、蛇的头骨,还有驴的下巴骨和蝴蝶的翅膀,被碾成腐土和粉末,被吞食,被反刍,被风吹散,被雨浸泡,被彻底吸收。你看到的是一种东西,牙齿和利爪滴着鲜血的自然,尘土,还是尘土,而你相信另一种东西,或者声称你相信,或者试图去相信。因为,如果你不相信,这一切的意义何在,生命、爱情或者美德?(303—304)

显然,物质主义的生命场景令小说中的丁尼生感到不寒而栗,但作为一个思想深受同时代科学发展影响的诗人,他无法漠视科学以物质概念对世界所做的说明。

拜厄特对丁尼生的重构凸显了他对物质世界以及物质性肉身的关注。拜厄特曾经将勃朗宁的戏剧独白称为"将无限寓于有限之中"的艺术,因为他笔下的人物"尽管受到自身并不完美的理解力以及并非完全令人愉悦的性格的限制,但却全都忙于想象和体会他们置身于其间的感性物质世界,并且试图赋予其意义"。(*Passions of the Mind* 57)拜厄特的重构表明丁尼生的诗歌在她眼中具有同样的艺术特征,她笔下的丁尼生同样是一个试图赋予外部物质世界以意义,并在灵与肉的纠缠中感悟生命真谛的人,他的诗歌艺术能够融无限于有限之中,并通过感性体悟思想。正是在这个意义上,我认为,拜厄特的重构是对艾略特基于"感性脱节论"对丁尼生所作批评的一种反驳,也是对现代派反维多利亚立场的一种回应。

参考文献

Bradley, A. C. *A Miscellany*. London: Macmillan, 1929.

Buckley, Vincent. *Poetry and Morality*. London: Chatto & Windus, 1961.

Byatt, A. S. *Passions of the Mind: Selected Writings*. London: Chatto and Windus, 1991.

---. *Angels and Insects*. New York: Vintage, 1994.

—. *On Histories and Stories: Selected Essays*. London: Chatto and Windus, 2000.

Christ, Carol T. *Victorian and Modern Poetics*. Chicago and London: University of Chicago Press, 1984.

Eliot, T. S. *The Sacred Wood*. London: Methuen, 1948.

—. *Selected Essays* (3rd Edition). London: Faber and Faber, 1951.

Franken, Christien. *A. S. Byatt: Art, Authorship, Creativity*. London: Palgrave, 2001.

Gray, Donald J. and G. B Tennyson. *Victorian Literature: Poetry*. New York: Macmillan, 1976.

Hallem, Arthur. "On Some of the Characteristics of Modern Poetry." *Tennyson's "In Memoriam": A Casebook*. Ed. John Dixon Hunt. London: Macmillan, 1970.

Jump, John. D, ed. *Tennyson: The Critical Heritage*. London: Routledge & Kegan Paul, 1967.

Kelly, Kathleen Coyne. *A. S. Byatt*. New York: Twayne Publishers, 1996.

Leavis, F. R. *New Bearings in English Poetry*. New York: GW Stewart, 1950.

Leighton, Angela. "Touching Forms: Tennyson and Aestheticism." *Essays in Criticism* 52. 1(2002): 56 – 75.

Lyons, Richard S. "Rev. of the Major Victorian Poets: Reconsiderations." Ed. Isobel Armstrong. *College English* 32. 7 (1971): 838 – 841.

Martin, Robert Bernard. *Tennyson: The Unquiet Heart*. Oxford: Oxford University Press, 1980.

McLuhan, H. M. "Tennyson and Picturesque Poetry." *Essays in Criticism* 1951 I (3):262 – 282.

Pound, Ezra. "A Retrospect." *Literary Essays*. Ed. T. S. Eliot. New York: New Directions, 1968: 1 – 14.

Preyer, Robert. "Tennyson as an Oracular Poet." *Modern Philology*

55.4 (1958): 239 - 251.

Song, Yanfang. "Approaching Self-reflexivity in A. S. Byatt's Academic Fiction." *Contemporary Foreign Literature* 1 (2010): 96 - 104.

[宋艳芳. 论拜厄特学院派小说的自我指涉特征. 当代外国文学,2010 (1):96—104.]

Tennyson, Hallam. *Alfred, Lord Tennyson: A Memoir*. New York: Greenwood, 1969.

Tobin, David Ned. *The Presence of the Past: T. S. Eliot's Victorian Inheritance*. Michigan: UMI Research Press, 1983.

Xu, Lei. "Decoding the Father Figure in A. S. Byatt's *The Shadow of the Sun*." *Contemporary Foreign Literature* 1 (2009): 116 - 124.

[徐蕾. 身体的再现——论拜厄特小说《太阳的影子》中的父亲形象. 当代外国文学,2009(1):116—124.]

作者简介:金冰,对外经济贸易大学英语学院副教授,主要从事英美文学研究。